JOHANN WOLFGANG GOETHE

Wilhelm Meisters Wanderjahre
oder
Die Entsagenden

HERAUSGEGEBEN VON
EHRHARD BAHR

PHILIPP RECLAM JUN. STUTTGART

Universal-Bibliothek Nr. 7827 [6]

Gesamtherstellung: Reclam, Ditzingen. Printed in Germany 1982
ISBN 3-15-007827-X

Wilhelm Meisters
Wanderjahre

Die Wanderjahre sind nun angetreten
Und jeder Schritt des Wandrers ist bedenklich.
Zwar pflegt er nicht zu singen und zu beten;
Doch wendet er, sobald der Pfad verfänglich,
Den ernsten Blick, wo Nebel ihn umtrüben,
Ins eigne Herz und in das Herz der Lieben.

Und so heb ich alte Schätze,
Wunderlichst in diesem Falle;
Wenn sie nicht zum Golde setze,
Sind's doch immerfort Metalle.
Man kann schmelzen, man kann scheiden,
Wird gediegen, läßt sich wägen,
Möge mancher Freund mit Freuden
Sich's nach seinem Bilde prägen!

Wilhelm Meisters
Wanderjahre
oder
Die Entsagenden.

Ein Roman

von

Goethe.

Erster Theil.

Stuttgard und Tübingen,
in der Cotta'schen Buchhandlung.
1821.

Wüßte kaum genau zu sagen
Ob ich es noch selber bin,
Will man mich im Ganzen fragen
Sag ich: ja *so* ist mein Sinn
Ist ein Sinn, der uns zuweilen
Bald beängstet, bald ergötzt,
Und in soviel tausend Zeilen
Wieder sich ins gleiche setzt.

Ottilien von Goethe

Ehe wir nun weiterschreiten,
Halte still und sieh Dich um:
Denn geschwätzig sind die Zeiten,
Und sie sind auch wieder stumm.

Was Du mir als Kind gewesen,
Was Du mir als Mädchen warst,
Magst in Deinem Innern lesen,
Wie Du Dir es offenbarst.

Deiner Treue sei's zum Lohne,
Wenn Du diese Lieder singst,
Daß dem Vater in dem Sohne
Tüchtig-schöne Knaben bringst.

Was wird mir jede Stunde so bang? –
Das Leben ist kurz, der Tag ist lang.
Und immer sehnt sich fort das Herz,
Ich weiß nicht recht ob himmelwärts;
Fort aber will es hin und hin,
Und möchte vor sich selber fliehn.
Und fliegt es an der Liebsten Brust,
Da ruht's im Himmel unbewußt;
Des Lebens Strudel reißt es fort,
Und immer hängt's an *einem* Ort;
Was es gewollt, was es verlor,
Es bleibt zuletzt sein eigner Tor.

Prüft das Geschick dich, weiß es wohl warum:
Es wünschte dich enthaltsam! Folge stumm.

Was machst du an der Welt, sie ist schon gemacht,
Der Herr der Schöpfung hat alles bedacht.
Dein Los ist gefallen, verfolge die Weise,
Der Weg ist begonnen, vollende die Reise:
Denn Sorgen und Kummer verändern es nicht,
Sie schleudern dich ewig aus gleichem Gewicht.

Enweri sagt's, ein herrlichster der Männer,
Des tiefsten Herzens, höchsten Hauptes Kenner:
Dir frommt an jedem Ort, zu jeder Zeit
Geradheit, Urteil und Verträglichkeit.

Mein Erbteil wie herrlich, weit und breit!
Die Zeit ist mein Besitz, mein Acker ist die Zeit.

Noch ist es Tag, da rühre sich der Mann,
Die Nacht tritt ein, wo niemand wirken kann.

Wie man nur so leben mag?
Du machst dir gar keinen guten Tag!«
Ein guter Abend kommt heran,
Wenn ich den ganzen Tag getan.

Wenn man mich da und dorthin zerrt
Und wo ich nichts vermag,
Bin von mir selbst nur abgesperrt,
Da hab ich keinen Tag.

Tut sich nun auf, was man bedarf
Und was ich wohl vermag,
Da greif ich ein, es geht so scharf,
Da hab ich meinen Tag.

Ich scheine mir an keinem Ort,
Auch Zeit ist keine Zeit,
Ein geistreich-aufgeschloßnes Wort
Wirkt auf die Ewigkeit.

Goethe's

Werke.

Vollständige Ausgabe letzter Hand

Einundzwanzigster Band.

Unter des durchlauchtigsten deutschen Bundes schützenden Privilegien.

Stuttgart und Tübingen,
in der J. G. Cotta'schen Buchhandlung.
1829.

Wilhelm Meisters Wanderjahre oder die Entsagenden.

Erstes Buch.

Erstes Buch

Erstes Kapitel

Die Flucht nach Ägypten

Im Schatten eines mächtigen Felsen saß Wilhelm an grauser, bedeutender Stelle, wo sich der steile Gebirgsweg um eine Ecke herum schnell nach der Tiefe wendete. Die Sonne stand noch hoch und erleuchtete die Gipfel der Fichten in den Felsengründen zu seinen Füßen. Er bemerkte eben etwas in seine Schreibtafel, als Felix, der umhergeklettert war, mit einem Stein in der Hand zu ihm kam. »Wie nennt man diesen Stein, Vater?« sagte der Knabe.

»Ich weiß nicht«, versetzte Wilhelm.

»Ist das wohl Gold, was darin so glänzt?« sagte jener.

»Es ist keins!« versetzte dieser, »und ich erinnere mich, daß es die Leute Katzengold nennen.«

»Katzengold!« sagte der Knabe lächelnd, »und warum?«

»Wahrscheinlich weil es falsch ist und man die Katzen auch für falsch hält.«

»Das will ich mir merken«, sagte der Sohn und steckte den Stein in die lederne Reisetasche, brachte jedoch sogleich etwas anders hervor und fragte: »Was ist das?« – »Eine Frucht«, versetzte der Vater, »und nach den Schuppen zu urteilen, sollte sie mit den Tannenzapfen verwandt sein.« – »Das sieht nicht aus wie ein Zapfen, es ist ja rund.« – »Wir wollen den Jäger fragen; die kennen den ganzen Wald und alle Früchte, wissen zu säen, zu pflanzen und zu warten, dann lassen sie die Stämme wachsen und groß werden, wie sie können.« – »Die Jäger wissen alles; gestern zeigte mir der Bote, wie ein Hirsch über den Weg gegangen sei, er rief mich zurück und ließ mich die Fährte bemerken, wie er es nannte; ich war darüber weggesprungen, nun aber sah ich deutlich ein paar Klauen eingedrückt; es mag ein großer

Hirsch gewesen sein.« – »Ich hörte wohl, wie du den Boten ausfragtest.« – »Der wußte viel und ist doch kein Jäger. Ich aber will ein Jäger werden. Es ist gar zu schön, den ganzen Tag im Walde zu sein und die Vögel zu hören, zu wissen, wie sie heißen, wo ihre Nester sind, wie man die Eier aushebt oder die Jungen, wie man sie füttert und wann man die Alten fängt: das ist gar zu lustig.«

Kaum war dieses gesprochen, so zeigte sich den schroffen Weg herab eine sonderbare Erscheinung. Zwei Knaben, schön wie der Tag, in farbigen Jäckchen, die man eher für aufgebundene Hemdchen gehalten hätte, sprangen einer nach dem andern herunter, und Wilhelm fand Gelegenheit, sie näher zu betrachten, als sie vor ihm stutzten und einen Augenblick stillhielten. Um des ältesten Haupt bewegten sich reiche blonde Locken, auf welche man zuerst blicken mußte, wenn man ihn sah, und dann zogen seine klar-blauen Augen den Blick an sich, der sich mit Gefallen über seine schöne Gestalt verlor. Der zweite, mehr einen Freund als einen Bruder vorstellend, war mit braunen und schlichten Haaren geziert, die ihm über die Schultern herabhingen und wovon der Widerschein sich in seinen Augen zu spiegeln schien.

Wilhelm hatte nicht Zeit, diese beiden sonderbaren und in der Wildnis ganz unerwarteten Wesen näher zu betrachten, indem er eine männliche Stimme vernahm, welche um die Felsecke herum ernst, aber freundlich herabrief: »Warum steht ihr stille? versperrt uns den Weg nicht!«

Wilhelm sah aufwärts, und hatten ihn die Kinder in Verwunderung gesetzt, so erfüllte ihn das, was ihm jetzt zu Augen kam, mit Erstaunen. Ein derber, tüchtiger, nicht allzu großer junger Mann, leicht geschürzt, von brauner Haut und schwarzen Haaren, trat kräftig und sorgfältig den Felsweg herab, indem er hinter sich einen Esel führte, der erst sein wohlgenährtes und wohlgeputztes Haupt zeigte, dann aber die schöne Last, die er trug, sehen ließ. Ein sanftes, liebenswürdiges Weib saß auf einem großen, wohlbeschlagenen Sattel; in einem blauen Mantel, der sie umgab, hielt sie ein Wochenkind, das sie an ihre Brust drückte und mit unbeschreiblicher Lieblichkeit betrachtete. Dem Führer ging's wie den Kindern: er stutzte einen Augenblick, als er Wilhelmen erblickte. Das Tier verzögerte seinen Schritt, aber der Abstieg war zu jäh, die Vorüberziehenden konnten nicht anhalten, und Wilhelm sah sie mit Verwunderung hinter der vorstehenden Felswand verschwinden.

Nichts war natürlicher, als daß ihn dieses seltsame Gesicht aus seinen Betrachtungen riß. Neugierig stand er auf und blickte von seiner Stelle nach der Tiefe hin, ob er sie nicht irgend wieder hervorkommen sähe. Und eben war er im Begriff, hinabzusteigen und diese sonderbaren Wandrer zu begrüßen, als Felix heraufkam und sagte: »Vater, darf ich nicht mit diesen Kindern in ihr Haus? Sie wollen mich mitnehmen. Du sollst auch mitgehen, hat der Mann zu mir gesagt. Komm! dort unten halten sie.«

»Ich will mit ihnen reden«, versetzte Wilhelm.

Er fand sie auf einer Stelle, wo der Weg weniger abhängig war, und verschlang mit den Augen die wunderlichen Bilder, die seine Aufmerksamkeit so sehr an sich gezogen hatten. Erst jetzt war es ihm möglich, noch einen und den andern besondern Umstand zu bemerken. Der junge, rüstige Mann hatte wirklich eine Polieraxt auf der Schulter und ein langes, schwankes eisernes Winkelmaß. Die Kinder trugen große Schilfbüschel, als wenn es Palmen wären; und wenn sie von dieser Seite den Engeln glichen, so schleppten sie auch wieder kleine Körbchen mit Eßwaren und glichen dadurch den täglichen Boten, wie sie über das Gebirg hin- und herzugehen pflegen. Auch hatte die Mutter, als er sie näher betrachtete, unter dem blauen Mantel ein rötliches, zartgefärbtes Unterkleid, so daß unser Freund die Flucht nach Ägypten, die er so oft gemalt gesehen, mit Verwunderung hier vor seinen Augen wirklich finden mußte.

Man begrüßte sich, und indem Wilhelm vor Erstaunen und Aufmerksamkeit nicht zu Wort kommen konnte, sagte der junge Mann: »Unsere Kinder haben in diesem Augenblicke schon Freundschaft gemacht. Wollt Ihr mit uns, um zu sehen, ob auch zwischen den Erwachsenen ein gutes Verhältnis entstehen könne?«

Wilhelm bedachte sich ein wenig und versetzte dann: »Der Anblick Eures kleinen Familienzuges erregt Vertrauen und Neigung und, daß ich's nur gleich gestehe, ebensowohl Neugierde und ein lebhaftes Verlangen, Euch näher kennenzulernen. Denn im ersten Augenblicke möchte man bei sich die Frage aufwerfen, ob Ihr wirkliche Wanderer oder ob Ihr nur Geister seid, die sich ein Vergnügen daraus machen, dieses unwirtbare Gebirg durch angenehme Erscheinungen zu beleben.«

»So kommt mit in unsere Wohnung«, sagte jener. – »Kommt mit!« riefen die Kinder, indem sie den Felix schon mit sich fortzogen. – »Kommt mit!« sagte die Frau, indem sie ihre liebenswürdige Freundlichkeit von dem Säugling ab auf den Fremdling wendete.

Ohne sich zu bedenken, sagte Wilhelm: »Es tut mir leid, daß ich Euch nicht sogleich folgen kann. Wenigstens diese Nacht noch muß ich oben auf dem Grenzhause zubringen. Mein Mantelsack, meine Papiere, alles liegt noch oben, ungepackt und unbesorgt. Damit ich aber Wunsch und Willen beweise, Eurer freundlichen Einladung genugzutun, so gebe ich Euch meinen Felix zum Pfande mit. Morgen bin ich bei Euch. Wie weit ist's hin?«

»Vor Sonnenuntergang erreichen wir noch unsere Wohnung«, sagte der Zimmermann, »und von dem Grenzhause habt Ihr nur noch anderthalb Stunden. Euer Knabe vermehrt unsern Haushalt für diese Nacht; morgen erwarten wir Euch.«

Der Mann und das Tier setzten sich in Bewegung. Wilhelm sah seinen Felix mit Behagen in so guter Gesellschaft, er konnte ihn mit den lieben Engelein vergleichen, gegen die er kräftig abstach. Für seine Jahre war er nicht groß, aber stämmig, von breiter Brust und kräftigen Schultern; in seiner Natur war ein eigenes Gemisch von Herrschen und Dienen; er hatte schon einen Palmzweig und ein Körbchen ergriffen, womit er beides auszusprechen schien. Schon drohte der Zug abermals um eine Felswand zu verschwinden, als sich Wilhelm zusammennahm und nachrief: »Wie soll ich Euch aber erfragen?«

»Fragt nur nach Sankt Joseph!« erscholl es aus der Tiefe, und die ganze Erscheinung war hinter den blauen Schattenwänden verschwunden. Ein frommer, mehrstimmiger Gesang tönte verhallend aus der Ferne, und Wilhelm glaubte die Stimme seines Felix zu unterscheiden.

Er stieg aufwärts und verspätete sich dadurch den Sonnenuntergang. Das himmlische Gestirn, das er mehr denn einmal verloren hatte, erleuchtete ihn wieder, als er höher trat, und noch war es Tag, als er an seiner Herberge anlangte. Nochmals erfreute er sich der großen Gebirgsansicht und zog sich sodann auf sein Zimmer zurück, wo er sogleich die Feder ergriff und einen Teil der Nacht mit Schreiben zubrachte.

Wilhelm an Natalien

»Nun ist endlich die Höhe erreicht, die Höhe des Gebirgs, das eine mächtigere Trennung zwischen uns setzen wird als der ganze Landraum bisher. Für mein Gefühl ist man noch immer in der Nähe seiner Lieben, solange die Ströme von uns zu ihnen laufen. Heute kann ich mir noch einbilden, der Zweig, den ich in den Waldbach werfe, könnte füglich zu ihr hinabschwimmen, könnte in wenigen Tagen vor ihrem Garten landen; und so sendet unser Geist seine Bilder, das Herz seine Gefühle bequemer abwärts. Aber drüben, fürchte ich, stellt sich eine Scheidewand der Einbildungskraft und der Empfindung entgegen. Doch ist das vielleicht nur eine voreilige Besorglichkeit: denn es wird wohl auch drüben nicht anders sein als hier. Was könnte mich von Dir scheiden! von Dir, der ich auf ewig geeignet bin, wenngleich ein wundersames Geschick mich von Dir trennt und mir den Himmel, dem ich so nahe stand, unerwartet zuschließt. Ich hatte Zeit, mich zu fassen, und doch hätte keine Zeit hingereicht, mir diese Fassung zu geben, hätte ich sie nicht aus Deinem

Munde gewonnen, von Deinen Lippen in jenem entscheidenden Moment. Wie hätte ich mich losreißen können, wenn der dauerhafte Faden nicht gesponnen wäre, der uns für die Zeit und für die Ewigkeit verbinden soll. Doch ich darf ja von allem dem nicht reden. Deine zarten Gebote will ich nicht übertreten; auf diesem Gipfel sei es das letztemal, daß ich das Wort Trennung vor Dir ausspreche. Mein Leben soll eine Wanderschaft werden. Sonderbare Pflichten des Wanderers habe ich auszuüben und ganz eigene Prüfungen zu bestehen. Wie lächle ich manchmal, wenn ich die Bedingungen durchlese, die mir der Verein, die ich mir selbst vorschrieb! Manches wird gehalten, manches übertreten; aber selbst bei der Übertretung dient mir dies Blatt, dieses Zeugnis von meiner letzten Beichte, meiner letzten Absolution statt eines gebietenden Gewissens, und ich lenke wieder ein. Ich hüte mich, und meine Fehler stürzen sich nicht mehr wie Gebirgswasser einer über den andern.
Doch will ich Dir gern gestehen, daß ich oft diejenigen Lehrer und Menschenführer bewundere, die ihren Schülern nur äußere, mechanische Pflichten auflegen. Sie machen sich's und der Welt leicht. Denn gerade diesen Teil meiner Verbindlichkeiten, der mir erst der beschwerlichste, der wunderlichste schien, diesen beobachte ich am bequemsten, am liebsten.
Nicht über drei Tage soll ich unter *einem* Dache bleiben. Keine Herberge soll ich verlassen, ohne daß ich mich wenigstens eine Meile von ihr entferne. Diese Gebote sind wahrhaft geeignet, meine Jahre zu Wanderjahren zu machen und zu verhindern, daß auch nicht die geringste Versuchung des Ansiedelns bei mir sich finde. Dieser Bedingung habe ich mich bisher genau unterworfen, ja mich der gegebenen Erlaubnis nicht einmal bedient. Hier ist eigentlich das erstemal, daß ich stillhalte, das erstemal, daß ich die dritte Nacht in demselben Bette schlafe. Von hier sende ich Dir manches bisher Vernommene, Beobachtete, Gesparte, und dann geht es morgen früh auf der andern Seite hinab, fürerst zu einer wunderbaren Familie, zu einer heiligen Familie möchte ich

wohl sagen, von der Du in meinem Tagebuche mehr finden wirst. Jetzt lebe wohl und lege dieses Blatt mit dem Gefühl aus der Hand, daß es nur *eins* zu sagen habe, nur *eines* sagen und immer wiederholen möchte, aber es nicht sagen, nicht wiederholen will, bis ich das Glück habe, wieder zu Deinen Füßen zu liegen und auf Deinen Händen mich über alle das Entbehren auszuweinen.

Morgens.

Es ist eingepackt. Der Bote schnürt den Mantelsack auf das Reff. Noch ist die Sonne nicht aufgegangen, die Nebel dampfen aus allen Gründen; aber der obere Himmel ist heiter. Wir steigen in die düstere Tiefe hinab, die sich auch bald über unserm Haupte erhellen wird. Laß mich mein letztes Ach zu Dir hinübersenden! Laß meinen letzten Blick zu Dir sich noch mit einer unwillkürlichen Träne füllen! Ich bin entschieden und entschlossen. Du sollst keine Klagen mehr von mir hören; Du sollst nur hören, was dem Wanderer begegnet. Und doch kreuzen sich, indem ich schließen will, nochmals tausend Gedanken, Wünsche, Hoffnungen und Vorsätze. Glücklicherweise treibt man mich hinweg. Der Bote ruft, und der Wirt räumt schon wieder auf in meiner Gegenwart, eben als wenn ich hinweg wäre, wie gefühllose, unvorsichtige Erben vor dem Abscheidenden die Anstalten, sich in Besitz zu setzen, nicht verbergen.«

Zweites Kapitel

Sankt Joseph der Zweite

Schon hatte der Wanderer, seinem Boten auf dem Fuße folgend, steile Felsen hinter und über sich gelassen, schon durchstrichen sie ein sanfteres Mittelgebirg und eilten durch manchen wohlbestandnen Wald, durch manchen freundlichen Wiesengrund immer vorwärts, bis sie sich endlich an

einem Abhange befanden und in ein sorgfältig bebautes, von Hügeln rings umschlossenes Tal hinabschauten. Ein großes, halb in Trümmern liegendes, halb wohlerhaltenes Klostergebäude zog sogleich die Aufmerksamkeit an sich. »Dies ist Sankt Joseph«, sagte der Bote; »jammerschade für die schöne Kirche! Seht nur, wie ihre Säulen und Pfeiler durch Gebüsch und Bäume noch so wohlerhalten durchsehen, ob sie gleich schon viele hundert Jahre im Schutt liegt.«
»Die Klostergebäude hingegen«, versetzte Wilhelm, »sehe ich, sind noch wohlerhalten.« – »Ja«, sagte der andere, »es wohnt ein Schaffner daselbst, der die Wirtschaft besorgt, die Zinsen und Zehnten einnimmt, welche man weit und breit hieher zu zahlen hat.«
Unter diesen Worten waren sie durch das offene Tor in den geräumigen Hof gelangt, der, von ernsthaften, wohlerhaltenen Gebäuden umgeben, sich als Aufenthalt einer ruhigen Sammlung ankündigte. Seinen Felix mit den Engeln von gestern sah er sogleich beschäftigt um einen Tragkorb, den eine rüstige Frau vor sich gestellt hatte; sie waren im Begriff, Kirschen zu handeln; eigentlich aber feilschte Felix, der immer etwas Geld bei sich führte. Nun machte er sogleich als Gast den Wirt, spendete reichliche Früchte an seine Gespielen, selbst dem Vater war die Erquickung angenehm, mitten in diesen unfruchtbaren Mooswäldern, wo die farbigen, glänzenden Früchte noch einmal so schön erschienen. Sie trage solche weit herauf aus einem großen Garten, bemerkte die Verkäuferin, um den Preis annehmlich zu machen, der den Käufern etwas zu hoch geschienen hatte. Der Vater werde bald zurückkommen, sagten die Kinder, er solle nur einstweilen in den Saal gehen und dort ausruhen.
Wie verwundert war jedoch Wilhelm, als die Kinder ihn zu dem Raume führten, den sie den Saal nannten. Gleich aus dem Hofe ging es zu einer großen Tür hinein, und unser Wanderer fand sich in einer sehr reinlichen, wohlerhaltenen Kapelle, die aber, wie er wohl sah, zum häuslichen Gebrauch des täglichen Lebens eingerichtet war. An der einen Seite stand ein Tisch, ein Sessel, mehrere Stühle und

Bänke, an der anderen Seite ein wohlgeschnitztes Gerüst mit bunter Töpferware, Krügen und Gläsern. Es fehlte nicht an einigen Truhen und Kisten und, so ordentlich alles war, doch nicht an dem Einladenden des häuslichen, täglichen Lebens. Das Licht fiel von hohen Fenstern an der Seite herein. Was aber die Aufmerksamkeit des Wanderers am meisten erregte, waren farbige, auf die Wand gemalte Bilder, die unter den Fenstern in ziemlicher Höhe, wie Teppiche, um drei Teile der Kapelle herumreichten und bis auf ein Getäfel herabgingen, das die übrige Wand bis zur Erde bedeckte. Die Gemälde stellten die Geschichte des heiligen Joseph vor. Hier sah man ihn mit seiner Zimmerarbeit beschäftigt; hier begegnete er Marien, und eine Lilie sproßte zwischen beiden aus dem Boden, indem einige Engel sie lauschend umschwebten. Hier wird er getraut; es folgt der Englische Gruß. Hier sitzt er mißmutig zwischen angefangener Arbeit, läßt die Axt ruhen und sinnt darauf, seine Gattin zu verlassen. Zunächst erscheint ihm aber der Engel im Traum, und seine Lage ändert sich. Mit Andacht betrachtet er das neugeborne Kind im Stalle zu Bethlehem und betet es an. Bald darauf folgt ein wundersam schönes Bild. Man sieht mancherlei Holz gezimmert; eben soll es zusammengesetzt werden, und zufälligerweise bilden ein paar Stücke ein Kreuz. Das Kind ist auf dem Kreuze eingeschlafen, die Mutter sitzt daneben und betrachtet es mit inniger Liebe, und der Pflegevater hält mit der Arbeit inne, um den Schlaf nicht zu stören. Gleich darauf folgt die Flucht nach Ägypten. Sie erregte bei dem beschauenden Wanderer ein Lächeln, indem er die Wiederholung des gestrigen lebendigen Bildes hier an der Wand sah.

Nicht lange war er seinen Betrachtungen überlassen, so trat der Wirt herein, den er sogleich als den Führer der heiligen Karawane wiedererkannte. Sie begrüßten sich aufs herzlichste, mancherlei Gespräche folgten; doch Wilhelms Aufmerksamkeit blieb auf die Gemälde gerichtet. Der Wirt merkte das Interesse seines Gastes und fing lächelnd an: »Gewiß, Ihr bewundert die Übereinstimmung dieses

Gebäudes mit seinen Bewohnern, die Ihr gestern kennenlerntet. Sie ist aber vielleicht noch sonderbarer, als man vermuten sollte: das Gebäude hat eigentlich die Bewohner gemacht. Denn wenn das Leblose lebendig ist, so kann es auch wohl Lebendiges hervorbringen.«

»O ja!« versetzte Wilhelm. »Es sollte mich wundern, wenn der Geist, der vor Jahrhunderten in dieser Bergöde so gewaltig wirkte und einen so mächtigen Körper von Gebäuden, Besitzungen und Rechten an sich zog und dafür mannigfaltige Bildung in der Gegend verbreitete, es sollte mich wundern, wenn er nicht auch aus diesen Trümmern noch seine Lebenskraft auf ein lebendiges Wesen ausübte. Laßt uns jedoch nicht im Allgemeinen verharren, macht mich mit Eurer Geschichte bekannt, damit ich erfahre, wie es möglich war, daß ohne Spielerei und Anmaßung die Vergangenheit sich wieder in Euch darstellt und das, was vorüberging, abermals herantritt.«

Eben als Wilhelm belehrende Antwort von den Lippen seines Wirtes erwartete, rief eine freundliche Stimme im Hofe den Namen Joseph. Der Wirt hörte darauf und ging nach der Tür.

»Also heißt er auch Joseph!« sagte Wilhelm zu sich selbst. »Das ist doch sonderbar genug und doch eben nicht so sonderbar, als daß er seinen Heiligen im Leben darstellt.« Er blickte zu gleicher Zeit nach der Türe und sah die Mutter Gottes von gestern mit dem Manne sprechen. Sie trennten sich endlich: die Frau ging nach der gegenüberstehenden Wohnung. »Marie!« rief er ihr nach, »nur noch ein Wort!« – »Also heißt sie auch Marie!« dachte Wilhelm; »es fehlt nicht viel, so fühle ich mich achtzehnhundert Jahre zurückversetzt.« Er dachte sich das ernsthaft eingeschlossene Tal, in dem er sich befand, die Trümmer und die Stille, und eine wundersam altertümliche Stimmung überfiel ihn. Es war Zeit, daß der Wirt und die Kinder hereintraten. Die letztern forderten Wilhelm zu einem Spaziergange auf, indes der Wirt noch einigen Geschäften vorstehen wollte. Nun ging es durch die Ruinen des säulenreichen Kirchengebäudes, dessen hohe Giebel und Wände sich in Wind und Wetter zu befestigen schienen, indessen sich starke Bäume von alters her auf den breiten Mauerrücken eingewurzelt hatten und in Gesellschaft von mancherlei Gras, Blumen und Moos kühn in der Luft hängende Gärten vorstellten. Sanfte Wiesenpfade führten einen lebhaften Bach hinan, und von einiger Höhe konnte der Wanderer nun das Gebäude nebst seiner Lage mit so mehr Interesse überschauen, als ihm dessen Bewohner immer merkwürdiger geworden und durch die Harmonie mit ihrer Umgebung seine lebhafteste Neugier erregt hatten.

Man kehrte zurück und fand in dem frommen Saal einen Tisch gedeckt. Obenan stand ein Lehnsessel, in den sich die Hausfrau niederließ. Neben sich hatte sie einen hohen Korb stehen, in welchem das kleine Kind lag; den Vater sodann zur linken Hand und Wilhelm zur rechten. Die drei Kinder besetzten den untern Raum des Tisches. Eine alte Magd brachte ein wohlzubereitetes Essen. Speise- und Trinkgeschirr deuteten gleichfalls auf vergangene Zeit. Die Kinder gaben Anlaß zur Unterhaltung, indessen Wilhelm die Gestalt und das Betragen seiner heiligen Wirtin nicht genugsam beobachten konnte.

Nach Tische zerstreute sich die Gesellschaft; der Wirt führte seinen Gast an eine schattige Stelle der Ruine, wo man von einem erhöhten Platze die angenehme Aussicht das Tal hinab vollkommen vor sich hatte und die Berghöhen des untern Landes mit ihren fruchtbaren Abhängen und waldigen Rücken hintereinander hinausgeschoben sah. »Es ist billig«, sagte der Wirt, »daß ich Ihre Neugierde befriedige, um so mehr, als ich an Ihnen fühle, daß Sie imstande sind, auch das Wunderliche ernsthaft zu nehmen, wenn es auf einem ernsten Grunde beruht. Diese geistliche Anstalt, von der Sie noch die Reste sehen, war der Heiligen Familie gewidmet und vor alters als Wallfahrt wegen mancher Wunder berühmt. Die Kirche war der Mutter und dem Sohne geweiht. Sie ist schon seit mehreren Jahrhunderten zerstört.

Die Kapelle, dem heiligen Pflegevater gewidmet, hat sich erhalten, so auch der brauchbare Teil der Klostergebäude. Die Einkünfte bezieht schon seit geraumen Jahren ein weltlicher Fürst, der seinen Schaffner hier oben hält, und der bin ich, Sohn des vorigen Schaffners, der gleichfalls seinem Vater in dieser Stelle nachfolgte.
Der heilige Joseph, obgleich jede kirchliche Verehrung hier oben lange aufgehört hatte, war gegen unsere Familie so wohltätig gewesen, daß man sich nicht verwundern darf, wenn man sich besonders gut gegen ihn gesinnt fühlte; und daher kam es, daß man mich in der Taufe Joseph nannte und dadurch gewissermaßen meine Lebensweise bestimmte. Ich wuchs heran, und wenn ich mich zu meinem Vater gesellte, indem er die Einnahmen besorgte, so schloß ich mich ebenso gern, ja noch lieber an meine Mutter an, welche nach Vermögen gern ausspendete und durch ihren guten Willen und durch ihre Wohltaten im ganzen Gebirge bekannt und geliebt war. Sie schickte mich bald da-, bald dorthin, bald zu bringen, bald zu bestellen, bald zu besorgen, und ich fand mich sehr leicht in diese Art von frommem Gewerbe.
Überhaupt hat das Gebirgsleben etwas Menschlicheres als das Leben auf dem flachen Lande. Die Bewohner sind einander näher und, wenn man will, auch ferner; die Bedürfnisse geringer, aber dringender. Der Mensch ist mehr auf sich gestellt, seinen Händen, seinen Füßen muß er vertrauen lernen. Der Arbeiter, der Bote, der Lastträger, alle vereinigen sich in *einer* Person; auch steht jeder dem andern näher, begegnet ihm öfter und lebt mit ihm in einem gemeinsamen Treiben.
Da ich noch jung war und meine Schultern nicht viel zu schleppen vermochten, fiel ich darauf, einen kleinen Esel mit Körben zu versehen und vor mir her die steilen Fußpfade hinauf- und hinabzutreiben. Der Esel ist im Gebirg kein so verächtlich Tier als im flachen Lande, wo der Knecht, der mit Pferden pflügt, sich für besser hält als den andern, der den Acker mit Ochsen umreißt. Und ich ging um so mehr ohne Bedenken hinter meinem Tiere her, als ich in der Kapelle früh bemerkt hatte, daß es zu der Ehre gelangt war,

Gott und seine Mutter zu tragen. Doch war diese Kapelle damals nicht in dem Zustande, in welchem sie sich gegenwärtig befindet. Sie ward als ein Schuppen, ja fast wie ein Stall behandelt. Brennholz, Stangen, Gerätschaften, Tonnen und Leitern und was man nur wollte, war übereinandergeschoben. Glücklicherweise, daß die Gemälde so hoch stehen und die Täfelung etwas aushält. Aber schon als Kind erfreute ich mich besonders, über alles das Gehölz hin und her zu klettern und die Bilder zu betrachten, die mir niemand recht auslegen konnte. Genug, ich wußte, daß der Heilige, dessen Leben oben gezeichnet war, mein Pate sei, und ich erfreute mich an ihm, als ob er mein Onkel gewesen wäre. Ich wuchs heran, und weil es eine besondere Bedingung war, daß der, welcher an das einträgliche Schaffneramt Anspruch machen wollte, ein Handwerk ausüben mußte, so sollte ich, dem Willen meiner Eltern gemäß, welche wünschten, daß künftig diese gute Pfründe auf mich erben möchte, ein Handwerk lernen, und zwar ein solches, das zugleich hier oben in der Wirtschaft nützlich wäre.
Mein Vater war Bötticher und schaffte alles, was von dieser Arbeit nötig war, selbst, woraus ihm und dem Ganzen großer Vorteil erwuchs. Allein ich konnte mich nicht entschließen, ihm darin nachzufolgen. Mein Verlangen zog mich unwiderstehlich nach dem Zimmerhandwerke, wovon ich das Arbeitszeug so umständlich und genau, von Jugend auf, neben meinem Heiligen gemalt gesehen. Ich erklärte meinen Wunsch; man war mir nicht entgegen, um so weniger, als bei so mancherlei Baulichkeiten der Zimmermann oft von uns in Anspruch genommen ward, ja bei einigem Geschick und Liebe zu feinerer Arbeit, besonders in Waldgegenden, die Tischler- und sogar die Schnitzerkünste ganz nahe liegen. Und was mich noch mehr in meinen höhern Aussichten bestärkte, war jenes Gemälde, das leider nunmehr fast ganz verloschen ist. Sobald Sie wissen, was es vorstellen soll, so werden Sie sich's entziffern können, wenn ich Sie nachher davor führe. Dem heiligen Joseph war nichts Geringeres aufgetragen, als einen Thron für den König

Herodes zu machen. Zwischen zwei gegebenen Säulen soll der Prachtsitz aufgeführt werden. Joseph nimmt sorgfältig das Maß von Breite und Höhe und arbeitet einen köstlichen Königsthron. Aber wie erstaunt ist er, wie verlegen, als er den Prachtsessel herbeischafft: er findet sich zu hoch und nicht breit genug. Mit König Herodes war, wie bekannt, nicht zu spaßen; der fromme Zimmermeister ist in der größten Verlegenheit. Das Christkind, gewohnt, ihn überallhin zu begleiten, ihm in kindlich demütigem Spiel die Werkzeuge nachzutragen, bemerkt seine Not und ist gleich mit Rat und Tat bei der Hand. Das Wunderkind verlangt vom Pflegevater, er solle den Thron an der einen Seite fassen; es greift in die andere Seite des Schnitzwerks, und beide fangen an zu ziehen. Sehr leicht und bequem, als wär' er von Leder, zieht sich der Thron in die Breite, verliert verhältnismäßig an der Höhe und paßt ganz vortrefflich an Ort und Stelle, zum größten Troste des beruhigten Meisters und zur vollkommenen Zufriedenheit des Königs.
Jener Thron war in meiner Jugend noch recht gut zu sehen, und an den Resten der einen Seite werden Sie bemerken können, daß am Schnitzwerk nichts gespart war, das freilich dem Maler leichter fallen mußte, als es dem Zimmermann gewesen wäre, wenn man es von ihm verlangt hätte.
Hieraus zog ich aber keine Bedenklichkeit, sondern ich erblickte das Handwerk, dem ich mich gewidmet hatte, in einem so ehrenvollen Lichte, daß ich nicht erwarten konnte, bis man mich in die Lehre tat; welches um so leichter auszuführen war, als in der Nachbarschaft ein Meister wohnte, der für die ganze Gegend arbeitete und mehrere Gesellen und Lehrbursche beschäftigen konnte. Ich blieb also in der Nähe meiner Eltern und setzte gewissermaßen mein voriges Leben fort, indem ich Feierstunden und Feiertage zu den wohltätigen Botschaften, die mir meine Mutter aufzutragen fortfuhr, verwendete.«

»So vergingen einige Jahre«, fuhr der Erzähler fort. »Ich begriff die Vorteile des Handwerks* sehr bald, und mein Körper, durch Arbeit ausgebildet, war imstande, alles zu übernehmen, was dabei gefordert wurde. Nebenher versah ich meinen alten Dienst, den ich der guten Mutter, oder vielmehr Kranken und Notdürftigen, leistete. Ich zog mit meinem Tier durchs Gebirg, verteilte die Ladung pünktlich und nahm von Krämern und Kaufleuten rückwärts mit, was uns hier oben fehlte. Mein Meister war zufrieden mit mir, und meine Eltern auch. Schon hatte ich das Vergnügen, auf meinen Wanderungen manches Haus zu sehen, das ich mit aufgeführt, das ich verziert hatte. Denn besonders dieses letzte Einkerben der Balken, dieses Einschneiden von gewissen einfachen Formen, dieses Einbrennen zierender Figuren, dieses Rotmalen einiger Vertiefungen, wodurch ein hölzernes Berghaus den so lustigen Anblick gewährt, solche Künste waren mir besonders übertragen, weil ich mich am besten aus der Sache zog, der ich immer den Thron Herodes' und seine Zieraten im Sinne hatte.

Unter den hülfsbedürftigen Personen, für die meine Mutter eine vorzügliche Sorge trug, standen besonders junge Frauen obenan, die sich guter Hoffnung befanden, wie ich nach und nach wohl bemerken konnte, ob man schon in solchen Fällen die Botschaften gegen mich geheimnisvoll zu behandeln pflegte. Ich hatte dabei niemals einen unmittelbaren Auftrag, sondern alles ging durch ein gutes Weib, welche nicht fern das Tal hinab wohnte und Frau Elisabeth genannt wurde. Meine Mutter, selbst in der Kunst erfahren, die so manchen gleich beim Eintritt in das Leben zum Leben rettet, stand mit Frau Elisabeth in fortdauernd gutem Vernehmen, und ich mußte oft von allen Seiten hören, daß mancher unserer rüstigen Bergbewohner diesen beiden Frauen sein Dasein zu danken habe. Das Geheimnis, womit mich Elisabeth jederzeit empfing, die bündigen Antworten auf meine rätselhaften Fragen, die ich selbst nicht verstand, erregten

mir sonderbare Ehrfurcht für sie, und ihr Haus, das höchst reinlich war, schien mir eine Art von kleinem Heiligtume vorzustellen.
Indessen hatte ich durch meine Kenntnisse und Handwerkstätigkeit in der Familie ziemlichen Einfluß gewonnen. Wie mein Vater als Bötticher für den Keller gesorgt hatte, so sorgte ich nun für Dach und Fach und verbesserte manchen schadhaften Teil der alten Gebäude. Besonders wußte ich einige verfallene Scheuern und Remisen für den häuslichen Gebrauch wieder nutzbar zu machen; und kaum war dieses geschehen, als ich meine geliebte Kapelle zu räumen und zu reinigen anfing. In wenigen Tagen war sie in Ordnung, fast wie Ihr sie sehet; wobei ich mich bemühte, die fehlenden oder beschädigten Teile des Täfelwerks dem Ganzen gleich wieder herzustellen. Auch solltet Ihr diese Flügeltüren des Eingangs wohl für alt genug halten; sie sind aber von meiner Arbeit. Ich habe mehrere Jahre zugebracht, sie in ruhigen Stunden zu schnitzen, nachdem ich sie vorher aus starken eichenen Bohlen im ganzen tüchtig zusammengefügt hatte. Was bis zu dieser Zeit von Gemälden nicht beschädigt oder verloschen war, hat sich auch noch erhalten, und ich half dem Glasmeister bei einem neuen Bau, mit der Bedingung, daß er bunte Fenster herstellte.
Hatten jene Bilder und die Gedanken an das Leben des Heiligen meine Einbildungskraft beschäftigt, so drückte sich das alles nur viel lebhafter bei mir ein, als ich den Raum wieder für ein Heiligtum ansehen, darin, besonders zur Sommerzeit, verweilen und über das, was ich sah oder vermutete, mit Muße nachdenken konnte. Es lag eine unwiderstehliche Neigung in mir, diesem Heiligen nachzufolgen; und da sich ähnliche Begebenheiten nicht leicht herbeirufen ließen, so wollte ich wenigstens von unten auf anfangen, ihm zu gleichen: wie ich denn wirklich durch den Gebrauch des lastbaren Tiers schon lange begonnen hatte. Das kleine Geschöpf, dessen ich mich bisher bedient, wollte mir nicht mehr genügen; ich suchte mir einen viel stattlichern Träger aus, sorgte für einen wohlgebauten Sattel, der

zum Reiten wie zum Packen gleich bequem war. Ein paar neue Körbe wurden angeschafft, und ein Netz von bunten Schnüren, Flocken und Quasten, mit klingenden Metallstiften untermischt, zierte den Hals des langohrigen Geschöpfs, das sich nun bald neben seinem Musterbilde an der Wand zeigen durfte. Niemanden fiel ein, über mich zu spotten, wenn ich in diesem Aufzuge durchs Gebirge kam: denn man erlaubt ja gern der Wohltätigkeit eine wunderliche Außenseite.

Indessen hatte sich der Krieg, oder vielmehr die Folge desselben, unserer Gegend genähert, indem verschiedenemal gefährliche Rotten von verlaufenem Gesindel sich versammelten und hie und da manche Gewalttätigkeit, manchen Mutwillen ausübten. Durch die gute Anstalt der Landmiliz, durch Streifungen und augenblickliche Wachsamkeit wurde dem Übel zwar bald gesteuert; doch verfiel man zu geschwind wieder in Sorglosigkeit, und ehe man sich's versah, brachen wieder neue Übeltaten hervor.

Lange war es in unserer Gegend still gewesen, und ich zog mit meinem Saumrosse ruhig die gewohnten Pfade, bis ich eines Tages über die frisch besäte Waldblöße kam und an dem Rande des Hegegrabens eine weibliche Gestalt sitzend oder vielmehr liegend fand. Sie schien zu schlafen oder ohnmächtig zu sein. Ich bemühte mich um sie, und als sie ihre schönen Augen aufschlug und sich in die Höhe richtete, rief sie mit Lebhaftigkeit aus: ›Wo ist er? habt Ihr ihn gesehen?‹ Ich fragte: ›Wen?‹ Sie versetzte: ›Meinen Mann!‹ Bei ihrem höchst jugendlichen Ansehen war mir diese Antwort unerwartet; doch fuhr ich nur um desto lieber fort, ihr beizustehen und sie meiner Teilnahme zu versichern. Ich vernahm, daß die beiden Reisenden sich wegen der beschwerlichen Fuhrwege von ihrem Wagen entfernt gehabt, um einen nähern Fußweg einzuschlagen. In der Nähe seien sie von Bewaffneten überfallen worden, ihr Mann habe sich fechtend entfernt, sie habe ihm nicht weit folgen können und sei an dieser Stelle liegengeblieben, sie wisse nicht wie lange. Sie bitte mich inständig, sie zu verlassen und ihrem Manne nachzueilen. Sie richtete sich auf ihre Füße, und die schönste, liebenswürdigste Gestalt stand vor mir; doch konnte ich leicht bemerken, daß sie sich in einem Zustande befinde, in welchem sie die Beihülfe meiner Mutter und der Frau Elisabeth wohl bald bedürfen möchte. Wir stritten uns eine Weile: denn ich verlangte, sie erst in Sicherheit zu bringen; sie verlangte zuerst Nachricht von ihrem Manne. Sie wollte sich von seiner Spur nicht entfernen, und alle meine Vorstellungen hätten vielleicht nicht gefruchtet, wenn nicht eben ein Kommando unserer Miliz, welche durch die Nachricht von neuen Übeltaten rege geworden war, sich durch den Wald her bewegt hätte. Diese wurden unterrichtet, mit ihnen das Nötige verabredet, der Ort des Zusammentreffens bestimmt und so für diesmal die Sache geschlichtet. Geschwind versteckte ich meine Körbe in eine benachbarte Höhle, die mir schon öfters zur Niederlage gedient hatte, richtete meinen Sattel zum bequemen Sitz und hob, nicht ohne eine sonderbare Empfindung, die schöne Last auf mein williges Tier, das die gewohnten Pfade sogleich von selbst zu finden wußte und mir Gelegenheit gab, nebenher zu gehen.

Ihr denkt, ohne daß ich es weitläufig beschreibe, wie wunderlich mir zumute war. Was ich so lange gesucht, hatte ich wirklich gefunden. Es war mir, als wenn ich träumte, und dann gleich wieder, als ob ich aus einem Traume erwachte. Diese himmlische Gestalt, wie ich sie gleichsam in der Luft schweben und vor den grünen Bäumen sich her bewegen sah, kam mir jetzt wie ein Traum vor, der durch jene Bilder in der Kapelle sich in meiner Seele erzeugte. Bald schienen mir jene Bilder nur Träume gewesen zu sein, die sich hier in eine schöne Wirklichkeit auflösten. Ich fragte sie manches, sie antwortete mir sanft und gefällig, wie es einer anständig Betrübten ziemt. Oft bat sie mich, wenn wir auf eine entblößte Höhe kamen, stillezuhalten, mich umzusehen, zu horchen. Sie bat mich mit solcher Anmut, mit einem solchen tief wünschenden Blick unter ihren langen schwarzen Augenwimpern hervor, daß ich alles tun mußte, was nur möglich war; ja ich erkletterte eine freistehende, hohe, astlose Fichte. Nie war mir dieses Kunststück meines Handwerks willkommener gewesen; nie hatte ich mit mehr Zufriedenheit von ähnlichen Gipfeln, bei Festen und Jahrmärkten, Bänder und seidene Tücher heruntergeholt. Doch kam ich diesesmal leider ohne Ausbeute; auch oben sah und hörte ich nichts. Endlich rief sie selbst mir, herabzukommen, und winkte gar lebhaft mit der Hand; ja, als ich endlich beim Herabgleiten mich in ziemlicher Höhe losließ und heruntersprang, tat sie einen Schrei, und eine süße Freundlichkeit verbreitete sich über ihr Gesicht, da sie mich unbeschädigt vor sich sah.

Was soll ich Euch lange von den hundert Aufmerksamkeiten unterhalten, womit ich ihr den ganzen Weg über angenehm zu werden, sie zu zerstreuen suchte. Und wie könnte ich es auch! denn das ist eben die Eigenschaft der wahren Aufmerksamkeit, daß sie im Augenblick das Nichts zu Allem macht. Für mein Gefühl waren die Blumen, die ich ihr brach, die fernen Gegenden, die ich ihr zeigte, die Berge, die Wälder, die ich ihr nannte, so viel kostbare Schätze, die ich ihr zuzueignen dachte, um mich mit ihr in Verhältnis zu setzen, wie man es durch Geschenke zu tun sucht.

Schon hatte sie mich für das ganze Leben gewonnen, als wir in dem Orte vor der Türe jener guten Frau anlangten und ich schon eine schmerzliche Trennung vor mir sah. Nochmals durchlief ich ihre ganze Gestalt, und als meine Augen an den Fuß herabkamen, bückte ich mich, als wenn ich etwas am Gurte zu tun hätte, und küßte den niedlichsten Schuh, den ich in meinem Leben gesehen hatte, doch ohne daß sie es merkte. Ich half ihr herunter, sprang die Stufen hinauf und rief in die Haustüre: ›Frau Elisabeth, Ihr werdet heimgesucht!‹ Die Gute trat hervor, und ich sah ihr über die Schultern zum Hause hinaus, wie das schöne Wesen die Stufen heraufstieg, mit anmutiger Trauer und innerlichem schmerzlichem Selbstgefühl, dann meine würdige Alte freundlich umarmte und sich von ihr in das bessere Zimmer leiten ließ. Sie schlossen sich ein, und ich stand bei meinem Esel vor der Tür, wie einer, der kostbare Waren abgeladen hat und wieder ein ebenso armer Treiber ist als vorher.«

Der Lilienstengel

»Ich zauderte noch, mich zu entfernen, denn ich war unschlüssig, was ich tun sollte, als Frau Elisabeth unter die Türe trat und mich ersuchte, meine Mutter zu ihr zu berufen, alsdann umherzugehen und womöglich von dem Manne Nachricht zu geben. ›Marie läßt Euch gar sehr darum ersuchen‹, sagte sie. – ›Kann ich sie nicht noch einmal selbst sprechen?‹ versetzte ich. – ›Das geht nicht an‹, sagte Frau Elisabeth, und wir trennten uns. In kurzer Zeit erreichte ich unsere Wohnung; meine Mutter war bereit, noch diesen Abend hinabzugehen und der jungen Fremden hülfreich zu sein. Ich eilte nach dem Lande hinunter und hoffte, bei dem Amtmann die sichersten Nachrichten zu erhalten. Allein er war noch selbst in Ungewißheit, und weil er mich kannte, hieß er mich die Nacht bei ihm verweilen. Sie ward mir unendlich lang, und immer hatte ich die schöne Gestalt vor Augen, wie sie auf dem Tiere schwankte und so schmerzhaft freundlich zu mir heruntersah. Jeden Augenblick hofft' ich auf Nachricht. Ich gönnte und wünschte dem guten Ehemann das Leben, und doch mochte ich sie mir so gern als Witwe denken. Das streifende Kommando fand sich nach und nach zusammen, und nach mancherlei abwechselnden Gerüchten zeigte sich endlich die Gewißheit, daß der Wagen gerettet, der unglückliche Gatte aber an seinen Wunden in dem benachbarten Dorfe gestorben sei. Auch vernahm ich, daß nach der früheren Abrede einige gegangen waren, diese Trauerbotschaft der Frau Elisabeth zu verkündigen. Also hatte ich dort nichts mehr zu tun noch zu leisten, und doch trieb mich eine unendliche Ungeduld, ein unermeßliches Verlangen durch Berg und Wald wieder vor ihre Türe. Es war Nacht, das Haus verschlossen, ich sah Licht in den

Zimmern, ich sah Schatten sich an den Vorhängen bewegen, und so saß ich gegenüber auf einer Bank, immer im Begriff anzuklopfen und immer von mancherlei Betrachtungen zurückgehalten.

Jedoch was erzähl ich umständlich weiter, was eigentlich kein Interesse hat. Genug, auch am folgenden Morgen nahm man mich nicht ins Haus auf. Man wußte die traurige Nachricht, man bedurfte meiner nicht mehr; man schickte mich zu meinem Vater, an meine Arbeit; man antwortete nicht auf meine Fragen; man wollte mich los sein.

Acht Tage hatte man es so mit mir getrieben, als mich endlich Frau Elisabeth hereinrief. ›Tretet sachte auf, mein Freund‹, sagte sie, ›aber kommt getrost näher!‹ Sie führte mich in ein reinliches Zimmer, wo ich in der Ecke durch halbgeöffnete Bettvorhänge meine Schöne aufrecht sitzen sah. Frau Elisabeth trat zu ihr, gleichsam um mich zu melden, hub etwas vom Bette auf und brachte mir's entgegen: in das weißeste Zeug gewickelt den schönsten Knaben. Frau Elisabeth hielt ihn gerade zwischen mich und die Mutter, und auf der Stelle fiel mir der Lilienstengel ein, der sich auf dem Bilde zwischen Maria und Joseph als Zeuge eines reinen Verhältnisses aus der Erde hebt. Von dem Augenblicke an war mir aller Druck vom Herzen genommen; ich war meiner Sache, ich war meines Glücks gewiß. Ich konnte mit Freiheit zu ihr treten, mit ihr sprechen, ihr himmlisches Auge ertragen, den Knaben auf den Arm nehmen und ihm einen herzlichen Kuß auf die Stirn drücken.

›Wie danke ich Euch für Eure Neigung zu diesem verwaisten Kinde!‹ sagte die Mutter. – Unbedachtsam und lebhaft rief ich aus: ›Es ist keine Waise mehr, wenn Ihr wollt!‹

Frau Elisabeth, klüger als ich, nahm mir das Kind ab und wußte mich zu entfernen.

Noch immer dient mir das Andenken jener Zeit zur glücklichsten Unterhaltung, wenn ich unsere Berge und Täler zu durchwandern genötigt bin. Noch weiß ich mir den kleinsten Umstand zurückzurufen, womit ich Euch jedoch, wie billig, verschone. Wochen gingen vorüber; Maria hatte sich erholt, ich konnte sie öfter sehen, mein Umgang mit ihr war eine Folge von Diensten und Aufmerksamkeiten. Ihre Familienverhältnisse erlaubten ihr einen Wohnort nach Belieben. Erst verweilte sie bei Frau Elisabeth; dann besuchte sie uns, meiner Mutter und mir für so vielen und freundlichen Beistand zu danken. Sie gefiel sich bei uns, und ich schmeichelte mir, es geschehe zum Teil um meinetwillen. Was ich jedoch so gern gesagt hätte und nicht zu sagen wagte, kam auf eine sonderbare und liebliche Weise zur Sprache, als ich sie in die Kapelle führte, die ich schon damals zu einem wohnbaren Saal umgeschaffen hatte. Ich zeigte und erklärte ihr die Bilder, eins nach dem andern, und entwickelte dabei die Pflichten eines Pflegevaters auf eine so lebendige und herzliche Weise, daß ihr die Tränen in die Augen traten und ich mit meiner Bilderdeutung nicht zu Ende kommen konnte. Ich glaubte ihrer Neigung gewiß zu sein, ob ich gleich nicht stolz genug war, das Andenken ihres Mannes so schnell auslöschen zu wollen. Das Gesetz verpflichtet die Witwen zu einem Trauerjahre, und gewiß ist eine solche Epoche, die den Wechsel aller irdischen Dinge in sich begreift, einem fühlenden Herzen nötig, um die schmerzlichen Eindrücke eines großen Verlustes zu mildern. Man sieht die Blumen welken und die Blätter fallen, aber man sieht auch Früchte reifen und neue Knospen keimen. Das Leben gehört den Lebendigen an, und wer lebt, muß auf Wechsel gefaßt sein.

Ich sprach nun mit meiner Mutter über die Angelegenheit, die mir so sehr am Herzen lag. Sie entdeckte mir darauf, wie schmerzlich Marien der Tod ihres Mannes gewesen und wie sie sich ganz allein durch den Gedanken, daß sie für das Kind leben müsse, wieder aufgerichtet habe. Meine Neigung war den Frauen nicht unbekannt geblieben, und schon hatte sich Marie an die Vorstellung gewöhnt, mit uns zu leben. Sie verweilte noch eine Zeitlang in der Nachbarschaft; dann zog sie zu uns herauf, und wir lebten noch eine Weile in dem frömmsten und glücklichsten Brautstande. Endlich verbanden wir uns. Jenes erste Gefühl, das uns zusammengeführt hatte, verlor sich nicht. Die Pflichten und Freuden des Pflegevaters und Vaters vereinigten sich; und so überschritt zwar unsere kleine Familie, indem sie sich vermehrte, ihr Vorbild an Zahl der Personen, aber die Tugenden jenes Musterbildes an Treue und Reinheit der Gesinnungen wurden von uns heilig bewahrt und geübt. Und so erhalten wir auch mit freundlicher Gewohnheit den äußern Schein, zu dem wir zufällig gelangt und der so gut zu unserm Innern paßt: denn ob wir gleich alle gute Fußgänger und rüstige Träger sind, so bleibt das lastbare Tier doch immer in unserer Gesellschaft, um eine oder die andere Bürde fortzubringen, wenn uns ein Geschäft oder Besuch durch diese Berge und Täler nötigt. Wie Ihr uns gestern angetroffen habt, so kennt uns die ganze Gegend, und wir sind stolz darauf, daß unser Wandel von der Art ist, um jenen heiligen Namen und Gestalten, zu deren Nachahmung wir uns bekennen, keine Schande zu machen.«

Drittes Kapitel

Wilhelm an Natalien

»Soeben schließe ich eine angenehme, halb wunderbare Geschichte, die ich für Dich aus dem Munde eines gar wackern Mannes aufgeschrieben habe. Wenn es nicht ganz seine Worte sind, wenn ich hie und da meine Gesinnungen bei Gelegenheit der seinigen ausgedrückt habe, so war es bei der Verwandtschaft, die ich hier mit ihm fühlte, ganz natürlich. Jene Verehrung seines Weibes, gleicht sie nicht derjenigen, die ich für Dich empfinde? und hat nicht selbst das Zusammentreffen dieser beiden Liebenden etwas Ähnliches mit dem unsrigen? Daß er aber glücklich genug ist, neben dem Tiere herzugehen, das die doppelt schöne Bürde trägt, daß er mit seinem Familienzug abends in das alte Klostertor eindringen kann, daß er unzertrennlich von seiner Geliebten, von den Seinigen ist, darüber darf ich ihn wohl im stillen beneiden. Dagegen darf ich nicht einmal mein Schicksal beklagen, weil ich Dir zugesagt habe, zu schweigen und zu dulden, wie Du es auch übernommen hast.

Gar manchen schönen Zug des Zusammenseins dieser frommen und heitern Menschen muß ich übergehen: denn wie ließe sich alles schreiben! Einige Tage sind mir angenehm vergangen, aber der dritte mahnt mich nun, auf meinen weitern Weg bedacht zu sein.

Mit Felix hatte ich heut einen kleinen Handel: denn er wollte fast mich nötigen, einen meiner guten Vorsätze zu übertreten, die ich Dir angelobt habe. Ein Fehler, ein Unglück, ein Schicksal ist mir's nun einmal, daß sich, ehe ich mich's versehe, die Gesellschaft um mich vermehrt, daß ich mir eine neue Bürde auflade, an der ich nachher zu tragen und zu schleppen habe. Nun soll auf meiner Wanderschaft kein Dritter uns ein beständiger Geselle werden. Wir wollen und sollen zu zwei sein und bleiben, und eben schien sich ein neues, eben nicht erfreuliches Verhältnis anknüpfen zu wollen.

Zu den Kindern des Hauses, mit denen Felix sich spielend diese Tage her ergötzte, hatte sich ein kleiner, munterer, armer Junge gesellt, der sich eben brauchen und mißbrauchen ließ, wie es gerade das Spiel mit sich brachte, und sich sehr geschwind bei Felix in Gunst setzte. Und ich merkte schon an allerlei Äußerungen, daß dieser sich einen Gespielen für den nächsten Weg auserkoren hatte. Der Knabe ist hier in der Gegend bekannt, wird wegen seiner Munterkeit überall geduldet und empfängt gelegentlich ein Almosen. Mir aber gefiel er nicht, und ich ersuchte den Hausherrn, ihn zu entfernen. Das geschah auch, aber Felix war unwillig darüber, und es gab eine kleine Szene.

Bei dieser Gelegenheit macht' ich eine Entdeckung, die mir angenehm war. In der Ecke der Kapelle oder des Saals stand ein Kasten mit Steinen, welchen Felix, der seit unserer Wanderung durchs Gebirg eine gewaltsame Neigung zum

Gestein bekommen, eifrig hervorzog und durchsuchte. Es waren schöne, in die Augen fallende Dinge darunter. Unser Wirt sagte, das Kind könne sich auslesen, was es wolle. Es sei dieses Gestein überblieben von einer großen Masse, die ein Fremder vor kurzem von hier weggesendet. Er nannte ihn Montan, und du kannst denken, daß ich mich freute, diesen Namen zu hören, unter dem einer von unsern besten Freunden reist, dem wir so manches schuldig sind. Indem ich nach Zeit und Umständen fragte, kann ich hoffen, ihn auf meiner Wanderung bald zu treffen.«

Die Nachricht, daß Montan sich in der Nähe befinde, hatte Wilhelmen nachdenklich gemacht. Er überlegte, daß es nicht bloß dem Zufall zu überlassen sei, ob er einen so werten Freund wiedersehen solle, und erkundigte sich daher bei seinem Wirte, ob man nicht wisse, wohin dieser Reisende seinen Weg gerichtet habe. Niemand hatte davon nähere Kenntnis, und schon war Wilhelm entschlossen, seine Wanderung nach dem ersten Plane fortzusetzen, als Felix ausrief: »Wenn der Vater nicht so eigen wäre, wir wollten Montan schon finden.« – »Auf welche Weise?« fragte Wilhelm. Felix versetzte: »Der kleine Fitz sagte gestern, er wolle den Herrn wohl aufspüren, der schöne Steine bei sich habe und sich auch gut darauf verstünde.« Nach einigem Hin- und Widerreden entschloß sich Wilhelm zuletzt, den Versuch zu machen und dabei auf den verdächtigen Knaben desto mehr achtzugeben. Dieser war bald gefunden und brachte, da er vernahm, worauf es abgesehen sei, Schlegel und Eisen und einen tüchtigen Hammer nebst einem Säckchen mit und lief in seiner bergmännischen Tracht munter vorauf.

Der Weg ging seitwärts abermals bergauf. Die Kinder sprangen miteinander von Fels zu Fels, über Stock und Stein, über Bach und Quelle, und ohne einen Pfad vor sich zu haben, drang Fitz, bald rechts, bald links blickend, eilig hinauf. Da Wilhelm und besonders der bepackte Bote nicht so schnell folgten, so machten die Knaben den Weg mehrmals vor- und rückwärts und sangen und pfiffen. Die Gestalt einiger frem-

den Bäume erregte die Aufmerksamkeit des Felix, der nunmehr mit den Lärchen- und Zirbelbäumen zuerst Bekanntschaft machte und von den wunderbaren Gentianen angezogen ward. Und so fehlte es der beschwerlichen Wanderung von einer Stelle zur andern nicht an Unterhaltung.
Der kleine Fitz stand auf einmal still und horchte. Er winkte die andern herbei: »Hört Ihr pochen?« sprach er. »Es ist der Schall eines Hammers, der den Fels trifft.« – »Wir hören's«, versetzten die andern. – »Das ist Montan!« sagte er, »oder jemand, der uns von ihm Nachricht geben kann.« Als sie dem Schalle nachgingen, der sich von Zeit zu Zeit wiederholte, trafen sie auf eine Waldblöße und sahen einen steilen, hohen, nackten Felsen über alles hervorragen, die hohen Wälder selbst tief unter sich lassend. Auf dem Gipfel erblickten sie eine Person. Sie stand zu entfernt, um erkannt zu werden. Sogleich machten sich die Kinder auf, die schroffen Pfade zu erklettern. Wilhelm folgte mit einiger Beschwerlichkeit, ja Gefahr: denn wer zuerst einen Felsen hinaufsteigt, geht immer sicherer, weil er sich die Gelegenheit aussucht; einer, der nachfolgt, sieht nur, wohin jener gelangt ist, aber nicht wie. Die Knaben erreichten bald den Gipfel, und Wilhelm vernahm ein lautes Freudengeschrei. »Es ist Jarno!« rief Felix seinem Vater entgegen, und Jarno trat sogleich an eine schroffe Stelle, reichte seinem Freunde die Hand und zog ihn aufwärts. Sie umarmten und bewillkommten sich in der freien Himmelsluft mit Entzücken.
Kaum aber hatten sie sich losgelassen, als Wilhelmen ein Schwindel überfiel, nicht sowohl um seinetwillen, aber weil er die Kinder über dem ungeheuern Abgrunde hängen sah. Jarno bemerkte es und hieß alle sogleich niedersitzen. »Es ist nichts natürlicher«, sagte er, »als daß uns vor einem großen Anblick schwindelt, vor dem wir uns unerwartet befinden, um zugleich unsere Kleinheit und unsere Größe zu fühlen. Aber es ist ja überhaupt kein echter Genuß als da, wo man erst schwindeln muß.«
»Sind denn das da unten die großen Berge, über die wir gestiegen sind?« fragte Felix. »Wie klein sehen sie aus! Und

hier«, fuhr er fort, indem er ein Stückchen Stein vom Gipfel loslöste, »ist ja schon das Katzengold wieder; das ist ja wohl überall?« – »Es ist weit und breit«, versetzte Jarno; »und da du nach solchen Dingen fragst, so merke dir, daß du gegenwärtig auf dem ältesten Gebirge, auf dem frühesten Gestein dieser Welt sitzest.« – »Ist denn die Welt nicht auf einmal gemacht?« fragte Felix. – »Schwerlich«, versetzte Montan; »gut Ding will Weile haben.« – »Da unten ist also wieder anderes Gestein«, sagte Felix, »und dort wieder anderes, und immer wieder anderes!«, indem er von den nächsten Bergen auf die entfernteren und so in die Ebene hinabwies.

Es war ein sehr schöner Tag, und Jarno ließ sie die herrliche Aussicht im einzelnen betrachten. Noch standen hie und da mehrere Gipfel, dem ähnlich, worauf sie sich befanden. Ein mittleres Gebirg schien heranzustreben, aber erreichte noch lange die Höhe nicht. Weiter hin verflächte es sich immer mehr, doch zeigten sich wieder seltsam vorspringende Gestalten. Endlich wurden auch in der Ferne die Seen, die Flüsse sichtbar, und eine fruchtreiche Gegend schien sich wie ein Meer auszubreiten. Zog sich der Blick wieder zurück, so drang er in schauerliche Tiefen, von Wasserfällen durchrauscht, labyrinthisch miteinander zusammenhängend.

Felix ward des Fragens nicht müde und Jarno gefällig genug, ihm jede Frage zu beantworten; wobei jedoch Wilhelm zu bemerken glaubte, daß der Lehrer nicht durchaus wahr und aufrichtig sei. Daher, als die unruhigen Knaben weiterkletterten, sagte Wilhelm zu seinem Freunde: »Du hast mit dem Kinde über diese Sachen nicht gesprochen, wie du mit dir selber darüber sprichst.« – »Das ist auch eine starke Forderung«, versetzte Jarno. »Spricht man ja mit sich selbst nicht immer, wie man denkt, und es ist Pflicht, andern nur dasjenige zu sagen, was sie aufnehmen können. Der Mensch versteht nichts, als was ihm gemäß ist. Die Kinder an der Gegenwart festzuhalten, ihnen eine Benennung, eine Bezeichnung zu überliefern, ist das Beste, was man tun kann. Sie fragen ohnehin früh genug nach den Ursachen.«

»Es ist ihnen nicht zu verdenken«, versetzte Wilhelm. »Die Mannigfaltigkeit der Gegenstände verwirrt jeden, und es ist bequemer, anstatt sie zu entwickeln, geschwind zu fragen: woher? und wohin?« – »Und doch kann man«, sagte Jarno, »da Kinder die Gegenstände nur oberflächlich sehen, mit ihnen vom Werden und vom Zweck auch nur oberflächlich reden.« – »Die meisten Menschen«, erwiderte Wilhelm, »bleiben lebenslänglich in diesem Falle und erreichen nicht jene herrliche Epoche, in der uns das Faßliche gemein und albern vorkommt.« – »Man kann sie wohl herrlich nennen«, versetzte Jarno, »denn es ist ein Mittelzustand zwischen Verzweiflung und Vergötterung.« – »Laß uns bei dem Knaben verharren«, sagte Wilhelm, »der mir nun vor allem angelegen ist. Er hat nun einmal Freude an dem Gestein gewonnen, seitdem wir auf der Reise sind. Kannst du mir nicht so viel mitteilen, daß ich ihm, wenigstens auf eine Zeit, genugtue?« – »Das geht nicht an«, sagte Jarno. »In einem jeden neuen Kreise muß man zuerst wieder als Kind anfangen, leidenschaftliches Interesse auf die Sache werfen, sich erst an der Schale freuen, bis man zu dem Kerne zu gelangen das Glück hat.«

»So sage mir denn«, versetzte Wilhelm, »wie bist du zu diesen Kenntnissen und Einsichten gelangt? denn es ist doch so lange noch nicht her, daß wir auseinander gingen!« – »Mein Freund«, versetzte Jarno, »wir mußten uns resignieren, wo nicht für immer, doch für eine gute Zeit. Das erste, was einem tüchtigen Menschen unter solchen Umständen einfällt, ist, ein neues Leben zu beginnen. Neue Gegenstände sind ihm nicht genug: diese taugen nur zur Zerstreuung; er fordert ein neues Ganze und stellt sich gleich in dessen Mitte.« – »Warum denn aber«, fiel Wilhelm ihm ein, »gerade dieses Allerseltsamste, diese einsamste aller Neigungen?« – »Eben deshalb«, rief Jarno, »weil sie einsiedlerisch ist. Die Menschen wollt' ich meiden. Ihnen ist nicht zu helfen, und sie hindern uns, daß man sich selbst hilft. Sind sie glücklich, so soll man sie in ihren Albernheiten gewähren lassen; sind sie unglücklich, so soll man sie retten, ohne diese Albernheiten anzutasten; und niemand fragt jemals, ob du glücklich oder unglücklich bist.« – »Es steht noch nicht so ganz schlimm mit ihnen«, versetzte Wilhelm lächelnd. – »Ich will dir dein Glück nicht absprechen«, sagte Jarno. »Wandre nur hin, du zweiter Diogenes! Laß dein Lämpchen am hellen Tage nicht verlöschen! Dort hinabwärts liegt eine neue Welt vor dir; aber ich will wetten, es geht darin zu wie in der alten hinter uns. Wenn du nicht kuppeln und Schulden bezahlen kannst, so bist du unter ihnen nichts nütze.« – »Unterhaltender scheinen sie mir doch«, versetzte Wilhelm, »als deine starren Felsen.« – »Keineswegs«, versetzte Jarno, »denn diese sind wenigstens nicht zu begreifen.« – »Du suchst eine Ausrede«, versetzte Wilhelm, »denn es ist nicht in deiner Art, dich mit Dingen abzugeben, die keine Hoffnung übriglassen, sie zu begreifen. Sei aufrichtig und sage mir, was du an diesen kalten und starren Liebhabereien gefunden hast?« – »Das ist schwer von jeder Liebhaberei zu sagen, besonders von dieser.« Dann besann er sich einen Augenblick und sprach: »Buchstaben mögen eine schöne Sache sein, und doch sind sie unzulänglich, die Töne auszudrücken; Töne können wir nicht entbehren, und doch sind sie bei weitem nicht hinreichend, den eigentlichen Sinn verlauten zu lassen; am Ende kleben wir am Buchstaben und am Ton und sind nicht besser dran, als wenn wir sie ganz entbehrten; was wir mitteilen, was uns überliefert wird, ist immer nur das Gemeinste, der Mühe gar nicht wert.«

»Du willst mir ausweichen«, sagte der Freund; »denn was soll das zu diesen Felsen und Zacken?« – »Wenn ich nun aber«, versetzte jener, »eben diese Spalten und Risse als Buchstaben behandelte, sie zu entziffern suchte, sie zu Worten bildete und sie fertig zu lesen lernte, hättest du etwas dagegen?« – »Nein, aber es scheint mir ein weitläufiges Alphabet.« – »Enger, als du denkst; man muß es nur kennenlernen wie ein anderes auch. Die Natur hat nur *eine* Schrift, und ich brauche mich nicht mit so vielen Kritzeleien herumzuschleppen. Hier darf ich nicht fürchten, wie wohl geschieht, wenn ich mich lange und liebevoll mit einem

Pergament abgegeben habe, daß ein scharfer Kritikus kommt und mir versichert, das alles sei nur untergeschoben.« – Lächelnd versetzte der Freund: »Und doch wird man auch hier deine Lesarten streitig machen.« – »Eben deswegen«, sagte jener, »red ich mit niemanden darüber und mag auch mit dir, eben weil ich dich liebe, das schlechte Zeug von öden Worten nicht weiter wechseln und betrieglich austauschen.«

Viertes Kapitel

Beide Freunde waren, nicht ohne Sorgfalt und Mühe, herabgestiegen, um die Kinder zu erreichen, die sich unten an einem schattigen Orte gelagert hatten. Fast eifriger als der Mundvorrat wurden die gesammelten Steinmuster von Montan und Felix ausgepackt. Der letztere hatte viel zu fragen, der erstere viel zu benennen. Felix freute sich, daß jener die Namen von allen wisse, und behielt sie schnell im Gedächtnis. Endlich brachte er noch einen hervor und fragte: »Wie heißt denn dieser?« Montan betrachtete ihn mit Verwunderung und sagte: »Wo habt ihr den her?« Fitz antwortete schnell: »Ich habe ihn gefunden, er ist aus diesem Lande.« – »Er ist nicht aus dieser Gegend«, versetzte Montan. Fitz freute sich, den überlegenen Mann in einigem Zweifel zu sehen. – »Du sollst einen Dukaten haben«, sagte Montan, »wenn du mich an die Stelle bringst, wo er ansteht.« – »Der ist leicht zu verdienen«, versetzte Fitz, »aber nicht gleich.« – »So bezeichne mir den Ort genau, daß ich ihn gewiß finden kann. Das ist aber unmöglich: denn es ist ein Kreuzstein, der von St. Jakob in Compostell kommt und den ein Fremder verloren hat, wenn du ihn nicht gar entwendet hast, da er so wunderbar aussieht.« – »Gebt Euren Dukaten«, sagte Fitz, »dem Reisegefährten in Verwahrung, und ich will aufrichtig bekennen, wo ich den Stein her habe. In der verfallenen Kirche zu St. Joseph befindet sich ein gleichfalls verfallener Altar. Unter den auseinandergebrochenen obern Steinen desselben entdeckt' ich eine Schicht von diesem Gestein, das jenen zur Grundlage diente, und schlug davon soviel herunter, als ich habhaft werden konnte. Wälzte man die obern Steine weg, so würde gewiß noch viel davon zu finden sein.«

»Nimm dein Goldstück«, versetzte Montan, »du verdienst es für diese Entdeckung. Sie ist artig genug. Man freut sich mit Recht, wenn die leblose Natur ein Gleichnis dessen, was wir lieben und verehren, hervorbringt. Sie erscheint uns in Gestalt einer Sibylle, die ein Zeugnis dessen, was von Ewigkeit her beschlossen ist und erst in der Zeit wirklich werden soll, zum voraus niederlegt. Hierauf als auf eine wundervolle, heilige Schicht hatten die Priester ihren Altar gegründet.«

Wilhelm, der eine Zeitlang zugehört und bemerkt hatte, daß manche Benennung, manche Bezeichnung wiederkam, wiederholte seinen schon früher geäußerten Wunsch, daß Montan ihm so viel mitteilen möge, als er zum ersten Unterricht des Knaben nötig hätte. – »Gib das auf«, versetzte Montan. »Es ist nichts schrecklicher als ein Lehrer, der nicht mehr weiß, als die Schüler allenfalls wissen sollen. Wer andere lehren will, kann wohl oft das Beste verschweigen, was er weiß, aber er darf nicht halbwissend sein.« – »Wo sind denn aber so vollkommene Lehrer zu finden?« – »Die triffst du sehr leicht«, versetzte Montan. – »Wo denn?« sagte Wilhelm mit einigem Unglauben. – »Da, wo die Sache zu Hause ist, du du lernen willst«, versetzte Montan. »Den besten Unterricht zieht man aus vollständiger Umgebung. Lernst du nicht fremde Sprachen in den Ländern am besten, wo sie zu Hause sind? wo nur diese und keine andere weiter dein Ohr berührt?« – »Und so wärst du«, fragte Wilhelm, »zwischen den Gebirgen zur Kenntnis der Gebirge gelangt?« – »Das versteht sich.« – »Ohne mit Menschen umzugehen?« fragte Wilhelm. – »Wenigstens nur mit Menschen«, versetzte jener, »die bergartig waren. Da, wo Pygmäen, angereizt durch Metalladern, den Fels durchwühlen, das Innere der Erde zugänglich machen und auf alle Weise die schwersten Aufgaben zu lösen suchen, da ist der Ort, wo der wißbegierige Denkende seinen Platz nehmen soll. Er sieht handeln, tun, läßt geschehen und erfreut sich des Geglückten und Mißglückten. Was nützt, ist nur ein Teil des Bedeutenden. Um einen Gegenstand ganz zu besitzen, zu beherrschen, muß man ihn um sein selbst willen studieren. Indem ich aber vom Höchsten und Letzten spreche, wozu man sich erst spät durch vieles und reiches Gewahrwerden emporhebt, seh ich die Knaben vor uns, bei denen klingt es ganz anders. Jede Art von Tätigkeit möchte das Kind ergreifen, weil alles leicht aussieht, was vortrefflich ausgeübt wird. Aller Anfang ist schwer! Das mag in einem gewissen Sinne wahr sein; allgemeiner aber kann man sagen: aller Anfang ist leicht, und die letzten Stufen werden am schwersten und seltensten erstiegen.«

Wilhelm, der indessen nachgedacht hatte, sagte zu Montan: »Solltest du wirklich zu der Überzeugung gegriffen haben, daß die sämtlichen Tätigkeiten wie in der Ausübung so auch im Unterricht zu sondern seien?« – »Ich weiß mir nichts anderes noch Besseres«, erwiderte jener. »Was der Mensch leisten soll, muß sich als ein zweites Selbst von ihm ablösen, und wie könnte das möglich sein, wäre sein erstes Selbst nicht ganz davon durchdrungen?« – »Man hat aber doch eine vielseitige Bildung für vorteilhaft und notwendig gehalten.« – »Sie kann es auch sein zu ihrer Zeit«, versetzte jener; »Vielseitigkeit bereitet eigentlich nur das Element vor, worin der Einseitige wirken kann, dem eben jetzt genug Raum gegeben ist. Ja, es ist jetzo die Zeit der Einseitigkeiten; wohl dem, der es begreift, für sich und andere in diesem Sinne wirkt. Bei gewissen Dingen versteht sich's durchaus und sogleich. Übe dich zum tüchtigen Violinisten und sei versichert, der Kapellmeister wird dir deinen Platz im Orchester mit Gunst anweisen. Mache ein Organ aus dir und erwarte, was für eine Stelle dir die Menschheit im allgemeinen Leben wohlmeinend zugestehen werde. Laß uns abbrechen! Wer es nicht glauben will, der gehe seinen

Weg, auch der gelingt zuweilen; ich aber sage: von unten hinauf zu dienen ist überall nötig. Sich auf ein Handwerk zu beschränken ist das beste. Für den geringsten Kopf wird es immer ein Handwerk, für den besseren eine Kunst sein, und der beste, wenn er *eins* tut, tut er alles, oder, um weniger paradox zu sein, in dem *einen*, was er recht tut, sieht er das Gleichnis von allem, was recht getan wird.«

Dieses Gespräch, das wir nur skizzenhaft wiederliefern, verzog sich bis gegen Sonnenuntergang, der, so herrlich er war, doch die Gesellschaft nachdenken ließ, wo man die Nacht zubringen wollte. »Unter Dach wüßte ich Euch nicht zu führen«, sagte Fitz; »wollt Ihr aber bei einem guten, alten Köhler, an warmer Stätte, die Nacht versitzen oder verliegen, so seid Ihr willkommen.« Und so folgten sie ihm alle durch wundersame Pfade zum stillen Ort, wo sich ein jeder bald einheimisch fühlen sollte.

In der Mitte eines beschränkten Waldraums lag dampfend und wärmend der wohlgewölbte Kohlenmeiler, an der Seite die Hütte von Tannenreisern, ein helles Feuerchen daneben. Man setzte sich, man richtete sich ein. Die Kinder waren sogleich um die Köhlersfrau geschäftig, welche, gastfreundlich bemüht, erhitzte Brotschnitten mit Butter zu tränken und durchziehen zu lassen, köstlich fette Bissen den hungrig Lüsternen bereitete.

Indes nun darauf die Knaben durch die kaum erhellten Fichtenstämme Versteckens spielten, wie Wölfe heulten, wie Hunde bellten, so daß auch wohl ein herzhafter Wanderer darüber hätte erschrecken mögen, besprachen sich die Freunde vertraulich über ihre Zustände. Nun aber gehörte zu den sonderbaren Verpflichtungen der Entsagenden auch die: daß sie, zusammentreffend, weder vom Vergangenen noch Künftigen sprechen durften, nur das Gegenwärtige sollte sie beschäftigen.

Jarno, der von bergmännischen Unternehmungen und den dazu erforderlichen Kenntnissen und Tatfähigkeiten den Sinn voll hatte, trug Wilhelmen auf das genaueste und vollständigste mit Leidenschaft vor, was er sich alles in beiden Weltteilen von solchen Kunsteinsichten und Fertigkeiten verspreche; wovon sich jedoch der Freund, der immer nur im menschlichen Herzen den wahren Schatz gesucht, kaum einen Begriff machen konnte, vielmehr zuletzt lächelnd erwiderte: »So stehst du ja mit dir selbst in Widerspruch, indem du erst in deinen ältern Tagen dasjenige zu treiben anfängst, wozu man von Jugend auf sollte eingeleitet sein.« – »Keineswegs!« erwiderte jener; »denn eben daß ich in meiner Kindheit bei einem liebenden Oheim, einem hohen Bergbeamten, erzogen wurde, daß ich mit den Pochjungen groß geworden bin, auf dem Berggraben mit ihnen kleine Rindenschiffchen niederfahren ließ, das hat mich zurück in diesen Kreis geführt, wo ich mich nun wieder behaglich und verjüngt fühle. Schwerlich kann dieser Köhlerdampf dir zusagen wie mir, der ich ihn von Kindheit auf als Weihrauch einzuschlürfen gewohnt bin. Ich habe viel in der Welt versucht und immer dasselbe gefunden: in der Gewohnheit ruht das einzige Behagen des Menschen; selbst das Unangenehme, woran wir uns gewöhnten, vermissen wir ungern. Ich quälte mich einmal gar lange mit einer Wunde, die nicht heilen wollte, und als ich endlich genas, war es mir höchst unangenehm, als der Chirurg ausblieb, sie nicht mehr verband und das Frühstück nicht mehr mit mir einnahm.«

»Ich möchte aber doch«, versetzte Wilhelm, »meinem Sohn einen freieren Blick über die Welt verschaffen, als ein beschränktes Handwerk zu geben vermag. Man umgrenze den Menschen, wie man wolle, so schaut er doch zuletzt in seiner Zeit umher; und wie kann er die begreifen, wenn er nicht einigermaßen weiß, was vorhergegangen ist. Und müßte er nicht mit Erstaunen in jeden Gewürzladen eintreten, wenn er keinen Begriff von den Ländern hätte, woher diese unentbehrlichen Seltsamkeiten bis zu ihm gekommen sind?«

»Wozu die Umstände?« versetzte Jarno; »lese er die Zeitungen wie jeder Philister und trinke Kaffee wie jede alte Frau. Wenn du es aber doch nicht lassen kannst und auf eine vollkommene Bildung so versessen bist, so begreif ich nicht, wie du so blind sein kannst, wie du noch lange suchen magst, wie du nicht siehst, daß du dich ganz in der Nähe einer vortrefflichen Erziehungsanstalt befindest.« – »In der Nähe?« sagte Wilhelm und schüttelte den Kopf. – »Freilich!« versetzte jener; »was siehst du hier?« – »Wo denn?« – »Grad hier vor der Nase.« Jarno streckte seinen Zeigefinger aus und deutete und rief ungeduldig: »Was ist denn das?« – »Nun denn!« sagte Wilhelm, »ein Kohlenmeiler; aber was soll das hierzu?« – »Gut! endlich! ein Kohlenmeiler! Wie verfährt man, um ihn anzurichten?« – »Man stellt Scheite an- und übereinander.« – »Wenn das getan ist, was geschieht ferner?« – »Wie mir scheint«, sagte Wilhelm, »willst du auf Sokratische Weise mir die Ehre antun, mir begreiflich zu machen, mich bekennen zu lassen, daß ich äußerst absurd und dickstirnig sei.«

»Keineswegs!« versetzte Jarno; »fahre fort, mein Freund, pünktlich zu antworten. Also! was geschieht nun, wenn der regelmäßige Holzstoß dicht und doch luftig geschichtet worden?« – »Nun denn! man zündet ihn an.« – »Und wenn er nun durchaus entzündet ist, wenn die Flamme durch jede Ritze durchschlägt, wie beträgt man sich? läßt man's fortbrennen?« – »Keineswegs! man deckt eilig mit Rasen und Erde, mit Kohlengestiebe und was man bei der Hand hat, die durch und durch dringende Flamme zu.« – »Um sie auszulöschen?« – »Keineswegs! um sie zu dämpfen.« – »Und also läßt man ihr soviel Luft als nötig, daß sich alles mit Glut durchziehe, damit alles recht gar werde. Alsdann verschließt man jede Ritze, verhindert jeden Ausbruch, damit ja alles nach und nach in sich selbst verlösche, verkohle, verkühle, zuletzt auseinandergezogen als verkäufliche Ware an Schmied und Schlosser, an Bäcker und Koch abgelassen und, wenn es zu Nutzen und Frommen der lieben Christenheit genugsam gedient, als Asche von Wäscherinnen und Seifensiedern verbraucht werde.«

»Nun«, versetzte Wilhelm lachend, »in bezug auf dieses Gleichnis, wie siehst du dich denn an?« – »Das ist nicht schwer zu sagen«, erwiderte Jarno, »ich halte mich für einen alten Kohlenkorb tüchtig büchener Kohlen, dabei aber erlaub ich mir die Eigenheit, mich nur um mein selbst willen zu verbrennen, deswegen ich denn den Leuten gar wunderlich vorkomme.« – »Und mich?« sagte Wilhelm, »wie wirst du mich behandeln?« – »Jetzt besonders«, sagte Jarno, »seh ich dich an wie einen Wanderstab, der die wunderliche Eigenschaft hat, in jeder Ecke zu grünen, wo man ihn hinstellt, nirgends aber Wurzel zu fassen. Nun male dir das Gleichnis weiter aus und lerne begreifen, wenn weder Förster noch Gärtner, weder Köhler noch Tischer, noch irgendein Handwerker aus dir etwas zu machen weiß.«

Unter solchem Gespräch nun zog Wilhelm, ich weiß nicht zu welchem Gebrauch, etwas aus dem Busen, das halb wie eine Brieftasche, halb wie ein Besteck aussah und von Montan als ein Altbekanntes angesprochen wurde. Unser Freund leugnete nicht, daß er es als eine Art von Fetisch bei sich trage, in dem Aberglauben, sein Schicksal hange gewissermaßen von dessen Besitz ab.

Was es aber gewesen, dürfen wir an dieser Stelle dem Leser noch nicht vertrauen, soviel aber müssen wir sagen, daß hieran sich ein Gespräch anknüpfte, dessen Resultate sich endlich dahin ergaben, daß Wilhelm bekannte: wie er schon längst geneigt sei, einem gewissen besondern Geschäft, einer ganz eigentlich nützlichen Kunst sich zu widmen, vorausgesetzt, Montan werde sich bei den Verbündeten dahin verwenden, daß die lästigste aller Lebensbedingungen, nicht länger als drei Tage an einem Orte zu verweilen, baldigst aufgehoben und ihm vergönnt werde, sich zu Erreichung seines Zweckes da oder dort, wie es ihm belieben möge, aufzuhalten. Dies versprach Montan zu bewirken, nachdem jener feierlich angelobt hatte, die vertraulich ausgesprochene Absicht unablässig zu verfolgen und den einmal gefaßten Vorsatz auf das treulichste festzuhalten.

Dieses alles ernstlich durchsprechend und einander unablässig erwidernd, waren sie von ihrer Nachtstätte, wo sich eine wunderlich verdächtige Gesellschaft nach und nach versammelt hatte, bei Tagesanbruch aus dem Wald auf eine Blöße gekommen, an der sie einiges Wild antrafen, das besonders dem fröhlich auffassenden Felix viel Freude machte. Man bereitete sich zum Scheiden, denn hier deuteten die Pfade nach verschiedenen Himmelsgegenden. Fitz ward nun über die verschiedenen Richtungen befragt, der aber zerstreut schien und gegen seine Gewohnheit verworrene Antworten gab.

»Du bist überhaupt ein Schelm«, sagte Jarno; »diese Männer heute nacht, die sich um uns herum setzten, kanntest du alle. Es waren Holzhauer und Bergleute, das mochte hingehen, aber die letzten halt ich für Schmuggler, für Wilddiebe, und der Lange, ganz letzte, der immer Zeichen in den Sand schrieb und den die andern mit einiger Achtung behandelten, war gewiß ein Schatzgräber, mit dem du unter der Decke spielst.«

»Es sind alles gute Leute«, ließ Fitz sich darauf vernehmen; »sie nähren sich kümmerlich, und wenn sie manchmal etwas tun, was die andern verbieten, so sind es arme Teufel, die sich selbst etwas erlauben müssen, nur um zu leben.«

Eigentlich aber war der kleine, schelmische Junge, da er Vorbereitungen der Freunde, sich zu trennen, bemerkte, nachdenklich; er überlegte sich etwas im stillen, denn er stand zweifelhaft, welchem von beiden Teilen er folgen sollte. Er berechnete seinen Vorteil: Vater und Sohn gingen leichtsinnig mit dem Silber um, Jarno aber gar mit dem Golde; diesen nicht loszulassen hielt er fürs Beste. Daher ergriff er sogleich eine dargebotene Gelegenheit, und als im Scheiden Jarno zu ihm sagte: »Nun, wenn ich nach St. Joseph komme, will ich sehen, ob du ehrlich bist, ich werde den Kreuzstein und den verfallenen Altar suchen.« – »Ihr werdet nichts finden«, sagte Fitz, »und ich werde doch ehrlich bleiben; der Stein ist dorther, aber ich habe sämtliche Stücke weggeschafft und sie hier oben verwahrt. Es ist ein kostbares Gestein, ohne dasselbe läßt sich kein Schatz heben; man bezahlt mir ein kleines Stück gar teuer. Ihr hattet ganz recht, daher kam meine Bekanntschaft mit dem hagern Manne.«

Nun gab es neue Verhandlungen, Fitz verpflichtete sich an Jarno, gegen einen nochmaligen Dukaten, in mäßiger Entfernung ein tüchtiges Stück dieses seltenen Minerals zu verschaffen, wogegen er den Gang nach dem Riesenschloß abriet; weil aber dennoch Felix darauf bestand, dem Boten einschärfte, die Reisenden nicht zu tief hineinzulassen, denn niemand finde sich aus diesen Höhlen und Klüften jemals wieder heraus. Man schied, und Fitz versprach, zu guter Zeit in den Hallen des Riesenschlosses wieder einzutreffen.

Der Bote schritt voran, die beiden folgten; jener war aber kaum den Berg eine Strecke hinaufgestiegen, als Felix bemerkte, man gehe nicht den Weg, auf welchen Fitz gedeutet habe. Der Bote versetzte jedoch: »Ich muß es besser wissen! Denn erst in diesen Tagen hat ein gewaltiger Sturm die nächste Waldstrecke niedergestürzt; die kreuzweis übereinandergeworfenen Bäume versperren diesen Weg: folgt mir, ich bring Euch an Ort und Stelle.« Felix verkürzte sich den beschwerlichen Pfad durch lebhaften Schritt und Sprung von Fels zu Fels und freute sich über sein erworbenes Wissen, daß er nun von Granit zu Granit hüpfe.

Und so ging es aufwärts, bis er endlich auf zusammengestürzten schwarzen Säulen stehenblieb und auf einmal das Riesenschloß vor Augen sah. Wände von Säulen ragten auf einem einsamen Gipfel hervor, geschlossene Säulenwände bildeten Pforten an Pforten, Gänge nach Gängen. Ernstlich warnte der Bote, sich nicht hineinzuverlieren, und an einem sonnigen, über weite Aussicht gebietenden Flecke, die Aschenspur seiner Vorgänger bemerkend, war er geschäftig, ein prasselndes Feuer zu unterhalten. Indem er nun an solchen Stellen eine frugale Kost zu bereiten schon gewohnt war und Wilhelm in der himmelweiten Aussicht von der Gegend näher Erkundigung einzog, durch die er zu wandern gedachte, war Felix verschwunden; er mußte sich in die Höhle verloren haben, auf Rufen und Pfeifen antwortete er nicht und kam nicht wieder zum Vorschein.

Wilhelm aber, der, wie es einem Pilger ziemt, auf manche

Fälle vorbereitet war, brachte aus seiner Jagdtasche einen Knaul Bindfaden hervor, band ihn sorgfältig fest und vertraute sich dem leitenden Zeichen, an dem er seinen Sohn hineinzuführen schon die Absicht gehabt hatte. So ging er vorwärts und ließ von Zeit zu Zeit sein Pfeifchen erschallen, lange vergebens. Endlich aber erklang aus der Tiefe ein schneidender Pfiff, und bald darauf schaute Felix am Boden aus einer Kluft des schwarzen Gesteines hervor. »Bist du allein?« lispelte bedenklich der Knabe. – »Ganz allein!« versetzte der Vater. – »Reiche mir Scheite! reiche mir Knüttel!« sagte der Knabe, empfing sie und verschwand, nachdem er ängstlich gerufen hatte: »Laß niemand in die Höhle!« Nach einiger Zeit aber tauchte er wieder auf, forderte noch längeres und stärkeres Holz. Der Vater harrte sehnlich auf die Lösung dieses Rätsels. Endlich erhub sich der Verwegene schnell aus der Spalte und brachte ein Kästchen mit, nicht größer als ein kleiner Oktavband, von prächtigem altem Ansehn, es schien von Gold zu sein, mit Schmelz geziert. »Stecke es zu dir, Vater, und laß es niemand sehn!« Er erzählte darauf mit Hast, wie er, aus innerem geheimem Antrieb, in jene Spalte gekrochen sei und unten einen dämmerhellen Raum gefunden habe. In demselben stand, wie er sagte, ein großer eiserner Kasten, zwar nicht verschlossen, dessen Deckel jedoch nicht zu erheben, kaum zu lüften war. Um nun darüber Herr zu werden, habe er die Knüttel verlangt, sie teils als Stützen unter den Deckel gestellt, teils als Keile dazwischen geschoben, zuletzt habe er den Kasten zwar leer, in einer Ecke desselben jedoch das Prachtbüchlein gefunden. Sie versprachen sich beiderseits deshalb ein tiefes Geheimnis.

Mittag war vorüber, etwas hatte man genossen, Fitz war noch nicht, wie er versprochen, gekommen; Felix aber, besonders unruhig, sehnte sich von dem Orte weg, wo der Schatz irdischer oder unterirdischer Wiederforderung ausgesetzt schien. Die Säulen kamen ihm schwärzer, die Höhlen tiefer vor. Ein Geheimnis war ihm aufgeladen, ein Besitz, rechtmäßig oder unrechtmäßig? sicher oder unsicher? Die

Ungeduld trieb ihn von der Stelle, er glaubte die Sorge los zu werden, wenn er den Platz veränderte.
Sie schlugen den Weg ein nach jenen ausgedehnten Gütern des großen Landbesitzers, von dessen Reichtum und Sonderbarkeiten man ihnen soviel erzählt hatte. Felix sprang nicht mehr wie am Morgen, und alle drei gingen stundenlang vor sich hin. Einigemal wollt' er das Kästchen sehn, der Vater, auf den Boten hindeutend, wies ihn zur Ruhe. Nun war er voll Verlangen, Fitz möge kommen. Dann scheute er sich wieder vor dem Schelmen; bald pfiff er, um ein Zeichen zu geben, dann reute ihn schon, es getan zu haben, und so dauerte das Schwanken immerfort, bis Fitz endlich sein Pfeifchen aus der Ferne hören ließ. Er entschuldigte sein Außenbleiben vom Riesenschlosse, er habe sich mit Jarno verspätet, der Windbruch habe ihn gehindert; dann forschte er genau, wie es ihnen zwischen Säulen und Höhlen gegangen sei? Wie tief sie vorgedrungen? Felix erzählte ihm ein Märchen über das andere, halb übermütig, halb verlegen; er sah den Vater lächelnd an, zupfte ihn verstohlen und tat alles mögliche, um an den Tag zu geben, daß er heimlich besitze und daß er sich verstelle.
Sie waren endlich auf einen Fuhrweg gelangt, der sie bequem zu jenen Besitztümern hinführen sollte; Fitz aber behauptete, einen näheren und bessern Weg zu kennen; auf welchem der Bote sie nicht begleiten wollte und den geraden, breiten, eingeschlagenen Weg vor sich hin ging. Die beiden Wanderer vertrauten dem losen Jungen und glaubten wohlgetan zu haben, denn nun ging es steil den Berg hinab, durch einen Wald der hoch- und schlankstämmigsten Lärchenbäume, der, immer durchsichtiger werdend, ihnen zuletzt die schönste Besitzung, die man sich nur denken kann, im klarsten Sonnenlichte sehen ließ.
Ein großer Garten, nur der Fruchtbarkeit, wie es schien, gewidmet, lag, obgleich mit Obstbäumen reichlich ausgestattet, offen vor ihren Augen, indem er regelmäßig, in mancherlei Abteilungen, einen zwar im ganzen abhängigen, doch aber mannigfaltig bald erhöhten, bald vertieften Boden

bedeckte. Mehrere Wohnhäuser lagen darin zerstreut, so daß der Raum verschiedenen Besitzern anzugehören schien, der jedoch, wie Fitz versicherte, von einem einzigen Herrn beherrscht und benutzt ward. Über den Garten hinaus erblickten sie eine unabsehbare Landschaft, reichlich bebaut und bepflanzt. Sie konnten Seen und Flüsse deutlich unterscheiden.

Sie waren den Berg hinab immer näher gekommen und glaubten nun sogleich im Garten zu sein, als Wilhelm stutzte und Fitz seine Schadenfreude nicht verbarg: denn eine jähe Kluft am Fuße des Berges tat sich vor ihnen auf und zeigte gegenüber eine bisher verborgene hohe Mauer, schroff genug von außen, obgleich von innen durch das Erdreich völlig ausgefüllt. Ein tiefer Graben trennte sie also von dem Garten, in den sie unmittelbar hineinsahen. »Wir haben noch hinüber einen ziemlichen Umweg zu machen«, sagte Fitz, »wenn wir die Straße, die hineinführt, erreichen wollen. Doch weiß ich auch einen Eingang von dieser Seite, wo wir um ein gutes näher gehen. Die Gewölbe, durch die das Bergwasser bei Regengüssen in den Garten geregelt hineinstürzt, öffnen sich hier; sie sind hoch und breit genug, daß man mit ziemlicher Bequemlichkeit hindurchkommen kann.« Als Felix von Gewölben hörte, konnte er vor Begierde sich nicht lassen, diesen Eingang zu betreten. Wilhelm folgte den Kindern, und sie stiegen zusammen die ganz trocken liegenden hohen Stufen dieser Zuleitungsgewölbe hinunter. Sie befanden sich bald im Hellen, bald im Dunkeln, je nachdem von Seitenöffnungen her das Licht hereinfiel oder von Pfeilern und Wänden aufgehalten ward. Endlich gelangten sie auf einen ziemlich gleichen Fleck und schritten langsam vor, als auf einmal in ihrer Nähe ein Schuß fiel, zu gleicher Zeit sich zwei verborgene Eisengitter schlossen und sie von beiden Seiten einsperrten. Zwar nicht die ganze Gesellschaft: nur Wilhelm und Felix waren gefangen. Denn Fitz, als der Schuß fiel, sprang sogleich rückwärts, und das zuschlagende Gitter faßte nur seinen weiten Ärmel;

er aber, sehr geschwind das Jäckchen abwerfend, war entflohen, ohne sich einen Augenblick aufzuhalten.

Die beiden Eingekerkerten hatten kaum Zeit, sich von ihrem Erstaunen zu erholen, als sie Menschenstimmen vernahmen, welche sich langsam zu nähern schienen. Bald darauf traten Bewaffnete mit Fackeln an die Gitter und neugierigen Blicks, was sie für einen Fang möchten getan haben. Sie fragten zugleich, ob man sich gutwillig ergeben wolle. »Hier kann von keinem Ergeben die Rede sein«, versetzte Wilhelm; »wir sind in eurer Gewalt. Eher haben wir Ursache zu fragen, ob ihr uns schonen wollt. Die einzige Waffe, die wir bei uns haben, liefere ich euch aus«, und mit diesen Worten reichte er seinen Hirschfänger durchs Gitter; dieses öffnete sich sogleich, und man führte ganz gelassen die Ankömmlinge mit sich vorwärts, und als man sie einen Wendelstieg hinaufgebracht hatte, befanden sie sich bald an einem seltsamen Orte; es war ein geräumiges, reinliches Zimmer, durch kleine, unter dem Gesimse hergehende Fenster erleuchtet, die ungeachtet der starken Eisenstäbe Licht genug verbreiteten. Für Sitze, Schlafstellen und was man allenfalls sonst in einer mäßigen Herberge verlangen könnte, war gesorgt, und es schien dem, der sich hier befand, nichts als die Freiheit zu fehlen.

Wilhelm hatte sich bei seinem Eintritt sogleich niedergesetzt und überdachte den Zustand; Felix hingegen, nachdem er sich von dem ersten Erstaunen erholt hatte, brach in eine unglaubliche Wut aus. Diese steilen Wände, diese hohen Fenster, diese festen Türen, diese Abgeschlossenheit, diese Einschränkung war ihm ganz neu. Er sah sich um, er rannte hin und her, stampfte mit den Füßen, weinte, rüttelte an den Türen, schlug mit den Fäusten dagegen, ja er war im Begriff, mit dem Schädel dawider zu rennen, hätte nicht Wilhelm ihn gefaßt und mit Kraft festgehalten.

»Besieh dir das nur ganz gelassen, mein Sohn«, fing der Vater an, »denn Ungeduld und Gewalt helfen uns nicht aus dieser Lage. Das Geheimnis wird sich aufklären; aber ich müßte mich höchlich irren, oder wir sind in keine schlechten

Hände gefallen. Betrachte diese Inschriften: ›Dem Unschuldigen Befreiung und Ersatz, dem Verführten Mitleiden, dem Schuldigen ahndende Gerechtigkeit.‹ Alles dieses zeigt uns an, daß diese Anstalten Werke der Notwendigkeit, nicht der Grausamkeit sind. Der Mensch hat nur allzusehr Ursache, sich vor dem Menschen zu schützen. Der Mißwollenden gibt es gar viele, der Mißtätigen nicht wenige, und um zu leben, wie sich's gehört, ist nicht genug, immer wohlzutun.«

Felix hatte sich zusammengenommen, warf sich aber sogleich auf eine der Lagerstätten, ohne weiteres Äußern noch Erwidern. Der Vater ließ nicht ab und sprach ferner: »Laß dir diese Erfahrung, die du so früh und unschuldig machst, ein lebhaftes Zeugnis bleiben, in welchem und in was für einem vollkommenen Jahrhundert du geboren bist. Welchen Weg mußte nicht die Menschheit machen, bis sie dahin gelangte, auch gegen Schuldige gelind, gegen Verbrecher schonend, gegen Unmenschliche menschlich zu sein! Gewiß waren es Männer göttlicher Natur, die dies zuerst lehrten, die ihr Leben damit zubrachten, die Ausübung möglich zu machen und zu beschleunigen. Des Schönen sind die Menschen selten fähig, öfter des Guten; und wie hoch müssen wir daher diejenigen halten, die dieses mit großen Aufopferungen zu befördern suchen.«

Diese tröstlich belehrenden Worte, welche die Absicht der einschließenden Umgebung völlig rein ausdrückten, hatte Felix nicht vernommen; er lag im tiefsten Schlafe, schöner und frischer als je; denn eine Leidenschaft, wie sie ihn sonst nicht leicht ergriff, hatte sein ganzes Innerste auf die vollen Wangen hervorgetrieben. Ihn mit Gefälligkeit beschauend, stand der Vater, als ein wohlgebildeter junger Mann hereintrat, der, nachdem er den Ankömmling einige Zeit freundlich angesehen, anfing, ihn über die Umstände zu befragen, die ihn auf den ungewöhnlichen Weg und in diese Falle geführt hätten. Wilhelm erzählte die Begebenheit ganz schlicht, überreichte ihm einige Papiere, die seine Person aufzuklären dienten, und berief sich auf den Boten, der nun bald auf dem ordentlichen Wege von einer andern Seite anlangen müsse. Als dieses alles soweit im klaren war, ersuchte der Beamte seinen Gast, ihm zu folgen. Felix war nicht zu erwecken, die Untergebenen trugen ihn daher auf der tüchtigen Matratze, wie ehmals den unbewußten Ulyß, in die freie Luft.

Wilhelm folgte dem Beamten in ein schönes Gartenzimmer, wo Erfrischungen aufgesetzt wurden, die er genießen sollte, indessen jener ging, an höherer Stelle Bericht abzustatten. Als Felix erwachend ein gedecktes Tischchen, Obst, Wein, Zwieback und zugleich die Heiterkeit der offenstehenden Türe bemerkte, ward es ihm ganz wunderlich zumute. Er läuft hinaus, er kehrt zurück, er glaubt geträumt zu haben; und hatte bald bei so guter Kost und so angenehmer Umgebung den vorhergegangenen Schrecken und alle Bedrängnis, wie einen schweren Traum am hellen Morgen, vergessen.

Der Bote war angelangt, der Beamte kam mit ihm und einem andern, ältlichen, noch freundlichern Manne zurück, und die Sache klärte sich folgendergestalt auf. Der Herr dieser Besitzung, im höhern Sinne wohltätig, daß er alles um sich her zum Tun und Schaffen aufregte, hatte aus seinen unendlichen Baumschulen, seit mehreren Jahren, fleißigen und sorgfältigen Anbauern die jungen Stämme umsonst, nachlässigen um einen gewissen Preis und denen, die damit handeln wollten, gleichfalls, doch um einen billigen, überlassen. Aber auch diese beiden Klassen forderten umsonst, was die Würdigen umsonst erhielten, und da man ihnen nicht nachgab, suchten sie die Stämme zu entwenden. Auf mancherlei Weise war es ihnen gelungen. Dieses verdroß den Besitzer um so mehr, da nicht allein die Baumschulen geplündert, sondern auch durch Übereilung verderbt worden waren. Man hatte Spur, daß sie durch die Wasserleitung hereingekommen, und deshalb eine solche Gitterfalle mit einem Selbstschuß eingerichtet, der aber nur als Zeichen gelten sollte. Der kleine Knabe hatte sich unter mancherlei Vorwänden mehrmals im Garten sehen lassen, und es war nichts natürlicher, als daß er aus Kühnheit und Schelmerei die Fremden einen Weg führen wollte, den er früher zu anderm Zwecke ausgefunden. Man hätte gewünscht, seiner habhaft zu werden; indessen wurde sein Wämschen unter andern gerichtlichen Gegenständen aufgehoben.

Fünftes Kapitel

Auf dem Wege nach dem Schlosse fand unser Freund zu seiner Verwunderung nichts, was einem älteren Lustgarten oder einem modernen Park ähnlich gewesen wäre; gradlinig gepflanzte Fruchtbäume, Gemüsfelder, große Strecken mit Heilkräutern bestellt, und was nur irgend brauchbar konnte geachtet werden, übersah er auf sanft abhängiger Fläche mit *einem* Blicke. Ein von hohen Linden umschatteter Platz breitete sich würdig als Vorhalle des ansehnlichen Gebäudes, eine lange, daranstoßende Allee, gleichen Wuchses und Würde, gab zu jeder Stunde des Tags Gelegenheit, im Freien zu verkehren und zu lustwandeln. Eintretend in das Schloß, fand er die Wände der Hausflur auf eine eigene Weise bekleidet; große geographische Abbildungen aller vier Weltteile fielen ihm in die Augen; stattliche Treppenwände waren gleichfalls mit Abrissen einzelner Reiche geschmückt, und in den Hauptsaal eingelassen, fand er sich umgeben von Prospekten der merkwürdigsten Städte, oben und unten eingefaßt von landschaftlicher Nachbildung der Gegenden, worin sie gelegen sind, alles kunstreich dargestellt, so daß die Einzelnheiten deutlich in die Augen fielen und zugleich ein ununterbrochener Bezug durchaus bemerkbar blieb.

Der Hausherr, ein kleiner, lebhafter Mann von Jahren, bewillkommte den Gast und fragte, ohne weitere Einleitung, gegen die Wände deutend: ob ihm vielleicht eine dieser Städte bekannt sei und ob er daselbst jemals sich aufgehalten? Von manchem konnte nun der Freund auslangende Rechenschaft geben und beweisen, daß er mehrere Orte nicht allein gesehen, sondern auch ihre Zustände und Eigenheiten gar wohl zu bemerken gewußt.

Der Hausherr klingelte und befahl, ein Zimmer den beiden Ankömmlingen anzuweisen, auch sie später zum Abendessen zu führen; dies geschah denn auch. In einem großen Erdsaale entgegneten ihm zwei Frauenzimmer, wovon die eine mit großer Heiterkeit zu ihm sprach: »Sie finden hier kleine Gesellschaft, aber gute; ich, die jüngere Nichte, heiße Hersilie, diese, meine ältere Schwester, nennt man Juliette, die beiden Herren sind Vater und Sohn, Beamte, die Sie kennen, Hausfreunde, die alles Vertrauens genießen, das sie verdienen. Setzen wir uns!« Die beiden Frauenzimmer nahmen Wilhelm in die Mitte, die Beamten saßen an beiden Enden, Felix an der andern langen Seite, wo er sich sogleich Hersilien gegenüber gerückt hatte und kein Auge von ihr verwendete.

Nach vorläufigem allgemeinem Gespräch ergriff Hersilie Gelegenheit zu sagen: »Damit der Fremde desto schneller mit uns vertraut und in unsere Unterhaltung eingeweiht werde, muß ich bekennen, daß bei uns viel gelesen wird und daß wir uns, aus Zufall, Neigung, auch wohl Widerspruchsgeist, in die verschiedenen Literaturen geteilt haben. Der Oheim ist fürs Italienische, die Dame hier nimmt es nicht übel, wenn man sie für eine vollendete Engländerin hält, ich aber halte mich an die Franzosen, sofern sie heiter und zierlich sind. Hier, Amtmann Papa erfreut sich des deutschen Altertums, und der Sohn mag denn, wie billig, dem Neuern, Jüngern seinen Anteil zuwenden. Hiernach werden Sie uns beurteilen, hiernach teilnehmen, einstimmen oder streiten; in jedem Sinne werden Sie willkommen sein.« Und in diesem Sinne belebte sich auch die Unterhaltung.

Indessen war die Richtung der feurigen Blicke des schönen Felix Hersilien keineswegs entgangen, sie fühlte sich überrascht und geschmeichelt und sendete ihm die vorzüglichsten Bissen, die er freudig und dankbar empfing. Nun aber, als er beim Nachtisch über einen Teller Äpfel zu ihr hinsah, glaubte sie, in den reizenden Früchten ebensoviel Rivale zu erblicken. Gedacht, getan, sie faßte einen Apfel und reichte ihn dem heranwachsenden Abenteurer über den Tisch hinüber; dieser, hastig zugreifend, fing sogleich zu schälen an; unverwandt aber nach der reizenden Nachbarin hinblikkend, schnitt er sich tief in den Daumen. Das Blut floß lebhaft; Hersilie sprang auf, bemühte sich um ihn, und als sie das Blut gestillt, schloß sie die Wunde mit englischem Pflaster aus ihrem Besteck. Indessen hatte der Knabe sie angefaßt und wollte sie nicht loslassen; die Störung ward allgemein, die Tafel aufgehoben, und man bereitete sich zu scheiden.

»Sie lesen doch auch vor Schlafengehn?« sagte Hersilie zu Wilhelm; »ich schicke Ihnen ein Manuskript, eine Übersetzung aus dem Französischen von meiner Hand, und Sie sollen sagen, ob Ihnen viel Artigeres vorgekommen ist. Ein verrücktes Mädchen tritt auf! das möchte keine sonderliche Empfehlung sein, aber wenn ich jemals närrisch werden möchte, wie mir manchmal die Lust ankommt, so wär' es auf diese Weise.«

Die pilgernde Törin

Herr von Revanne, ein reicher Privatmann, besitzt die schönsten Ländereien seiner Provinz. Nebst Sohn und Schwester bewohnt er ein Schloß, das eines Fürsten würdig wäre; und in der Tat, wenn sein Park, seine Wasser, seine Pachtungen, seine Manufakturen, sein Hauswesen auf sechs Meilen umher die Hälfte der Einwohner ernähren, so ist er durch sein Ansehn und durch das Gute, das er stiftet, wirklich ein Fürst.

Vor einigen Jahren spazierte er an den Mauern seines Parks hin auf der Heerstraße und ihm gefiel, in einem Lustwäldchen auszuruhen, wo der Reisende gern verweilt. Hochstämmige Bäume ragen über junges, dichtes Gebüsch; man ist vor Wind und Sonne geschützt; ein sauber gefaßter Brunnen sendet sein Wasser über Wurzeln, Steine und Rasen. Der Spazierende hatte wie gewöhnlich Buch und

Flinte bei sich. Nun versuchte er zu lesen, öfters durch Gesang der Vögel, manchmal durch Wanderschritte angenehm abgezogen und zerstreut.

Ein schöner Morgen war im Vorrücken, als jung und liebenswürdig ein Frauenzimmer sich gegen ihn her bewegte. Sie verließ die Straße, indem sie sich Ruhe und Erquickung an dem frischen Orte zu versprechen schien, wo er sich befand. Sein Buch fiel ihm aus den Händen, überrascht wie er war. Die Pilgerin mit den schönsten Augen von der Welt und einem Gesicht, durch Bewegung angenehm belebt, zeichnete sich an Körperbau, Gang und Anstand dergestalt aus, daß er unwillkürlich von seinem Platze aufstand und nach der Straße blickte, um das Gefolge kommen zu sehen, das er hinter ihr vermutete. Dann zog die Gestalt abermals, indem sie sich edel gegen ihn verbeugte, seine Aufmerksamkeit an sich, und ehrerbietig erwiderte er den Gruß. Die schöne Reisende setzte sich an den Rand des Quells, ohne ein Wort zu sagen und mit einem Seufzer.

»Seltsame Wirkung der Sympathie!« rief Herr von Revanne, als er mir die Begebenheit erzählte, »dieser Seufzer ward in der Stille von mir erwidert. Ich blieb stehen, ohne zu wissen, was ich sagen oder tun sollte. Meine Augen waren nicht hinreichend, diese Vollkommenheiten zu fassen. Ausgestreckt wie sie lag, auf einen Ellbogen gelehnt, es war die schönste Frauengestalt, die man sich denken konnte! Ihre Schuhe gaben mir zu eigenen Betrachtungen Anlaß; ganz bestaubt, deuteten sie auf einen langen zurückgelegten Weg, und doch waren ihre seidenen Strümpfe so blank, als wären sie eben unter dem Glättstein hervorgegangen. Ihr aufgezogenes Kleid war nicht zerdrückt; ihre Haare schienen diesen Morgen erst gelockt; feines Weißzeug, feine Spitzen; sie war angezogen, als wenn sie zum Balle gehen sollte. Auf eine Landstreicherin deutete nichts an ihr, und doch war sie's; aber eine beklagenswerte, eine verehrungswürdige.

Zuletzt benutzte ich einige Blicke, die sie auf mich warf, sie zu fragen, ob sie allein reise. ›Ja, mein Herr‹, sagte sie, ›ich bin allein auf der Welt.‹ – ›Wie? Madam, Sie sollten ohne

Eltern, ohne Bekannte sein?‹ – ›Das wollte ich eben nicht sagen, mein Herr. Eltern hab ich, und Bekannte genug; aber keine Freunde.‹ – ›Daran‹, fuhr ich fort, ›können Sie wohl unmöglich schuld sein. Sie haben eine Gestalt und gewiß auch ein Herz, denen sich viel vergeben läßt.‹

Sie fühlte die Art von Vorwurf, den mein Kompliment verbarg, und ich machte mir einen guten Begriff von ihrer Erziehung. Sie öffnete gegen mich zwei himmlische Augen vom vollkommensten, reinsten Blau, durchsichtig und glänzend; hierauf sagte sie mit edlem Tone: sie könne es einem Ehrenmanne, wie ich zu sein scheine, nicht verdenken, wenn er ein junges Mädchen, das er allein auf der Landstraße treffe, einigermaßen verdächtig halte: ihr sei das schon öfter entgegen gewesen; aber, ob sie gleich fremd sei, obgleich niemand das Recht habe, sie auszuforschen, so bitte sie doch zu glauben, daß die Absicht ihrer Reise mit der gewissenhaftesten Ehrbarkeit bestehen könne. Ursachen, von denen sie niemand Rechenschaft schuldig sei, nötigten sie, ihre Schmerzen in der Welt umherzuführen. Sie habe gefunden, daß die Gefahren, die man für ihr Geschlecht befürchte, nur eingebildet seien und daß die Ehre eines Weibes, selbst unter Straßenräubern, nur bei Schwäche des Herzens und der Grundsätze Gefahr laufe.

Übrigens gehe sie nur zu Stunden und auf Wegen, wo sie sich sicher glaube, spreche nicht mit jedermann und verweile manchmal an schicklichen Orten, wo sie ihren Unterhalt erwerben könne durch Dienstleistung in der Art, wonach sie erzogen worden. Hier sank ihre Stimme, ihre Augenlider neigten sich, und ich sah einige Tränen ihre Wangen herabfallen.

Ich versetzte darauf, daß ich keineswegs an ihrem guten Herkommen zweifle, so wenig als an einem achtungswerten Betragen. Ich bedaure sie nur, daß irgendeine Notwendigkeit sie zu dienen zwinge, da sie so wert scheine, Diener zu finden; und daß ich, ungeachtet einer lebhaften Neugierde, nicht weiter in sie dringen wolle, vielmehr mich durch ihre nähere Bekanntschaft zu überzeugen wünsche, daß sie überall für ihren Ruf ebenso besorgt sei als für ihre Tugend. Diese Worte schienen sie abermals zu verletzen, denn sie antwortete: Namen und Vaterland verberge sie, eben um des Rufs willen, der denn doch am Ende meistenteils weniger Wirkliches als Mutmaßliches enthalte. Biete sie ihre Dienste an, so weise sie Zeugnisse der letzten Häuser vor, wo sie etwas geleistet habe, und verhehle nicht, daß sie über Vaterland und Familie nicht befragt sein wolle. Darauf bestimme man sich und stelle dem Himmel oder ihrem Worte die Unschuld ihres ganzen Lebens und ihre Redlichkeit anheim.«

Äußerungen dieser Art ließen keine Geistesverwirrung bei der schönen Abenteurerin argwohnen. Herr von Revanne, der einen solchen Entschluß, in die Welt zu laufen, nicht gut begreifen konnte, vermutete nun, daß man sie vielleicht gegen ihre Neigung habe verheiraten wollen. Hernach fiel er darauf, ob es nicht etwa gar Verzweiflung aus Liebe sei; und wunderlich genug, wie es aber mehr zu gehen pflegt, indem er ihr Liebe für einen andern zutraute, verliebte er sich selbst und fürchtete, sie möchte weiterreisen. Er konnte seine Augen nicht von dem schönen Gesicht wegwenden, das von einem grünen Halblichte verschönert war. Niemals zeigte, wenn es je Nymphen gab, auf den Rasen sich eine schönere hingestreckt; und die etwas romanhafte Art dieser Zusammenkunft verbreitete einen Reiz, dem er nicht zu widerstehen vermochte.

Ohne daher die Sache viel näher zu betrachten, bewog Herr von Revanne die schöne Unbekannte, sich nach dem Schlosse führen zu lassen. Sie macht keine Schwierigkeit, sie geht mit und zeigt sich als eine Person, der die große Welt bekannt ist. Man bringt Erfrischungen, welche sie annimmt, ohne falsche Höflichkeit und mit dem anmutigsten Dank. In Erwartung des Mittagessens zeigt man ihr das Haus. Sie bemerkt nur, was Auszeichnung verdient, es sei an Möbeln, Malereien oder es betreffe die schickliche Einteilung der Zimmer. Sie findet eine Bibliothek, sie kennt die guten Bücher und spricht darüber mit Geschmack und Bescheidenheit. Kein Geschwätz, keine Verlegenheit. Bei Tafel ein ebenso edles und natürliches Betragen und den liebenswürdigsten Ton der Unterhaltung. Soweit ist alles verständig in ihrem Gespräch, und ihr Charakter scheint so liebenswürdig wie ihre Person.

Nach der Tafel machte sie ein kleiner mutwilliger Zug noch schöner, und indem sie sich an Fräulein von Revanne mit einem Lächeln wendet, sagt sie: es sei ihr Brauch, ihr Mittagsmahl durch eine Arbeit zu bezahlen und, sooft es ihr an Geld fehle, Nähnadeln von den Wirtinnen zu verlangen. »Erlauben Sie«, fügte sie hinzu, »daß ich eine Blume auf einem Ihrer Stickrahmen lasse, damit Sie künftig bei deren Anblick der armen Unbekannten sich erinnern mögen.« Fräulein von Revanne versetzte darauf, daß es ihr sehr leid tue, keinen aufgezogenen Grund zu haben und deshalb das Vergnügen, ihre Geschicklichkeit zu bewundern, entbehren müsse. Alsbald wendete die Pilgerin ihren Blick auf das Klavier. »So will ich denn«, sagte sie, »meine Schuld mit Windmünze abtragen, wie es auch ja sonst schon die Art umherstreifender Sänger war.« Sie versuchte das Instrument mit zwei oder drei Vorspielen, die eine sehr geübte Hand ankündigten. Man zweifelte nicht mehr, daß sie ein Frauenzimmer von Stande sei, ausgestattet mit allen liebenswürdigen Geschicklichkeiten. Zuerst war ihr Spiel aufgeweckt und glänzend; dann ging sie zu ernsten Tönen über, zu Tönen einer tiefen Trauer, die man zugleich in ihren Augen erblickte. Sie netzten sich mit Tränen, ihr Gesicht verwandelte sich, ihre Finger hielten an; aber auf einmal überraschte sie jedermann, indem sie ein mutwilliges Lied, mit der schönsten Stimme von der Welt, lustig und lächerlich vorbrachte. Da man in der Folge Ursache hatte zu glauben, daß diese burleske Romanze sie etwas näher angehe, so verzeiht man mir wohl, wenn ich sie hier einschalte.

Woher im Mantel so geschwinde,
Da kaum der Tag in Osten graut?
Hat wohl der Freund beim scharfen Winde

Auf einer Wallfahrt sich erbaut?
Wer hat ihm seinen Hut genommen?
Mag er mit Willen barfuß gehn?
Wie ist er in den Wald gekommen
Auf den beschneiten, wilden Höhn?

Gar wunderlich von warmer Stätte,
Wo er sich bessern Spaß versprach,
Und wenn er nicht den Mantel hätte,
Wie gräßlich wäre seine Schmach!
So hat ihn jener Schalk betrogen
Und ihm das Bündel abgepackt:
Der arme Freund ist ausgezogen,
Beinah wie Adam bloß und nackt.

Warum auch ging er solche Wege
Nach jenem Apfel voll Gefahr,
Der freilich schön im Mühlgehege
Wie sonst im Paradiese war!
Er wird den Scherz nicht leicht erneuen;
Er drückte schnell sich aus dem Haus,
Und bricht auf einmal nun im Freien
In bittre, laute Klagen aus:

»Ich las in ihren Feuerblicken
Doch keine Silbe von Verrat!
Sie schien mit mir sich zu entzücken
Und sann auf solche schwarze Tat!
Konnt' ich in ihren Armen träumen,
Wie meuchlerisch der Busen schlug?
Sie hieß den raschen Amor säumen,
Und günstig war er uns genug.

Sich meiner Liebe zu erfreuen,
Der Nacht, die nie ein Ende nahm,
Und erst die Mutter anzuschreien
Jetzt eben, als der Morgen kam!

Da drang ein Dutzend Anverwandten
Herein, ein wahrer Menschenstrom!
Da kamen Brüder, guckten Tanten,
Da stand ein Vetter und ein Ohm!

Das war ein Toben, war ein Wüten!
Ein jeder schien ein andres Tier.
Da forderten sie Kranz und Blüten
Mit gräßlichem Geschrei von mir.
›Was dringt ihr alle wie von Sinnen
Auf den unschuld'gen Jüngling ein!
Denn solche Schätze zu gewinnen,
Da muß man viel behender sein.

Weiß Amor seinem schönen Spiele
Doch immer zeitig nachzugehn:
Er läßt fürwahr nicht in der Mühle
Die Blumen sechzehn Jahre stehn.‹ –
Da raubten sie das Kleiderbündel
Und wollten auch den Mantel noch.
Wie nur so viel verflucht Gesindel
Im engen Hause sich verkroch!

Da sprang ich auf und tobt' und fluchte,
Gewiß, durch alle durchzugehn.
Ich sah noch einmal die Verruchte,
Und ach! sie war noch immer schön.
Sie alle wichen meinem Grimme,
Doch flog noch manches wilde Wort;
So macht' ich mich mit Donnerstimme
Noch endlich aus der Höhle fort.

Man soll euch Mädchen auf dem Lande
Wie Mädchen aus den Städten fliehn!
So lasset doch den Fraun von Stande
Die Lust, die Diener auszuziehn!
Doch seid ihr auch von den Geübten

Und kennt ihr keine zarte Pflicht,
So ändert immer die Geliebten,
Doch sie verraten müßt ihr nicht.«

So singt er in der Winterstunde,
Wo nicht ein armes Hälmchen grünt.
Ich lache seiner tiefen Wunde,
Denn wirklich ist sie wohl verdient.
So geh' es jedem, der am Tage
Sein edles Liebchen frech belügt
Und nachts, mit allzu kühner Wage,
Zu Amors falscher Mühle kriecht.

Wohl war es bedenklich, daß sie sich auf eine solche Weise vergessen konnte, und dieser Ausfall mochte für ein Anzeichen eines Kopfes gelten, der sich nicht immer gleich war. »Aber«, sagte mir Herr von Revanne, »auch wir vergaßen alle Betrachtungen, die wir hätten machen können, ich weiß nicht, wie es zuging. Uns mußte die unaussprechliche Anmut, womit sie diese Possen vorbrachte, bestochen haben. Sie spielte neckisch, aber mit Einsicht. Ihre Finger gehorchten ihr vollkommen, und ihre Stimme war wirklich bezaubernd. Da sie geendigt hatte, erschien sie so gesetzt wie vorher, und wir glaubten, sie habe nur den Augenblick der Verdauung erheitern wollen.
Bald darauf bat sie um die Erlaubnis, ihren Weg wieder anzutreten; aber auf meinen Wink sagte meine Schwester: wenn sie nicht zu eilen hätte und die Bewirtung ihr nicht mißfiele, so würde es uns ein Fest sein, sie mehrere Tage bei uns zu sehen. Ich dachte ihr eine Beschäftigung anzubieten, da sie sich's einmal gefallen ließ zu bleiben. Doch diesen ersten Tag und den folgenden führten wir sie nur umher. Sie verleugnete sich nicht einen Augenblick: sie war die Vernunft, mit aller Anmut begabt. Ihr Geist war fein und treffend, ihr Gedächtnis so wohl ausgeziert und ihr Gemüt so schön, daß sie gar oft unsere Bewunderung erregte und alle unsere Aufmerksamkeit festhielt. Dabei kannte sie die

Gesetze eines guten Betragens und übte sie gegen einen jeden von uns, nicht weniger gegen einige Freunde, die uns besuchten, so vollkommen aus, daß wir nicht mehr wußten, wie wir jene Sonderbarkeiten mit einer solchen Erziehung vereinigen sollten.

Ich wagte wirklich nicht mehr, ihr Dienstvorschläge für mein Haus zu tun. Meine Schwester, der sie angenehm war, hielt es gleichfalls für Pflicht, das Zartgefühl der Unbekannten zu schonen. Zusammen besorgten sie die häuslichen Dinge, und hier ließ sich das gute Kind öfters bis zur Handarbeit herunter und wußte sich gleich darauf in alles zu schicken, was höhere Anordnung und Berechnung erheischte.

In kurzer Zeit stellte sie eine Ordnung her, die wir bis jetzt im Schlosse gar nicht vermißt hatten. Sie war eine sehr verständige Haushälterin; und da sie damit angefangen hatte, bei uns mit an Tafel zu sitzen, so zog sie sich nunmehr nicht etwa aus falscher Bescheidenheit zurück, sondern speiste mit uns ohne Bedenken fort; aber sie rührte keine Karte, kein Instrument an, als bis sie die übernommenen Geschäfte zu Ende gebracht hatte.

Nun muß ich freilich gestehen, daß mich das Schicksal dieses Mädchens innigst zu rühren anfing. Ich bedauerte die Eltern, die wahrscheinlich eine solche Tochter sehr vermißten; ich seufzte, daß so sanfte Tugenden, so viele Eigenschaften verlorengehen sollten. Schon lebte sie mehrere Monate mit uns, und ich hoffte, das Vertrauen, das wir ihr einzuflößen suchten, würde zuletzt das Geheimnis auf ihre Lippen bringen. War es ein Unglück, wir konnten helfen; war es ein Fehler, so ließ sich hoffen, unsere Vermittelung, unser Zeugnis würden ihr Vergebung eines vorübergehenden Irrtums verschaffen können; aber alle unsere Freundschaftsversicherungen, unsre Bitten selbst waren unwirksam. Bemerkte sie die Absicht, einige Aufklärung von ihr zu gewinnen, so versteckte sie sich hinter allgemeine Sittensprüche, um sich zu rechtfertigen, ohne uns zu belehren. Zum Beispiel, wenn wir von ihrem Unglücke sprachen: ›Das

Unglück‹, sagte sie, ›fällt über Gute und Böse. Es ist eine wirksame Arzenei, welche die guten Säfte zugleich mit den üblen angreift.‹

Suchten wir die Ursache ihrer Flucht aus dem väterlichen Hause zu entdecken: ›Wenn das Reh flieht‹, sagte sie lächelnd, ›so ist es darum nicht schuldig.‹ Fragten wir, ob sie Verfolgungen erlitten: ›Das ist das Schicksal mancher Mädchen von guter Geburt, Verfolgungen zu erfahren und auszuhalten. Wer über eine Beleidigung weint, dem werden mehrere begegnen.‹ Aber wie hatte sie sich entschließen können, ihr Leben der Roheit der Menge auszusetzen oder es wenigstens manchmal ihrem Erbarmen zu verdanken? Darüber lachte sie wieder und sagte: ›Dem Armen, der den Reichen bei Tafel begrüßt, fehlt es nicht an Verstand.‹ Einmal, als die Unterhaltung sich zum Scherze neigte, sprachen wir ihr von Liebhabern und fragten sie, ob sie den frostigen Helden ihrer Romanze nicht kenne? Ich weiß noch recht gut, dieses Wort schien sie zu durchbohren. Sie öffnete gegen mich ein Paar Augen, so ernst und streng, daß die meinigen einen solchen Blick nicht aushalten konnten; und sooft man auch nachher von Liebe sprach, so konnte man erwarten, die Anmut ihres Wesens und die Lebhaftigkeit ihres Geistes getrübt zu sehen. Gleich fiel sie in ein Nachdenken, das wir für Grübeln hielten und das doch wohl nur Schmerz war. Doch blieb sie im ganzen munter, nur ohne große Lebhaftigkeit, edel, ohne sich ein Ansehn zu geben, gerade ohne Offenherzigkeit, zurückgezogen ohne Ängstlichkeit, eher duldsam als sanftmütig, und mehr erkenntlich als herzlich bei Liebkosungen und Höflichkeiten. Gewiß war es ein Frauenzimmer, gebildet, einem großen Hause vorzustehn; und doch schien sie nicht älter als einundzwanzig Jahre.

So zeigte sich diese junge, unerklärliche Person, die mich ganz eingenommen hatte, binnen zwei Jahren, die es ihr gefiel, bei uns zu verweilen, bis sie mit einer Torheit schloß, die viel seltsamer ist, als ihre Eigenschaften ehrwürdig und glänzend waren. Mein Sohn, jünger als ich, wird sich trösten können; was mich betrifft, so fürchte ich, schwach genug zu sein, sie immer zu vermissen.«

Nun will ich die Torheit eines verständigen Frauenzimmers erzählen, um zu zeigen, daß Torheit oft nichts weiter sei als Vernunft unter einem andern Äußern. Es ist wahr, man wird einen seltsamen Widerspruch finden zwischen dem edlen Charakter der Pilgerin und der komischen List, deren sie sich bediente; aber man kennt ja schon zwei ihrer Ungleichheiten, die Pilgerschaft selbst und das Lied.

Es ist wohl deutlich, daß Herr von Revanne in die Unbekannte verliebt war. Nun mochte er sich freilich auf sein funfzigjähriges Gesicht nicht verlassen, ob er schon so frisch und wacker aussah als ein Dreißiger; vielleicht aber hoffte er, durch seine reine, kindliche Gesundheit zu gefallen, durch die Güte, Heiterkeit, Sanftheit, Großmut seines Charakters; vielleicht auch durch sein Vermögen, ob er gleich zart genug gesinnt war, um zu fühlen, daß man das nicht erkauft, was keinen Preis hat.

Aber der Sohn von der andern Seite, liebenswürdig, zärtlich, feurig, ohne sich mehr als sein Vater zu bedenken, stürzte sich über Hals und Kopf in das Abenteuer. Erst suchte er vorsichtig die Unbekannte zu gewinnen, die ihm durch seines Vaters und seiner Tante Lob und Freundschaft erst recht wert geworden. Er bemühte sich aufrichtig um ein liebenswürdiges Weib, die seiner Leidenschaft weit über den gegenwärtigen Zustand erhöht schien. Ihre Strenge mehr als ihr Verdienst und ihre Schönheit entflammte ihn; er wagte zu reden, zu unternehmen, zu versprechen.

Der Vater, ohne es selbst zu wollen, gab seiner Bewerbung immer ein etwas väterliches Ansehn. Er kannte sich, und als er seinen Rival erkannt hatte, hoffte er nicht, über ihn zu siegen, wenn er nicht zu Mitteln greifen wollte, die einem Manne von Grundsätzen nicht geziemen. Dessenungeachtet verfolgte er seinen Weg, ob ihm gleich nicht unbekannt war, daß Güte, ja Vermögen selbst, nur Reizungen sind, denen sich ein Frauenzimmer mit Vorbedacht hingibt, die jedoch unwirksam bleiben, sobald Liebe sich mit den Reizen und in Begleitung der Jugend zeigt. Auch machte Herr von Revanne noch andere Fehler, die er später bereute. Bei einer hochachtungsvollen Freundschaft sprach er von einer dauerhaften, geheimen, gesetzmäßigen Verbindung. Er beklagte sich auch wohl und sprach das Wort Undankbarkeit aus. Gewiß kannte er die nicht, die er liebte, als er eines Tages zu ihr sagte, daß viele Wohltäter Übles für Gutes zurückerhielten. Ihm antwortete die Unbekannte mit Geradheit: »Viele Wohltäter möchten ihren Begünstigten sämtliche Rechte gern abhandeln für eine Linse.«

Die schöne Fremde, in die Bewerbung zweier Gegner verwickelt, durch unbekannte Beweggründe geleitet, scheint keine andere Absicht gehabt zu haben, als sich und andern alberne Streiche zu ersparen, indem sie in diesen bedenklichen Umständen einen wunderlichen Ausweg ergriff. Der Sohn drängte mit der Kühnheit seines Alters und drohte, wie gebräuchlich, sein Leben der Unerbittlichen aufzuopfern. Der Vater, etwas weniger unvernünftig, war doch ebenso dringend; aufrichtig beide. Dieses liebenswürdige Wesen hätte sich hier wohl eines verdienten Zustandes versichern können: denn beide Herren von Revanne beteuren, ihre Absicht sei gewesen, sie zu heiraten.

Aber an dem Beispiele dieses Mädchens mögen die Frauen lernen, daß ein redliches Gemüt, hätte sich auch der Geist durch Eitelkeit oder wirklichen Wahnsinn verirrt, die Herzenswunden nicht unterhält, die es nicht heilen will. Die Pilgerin fühlte, daß sie auf einem äußersten Punkte stehe, wo es ihr wohl nicht leicht sein würde, sich lange zu verteidigen. Sie war in der Gewalt zweier Liebenden, welche jede Zudringlichkeit durch die Reinheit ihrer Absichten entschuldigen konnten, indem sie im Sinne hatten, ihre Verwegenheit durch ein feierliches Bündnis zu rechtfertigen. So war es, und so begriff sie es.

Sie konnte sich hinter Fräulein von Revanne verschanzen; sie unterließ es, ohne Zweifel aus Schonung, aus Achtung für ihre Wohltäter. Sie kommt nicht aus der Fassung, sie erdenkt ein Mittel, jedermann seine Tugend zu erhalten, indem sie die ihrige bezweifeln läßt. Sie ist wahnsinnig vor Treue, die ihr Liebhaber gewiß nicht verdient, wenn er nicht alle die Aufopferungen fühlt, und sollten sie ihm auch unbekannt bleiben.

Eines Tages, als Herr von Revanne die Freundschaft, die Dankbarkeit, die sie ihm bezeigte, etwas zu lebhaft erwiderte, nahm sie auf einmal ein naives Wesen an, das ihm auffiel. »Ihre Güte, mein Herr«, sagte sie, »ängstigt mich; und lassen Sie mich aufrichtig entdecken, warum. Ich fühle wohl, nur Ihnen bin ich meine ganze Dankbarkeit schuldig; aber freilich –« – »Grausames Mädchen!« sagte Herr von Revanne, »ich verstehe Sie. Mein Sohn hat Ihr Herz gerührt.« – »Ach! mein Herr, dabei ist es nicht geblieben. Ich kann nur durch meine Verwirrung ausdrücken –« – »Wie? Mademoiselle, Sie wären –« – »Ich denke wohl ja«, sagte sie, indem sie sich tief verneigte und eine Träne vorbrachte: denn niemals fehlt es Frauen an einer Träne bei ihren Schalkheiten, niemals an einer Entschuldigung ihres Unrechts.

So verliebt Herr von Revanne war, so mußte er doch diese neue Art von unschuldiger Aufrichtigkeit unter dem Mütterhäubchen bewundern, und er fand die Verneigung sehr am Platze. – »Aber, Mademoiselle, das ist mir ganz unbegreiflich –« – »Mir auch«, sagte sie, und ihre Tränen flossen reichlicher. Sie flossen so lange, bis Herr von Revanne, am Schluß eines sehr verdrießlichen Nachdenkens, mit ruhiger Miene das Wort wieder aufnahm und sagte: »Dies klärt mich auf! Ich sehe, wie lächerlich meine Forderungen sind. Ich mache Ihnen keine Vorwürfe, und als einzige Strafe für den Schmerz, den Sie mir verursachen, verspreche ich Ihnen von seinem Erbteile so viel, als nötig ist, um zu erfahren, ob er Sie so sehr liebt als ich.« – »Ach! mein Herr, erbarmen Sie sich meiner Unschuld und sagen ihm nichts davon.«

Verschwiegenheit fordern ist nicht das Mittel, sie zu erlangen. Nach diesen Schritten erwartete nun die unbekannte Schöne, ihren Liebhaber voll Verdruß und höchst aufgebracht vor sich zu sehen. Bald erschien er mit einem Blicke, der niederschmetternde Worte verkündigte. Doch er stockte und konnte nichts weiter hervorbringen als: »Wie? Mademoiselle, ist es möglich?« – »Nun was denn, mein Herr?« sagte sie mit einem Lächeln, das bei einer solchen Gelegenheit zum Verzweifeln bringen kann. – »Wie? was denn? Gehen Sie, Mademoiselle, Sie sind mir ein schönes Wesen! Aber wenigstens sollte man rechtmäßige Kinder nicht enterben; es ist schon genug, sie anzuklagen. Ja, Mademoiselle, ich durchdringe Ihr Komplott mit meinem Vater. Sie geben mir beide einen Sohn, und es ist mein Bruder, das bin ich gewiß!«

Mit eben derselben ruhigen und heitern Stirne antwortete ihm die schöne Unkluge: »Von nichts sind Sie gewiß; es ist weder Ihr Sohn noch Ihr Bruder. Die Knaben sind bösartig; ich habe keinen gewollt; es ist ein armes Mädchen, das ich weiterführen will, weiter, ganz weit von den Menschen, den Bösen, den Toren und den Ungetreuen.«

Darauf ihrem Herzen Luft machend: »Leben Sie wohl!« fuhr sie fort, »leben Sie wohl, lieber Revanne! Sie haben von Natur ein redliches Herz; erhalten Sie die Grundsätze der Aufrichtigkeit. Diese sind nicht gefährlich bei einem gegründeten Reichtum. Sein Sie gut gegen Arme. Wer die Bitte bekümmerter Unschuld verachtet, wird einst selbst bitten und nicht erhört werden. Wer sich kein Bedenken macht, das Bedenken eines schutzlosen Mädchens zu verachten, wird das Opfer werden von Frauen ohne Bedenken. Wer nicht fühlt, was ein ehrbares Mädchen empfinden muß, wenn man um sie wirbt, der verdient sie nicht zu erhalten. Wer gegen alle Vernunft, gegen die Absichten, gegen den Plan seiner Familie, zugunsten seiner Leidenschaften Entwürfe schmiedet, verdient die Früchte seiner Leidenschaft zu entbehren und der Achtung seiner Familie zu ermangeln. Ich glaube wohl, Sie haben mich aufrichtig geliebt; aber, mein lieber Revanne, die Katze weiß wohl, wem sie den Bart leckt; und werden Sie jemals der Geliebte eines würdigen Weibes, so erinnern Sie sich der Mühle des Ungetreuen. Lernen Sie an meinem Beispiel, sich auf die Standhaftigkeit

und Verschwiegenheit Ihrer Geliebten verlassen. Sie wissen, ob ich untreu bin, Ihr Vater weiß es auch. Ich gedachte durch die Welt zu rennen und mich allen Gefahren auszusetzen. Gewiß diejenigen sind die größten, die mich in diesem Hause bedrohen. Aber weil Sie jung sind, sage ich es Ihnen allein und im Vertrauen: Männer und Frauen sind nur mit Willen ungetreu; und das wollt' ich dem Freunde von der Mühle beweisen, der mich vielleicht wiedersieht, wenn sein Herz rein genug sein wird, zu vermissen, was er verloren hat.«
Der junge Revanne hörte noch zu, da sie schon ausgesprochen hatte. Er stand wie vom Blitz getroffen; Tränen öffneten zuletzt seine Augen, und in dieser Rührung lief er zur Tante, zum Vater, ihnen zu sagen: Mademoiselle gehe weg, Mademoiselle sei ein Engel, oder vielmehr ein Dämon, herumirrend in der Welt, um alle Herzen zu peinigen. Aber die Pilgerin hatte so gut sich vorgesehen, daß man sie nicht wiederfand. Und als Vater und Sohn sich erklärt hatten, zweifelte man nicht mehr an ihrer Unschuld, ihren Talenten, ihrem Wahnsinn. Soviel Mühe sich auch Herr von Revanne seit der Zeit gegeben, war es ihm doch nicht gelungen, sich die mindeste Aufklärung über diese schöne Person zu verschaffen, die so flüchtig wie die Engel und so liebenswürdig erschienen war.

Sechstes Kapitel

Nach einer langen und gründlichen Ruhe, deren die Wanderer wohl bedürfen mochten, sprang Felix lebhaft aus dem Bette und eilte, sich anzuziehn; der Vater glaubte zu bemerken, mit mehr Sorgfalt als bisher. Nichts saß ihm knapp noch nett genug, auch hätte er alles neuer und frischer gewünscht. Er sprang nach dem Garten und haschte unterwegs nur etwas von der Vorkost, die der Diener für die Gäste brachte, weil erst nach einer Stunde die Frauenzimmer im Garten erscheinen würden.

Der Diener war gewohnt, die Fremden zu unterhalten und manches im Hause vorzuzeigen; so auch führte er unsern Freund in eine Galerie, worin bloß Porträte aufgehangen und gestellt waren, alles Personen, die im achtzehnten Jahrhundert gewirkt hatten, eine große und herrliche Gesellschaft; Gemälde so wie Büsten, wo möglich, von vortrefflichen Meistern. »Sie finden«, sagte der Kustode, »in dem ganzen Schloß kein Bild, das, auch nur von ferne, auf Religion, Überlieferung, Mythologie, Legende oder Fabel hindeutete; unser Herr will, daß die Einbildungskraft nur gefördert werde, um sich das Wahre zu vergegenwärtigen. ›Wir fabeln so genug‹, pflegt er zu sagen, ›als daß wir diese gefährliche Eigenschaft unsers Geistes durch äußere reizende Mittel noch steigern sollten.‹«

Die Frage Wilhelms: wann man ihm aufwarten könne? ward durch die Nachricht beantwortet: der Herr sei, nach seiner Gewohnheit, ganz früh weggeritten. Er pflege zu sagen: »Aufmerksamkeit ist das Leben!« – »Sie werden diesen und andere Sprüche, in denen er sich bespiegelt, in den Feldern über den Türen eingeschrieben sehen, wie wir hier z. B. gleich antreffen: *›Vom Nützlichen durchs Wahre zum Schönen.‹*«

Die Frauenzimmer hatten schon unter den Linden das Frühstück bereitet, Felix eulenspiegelte um sie her und trachtete, in allerlei Torheiten und Verwegenheiten sich hervorzutun, die Aufmerksamkeit auf sich zu leiten, eine Abmahnung, einen Verweis von Hersilien zu erhaschen. Nun suchten die Schwestern durch Aufrichtigkeit und Mitteilung das Vertrauen des schweigsamen Gastes, der ihnen gefiel, zu gewinnen; sie erzählten von einem werten Vetter, der, drei Jahre abwesend, zunächst erwartet werde, von einer würdigen Tante, die, unfern in ihrem Schlosse wohnend, als ein Schutzgeist der Familie zu betrachten sei. In krankem Verfall des Körpers, in blühender Gesundheit des Geistes, ward sie geschildert, als wenn die Stimme einer unsichtbar gewordenen Ursibylle rein göttliche Worte über die menschlichen Dinge ganz einfach ausspräche.

Der neue Gast lenkte nun Gespräch und Frage auf die Gegenwart. Er wünschte den edlen Oheim in rein entschiedener Tätigkeit gerne näher zu kennen; er gedachte des angedeuteten Wegs vom Nützlichen durchs Wahre zum Schönen und suchte die Worte auf seine Weise auszulegen, das ihm denn ganz gut gelang und Juliettens Beifall zu erwerben das Glück hatte.

Hersilie, die bisher lächelnd schweigsam geblieben, versetzte dagegen: »Wir Frauen sind in einem besondern Zustande. Die Maximen der Männer hören wir immerfort wiederholen, ja wir müssen sie in goldnen Buchstaben über unsern Häupten sehen, und doch wüßten wir Mädchen im stillen das Umgekehrte zu sagen, das auch gölte, wie es gerade hier der Fall ist. Die *Schöne* findet Verehrer, auch Freier, und endlich wohl gar einen Mann; dann gelangt sie zum *Wahren*, das nicht immer höchst erfreulich sein mag, und wenn sie klug ist, widmet sie sich dem *Nützlichen*, sorgt für Haus und Kinder und verharrt dabei. So habe ich's wenigstens oft gefunden. Wir Mädchen haben Zeit zu beobachten, und da finden wir meist, was wir nicht suchten.«

Ein Bote vom Oheim traf ein mit der Nachricht, daß sämtliche Gesellschaft auf ein nahes Jagdhaus zu Tische geladen sei, man könne hin reiten und fahren. Hersilie erwählte zu reiten. Felix bat inständig, man möge ihm auch ein Pferd geben. Man kam überein, Juliette sollte mit Wilhelm fahren und Felix als Page seinen ersten Ausritt der Dame seines jungen Herzens zu verdanken haben.

Indessen fuhr Juliette mit dem neuen Freunde durch eine Reihe von Anlagen, welche sämtlich auf Nutzen und Genuß hindeuteten, ja die unzähligen Fruchtbäume machten zweifelhaft, ob das Obst alles verzehrt werden könne.

»Sie sind durch ein so wunderliches Vorzimmer in unsere Gesellschaft getreten und fanden manches wirklich Seltsame und Sonderbare, so daß ich vermuten darf, Sie wünschen einen Zusammenhang von allem diesem zu wissen. Alles beruht auf Geist und Sinn meines trefflichen Oheims. Die kräftigen Mannsjahre dieses Edlen fielen in die Zeit der

Beccaria und Filangieri; die Maximen einer allgemeinen Menschlichkeit wirkten damals nach allen Seiten. Dies Allgemeine jedoch bildete sich der strebende Geist, der strenge Charakter nach Gesinnungen aus, die sich ganz aufs Praktische bezogen. Er verhehlte uns nicht, wie er jenen liberalen Wahlspruch: ›Den Meisten das Beste!‹ nach seiner Art verwandelt und ›Vielen das Erwünschte‹ zugedacht. Die Meisten lassen sich nicht finden noch kennen, was das Beste sei noch weniger ausmitteln. Viele jedoch sind immer um uns her; was sie wünschen, erfahren wir, was sie wünschen sollten, überlegen wir, und so läßt sich denn immer Bedeutendes tun und schaffen. In diesem Sinne«, fuhr sie fort, »ist alles, was Sie hier sehen, gepflanzt, gebaut, eingerichtet, und zwar um eines ganz nahen, leicht faßlichen Zweckes willen; alles dies geschah dem großen, nahen Gebirg zuliebe. Der treffliche Mann, Kraft und Vermögen zusammenhaltend, sagte zu sich selbst: ›Keinem Kinde da droben soll es an einer Kirsche, an einem Apfel fehlen, wornach sie mit Recht so lüstern sind; der Hausfrau soll es nicht an Kohl noch an Rüben oder sonst einem Gemüse im Topf ermangeln, damit dem unseligen Kartoffelgenuß nur einigermaßen das Gleichgewicht gehalten werde.‹ In diesem Sinne, auf diese Weise sucht er zu leisten, wozu ihm sein Besitztum Gelegenheit gibt, und so haben sich seit manchen Jahren Träger und Trägerinnen gebildet, welche das Obst in die tiefsten Schluchten des Felsgebirges verkäuflich hintragen.«

»Ich habe selbst davon genossen wie ein Kind«, versetzte Wilhelm; »da, wo ich dergleichen nicht anzutreffen hoffte, zwischen Tannen und Felsen, überraschte mich weniger ein reiner Frommsinn als ein erquicklich frisches Obst. Die Gaben des Geistes sind überall zu Hause, die Geschenke der Natur über den Erdboden sparsam ausgeteilt.«

»Ferner hat unser würdiger Landherr von entfernten Orten manches Notwendige dem Gebirge näher gebracht; in diesen Gebäuden am Fuße hin finden Sie Salz aufgespeichert und Gewürze vorrätig. Für Tabak und Branntwein läßt er andere sorgen; dies seien keine Bedürfnisse, sagt er, sondern

Gelüste, und da würden sich schon Unterhändler genug finden.«

Angelangt am bestimmten Orte, einem geräumigen Försterhause im Walde, fand sich die Gesellschaft zusammen und bereits eine kleine Tafel gedeckt. »Setzen wir uns«, sagte Hersilie; »hier steht zwar der Stuhl des Oheims, aber gewiß wird er nicht kommen, wie gewöhnlich. Es ist mir gewissermaßen lieb, daß unser neuer Gast, wie ich höre, nicht lange bei uns verweilen wird: denn es müßte ihm verdrießlich sein, unser Personal kennenzulernen, es ist das ewig in Romanen und Schauspielen wiederholte: ein wunderlicher Oheim, eine sanfte und eine muntere Nichte, eine kluge Tante, Hausgenossen nach bekannter Art; und käme nun gar der Vetter wieder, so lernte er einen phantastischen Reisenden kennen, der vielleicht einen noch sonderbarern Gesellen mitbrächte, und so wäre das leidige Stück erfunden und in Wirklichkeit gesetzt.«

»Die Eigenheiten des Oheims haben wir zu ehren«, versetzte Juliette; »sie sind niemanden zur Last, gereichen vielmehr jedermann zur Bequemlichkeit. Eine bestimmte Tafelstunde ist ihm nun einmal verdrießlich, selten, daß er sie einhält, wie er denn versichert: eine der schönsten Erfindungen neuerer Zeit sei das Speisen nach der Karte.«

Unter manchen andern Gesprächen kamen sie auch auf die Neigung des werten Mannes, überall Inschriften zu belieben. »Meine Schwester«, sagte Hersilie, »weiß sie sämtlich auszulegen, mit dem Kustode versteht sie's um die Wette; ich aber finde, daß man sie alle umkehren kann und daß sie alsdann ebenso wahr sind, und vielleicht noch mehr.« – »Ich leugne nicht«, versetzte Wilhelm, »es sind Sprüche darunter, die sich in sich selbst zu vernichten scheinen; so sah ich z. B. sehr auffallend angeschrieben ›Besitz und Gemeingut‹; heben sich diese beiden Begriffe nicht auf?«

Hersilie fiel ein: »Dergleichen Inschriften, scheint es, hat der Oheim von den Orientalen genommen, die an allen Wänden die Sprüche des Korans mehr verehren als verstehen.« Juliette, ohne sich irren zu lassen, erwiderte auf obige Frage:

»Umschreiben Sie die wenigen Worte, so wird der Sinn alsobald hervorleuchten.«

Nach einigen Zwischenreden fuhr Juliette fort, weiter aufzuklären, wie es gemeint sei: »Jeder suche den Besitz, der ihm von der Natur, von dem Schicksal gegönnt ward, zu würdigen, zu erhalten, zu steigern, er greife mit allen seinen Fertigkeiten so weit umher, als er zu reichen fähig ist; immer aber denke er dabei, wie er andere daran will teilnehmen lassen: denn nur insofern werden die Vermögenden geschätzt, als andere durch sie genießen.«

Indem man sich nun nach Beispielen umsah, fand sich der Freund erst in seinem Fache; man wetteiferte, man überbot sich, um jene lakonischen Worte recht wahr zu finden. Warum, hieß es, verehrt man den Fürsten, als weil er einen jeden in Tätigkeit setzen, fördern, begünstigen und seiner aboluten Gewalt gleichsam teilhaft machen kann? Warum schaut alles nach dem Reichen, als weil er, der Bedürftigste, überall Teilnehmer an seinem Überflusse wünscht? Warum beneiden alle Menschen den Dichter? weil seine Natur die Mitteilung nötig macht, ja die Mitteilung selbst ist. Der Musiker ist glücklicher als der Maler, er spendet willkommene Gaben aus, persönlich unmittelbar, anstatt daß der letzte nur gibt, wenn die Gabe sich von ihm absonderte.

Nun hieß es ferner im allgemeinen: Jede Art von Besitz soll der Mensch festhalten, er soll sich zum Mittelpunkt machen, von dem das Gemeingut ausgehen kann; er muß Egoist sein, um nicht Egoist zu werden, zusammenhalten, damit er spenden könne. Was soll es heißen, Besitz und Gut an die Armen zu geben? Löblicher ist, sich für sie als Verwalter betragen. Dies ist der Sinn der Worte »Besitz und Gemeingut«; das Kapital soll niemand angreifen, die Interessen werden ohnehin im Weltlaufe schon jedermann angehören.

Man hatte, wie sich im Gefolg des Gesprächs ergab, dem Oheim vorgeworfen, daß ihm seine Güter nicht eintrügen, was sie sollten. Er versetzte dagegen: »Das Mindere der Einnahme betracht ich als Ausgabe, die mir Vergnügen macht, indem ich andern dadurch das Leben erleichtere; ich habe nicht einmal die Mühe, daß diese Spende durch mich durchgeht, und so setzt sich alles wieder ins gleiche.«

Dergestalt unterhielten sich die Frauenzimmer mit dem neuen Freunde gar vielseitig, und bei immer wachsendem gegenseitigem Vertrauen sprachen sie über den zunächst erwarteten Vetter.

»Wir halten sein wunderliches Betragen für abgeredet mit dem Oheim. Er läßt seit einigen Jahren nichts von sich hören, sendet anmutige, seinen Aufenthalt verblümt andeutende Geschenke, schreibt nun auf einmal ganz aus der Nähe, will aber nicht eher zu uns kommen, bis wir ihm von unsern Zuständen Nachricht geben. Dies Betragen ist nicht natürlich; was auch dahinter stecke, wir müssen es vor seiner Rückkehr erfahren. Heute abend geben wir Ihnen einen Heft Briefe, woraus das Weitere zu ersehen ist.« Hersilie setzte hinzu: »Gestern machte ich Sie mit einer törigen Landläuferin bekannt, heute sollen Sie von einem verrückten Reisenden vernehmen.« – »Gestehe es nur«, fügte Juliette hinzu, »diese Mitteilung ist nicht ohne Absicht.«

Hersilie fragte soeben etwas ungeduldig, wo der Nachtisch bleibe, als die Meldung geschah, der Oheim erwarte die Gesellschaft, mit ihm die Nachkost in der großen Laube zu genießen. Auf dem Hinwege bemerkte man eine Feldküche, die sehr emsig ihre blank gereinigten Kasserollen, Schüsseln und Teller klappernd einzupacken beschäftigt war. In einer geräumigen Laube fand man den alten Herrn an einem runden, großen, frisch gedeckten Tisch, auf welchem soeben die schönsten Früchte, willkommenes Backwerk und die besten Süßigkeiten, indem sich jene niedersetzten, reichlich aufgetragen wurden. Auf die Frage des Oheims, was bisher begegnet, womit man sich unterhalten, fiel Hersilie vorschnell ein: »Unser guter Gast hätte wohl über Ihre lakonischen Inschriften verwirrt werden können, wäre ihm Juliette nicht durch einen fortlaufenden Kommentar zu Hülfe gekommen.« – »Du hast es immer mit Julietten zu tun«, versetzte der Oheim, »sie ist ein wackres Mädchen, das noch etwas lernen und begreifen mag.« – »Ich möchte vieles gern vergessen, was ich weiß, und was ich begriffen habe, ist auch nicht viel wert«, versetzte Hersilie in Heiterkeit.

Hierauf nahm Wilhelm das Wort und sagte bedächtig: »Kurzgefaßte Sprüche jeder Art weiß ich zu ehren, besonders wenn sie mich anregen, das Entgegengesetzte zu überschauen und in Übereinstimmung zu bringen.« – »Ganz richtig«, erwiderte der Oheim, »hat doch der vernünftige Mann in seinem ganzen Leben noch keine andere Beschäftigung gehabt.«

Indessen besetzte sich die Tafelrunde nach und nach, so daß Spätere kaum Platz fanden. Die beiden Amtleute waren gekommen, Jäger, Pferdebändiger, Gärtner, Förster und andere, denen man nicht gleich ihren Beruf ansehen konnte. Jeder hatte etwas von dem letzten Augenblick zu erzählen und mitzuteilen, das sich der alte Herr gefallen ließ, auch wohl durch teilnehmende Fragen hervorrief, zuletzt aber aufstand und, die Gesellschaft, die sich nicht rühren sollte, begrüßend, mit den beiden Amtleuten sich entfernte. Das Obst hatten sich alle, das Zuckerwerk die jungen Leute, wenn sie auch ein wenig wild aussahen, gar wohl schmecken lassen. Einer nach dem andern stand auf, begrüßte die Bleibenden und ging davon.

Die Frauenzimmer, welche bemerkten, daß der Gast auf das, was vorging, mit einiger Verwunderung achtgab, erklärten sich folgendermaßen: »Sie sehen hier abermals die Wirkung der Eigenheiten unsers trefflichen Oheims; er behauptet: keine Erfindung des Jahrhunderts verdiene mehr Bewunderung, als daß man in Gasthäusern, an besonderen, kleinen Tischchen, nach der Karte speisen könne; sobald er dies gewahr worden, habe er für sich und andere dies auch in seiner Familie einzuführen gesucht. Wenn er vom besten Humor ist, mag er gern die Schrecknisse eines Familientisches lebhaft schildern, wo jedes Glied mit fremden Gedanken beschäftigt sich niedersetzt, ungern hört, in Zerstreuung spricht, muffig schweigt und, wenn gar das Unglück kleine Kinder heranführt, mit augenblicklicher Pädagogik die unzeitigste Mißstimmung hervorbringt. ›So manches Übel‹, sagt er, ›muß man tragen, von diesem habe ich mich zu befreien gewußt.‹ Selten erscheint er an unserm Tische und besetzt den Stuhl nur augenblicklich, der für ihn leer steht. Seine Feldküche führt er mit sich umher, speist gewöhnlich allein, andere mögen für sich sorgen. Wenn er aber einmal Frühstück, Nachtisch oder sonst Erfrischung anbietet, dann versammeln sich alle zerstreuten Angehörigen, genießen das Bescherte, wie Sie gesehen haben. Das macht ihm Vergnügen; aber niemand darf kommen, der nicht Appetit mitbringt, jeder muß aufstehen, der sich gelabt hat, und nur so ist er gewiß, immer von Genießenden umgeben zu sein. ›Will man die Menschen ergötzen‹, hörte ich ihn sagen, ›so muß man ihnen das zu verleihen suchen, was sie selten oder nie zu erlangen im Falle sind.‹«

Auf dem Rückwege brachte ein unerwarteter Schlag die Gesellschaft in einige Gemütsbewegung. Hersilie sagte zu dem neben ihr reitenden Felix: »Sieh dort, was mögen das für Blumen sein? sie decken die ganze Sommerseite des Hügels, ich hab sie noch nie gesehen.« Sogleich regte Felix sein Pferd an, sprengte auf die Stelle los und war im Zurückkommen mit einem ganzen Büschel blühender Kronen, die er von weitem schüttelte, als er auf einmal mit dem Pferde verschwand. Er war in einen Graben gestürzt. Sogleich lösten sich zwei Reiter von der Gesellschaft ab, nach dem Punkte hinsprengend.

Wilhelm wollte aus dem Wagen, Juliette verbat es: »Hülfe ist schon bei ihm, und unser Gesetz ist in solchen Fällen, daß nur der Helfende sich von der Stelle regen darf; der Chirurg ist schon dorten.« Hersilie hielt ihr Pferd an: »Jawohl«, sagte sie, »Leibärzte braucht man nur selten, Wundärzte jeden Augenblick.« Schon sprengte Felix mit verbundenem Kopfe wieder heran, die blühende Beute festhaltend und hoch emporzeigend. Mit Selbstgefälligkeit reichte er den Strauß seiner Herrin zu, dagegen gab ihm Hersilie ein buntes, leichtes Halstuch. »Die weiße Binde kleidet dich nicht«, sagte sie, »diese wird schon lustiger

aussehen.« Und so kamen sie zwar beruhigt, aber teilnehmender gestimmt nach Hause.
Es war spät geworden, man trennte sich in freundlicher Hoffnung morgenden Wiedersehens; der hier folgende Briefwechsel aber erhielt unsern Freund noch einige Stunden nachdenklich und wach.

Lenardo an die Tante

»Endlich erhalten Sie nach drei Jahren den ersten Brief von mir, liebe Tante, unserer Abrede gemäß, die freilich wunderlich genug war. Ich wollte die Welt sehen und mich ihr hingeben und wollte für diese Zeit meine Heimat vergessen, von der ich kam, zu der ich wieder zurückzukehren hoffte. Den ganzen Eindruck wollte ich behalten, und das einzelne sollte mich in die Ferne nicht irremachen. Indessen sind die nötigen Lebenszeichen von Zeit zu Zeit hin- und hergegangen. Ich habe Geld erhalten, und kleine Gaben für meine Nächsten sind Ihnen indessen zur Austeilung überliefert worden. An den überschickten Waren konnten Sie sehen, wo und wie ich mich befand. An den Weinen hat der Onkel meinen jedesmaligen Aufenthalt gewiß herausgekostet; dann die Spitzen, die Quodlibets, die Stahlwaren haben meinen Weg, durch Brabant über Paris nach London, für die Frauenzimmer bezeichnet; und so werde ich auf Ihren Schreib-, Näh- und Teetischen, an Ihren Negligés und Festkleidern gar manches Merkzeichen finden, woran ich meine Reiseerzählung knüpfen kann. Sie haben mich begleitet, ohne von mir zu hören, und sind vielleicht nicht einmal neugierig, etwas weiter zu erfahren. Mir hingegen ist höchst nötig, durch Ihre Güte zu vernehmen, wie es in dem Kreise steht, in den ich wieder einzutreten im Begriff bin. Ich möchte wirklich aus der Fremde wie ein Fremder hineinkommen, der, um angenehm zu sein, sich erst erkundigt, was man in dem Hause will und mag, und sich nicht einbildet, daß man ihn wegen seiner schönen Augen oder Haare gerade nach seiner eigenen Weise empfangen müsse. Schreiben Sie mir daher vom guten Onkel, von den lieben Nichten, von sich selbst, von unsern Verwandten, nähern und fernern, auch von alten und neuen Bedienten. Genug, lassen Sie Ihre geübte Feder, die Sie für Ihren Neffen so lange nicht eingetaucht, auch einmal zu seinen Gunsten auf dem Papiere hinwalten. Ihr unterrichtendes Schreiben soll zugleich mein Kreditiv sein, mit dem ich mich einstelle, sobald ich es erhalten habe. Es hängt also von Ihnen ab, mich in Ihren Armen zu sehen. Man verändert sich viel weniger, als man glaubt, und die Zustände bleiben sich auch meistens sehr ähnlich. Nicht was sich verändert hat, sondern was geblieben ist, was allmählich zu- und abnahm, will ich auf einmal wiedererkennen und mich selbst in einem bekannten Spiegel wiedererblicken. Grüßen Sie herzlich alle die Unsrigen und glauben Sie, daß in der wunderlichen Art meines Außenbleibens und Zurückkommens so viel Wärme enthalten sei als manchmal nicht in stetiger Teilnahme und lebhafter Mitteilung. Tausend Grüße jedem und allen!

Nachschrift

Versäumen Sie nicht, beste Tante, mir auch von unsern Geschäftsmännern ein Wort zu sagen, wie es mit unsern Gerichtshaltern und Pachtern steht. Was ist mit Valerinen geworden, der Tochter des Pachters, den unser Onkel kurz vor meiner Abreise, zwar mit Recht, aber doch, dünkt mich, mit ziemlicher Härte austrieb? Sie sehen, ich erinnere mich noch manches Umstandes; ich weiß wohl noch alles. Über das Vergangene sollen Sie mich examinieren, wenn Sie mir das Gegenwärtige mitgeteilt haben.«

Die Tante an Julietten

»Endlich, liebe Kinder, ein Brief von dem dreijährigen Schweiger. Was doch die wunderlichen Menschen wunderlich sind! Er glaubt, seine Waren und Zeichen seien so gut als ein einziges gutes Wort, das der Freund dem Freunde sagen oder schreiben kann. Er bildet sich wirklich ein, im Vorschuß zu stehen, und will nun von unserer Seite das zuerst geleistet haben, was er uns von der seinigen so hart und unfreundlich versagte. Was sollen wir tun? Ich für meinen Teil würde gleich in einem langen Brief seinen Wünschen entgegenkommen, wenn sich mein Kopfweh nicht anmeldete, das mich gegenwärtiges Blatt kaum zu Ende schreiben läßt. Wir verlangen ihn alle zu sehen. Übernehmt, meine Lieben, doch das Geschäft. Bin ich hergestellt, eh Ihr geendet habt, so will ich das Meinige beitragen. Wählt Euch die Personen und die Verhältnisse, wie Ihr sie am liebsten beschreibt. Teilt Euch darein. Ihr werdet alles besser machen als ich selbst. Der Bote bringt mir doch von Euch ein Wort zurück?«

Juliette an die Tante

»Wir haben gleich gelesen, überlegt und sagen mit dem Boten unsere Meinung, jede besonders, wenn wir erst zusammen versichert haben, daß wir nicht so gutmütig sind wie unsere liebe Tante gegen den immer verzogenen Neffen. Nachdem er seine Karten drei Jahre vor uns verborgen gehalten hat und noch verborgen hält, sollen wir die unsrigen auflegen und ein offenes Spiel gegen ein verdecktes spielen. Das ist keinesweges billig, und doch mag es hingehen; denn der Feinste betriegt sich oft, gerade weil er zuviel sichert. Nur über die Art und Weise sind wir nicht einig, was und wie man's ihm senden soll. Zu schreiben, wie man über die Seinigen denkt, das ist für uns wenigstens eine wunderliche Aufgabe. Gewöhnlich denkt man über sie nur in diesem und jenem Falle, wenn sie einem besonderes Vergnügen oder Verdruß machen. Übrigens läßt jeder den andern gewähren. Sie könnten es allein, liebe Tante; denn Sie haben die Einsicht und die Billigkeit zugleich. Hersilie, die, wie Sie wissen, leicht zu entzünden ist, hat mir in der Geschwindigkeit die ganze Familie aus dem Stegreife ins

Lustige rezensiert; ich wollte, daß es auf dem Papier stünde, um Ihnen selbst bei Ihren Übeln ein Lächeln abzugewinnen; aber nicht, daß man es ihm schickte. Mein Vorschlag ist jedoch, ihm unsere Korrespondenz dieser drei Jahre mitzuteilen; da mag er sich durchlesen, wenn er Mut hat, oder mag kommen, um zu sehen, was er nicht lesen mag. Ihre Briefe an mich, liebe Tante, sind in der besten Ordnung und stehen gleich zu Befehl. Dieser Meinung tritt Hersilie nicht bei; sie entschuldigt sich mit der Unordnung ihrer Papiere usw., wie sie Ihnen selbst sagen wird.«

Hersilie an die Tante

»Ich will und muß sehr kurz sein, liebe Tante, denn der Bote zeigt sich unartig ungeduldig. Ich finde es eine übermäßige Gutmütigkeit und gar nicht am Platz, Lenardon unsere Briefe mitzuteilen. Was braucht er zu wissen, was wir Gutes von ihm gesagt haben, was braucht er zu wissen, was wir Böses von ihm sagten, um aus dem letzten noch mehr als dem ersten herauszufinden, daß wir ihm gut sind! Halten Sie ihn kurz, ich bitte Sie. Es ist so was Abgemessenes und Anmaßliches in dieser Forderung, in diesem Betragen, wie es die Herren meistens haben, wenn sie aus fremden Ländern kommen. Sie halten die Daheimgebliebenen immer nicht für voll. Entschuldigen Sie sich mit Ihrem Kopfweh. Er wird schon kommen; und wenn er nicht käme, so warten wir noch ein wenig. Vielleicht fällt es ihm alsdann ein, auf eine sonderbare, geheime Weise sich bei uns zu introduzieren, uns unerkannt kennenzulernen, und was nicht alles in den Plan eines so klugen Mannes eingreifen könnte. Das müßte doch hübsch und wunderbar sein! das dürfte allerlei Verhältnisse hervorbringen, die bei einem so diplomatischen Eintritt in seine Familie, wie er ihn jetzt vorhat, sich unmöglich entwickeln können.

Der Bote! der Bote! Ziehen Sie Ihre alten Leute besser, oder schicken Sie junge. Diesem ist weder mit Schmeichelei noch mit Wein beizukommen. Leben Sie tausendmal wohl!

Sagen Sie mir, was will der Vetter in seiner Nachschrift mit Valerinen? Diese Frage ist mir doppelt aufgefallen. Es ist die einzige Person, die er mit Namen nennt. Wir andern sind ihm Nichten, Tanten, Geschäftsträger; keine Personen, sondern Rubriken. Valerine, die Tochter unseres Gerichtshalters! Freilich ein blondes, schönes Kind, das dem Herrn Vetter vor seiner Abreise mag in die Augen geleuchtet haben. Sie ist verheiratet, gut und glücklich; das brauche ich Ihnen nicht zu sagen. Aber er weiß es so wenig, als er sonst etwas von uns weiß. Vergessen Sie ja nicht, ihm gleichfalls in einer Nachschrift zu melden: Valerine sei täglich schöner geworden und habe auch deshalb eine sehr gute Partie getan. Sie sei die Frau eines reichen Gutsbesitzers. Verheiratet sei die schöne Blondine. Machen Sie es ihm recht deutlich. Nun aber, liebe Tante, ist das noch nicht alles. Wie er sich der blonden Schönheit so genau erinnern und sie mit der Tochter des liederlichen Pachters, einer wilden Hummel von Brünette, verwechseln kann, die Nachodine hieß und die wer weiß wohin geraten ist, das bleibt mir völlig unbegreiflich und intrigiert mich ganz besonders. Denn es scheint doch, der Herr Vetter, der sein gutes Gedächtnis rühmt, verwechselt Namen und Personen auf eine sonderbare Weise. Vielleicht fühlt er diesen Mangel und will das Erloschene durch Ihre Schilderung wieder auffrischen. Halten Sie ihn kurz, ich bitte Sie; aber suchen Sie zu erfahren, wie es mit den Valerinen und Nachodinen steht und was für Inen, Trinen vielleicht noch alle sich in seiner Einbildungskraft erhalten haben, indessen die Etten und Ilien daraus verschwunden sind. Der Bote! der verwünschte Bote!«

Die Tante den Nichten
(Diktiert.)

»Was soll man sich viel verstellen gegen die, mit denen man sein Leben zuzubringen hat! Lenardo mit allen seinen Eigenheiten verdient Zutrauen. Ich schicke ihm Eure beiden Briefe; daraus lernt er Euch kennen, und ich hoffe, wir andern werden unbewußt eine Gelegenheit ergreifen, uns auch nächstens ebenso vor ihm darzustellen. Lebet wohl! ich leide sehr.«

Hersilie an die Tante

»Was soll man sich viel verstellen gegen die, mit denen man sein Leben zubringt! Lenardo ist ein verzogener Neffe. Es ist abscheulich, daß Sie ihm unsere Briefe schicken. Er wird uns daraus nicht kennenlernen, und ich wünsche mir nur Gelegenheit, mich nächstens von einer andern Seite darzustellen. Sie machen andere viel leiden, indem Sie leiden und blind lieben. Baldige Besserung Ihrer Leiden! Ihrer Liebe ist nicht zu helfen.«

Die Tante an Hersilien

»Dein letztes Zettelchen hätte ich auch mit an Lenardo eingepackt, wenn ich überhaupt bei dem Vorsatz geblieben wäre, den mir meine inkorrigible Neigung, mein Leiden und die Bequemlichkeit eingegeben hatten. Eure Briefe sind nicht fort.«

Wilhelm an Natalien

»Der Mensch ist ein geselliges, gesprächiges Wesen; seine Lust ist groß, wenn er Fähigkeiten ausübt, die ihm gegeben sind, und wenn auch weiter nichts dabei herauskäme. Wie oft beklagt man sich in Gesellschaft, daß einer den andern nicht zum Worte kommen läßt, und ebenso kann man sagen, daß einer den andern nicht zum Schreiben kommen ließe, wenn nicht das Schreiben gewöhnlich ein Geschäft wäre, das man einsam und allein abtun muß.

Wieviel die Menschen schreiben, davon hat man gar keinen Begriff. Von dem, was davon gedruckt wird, will ich gar nicht reden, ob es gleich schon genug ist. Was aber an Briefen und Nachrichten und Geschichten, Anekdoten, Beschreibungen von gegenwärtigen Zuständen einzelner Menschen in Briefen und größeren Aufsätzen in der Stille zirkuliert, davon kann man sich nur eine Vorstellung machen, wenn man in gebildeten Familien eine Zeitlang lebt, wie es mir jetzt geht. In der Sphäre, in der ich mich gegenwärtig befinde, bringt man beinahe soviel Zeit zu, seinen Verwandten und Freunden dasjenige mitzuteilen, womit man sich beschäftigt, als man Zeit sich zu beschäftigen selbst hatte. Diese Bemerkung, die sich mir seit einigen Tagen aufdringt, mache ich um so lieber, als mir die Schreibseligkeit meiner neuen Freunde Gelegenheit verschafft, ihre Verhältnisse geschwind und nach allen Seiten hin kennenzulernen. Man vertraut mir, man gibt mir einen Pack Briefe, ein paar Hefte Reisejournale, die Konfessionen eines Gemüts, das noch nicht mit sich selbst einig ist, und so bin ich in kurzem überall zu Hause. Ich kenne die nächste Gesellschaft; ich kenne die Personen, deren Bekanntschaft ich machen werde, und weiß von ihnen beinahe mehr als sie selbst, weil sie denn doch in ihren Zuständen befangen sind und ich an ihnen vorbeischwebe, immer an Deiner Hand, mich mit Dir über alles besprechend. Auch ist es meine erste Bedingung, ehe ich ein Vertrauen annehme, daß ich Dir alles mitteilen dürfe. Hier also einige Briefe, die Dich in den Kreis einführen werden, in dem ich mich gegenwärtig herumdrehe, ohne meine Gelübde zu brechen oder zu umgehen.«

Siebentes Kapitel

Am frühsten Morgen fand sich unser Freund allein in die Galerie und ergötzte sich an so mancher bekannten Gestalt; über die Unbekannten gab ihm ein vorgefundener Katalog den erwünschten Aufschluß. Das Porträt wie die Biographie haben ein ganz eigenes Interesse; der bedeutende Mensch, den man sich ohne Umgebung nicht denken kann, tritt einzeln abgesondert heraus und stellt sich vor uns wie vor einen Spiegel; ihm sollen wir entschiedene Aufmerksamkeit zuwenden, wir sollen uns ausschließlich mit ihm beschäftigen, wie er behaglich vor dem Spiegelglas mit sich beschäftiget ist. Ein Feldherr ist es, der jetzt das ganze Heer repräsentiert, hinter den so Kaiser als Könige, für die er kämpft, ins Trübe zurücktreten. Der gewandte Hofmann steht vor uns, eben als wenn er uns den Hof machte, wir denken nicht an die große Welt, für die er sich eigentlich so anmutig ausgebildet hat. Überraschend war sodann unserm Beschauer die Ähnlichkeit mancher längst vorübergegangenen mit lebendigen, ihm bekannten und leibhaftig gesehenen Menschen, ja Ähnlichkeit mit ihm selbst! Und warum sollten sich nur Zwillingsmenächmen aus *einer* Mutter entwickeln? Sollte die große Mutter der Götter und Menschen nicht auch das gleiche Gebild aus ihrem fruchtbaren Schoße gleichzeitig oder in Pausen hervorbringen können?

Endlich durfte denn auch der gefühlvolle Beschauer sich nicht leugnen, daß manches anziehende, manches Abneigung erweckende Bild vor seinen Augen vorüberschwebe.

In solchem Betrachten überraschte ihn der Hausherr, mit dem er sich über diese Gegenstände freimütig unterhielt und hiernach dessen Gunst immer mehr zu gewinnen schien. Denn er ward freundlich in die innern Zimmer geführt, wo er köstliche Bilder bedeutender Männer des sechzehnten Jahrhunderts sah, in vollständiger Gegenwart, wie sie für sich leibten und lebten, ohne sich etwa im Spiegel oder im Zuschauer zu beschauen, sich selbst gelassen und genügend, nur durch ihr Dasein wirkend, nicht durch irgendein Wollen oder Vornehmen.

Der Hausherr, zufrieden, daß der Gast eine so reich herangebrachte Vergangenheit vollkommen zu schätzen wußte, ließ ihn Handschriften sehen von manchen Personen, über die sie vorher in der Galerie gesprochen hatten; sogar zuletzt Reliquien, von denen man gewiß war, daß der frühere Besitzer sich ihrer bedient, sie berührt hatte.

»Dies ist meine Art von Poesie«, sagte der Hausherr lächelnd; »meine Einbildungskraft muß sich an etwas festhalten; ich mag kaum glauben, daß etwas gewesen sei, was nicht noch da ist. Über solche Heiltümer vergangener Zeit suche ich mir die strengsten Zeugnisse zu verschaffen, sonst würden sie nicht aufgenommen. Am schärfsten werden schriftliche Überlieferungen geprüft; denn ich glaube wohl, daß der Mönch die Chronik geschrieben hat, wovon er aber zeugt, daran glaube ich selten.« Zuletzt legte er Wilhelmen ein weißes Blatt vor mit Ersuchen um einige Zeilen, doch ohne Unterschrift; worauf der Gast durch eine Tapetentüre sich in den Saal entlassen und an der Seite des Kustode fand.

»Es freut mich«, sagte dieser, »daß Sie unserm Herrn wert sind; schon daß Sie zu dieser Türe herauskommen, ist ein Beweis davon. Wissen Sie aber, wofür er Sie hält? Er glaubt einen praktischen Pädagogen in Ihnen zu sehen, den Knaben vermutet er von vornehmem Hause, Ihrer Führung anvertraut, um mit rechtem Sinn sogleich in die Welt und ihre mannigfaltigen Zustände nach Grundsätzen frühzeitig eingeweiht zu werden.« – »Er tut mir zu viel Ehre an«, sagte unser Freund, »doch will ich dies Wort nicht vergebens gehört haben.«

Beim Frühstück, wo er seinen Felix schon um die Frauenzimmer beschäftigt fand, eröffneten sie ihm den Wunsch: er möge, da er nun einmal nicht zu halten sei, sich zu der edlen Tante Makarie begeben und vielleicht von da zum Vetter, um das wunderliche Zaudern aufzuklären. Er werde dadurch sogleich zum Gliede ihrer Familie, erzeige ihnen

allen einen entschiedenen Dienst und trete mit Lenardo ohne große Vorbereitung in ein zutrauliches Verhältnis.
Er jedoch versetzte dagegen: »Wohin Sie mich senden, begeb ich mich gern; ich ging aus, zu schauen und zu denken; bei Ihnen habe ich mehr erfahren und gelernt, als ich hoffen durfte, und bin überzeugt, auf dem nächsten eingeleiteten Wege werd ich mehr, als ich erwarten kann, gewahr werden und lernen.«
»Und du artiger Taugenichts! Was wirst denn du lernen?« fragte Hersilie, worauf der Knabe sehr keck erwiderte: »Ich lerne schreiben, damit ich dir einen Brief schicken kann, und reiten wie keiner, damit ich immer gleich wieder bei dir bin.« Hierauf sagte Hersilie bedenklich: »Mit meinen zeitbürtigen Verehrern hat es mir niemals recht glücken wollen, es scheint, daß die folgende Generation mich nächstens entschädigen will.«

Nun aber empfinden wir mit unserm Freunde, wie schmerzlich die Stunde des Abschieds herannaht, und mögen uns gern von den Eigenheiten seines trefflichen Wirtes, von den Seltsamkeiten des außerordentlichen Mannes einen deutlichen Begriff machen. Um ihn aber nicht falsch zu beurteilen, müssen wir auf das Herkommen, auf das Herankommen dieser schon zu hohen Jahren gelangten würdigen Person unsere Aufmerksamkeit richten. Was wir ausfragen konnten, ist folgendes:
Sein Großvater lebte als tätiges Glied einer Gesandtschaft in England, gerade in den letzten Jahren des erhabenen William Penn. Das hohe Wohlwollen, die reinen Absichten, die unverrückte Tätigkeit eines so vorzüglichen Mannes, der Konflikt, in den er deshalb mit der Welt geriet, die Gefahren und Bedrängnisse, unter denen der Edle zu erliegen schien, erregten in dem empfänglichen Geiste des jungen Mannes ein entschiedenes Interesse; er verbrüderte sich mit der Angelegenheit und zog endlich selbst nach Amerika. Der Vater unseres Herrn ist in Philadelphia geboren, und beide

rühmten sich, beigetragen zu haben, daß eine allgemein freiere Religionsübung in den Kolonien stattfand.

Hier entwickelte sich die Maxime, daß eine in sich abgeschlossene, in Sitten und Religion herkömmlich übereinstimmende Nation vor aller fremden Einwirkung, vor aller Neuerung sich wohl zu hüten habe; daß aber da, wo man auf frischem Boden viele Glieder von allen Seiten her zusammenberufen will, möglichst unbedingte Tätigkeit im Erwerb und freier Spielraum der allgemein sittlichen und religiösen Vorstellungen zu vergönnen sei.

Der lebhafte Trieb nach Amerika im Anfange des achtzehnten Jahrhunderts war groß, indem ein jeder, der sich diesseits einigermaßen unbequem befand, sich drüben in Freiheit zu setzen hoffte; dieser Trieb ward genährt durch wünschenswerte Besitzungen, die man erlangen konnte, ehe sich noch die Bevölkerung weiter nach Westen verbreitete. Ganze sogenannte Grafschaften standen noch zu Kauf an der Grenze des bewohnten Landes, auch der Vater unseres Herrn hatte sich dort bedeutend angesiedelt.

Wie aber in den Söhnen sich oft ein Widerspruch hervortut gegen väterliche Gesinnungen und Einrichtungen, so zeigte sich's auch hier. Unser Hausherr, als Jüngling nach Europa gelangt, fand sich hier ganz anders; diese unschätzbare Kultur, seit mehreren tausend Jahren entsprungen, gewachsen, ausgebreitet, gedämpft, gedrückt, nie ganz erdrückt, wieder aufatmend, sich neu belebend und nach wie vor in unendlichen Tätigkeiten hervortretend, gab ihm ganz andere Begriffe, wohin die Menschheit gelangen kann. Er zog vor, an den großen, unübersehlichen Vorteilen sein Anteil hinzunehmen und lieber in der großen, geregelt tätigen Masse mitwirkend sich zu verlieren, als drüben über dem Meere um Jahrhunderte verspätet den Orpheus und Lykurg zu spielen; er sagte: »Überall bedarf der Mensch Geduld, überall muß er Rücksicht nehmen, und ich will mich doch lieber mit meinem Könige abfinden, daß er mir diese oder jene Gerechtsame zugestehe, lieber mich mit meinen Nachbarn vergleichen, daß sie mir gewisse Beschränkungen erlassen, wenn ich ihnen von einer andern Seite nachgebe, als daß ich mich mit den Irokesen herumschlage, um sie zu vertreiben, oder sie durch Kontrakte betriege, um sie zu verdrängen aus ihren Sümpfen, wo man von Moskitos zu Tode gepeinigt wird.«

Er übernahm die Familiengüter, wußte sie freisinnig zu behandeln, sie wirtschaftlich einzurichten, weite, unnütz scheinende Nachbardistrikte klüglich anzuschließen und so sich innerhalb der kultivierten Welt, die in einem gewissen Sinne auch gar oft eine Wildnis genannt werden kann, ein mäßiges Gebiet zu erwerben und zu bilden, das für die beschränkten Zustände immer noch utopisch genug ist.

Religionsfreiheit ist daher in diesem Bezirk natürlich, der öffentliche Kultus wird als ein freies Bekenntnis angesehen, daß man in Leben und Tod zusammengehöre; hiernach aber wird sehr darauf gesehen, daß niemand sich absondere.

Man wird in den einzelnen Ansiedelungen mäßig große Gebäude gewahr; dies ist der Raum, den der Grundbesitzer jeder Gemeinde schuldig ist; hier kommen die Ältesten zusammen, um sich zu beraten, hier versammeln sich die Glieder, um Belehrung und fromme Ermunterung zu vernehmen. Aber auch zu heiterm Ergötzen ist dieser Raum bestimmt; hier werden die hochzeitlichen Tänze aufgeführt und der Feiertag mit Musik geschlossen.

Hierauf kann uns die Natur selbst führen. Bei heiterer Witterung sehen wir gewöhnlich unter derselben Linde die Ältesten im Rat, die Gemeinde zur Erbauung und die Jugend im Tanze sich schwenkend. Auf ernstem Lebensgrunde zeigt sich das Heitere so schön, Ernst und Heiligkeit mäßigen die Lust, und nur durch Mäßigung erhalten wir uns.

Ist die Gemeinde anderes Sinnes und wohlhabend genug, so steht es ihr frei, verschiedene Baulichkeiten den verschiedenen Zwecken zu widmen.

Wenn aber dies alles aufs Öffentliche und gemeinsam Sittliche berechnet ist, so bleibt die eigentliche Religion ein Inneres, ja Individuelles, denn sie hat ganz allein mit dem

Gewissen zu tun, dieses soll erregt, soll beschwichtigt werden. Erregt, wenn es stumpf, untätig, unwirksam dahinbrütet, beschwichtigt, wenn es durch reuige Unruhe das Leben zu verbittern droht. Denn es ist ganz nah mit der Sorge verwandt, die in den Kummer überzugehen droht, wenn wir uns oder andern durch eigene Schuld ein Übel zugezogen haben.
Da wir aber zu Betrachtungen, wie sie hier gefordert werden, nicht immer aufgelegt sind, auch nicht immer aufgeregt sein mögen, so ist hiezu der Sonntag bestimmt, wo alles, was den Menschen drückt, in religioser, sittlicher, geselliger, ökonomischer Beziehung, zur Sprache kommen muß.

»Wenn Sie eine Zeitlang bei uns blieben«, sagte Juliette, »so würde auch unser Sonntag Ihnen nicht mißfallen. Übermorgen früh würden Sie eine große Stille bemerken; jeder bleibt einsam und widmet sich einer vorgeschriebenen Betrachtung. Der Mensch ist ein beschränktes Wesen; unsere Beschränkung zu überdenken ist der Sonntag gewidmet. Sind es körperliche Leiden, die wir im Lebenstaumel der Woche vielleicht gering achteten, so müssen wir am Anfang der neuen alsobald den Arzt aufsuchen; ist unsere Beschränkung ökonomisch und sonst bürgerlich, so sind unsere Beamten verpflichtet, ihre Sitzungen zu halten; ist es geistig, sittlich, was uns verdüstert, so haben wir uns an einen Freund, an einen Wohldenkenden zu wenden, dessen Rat, dessen Einwirkung zu erbitten: genug, es ist das Gesetz, daß niemand eine Angelegenheit, die ihn beunruhigt oder quält, in die neue Woche hinübernehmen dürfe. Von drückenden Pflichten kann uns nur die gewissenhafteste Ausübung befreien, und was gar nicht aufzulösen ist, überlassen wir zuletzt Gott als dem allbedingenden und allbefreienden Wesen. Auch der Oheim selbst unterläßt nicht solche Prüfung, es sind sogar Fälle, wo er mit uns vertraulich über eine Angelegenheit gesprochen hat, die er im Augenblick nicht überwinden konnte; am meisten aber bespricht er sich mit unserer edlen Tante, die er von Zeit zu Zeit besuchend angeht. Auch pflegt er Sonntag abends zu fragen, ob alles rein gebeichtet und abgetan worden. Sie sehen hieraus, daß wir alle Sorgfalt anwenden, um nicht in Ihren Orden, nicht in die Gemeinschaft der Entsagenden aufgenommen zu werden.«

»Es ist ein sauberes Leben!« rief Hersilie; »wenn ich mich alle acht Tage resigniere, so hab ich es freilich bei dreihundertundfünfundsechzigen zugute.«

Vor dem Abschiede jedoch erhielt unser Freund von dem jüngern Beamten ein Paket mit beiliegendem Schreiben, aus welchem wir folgende Stelle ausheben:

»Mir will scheinen, daß bei jeder Nation ein anderer Sinn vorwalte, dessen Befriedigung sie allein glücklich macht, und dies bemerkt man ja schon an verschiedenen Menschen. Der eine, der sein Ohr mit vollen, anmutig geregelten Tönen gefüllt, Geist und Seele dadurch angeregt wünscht, dankt er mir's, wenn ich ihm das trefflichste Gemälde vor Augen stelle? Ein Gemäldefreund will schauen, er wird ablehnen, durch Gedicht oder Roman seine Einbildungskraft erregen zu lassen. Wer ist denn so begabt, daß er vielseitig genießen könne?

Sie aber, vorübergehender Freund, sind mir als ein solcher erschienen, und wenn Sie die Nettigkeit einer vornehmreichen, französischen Verirrung zu schätzen wußten, so hoffe ich, Sie werden die einfache, treue Rechtlichkeit deutscher Zustände nicht verschmähen und mir verzeihen, wenn ich nach meiner Art und Denkweise, nach Herankommen und Stellung, kein anmutigeres Bild finde, als wie sie uns der deutsche Mittelstand in seinen reinen Häuslichkeiten sehen läßt.

Lassen Sie sich's gefallen und gedenken mein.«

Achtes Kapitel

Wer ist der Verräter?

»Nein! nein!« rief er aus, als er heftig und eilig ins angewiesene Schlafzimmer trat und das Licht niedersetzte; »nein! es ist nicht möglich! Aber wohin soll ich mich wenden? Das erstemal denk ich anders als er, das erstemal empfind ich, will ich anders. – O mein Vater! Könntest du unsichtbar gegenwärtig sein, mich durch und durch schauen, du würdest dich überzeugen, daß ich noch derselbe bin, immer der treue, gehorsame, liebevolle Sohn. – Nein zu sagen! des Vaters liebstem, lange gehegtem Wunsch zu widerstreben! wie soll ich's offenbaren? wie soll ich's ausdrücken? Nein, ich kann Julien nicht heiraten. – Indem ich's ausspreche, erschrecke ich. Und wie soll ich vor ihn treten, es ihm eröffnen, dem guten, lieben Vater? Er blickt mich staunend an und schweigt, er schüttelt den Kopf; der einsichtige, kluge, gelehrte Mann weiß keine Worte zu finden. Weh mir! – O ich wüßte wohl, wem ich diese Pein, diese Verlegenheit vertraute, wen ich mir zum Fürsprecher ausgriffe! Aus allen dich, Lucinde! und dir möcht' ich zuerst sagen, wie ich dich liebe, wie ich mich dir hingebe und dich flehentlich bitte: ›Vertritt mich, und kannst du mich lieben, willst du mein sein, so vertritt uns beide!‹«

Dieses kurze, herzlich-leidenschaftliche Selbstgespräch aufzuklären wird es aber viele Worte kosten.

Professor N. zu N. hatte einen einzigen Knaben von wundersamer Schönheit, den er bis in das achte Jahr der Vorsorge seiner Gattin, der würdigsten Frau, überließ; diese leitete die Stunden und Tage des Kindes zum Leben, Lernen und zu allem guten Betragen. Sie starb, und im Augenblicke fühlte der Vater, daß er diese Sorgfalt persönlich nicht weiter fortsetzen könne. Bisher war alles Übereinkunft zwischen den Eltern; sie arbeiteten auf *einen* Zweck, beschlossen zusammen für die nächste Zeit, was zu tun sei, und die Mutter verstand alles weislich auszuführen. Doppelt und dreifach war nun die Sorge des Witwers, welcher wohl wußte und täglich vor Augen sah, daß für Söhne der Professoren auf Akademien selbst nur durch ein Wunder eine glückliche Bildung zu hoffen sei.

In dieser Verlegenheit wendete er sich an seinen Freund, den Oberamtmann zu R., mit dem er schon frühere Plane näherer Familienverbindungen durchgesprochen hatte. Dieser wußte zu raten und zu helfen, daß der Sohn in eine der guten Lehranstalten aufgenommen wurde, die in Deutschland blühten und worin für den ganzen Menschen, für Leib, Seele und Geist, möglichst gesorgt ward.

Untergebracht war nun der Sohn, der Vater jedoch fand sich gar zu allein: seiner Gattin beraubt, der lieblichen Gegenwart des Knaben entfremdet, den er, ohne selbsteigenes Bemühen, so erwünscht heraufgebildet gesehn. Auch hier kam die Freundschaft des Oberamtmanns zustatten; die Entfernung ihrer Wohnorte verschwand vor der Neigung, der Lust, sich zu bewegen, sich zu zerstreuen. Hier fand nun der verwaiste Gelehrte in einem gleichfalls mutterlosen Familienkreis zwei schöne, verschiedenartig liebenswürdige Töchter heranwachsen; wo denn beide Väter sich immer mehr und mehr bestärkten in dem Gedanken, in der Aussicht, ihre Häuser dereinst aufs erfreulichste verbunden zu sehn.

Sie lebten in einem glücklichen Fürstenlande; der tüchtige Mann war seiner Stelle lebenslänglich gewiß und ein gewünschter Nachfolger wahrscheinlich. Nun sollte, nach einem verständigen Familien- und Ministerialplan, sich Lucidor zu dem wichtigen Posten des künftigen Schwiegervaters bilden. Dies gelang ihm auch von Stufe zu Stufe. Man versäumte nichts, ihm alle Kenntnisse zu überliefern, alle Fähigkeiten an ihm zu entwickeln, deren der Staat jederzeit bedarf: die Pflege des strengen gerichtlichen Rechts, des läßlichern, wo Klugheit und Gewandtheit dem Ausübenden zur Hand geht; der Kalkül zum Tagesgebrauch, die höheren Übersichten nicht ausgeschlossen, aber alles unmittelbar am Leben, wie es gewiß und unausbleiblich zu gebrauchen wäre.

In diesem Sinne hatte Lucidor seine Schuljahre vollbracht und ward nun durch Vater und Gönner zur Akademie vorbereitet. Er zeigte das schönste Talent zu allem und verdankte der Natur auch noch das seltene Glück, aus Liebe zum Vater, aus Ehrfurcht für den Freund seine Fähigkeiten gerade dahin lenken zu wollen, wohin man deutete, erst aus Gehorsam, dann aus Überzeugung. Auf eine auswärtige Akademie ward er gesendet und ging daselbst, sowohl nach eigener brieflicher Rechenschaft als nach Zeugnis seiner Lehrer und Aufseher, den Gang, der ihn zum Ziele führen sollte. Nur konnte man nicht billigen, daß er in einigen Fällen zu ungeduldig brav gewesen. Der Vater schüttelte hierüber den Kopf, der Oberamtmann nickte. Wer hätte sich nicht einen solchen Sohn gewünscht!

Indessen wuchsen die Töchter heran, Julie und Lucinde. Jene, die jüngere, neckisch, lieblich, unstet, höchst unterhaltend; die andere zu bezeichnen schwer, weil sie in Geradheit und Reinheit dasjenige darstellte, was wir an allen Frauen wünschenswert finden. Man besuchte sich wechselseitig, und im Hause des Professors fand Julie die unerschöpflichste Unterhaltung.

Geographie, die er durch Topographie zu beleben wußte, gehörte zu seinem Fach, und sobald Julie nur einen Band gewahr worden, dergleichen aus der Homannischen Offizin eine ganze Reihe dastanden, so wurden sämtliche Städte gemustert, beurteilt, vorgezogen oder zurückgewiesen; alle Häfen besonders erlangten ihre Gunst; andere Städte, welche nur einigermaßen ihren Beifall erhalten wollten, mußten sich mit viel Türmen, Kuppeln und Minaretten fleißig hervorheben.

Der Vater ließ sie wochenlang bei dem geprüften Freunde; sie nahm wirklich zu an Wissenschaft und Einsicht und kannte so ziemlich die bewohnte Welt nach Hauptbezügen, Punkten und Orten. Auch war sie auf Trachten fremder Nationen sehr aufmerksam, und wenn ihr Pflegevater manchmal scherzhaft fragte: ob ihr denn von den vielen jungen, hübschen Leuten, die da vor dem Fenster hin und

wider gingen, nicht einer oder der andere wirklich gefalle? so sagte sie: »Ja freilich, wenn er recht seltsam aussieht!« – Da nun unsere jungen Studierenden es niemals daran fehlen lassen, so hatte sie oft Gelegenheit, an einem oder dem andern teilzunehmen; sie erinnerte sich an ihm irgendeiner fremden Nationaltracht, versicherte jedoch zuletzt, es müsse wenigstens ein Grieche, völlig nationell ausstaffiert, herbeikommen, wenn sie ihm vorzügliche Aufmerksamkeit widmen sollte; deswegen sie sich auch auf die Leipziger Messe wünschte, wo dergleichen auf der Straße zu sehen wären.
Nach seinen trocknen und manchmal verdrießlichen Arbeiten hatte nun unser Lehrer keine glücklichern Augenblicke, als wenn er sie scherzend unterrichtete und dabei heimlich triumphierte, sich eine so liebenswürdige, immer unterhaltene, immer unterhaltende Schwiegertochter zu erziehen. Die beiden Väter waren übrigens einverstanden, daß die Mädchen nichts von der Absicht vermuten sollten, auch Lucidorn hielt man sie verborgen.
So waren Jahre vergangen, wie sie denn gar leicht vergehen: Lucidor stellte sich dar, vollendet, alle Prüfungen bestehend, selbst zur Freude der obern Vorgesetzten, die nichts mehr wünschten, als die Hoffnung alter, würdiger, begünstigter, gunstwerter Diener mit gutem Gewissen erfüllen zu können.
Und so war denn die Angelegenheit mit ordnungsgemäßem Schritt endlich dahin gediehen, daß Lucidor, nachdem er sich in untergeordneten Stellen musterhaft betragen, nunmehr einen gar vorteilhaften Sitz nach Verdienst und Wunsch erlangen sollte, gerade mittewegs zwischen der Akademie und dem Oberamtmann gelegen.
Der Vater sprach nunmehr mit dem Sohn von Julien, auf die er bisher nur hingedeutet hatte, als von dessen Braut und Gattin, ohne weiteren Zweifel und Bedingung, das Glück preisend, solch ein lebendiges Kleinod sich angeeignet zu haben. Er sah seine Schwiegertochter im Geiste schon wieder von Zeit zu Zeit bei sich, mit Karten, Planen und Städtebildern beschäftigt; der Sohn dagegen erinnerte sich

des allerliebsten, heitern Wesens, das ihn zu kindlicher Zeit durch Neckerei wie durch Freundlichkeit immer ergötzt hatte. Nun sollte Lucidor zu dem Oberamtmann hinüberreiten, die herangewachsene Schöne näher betrachten, sich einige Wochen, zu Gewohnheit und Bekanntschaft, mit dem Gesamthause ergehen. Würden die jungen Leute, wie zu hoffen, bald einig, so sollte man's melden, der Vater würde sogleich erscheinen, damit ein feierliches Verlöbnis das gehoffte Glück für ewig sicherstelle.

Lucidor kommt an, er wird freundlichst empfangen, ein Zimmer ihm angewiesen, er richtet sich ein und erscheint. Da findet er denn, außer den uns schon bekannten Familiengliedern, noch einen halberwachsenen Sohn, verzogen, geradezu, aber gescheit und gutmütig, so daß, wenn man ihn für den lustigen Rat nehmen wollte, er gar nicht übel zum Ganzen paßte. Dann gehörte zum Haus ein sehr alter, aber gesunder, frohmütiger Mann, still, fein, klug, auslebend nun hie und da auszuhelfen. Gleich nach Lucidor kam noch ein Fremder hinzu, nicht mehr jung, von bedeutendem Ansehn, würdig, lebensgewandt und durch Kenntnis der weitesten Weltgegenden höchst unterhaltend. Sie hießen ihn Antoni.

Julie empfing ihren angekündigten Bräutigam schicklich, aber zuvorkommend, Lucinde dagegen machte die Ehre des Hauses wie jene ihrer Person. So verging der Tag ausgezeichnet angenehm für alle, nur für Lucidorn nicht; er, ohnehin schweigsam, mußte von Zeit zu Zeit, um nicht gar zu verstummen, sich fragend verhalten; wobei denn niemand zum Vorteil erscheint.

Zerstreut war er durchaus: denn er hatte vom ersten Augenblick an nicht Abneigung noch Widerwillen, aber Entfremdung gegen Julien gefühlt; Lucinde dagegen zog ihn an, daß er zitterte, wenn sie ihn mit ihren vollen, reinen, ruhigen Augen ansah.

So bedrängt, erreichte er den ersten Abend sein Schlafzimmer und ergoß sich in jenem Monolog, mit dem wir begonnen haben. Um aber auch diesen zu erklären, und wie die

Heftigkeit einer solchen Redefülle zu demjenigen paßt, was wir schon von ihm wissen, wird eine kurze Mitteilung nötig.

Lucidor war von tiefem Gemüt und hatte meist etwas anders im Sinn, als was die Gegenwart erheischte; deswegen Unterhaltung und Gespräch ihm nie recht glücken wollte; er fühlte das und wurde schweigsam, außer wenn von bestimmten Fächern die Rede war, die er durchstudiert hatte, davon ihm jederzeit zu Diensten stand, was er bedurfte. Dazu kam, daß er, früher auf der Schule, später auf der Universität, sich an Freunden betrogen und seinen Herzenserguß unglücklich vergeudet hatte; jede Mitteilung war ihm daher bedenklich; Bedenken aber hebt jede Mitteilung auf. Zu seinem Vater war er nur gewohnt unisono zu sprechen, und sein volles Herz ergoß sich daher in Monologen, sobald er allein war.

Den andern Morgen hatte er sich zusammengenommen und wäre doch beinahe außer Fassung geruckt, als ihm Julie noch freundlicher, heiterer und freier entgegenkam. Sie wußte viel zu fragen, nach seinen Land- und Wasserfahrten, wie er, als Student, mit dem Bündelchen auf'm Rücken, die Schweiz durchstreift und durchstiegen, ja über die Alpen gekommen. Da wollte sie nun von der schönen Insel auf dem großen südlichen See vieles wissen; rückwärts aber mußte der Rhein, von seinem ersten Ursprung an, erst durch höchst unerfreuliche Gegenden begleitet werden, und so hinabwärts durch manche Abwechselung; wo es denn freilich zuletzt, zwischen Mainz und Koblenz, noch der Mühe wert ist, den Fluß ehrenvoll aus seiner letzten Beschränkung in die weite Welt, ins Meer zu entlassen.

Lucidor fühlte sich hiebei sehr erleichtert, erzählte gern und gut, so daß Julie entzückt ausrief: so was müsse man selbander sehen. Worüber denn Lucidor abermals erschrak, weil er darin eine Anspielung auf ihr gemeinsames Wandern durchs Leben zu spüren glaubte.

Von seiner Erzählerpflicht jedoch wurde er bald abgelöst; denn der Fremde, den sie Antoni hießen, verdunkelte gar geschwind alle Bergquellen, Felsufer, eingezwängte, freigelassene Flüsse: nun hier ging's unmittelbar nach Genua; Livorno lag nicht weit, das Interessanteste im Lande nahm man auf den Raub so mit; Neapel mußte man, ehe man stürbe, gesehen haben, dann aber blieb freilich Konstantinopel noch übrig, das doch auch nicht zu versäumen sei. Die Beschreibung, die Antoni von der weiten Welt machte, riß die Einbildungskraft aller mit sich fort, ob er gleich weniger Feuer darein zu legen hatte. Julie, ganz außer sich, war aber noch keineswegs befriedigt, sie fühlte noch Lust nach Alexandrien, Kairo, besonders aber zu den Pyramiden, von denen sie ziemlich auslangende Kenntnisse durch ihres vermutlichen Schwiegervaters Unterricht gewonnen hatte.

Lucidor, des nächsten Abends (er hatte die Türe angezogen, das Licht noch nicht niedergesetzt), rief aus: »Nun besinne dich denn! es ist Ernst. Du hast viel Ernstes gelernt und durchdacht; was soll denn Rechtsgelehrsamkeit, wenn du jetzt nicht gleich als Rechtsmann handelst? Siehe dich als einen Bevollmächtigten an, vergiß dich selbst und tue, was du für einen andern zu tun schuldig wärst. Es verschränkt sich aufs fürchterlichste! Der Fremde ist offenbar um Lucindens willen da, sie bezeigt ihm die schönsten, edelsten gesellig-häuslichen Aufmerksamkeiten; die kleine Närrin möchte mit jedem durch die Welt laufen, für nichts und wieder nichts. Überdies noch ist sie ein Schalk, ihr Anteil an Städten und Ländern ist eine Posse, wodurch sie uns zum Schweigen bringt. Warum aber seh ich diese Sache so verwirrt und verschränkt an? Ist der Oberamtmann nicht selbst der verständigste, der einsichtigste, liebevollste Vermittler? Du willst ihm sagen, wie du fühlst und denkst, und er wird mitdenken, wenn auch nicht mitfühlen. Er vermag alles über den Vater. Und ist nicht eine wie die andere seine Tochter? Was will denn der Anton Reiser mit Lucinden, die für das Haus geboren ist, um glücklich zu sein und Glück zu schaffen? hefte sich doch das zapplige Quecksilber an den ewigen Juden, das wird eine allerliebste Partie werden.«

Des Morgens ging Lucidor festen Entschlusses hinab, mit

dem Vater zu sprechen und ihn deshalb in bekannten freien Stunden unverzüglich anzugehn. Wie groß war sein Schmerz, seine Verlegenheit, als er vernahm: der Oberamtmann, in Geschäften verreist, werde erst übermorgen zurückerwartet. Julie schien heute so recht ganz ihren Reisetag zu haben, sie hielt sich an den Weltwanderer und überließ mit einigen Scherzreden, die sich auf Häuslichkeit bezogen, Lucidor an Lucinden. Hatte der Freund vorher das edle Mädchen aus gewisser Ferne gesehen, nach einem allgemeinen Eindruck, und sie sich schon herzlichst angeeignet, so mußte er in der nächsten Nähe alles doppelt und dreifach entdecken, was ihn erst im allgemeinen anzog.

Der gute alte Hausfreund, an der Stelle des abwesenden Vaters, tat sich nun hervor; auch er hatte gelebt, geliebt und war, nach manchen Quetschungen des Lebens, noch endlich an der Seite des Jugendfreundes aufgefrischt und wohlbehalten. Er belebte das Gespräch und verbreitete sich besonders über Verirrungen in der Wahl eines Gatten, erzählte merkwürdige Beispiele von zeitiger und verspäteter Erklärung. Lucinde erschien in ihrem völligen Glanze, sie gestand, daß im Leben das Zufällige jeder Art, und so auch in Verbindungen, das Allerbeste bewirken könne; doch sei es schöner, herzerhebender, wenn der Mensch sich sagen dürfe: er sei sein Glück sich selbst, der stillen, ruhigen Überzeugung seines Herzens, einem edlen Vorsatz und raschen Entschlusse schuldig geworden. Lucidorn standen die Tränen in den Augen, als er Beifall gab, worauf die Frauenzimmer sich bald entfernten. Der alte Vorsitzende mochte sich in Wechselgeschichten gern ergehen, und so verbreitete sich die Unterhaltung in heitere Beispiele, die jedoch unsern Helden so nahe berührten, daß nur ein so rein gebildeter Jüngling nicht herauszubrechen über sich gewinnen konnte; das geschah aber, als er allein war.

»Ich habe mich gehalten!« rief er aus. »Mit solcher Verwirrung will ich meinen guten Vater nicht kränken; ich habe an mich gehalten: denn ich sehe in diesem würdigen Hausfreunde den Stellvertretenden beider Väter; zu ihm will ich reden, ihm alles entdecken, er wird's gewiß vermitteln und hat beinahe schon ausgesprochen, was ich wünsche. Sollte er im einzelnen Falle schelten, was er überhaupt billigt? Morgen früh such ich ihn auf; ich muß diesem Drange Luft machen.«

Beim Frühstück fand sich der Greis nicht ein; er hatte, hieß es, gestern abend zuviel gesprochen, zu lange gesessen und einige Tropfen Wein über Gewohnheit getrunken. Man erzählte viel zu seinem Lobe, und zwar gerade solche Reden und Handlungen, die Lucidorn zur Verzweiflung brachten, daß er sich nicht sogleich an ihn gewendet. Dieses unangenehme Gefühl ward nur noch geschärft, als er vernahm: bei solchen Anfällen lasse der gute Alte sich manchmal in acht Tagen gar nicht sehen.

Ein ländlicher Aufenthalt hat für geselliges Zusammensein gar große Vorteile, besonders wenn die Bewirtenden sich, als denkende, fühlende Personen, mehrere Jahre veranlaßt gefunden, der natürlichen Anlage ihrer Umgebung zu Hülfe zu kommen. So war es hier geglückt. Der Oberamtmann, erst unverheiratet, dann in einer langen, glücklichen Ehe, selbst vermögend, an einem einträglichen Posten, hatte nach eignem Blick und Einsicht, nach Liebhaberei seiner Frau, ja zuletzt nach Wünschen und Grillen seiner Kinder, erst größere und kleinere abgesonderte Anlagen besorgt und begünstigt, welche, mit Gefühl allmählich durch Pflanzungen und Wege verbunden, eine allerliebste, verschiedentlich abweichende, charakteristische Szenenfolge dem Durchwandelnden darstellten. Eine solche Wallfahrt ließen denn auch unsere jungen Familienglieder ihren Gast antreten, wie man seine Anlagen dem Fremden gerne vorzeigt, damit er das, was uns gewöhnlich geworden, auffallend erblicke und den günstigen Eindruck davon für immer behalte.

Die nächste so wie die fernere Gegend war zu bescheidenen Anlagen und eigentlich ländlichen Einzelnheiten höchst geeignet. Fruchtbare Hügel wechselten mit wohlbewässerten Wiesengründen, so daß das Ganze von Zeit zu Zeit zu sehen war, ohne flach zu sein; und wenn Grund und Boden vorzüglich dem Nutzen gewidmet erschien, so war doch das Anmutige, das Reizende nicht ausgeschlossen.

An die Haupt- und Wirtschaftsgebäude fügten sich Lust-, Obst- und Grasgärten, aus denen man sich unversehens in ein Hölzchen verlor, das ein breiter, fahrbarer Weg auf und ab, hin und wider durchschlängelte. Hier in der Mitte war, auf der bedeutendsten Höhe, ein Saal erbaut, mit anstoßenden Gemächern. Wer zur Haupttüre hereintrat, sah im großen Spiegel die günstigste Aussicht, welche die Gegend nur gewähren mochte, und kehrte sich geschwind wieder um, an der Wirklichkeit von dem unerwarteten Bilde Erholung zu nehmen: denn das Herankommen war künstlich genug eingerichtet und alles klüglich verdeckt, was Überraschung bewirken sollte. Niemand trat herein, ohne daß er von dem Spiegel zur Natur und von der Natur zum Spiegel sich nicht gern hin und wider gewendet hätte.

Am schönsten, heitersten, längsten Tage einmal auf dem Wege, hielt man einen sinnigen Flurzug um und durch das Ganze. Hier wurde das Abendplätzchen der guten Mutter bezeichnet, wo eine herrliche Buche ringsumher sich freien Raum gehalten hatte. Bald nachher wurde Lucindens Morgenandacht von Julien halb neckisch angedeutet, in der Nähe eines Wässerchens zwischen Pappeln und Erlen, an hinabstreichenden Wiesen, hinaufziehenden Äckern. Es war nicht zu beschreiben, wie hübsch! schon überall glaubte man es gesehen zu haben, aber nirgends in seiner Einfalt so bedeutend und so willkommen. Dagegen zeigte der Junker, auch halb wider Willen Juliens, die kleinlichen Lauben und kindischen Gärtchenanstalten, die, nächst einer vertraulich gelegenen Mühle, kaum noch zu bemerken; sie schrieben sich aus einer Zeit her, wo Julie, etwa in ihrem zehnten Jahre, sich in den Kopf gesetzt hatte, Müllerin zu werden und, nach dem Abgang der beiden alten Leute, selbst einzutreten und sich einen braven Mühlknappen auszusuchen.

»Das war zu einer Zeit«, rief Julie, »wo ich noch nichts von Städten wußte, die an Flüssen liegen, oder gar am Meer, von Genua nichts usw. Ihr guter Vater, Lucidor, hat mich bekehrt, seit der Zeit komm ich nicht leicht hierher.« Sie setzte sich neckisch auf ein Bänkchen, das sie kaum noch trug, unter einen Holunderstrauch, der sich zu tief gebeugt hatte. »Pfui übers Hocken!« rief sie, sprang auf und lief mit dem lustigen Bruder voran.

Das zurückgebliebene Paar unterhielt sich verständig, und in solchen Fällen nähert sich der Verstand auch wohl dem Gefühl. Abwechselnd einfache, natürliche Gegenstände zu durchwandern, mit Ruhe zu betrachten, wie der verständige, kluge Mensch ihnen etwas abzugewinnen weiß, wie die Einsicht ins Vorhandene, zum Gefühl seiner Bedürfnisse sich gesellend, Wunder tut, um die Welt erst bewohnbar zu machen, dann zu bevölkern und endlich zu übervölkern, das alles konnte hier im einzelnen zur Sprache kommen. Lucinde gab von allem Rechenschaft und konnte, so bescheiden sie war, nicht verbergen, daß die bequemlich angenehmen Verbindungen entfernter Partien ihr Werk seien, unter Angabe, Leitung oder Vergünstigung einer verehrten Mutter.

Da sich aber denn doch der längste Tag endlich zum Abend bequemt, so mußte man auf Rückkehr denken, und als man auf einen angenehmen Umweg sann, verlangte der lustige Bruder: man solle den kürzern, obgleich nicht erfreulichen, wohl gar beschwerlichern Weg einschlagen. »Denn«, rief er aus, »ihr habt mit euren Anlagen und Anschlägen geprahlt, wie ihr die Gegend für malerische Augen und für zärtliche Herzen verschönert und verbessert; laßt mich aber auch zu Ehren kommen.«

Nun mußte man über geackerte Stellen und holprichte Pfade, ja wohl auch auf zufällig hingeworfenen Steinen über Moorflecke wandern und sah, schon in einer gewissen Ferne, allerlei Maschinenwerk verworren aufgetürmt. Näher betrachtet, war ein großer Lust- und Spielplatz, nicht ohne Verstand, mit einem gewissen Volkssinn eingerichtet. Und so standen hier, in gehörigen Entfernungen zusammengeordnet, das große Schaukelrad, wo die Auf- und Absteigenden immer gleich horizontal ruhig sitzenbleiben, andere

Schaukeleien, Schwungseile, Lusthebel, Kegel- und Zellenbahnen und was nur alles erdacht werden kann, um auf einem großen Triftraum eine Menge Menschen verschiedentlichst und gleichmäßig zu beschäftigen und zu erlustigen. »Dies«, rief er aus, »ist meine Erfindung, meine Anlage! und obgleich der Vater das Geld und ein gescheiter Kerl den Kopf dazu hergab, so hätte doch ohne mich, den ihr oft unvernünftig nennt, Verstand und Geld sich nicht zusammengefunden.«

So heiter gestimmt kamen alle vier mit Sonnenuntergang wieder nach Hause. Antoni fand sich ein; die Kleine jedoch, die an diesem bewegten Tage noch nicht genug hatte, ließ einspannen und fuhr über Land zu einer Freundin, in Verzweiflung, sie seit zwei Tagen nicht gesehen zu haben. Die vier Zurückgebliebenen fühlten sich verlegen, ehe man sich's versah, und es ward sogar ausgesprochen, daß des Vaters Ausbleiben die Angehörigen beunruhige. Die Unterhaltung fing an zu stocken, als auf einmal der lustige Junker aufsprang und gar bald mit einem Buche zurückkam, sich zum Vorlesen erbietend. Lucinde enthielt sich nicht zu fragen, wie er auf den Einfall komme, den er seit einem Jahre nicht gehabt; worauf er munter versetzte: »Mir fällt alles zur rechten Zeit ein, dessen könnt ihr euch nicht rühmen.« Er las eine Folge echter Märchen, die den Menschen aus sich selbst hinausführen, seinen Wünschen schmeicheln und ihn jede Bedingung vergessen machen, zwischen welche wir, selbst in den glücklichsten Momenten, doch immer noch eingeklemmt sind.

»Was beginne ich nun!« rief Lucidor, als er sich endlich allein fand. »Die Stunde drängt; zu Antoni hab ich kein Vertrauen, er ist weltfremd, ich weiß nicht, wer er ist, wie er ins Haus kommt, noch was er will; um Lucinden scheint er sich zu bemühen, und was könnte ich daher von ihm hoffen? Mir bleibt nichts übrig, als Lucinden selbst anzugehn; sie muß es wissen, sie zuerst. Dies war ja mein erstes Gefühl; warum lassen wir uns auf Klugheitswege verleiten! Das erste soll nun das letzte sein, und ich hoffe, zum Ziel zu gelangen.«

Sonnabend morgen ging Lucidor, zeitig angekleidet, in seinem Zimmer auf und ab, was er Lucinden zu sagen hätte hin und her bedenkend, als er eine Art von scherzhaftem Streit vor seiner Türe vernahm, die auch alsobald aufging. Da schob der lustige Junker einen Knaben vor sich hin, mit Kaffee und Backwerk für den Gast; er selbst trug kalte Küche und Wein. »Du sollst vorangehen«, rief der Junker, »denn der Gast muß zuerst bedient werden, ich bin gewohnt, mich selbst zu bedienen. Mein Freund! heute komme ich etwas früh und tumultuarisch; genießen wir unser Frühstück in Ruhe, und dann wollen wir sehen, was wir anfangen: denn von der Gesellschaft haben wir wenig zu hoffen. Die Kleine ist von ihrer Freundin noch nicht zurück; diese müssen gegeneinander wenigstens alle vierzehn Tage ihr Herz ausschütten, wenn es nicht springen soll. Sonnabend ist Lucinde ganz unbrauchbar, sie liefert dem Vater pünktlich ihre Haushaltungsrechnung; da hab ich mich auch einmischen sollen, aber Gott bewahre mich! Wenn ich weiß, was eine Sache kostet, so schmeckt mir kein Bissen. Gäste werden auf morgen erwartet, der Alte hat sich noch nicht wieder ins Gleichgewicht gestellt, Antoni ist auf die Jagd, wir wollen das gleiche tun.«

Flinten, Taschen und Hunde waren bereit, als sie in den Hof kamen, und nun ging es an den Feldern weg, wo denn doch allenfalls ein junger Hase und ein armer, gleichgültiger Vogel geschossen wurde. Indessen besprach man sich von häuslichen und gegenwärtig geselligen Verhältnissen. Antoni ward genannt, und Lucidor verfehlte nicht, sich nach ihm näher zu erkundigen. Der lustige Junker, mit einiger Selbstgefälligkeit, versicherte: jenen wunderlichen Mann, so geheimnisvoll er auch tue, habe er schon durch und durch geblickt. »Er ist«, fuhr er fort, »gewiß der Sohn aus einem reichen Handelshause, das gerade in dem Augenblick fallierte, als er, in der Fülle seiner Jugend, teil an großen Geschäften mit Kraft und Munterkeit zu nehmen, daneben aber die sich reichlich darbietenden Genüsse zu teilen gedachte. Von der Höhe seiner Hoffnungen heruntergestürzt, raffte er sich zusammen und leistete, anderen dienend, dasjenige, was er für sich und die Seinigen nicht mehr bewirken konnte. So durchreiste er die Welt, lernte sie und ihren wechselseitigen Verkehr aufs genaueste kennen und vergaß dabei seines Vorteils nicht. Unermüdete Tätigkeit und erprobte Rechtlichkeit brachten und erhielten ihm von vielen ein unbedingtes Vertrauen. So erwarb er sich allerorten Bekannte und Freunde, ja es läßt sich gar wohl merken, daß sein Vermögen so weit in der Welt umher verteilt ist, als seine Bekanntschaft reicht, weshalb denn auch seine Gegenwart in allen vier Teilen der Welt von Zeit zu Zeit nötig ist.«

Umständlicher und naiver hatte dies der lustige Junker erzählt und so manche possenhafte Bemerkung eingeschlossen, eben als wenn er sein Märchen recht weitläufig auszuspinnen gedächte.

»Wie lange steht er nicht schon mit meinem Vater in Verbindung! Die meinen, ich sehe nichts, weil ich mich um nichts bekümmere; aber eben deswegen seh ich's nur desto besser, weil mich's nichts angeht. Vieles Geld hat er bei meinem Vater niedergelegt, der es wieder sicher und vorteilhaft unterbrachte. Erst gestern steckte er dem Alten ein Juwelenkästchen zu; einfacher, schöner und kostbarer hab ich nichts gesehen, obgleich nur mit einem Blick, denn es wird verheimlicht. Wahrscheinlich soll es der Braut zu Vergnügen, Lust und künftiger Sicherheit verehrt werden. Antoni hat sein Zutrauen auf Lucinden gesetzt! Wenn ich sie aber so zusammen sehe, kann ich sie nicht für ein wohlassortiertes Paar halten. Die Ruschliche wäre besser für ihn, ich glaube auch, sie nimmt ihn lieber als die Älteste; sie blickt auch wirklich manchmal nach dem alten Knasterbart so munter und teilnehmend hinüber, als wenn sie sich mit ihm in den Wagen setzen und auf und davon fliegen wolle.« Lucidor faßte sich zusammen; er wußte nicht, was zu erwidern wäre, alles, was er vernahm, hatte seinen innerlichen Beifall. Der Junker fuhr fort: »Überhaupt hat das Mädchen eine verkehrte Neigung zu alten Leuten; ich glaube, sie hätte Ihren Vater so frischweg geheiratet wie den Sohn.«

Lucidor folgte seinem Gefährten, wo ihn dieser auch über Stock und Stein hinführte; beide vergaßen die Jagd, die ohnehin nicht ergiebig sein konnte. Sie kehrten auf einem Pachthofe ein, wo, gut aufgenommen, der eine Freund sich mit Essen, Trinken und Schwätzen unterhielt, der andere aber in Gedanken und Überlegungen sich versenkte, wie er die gemachte Entdeckung für sich und seinen Vorteil benutzen möchte.

Lucidor hatte nach allen diesen Erzählungen und Eröffnungen so viel Vertrauen zu Antoni gewonnen, daß er gleich beim Eintritt in den Hof nach ihm fragte und in den Garten eilte, wo er zu finden sein sollte. Er durchstrich die sämtlichen Gänge des Parks bei heiterer Abendsonne; umsonst! Nirgends keine Seele war zu sehen; endlich trat er in die Türe des großen Saals, und, wundersam genug, die untergehende Sonne, aus dem Spiegel zurückscheinend, blendete ihn dergestalt, daß er die beiden Personen, die auf dem Kanapee saßen, nicht erkennen, wohl aber unterscheiden konnte, daß einem Frauenzimmer von einer neben ihr sitzenden Mannsperson die Hand sehr feurig geküßt wurde. Wie groß war daher sein Entsetzen, als er bei hergestellter Augenruhe Lucinden und Antoni vor sich sahe. Er hätte versinken mögen, stand aber wie eingewurzelt, als ihn Lucinde freundlichst und unbefangen willkommen hieß, zuruckte und ihn bat, zu ihrer rechten Seite zu sitzen. Unbewußt ließ er sich nieder, und wie sie ihn anredete, nach dem heutigen Tage sich erkundigte, Vergebung bat häuslicher Abhaltungen, da konnte er ihre Stimme kaum ertragen. Antoni stand auf und empfahl sich Lucinden; als sie, sich gleichfalls erhebend, den Zurückgebliebenen zum Spaziergang einlud. Neben ihr hergehend, war er schweigsam und verlegen; auch sie schien beunruhigt; und wenn er nur einigermaßen bei sich gewesen wäre, so hätte ihm ein tiefes Atemholen verraten müssen, daß sie herzliche Seufzer zu verbergen habe. Sie beurlaubte sich zuletzt, als sie sich dem

Hause näherten, er aber wandte sich, erst langsam, dann heftig gegen das Freie. Der Park war ihm zu eng, er eilte durchs Feld, nur die Stimme seines Herzens vernehmend, ohne Sinn für die Schönheiten des vollkommensten Abends. Als er sich allein sah und seine Gefühle sich im beruhigenden Tränenerguß Luft machten, rief er aus:

»Schon einigemal im Leben, aber nie so grausam hab ich den Schmerz empfunden, der mich nun ganz elend macht: wenn das gewünschteste Glück endlich Hand in Hand, Arm an Arm zu uns tritt und zugleich sein Scheiden für ewig ankündet. Ich saß bei ihr, ging neben ihr, das bewegte Kleid berührte mich, und ich hatte sie schon verloren! Zähle dir das nicht vor, drösele dir's nicht auf, schweig und entschließe dich!«

Er hatte sich selbst den Mund verboten, er schwieg und sann, durch Felder, Wiesen und Busch, nicht immer auf den wegsamsten Pfaden hinschreitend. Nur als er spät in sein Zimmer trat, hielt er sich nicht und rief: »Morgen früh bin ich fort, solch einen Tag will ich nicht wieder erleben!«

Und so warf er sich angekleidet aufs Lager. – Glückliche, gesunde Jugend! Er schlief schon; die abmüdende Bewegung des Tages hatte ihm die süßeste Nachtruhe verdient. Aus tröstlichen Morgenträumen jedoch weckte ihn die allerfrühste Sonne; es war eben der längste Tag, der ihm überlang zu werden drohte. Wenn er die Anmut des beruhigenden Abendgestirns gar nicht empfunden, so fühlte er die aufregende Schönheit des Morgens nur, um zu verzweifeln. Er sah die Welt so herrlich als je, seinen Augen war sie es noch; sein Inneres aber widersprach: das gehörte ihm alles nicht mehr an, er hatte Lucinden verloren.

Neuntes Kapitel

Der Mantelsack war schnell gepackt, den er wollte liegenlassen; keinen Brief schrieb er dazu, nur mit wenig Worten sollte sein Ausbleiben vom Tisch, vielleicht auch vom

Abend, durch den Reitknecht entschuldigt werden, den er ohnehin aufwecken mußte. Diesen aber fand er unten, schon vor dem Stalle, mit großen Schritten auf und ab gehend. »Sie wollen doch nicht reiten?« rief der sonst gutmütige Mensch mit einigem Verdruß. »Ihnen darf ich es wohl sagen, aber der junge Herr wird alle Tage unerträglicher. Hatte er sich doch gestern in der Gegend herumgetrieben, daß man glauben sollte, er danke Gott, einen Sonntagmorgen zu ruhen. Kommt er nicht heute frühe vor Tag, rumort im Stalle, und wie ich aufspringe, sattelt und zäumt er Ihr Pferd, ist durch keine Vorstellung abzuhalten; er schwingt sich drauf und ruft: ›Bedenke nur das gute Werk, das ich tue! Dies Geschöpf geht immer nur gelassen einen juristischen Trab, ich will sehen, daß ich ihn zu einem raschen Lebensgalopp anrege.‹ Er sagte ungefähr so und verführte andere wunderliche Reden.«

Lucidor war doppelt und dreifach betroffen, er liebte das Pferd, als seinem eigenen Charakter, seiner Lebensweise zusagend; ihn verdroß, das gute, verständige Geschöpf in den Händen eines Wildfangs zu wissen. Sein Plan war zerstört, seine Absicht, zu einem Universitätsfreunde, mit dem er in froher, herzlicher Verbindung gelebt, in dieser Krise zu flüchten. Das alte Zutrauen war erwacht, die dazwischenliegenden Meilen wurden nicht gerechnet, er glaubte schon bei dem wohlwollenden, verständigen Freunde Rat und Linderung zu finden. Diese Aussicht war nun abgeschnitten; doch sie war's nicht, wenn er es wagte, auf frischen Wanderfüßen, die ihm zu Gebote standen, sein Ziel zu erreichen.

Vor allen Dingen suchte er nun aus dem Park ins freie Feld, auf den Weg, der ihn zum Freunde führen sollte, zu gelangen. Er war seiner Richtung nicht ganz gewiß, als ihm, linker Hand, über dem Gebüsch hervorragend, auf wunderlichem Zimmerwerk, die Einsiedelei, aus der man ihm früher ein Geheimnis gemacht hatte, in die Augen fiel und er, jedoch zu seiner größten Verwunderung, auf der Galerie unter dem chinesischen Dache den guten Alten, der einige

Tage für krank gehalten worden, munter um sich blickend erschaute. Dem freundlichsten Gruße, der dringenden Einladung heraufzukommen widerstand Lucidor mit Ausflüchten und eiligen Gebärden. Nur Teilnahme für den guten Alten, der, die steile Treppe schwankenden Tritts herunter-eilend, herabzustürzen drohte, konnte ihn vermögen, entgegenzugehen und sodann sich hinaufziehen zu lassen. Mit Verwunderung betrat er das anmutige Sälchen: es hatte nur drei Fenster gegen das Land, eine allerliebste Aussicht; die übrigen Wände waren verziert oder vielmehr verdeckt von hundert und aber hundert Bildnissen, in Kupfer gestochen, allenfalls auch gezeichnet, auf die Wand nebeneinander in gewisser Ordnung aufgeklebt, durch farbige Säume und Zwischenräume gesondert.

»Ich begünstige Sie, mein Freund, wie nicht jeden; dies ist das Heiligtum, in dem ich meine letzten Tage vergnüglich zubringe. Hier erhol ich mich von allen Fehlern, die mich die Gesellschaft begehen läßt, hier bring ich meine Diätfehler wieder ins Gleichgewicht.«

Lucidor besah sich das Ganze, und in der Geschichte wohl erfahren, sah er alsbald klar, daß eine historische Neigung zugrunde liege.

»Hier oben in der Friese«, sagte der Alte, »finden Sie die Namen vortrefflicher Männer aus der Urzeit, dann aus der näheren auch nur die Namen, denn wie sie ausgesehen, möchte schwerlich auszumitteln sein. Hier aber im Hauptfelde geht eigentlich mein Leben an, hier sind die Männer, die ich noch nennen gehört als Knabe. Denn etwa funfzig Jahre bleibt der Name vorzüglicher Menschen in der Erinnerung des Volks, weiterhin verschwindet er oder wird märchenhaft. – Obgleich von deutschen Eltern, bin ich in Holland geboren, und für mich ist Wilhelm von Oranien, als Statthalter und König von England, der Urvater aller außerordentlichen Männer und Helden.

Nun sehen Sie aber Ludwig den Vierzehnten gleich neben ihm, als welcher« – wie gern hätte Lucidor den guten Alten unterbrochen, wenn es sich geschickt hätte, wie es sich uns, den Erzählenden, wohl ziemen mag: denn ihn bedrohte die neue und neueste Geschichte, wie sich an den Bildern Friedrichs des Großen und seiner Generale, nach denen er hinschielte, gar wohl bemerken ließ.

Ehrte nun auch der gute Jüngling die lebendige Teilnahme des Alten an seiner nächsten Vor- und Mitzeit, konnten ihm einzelne individuelle Züge und Ansichten als interessant nicht entgehen, so hatte er doch auf Akademien schon die neuere und neueste Geschichte gehört, und was man einmal gehört hat, glaubt man für immer zu wissen. Sein Sinn stand in die Ferne, er hörte nicht, er sah kaum und war eben im Begriff, auf die ungeschickteste Weise zur Türe hinaus und die lange, fatale Treppe hinunter zu poltern, als ein Händeklatschen von unten heftig zu vernehmen war.

Indessen sich Lucidor zurückhielt, fuhr der Kopf des Alten zum Fenster hinaus, und von unten ertönte eine wohlbekannte Stimme: »Kommen Sie herunter, um's Himmels willen, aus Ihrem historischen Bildersaal, alter Herr! Schließen Sie Ihre Fasten und helfen mir unsern jungen Freund begütigen – wenn er's erfährt. Lucidors Pferd hab ich etwas unvernünftig angegriffen, es hat ein Eisen verloren, und ich mußte es stehenlassen. Was wird er sagen? Es ist doch gar zu absurd, wenn man absurd ist.«

»Kommen Sie herauf!« sagte der Alte und wendete sich herein zu Lucidor: »Nun, was sagen Sie?« Lucidor schwieg, und der wilde Junker trat herein. Das Hin- und Widerreden gab eine lange Szene; genug, man beschloß, den Reitknecht sogleich hinzuschicken, um für das Pferd Sorge zu tragen.

Den Greis zurücklassend, eilten beide jungen Leute nach dem Hause, wohin sich Lucidor nicht ganz unwillig ziehen ließ; es mochte daraus werden, was wollte, wenigstens war in diesen Mauern der einzige Wunsch seines Herzens eingeschlossen. In solchem verzweifelten Falle vermissen wir ohnehin den Beistand unseres freien Willens und fühlen uns erleichtert für einen Augenblick, wenn von irgendwoher Bestimmung und Nötigung eingreift. Jedoch fand er sich, da er sein Zimmer betrat, in dem wunderlichsten Zustande, eben als wenn jemand in ein Gasthofsgemach, das er soeben verließ, unerwünscht wieder einzukehren genötigt ist, weil ihm eine Achse gebrochen.

Der lustige Junker machte sich nun über den Mantelsack, um alles recht ordentlich auszupacken, vorzüglich legte er zusammen, was von festlichen Kleidungsstücken, obgleich reisemäßig, vorhanden war; er nötigte Lucidorn, Schuh und Strümpfe anzuziehen, richtete dessen vollkrause, braune Locken zurecht und putzte ihn aufs beste heraus. Sodann rief er hinwegtretend, unsern Freund und sein Machwerk vom Kopf bis zum Fuße beschauend: »Nun seht Ihr doch, Freundchen, einem Menschen gleich, der einigen Anspruch auf hübsche Kinder macht, und ernsthaft genug dabei, um sich nach einer Braut umzusehn. Nur einen Augenblick! und Ihr sollt erfahren, wie ich mich hervorzutun weiß, wenn die Stunde schlägt. Das hab ich Offizieren abgelernt, nach denen die Mädchen immer schielen, und da hab ich mich zu einer gewissen Soldateska selbst enrolliert, und nun sehen sie mich auch an und wieder an, weil keine weiß, was sie aus mir machen soll. Da entsteht nun aus dem Hin- und Hersehen, aus Verwunderung und Aufmerksamkeit oft etwas gar Artiges, das, wär' es auch nicht dauerhaft, doch wert ist, daß man ihm den Augenblick gönne.

Aber nun kommen Sie, Freund, und erweisen mir den gleichen Dienst! Wenn Sie mich Stück für Stück in meine Hülle schlüpfen sehen, so werden Sie Witz und Erfindungsgabe dem leichtfertigen Knaben nicht absprechen.«

Nun zog er den Freund mit sich fort, durch lange, weitläufige Gänge des alten Schlosses. »Ich habe mich«, rief er aus, »ganz hinten hingebettet. Ohne mich verbergen zu wollen, bin ich gern allein: denn man kann's den andern doch nicht recht machen.«

Sie kamen an der Kanzlei vorbei, eben als ein Diener heraustrat und ein Urvater-Schreibzeug, schwarz, groß und vollständig, heraustrug; Papier war auch nicht vergessen.

»Ich weiß schon, was da wieder gekleckst werden soll«, rief der Junker; »geh hin und laß mir den Schlüssel. Tun Sie einen Blick hinein, Lucidor! es unterhält Sie wohl, bis ich angezogen bin. Einem Rechtsfreund ist ein solches Lokale nicht verhaßt wie einem Stallverwandten.« Und so schob er Lucidorn in den Gerichtssaal.

Der Jüngling fühlte sich sogleich in einem bekannten, ansprechenden Elemente: die Erinnerung der Tage, wo er, aufs Geschäft erpicht, an solchem Tische saß, hörend und schreibend sich übte. Auch blieb ihm nicht verborgen, daß hier eine alte, stattliche Hauskapelle zum Dienste der Themis, bei veränderten Religionsbegriffen, verwandelt sei. In den Reposituren fand er Rubriken und Akten, ihm früher bekannt; er hatte selbst in diesen Angelegenheiten, von der Hauptstadt her, gearbeitet. Einen Faszikel aufschlagend, fiel ihm ein Reskript in die Hände, das er selbst mundiert, ein anderes, wovon er der Konzipient gewesen. Handschrift und Papier, Kanzleisiegel und des Vorsitzenden Unterschrift, alles rief ihm jene Zeit eines rechtlichen Strebens jugendlicher Hoffnung hervor. Und wenn er sich dann umsah und den Sessel des Oberamtmanns erblickte, ihm zugedacht und bestimmt, einen so schönen Platz, einen so würdigen Wirkungskreis, den er zu verschmähen, zu entbehren Gefahr lief, das alles bedrängte ihn doppelt und dreifach, indem die Gestalt Lucindens zu gleicher Zeit sich von ihm zu entfernen schien.

Er wollte das Freie suchen, fand sich aber gefangen. Der wunderliche Freund hatte, leichtsinnig oder schalkhaft, die Türe verschlossen hinter sich gelassen; doch blieb unser Freund nicht lange in dieser peinlichsten Beklemmung, denn der andere kam wieder, entschuldigte sich und erregte wirklich guten Humor durch seine seltsame Gegenwart. Eine gewisse Verwegenheit der Farben und des Schnitts seiner Kleidung war durch natürlichen Geschmack gedämpft; wie wir ja selbst tatouierten Indiern einen gewissen Beifall nicht versagen. »Heute«, rief er aus, »soll uns die Langeweile vergangener Tage vergütet werden; gute Freunde, muntere Freunde sind angekommen, hübsche Mädchen, neckische, verliebte Wesen, und dann auch mein Vater, und Wunder über Wunder! Ihr Vater auch; das wird ein Fest werden, alles ist im Saale schon versammelt beim Frühstück.«

Lucidorn war's auf einmal zumute, als wenn er in tiefe Nebel hineinsähe, alle die angemeldeten bekannten und unbekannten Gestalten erschienen ihm gespenstig; doch sein Charakter in Begleitung eines reinen Herzens hielt ihn aufrecht, in wenigen Sekunden fühlte er sich schon allem gewachsen. Nun folgte er dem eilenden Freunde mit sicherem Tritt, fest entschlossen, abzuwarten, es geschehe, was da wolle, sich zu erklären, es entstehe, was da wolle.

Und doch war er auf der Schwelle des Saals betroffen. In einem großen Halbkreis rings an den Fenstern umher entdeckte er sogleich seinen Vater neben dem Oberamtmann, beide stattlich angezogen. Die Schwestern, Antoni und sonst noch Bekannte und Unbekannte übersah er mit einem Blick, der ihm trübe werden wollte. Schwankend näherte er sich seinem Vater, der ihn höchst freundlich willkommen hieß, jedoch mit einer gewissen Förmlichkeit, die ein vertrauendes Annähern kaum begünstigte. Vor so vielen Personen stehend, suchte er sich für den Augenblick einen schicklichen Platz; er hätte sich neben Lucinden stellen können, aber Julie, dem gespannten Anstand zuwider, machte eine Wendung, daß er zu ihr treten mußte; Antoni blieb neben Lucinden.

In diesem bedeutenden Momente fühlte sich Lucidor abermals als Beauftragten, und gestählt von seiner ganzen Rechtswissenschaft, rief er sich jene schöne Maxime zu seinen eignen Gunsten heran: »Wir sollen anvertraute Geschäfte der Fremden wie unsere eigenen behandeln, warum nicht die unsrigen in eben dem Sinne?« – In Geschäftsvorträgen wohl geübt, durchlief er schnell, was er zu sagen habe. Indessen schien die Gesellschaft, in einen förmlichen Halbzirkel gebildet, ihn zu überflügeln. Den Inhalt seines Vortrags kannte er wohl, den Anfang konnte er nicht finden. Da bemerkte er, in einer Ecke aufgetischt, das große Tintenfaß, Kanzleiverwandte dabei; der Oberamtmann machte eine Bewegung, seine Rede vorzubereiten;

Lucidor wollte ihm zuvorkommen, und in demselben Augenblicke drückte Julie ihm die Hand. Dies brachte ihn aus aller Fassung, er überzeugte sich, daß alles entschieden, alles für ihn verloren sei.

Nun war an gegenwärtigen sämtlichen Lebensverhältnissen, diesen Familienverbindungen, Gesellschafts- und Anstandsbezügen nichts mehr zu schonen; er sah vor sich hin, entzog seine Hand Julien und war so schnell zur Türe hinaus, daß die Versammlung ihn unversehens vermißte und er sich selbst draußen nicht wiederfinden konnte.

Scheu vor dem Tageslichte, das im höchsten Glanze über ihn herabschien, die Blicke begegnender Menschen vermeidend, aufsuchende fürchtend, schritt er vorwärts und gelangte zu dem großen Gartensaal. Dort wollten ihm die Knie versagen, er stürzte hinein und warf sich trostlos auf den Sofa unter dem Spiegel: mitten in der sittlich-bürgerlichen Gesellschaft in solcher Verworrenheit befangen, die sich wogenhaft um ihn, in ihm hin und her schlug. Sein vergangenes Dasein kämpfte mit dem gegenwärtigen, es war ein greulicher Augenblick.

Und so lag er eine Zeit, mit dem Gesichte in das Kissen versenkt, auf welchem gestern Lucindens Arm geruht hatte. Ganz in seinen Schmerz versunken, fuhr er, sich berührt fühlend, schnell in die Höhe, ohne die Annäherung irgendeiner Person gespürt zu haben: da erblickt' er Lucinden, die ihm nahe stand.

Vermutend, man habe sie gesendet, ihn abzuholen, ihr aufgetragen, ihn mit schicklichen, schwesterlichen Worten in die Gesellschaft, seinem widerlichen Schicksal entgegenzuführen, rief er aus: »Sie hätte man nicht senden müssen, Lucinde, denn Sie sind es, die mich von dort vertrieb; ich kehre nicht zurück! Geben Sie mir, wenn Sie irgendeines Mitleids fähig sind, schaffen Sie mir Gelegenheit und Mittel zur Flucht. Denn, damit Sie von mir zeugen können, wie unmöglich es sei, mich zurückzubringen, so nehmen Sie den Schlüssel zu meinem Betragen, das Ihnen und allen wahnsinnig vorkommen muß. Hören Sie den Schwur, den ich mir im

Innern getan und den ich unauflöslich laut wiederhole: Nur mit Ihnen wollt' ich leben, meine Jugend nutzen, genießen, und so das Alter im treuen, redlichen Ablauf. Dies aber sei so fest und sicher als irgend etwas, was vor dem Altar je geschworen worden, was ich jetzt schwöre, indem ich Sie verlasse, der bedauernswürdigste aller Menschen.«

Er machte eine Bewegung zu entschlüpfen, ihr, die so gedrängt vor ihm stand; aber sie faßte ihn sanft in ihren Arm. – »Was machen Sie!« rief er aus. – »Lucidor!« rief sie, »nicht zu bedauern, wie Sie wohl wähnen – Sie sind mein, ich die Ihre; ich halte Sie in meinen Armen, zaudern Sie nicht, die Ihrigen um mich zu schlagen. Ihr Vater ist alles zufrieden; Antoni heiratet meine Schwester.« Erstaunt zog er sich von ihr zurück. »Das wäre wahr?« Lucinde lächelte und nickte, er entzog sich ihren Armen. »Lassen Sie mich noch einmal in der Ferne sehen, was so nah, so nächst mir angehören soll.« Er faßte ihre Hände, Blick in Blick! »Lucinde, sind Sie mein?« Sie versetzte: »Nun ja doch«, die süßesten Tränen in dem treusten Auge; er umschlang sie und warf sein Haupt hinter das ihre, hing, wie am Uferfelsen ein Schiffbrüchiger; der Boden bebte noch unter ihm. Nun aber sein entzückter Blick, sich wieder öffnend, fiel in den Spiegel. Da sah er sie in seinen Armen, sich von den ihren umschlungen; er blickte nieder und wieder hin. Solche Gefühle begleiten den Menschen durchs ganze Leben. Zugleich sah er auch auf der Spiegelfläche die Landschaft, die ihm gestern so greulich und ahnungsvoll erschienen war, glänzender und herrlicher als je; und sich in solcher Stellung, auf solchem Hintergrunde! Genugsame Vergeltung aller Leiden.

»Wir sind nicht allein«, sagte Lucinde, und kaum hatte er sich von seinem Entzücken erholt, so erschienen geputzt und bekränzt Mädchen und Knaben, Kränze tragend, den Ausgang versperrend. »Das sollte alles anders werden«, rief Lucinde; »wie artig war es eingerichtet, und nun geht's tumultuarisch durcheinander!« Ein munterer Marsch tönte von weitem, und man sah die Gesellschaft den breiten Weg her feierlich heiter heranziehen. Er zauderte entgegenzugehen und schien seiner Schritte nur an ihrem Arm gewiß; sie blieb neben ihm, die feierliche Szene des Wiedersehens, des Danks für eine schon vollendete Vergebung von Augenblick zu Augenblick erwartend.

Anders war's jedoch von den launischen Göttern beschlossen; eines Posthorns lustig schmetternder Ton, von der Gegenseite, schien den ganzen Anstand in Verwirrung zu setzen. »Wer mag kommen?« rief Lucinde. Lucidorn schauderte vor einer fremden Gegenwart, und auch der Wagen schien ganz fremd. Eine zweisitzige, neue, ganz neuste Reisechaise! Sie fuhr an den Saal an. Ein ausgezeichneter, anständiger Knabe sprang hinten herunter, öffnete den Schlag, aber niemand stieg heraus; die Chaise war leer, der Knabe stieg hinein, mit einigen geschickten Handgriffen warf er die Spriegel zurück, und so war in einem Nu das niedlichste Gebäude zur lustigsten Spazierfahrt vor den Augen aller Anwesenden bereitet, die indessen herankamen. Antoni, den übrigen voreilend, führte Julien zu dem Wagen. »Versuchen Sie«, sprach er, »ob Ihnen dies Fuhrwerk gefallen kann, um darin mit mir auf den besten Wegen durch die Welt zu rollen; ich werde Sie keinen andern führen, und wo es irgend not tut, wollen wir uns zu helfen wissen. Über das Gebirg sollen uns Saumrosse tragen, und den Wagen dazu.«

»Sie sind allerliebst!« rief Julie. Der Knabe trat heran und zeigte mit Taschenspielergewandtheit alle Bequemlichkeiten, kleine Vorteile und Behendigkeiten des ganzen leichten Baues.

»Auf der Erde weiß ich keinen Dank«, rief Julie, »nur auf diesem kleinen, beweglichen Himmel, aus dieser Wolke, in die Sie mich erheben, will ich Ihnen herzlich danken.« Sie war schon eingesprungen, ihm Blick und Kußhand freundlich zuwerfend. »Gegenwärtig dürfen Sie noch nicht zu mir herein, da ist aber ein anderer, den ich auf dieser Probefahrt mitzunehmen gedenke, er hat auch noch eine Probe zu bestehen.« Sie rief nach Lucidor, der, eben mit Vater und

Schwiegervater in stummer Unterhaltung begriffen, sich gern in das leichte Fuhrwerk nötigen ließ, da er ein unausweichlich Bedürfnis fühlte, nur einen Augenblick auf irgendeine Weise sich zu zerstreuen. Er saß neben ihr, sie rief dem Postillon zu, wie er fahren solle. Flugs entfernten sie sich, in Staub gehüllt, aus den Augen der verwundert Nachschauenden.

Julie setzte sich recht fest und bequem ins Eckchen. – »Rücken Sie nun auch dorthin, Herr Schwager, daß wir uns recht bequem in die Augen sehen.«

Lucidor. Sie empfinden meine Verwirrung, meine Verlegenheit; ich bin noch immer wie im Traume, helfen Sie mir heraus.

Julie. Sehen Sie die hübschen Bauersleute, wie sie freundlich grüßen! Bei Ihrem Hiersein sind Sie ja nicht ins obere Dorf gekommen. Alles wohlhabende Leute, die mir alle gewogen sind. Es ist niemand zu reich, dem man nicht einmal wohlwollend einen bedeutenden Dienst erweisen könne. Diesen Weg, den wir so bequem fahren, hat mein Vater angelegt und auch dieses Gute gestiftet.

Lucidor. Ich glaub es gern und geb es zu; aber was sollen die Äußerlichkeiten gegen die Verworrenheit meines Innern!

Julie. Nur Geduld, ich will Ihnen die Reiche der Welt und ihre Herrlichkeit zeigen. Nun sind wir oben! Wie klar das ebene Land gegen das Gebirg hinliegt! Alle diese Dörfer verdanken meinem Vater gar viel, und Mutter und Töchtern wohl auch. Die Flur jenes Städtchens dort hinten macht erst die Grenze.

Lucidor. Ich finde Sie in einer wunderlichen Stimmung; Sie scheinen nicht recht zu sagen, was Sie sagen wollten.

Julie. Nun sehen Sie hier links hinunter, wie schön sich das alles entwickelt! Die Kirche mit ihren hohen Linden, das Amthaus mit seinen Pappeln hinter dem Dorfhügel her. Auch die Gärten liegen vor uns und der Park.

Der Postillon fuhr schärfer.

Julie. Jenen Saal dort droben kennen Sie; er sieht sich von

hier aus ebenso gut an, wie die Gegend von dort her. Hier am Baume wird gehalten; nun gerade hier spiegeln wir uns oben in der großen Glasfläche, man sieht uns dort recht gut, wir aber können uns nicht erkennen. – Fahre zu! – Dort haben sich vor kurzem wahrscheinlich ein Paar Leute näher bespiegelt und, ich müßte mich sehr irren, mit großer, wechselseitiger Zufriedenheit.

Lucidor, verdrießlich, erwiderte nichts; sie fuhren eine Zeitlang stillschweigend vor sich hin, es ging sehr schnell. »Hier«, sagte Julie, »fängt der schlechte Weg an, um den mögen Sie sich einmal verdient machen. Eh es hinabgeht, schauen Sie noch hinüber, die Buche meiner Mutter ragt mit ihrem herrlichen Gipfel über alles hervor. Du fährst«, fuhr sie zum Kutschenden fort, »den schlechten Weg hin, wir nehmen den Fußpfad durchs Tal und sind eher drüben wie du.« Im Aussteigen rief sie aus: »Das gestehen Sie doch, der ewige Jude, der unruhige Anton Reiser weiß noch seine Wallfahrten bequem genug einzurichten, für sich und seine Genossen: es ist ein sehr schöner, bequemer Wagen.«

Und so war sie auch schon den Hügel drunten; Lucidor folgte sinnend und fand sie auf einer wohlgelegenen Bank sitzend, es war Lucindens Plätzchen. Sie lud ihn zu sich.

Julie. Nun sitzen wir hier und gehen einander nichts an, das hat denn doch so sein sollen. Das kleine Quecksilber wollte Ihnen gar nicht anstehen. Nicht lieben konnten Sie ein solches Wesen, verhaßt war es Ihnen.

Lucidors Verwunderung nahm zu.

Julie. Aber freilich Lucinde! Sie ist der Inbegriff aller Vollkommenheiten, und die niedliche Schwester war ein für allemal ausgestochen. Ich seh es, auf Ihren Lippen schwebt die Frage, wer uns so genau unterrichtet hat?

Lucidor. Es steckt ein Verrat dahinter!

Julie. Jawohl! ein Verräter ist im Spiele.

Lucidor. Nennen Sie ihn.

Julie. Der ist bald entlarvt. Sie selbst! – Sie haben die löbliche oder unlöbliche Gewohnheit, mit sich selbst zu reden, und da will ich denn in unser aller Namen bekennen, daß wir Sie wechselsweise behorcht haben.

Lucidor (aufspringend). Eine saubere Gastfreundschaft, auf diese Weise den Fremden eine Falle zu stellen!

Julie. Keineswegs; wir dachten nicht daran, Sie zu belauschen, so wenig als irgendeinen andern. Sie wissen, Ihr Bett steht in einem Verschlag der Wand, von der Gegenseite geht ein anderer herein, der gewöhnlich nur zu häuslicher Niederlage dient. Da hatten wir einige Tage vorher unsern Alten genötigt zu schlafen, weil wir für ihn in seiner abgelegenen Einsiedelei viele Sorge trugen; nun fuhren Sie gleich den ersten Abend mit einem solchen leidenschaftlichen Monolog ins Zeug, dessen Inhalt er uns den andern Morgen angelegentlichst entdeckte.

Lucidor hatte nicht Lust, sie zu unterbrechen. Er entfernte sich.

Julie (aufgestanden ihm folgend). Wie war uns mit dieser Erklärung gedient! Denn ich gestehe gern: wenn Sie mir auch nicht gerade zuwider waren, so blieb doch der Zustand, der mich erwartete, mir keineswegs wünschenswert. Frau Oberamtmännin zu sein, welche schreckliche Lage! Einen tüchtigen, braven Mann zu haben, der den Leuten Recht sprechen soll und vor lauter Recht nicht zur Gerechtigkeit kommen kann! der es weder nach oben noch unten recht macht und, was das Schlimmste ist, sich selbst nicht. Ich weiß, was meine Mutter ausgestanden hat von der Unbestechlichkeit, Unerschütterlichkeit meines Vaters. Endlich, leider nach ihrem Tod, ging ihm eine gewisse Mildigkeit auf, er schien sich in die Welt zu finden, an ihr sich auszugleichen, die er sich bisher vergeblich bekämpft hatte.

Lucidor (höchst unzufrieden über den Vorfall, ärgerlich über die leichtsinnige Behandlung, stand still). Für den Scherz eines Abends mochte das hingehen, aber eine solche beschämende Mystifikation tage- und nächtelang gegen einen unbefangenen Gast zu verüben ist nicht verzeihlich.

Julie. Wir alle haben uns in die Schuld geteilt, wir haben Sie alle behorcht; ich aber allein büße die Schuld des Horchens.

Lucidor. Alle! desto unverzeihlicher! Und wie konnten Sie mich den Tag über ohne Beschämung ansehen, den Sie des Nachts schmählich-unerlaubt überlisteten? Doch ich sehe jetzt ganz deutlich mit *einem* Blick, daß Ihre Tagesanstalten nur darauf berechnet waren, mich zum besten zu haben. Eine löbliche Familie! und wo bleibt die Gerechtigkeitsliebe Ihres Vaters? – Und Lucinde! –

Julie. Und Lucinde! – Was war das für ein Ton! Nicht wahr, Sie wollten sagen: wie tief es Sie schmerzt, von Lucinden übel zu denken, Lucinden mit uns allen in *eine* Klasse zu werfen?

Lucidor. Lucinden begreif ich nicht.

Julie. Sie wollen sagen: diese reine, edle Seele, dieses ruhig gefaßte Wesen, die Güte, das Wohlwollen selbst, diese Frau, wie sie sein sollte, verbindet sich mit einer leichtsinnigen Gesellschaft, mit einer überhinfahrenden Schwester, einem verzogenen Jungen und gewissen geheimnisvollen Personen! das ist unbegreiflich.

Lucidor. Jawohl ist das unbegreiflich.

Julie. So begreifen Sie es denn! Lucinden wie uns allen waren die Hände gebunden. Hätten Sie die Verlegenheit bemerken können, wie sie sich kaum zurückhielt, Ihnen alles zu offenbaren, Sie würden sie doppelt und dreifach lieben, wenn nicht jede wahre Liebe an und für sich zehn- und hundertfach wäre; auch versichere ich Sie, uns allen ist der Spaß am Ende zu lang geworden.

Lucidor. Warum endigten Sie ihn nicht?

Julie. Das ist nun auch aufzuklären. Nachdem Ihr erster Monolog dem Vater bekannt geworden und er gar bald bemerken konnte, daß alle seine Kinder nichts gegen einen solchen Tausch einzuwenden hätten, so entschloß er sich, alsobald zu Ihrem Vater zu reisen. Die Wichtigkeit des Geschäfts war ihm bedenklich. Ein Vater allein fühlt den Respekt, den man einem Vater schuldig ist. – »Er muß es zuerst wissen«, sagte der meine, »um nicht etwan hinterdrein, wenn wir einig sind, eine ärgerlich-erzwungene Zustimmung zu geben. Ich kenne ihn genau, ich weiß, wie er einen Gedanken, eine Neigung, einen Vorsatz festhält, und es ist mir bange genug. Er hat sich Julien, seine Karten und Prospekte so zusammen gedacht, daß er sich schon vornahm, das alles zuletzt hierher zu stiften, wenn der Tag käme, wo das junge Paar sich hier niederließe und Ort und Stelle so leicht nicht verändern könnte: da wollt' er alle Ferien uns zuwenden, und was er für Liebes und Gutes im Sinne hatte. Er muß zuerst erfahren, was die Natur uns für einen Streich gespielt, da noch nichts eigentlich erklärt, noch nichts entschieden ist.« Hierauf nahm er uns allen den feierlichsten Handschlag ab, daß wir Sie beobachten und, es geschehe, was da wolle, Sie hinhalten sollten. Wie sich die Rückreise verzögert, wie es Kunst, Mühe und Beharrlichkeit gekostet, Ihres Vaters Einwilligung zu erlangen, das mögen Sie von ihm selbst hören. Genug, die Sache ist abgetan, Lucinde ist Ihnen gegönnt.

Und so waren beide, vom ersten Sitze lebhaft sich entfernend, unterwegs anhaltend, immer fortsprechend und langsam weitergehend, über die Wiesen hin auf die Erhöhung gekommen an einen andern wohlgebahnten Kunstweg. Der Wagen fuhr schnell heran; augenblicks machte sie ihren Nachbar aufmerksam auf ein seltsames Schauspiel. Die ganze Maschinerie, worauf sich der Bruder soviel zugute tat, war belebt und bewegt; schon führten die Räder eine Menschenzahl auf und nieder, schon wogten die Schaukeln, Mastbäume wurden erklettert, und was man nicht alles für kühnen Schwung und Sprung über den Häuptern einer unzählbaren Menge gewagt sah! Alles das hatte der Junker in Bewegung gesetzt, damit nach Tafel die Gäste fröhlich unterhalten würden. »Du fährst noch durchs untere Dorf«, rief Julie, »die Leute wollen mir wohl, und sie sollen sehen, wie wohl es mir geht.«

Das Dorf war öde, die Jüngern sämtlich hatten schon den Lustplatz ereilt, alte Männer und Frauen zeigten sich, durch das Posthorn erregt, an Tür und Fenstern, alles grüßte, segnete, rief: »O das schöne Paar!«

Julie. Nun, da haben Sie's! Wir hätten am Ende doch wohl zusammengepaßt; es kann Sie noch reuen.

Lucidor. Jetzt aber, liebe Schwägerin! –

Julie. Nicht wahr, jetzt »lieb«, da Sie mich los sind.

Lucidor. Nur ein Wort! Auf Ihnen lastet eine schwere Verantwortlichkeit; was sollte der Händedruck, da Sie meine überschreckliche Stellung kannten und fühlen mußten? So gründlich Boshaftes ist mir in der Welt noch nichts vorgekommen.

Julie. Danken Sie Gott, nun wär's abgebüßt, alles ist verziehen. Ich wollte *Sie* nicht, das ist wahr, aber daß *Sie mich* ganz und gar nicht wollten, das verzeiht kein Mädchen, und dieser Händedruck war, merken Sie sich's! für den Schalk. Ich gestehe, es war schalkischer als billig, und ich verzeihe mir nur, indem ich Ihnen vergebe, und so sei denn alles vergeben und vergessen! Hier meine Hand.

Er schlug ein, sie rief: »Da sind wir schon wieder! in unserm Park schon wieder, und so geht's bald um die weite Welt und auch wohl zurück; wir treffen uns wieder.«

Sie waren vor dem Gartensaal schon angelangt, er schien leer; die Gesellschaft hatte sich, im Unbehagen, die Tafelzeit überlang verschoben zu sehen, zum Spazieren bewegt. Antoni aber und Lucinde traten hervor. Julie warf sich aus dem Wagen ihrem Freund entgegen, sie dankte in einer herzlichen Umarmung und enthielt sich nicht der freudigsten Tränen. Des edlen Mannes Wange rötete sich, seine Züge traten entfaltet hervor, sein Auge blickte feucht, und ein schöner, bedeutender Jüngling erschien aus der Hülle. Und so zogen beide Paare zur Gesellschaft, mit Gefühlen, die der schönste Traum nicht zu geben vermöchte.

Zehntes Kapitel

Vater und Sohn waren, von einem Reitknecht begleitet, durch eine angenehme Gegend gekommen, als dieser, im Angesicht einer hohen Mauer, die einen weiten Bezirk zu umschließen schien, stillehaltend, bedeutete, sie möchten nun zu Fuße sich dem großen Tore nähern, weil kein Pferd in diesen Kreis eingelassen würde. Sie zogen die Glocke, das Tor eröffnete sich, ohne daß eine Menschengestalt sichtbar geworden wäre, und sie gingen auf ein altes Gebäude los, das zwischen uralten Stämmen von Buchen und Eichen ihnen entgegenschimmerte. Wunderbar war es anzusehen, denn so alt es der Form nach schien, so war es doch, als wenn Maurer und Steinmetzen soeben erst abgegangen wären, dergestalt neu, vollständig und nett erschienen die Fugen wie die ausgearbeiteten Verzierungen.

Der metallne, schwere Ring an einer wohlgeschnitzten Pforte lud sie ein zu klopfen, welches Felix mutwillig etwas unsanft verrichtete; auch diese Türe sprang auf, und sie fanden zunächst auf der Hausflur ein Frauenzimmer sitzen von mittlerem Alter, am Stickrahmen mit einer wohlgezeichneten Arbeit beschäftigt. Diese begrüßte sogleich die Ankommenden als schon gemeldet und begann ein heiteres Lied zu singen, worauf sogleich aus einer benachbarten Türe ein Frauenzimmer heraustrat, das man für die Beschließerin und tätige Haushälterin, nach den Anhängseln ihres Gürtels, ohne weiteres zu erkennen hatte. Auch diese freundlich grüßend, führte die Fremden eine Treppe hinauf und eröffnete ihnen einen Saal, der sie ernsthaft ansprach, weit, hoch, ringsum getäfelt, oben drüber eine Reihenfolge historischer Schilderungen. Zwei Personen traten ihnen entgegen, ein jüngeres Frauenzimmer und ein ältlicher Mann.

Jene hieß den Gast sogleich freimütig willkommen. »Sie sind«, sagte sie, »als einer der Unsern angemeldet. Wie soll ich Ihnen aber kurz und gut den Gegenwärtigen vorstellen? Er ist unser Hausfreund im schönsten und weitesten Sinne, bei Tage der belehrende Gesellschafter, bei Nacht Astronom, und Arzt zu jeder Stunde.«

»Und ich«, versetzte dieser freundlich, »empfehle Ihnen dieses Frauenzimmer als die bei Tage unermüdet Geschäftige, bei Nacht, wenn's not tut, gleich bei der Hand, und immerfort die heiterste Lebensbegleiterin.«

Angela, so nannte man die durch Gestalt und Betragen einnehmende Schöne, verkündigte sodann die Ankunft Makariens; ein grüner Vorhang zog sich auf, und eine ältliche, wunderwürdige Dame war auf einem Lehnsessel von zwei jungen, hübschen Mädchen hereingeschoben, wie von zwei andern ein runder Tisch mit erwünschtem Frühstück. In einem Winkel der ringsumhergehenden massiven eichenen Bänke waren Kissen gelegt, darauf setzten sich die obigen dreie, Makarie in ihrem Sessel gegen ihnen über. Felix verzehrte sein Frühstück stehend, im Saal umherwandelnd und die ritterlichen Bilder über dem Getäfel neugierig betrachtend.

Makarie sprach zu Wilhelm als einem Vertrauten, sie schien sich in geistreicher Schilderung ihrer Verwandten zu erfreuen; es war, als wenn sie die innere Natur eines jeden durch die ihn umgebende individuelle Maske durchschaute. Die Personen, welche Wilhelm kannte, standen wie verklärt vor seiner Seele, das einsichtige Wohlwollen der unschätzbaren Frau hatte die Schale losgelöst und den gesunden Kern veredelt und belebt.

Nachdem nun diese angenehmen Gegenstände durch die freundlichste Behandlung erschöpft waren, sprach sie zu dem würdigen Gesellschafter: »Sie werden von der Gegenwart dieses neuen Freundes nicht wiederum Anlaß zu einer Entschuldigung finden und die versprochene Unterhaltung abermals verspäten; er scheint von der Art, wohl auch daran teilzunehmen.«

Jener aber versetzte darauf: »Sie wissen, welche Schwierigkeit es ist, sich über diese Gegenstände zu erklären, denn es ist von nichts Wenigerem als von dem Mißbrauch fürtrefflicher und weit auslangender Mittel die Rede.«

»Ich geb es zu«, versetzte Makarie, »denn man kommt in doppelte Verlegenheit. Spricht man von Mißbrauch, so scheint man die Würde des Mittels selbst anzutasten, denn es liegt ja immer noch in dem Mißbrauch verborgen; spricht man von Mittel, so kann man kaum zugeben, daß seine Gründlichkeit und Würde irgendeinen Mißbrauch zulasse. Indessen, da wir unter uns sind, nichts festsetzen, nichts nach außen wirken, sondern nur uns aufklären wollen, so kann das Gespräch immer vorwärtsgehen.«

»Doch müßten wir«, versetzte der bedächtige Mann, »vorher anfragen, ob unser neuer Freund auch Lust habe, an einer gewissermaßen abstrusen Materie teilzunehmen, und ob er nicht vorzöge, in seinem Zimmer einer nötigen Ruhe zu pflegen. Sollte wohl unsere Angelegenheit, außer dem Zusammenhange, ohne Kenntnis, wie wir darauf gelangt, von ihm gern und günstig aufgenommen werden?«

»Wenn ich das, was Sie gesagt haben, mir durch etwas Analoges erklären möchte, so scheint es ungefähr der Fall zu sein, wenn man die Heuchelei angreift und eines Angriffs auf die Religion beschuldigt werden kann.«

»Wir können die Analogie gelten lassen«, versetzte der Hausfreund, »denn es ist auch hier von einem Komplex mehrerer bedeutender Menschen, von einer hohen Wissenschaft, von einer wichtigen Kunst und, daß ich kurz sei, von der Mathematik die Rede.«

»Ich habe«, versetzte Wilhelm, »wenn ich auch über die fremdesten Gegenstände sprechen hörte, mir immer etwas daraus nehmen können: denn alles, was den einen Menschen interessiert, wird auch in dem andern einen Anklang finden.«

»Vorausgesetzt«, sagte jener, »daß er sich eine gewisse Freiheit des Geistes erworben habe; und da wir Ihnen dies zutrauen, so will ich von meiner Seite wenigstens Ihrem Verharren nichts entgegenstellen.«

»Was aber fangen wir mit Felix an?« fragte Makarie, »welcher, wie ich sehe, mit der Betrachtung jener Bilder schon fertig ist und einige Ungeduld merken läßt.«

»Vergönnt mir, diesem Frauenzimmer etwas ins Ohr zu sagen«, versetzte Felix, raunte Angela etwas stille zu, die sich mit ihm entfernte, bald aber lächelnd zurückkam, da denn der Hausfreund folgendermaßen zu reden anfing.

»In solchen Fällen, wo man irgendeine Mißbilligung, einen Tadel, auch nur ein Bedenken aussprechen soll, nehme ich nicht gern die Initiative; ich suche mir eine Autorität, bei welcher ich mich beruhigen kann, indem ich finde, daß mir ein anderer zur Seite steht. Loben tu ich ohne Bedenken, denn warum soll ich verschweigen, wenn mir etwas zusagt? Sollte es auch meine Beschränktheit ausdrücken, so hab ich mich deren nicht zu schämen; tadle ich aber, so kann mir begegnen, daß ich etwas Fürtreffliches abweise, und dadurch zieh ich mir die Mißbilligung anderer zu, die es besser verstehen; ich muß mich zurücknehmen, wenn ich aufgeklärt werde. Deswegen bring ich hier einiges Geschriebene, sogar Übersetzungen mit: denn ich traue in solchen Dingen meiner Nation so wenig als mir selbst; eine Zustimmung aus der Ferne und Fremde scheint mir mehr Sicherheit zu geben.« Er fing nunmehr nach erhaltener Erlaubnis folgendermaßen zu lesen an. –

Wenn wir aber uns bewogen finden, diesen werten Mann nicht lesen zu lassen, so werden es unsere Gönner wahrscheinlich geneigt aufnehmen, denn was oben gegen das Verweilen Wilhelms bei dieser Unterhaltung gesagt worden, gilt noch mehr in dem Falle, in welchem wir uns befinden. Unsere Freunde haben einen Roman in die Hand genommen, und wenn dieser hie und da schon mehr als billig didaktisch geworden, so finden wir doch geraten, die Geduld unserer Wohlwollenden nicht noch weiter auf die Probe zu stellen. Die Papiere, die uns vorliegen, gedenken wir an einem andern Orte abdrucken zu lassen und fahren diesmal im Geschichtlichen ohne weiteres fort, da wir selbst ungeduldig sind, das obwaltende Rätsel endlich aufgeklärt zu sehen.

Enthalten können wir uns aber doch nicht, ferner einiges zu erwähnen, was noch vor dem abendlichen Scheiden dieser edlen Gesellschaft zur Sprache kam. Wilhelm, nachdem er jener Vorlesung aufmerksam zugehört, äußerte ganz unbewunden: »Hier vernehme ich von großen Naturgaben, Fähigkeiten und Fertigkeiten, und doch zuletzt, bei ihrer Anwendung, manches Bedenken. Sollte ich mich darüber ins Kurze fassen, so würde ich ausrufen: ›Große Gedanken und ein reines Herz, das ist's, was wir uns von Gott erbitten sollten!‹«

Diesen verständigen Worten Beifall gebend, löste die Versammlung sich auf; der Astronom aber versprach, Wilhelmen in dieser herrlichen, klaren Nacht an den Wundern des gestirnten Himmels vollkommen teilnehmen zu lassen.

Nach einigen Stunden ließ der Astronom seinen Gast die Treppen zur Sternwarte sich hinaufwinden und zuletzt allein auf die völlig freie Fläche eines runden, hohen Turmes heraustreten. Die heiterste Nacht, von allen Sternen leuchtend und funkelnd, umgab den Schauenden, welcher zum ersten Male das hohe Himmelsgewölbe in seiner ganzen Herrlichkeit zu erblicken glaubte. Denn im gemeinen Leben, abgerechnet die ungünstige Witterung, die uns so oft den Glanzraum des Äthers verbirgt, hindern uns zu Hause bald Dächer und Giebel, auswärts bald Wälder und Felsen, am meisten aber überall die inneren Beunruhigungen des Gemüts, die, uns alle Umwelt mehr als Nebel und Mißwetter zu verdüstern, sich hin und her bewegen.

Ergriffen und erstaunt hielt er sich beide Augen zu. Das Ungeheure hört auf, erhaben zu sein, es überreicht unsre Fassungskraft, es droht, uns zu vernichten. »Was bin ich denn gegen das All?« sprach er zu seinem Geiste; »wie kann ich ihm gegenüber, wie kann ich in seiner Mitte stehen?« Nach einem kurzen Überdenken jedoch fuhr er fort: »Das Resultat unsres heutigen Abends löst ja auch das Rätsel des gegenwärtigen Augenblicks. Wie kann sich der Mensch gegen das Unendliche stellen, als wenn er alle geistigen Kräfte, die nach vielen Seiten hingezogen werden, in seinem Innersten, Tiefsten versammelt, wenn er sich fragt: ›Darfst du dich in der Mitte dieser ewig lebendigen Ordnung auch nur denken, sobald sich nicht gleichfalls in dir ein beharrlich Bewegtes, um einen reinen Mittelpunkt kreisend, hervortut? Und selbst wenn es dir schwer würde, diesen Mittelpunkt in deinem Busen aufzufinden, so würdest du ihn daran erkennen, daß eine wohlwollende, wohltätige Wirkung von ihm ausgeht und von ihm Zeugnis gibt.‹

Wer soll, wer kann aber auf sein vergangenes Leben zurückblicken, ohne gewissermaßen irre zu werden, da er meistens finden wird, daß sein Wollen richtig, sein Tun falsch, sein Begehren tadelhaft und sein Erlangen dennoch erwünscht gewesen?

Wie oft hast du diese Gestirne leuchten gesehen, und haben sie dich nicht jederzeit anders gefunden? sie aber sind immer dieselbigen und sagen immer dasselbige: ›Wir bezeichnen‹, wiederholen sie, ›durch unsern gesetzmäßigen Gang Tag und Stunde; frage dich auch, wie verhältst du dich zu Tag und Stunde?‹ – Und so kann ich denn diesmal antworten: ›Des gegenwärtigen Verhältnisses hab ich mich nicht zu schämen, meine Absicht ist, einen edlen Familienkreis in allen seinen Gliedern erwünscht verbunden herzustellen; der Weg ist bezeichnet. Ich soll erforschen, was edle Seelen auseinander hält, soll Hindernisse wegräumen, von welcher Art sie auch seien.‹ Dies darfst du vor diesen himmlischen Heerscharen bekennen; achteten sie deiner, sie würden zwar über deine Beschränktheit lächeln, aber sie ehrten gewiß deinen Vorsatz und begünstigten dessen Erfüllung.«

Bei diesen Worten oder Gedanken wendete er sich, umherzusehen, da fiel ihm Jupiter in die Augen, das Glücksgestirn, so herrlich leuchtend als je; er nahm das Omen als günstig auf und verharrte freudig in diesem Anschauen eine Zeitlang.

Hierauf sogleich berief ihn der Astronom herabzukommen und ließ ihn eben dieses Gestirn durch ein vollkommenes Fernrohr in bedeutender Größe, begleitet von seinen Monden, als ein himmlisches Wunder anschauen.

Als unser Freund lange darin versunken geblieben, wendete er sich um und sprach zu dem Sternfreunde: »Ich weiß nicht, ob ich Ihnen danken soll, daß Sie mir dieses Gestirn so über alles Maß näher gerückt. Als ich es vorhin sah, stand es im Verhältnis zu dem übrigen Unzähligen des Himmels und zu mir selbst; jetzt aber tritt es in meiner Einbildungskraft unverhältnismäßig hervor, und ich weiß nicht, ob ich die übrigen Scharen gleicherweise heranzuführen wünschen sollte. Sie werden mich einengen, mich beängstigen.«

So erging sich unser Freund nach seiner Gewohnheit weiter, und es kam bei dieser Gelegenheit manches Unerwartete zur Sprache. Auf einiges Erwidern des Kunstverständigen versetzte Wilhelm: »Ich begreife recht gut, daß es euch Himmelskundigen die größte Freude gewähren muß, das ungeheure Weltall nach und nach so heranzuziehen, wie ich hier den Planeten sah und sehe. Aber erlauben Sie mir, es auszusprechen: ich habe im Leben überhaupt und im Durchschnitt gefunden, daß diese Mittel, wodurch wir unsern Sinnen zu Hülfe kommen, keine sittlich günstige Wirkung auf den Menschen ausüben. Wer durch Brillen sieht, hält sich für klüger, als er ist, denn sein äußerer Sinn wird dadurch mit seiner innern Urteilsfähigkeit außer Gleichgewicht gesetzt; es gehört eine höhere Kultur dazu, deren nur vorzügliche Menschen fähig sind, ihr Inneres, Wahres mit diesem von außen herangerückten Falschen einigermaßen auszugleichen. Sooft ich durch eine Brille sehe, bin ich ein anderer Mensch und gefalle mir selbst nicht; ich sehe mehr, als ich sehen sollte, die schärfer gesehene Welt harmoniert nicht mit meinem Innern, und ich lege die Gläser geschwind wieder weg, wenn meine Neugierde, wie dieses oder jenes in der Ferne beschaffen sein möchte, befriedigt ist.«

Auf einige scherzhafte Bemerkungen des Astronomen fuhr Wilhelm fort: »Wir werden diese Gläser so wenig als irgendein Maschinenwesen aus der Welt bannen, aber dem Sittenbeobachter ist es wichtig, zu erforschen und zu wissen, woher sich manches in die Menschheit eingeschlichen hat, worüber man sich beklagt. So bin ich z. B. überzeugt, daß die Gewohnheit, Annäherungsbrillen zu tragen, an dem Dünkel unserer jungen Leute hauptsächlich schuld hat.«

Unter diesen Gesprächen war die Nacht weit vorgerückt, worauf der im Wachen bewährte Mann seinem jungen Freunde den Vorschlag tat, sich auf dem Feldbette niederzulegen und einige Zeit zu schlafen, um alsdann mit frischerem Blick die dem Aufgang der Sonne voreilende Venus, welche eben heute in ihrem vollendeten Glanze zu erscheinen verspräche, zu schauen und zu begrüßen.
Wilhelm, der sich bis auf den Augenblick recht straff und munter erhalten hatte, fühlte auf diese Anmutung des wohlwollenden, vorsorglichen Mannes sich wirklich erschöpft, er legte sich nieder und war augenblicklich in den tiefsten Schlaf gesunken.
Geweckt von dem Sternkundigen sprang Wilhelm auf und eilte zum Fenster; dort staunte, starrte er einen Augenblick, dann rief er enthusiastisch: »Welche Herrlichkeit! welch ein Wunder!« Andere Worte des Entzückens folgten, aber ihm blieb der Anblick immer ein Wunder, ein großes Wunder.
»Daß Ihnen dieses liebenswürdige Gestirn, das heute in Fülle und Herrlichkeit wie selten erscheint, überraschend entgegentreten würde, konnt' ich voraussehen, aber das darf ich wohl aussprechen, ohne kalt gescholten zu werden: kein Wunder seh ich, durchaus kein Wunder!«
»Wie könnten Sie auch?« versetzte Wilhelm, »da ich es mitbringe, da ich es in mir trage, da ich nicht weiß, wie mir geschieht. Lassen Sie mich noch immer stumm und staunend hinblicken, sodann vernehmen Sie!« Nach einer Pause fuhr er fort: »Ich lag sanft, aber tief eingeschlafen, da fand ich mich in den gestrigen Saal versetzt, aber allein. Der grüne Vorhang ging auf, Makariens Sessel bewegte sich hervor, von selbst wie ein belebtes Wesen; er glänzte golden, ihre Kleider schienen priesterlich, ihr Anblick leuchtete sanft; ich war im Begriff, mich niederzuwerfen. Wolken entwickelten sich um ihre Füße, steigend hoben sie flügelartig die heilige Gestalt empor, an der Stelle ihres herrlichen Angesichtes sah ich zuletzt, zwischen sich teilendem Gewölk, einen Stern blinken, der immer aufwärts getragen wurde und durch das eröffnete Deckengewölb sich mit dem ganzen Sternhimmel

vereinigte, der sich immer zu verbreiten und alles zu umschließen schien. In dem Augenblick wecken Sie mich auf; schlaftrunken taumle ich nach dem Fenster, den Stern noch lebhaft in meinem Auge, und wie ich nun hinblicke – der Morgenstern, von gleicher Schönheit, obschon vielleicht nicht von gleicher strahlender Herrlichkeit, wirklich vor mir! Dieser wirkliche, da droben schwebende Stern setzt sich an die Stelle des geträumten, er zehrt auf, was an dem erscheinenden Herrliches war, aber ich schaue doch fort und fort, und Sie schauen ja mit mir, was eigentlich vor meinen Augen zugleich mit dem Nebel des Schlafes hätte verschwinden sollen.«

Der Astronom rief aus: »Wunder, ja Wunder! Sie wissen selbst nicht, welche wundersame Rede Sie führten. Möge uns nur dies nicht auf den Abschied der Herrlichen hindeuten, welcher früher oder später eine solche Apotheose beschieden ist.«

Den andern Morgen eilte Wilhelm, um seinen Felix aufzusuchen, der sich früh ganz in der Stille weggeschlichen hatte, nach dem Garten, den er zu seiner Verwunderung durch eine Anzahl Mädchen bearbeitet sah; alle, wo nicht schön, doch keine häßlich, keine, die das zwanzigste Jahr erreicht zu haben schien. Sie waren verschiedentlich gekleidet, als verschiedenen Ortschaften angehörig, tätig, heiter grüßend und fortarbeitend.

Ihm begegnete Angela, welche die Arbeit anzuordnen und zu beurteilen auf und ab ging; ihr ließ der Gast seine Verwunderung über eine so hübsche, lebenstätige Kolonie vermerken. »Diese«, versetzte sie, »stirbt nicht aus, ändert sich, aber bleibt immer dieselbe. Denn mit dem zwanzigsten Jahr treten diese, so wie die sämtlichen Bewohnerinnen unsrer Stiftung, ins tätige Leben, meistens in den Ehestand. Alle jungen Männer der Nachbarschaft, die sich eine wakkere Gattin wünschen, sind aufmerksam auf dasjenige, was sich bei uns entwickelt. Auch sind unsre Zöglinge hier nicht etwan eingesperrt, sie haben sich schon auf manchem Jahrmarkte umgesehen, sind gesehen worden, gewünscht und verlobt; und so warten denn mehrere Familien schon aufmerksam, wenn bei uns wieder Platz wird, um die Ihrigen einzuführen.« Nachdem diese Angelegenheit besprochen war, konnte der Gast seiner neuen Freundin den Wunsch nicht bergen, das gestern abend Vorgelesene nochmals durchzusehen. »Den Hauptsinn der Unterhaltung habe ich gefaßt«, sagte er; »nun möcht ich aber auch das einzelne, wovon die Rede war, näher kennenlernen.«

»Diesen Wunsch«, versetzte jene, »zu befriedigen, finde ich mich glücklicherweise sogleich in dem Falle; das Verhältnis, das Ihnen so schnell zu unserm Innersten gegeben ward, berechtigt mich, Ihnen zu sagen, daß jene Papiere schon in meinen Händen und von mir nebst andern Blättern sorgfältig aufgehoben werden. Meine Herrin«, fuhr sie fort, »ist von der Wichtigkeit des augenblicklichen Gesprächs höchlich überzeugt; dabei gehe vorüber, sagt sie, was kein Buch enthält, und doch wieder das Beste, was Bücher jemals enthalten haben. Deshalb machte sie mir's zur Pflicht, einzelne gute Gedanken aufzubewahren, die aus einem geistreichen Gespräch, wie Samenkörner aus einer vielästigen Pflanze, hervorspringen. ›Ist man treu‹, sagt sie, ›das Gegenwärtige festzuhalten, so wird man erst Freude an der Überlieferung haben, indem wir den besten Gedanken schon ausgesprochen, das liebenswürdigste Gefühl schon ausgedrückt finden. Hiedurch kommen wir zum Anschauen jener Übereinstimmung, wozu der Mensch berufen ist, wozu er sich oft wider seinen Willen finden muß, da er sich gar zu gern einbildet, die Welt fange mit ihm von vorne an.‹«

Angela fuhr fort, dem Gaste weiter zu vertrauen, daß dadurch ein bedeutendes Archiv entstanden sei, woraus sie in schlaflosen Nächten manchmal ein Blatt Makarien vorlese; bei welcher Gelegenheit denn wieder auf eine merkwürdige Weise tausend Einzelnheiten hervorspringen, eben als wenn eine Masse Quecksilber fällt und sich nach allen Seiten hin in die vielfachsten unzähligen Kügelchen zerteilt.

Auf seine Frage, inwiefern dieses Archiv als Geheimnis bewahrt werde, eröffnete sie: daß allerdings nur die nächste

Umgebung davon Kenntnis habe, doch wolle sie es wohl verantworten und ihm, da er Lust bezeige, sogleich einige Hefte vorlegen.

Unter diesem Gartengespräche waren sie gegen das Schloß gelangt, und in die Zimmer eines Seitengebäudes eintretend, sagte sie lächelnd: »Ich habe bei dieser Gelegenheit Ihnen noch ein Geheimnis zu vertrauen, worauf Sie am wenigsten vorbereitet sind.« Sie ließ ihn darauf durch einen Vorhang in ein Kabinett hineinblicken, wo er, freilich zu großer Verwunderung, seinen Felix schreibend an einem Tische sitzen sah und sich nicht gleich diesen unerwarteten Fleiß enträtseln konnte. Bald aber ward er belehrt, als Angela ihm entdeckte, daß der Knabe jenen Augenblick seines Verschwindens hiezu angewendet und erklärt, Schreiben und Reiten sei das einzige, wozu er Lust habe.

Unser Freund ward sodann in ein Zimmer geführt, wo er in Schränken ringsum viele wohlgeordnete Papiere zu sehen hatte. Rubriken mancher Art deuteten auf den verschiedensten Inhalt, Einsicht und Ordnung leuchtete hervor. Als nun Wilhelm solche Vorzüge pries, eignete das Verdienst derselben Angela dem Hausfreunde zu; die Anlage nicht allein, sondern auch in schwierigen Fällen die Einschaltung wisse er mit eigener Übersicht bestimmt zu leiten. Darauf suchte sie die gestern vorgelesenen Manuskripte vor und vergönnte dem Begierigen, sich derselben sowie alles übrigen zu bedienen und nicht nur Einsicht davon, sondern auch Abschrift zu nehmen.

Hier nun mußte der Freund bescheiden zu Werke gehen, denn es fand sich nur allzuviel Anziehendes und Wünschenswertes; besonders achtete er die Hefte kurzer, kaum zusammenhängender Sätze höchst schätzenswert. Resultate waren es, die, wenn wir nicht ihre Veranlassung wissen, als paradox erscheinen, uns aber nötigen, vermittelst eines umgekehrten Findens und Erfindens rückwärtszugehen und uns die Filiation solcher Gedanken von weit her, von unten herauf womöglich zu vergegenwärtigen.

Auch dergleichen dürfen wir aus oben angeführten Ursachen keinen Platz einräumen. Jedoch werden wir die erste sich darbietende Gelegenheit nicht versäumen und am schicklichen Orte auch das hier Gewonnene mit Auswahl darzubringen wissen.

Am dritten Tage morgens begab sich unser Freund zu Angela, und nicht ohne einige Verlegenheit stand er vor ihr. »Heute soll ich scheiden«, sprach er, »und von der trefflichen Frau, bei der ich gestern den ganzen Tag leider nicht vorgelassen worden, meine letzten Aufträge erhalten. Hier nun liegt mir etwas auf dem Herzen, auf dem ganzen innern Sinn, worüber ich aufgeklärt zu sein wünschte. Wenn es möglich ist, so gönnen Sie mir diese Wohltat.«
»Ich glaube Sie zu verstehen«, sagte die Angenehme, »doch sprechen Sie weiter.« – »Ein wunderbarer Traum«, fuhr er fort, »einige Worte des ernsten Himmelskundigen, ein abgesondertes, verschlossenes Fach in den zugänglichen Schränken, mit der Inschrift ›*Makariens Eigenheiten*‹, diese Veranlassungen gesellen sich zu einer innern Stimme, die mir zuruft, die Bemühung um jene Himmelslichter sei nicht etwa nur eine wissenschaftliche Liebhaberei, ein Bestreben nach Kenntnis des Sternenalls, vielmehr sei zu vermuten: es liege hier ein ganz eigenes Verhältnis Makariens zu den Gestirnen verborgen, das zu erkennen mir höchst wichtig sein müßte. Ich bin weder neugierig noch zudringlich, aber dies ist ein so wissenswerter Fall für den Geist- und Sinnforscher, daß ich mich nicht enthalten kann anzufragen: ob man zu so vielem Vertrauen nicht auch noch dieses Übermaß zu vergönnen belieben möchte?« – »Dieses zu gewähren bin ich berechtigt«, versetzte die Gefällige. »Ihr merkwürdiger Traum ist zwar Makarien ein Geheimnis geblieben, aber ich habe mit dem Hausfreund Ihr sonderbares, geistiges Eingreifen, Ihr unvermutetes Erfassen der tiefsten Geheimnisse betrachtet und überlegt, und wir dürfen uns ermutigen, Sie weiterzuführen. Lassen Sie mich nun zuvörderst gleichnisweise reden! Bei schwer begreiflichen Dingen tut man wohl, sich auf diese Weise zu helfen.

Wie man von dem Dichter sagt, die Elemente der sichtlichen Welt seien in seiner Natur innerlichst verborgen und hätten sich nur aus ihm nach und nach zu entwickeln, daß ihm nichts in der Welt zum Anschauen komme, was er nicht vorher in der Ahnung gelebt: ebenso sind, wie es scheinen will, Makarien die Verhältnisse unsres Sonnensystems von Anfang an, erst ruhend, sodann sich nach und nach entwikkelnd, fernerhin sich immer deutlicher belebend, gründlich eingeboren. Erst litt sie an diesen Erscheinungen, dann vergnügte sie sich daran, und mit den Jahren wuchs das Entzücken. Nicht eher jedoch kam sie hierüber zur Einheit und Beruhigung, als bis sie den Beistand, den Freund gewonnen hatte, dessen Verdienst Sie auch schon genugsam kennenlernten.

Als Mathematiker und Philosoph ungläubig von Anfang, war er lange zweifelhaft, ob diese Anschauung nicht etwa angelernt sei; denn Makarie mußte gestehen, frühzeitig Unterricht in der Astronomie genossen und sich leidenschaftlich damit beschäftigt zu haben. Daneben berichtete sie aber auch: wie sie viele Jahre ihres Lebens die innern Erscheinungen mit dem äußern Gewahrwerden zusammengehalten und verglichen, aber niemals hierin eine Übereinstimmung finden können.

Der Wissende ließ sich hierauf dasjenige, was sie schaute, welches ihr nur von Zeit zu Zeit ganz deutlich war, auf das genaueste vortragen, stellte Berechnungen an und folgerte daraus, daß sie nicht sowohl das ganze Sonnensystem in sich trage, sondern daß sie sich vielmehr geistig als ein integrierender Teil darin bewege. Er verfuhr nach dieser Voraussetzung, und seine Kalküls wurden auf eine unglaubliche Weise durch ihre Aussagen bestätigt.

Soviel nur darf ich Ihnen diesmal vertrauen, und auch dieses eröffne ich nur mit der dringenden Bitte, gegen niemanden hievon irgendein Wort zu erwähnen. Denn sollte nicht jeder Verständige und Vernünftige, bei dem reinsten Wohlwollen, dergleichen Äußerungen für Phantasien, für übelverstandene Erinnerungen eines früher eingelernten Wissens halten und erklären? Die Familie selbst weiß nichts Näheres hievon, diese geheimen Anschauungen, die entzückenden Gesichte sind es, die bei den Ihrigen als Krankheit gelten, wodurch sie augenblicklich gehindert sei, an der Welt und ihren Interessen teilzunehmen. Dies, mein Freund, verwahren Sie im stillen und lassen sich auch gegen Lenardo nichts merken.«

Gegen Abend ward unser Wanderer Makarien nochmals vorgestellt; gar manches anmutig Belehrende kam zur Sprache, davon wir nachstehendes auswählen.

»Von Natur besitzen wir keinen Fehler, der nicht zur Tugend, keine Tugend, die nicht zum Fehler werden könnte. Diese letzten sind gerade die bedenklichsten. Zu dieser Betrachtung hat mir vorzüglich der wunderbare Neffe Anlaß gegeben, der junge Mann, von dem Sie in der Familie manches Seltsame gehört haben und den ich, wie die Meinigen sagen, mehr als billig, schonend und liebend behandle.

Von Jugend auf entwickelte sich in ihm eine gewisse muntere, technische Fertigkeit, der er sich ganz hingab und darin glücklich zu mancher Kenntnis und Meisterschaft fortschritt. Späterhin war alles, was er von Reisen nach Hause schickte, immer das Künstlichste, Klügste, Feinste, Zarteste von Handarbeit, auf das Land hindeutend, wo er sich eben befand und welches wir erraten sollten. Hieraus möchte man schließen, daß er ein trockner, unteilnehmender, in Äußerlichkeiten befangener Mensch sei und bleibe; auch war er im Gespräch zum Eingreifen an allgemeinen, sittlichen Betrachtungen nicht aufgelegt, aber er besaß im stillen und geheimen einen wunderbar feinen, praktischen Takt des Guten und Bösen, des Löblichen und Unlöblichen, daß ich ihn weder gegen Ältere noch Jüngere, weder gegen Obere noch Untere jemals habe fehlen sehen. Aber diese angeborne Gewissenhaftigkeit, ungeregelt wie sie war, bildete sich im einzelnen zu grillenhafter Schwäche; er mochte sogar sich Pflichten erfinden, da wo sie nicht gefordert wurden, und sich ganz ohne Not irgend einmal als Schuldner bekennen.

Nach seinem ganzen Reiseverfahren, besonders aber nach den Vorbereitungen zu seiner Wiederkunft, glaube ich, daß er wähnt, früher ein weibliches Wesen unseres Kreises verletzt zu haben, deren Schicksal ihn jetzt beunruhigt, wovon er sich befreit und erlöst fühlen würde, sobald er vernehmen könnte, daß es ihr wohl gehe, und das Weitere wird Angela mit Ihnen besprechen. Nehmen Sie gegenwärtigen Brief und bereiten unsrer Familie ein glückliches Zusammenfinden. Aufrichtig gestanden: ich wünschte, ihn auf dieser Erde nochmals zu sehen und im Abscheiden ihn herzlich zu segnen.«

Eilftes Kapitel

Das nußbraune Mädchen

Nachdem Wilhelm seinen Auftrag umständlich und genau ausgerichtet, versetzte Lenardo mit einem Lächeln: »Sosehr ich Ihnen verbunden bin für das, was ich durch Sie erfahre, so muß ich doch noch eine Frage hinzufügen. Hat Ihnen die Tante nicht am Schluß noch anempfohlen, mir eine unbedeutend scheinende Sache zu berichten?« Der andere besann sich einen Augenblick. »Ja«, sagte er darauf, »ich entsinne mich. Sie erwähnte eines Frauenzimmers, das sie Valerine nannte. Von dieser sollte ich Ihnen sagen, daß sie glücklich verheiratet sei und sich in einem wünschenswerten Zustande befinde.«

»Sie wälzen mir einen Stein vom Herzen«, versetzte Lenardo. »Ich gehe nun gern nach Hause zurück, weil ich nicht fürchten muß, daß die Erinnerung an dieses Mädchen mir an Ort und Stelle zum Vorwurf gereiche.«

»Es ziemt sich nicht für mich zu fragen, welch Verhältnis Sie zu ihr gehabt«, sagte Wilhelm; »genug, Sie können ruhig sein, wenn Sie auf irgendeine Weise an dem Schicksal des Mädchens teilnehmen.«

»Es ist das wunderlichste Verhältnis von der Welt«, sagte Lenardo; »keinesweges ein Liebesverhältnis, wie man sich's denken könnte. Ich darf Ihnen wohl vertrauen und erzählen, was eigentlich keine Geschichte ist. Was müssen Sie aber denken, wenn ich Ihnen sage, daß mein zauderndes Zurückreisen, daß die Furcht, in unsere Wohnung zurückzukehren, daß diese seltsamen Anstalten und Fragen, wie es bei uns aussehe, eigentlich nur zur Absicht haben, nebenher zu erfahren, wie es mit diesem Kinde stehe.

Denn glauben Sie«, fuhr er fort, »ich weiß übrigens sehr gut, daß man Menschen, die man kennt, auf geraume Zeit verlassen kann, ohne sie verändert wiederzufinden, und so denke ich auch bei den Meinigen bald wieder völlig zu Hause zu sein. Um dies einzige Wesen war es mir zu tun, dessen Zustand sich verändern mußte und sich, Dank sei es dem Himmel, ins Bessere verändert hat.«

»Sie machen mich neugierig«, sagte Wilhelm. »Sie lassen mich etwas ganz Besonderes erwarten.«

»Ich halte es wenigstens dafür«, versetzte Lenardo und fing seine Erzählung folgendermaßen an.

»Die herkömmliche Kreisfahrt durch das gesittete Europa in meinen Jünglingsjahren zu bestehen war ein fester Vorsatz, den ich von Jugend auf hegte, dessen Ausführung sich aber von Zeit zu Zeit, wie es zu gehen pflegt, verzögerte. Das Nächste zog mich an, hielt mich fest, und das Entfernte verlor immer mehr seinen Reiz, je mehr ich davon las oder erzählen hörte. Doch endlich, angetrieben durch meinen Oheim, angelockt durch Freunde, die sich vor mir in die Welt hinausbegeben hatten, ward der Entschluß gefaßt, und zwar geschwinder, ehe wir es uns alle versahen.

Mein Oheim, der eigentlich das Beste dazu tun mußte, um die Reise möglich zu machen, hatte sogleich kein anderes Augenmerk. Sie kennen ihn und seine Eigenheit, wie er immer nur auf *eines* losgeht und das erst zustande bringt, und inzwischen alles andere ruhen und schweigen muß;

wodurch er denn freilich vieles geleistet hat, was über die Kräfte eines Partikuliers zu gehen scheint. Diese Reise kam ihm einigermaßen unerwartet; doch wußte er sich sogleich zu fassen. Einige Bauten, die er unternommen, ja sogar angefangen hatte, wurden eingestellt, und weil er sein Erspartes niemals angreifen will, so sah er sich als ein kluger Finanzmann nach andern Mitteln um. Das Nächste war, ausstehende Schulden, besonders Pachtreste, einzukassieren; denn auch dieses gehörte mit zu seiner Art und Weise, daß er gegen Schuldner nachsichtig war, solange er bis auf einen gewissen Grad selbst nichts bedurfte. Sein Geschäftsmann erhielt die Liste; diesem war die Ausführung überlassen. Vom einzelnen erfuhren wir nichts; nur hörte ich im Vorbeigehen, daß der Pachter eines unserer Güter, mit dem der Oheim lange Geduld gehabt hatte, endlich wirklich ausgetrieben, seine Kaution zu kärglichem Ersatz des Ausfalls innebehalten und das Gut anderweit verpachtet werden sollte. Es war dieser Mann von Art der ›Stillen im Lande‹, aber nicht, wie seinesgleichen, dabei klug und tätig; wegen seiner Frömmigkeit und Güte zwar geliebt, doch wegen seiner Schwäche als Haushalter gescholten. Nach seiner Frauen Tode war eine Tochter, die man nur das nußbraune Mädchen nannte, ob sie schon rüstig und entschlossen zu werden versprach, doch viel zu jung, um entschieden einzugreifen; genug, es ging mit dem Mann rückwärts, ohne daß die Nachsicht des Onkels sein Schicksal hätte aufhalten können.

Ich hatte meine Reise im Sinn, und die Mittel dazu mußt' ich billigen. Alles war bereit, das Packen und Loslösen ging an, die Augenblicke drängten sich. Eines Abends durchstrich ich noch einmal den Park, um Abschied von den bekannten Bäumen und Sträuchen zu nehmen, als mir auf einmal Valerine in den Weg trat: denn so hieß das Mädchen; das andere war nur ein Scherzname, durch ihre bräunliche Gesichtsfarbe veranlaßt. Sie trat mir in den Weg.«

Lenardo hielt einen Augenblick nachdenkend inne. »Wie ist mir denn?« sagte er; »hieß sie auch Valerine? Ja doch«, fuhr er fort; »doch war der Scherzname gewöhnlicher. Genug, das braune Mädchen trat mir in den Weg und bat mich dringend, für ihren Vater, für sie ein gutes Wort bei meinem Oheim einzulegen. Da ich wußte, wie die Sache stand, und ich wohl sah, daß es schwer, ja unmöglich sein würde, in diesem Augenblick etwas für sie tun, so sagte ich's ihr aufrichtig und setzte die eigne Schuld ihres Vaters in ein ungünstiges Licht.

Sie antwortete mir darauf mit soviel Klarheit und zugleich mit soviel kindlicher Schonung und Liebe, daß sie mich ganz für sich einnahm und daß ich, wäre es meine eigene Kasse gewesen, sie sogleich durch Gewährung ihrer Bitte glücklich gemacht hätte. Nun waren es aber die Einkünfte meines Oheims; es waren seine Anstalten, seine Befehle; bei seiner Denkweise, bei dem, was bisher schon geschehen, war nichts zu hoffen. Von jeher hielt ich ein Versprechen hochheilig. Wer etwas von mir verlangte, setzte mich in Verlegenheit. Ich hatte es mir so angewöhnt abzuschlagen, daß ich sogar das nicht versprach, was ich zu halten gedachte. Diese Gewohnheit kam mir auch diesmal zustatten. Ihre Gründe ruhten auf Individualität und Neigung, die meinigen auf Pflicht und Verstand, und ich leugne nicht, daß sie mir am Ende selbst zu hart vorkamen. Wir hatten schon einigemal dasselbe wiederholt, ohne einander zu überzeugen, als die Not sie beredter machte, ein unvermeidlicher Untergang, den sie vor sich sah, ihr Tränen aus den Augen preßte. Ihr gefaßtes Wesen verließ sie nicht ganz; aber sie sprach lebhaft, mit Bewegung, und indem ich immer noch Kälte und Gelassenheit heuchelte, kehrte sich ihr ganzes Gemüt nach außen. Ich wünschte die Szene zu endigen; aber auf einmal lag sie zu meinen Füßen, hatte meine Hand gefaßt, geküßt, und sah so gut, so liebenswürdig flehend zu mir herauf, daß ich mir in dem Augenblick meiner selbst nicht bewußt war. Schnell sagte ich, indem ich sie aufhob: ›Ich will das Mögliche tun, beruhige dich, mein Kind!‹ und so wandte ich mich nach einem Seitenwege. ›Tun Sie das Unmögliche!‹ rief sie mir nach. – Ich weiß nicht mehr, was ich sagen wollte, aber ich sagte: ›Ich will‹, und stockte. ›Tun Sie's!‹ rief sie auf einmal erheitert, mit einem Ausdruck von himmlischer Hoffnung. Ich grüßte sie und eilte fort.

Den Oheim wollte ich nicht zuerst angehen, denn ich kannte ihn nur zu gut, daß man ihn an das Einzelne nicht erinnern durfte, wenn er sich das Ganze vorgesetzt hatte. Ich suchte den Geschäftsträger; er war weggeritten; Gäste kamen den Abend, Freunde, die Abschied nehmen wollten. Man spielte, man speiste bis tief in die Nacht. Sie blieben den andern Tag, und die Zerstreuung verwischte jenes Bild der dringend Bittenden. Der Geschäftsträger kam zurück, er war geschäftiger und überdrängter als nie. Jedermann fragte nach ihm. Er hatte nicht Zeit, mich zu hören: doch machte ich einen Versuch, ihn festzuhalten; allein kaum hatte ich jenen frommen Pachter genannt, so wies er mich mit Lebhaftigkeit zurück: ›Sagen Sie dem Onkel um Gottes willen davon nichts, wenn Sie zuletzt nicht noch Verdruß haben wollen.‹ – Der Tag meiner Abreise war festgesetzt; ich hatte Briefe zu schreiben, Gäste zu empfangen, Besuche in der Nachbarschaft abzulegen. Meine Leute waren zu meiner bisherigen Bedienung hinreichend, keineswegs aber gewandt, das Geschäft der Abreise zu erleichtern. Alles lag auf mir; und doch, als mir der Geschäftsmann zuletzt in der Nacht eine Stunde gab, um unsere Geldangelegenheiten zu ordnen, wagte ich nochmals, für Valerinens Vater zu bitten.

›Lieber Baron‹, sagte der bewegliche Mann, ›wie kann Ihnen nur so etwas einfallen? Ich habe heute ohnehin mit Ihrem Oheim einen schweren Stand gehabt; denn was Sie nötig haben, um sich hier los zu machen, beläuft sich weit höher, als wir glaubten. Dies ist zwar ganz natürlich, aber doch beschwerlich. Besonders hat der alte Herr keine Freude, wenn die Sache abgetan scheint und noch manches hinten nachhinkt; das ist nun aber oft so, und wir andern müssen es ausbaden. Über die Strenge, womit die ausstehenden Schulden eingetrieben werden sollen, hat er sich selbst ein Gesetz gemacht; er ist darüber mit sich einig, und man möchte ihn wohl schwer zur Nachgiebigkeit bewegen. Tun Sie es nicht, ich bitte Sie! es ist ganz vergebens.‹

Ich ließ mich mit meinem Gesuch zurückschrecken, jedoch nicht ganz. Ich drang in ihn, da doch die Ausführung von ihm abhänge, gelind und billig zu verfahren. Er versprach alles, nach Art solcher Personen, um für den Augenblick in Ruhe zu kommen. Er ward mich los; der Drang, die Zerstreuung wuchs! ich saß im Wagen und kehrte jedem Anteil, den ich zu Hause haben konnte, den Rücken.

Ein lebhafter Eindruck ist wie eine andere Wunde; man fühlt sie nicht, indem man sie empfängt. Erst später fängt sie an zu schmerzen und zu eitern. Mir ging es so mit jener Begebenheit im Garten. Sooft ich einsam, sooft ich unbeschäftigt war, trat mir jenes Bild des flehenden Mädchens, mit der ganzen Umgebung, mit jedem Baum und Strauch, dem Platz, wo sie kniete, dem Weg, den ich einschlug, mich von ihr zu entfernen, das Ganze zusammen wie ein frisches Bild vor die Seele. Es war ein unauslöschlicher Eindruck, der wohl von andern Bildern und Teilnahmen beschattet, verdeckt, aber niemals vertilgt werden konnte. Immer erneut trat er in jeder stillen Stunde hervor, und je länger es währte, desto schmerzlicher fühlte ich die Schuld, die ich gegen meine Grundsätze, meine Gewohnheit auf mich geladen hatte, obgleich nicht ausdrücklich, nur stotternd, zum erstenmal in solchem Falle verlegen.

Ich verfehlte nicht, in den ersten Briefen unsern Geschäftsmann zu fragen, wie die Sache gegangen. Er antwortete dilatorisch. Dann setzte er aus, diesen Punkt zu erwidern; dann waren seine Worte zweideutig, zuletzt schwieg er ganz. Die Entfernung wuchs, mehr Gegenstände traten zwischen mich und meine Heimat; ich ward zu manchen Beobachtungen, mancher Teilnahme aufgefordert; das Bild verschwand, das Mädchen fast bis auf den Namen. Seltener trat ihr Andenken hervor, und meine Grille, mich nicht durch Briefe, nur durch Zeichen mit den Meinigen zu unterhalten, trug viel dazu bei, meinen frühern Zustand mit allen seinen Bedingungen beinahe verschwinden zu machen.

Nur jetzt, da ich mich dem Hause nähere, da ich meiner Familie, was sie bisher entbehrt, mit Zinsen zu erstatten gedenke, jetzt überfällt mich diese wunderliche Reue – ich muß sie selbst wunderlich nennen – wieder mit aller Gewalt. Die Gestalt des Mädchens frischt sich auf mit den Gestalten der Meinigen, und ich fürchte nichts mehr, als zu vernehmen, sie sei in dem Unglück, in das ich sie gestoßen, zugrunde gegangen; denn mir schien mein Unterlassen ein Handeln zu ihrem Verderben, eine Förderung ihres traurigen Schicksals. Schon tausendmal habe ich mir gesagt, daß dieses Gefühl im Grunde nur eine Schwachheit sei, daß ich früh zu jenem Gesetz, nie zu versprechen, nur aus Furcht der Reue, nicht aus einer edlern Empfindung getrieben worden. Und nun scheint sich eben die Reue, die ich geflohen, an mir zu rächen, indem sie diesen Fall statt tausend ergreift, um mich zu peinigen. Dabei ist das Bild, die Vorstellung, die mich quält, so angenehm, so liebenswürdig, daß ich gern dabei verweile. Und denke ich daran, so scheint der Kuß, den sie auf meine Hand gedrückt, mich noch zu brennen.«

Lenardo schwieg, und Wilhelm versetzte schnell und fröhlich: »So hätte ich Ihnen denn keinen größern Dienst erzeigen können als durch den Nachsatz meines Vortrags, wie manchmal in einem Postskript das Interessanteste des Briefes enthalten sein kann. Zwar weiß ich nur wenig von Valerinen: denn ich erfuhr von ihr nur im Vorbeigehen; aber gewiß ist sie die Gattin eines wohlhabenden Gutsbesitzers und lebt vergnügt, wie mir die Tante noch beim Abschied versicherte.«

»Schön«, sagte Lenardo, »nun hält mich nichts ab. Sie haben mich absolviert, und wir wollen sogleich zu den Meinigen, die mich ohnehin länger, als billig ist, erwarten.« Wilhelm erwiderte darauf: »Leider kann ich Sie nicht begleiten: denn eine sonderbare Verpflichtung liegt mir ob, nirgends länger als drei Tage zu verweilen und die Orte, die ich verlasse, in einem Jahr nicht wieder zu betreten. Verzeihen Sie, wenn ich den Grund dieser Sonderbarkeit nicht aussprechen darf.«

»Es tut mir sehr leid«, sagte Lenardo, »daß wir Sie so bald verlieren, daß ich nicht auch etwas für Sie mitwirken kann. Doch da Sie einmal auf dem Wege sind, mir wohlzutun, so könnten Sie mich sehr glücklich machen, wenn Sie Valerinen besuchten, sich von ihrem Zustand genau unterrichteten und mir alsdann schriftlich oder mündlich – der dritte Ort einer Zusammenkunft wird sich schon finden – zu meiner Beruhigung ausführliche Nachricht erteilten.«

Dieser Vorschlag wurde weiter besprochen; Valerinens Aufenthalt hatte man Wilhelmen genannt. Er übernahm es, sie zu besuchen; ein dritter Ort wurde festgesetzt, wohin der Baron kommen und auch den Felix mitbringen sollte, der indessen bei den Frauenzimmern zurückgeblieben war.

Lenardo und Wilhelm hatten ihren Weg, nebeneinander reitend, auf angenehmen Wiesen unter mancherlei Gesprächen eine Zeitlang fortgesetzt, als sie sich nunmehr der Fahrstraße näherten und den Wagen des Barons einholten, der, von seinem Herrn begleitet, die Heimat wiederfinden sollte. Hier wollten die Freunde sich trennen, und Wilhelm nahm mit wenigen, freundlichen Worten Abschied und versprach dem Baron nochmals baldige Nachricht von Valerinen.

»Wenn ich bedenke«, versetzte Lenardo, »daß es nur ein kleiner Umweg wäre, wenn ich Sie begleitete, warum sollte ich Valerinen nicht selbst aufsuchen? warum nicht selbst von ihrem glücklichen Zustande mich überzeugen? Sie waren so freundlich, sich zum Boten anzubieten; warum wollten Sie nicht mein Begleiter sein? Denn einen Begleiter muß ich haben, einen sittlichen Beistand, wie man sich rechtliche Beistände nimmt, wenn man dem Gerichtshandel nicht ganz gewachsen zu sein glaubt.«

Die Einreden Wilhelms, daß man zu Hause den so lange Abwesenden erwarte, daß es einen sonderbaren Eindruck machen möchte, wenn der Wagen allein käme, und was dergleichen mehr war, vermochten nichts über Lenardo, und Wilhelm mußte sich zuletzt entschließen, den Begleiter abzugeben, wobei ihm wegen der zu fürchtenden Folgen nicht wohl zumute war.

Die Bedienten wurden daher unterrichtet, was sie bei der Ankunft sagen sollten, und die Freunde schlugen nunmehr den Weg ein, der zu Valerinens Wohnort führte. Die Gegend schien reich und fruchtbar und der wahre Sitz des Landbaues. So war denn auch in dem Bezirk, welcher Valerinens Gatten gehörte, der Boden durchaus gut und mit Sorgfalt bestellt. Wilhelm hatte Zeit, die Landschaft genau zu betrachten, indem Lenardo schweigend neben ihm ritt. Endlich fing dieser an: »Ein anderer an meiner Stelle würde sich vielleicht Valerinen unerkannt zu nähern suchen; denn es ist immer ein peinliches Gefühl, vor die Augen derjenigen zu treten, die man verletzt hat; aber ich will das lieber übernehmen und den Vorwurf ertragen, den ich von ihren ersten Blicken befürchte, als daß ich mich durch Vermummung und Unwahrheit davor sicherstelle. Unwahrheit kann uns ebensosehr in Verlegenheit setzen als Wahrheit; und wenn wir abwägen, wie oft uns diese oder jene nutzt, so möchte es doch immer der Mühe wert sein, sich ein für allemal dem Wahren zu ergeben. Lassen Sie uns also getrost vorwärtsgehen; ich will mich nennen und Sie als meinen Freund und Gefährten einführen.«

Nun waren sie an den Gutshof gekommen und stiegen in dem Bezirk desselben ab. Ein ansehnlicher Mann, einfach gekleidet, den sie für einen Pachter halten konnten, trat ihnen entgegen und kündigte sich als Herrn des Hauses an. Lenardo nannte sich, und der Besitzer schien höchst erfreut, ihn zu sehen und kennenzulernen. »Was wird meine Frau sagen«, rief er aus, »wenn sie den Neffen ihres Wohltäters wiedersieht! Nicht genug kann sie erwähnen und erzählen, was sie und ihr Vater Ihrem Oheim schuldig ist.«

Welche sonderbaren Betrachtungen kreuzten sich schnell in Lenardos Geist. »Versteckt dieser Mann, der so redlich aussieht, seine Bitterkeit hinter ein freundlich Gesicht und glatte Worte? Ist er imstande, seinen Vorwürfen eine so gefällige Außenseite zu geben? Denn hat mein Oheim nicht diese Familie unglücklich gemacht? und kann es ihm unbekannt geblieben sein? Oder«, so dachte er sich's mit schneller Hoffnung, »ist die Sache nicht so übel geworden, als du denkst? denn eine ganz bestimmte Nachricht hast du ja doch niemals gehabt.« Solche Vermutungen wechselten hin und her, indem der Hausherr anspannen ließ, um seine Gattin holen zu lassen, die in der Nachbarschaft einen Besuch machte.

»Wenn ich Sie indessen, bis meine Frau kommt, auf meine Weise unterhalten und zugleich meine Geschäfte fortsetzen darf, so machen Sie einige Schritte mit mir aufs Feld und sehen sich um, wie ich meine Wirtschaft betreibe: denn gewiß ist Ihnen, als einem großen Gutsbesitzer, nichts angelegener als die edle Wissenschaft, die edle Kunst des Feldbaues.« Lenardo widersprach nicht; Wilhelm unterrichtete sich gern; und der Landmann hatte seinen Grund und Boden, den er unumschränkt besaß und beherrschte, vollkommen gut inne; was er vornahm, war der Absicht gemäß; was er säete und pflanzte, durchaus am rechten Ort; er wußte die Behandlung und die Ursachen derselben so deutlich anzugeben, daß es ein jeder begriff und für möglich gehalten hätte, dasselbe zu tun und zu leisten: ein Wahn, in den man leicht verfällt, wenn man einem Meister zusieht, dem alles bequem von der Hand geht.

Die Fremden erzeigten sich sehr zufrieden und konnten nichts als Lob und Billigung erteilen. Er nahm es dankbar und freundlich auf, fügte jedoch hinzu: »Nun muß ich Ihnen aber auch meine schwache Seite zeigen, die freilich an jedem zu bemerken ist, der sich einem Gegenstand ausschließlich ergibt.« Er führte sie auf seinen Hof, zeigte ihnen seine Werkzeuge, den Vorrat derselben sowie den Vorrat von allem erdenklichen Geräte und dessen Zubehör. »Man tadelte mich oft«, sagte er dabei, »daß ich hierin zu weit gehe; allein ich kann mich deshalb nicht schelten. Glücklich ist der, dem sein Geschäft auch zur Puppe wird, der mit demselbigen zuletzt noch spielt und sich an dem ergötzt, was ihm sein Zustand zur Pflicht macht.«

Die beiden Freunde ließen es an Fragen und Erkundigungen nicht fehlen. Besonders erfreute sich Wilhelm an den allgemeinen Bemerkungen, zu denen dieser Mann aufgelegt schien, und verfehlte nicht, sie zu erwidern; indessen Lenardo, mehr in sich gekehrt, an dem Glück Valerinens, das er in diesem Zustande für gewiß hielt, stillen Teil nahm, obgleich mit einem leisen Gefühl von Unbehagen, von dem er sich keine Rechenschaft zu geben wußte.

Man war schon ins Haus zurückgekehrt, als der Wagen der Besitzerin vorfuhr. Man eilte ihr entgegen; aber wie erstaunte, wie erschrak Lenardo, als er sie aussteigen sah. Sie war es nicht, es war das nußbraune Mädchen nicht, vielmehr gerade das Gegenteil; zwar auch eine schöne, schlanke Gestalt, aber blond, mit allen Vorteilen, die Blondinen eigen sind.

Diese Schönheit, diese Anmut erschreckte Lenardon. Seine Augen hatten das braune Mädchen gesucht; nun leuchtete ihm ein ganz anderes entgegen. Auch dieser Züge erinnerte er sich; ihre Anrede, ihr Betragen versetzten ihn bald aus jeder Ungewißheit: es war die Tochter des Gerichtshalters, der bei dem Oheim in großem Ansehen stand, deshalb denn auch dieser bei der Ausstattung sehr viel getan und dem neuen Paare behülflich gewesen. Dies alles und mehr noch wurde von der jungen Frau zum Antrittsgruße fröhlich erzählt, mit einer Freude, wie sie die Überraschung eines Wiedersehens ungezwungen äußern läßt. Ob man sich wiedererkenne, wurde gefragt; die Veränderungen der Gestalt wurden beredet, welche merklich genug bei Personen dieses Alters gefunden werden. Valerine war immer angenehm, dann aber höchst liebenswürdig, wenn Fröhlichkeit sie aus dem gewöhnlichen, gleichgültigen Zustande herausriß. Die Gesellschaft ward gesprächig und die Unterhaltung so lebhaft, daß Lenardo sich fassen und seine Bestürzung verbergen konnte. Wilhelm, dem der Freund geschwind genug von diesem seltsamen Ereignis einen Wink gegeben hatte, tat sein mögliches, um diesem beizustehen; und Valerinens kleine Eitelkeit, daß der Baron, noch ehe er die Seinigen gesehen, sich ihrer erinnert, bei ihr eingekehrt sei, ließ sie auch nicht den mindesten Verdacht schöpfen, daß hier eine andere Absicht oder ein Mißgriff obwalte.

Man blieb bis tief in die Nacht beisammen, obgleich beide Freunde nach einem vertraulichen Gespräch sich sehnten, das denn auch sogleich begann, als sie sich in dem Gastzimmer allein sahen.

»Ich soll, so scheint es«, sagte Lenardo, »meine Qual nicht los werden. Eine unglückliche Verwechslung des Namens, merke ich, verdoppelt sie. Diese blonde Schönheit habe ich oft mit jener Braunen, die man keine Schönheit nennen durfte, spielen sehen; ja ich trieb mich selbst mit ihnen, obgleich so vieles älter, in den Feldern und Gärten herum. Beide machten nicht den geringsten Eindruck auf mich; ich habe nur den Namen der einen behalten und ihn der andern beigelegt. Nun finde ich die, die mich nichts angeht, nach ihrer Weise über die Maßen glücklich, indessen die andere, wer weiß wohin, in die Welt geworfen ist.«

Den folgenden Morgen waren die Freunde beinahe früher auf als die tätigen Landleute. Das Vergnügen, ihre Gäste zu sehen, hatte Valerinen gleichfalls zeitig geweckt. Sie ahnete nicht, mit welchen Gesinnungen sie zum Frühstück kamen. Wilhelm, der wohl einsah, daß ohne Nachricht von dem nußbraunen Mädchen Lenardo sich in der peinlichsten Lage befinde, brachte das Gespräch auf frühere Zeiten, auf Gespielen, aufs Lokal, das er selbst kannte, auf andere Erinnerungen, so daß Valerine zuletzt ganz natürlich darauf kam, des nußbraunen Mädchens zu erwähnen und ihren Namen auszusprechen.

Kaum hatte Lenardo den Namen Nachodine gehört, so entsann er sich dessen vollkommen; aber auch mit dem Namen kehrte das Bild jener Bittenden zurück, mit einer solchen Gewalt, daß ihm das Weitere ganz unerträglich fiel, als Valerine mit warmem Anteil die Auspfändung des frommen Pachters, seine Resignation und seinen Auszug erzählte, und wie er sich auf seine Tochter gelehnt, die ein kleines Bündel getragen. Lenardo glaubte zu versinken. Unglücklicher- und glücklicherweise erging sich Valerine in einer gewissen Umständlichkeit, die, Lenardon das Herz zerreißend, ihm dennoch möglich machte, mit Beihülfe seines Gefährten, einige Fassung zu zeigen.

Man schied unter vollen, aufrichtigen Bitten des Ehepaars um baldige Wiederkunft und einer halben, geheuchelten Zusage beider Gäste. Und wie dem Menschen, der sich selbst was Gutes gönnt, alles zum Glück schlägt, so legte Valerine zuletzt das Schweigen Lenardos, seine sichtbare Zerstreuung beim Abschied, sein hastiges Wegeilen zu ihrem Vorteil aus und konnte sich, obgleich treue und liebevolle Gattin eines wackern Landmanns, doch nicht enthalten, an einer wieder aufwachenden oder neu entstehenden Neigung, wie sie sich's auslegte, ihres ehemaligen Gutsherrn einiges Behagen zu finden.

Nach diesem sonderbaren Ereignis sagte Lenardo: »Daß wir, bei so schönen Hoffnungen, ganz nahe vor dem Hafen scheitern, darüber kann ich mich nur einigermaßen trösten, mich nur für den Augenblick beruhigen und den Meinen entgegengehen, wenn ich betrachte, daß der Himmel Sie mir zugeführt hat, Sie, dem es bei seiner eigentümlichen Sendung gleichgültig ist, wohin und wozu er seinen Weg richtet. Nehmen Sie es über sich, Nachodinen aufzusuchen und mir Nachricht von ihr zu geben. Ist sie glücklich, so bin ich zufrieden; ist sie unglücklich, so helfen Sie ihr auf meine Kosten. Handeln Sie ohne Rücksichten, sparen, schonen Sie nichts.«

»Nach welcher Weltgegend aber«, sagte Wilhelm lächelnd, »hab ich denn meine Schritte zu richten? Wenn Sie keine Ahnung haben, wie soll ich damit begabt sein?«

»Hören Sie!« antwortete Lenardo. »In voriger Nacht, wo Sie mich als einen Verzweifelnden rastlos auf und ab gehen sahen, wo ich leidenschaftlich in Kopf und Herzen alles durcheinanderwarf, da kam ein alter Freund mir vor den Geist, ein würdiger Mann, der, ohne mich eben zu hofmeistern, auf meine Jugend großen Einfluß gehabt hat. Gern hätt' ich mir ihn, wenigstens teilweise, als Reisegefährten erbeten, wenn er nicht wundersam durch die schönsten Kunst- und altertümlichen Seltenheiten an seine Wohnung geknüpft wäre, die er nur auf Augenblicke verläßt. Dieser, weiß ich, genießt einer ausgebreiteten Bekanntschaft mit allem, was in dieser Welt durch irgendeinen edlen Faden verbunden ist; zu ihm eilen Sie, ihm erzählen Sie, wie ich es vorgetragen, und es steht zu hoffen, daß ihm sein zartes Gefühl irgendeinen Ort, eine Gegend andeuten werde, wo sie zu finden sein möchte. In meiner Bedrängnis fiel es mir ein, daß der Vater des Kindes sich zu den Frommen zählte, und ich ward im Augenblick fromm genug, mich an die moralische Weltordnung zu wenden und zu bitten: sie möge sich hier zu meinen Gunsten einmal wunderbar gnädig offenbaren.«

»Noch eine Schwierigkeit«, versetzte Wilhelm, »bleibt jedoch zu lösen: wo soll ich mit meinem Felix hin? denn auf so ganz ungewissen Wegen möcht' ich ihn nicht mit mir führen und ihn doch auch nicht gerne von mir lassen; denn mich dünkt, der Sohn entwickele sich nirgends besser als in Gegenwart des Vaters.«

»Keineswegs!« erwiderte Lenardo, »dies ist ein holder väterlicher Irrtum: der Vater behält immer eine Art von despotischem Verhältnis zu dem Sohn, dessen Tugenden er nicht anerkennt und an dessen Fehlern er sich freut; deswegen die Alten schon zu sagen pflegten: ›Der Helden Söhne werden Taugenichtse‹, und ich habe mich weit genug in der Welt umgesehen, um hierüber ins klare zu kommen. Glücklicherweise wird unser alter Freund, an den ich Ihnen sogleich ein eiliges Schreiben verfasse, auch hierüber die beste Auskunft geben. Als ich ihn vor Jahren das letztemal sah, erzählte er mir gar manches von einer pädagogischen Verbindung, die ich nur für eine Art von Utopien halten konnte; es schien mir, als sei, unter dem Bilde der Wirklichkeit, eine Reihe von Ideen, Gedanken, Vorschlägen und Vorsätzen gemeint, die freilich zusammenhingen, aber in dem gewöhnlichen

Laufe der Dinge wohl schwerlich zusammentreffen möchten. Weil ich ihn aber kenne, weil er gern durch Bilder das Mögliche und Unmögliche verwirklichen mag, so ließ ich es gut sein, und nun kommt es uns zugute; er weiß gewiß Ihnen Ort und Umstände zu bezeichnen, wie Sie Ihren Knaben getrost vertrauen und von einer weisen Leitung das Beste hoffen können.«

Im Dahinreiten sich auf diese Weise unterhaltend, erblickten sie eine edle Villa, die Gebäude im ernst-freundlichen Geschmack, freien Vorraum und in weiter, würdiger Umgebung wohlbestandene Bäume; Türen und Schaltern aber durchaus verschlossen, alles einsam, doch wohlerhalten anzusehn. Von einem ältlichen Manne, der sich am Eingang zu beschäftigen schien, erfuhren sie: dies sei das Erbteil eines jungen Mannes, dem es von seinem in hohem Alter erst kurz verstorbenen Vater soeben hinterlassen worden.

Auf weiteres Befragen wurden sie belehrt: dem Erben sei hier leider alles zu fertig, er habe hier nichts mehr zu tun, und das Vorhandene zu genießen sei gerade nicht seine Sache; deswegen er sich denn ein Lokal näher am Gebirge ausgesucht, wo er für sich und seine Gesellen Mooshütten baue und eine Art von jägerischer Einsiedelei anlegen wolle. Was den Berichtenden selbst betraf, vernahmen sie, er sei der mitgeerbte Kastellan, sorge aufs genaueste für Erhaltung und Reinlichkeit, damit irgendein Enkel, in die Neigung und Besitzung des Großvaters eingreifend, alles finde, wie dieser es verlassen hat.

Nachdem sie ihren Weg einige Zeit stillschweigend fortgesetzt, begann Lenardo mit der Betrachtung, daß es die Eigenheit des Menschen sei, von vorn anfangen zu wollen; worauf der Freund erwiderte, dies lasse sich wohl erklären und entschuldigen, weil doch, genaugenommen, jeder wirklich von vorn anfängt. »Sind doch«, rief er aus, »keinem die Leiden erlassen, von denen seine Vorfahren gepeinigt wurden; kann man ihm verdenken, daß er von ihren Freuden nichts missen will?«

Lenardo versetzte hierauf: »Sie ermutigen mich zu gestehen,

daß ich eigentlich auf nichts gerne wirken mag als auf das, was ich selbst geschaffen habe. Niemals mocht' ich einen Diener, den ich nicht vom Knaben heraufgebildet, kein Pferd, das ich nicht selbst zugeritten. In Gefolg dieser Sinnesart will ich denn auch gern bekennen, daß ich unwiderstehlich nach uranfänglichen Zuständen hingezogen werde, daß meine Reisen durch alle hochgebildeten Länder und Völker diese Gefühle nicht abstumpfen können, daß meine Einbildungskraft sich über dem Meer ein Behagen sucht und daß ein bisher vernachlässigter Familienbesitz in jenen frischen Gegenden mich hoffen läßt, ein im stillen gefaßter, meinen Wünschen gemäß nach und nach heranreifender Plan werde sich endlich ausführen lassen.«

»Dagegen wüßt' ich nichts einzuwenden«, versetzte Wilhelm, »ein solcher Gedanke, ins Neue und Unbestimmte gewendet, hat etwas Eigenes, Großes. Nur bitt ich zu bedenken, daß ein solches Unternehmen nur einer Gesamtheit glücken kann. Sie gehen hinüber und finden dort schon Familienbesitzungen, wie ich weiß; die Meinigen hegen gleiche Plane und haben sich dort schon angesiedelt; vereinigen Sie sich mit diesen umsichtigen, klugen und kräftigen Menschen, für beide Teile muß sich dadurch das Geschäft erleichtern und erweitern.«

Unter solchen Gesprächen waren die Freunde an den Ort gelangt, wo sie nunmehr scheiden sollten. Beide setzten sich nieder, zu schreiben; Lenardo empfahl seinen Freund dem oberwähnten sonderbaren Mann, Wilhelm trug den Zustand seines neuen Lebensgenossen den Verbündeten vor, woraus, wie natürlich, ein Empfehlungsschreiben entstand; worin er zum Schluß auch seine mit Jarno besprochene Angelegenheit empfahl und die Gründe nochmals auseinandersetzte, warum er von der unbequemen Bedingung, die ihn zum ewigen Juden stempelte, baldmöglichst befreit zu sein wünsche.

Beim Auswechseln dieser Briefe jedoch konnte sich Wilhelm nicht erwehren, seinem Freund nochmals gewisse Bedenklichkeiten ans Herz zu legen.

»Ich halte es«, sprach er, »in meiner Lage für den wünschenswertesten Auftrag, Sie, edler Mann, von einer Gemütsunruhe zu befreien und zugleich ein menschliches Geschöpf aus dem Elende zu retten, wenn es sich darin befinden sollte. Ein solches Ziel kann man als einen Stern ansehen, nach dem man schifft, wenn man auch nicht weiß, was man unterwegs antreffen, unterwegs begegnen werde. Doch darf ich mir dabei die Gefahr nicht leugnen, in der Sie auf jeden Fall noch immer schweben. Wären Sie nicht ein Mann, der durchaus sein Wort zu geben ablehnt, ich würde von Ihnen das Versprechen verlangen, dieses weibliche Wesen, das Ihnen so teuer zu stehen kommt, nicht wiederzusehen, sich zu begnügen, wenn ich Ihnen melde, daß es ihr wohl geht; es sei nun, daß ich sie wirklich glücklich finde oder ihr Glück zu befördern imstande bin. Da ich Sie aber zu einem Versprechen weder vermögen kann noch will, so beschwöre ich Sie bei allem, was Ihnen wert und heilig ist, sich und den Ihrigen und mir, dem neuerworbenen Freund, zuliebe, keine Annäherung, es sei unter welchem Vorwand es wolle, zu jener Vermißten sich zu erlauben; von mir nicht zu verlangen, daß ich den Ort und die Stelle, wo ich sie finde, die Gegend, wo ich sie lasse, näher bezeichne oder gar ausspreche: Sie glauben meinem Wort, daß es ihr wohl geht, und sind losgesprochen und beruhigt.«

Lenardo lächelte und versetzte: »Leisten Sie mir diesen Dienst, und ich werde dankbar sein. Was Sie tun wollen und können, sei Ihnen anheimgegeben, und mich überlassen Sie der Zeit, dem Verstande und womöglich der Vernunft.«

»Verzeihen Sie«, versetzte Wilhelm; »wer jedoch weiß, unter welchen seltsamen Formen die Neigung sich bei uns einschleicht, dem muß es bange werden, wenn er voraussieht, ein Freund könne dasjenige wünschen, was ihm in seinen Zuständen, seinen Verhältnissen notwendig Unglück und Verwirrung bringen müßte.«

»Ich hoffe«, sagte Lenardo, »wenn ich das Mädchen glücklich weiß, bin ich sie los.«

Die Freunde schieden, jeder nach seiner Seite.

Zwölftes Kapitel

Auf einem kurzen und angenehmen Wege war Wilhelm nach der Stadt gekommen, wohin sein Brief lautete. Er fand sie heiter und wohlgebaut; allein ihr neues Ansehn zeigte nur allzudeutlich, daß sie kurz vorher durch einen Brand müsse gelitten haben. Die Adresse seines Briefes führte ihn zu dem letzten, kleinen, verschonten Teil, an ein Haus von alter, ernster Bauart, doch wohlerhalten und reinlichen Ansehns. Trübe Fensterscheiben, wundersam gefügt, deuteten auf erfreuliche Farbenpracht von innen. Und so entsprach denn auch wirklich das Innere dem Äußern. In saubern Räumen zeigten sich überall Gerätschaften, die schon einigen Generationen mochten gedient haben, untermischt mit wenigem Neuen. Der Hausherr empfing ihn freundlich in einem gleich ausgestatteten Zimmer. Diese Uhren hatten schon mancher Geburts- und Sterbestunde geschlagen, und was umherstand, erinnerte, daß Vergangenheit auch in die Gegenwart übergehen könne.

Der Ankommende gab seinen Brief ab, den der Empfänger aber, ohne ihn zu eröffnen, beiseite legte und in einem heitern Gespräche seinen Gast unmittelbar kennenzulernen suchte. Sie wurden bald vertraut, und als Wilhelm, gegen sonstige Gewohnheit, seine Blicke beobachtend im Zimmer umherschweifen ließ, sagte der gute Alte: »Meine Umgebung erregt Ihre Aufmerksamkeit. Sie sehen hier, wie lange etwas dauern kann, und man muß doch auch dergleichen sehen, zum Gegengewicht dessen, was in der Welt so schnell wechselt und sich verändert. Dieser Teekessel diente schon meinen Eltern und war ein Zeuge unserer abendlichen Familienversammlungen; dieser kupferne Kaminschirm schützt mich noch immer vor dem Feuer, das diese alte, mächtige Zange anschürt; und so geht es durch alles durch. Anteil und Tätigkeit konnt' ich daher auf gar viele andere Gegenstände wenden, weil ich mich mit der Veränderung dieser äußern Bedürfnisse, die so vieler Menschen Zeit und Kräfte wegnimmt, nicht weiter beschäftigte. Eine liebevolle Aufmerksamkeit auf das, was der Mensch besitzt, macht ihn reich, indem er sich einen Schatz der Erinnerung an gleichgültigen Dingen dadurch anhäuft. Ich habe einen jungen Mann gekannt, der eine Stecknadel dem geliebten Mädchen, Abschied nehmend, entwendete, den Busenstreif täglich damit zusteckte und diesen gehegten und gepflegten Schatz von einer großen, mehrjährigen Fahrt wieder zurückbrachte. Uns andern kleinen Menschen ist dies wohl als eine Tugend anzurechnen.«

»Mancher bringt wohl auch«, versetzte Wilhelm, »von einer so weiten, großen Reise einen Stachel im Herzen mit zurück, den er vielleicht lieber los wäre.« Der Alte schien von Lenardos Zustande nichts zu wissen, ob er gleich den Brief inzwischen erbrochen und gelesen hatte, denn er ging zu den vorigen Betrachtungen wieder zurück. »Die Beharrlichkeit auf dem Besitz«, fuhr er fort, »gibt uns in manchen Fällen die größte Energie. Diesem Eigensinn bin ich die Rettung meines Hauses schuldig. Als die Stadt brannte, wollte man auch bei mir flüchten und retten. Ich verbot's, befahl, Fenster und Türen zu schließen, und wandte mich mit mehreren Nachbarn gegen die Flamme. Unserer Anstrengung gelang es, diesen Zipfel der Stadt aufrecht zu erhalten. Den andern Morgen stand alles noch bei mir, wie Sie es sehen und wie es beinahe seit hundert Jahren gestanden hat.« – »Mit allem dem«, sagte Wilhelm, »werden Sie mir gestehen, daß der Mensch der Veränderung nicht widersteht, welche die Zeit hervorbringt.« – »Freilich«, sagte der Alte, »aber doch der am längsten sich erhält, hat auch etwas geleistet.

Ja sogar über unser Dasein hinaus sind wir fähig, zu erhalten und zu sichern; wir überliefern Kenntnisse, wir übertragen Gesinnungen so gut als Besitz, und da mir es nun vorzüglich um den letzten zu tun ist, so hab ich deshalb seit langer Zeit wunderliche Vorsicht gebraucht, auf ganz eigene Vorkehrungen gesonnen; nur spät aber ist mir's gelungen, meinen Wunsch erfüllt zu sehen.

Gewöhnlich zerstreut der Sohn, was der Vater gesammelt

hat, sammelt etwas anders, oder auf andere Weise. Kann man jedoch den Enkel, die neue Generation abwarten, so kommen dieselben Neigungen, dieselben Ansichten wieder zum Vorschein. Und so hab ich denn endlich, durch Sorgfalt unserer pädagogischen Freunde, einen tüchtigen jungen Mann erworben, welcher womöglich noch mehr auf hergebrachten Besitz hält als ich selbst und eine heftige Neigung zu wunderlichen Dingen empfindet. Mein Zutrauen hat er entschieden durch die gewaltsamen Anstrengungen erworben, womit ihm das Feuer von unserer Wohnung abzuwehren gelang; doppelt und dreifach hat er den Schatz verdient, dessen Besitz ich ihm zu überlassen gedenke; ja er ist ihm schon übergeben, und seit der Zeit mehrt sich unser Vorrat auf eine wundersame Weise.

Nicht alles jedoch, was Sie hier sehen, ist unser. Vielmehr, wie Sie sonst bei Pfandinhabern manches fremde Juwel erblicken, so kann ich Ihnen bei uns Kostbarkeiten bezeichnen, die man, unter den verschiedensten Umständen, besserer Aufbewahrung halber hier niedergestellt.« Wilhelm gedachte des herrlichen Kästchens, das er ohnehin nicht gern auf der Reise mit sich herumführen wollte, und enthielt sich nicht, es dem Freunde zu zeigen. Der Alte betrachtete es mit Aufmerksamkeit, gab die Zeit an, wann es verfertigt sein könnte, und wies etwas Ähnliches vor. Wilhelm brachte zur Sprache: ob man es wohl eröffnen sollte? Der Alte war nicht der Meinung. »Ich glaube zwar, daß man es ohne sonderliche Beschädigung tun könne«, sagte er; »allein da Sie es durch einen so wunderbaren Zufall erhalten haben, so sollten Sie daran Ihr Glück prüfen. Denn wenn Sie glücklich geboren sind und wenn dieses Kästchen etwas bedeutet, so muß sich gelegentlich der Schlüssel dazu finden, und gerade da, wo Sie ihn am wenigsten erwarten.« – »Es gibt wohl solche Fälle«, versetzte Wilhelm. – »Ich habe selbst einige erlebt«, erwiderte der Alte; »und hier sehen Sie den merkwürdigsten vor sich. Von diesem elfenbeinernen Kruzifix besaß ich seit dreißig Jahren den Körper mit Haupt und Füßen aus *einem* Stücke, der Gegenstand sowohl als die herrlichste Kunst ward sorgfältig in dem kostbarsten Lädchen aufbewahrt; vor ungefähr zehn Jahren erhielt ich das dazugehörige Kreuz mit der Inschrift, und ich ließ mich verführen, durch den geschicktesten Bildschnitzer unserer Zeit die Arme ansetzen zu lassen; aber wie weit war der Gute hinter seinem Vorgänger zurückgeblieben; doch es mochte stehen, mehr zu erbaulichen Betrachtungen als zu Bewunderung des Kunstfleißes.

Nun denken Sie mein Ergötzen! Vor kurzem erhalt ich die ersten, echten Arme, wie Sie solche zur lieblichsten Harmonie hier angefügt sehen, und ich, entzückt über ein so glückliches Zusammentreffen, enthalte mich nicht, die Schicksale der christlichen Religion hieran zu erkennen, die, oft genug zergliedert und zerstreut, sich doch endlich immer wieder am Kreuze zusammenfinden muß.«

Wilhelm bewunderte das Bild und die seltsame Fügung. »Ich werde Ihrem Rat folgen«, setzte er hinzu; »bleibe das Kästchen verschlossen, bis der Schlüssel sich findet, und wenn es bis ans Ende meines Lebens liegen sollte.« – »Wer lange lebt«, sagte der Alte, »sieht manches versammelt und manches auseinanderfallen.«

Der junge Besitzgenosse trat soeben herein, und Wilhelm erklärte seinen Vorsatz, das Kästchen ihrem Gewahrsam zu übergeben. Nun ward ein großes Buch herbeigeschafft, das anvertraute Gut eingeschrieben; mit manchen beobachteten Zeremonien und Bedingungen ein Empfangschein ausgestellt, der zwar auf jeden Vorzeigenden lautete, aber nur auf ein mit dem Empfänger verabredetes besonderes Zeichen honoriert werden sollte.

Als dieses alles vollbracht war, überlegte man den Inhalt des Briefes, zuerst sich über das Unterkommen des guten Felix beratend, wobei der alte Freund sich ohne weiteres zu einigen Maximen bekannte, welche der Erziehung zum Grunde liegen sollten.

»Allem Leben, allem Tun, aller Kunst muß das Handwerk vorausgehen, welches nur in der Beschränkung erworben wird. Eines recht wissen und ausüben gibt höhere Bildung als Halbheit im Hundertfältigen. Da, wo ich Sie hinweise, hat man alle Tätigkeiten gesondert; geprüft werden die Zöglinge auf jedem Schritt; dabei erkennt man, wo seine Natur eigentlich hinstrebt, ob er sich gleich mit zerstreuten Wünschen bald da-, bald dorthin wendet. Weise Männer lassen den Knaben unter der Hand dasjenige finden, was ihm gemäß ist, sie verkürzen die Umwege, durch welche der Mensch von seiner Bestimmung, nur allzu gefällig, abirren mag.

Sodann«, fuhr er fort, »darf ich hoffen, aus jenem herrlich gegründeten Mittelpunkt wird man Sie auf den Weg leiten, wo jenes gute Mädchen zu finden ist, das einen so sonderbaren Eindruck auf Ihren Freund machte, der den Wert eines unschuldigen, unglücklichen Geschöpfes durch sittliches Gefühl und Betrachtung so hoch erhöht hat, daß er dessen Dasein zum Zweck und Ziel seines Lebens zu machen genötigt war. Ich hoffe, Sie werden ihn beruhigen können; denn die Vorsehung hat tausend Mittel, die Gefallenen zu erheben und die Niedergebeugten aufzurichten. Manchmal sieht unser Schicksal aus wie ein Fruchtbaum im Winter. Wer sollte bei dem traurigen Ansehn desselben wohl denken, daß diese starren Äste, diese zackigen Zweige im nächsten Frühjahr wieder grünen, blühen, sodann Früchte tragen könnten; doch wir hoffen's, wir wissen's.«

Zweites Buch

Erstes Kapitel

Die Wallfahrenden hatten nach Vorschrift den Weg genommen und fanden glücklich die Grenze der Provinz, in der sie so manches Merkwürdige erfahren sollten; beim ersten Eintritt gewahrten sie sogleich der fruchtbarsten Gegend, welche an sanften Hügeln den Feldbau, auf höhern Bergen die Schafzucht, in weiten Talflächen die Viehzucht begünstigte. Es war kurz vor der Ernte und alles in größter Fülle; das, was sie jedoch gleich in Verwunderung setzte, war, daß sie weder Frauen noch Männer, wohl aber durchaus Knaben und Jünglinge beschäftigt sahen, auf eine glückliche Ernte sich vorzubereiten, ja auch schon auf ein fröhliches Erntefest freundliche Anstalt zu treffen. Sie begrüßten einen und den andern und fragten nach dem Obern, von dessen Aufenthalt man keine Rechenschaft geben konnte. Die Adresse ihres Briefs lautete: »An den Obern, oder die Dreie.« Auch hierin konnten sich die Knaben nicht finden; man wies die Fragenden jedoch an einen Aufseher, der eben das Pferd zu besteigen sich bereitete; sie eröffneten ihre Zwecke; des Felix Freimütigkeit schien ihm zu gefallen, und so ritten sie zusammen die Straße hin.

Schon hatte Wilhelm bemerkt, daß in Schnitt und Farbe der Kleider eine Mannigfaltigkeit obwaltete, die der ganzen kleinen Völkerschaft ein sonderbares Ansehn gab; eben war er im Begriff, seinen Begleiter hiernach zu fragen, als noch eine wundersamere Bemerkung sich ihm auftat: alle Kinder, sie mochten beschäftigt sein, wie sie wollten, ließen ihre Arbeit liegen und wendeten sich mit besondern, aber verschiedenen Gebärden gegen die Vorbeireitenden, und es war leicht zu folgern, daß es dem Vorgesetzten galt. Die jüngsten legten die Arme kreuzweis über die Brust und blickten fröhlich gen Himmel, die mittlern hielten die Arme auf den

Rücken und schauten lächelnd zur Erde, die dritten standen strack und mutig; die Arme niedergesenkt, wendeten sie den Kopf nach der rechten Seite und stellten sich in eine Reihe, anstatt daß jene vereinzelt blieben, wo man sie traf.

Als man darauf halt machte und abstieg, wo eben mehrere Kinder nach verschiedener Weise sich aufstellten und von dem Vorgesetzten gemustert wurden, fragte Wilhelm nach der Bedeutung dieser Gebärden; Felix fiel ein und sagte munter: »Was für eine Stellung hab ich denn einzunehmen?« – »Auf alle Fälle«, versetzte der Aufseher, »zuerst die Arme über die Brust und ernsthaft-froh nach oben gesehen, ohne den Blick zu verwenden.« Er gehorchte, doch rief er bald: »Dies gefällt mir nicht sonderlich, ich sehe ja nichts da droben; dauert es lange? Doch ja!« rief er freudig, »ein paar Habichte fliegen von Westen nach Osten; das ist wohl ein gutes Zeichen?« – »Wienach du's aufnimmst, je nachdem du dich beträgst«, versetzte jener; »jetzt mische dich unter sie, wie sie sich mischen.« Er gab ein Zeichen, die Kinder verließen ihre Stellung, ergriffen ihre Beschäftigung oder spielten wie vorher.

»Mögen und können Sie mir«, sagte Wilhelm darauf, »das, was mich hier in Verwunderung setzt, erklären? Ich sehe wohl, daß diese Gebärden, diese Stellungen Grüße sind, womit man Sie empfängt.« – »Ganz richtig«, versetzte jener, »Grüße, die mir sogleich andeuten, auf welcher Stufe der Bildung ein jeder dieser Knaben steht.«

»Dürfen Sie mir aber«, versetzte Wilhelm, »die Bedeutung des Stufengangs wohl erklären? denn daß es einer sei, läßt sich wohl einsehen.« – »Dies gebührt Höheren, als ich bin«, antwortete jener; »soviel aber kann ich versichern, daß es nicht leere Grimassen sind, daß vielmehr den Kindern, zwar nicht die höchste, aber doch eine leitende, faßliche Bedeutung überliefert wird; zugleich aber ist jedem geboten, für sich zu behalten und zu hegen, was man ihm als Bescheid zu erteilen für gut findet; sie dürfen weder mit Fremden noch untereinander selbst darüber schwatzen, und so modifiziert sich die Lehre hundertfältig. Außerdem hat das Geheimnis sehr große Vorteile: denn wenn man dem Menschen gleich und immer sagt, worauf alles ankommt, so denkt er, es sei nichts dahinter. Gewissen Geheimnissen, und wenn sie offenbar wären, muß man durch Verhüllen und Schweigen Achtung erweisen, denn dieses wirkt auf Scham und gute Sitten.« – »Ich verstehe Sie«, versetzte Wilhelm, »warum sollten wir das, was in körperlichen Dingen so nötig ist, nicht auch geistig anwenden? Vielleicht aber können Sie in einem andern Bezug meine Neugierde befriedigen. Die große Mannigfaltigkeit in Schnitt und Farbe der Kleider fällt mir auf, und doch seh ich nicht alle Farben, aber einige in allen ihren Abstufungen, vom Hellsten bis zum Dunkelsten. Doch bemerke ich, daß hier keine Bezeichnung der Stufen irgendeines Alters oder Verdienstes gemeint sein kann, indem die kleinsten und größten Knaben untermischt so an Schnitt als Farbe gleich sein können, aber die von gleichen Gebärden im Gewand nicht miteinander übereinstimmen.« – »Auch was dies betrifft«, versetzte der Begleitende, »darf ich mich nicht weiter auslassen; doch müßte ich mich sehr irren, oder Sie werden über alles, wie Sie nur wünschen mögen, aufgeklärt von uns scheiden.«

Man verfolgte nunmehr die Spur des Obern, welche man gefunden zu haben glaubte; nun aber mußte dem Fremdling notwendig auffallen, daß, je weiter sie ins Land kamen, ein wohllautender Gesang ihnen immer mehr entgegentönte. Was die Knaben auch begannen, bei welcher Arbeit man sie auch fand, immer sangen sie, und zwar schienen es Lieder jedem Geschäft besonders angemessen und in gleichen Fällen überall dieselben. Traten mehrere Kinder zusammen, so begleiteten sie sich wechselsweise; gegen Abend fanden sich auch Tanzende, deren Schritte durch Chöre belebt und geregelt wurden. Felix stimmte vom Pferde herab mit ein, und zwar nicht ganz unglücklich, Wilhelm vergnügte sich an dieser die Gegend belebenden Unterhaltung.

»Wahrscheinlich«, so sprach er zu seinem Gefährten, »wendet man viele Sorgfalt auf solchen Unterricht, denn sonst könnte diese Geschicklichkeit nicht so weit ausgebreitet und so vollkommen ausgebildet sein.« – »Allerdings«, versetzte jener, »bei uns ist der Gesang die erste Stufe der Bildung, alles andere schließt sich daran und wird dadurch vermittelt. Der einfachste Genuß so wie die einfachste Lehre werden bei uns durch Gesang belebt und eingeprägt, ja selbst was wir überliefern von Glaubens- und Sittenbekenntnis, wird auf dem Wege des Gesanges mitgeteilt; andere Vorteile zu selbsttätigen Zwecken verschwistern sich sogleich: denn indem wir die Kinder üben, Töne, welche sie hervorbringen, mit Zeichen auf die Tafel schreiben zu lernen und nach Anlaß dieser Zeichen sodann in ihrer Kehle wiederzufinden, ferner den Text darunterzufügen, so üben sie zugleich Hand, Ohr und Auge und gelangen schneller zum Recht- und Schönschreiben, als man denkt, und da dieses alles zuletzt nach reinen Maßen, nach genau bestimmten Zahlen ausgeübt und nachgebildet werden muß, so fassen sie den hohen Wert der Meß- und Rechenkunst viel geschwinder als auf jede andere Weise. Deshalb haben wir denn unter allem Denkbaren die Musik zum Element unserer Erziehung gewählt, denn von ihr laufen gleichgebahnte Wege nach allen Seiten.«

Wilhelm suchte sich noch weiter zu unterrichten und verbarg seine Verwunderung nicht, daß er gar keine Instrumentalmusik vernehme. – »Diese wird bei uns nicht vernachlässigt«, versetzte jener, »aber in einen besondern Bezirk, in das anmutigste Bergtal, eingeschlossen geübt; und da ist denn wieder dafür gesorgt, daß die verschiedenen Instrumente in auseinanderliegenden Ortschaften gelehrt werden. Besonders die Mißtöne der Anfänger sind in gewisse Einsiedeleien verwiesen, wo sie niemand zur Verzweiflung bringen: denn Ihr werdet selbst gestehen, daß in der wohleingerichteten bürgerlichen Gesellschaft kaum ein trauriger Leiden zu dulden sei, als das uns die Nachbarschaft eines angehenden Flöten- oder Violinspielers aufdringt.

Unsere Anfänger gehen, aus eigener löblicher Gesinnung, niemand lästig sein zu wollen, freiwillig länger oder kürzer in die Wüste und beeifern sich, abgesondert, um das Verdienst, der bewohnten Welt näher treten zu dürfen, weshalb jedem von Zeit zu Zeit ein Versuch heranzutreten erlaubt wird, der selten mißlingt, weil wir Scham und Scheu bei dieser wie bei unsern übrigen Einrichtungen gar wohl hegen und pflegen dürfen. Daß Eurem Sohn eine glückliche Stimme geworden, freut mich innigst, für das übrige sorgt sich um desto leichter.«

Nun waren sie zu einem Ort gelangt, wo Felix verweilen und sich an der Umgebung prüfen sollte, bis man zur förmlichen Aufnahme geneigt wäre; schon von weitem hörten sie einen freudigen Gesang; es war ein Spiel, woran sich die Knaben in der Feierstunde diesmal ergötzten. Ein allgemeiner Chorgesang erscholl, wozu jedes Glied eines weiten Kreises freudig, klar und tüchtig an seinem Teile zustimmte, den Winken des Regelnden gehorchend. Dieser überraschte jedoch öfters die Singenden, indem er durch ein Zeichen den Chorgesang aufhob und irgendeinen einzelnen Teilnehmenden, ihn mit dem Stäbchen berührend, aufforderte, sogleich allein ein schickliches Lied dem verhallenden Ton, dem vorschwebenden Sinne anzupassen. Schon zeigten die meisten viel Gewandtheit, einige, denen das Kunststück mißlang, gaben ihr Pfand willig hin, ohne gerade ausgelacht zu werden. Felix war Kind genug, sich gleich unter sie zu mischen, und zog sich noch so leidlich aus der Sache. Sodann ward ihm jener erste Gruß zugeeignet; er legte sogleich die Hände auf die Brust, blickte aufwärts, und zwar mit so schnackischer Miene, daß man wohl bemerken konnte, ein geheimer Sinn dabei sei ihm noch nicht aufgegangen.

Der angenehme Ort, die gute Aufnahme, die muntern Gespielen, alles gefiel dem Knaben so wohl, daß es ihm nicht sonderlich wehe tat, seinen Vater abreisen zu sehen; fast blickte er dem weggeführten Pferde schmerzlicher nach; doch ließ er sich bedeuten, da er vernahm, daß er es im gegenwärtigen Bezirk nicht behalten könne; man versprach ihm dagegen, er solle, wo nicht dasselbe, doch ein gleiches, munter und wohlgezogen, unerwartet wiederfinden.

Da sich der Obere nicht erreichen ließ, sagte der Aufseher:

»Ich muß Euch nun verlassen, meine Geschäfte zu verfolgen; doch will ich Euch zu den Dreien bringen, die unsern Heiligtümern vorstehen, Euer Brief ist auch an sie gerichtet, und sie zusammen stellen den Obern vor.« Wilhelm hätte gewünscht, von den Heiligtümern im voraus zu vernehmen, jener aber versetzte: »Die Dreie werden Euch, zu Erwiderung des Vertrauens, daß Ihr uns Euren Sohn überlaßt, nach Weisheit und Billigkeit gewiß das Nötigste eröffnen. Die sichtbaren Gegenstände der Verehrung, die ich Heiligtümer nannte, sind in einen besondern Bezirk eingeschlossen, werden mit nichts gemischt, durch nichts gestört; nur zu gewissen Zeiten des Jahrs läßt man die Zöglinge, den Stufen ihrer Bildung gemäß, dort eintreten, um sie historisch und sinnlich zu belehren, da sie denn genugsamen Eindruck mit wegnehmen, um, bei Ausübung ihrer Pflicht, eine Zeitlang daran zu zehren.«

Nun stand Wilhelm am Tor eines mit hohen Mauern umgebenen Talwaldes; auf ein gewisses Zeichen eröffnete sich die kleine Pforte, und ein ernster, ansehnlicher Mann empfing unsern Freund. Dieser fand sich in einem großen, herrlich grünenden Raum, von Bäumen und Büschen vielerlei Art beschattet, kaum daß er stattliche Mauern und ansehnliche Gebäude durch diese dichte und hohe Naturpflanzung hindurch bemerken konnte; ein freundlicher Empfang von den Dreien, die sich nach und nach herbeifanden, löste sich endlich in ein Gespräch auf, wozu jeder das seinige beitrug, dessen Inhalt wir jedoch in der Kürze zusammenfassen.

»Da Ihr uns Euren Sohn vertraut«, sagten sie, »sind wir schuldig, Euch tiefer in unser Verfahren hineinblicken zu lassen. Ihr habt manches Äußerliche gesehen, welches nicht sogleich sein Verständnis mit sich führt; was davon wünscht Ihr vor allem aufgeschlossen?«

»Anständige, doch seltsame Gebärden und Grüße hab ich bemerkt, deren Bedeutung ich zu erfahren wünschte; bei Euch bezieht sich gewiß das Äußere auf das Innere, und umgekehrt; laßt mich diesen Bezug erfahren.«

»Wohlgeborne, gesunde Kinder«, versetzten jene, »bringen

viel mit; die Natur hat jedem alles gegeben, was er für Zeit und Dauer nötig hätte; dieses zu entwickeln ist unsere Pflicht, öfters entwickelt sich's besser von selbst. Aber eins bringt niemand mit auf die Welt, und doch ist es das, worauf alles ankommt, damit der Mensch nach allen Seiten zu ein Mensch sei. Könnt Ihr es selbst finden, so sprecht es aus.«
Wilhelm bedachte sich eine kurze Zeit und schüttelte sodann den Kopf.
Jene, nach einem anständigen Zaudern, riefen: *»Ehrfurcht!«* Wilhelm stutzte. – »Ehrfurcht!« hieß es wiederholt. »Allen fehlt sie, vielleicht Euch selbst.
Dreierlei Gebärde habt Ihr gesehen, und wir überliefern eine dreifache Ehrfurcht, die, wenn sie zusammenfließt und ein Ganzes bildet, erst ihre höchste Kraft und Wirkung erreicht. Das erste ist Ehrfurcht vor dem, was über uns ist. Jene Gebärde, die Arme kreuzweis über die Brust, einen freudigen Blick gen Himmel, das ist, was wir unmündigen Kindern auflegen und zugleich das Zeugnis von ihnen verlangen, daß ein Gott da droben sei, der sich in Eltern, Lehrern, Vorgesetzten abbildet und offenbart. Das zweite, Ehrfurcht vor dem, was unter uns ist. Die auf den Rücken gefalteten, gleichsam gebundenen Hände, der gesenkte, lächelnde Blick sagen, daß man die Erde wohl und heiter zu betrachten habe; sie gibt Gelegenheit zur Nahrung; sie gewährt unsägliche Freuden; aber unverhältnismäßige Leiden bringt sie. Wenn einer sich körperlich beschädigte, verschuldend oder unschuldig, wenn ihn andere vorsätzlich oder zufällig verletzten, wenn das irdische Willenlose ihm ein Leid zufügte, das bedenk er wohl: denn solche Gefahr begleitet ihn sein Leben lang. Aber aus dieser Stellung befreien wir unsern Zögling baldmöglichst, sogleich wenn wir überzeugt sind, daß die Lehre dieses Grads genugsam auf ihn gewirkt habe; dann aber heißen wir ihn sich ermannen, gegen Kameraden gewendet nach ihnen sich richten. Nun steht er strack und kühn, nicht etwa selbstisch vereinzelt; nur in Verbindung mit seinesgleichen macht er Fronte gegen die Welt. Weiter wüßten wir nichts hinzuzufügen.«

»Es leuchtet mir ein!« versetzte Wilhelm; »deswegen liegt die Menge wohl so im argen, weil sie sich nur im Element des Mißwollens und Mißredens behagt; wer sich diesem überliefert, verhält sich gar bald gegen Gott gleichgültig, verachtend gegen die Welt, gegen seinesgleichen gehässig; das wahre, echte, unentbehrliche Selbstgefühl aber zerstört sich in Dünkel und Anmaßung. Erlauben Sie mir dessenungeachtet«, fuhr Wilhelm fort, »ein einziges einzuwenden: Hat man nicht von jeher die Furcht roher Völker vor mächtigen Naturerscheinungen und sonst unerklärlichen, ahnungsvollen Ereignissen für den Keim gehalten, woraus ein höheres Gefühl, eine reinere Gesinnung sich stufenweise entwickeln sollte?« Hierauf erwiderten jene: »Der Natur ist Furcht wohl gemäß, Ehrfurcht aber nicht; man fürchtet ein bekanntes oder unbekanntes mächtiges Wesen, der Starke sucht es zu bekämpfen, der Schwache zu vermeiden, beide wünschen es los zu werden und fühlen sich glücklich, wenn sie es auf kurze Zeit beseitigt haben, wenn ihre Natur sich zur Freiheit und Unabhängigkeit einigermaßen wiederherstellte. Der natürliche Mensch wiederholt diese Operation millionenmal in seinem Leben, von der Furcht strebt er zur Freiheit, aus der Freiheit wird er in die Furcht getrieben und kommt um nichts weiter. Sich zu fürchten ist leicht, aber beschwerlich; Ehrfurcht zu hegen ist schwer, aber bequem. Ungern entschließt sich der Mensch zur Ehrfurcht, oder vielmehr entschließt sich nie dazu; es ist ein höherer Sinn, der seiner Natur gegeben werden muß und der sich nur bei besonders Begünstigten aus sich selbst entwickelt, die man auch deswegen von jeher für Heilige, für Götter gehalten. Hier liegt die Würde, hier das Geschäft aller echten Religionen, deren es auch nur dreie gibt, nach den Objekten, gegen welche sie ihre Andacht wenden.«

Die Männer hielten inne, Wilhelm schwieg eine Weile nachdenkend; da er in sich aber die Anmaßung nicht fühlte, den Sinn jener sonderbaren Worte zu deuten, so bat er die Würdigen, in ihrem Vortrage fortzufahren, worin sie ihm denn auch sogleich willfahrten. »Keine Religion«, sagten sie,

»die sich auf Furcht gründet, wird unter uns geachtet. Bei der Ehrfurcht, die der Mensch in sich walten läßt, kann er, indem er Ehre gibt, seine Ehre behalten, er ist nicht mit sich selbst veruneint wie in jenem Falle. Die Religion, welche auf Ehrfurcht vor dem, was über uns ist, beruht, nennen wir die ethnische, es ist die Religion der Völker und die erste glückliche Ablösung von einer niedern Furcht; alle sogenannten heidnischen Religionen sind von dieser Art, sie mögen übrigens Namen haben, wie sie wollen. Die zweite Religion, die sich auf jene Ehrfurcht gründet, die wir vor dem haben, was uns gleich ist, nennen wir die philosophische: denn der Philosoph, der sich in die Mitte stellt, muß alles Höhere zu sich herab, alles Niedere zu sich herauf ziehen, und nur in diesem Mittelzustand verdient er den Namen des Weisen. Indem er nun das Verhältnis zu seinesgleichen und also zur ganzen Menschheit, das Verhältnis zu allen übrigen irdischen Umgebungen, notwendigen und zufälligen, durchschaut, lebt er im kosmischen Sinne allein in der Wahrheit. Nun ist aber von der dritten Religion zu sprechen, gegründet auf die Ehrfurcht vor dem, was unter uns ist; wir nennen sie die christliche, weil sich in ihr eine solche Sinnesart am meisten offenbart; es ist ein Letztes, wozu die Menschheit gelangen konnte und mußte. Aber was gehörte dazu, die Erde nicht allein unter sich liegen zu lassen und sich auf einen höhern Geburtsort zu berufen, sondern auch Niedrigkeit und Armut, Spott und Verachtung, Schmach und Elend, Leiden und Tod als göttlich anzuerkennen, ja Sünde selbst und Verbrechen nicht als Hindernisse, sondern als Fördernisse des Heiligen zu verehren und liebzugewinnen. Hievon finden sich freilich Spuren durch alle Zeiten, aber Spur ist nicht Ziel, und da dieses einmal erreicht ist, so kann die Menschheit nicht wieder zurück, und man darf sagen, daß die christliche Religion, da sie einmal erschienen ist, nicht wieder verschwinden kann, da sie sich einmal göttlich verkörpert hat, nicht wieder aufgelöst werden mag.«

»Zu welcher von diesen Religionen bekennt Ihr Euch denn

insbesondere?« sagte Wilhelm. – »Zu allen dreien«, erwiderten jene; »denn sie zusammen bringen eigentlich die wahre Religion hervor; aus diesen drei Ehrfurchten entspringt die oberste Ehrfurcht, die Ehrfurcht vor sich selbst, und jene entwickeln sich abermals aus dieser, so daß der Mensch zum Höchsten gelangt, was er zu erreichen fähig ist, daß er sich selbst für das Beste halten darf, was Gott und Natur hervorgebracht haben, ja, daß er auf dieser Höhe verweilen kann, ohne durch Dünkel und Selbstheit wieder ins Gemeine gezogen zu werden.«

»Ein solches Bekenntnis, auf diese Weise entwickelt, befremdet mich nicht«, versetzte Wilhelm, »es kommt mit allem überein, was man im Leben hie und da vernimmt, nur daß Euch dasjenige vereinigt, was andere trennt.« Hierauf versetzten jene: »Schon wird dieses Bekenntnis von einem großen Teil der Welt ausgesprochen, doch unbewußt.«

»Wie denn und wo?« fragte Wilhelm. – »Im ›Credo‹!« riefen jene laut; »denn der erste Artikel ist ethnisch und gehört allen Völkern; der zweite christlich, für die mit Leiden Kämpfenden und in Leiden Verherrlichten; der dritte zuletzt lehrt eine begeisterte Gemeinschaft der Heiligen, welches heißt: der im höchsten Grad Guten und Weisen. Sollten daher die drei göttlichen Personen, unter deren Gleichnis und Namen solche Überzeugungen und Verheißungen ausgesprochen sind, nicht billigermaßen für die höchste Einheit gelten?«

»Ich danke«, versetzte jener, »daß Ihr mir dieses, als einem Erwachsenen, dem die drei Sinnesarten nicht fremd sind, so klar und zusammenhängend aussprechen wollen, und wenn ich nun zurückdenke, daß Ihr den Kindern diese hohe Lehre erst als sinnliches Zeichen, dann mit einigem symbolischen Anklang überliefert und zuletzt die oberste Deutung ihnen entwickelt, so muß ich es höchlich billigen.«

»Ganz richtig«, erwiderten jene; »nun aber müßt Ihr noch mehr erfahren, damit Ihr Euch überzeugt, daß Euer Sohn in den besten Händen sei. Doch dies Geschäft bleibe für die

Morgenstunden; ruht aus und erquickt Euch, damit Ihr uns, vergnügt und vollkommen menschlich, morgen früh in das Innere folgen könnt.«

Zweites Kapitel

An der Hand des Ältesten trat nun unser Freund durch ein ansehnliches Portal in eine runde oder vielmehr achteckige Halle, die mit Gemälden so reichlich ausgeziert war, daß sie den Ankömmling in Erstaunen setzte. Er begriff leicht, daß alles, was er erblickte, einen bedeutenden Sinn haben müßte, ob er sich gleich denselben nicht so geschwind entziffern konnte. Er war eben im Begriff, seinen Begleiter deshalb zu befragen, als dieser ihn einlud, seitwärts in eine Galerie zu treten, die, an der einen Seite offen, einen geräumigen, blumenreichen Garten umgab. Die Wand zog jedoch mehr als dieser heitre, natürliche Schmuck die Augen an sich: denn sie war durchaus gemalt, und der Ankömmling konnte nicht lange daran hergehen, ohne zu bemerken, daß die heiligen Bücher der Israeliten den Stoff zu diesen Bildern geliefert hatten.

»Es ist hier«, sagte der Älteste, »wo wir diejenige Religion überliefern, die ich Euch der Kürze wegen die ethnische genannt habe. Der Gehalt derselben findet sich in der Weltgeschichte, so wie die Hülle derselben in den Begebenheiten. An der Wiederkehr der Schicksale ganzer Völker wird sie eigentlich begriffen.«

»Ihr habt«, sagte Wilhelm, »wie ich sehe, dem israelitischen Volke die Ehre erzeigt und seine Geschichte zum Grunde dieser Darstellung gelegt, oder vielmehr Ihr habt sie zum Hauptgegenstande derselben gemacht.« – »Wie Ihr seht«, versetzte der Alte; »denn Ihr werdet bemerken, daß in den Sockeln und Friesen nicht sowohl synchronistische als symphronistische Handlungen und Begebenheiten aufgeführt sind, indem unter allen Völkern gleichbedeutende und Gleiches deutende Nachrichten vorkommen. So erblickt Ihr hier, wenn in dem Hauptfelde Abraham von seinen Göttern in der Gestalt schöner Jünglinge besucht wird, den Apoll unter den Hirten Admets oben in der Friese; woraus wir lernen können, daß, wenn die Götter den Menschen erscheinen, sie gewöhnlich unerkannt unter ihnen wandeln.«

Die Betrachtenden schritten weiter. Wilhelm fand meistens bekannte Gegenstände, jedoch lebhafter und bedeutender vorgetragen, als er sie sonst zu sehen gewohnt war. Über weniges bat er sich einige Erklärung aus; wobei er sich nicht enthalten konnte, nochmals zu fragen, warum man die israelitische Geschichte vor allen andern gewählt. Hierauf antwortete der Älteste: »Unter allen heidnischen Religionen, denn eine solche ist die israelitische gleichfalls, hat diese große Vorzüge, wovon ich nur einiger erwähnen will. Vor dem ethnischen Richterstuhle, vor dem Richterstuhl des Gottes der Völker, wird nicht gefragt, ob es die beste, die vortrefflichste Nation sei, sondern nur, ob sie daure, ob sie sich erhalten habe. Das israelitische Volk hat niemals viel getaugt, wie es ihm seine Anführer, Richter, Vorsteher, Propheten tausendmal vorgeworfen haben; es besitzt wenig Tugenden und die meisten Fehler anderer Völker: aber an Selbständigkeit, Festigkeit, Tapferkeit und, wenn alles das nicht mehr gilt, an Zäheit sucht es seinesgleichen. Es ist das beharrlichste Volk der Erde, es ist, es war, es wird sein, um den Namen Jehova durch alle Zeiten zu verherrlichen. Wir haben es daher als Musterbild aufgestellt, als Hauptbild, dem die andern nur zum Rahmen dienen.«

»Es ziemt sich nicht, mit Euch zu rechten«, versetzte Wilhelm, »da Ihr mich zu belehren imstande seid. Eröffnet mir daher noch die übrigen Vorteile dieses Volks, oder vielmehr seiner Geschichte, seiner Religion.« – »Ein Hauptvorteil«, versetzte jener, »ist die treffliche Sammlung ihrer heiligen Bücher. Sie stehen so glücklich beisammen, daß aus den fremdesten Elementen ein täuschendes Ganze entgegentritt. Sie sind vollständig genug, um zu befriedigen, fragmentarisch genug, um anzureizen; hinlänglich barbarisch, um aufzufordern, hinlänglich zart, um zu besänftigen; und wie manche andere entgegengesetzte Eigenschaften sind an diesen Büchern, an diesem Buche zu rühmen!«

Die Folge der Hauptbilder sowohl als die Beziehung der kleinern, die sie oben und unten begleiteten, gab dem Gast so viel zu denken, daß er kaum auf die bedeutenden Bemerkungen hörte, wodurch der Begleiter mehr seine Aufmerksamkeit abzulenken, als an die Gegenstände zu fesseln schien. Indessen sagte jener bei Gelegenheit: »Noch einen Vorteil der israelitischen Religion muß ich hier erwähnen: daß sie ihren Gott in keine Gestalt verkörpert und uns also die Freiheit läßt, ihm eine würdige Menschengestalt zu geben, auch im Gegensatz die schlechte Abgötterei durch Tier- und Untiergestalten zu bezeichnen.«

Unser Freund hatte sich nunmehr auf einer kurzen Wanderung durch diese Hallen die Weltgeschichte wieder vergegenwärtigt; es war ihm einiges neu in Absicht auf die Begebenheit. So waren ihm durch Zusammenstellung der Bilder, durch die Reflexionen seines Begleiters manche neue Ansichten entsprungen, und er freute sich, daß Felix durch eine so würdige sinnliche Darstellung sich jene großen, bedeutenden, musterhaften Ereignisse für sein ganzes Leben als wirklich, und als wenn sie neben ihm lebendig gewesen wären, zueignen sollte. Er betrachtete diese Bilder zuletzt nur aus den Augen des Kindes, und in diesem Sinne war er vollkommen damit zufrieden; und so waren die Wandelnden zu den traurigen, verworrenen Zeiten und endlich zu dem Untergang der Stadt und des Tempels, zum Morde, zur Verbannung, zur Sklaverei ganzer Massen dieser beharrlichen Nation gelangt. Ihre nachherigen Schicksale waren auf eine kluge Weise allegorisch vorgestellt, da eine historische, eine reale Darstellung derselben außer den Grenzen der edlen Kunst liegt.

Hier war die bisher durchwanderte Galerie auf einmal abgeschlossen, und Wilhelm war verwundert, sich schon am Ende zu sehen. »Ich finde«, sagte er zu seinem Führer, »in diesem Geschichtsgang eine Lücke. Ihr habt den Tempel

Jerusalems zerstört und das Volk zerstreut, ohne den göttlichen Mann aufzuführen, der kurz vorher daselbst noch lehrte, dem sie noch kurz vorher kein Gehör geben wollten.«
»Dies zu tun, wie Ihr es verlangt, wäre ein Fehler gewesen. Das Leben dieses göttlichen Mannes, den Ihr bezeichnet, steht mit der Weltgeschichte seiner Zeit in keiner Verbindung. Es war ein Privatleben, seine Lehre eine Lehre für die Einzelnen. Was Völkermassen und ihren Gliedern öffentlich begegnet, gehört der Weltgeschichte, der Weltreligion, welche wir für die erste halten. Was dem Einzelnen innerlich begegnet, gehört zur zweiten Religion, zur Religion der Weisen: eine solche war die, welche Christus lehrte und übte, solange er auf der Erde umherging. Deswegen ist hier das Äußere abgeschlossen, und ich eröffne Euch nun das Innere.«
Eine Pforte tat sich auf, und sie traten in eine ähnliche Galerie, wo Wilhelm sogleich die Bilder der zweiten heiligen Schriften erkannte. Sie schienen von einer andern Hand zu sein als die ersten: alles war sanfter, Gestalten, Bewegungen, Umgebung, Licht und Färbung.
»Ihr seht«, sagte der Begleiter, nachdem sie an einem Teil der Bilder vorübergegangen waren, »hier weder Taten noch Begebenheiten, sondern Wunder und Gleichnisse. Es ist hier eine neue Welt, ein neues Äußere, anders als das vorige, und ein Inneres, das dort ganz fehlt. Durch Wunder und Gleichnisse wird eine neue Welt aufgetan. Jene machen das Gemeine außerordentlich, diese das Außerordentliche gemein.« – »Ihr werdet die Gefälligkeit haben«, versetzte Wilhelm, »mir diese wenigen Worte umständlicher auszulegen: denn ich fühle mich nicht geschickt, es selbst zu tun.« – »Sie haben einen natürlichen Sinn«, versetzte jener, »obgleich einen tiefen. Beispiele werden ihn am geschwindesten aufschließen. Es ist nichts gemeiner und gewöhnlicher als Essen und Trinken; außerordentlich dagegen, einen Trank zu veredeln, eine Speise zu vervielfältigen, daß sie für eine Unzahl hinreiche. Es ist nichts gewöhnlicher als Krank-

heit und körperliche Gebrechen; aber diese durch geistige oder geistigen ähnliche Mittel aufheben, lindern, ist außerordentlich, und eben daher entsteht das Wunderbare des Wunders, daß das Gewöhnliche und das Außerordentliche, das Mögliche und das Unmögliche *eins* werden. Bei dem Gleichnisse, bei der Parabel ist das Umgekehrte: hier ist der Sinn, die Einsicht, der Begriff das Hohe, das Außerordentliche, das Unerreichbare. Wenn dieser sich in einem gemeinen, gewöhnlichen, faßlichen Bilde verkörpert, so daß er uns als lebendig, gegenwärtig, wirklich entgegentritt, daß wir ihn uns zueignen, ergreifen, festhalten, mit ihm wie mit unsersgleichen umgehen können, das ist denn auch eine zweite Art von Wunder und wird billig zu jenen ersten gesellt, ja vielleicht ihnen noch vorgezogen. Hier ist die lebendige Lehre ausgesprochen, die Lehre, die keinen Streit erregt; es ist keine Meinung über das, was Recht oder Unrecht ist; es ist das Rechte oder Unrechte unwidersprechlich selbst.«

Dieser Teil der Galerie war kürzer, oder vielmehr es war nur der vierte Teil der Umgebung des innern Hofes. Wenn man jedoch an dem ersten nur vorbeiging, so verweilte man hier gern; man ging gern hier auf und ab. Die Gegenstände waren nicht so auffallend, nicht so mannigfaltig; aber desto einladender, den tiefen, stillen Sinn derselben zu erforschen. Auch kehrten die beiden Wandelnden am Ende des Ganges um, indem Wilhelm eine Bedenklichkeit äußerte, daß man hier eigentlich nur bis zum Abendmahle, bis zum Scheiden des Meisters von seinen Jüngern gelangt sei. Er fragte nach dem übrigen Teil der Geschichte.

»Wir sondern«, versetzte der Älteste, »bei jedem Unterricht, bei aller Überlieferung sehr gerne, was nur möglich zu sondern ist; denn dadurch allein kann der Begriff des Bedeutenden bei der Jugend entspringen. Das Leben mengt und mischt ohnehin alles durcheinander, und so haben wir auch hier das Leben jenes vortrefflichen Mannes ganz von dem Ende desselben abgesondert. Im Leben erscheint er als ein wahrer Philosoph – stoßet Euch nicht an diesen Ausdruck –, als ein Weiser im höchsten Sinne. Er steht auf seinem Punkte fest; er wandelt seine Straße unverrückt, und indem er das Niedere zu sich heraufzieht, indem er die Unwissenden, die Armen, die Kranken seiner Weisheit, seines Reichtums, seiner Kraft teilhaftig werden läßt und sich deshalb ihnen gleichzustellen scheint, so verleugnet er nicht von der andern Seite seinen göttlichen Ursprung; er wagt, sich Gott gleichzustellen, ja sich für Gott zu erklären. Auf diese Weise setzt er von Jugend auf seine Umgebung in Erstaunen, gewinnt einen Teil derselben für sich, regt den andern gegen sich auf und zeigt allen, denen es um eine gewisse Höhe im Lehren und Leben zu tun ist, was sie von der Welt zu erwarten haben. Und so ist sein Wandel für den edlen Teil der Menschheit noch belehrender und fruchtbarer als sein Tod: denn zu jenen Prüfungen ist jeder, zu diesem sind nur wenige berufen; und damit wir alles übergehen, was aus dieser Betrachtung folgt, so betrachtet die rührende Szene des Abendmahls. Hier läßt der Weise, wie immer, die Seinigen ganz eigentlich verwaist zurück, und indem er für die Guten besorgt ist, füttert er zugleich mit ihnen einen Verräter, der ihn und die Bessern zugrunde richten wird.«

Mit diesen Worten eröffnete der Älteste eine Pforte, und Wilhelm stutzte, als er sich wieder in der ersteren Halle des Eingangs fand. Sie hatten, wie er wohl merkte, indessen den ganzen Umkreis des Hofes zurückgelegt. »Ich hoffte«, sagte Wilhelm, »Ihr würdet mich ans Ende führen, und bringt mich wieder zum Anfang.« – »Für diesmal kann ich Euch weiter nichts zeigen«, sagte der Älteste; »mehr lassen wir unsere Zöglinge nicht sehen, mehr erklären wir ihnen nicht, als was Ihr bis jetzt durchlaufen habt; das äußere allgemein Weltliche einem jeden von Jugend auf, das innere besonders Geistige und Herzliche nur denen, die mit einiger Besonnenheit heranwachsen, und das übrige, was des Jahrs nur einmal eröffnet wird, kann nur denen mitgeteilt werden, die wir entlassen. Jene letzte Religion, die aus der Ehrfurcht vor dem, was unter uns ist, entspringt, jene Verehrung des Widerwärtigen, Verhaßten, Fliehenswerten geben wir einem jeden nur ausstattungsweise in die Welt mit, damit er wisse, wo er dergleichen zu finden hat, wenn ein solches Bedürfnis sich in ihm regen sollte. Ich lade Euch ein, nach Verlauf eines Jahres wiederzukehren, unser allgemeines Fest zu besuchen und zu sehen, wie weit Euer Sohn vorwärts gekommen; alsdann sollt auch Ihr in das Heiligtum des Schmerzes eingeweiht werden.«

»Erlaubt mir eine Frage«, versetzte Wilhelm. »Habt Ihr denn auch, so wie Ihr das Leben dieses göttlichen Mannes als Lehr- und Musterbild aufstellt, sein Leiden, seinen Tod gleichfalls als ein Vorbild erhabener Duldung herausgehoben?« – »Auf alle Fälle«, sagte der Älteste. »Hieraus machen wir kein Geheimnis; aber wir ziehen einen Schleier über diese Leiden, eben weil wir sie so hoch verehren. Wir halten es für eine verdammungswürdige Frechheit, jenes Martergerüst und den daran leidenden Heiligen dem Anblick der Sonne auszusetzen, die ihr Angesicht verbarg, als eine ruchlose Welt ihr dies Schauspiel aufdrang, mit diesen tiefen Geheimnissen, in welchen die göttliche Tiefe des Leidens verborgen liegt, zu spielen, zu tändeln, zu verzieren und nicht eher zu ruhen, bis das Würdigste gemein und abgeschmackt erscheint. Soviel sei für diesmal genug, um Euch über Euren Knaben zu beruhigen und völlig zu überzeugen, daß Ihr ihn auf irgendeine Art, mehr oder weniger, aber doch nach wünschenswerter Weise gebildet und auf alle Fälle nicht verworren, schwankend und unstet wiederfinden sollt.«

Wilhelm zauderte, indem er sich die Bilder der Vorhalle besah und ihren Sinn gedeutet wünschte. – »Auch dieses«, sagte der Älteste, »bleiben wir Euch bis übers Jahr schuldig. Bei dem Unterricht, den wir in der Zwischenzeit den Kindern geben, lassen wir keine Fremden zu; aber alsdann kommt und vernehmt, was unsere besten Redner über diese Gegenstände öffentlich zu sagen für dienlich halten.«

Bald nach dieser Unterredung hörte man an der kleinen Pforte pochen. Der gestrige Aufseher meldete sich, er hatte Wilhelms Pferd vorgeführt, und so beurlaubte sich der

Freund von der Dreie, welche zum Abschied ihn dem Aufseher folgendermaßen empfahl: »Dieser wird nun zu den Vertrauten gezählt, und dir ist bekannt, was du ihm auf seine Fragen zu erwidern hast: denn er wünscht gewiß noch über manches, was er bei uns sah und hörte, belehrt zu werden; Maß und Ziel ist dir nicht verborgen.«

Wilhelm hatte freilich noch einige Fragen auf dem Herzen, die er auch sogleich anbrachte. Wo sie durchritten, stellten sich die Kinder wie gestern; aber heute sah er, obgleich selten, einen und den andern Knaben, der den vorbeireitenden Aufseher nicht grüßte, von seiner Arbeit nicht aufsah und ihn unbemerkt vorüberließ. Wilhelm fragte nun nach der Ursache und was diese Ausnahme zu bedeuten habe. Jener erwiderte darauf: »Sie ist freilich sehr bedeutungsvoll: denn es ist die höchste Strafe, die wir den Zöglingen auflegen, sie sind unwürdig erklärt, Ehrfurcht zu beweisen, und genötigt, sich als roh und ungebildet darzustellen; sie tun aber das mögliche, um sich aus dieser Lage zu retten, und finden sich aufs geschwindeste in jede Pflicht. Sollte jedoch ein junges Wesen verstockt zu seiner Rückkehr keine Anstalt machen, so wird es mit einem kurzen, aber bündigen Bericht den Eltern wieder zurückgesandt. Wer sich den Gesetzen nicht fügen lernt, muß die Gegend verlassen, wo sie gelten.«

Ein anderer Anblick reizte, heute wie gestern, des Wanderers Neugierde; es war Mannigfaltigkeit an Farbe und Schnitt der Zöglingskleidung; hier schien kein Stufengang obzuwalten, denn solche, die verschieden grüßten, waren überein gekleidet, gleich Grüßende waren anders angezogen. Wilhelm fragte nach der Ursache dieses scheinbaren Widerspruchs. – »Er löst sich«, versetzte jener, »darin auf, daß es ein Mittel ist, die Gemüter der Knaben eigens zu erforschen. Wir lassen, bei sonstiger Strenge und Ordnung, in diesem Falle eine gewisse Willkür gelten. Innerhalb des Kreises unserer Vorräte an Tüchern und Verbrämungen dürfen die Zöglinge nach beliebiger Farbe greifen, so auch innerhalb einer mäßigen Beschränkung Form und Schnitt wählen; dies beobachten wir genau, denn an der Farbe läßt sich die Sinnesweise, an dem Schnitt die Lebensweise des Menschen erkennen. Doch macht eine besondere Eigenheit der menschlichen Natur eine genauere Beurteilung gewissermaßen schwierig; es ist der Nachahmungsgeist, die Neigung, sich anzuschließen. Sehr selten, daß ein Zögling auf etwas fällt, was noch nicht dagewesen, meistens wählen sie etwas Bekanntes, was sie gerade vor sich sehen. Doch auch diese Betrachtung bleibt uns nicht unfruchtbar, durch solche Äußerlichkeiten treten sie zu dieser oder jener Partei, sie schließen sich da oder dort an, und so zeichnen sich allgemeinere Gesinnungen aus, wir erfahren, wo jeder sich hinneigt, welchem Beispiel er sich gleichstellt.

Nun hat man Fälle gesehen, wo die Gemüter sich ins Allgemeine neigten, wo eine Mode sich über alle verbreiten, jede Absonderung sich zur Einheit verlieren wollte. Einer solchen Wendung suchen wir auf gelinde Weise Einhalt zu tun, wir lassen die Vorräte ausgehen; dieses und jenes Zeug, eine und die andere Verzierung ist nicht mehr zu haben; wir schieben etwas Neues, etwas Reizendes herein, durch helle Farben und kurzen, knappen Schnitt locken wir die Muntern, durch ernste Schattierungen, bequeme, faltenreiche Tracht die Besonnenen und stellen so nach und nach ein Gleichgewicht her.

Denn der Uniform sind wir durchaus abgeneigt, sie verdeckt den Charakter und entzieht die Eigenheiten der Kinder, mehr als jede andere Verstellung, dem Blicke der Vorgesetzten.«

Unter solchen und andern Gesprächen gelangte Wilhelm an die Grenze der Provinz, und zwar an den Punkt, wo sie der Wanderer, nach des alten Freundes Andeutung, verlassen sollte, um seinem eigentlichen Zweck entgegenzugehen.

Beim Lebewohl bemerkte zunächst der Aufseher: Wilhelm möge nun erwarten, bis das große Fest allen Teilnehmern auf mancherlei Weise angekündigt werde. Hierzu würden die sämtlichen Eltern eingeladen und tüchtige Zöglinge ins freie, zufällige Leben entlassen. Alsdann solle er, hieß es, auch die übrigen Landschaften nach Belieben betreten, wo, nach eigenen Grundsätzen, der einzelne Unterricht in vollständiger Umgebung erteilt und ausgeübt wird.

Drittes Kapitel

Der Angewöhnung des werten Publikums zu schmeicheln, welches seit geraumer Zeit Gefallen findet, sich stückweise unterhalten zu lassen, gedachten wir erst, nachstehende Erzählung in mehreren Abteilungen vorzulegen. Der innere Zusammenhang jedoch, nach Gesinnungen, Empfindungen und Ereignissen betrachtet, veranlaßte einen fortlaufenden Vortrag. Möge derselbe seinen Zweck erreichen und zugleich am Ende deutlich werden, wie die Personen dieser abgesondert scheinenden Begebenheit mit denjenigen, die wir schon kennen und lieben, aufs innigste zusammengeflochten worden.

Der Mann von funfzig Jahren

Der Major war in den Gutshof hereingeritten, und Hilarie, seine Nichte, stand schon, um ihn zu empfangen, außen auf der Treppe, die zum Schloß hinaufführte. Kaum erkannte er sie; denn schon war sie wieder größer und schöner geworden. Sie flog ihm entgegen, er drückte sie an seine Brust mit dem Sinn eines Vaters, und sie eilten hinauf zu ihrer Mutter.

Der Baronin, seiner Schwester, war er gleichfalls willkommen, und als Hilarie schnell hinwegging, das Frühstück zu bereiten, sagte der Major freudig: »Diesmal kann ich mich kurz fassen und sagen, daß unser Geschäft beendigt ist. Unser Bruder, der Obermarschall, sieht wohl ein, daß er weder mit Pächtern noch Verwaltern zurechtkommt. Er tritt bei seinen Lebzeiten die Güter uns und unsern Kindern ab; das Jahrgehalt, das er sich ausbedingt, ist freilich stark; aber wir können es ihm immer geben: wir gewinnen doch noch für die Gegenwart viel und für die Zukunft alles. Die neue Einrichtung soll bald in Ordnung sein. Da ich zunächst meinen Abschied erwarte, so sehe ich doch wieder ein tätiges Leben vor mir, das uns und den Unsrigen einen entschiedenen Vorteil bringen kann. Wir sehen ruhig zu, wie unsre Kinder emporwachsen, und es hängt von uns, von ihnen ab, ihre Verbindung zu beschleunigen.«

»Das wäre alles recht gut«, sagte die Baronin, »wenn ich dir nur nicht ein Geheimnis zu entdecken hätte, das ich selbst erst gewahr worden bin. Hilariens Herz ist nicht mehr frei; von *der* Seite hat dein Sohn wenig oder nichts zu hoffen.«

»Was sagst du?« rief der Major; »ist's möglich? indessen wir uns alle Mühe geben, uns ökonomisch vorzusehen, so spielt uns die Neigung einen solchen Streich! Sag mir, Liebe, sag mir geschwind, wer ist es, der das Herz Hilariens fesseln konnte? Oder ist es denn auch schon so arg? Ist es nicht vielleicht ein flüchtiger Eindruck, den man wieder auszulöschen hoffen kann?«

»Du mußt erst ein wenig sinnen und raten«, versetzte die Baronin und vermehrte dadurch seine Ungeduld. Sie war schon aufs höchste gestiegen, als Hilarie, mit den Bedienten, welche das Frühstück trugen, hereintretend, eine schnelle Auflösung des Rätsels unmöglich machte.

Der Major selbst glaubte das schöne Kind mit andern Augen anzusehn als kurz vorher. Es war ihm beinahe, als wenn er eifersüchtig auf den Beglückten wäre, dessen Bild sich in einem so schönen Gemüt hatte eindrücken können. Das Frühstück wollte ihm nicht schmecken, und er bemerkte nicht, daß alles genau so eingerichtet war, wie er es am liebsten hatte und wie er es sonst zu wünschen und zu verlangen pflegte.

Über dieses Schweigen und Stocken verlor Hilarie fast selbst ihre Munterkeit. Die Baronin fühlte sich verlegen und zog ihre Tochter ans Klavier; aber ihr geistreiches und gefühlvolles Spiel konnte dem Major kaum einigen Beifall ablocken. Er wünschte das schöne Kind und das Frühstück je eher, je lieber entfernt zu sehen, und die Baronin mußte sich entschließen, aufzubrechen und ihrem Bruder einen Spaziergang in den Garten vorzuschlagen.

Kaum waren sie allein, so wiederholte der Major dringend seine vorige Frage; worauf seine Schwester nach einer Pause lächelnd versetzte: »Wenn du den Glücklichen finden willst, den sie liebt, so brauchst du nicht weit zu gehen, er ist ganz in der Nähe: dich liebt sie.«

Der Major stand betroffen, dann rief er aus: »Es wäre ein sehr unzeitiger Scherz, wenn du mich etwas überreden wolltest, das mich im Ernst so verlegen wie unglücklich machen würde. Denn ob ich gleich Zeit brauche, mich von meiner Verwunderung zu erholen, so sehe ich doch mit *einem* Blicke voraus, wie sehr unsere Verhältnisse durch ein so unerwartetes Ereignis gestört werden müßten. Das einzige, was mich tröstet, ist die Überzeugung, daß Neigungen dieser Art nur scheinbar sind, daß ein Selbstbetrug dahinter verborgen liegt und daß eine echte, gute Seele von dergleichen Fehlgriffen oft durch sich selbst oder doch wenigstens mit einiger Beihülfe verständiger Personen gleich wieder zurückkommt.«

»Ich bin dieser Meinung nicht«, sagte die Baronin; »denn nach allen Symptomen ist es ein sehr ernstliches Gefühl, von welchem Hilarie durchdrungen ist.«

»Etwas so Unnatürliches hätte ich ihrem natürlichen Wesen nicht zugetraut«, versetzte der Major.

»Es ist so unnatürlich nicht«, sagte die Schwester. »Aus meiner Jugend erinnere ich mich selbst einer Leidenschaft für einen ältern Mann, als du bist. Du hast funfzig Jahre; das ist immer noch nicht gar zu viel für einen Deutschen, wenn vielleicht andere, lebhaftere Nationen früher altern.«

»Wodurch willst du aber deine Vermutung bekräftigen?« sagte der Major.

»Es ist keine Vermutung, es ist Gewißheit. Das Nähere sollst du nach und nach vernehmen.«

Hilarie gesellte sich zu ihnen, und der Major fühlte sich, wider seinen Willen, abermals verändert. Ihre Gegenwart deuchte ihn noch lieber und werter als vorher; ihr Betragen schien ihm liebevoller, und schon fing er an, den Worten seiner Schwester Glauben beizumessen. Die Empfindung war für ihn höchst angenehm, ob er sich gleich solche weder gestehen noch erlauben wollte. Freilich war Hilarie höchst liebenswürdig, indem sich in ihrem Betragen die zarte Scheu gegen einen Liebhaber und die freie Bequemlichkeit gegen einen Oheim auf das innigste verband; denn sie liebte ihn wirklich und von ganzer Seele. Der Garten war in seiner vollen Frühlingspracht, und der Major, der so viele alte Bäume sich wieder belauben sah, konnte auch an die Wiederkehr seines eignen Frühlings glauben. Und wer hätte sich nicht in der Gegenwart des liebenswürdigsten Mädchens dazu verführen lassen!

So verging ihnen der Tag zusammen; alle häuslichen Epochen wurden mit der größten Gemütlichkeit durchlebt; abends nach Tisch setzte sich Hilarie wieder ans Klavier; der Major hörte mit andern Ohren als heute früh; eine Melodie schlang sich in die andere, ein Lied schloß sich ans andere, und kaum vermochte die Mitternacht die kleine Gesellschaft zu trennen.

Als der Major auf seinem Zimmer ankam, fand er alles nach seiner alten, gewohnten Bequemlichkeit eingerichtet; sogar einige Kupferstiche, bei denen er gern verweilte, waren aus andern Zimmern herübergehängt; und da er einmal aufmerksam geworden war, so sah er sich bis auf jeden einzelnen kleinen Umstand versorgt und geschmeichelt.

Nur wenig Stunden Schlaf bedurfte er diesmal; seine Lebensgeister waren früh aufgeregt. Aber nun merkte er auf einmal, daß eine neue Ordnung der Dinge manches Unbequeme nach sich ziehe. Er hatte seinem alten Reitknecht, der zugleich die Stelle des Bedienten und Kammerdieners vertrat, seit mehreren Jahren kein böses Wort gegeben: denn alles ging in der strengsten Ordnung seinen gewöhnlichen Gang; die Pferde waren versorgt und die Kleidungsstücke zu rechter Stunde gereinigt; aber der Herr war früher aufgestanden, und nichts wollte passen.

Sodann gesellte sich noch ein anderer Umstand hinzu, um die Ungeduld und eine Art böser Laune des Majors zu vermehren. Sonst war ihm alles an sich und seinem Diener recht gewesen; nun aber fand er sich, als er vor den Spiegel trat, nicht so, wie er zu sein wünschte. Einige graue Haare konnte er nicht leugnen, und von Runzeln schien sich auch etwas eingefunden zu haben. Er wischte und puderte mehr als sonst und mußte es doch zuletzt lassen, wie es sein konnte. Auch mit der Kleidung und ihrer Sauberkeit war er nicht zufrieden. Da sollten sich immer noch Fasern auf dem Rock und noch Staub auf den Stiefeln finden. Der Alte wußte nicht, was er sagen sollte, und war erstaunt, einen so veränderten Herrn vor sich zu sehen.

Ungeachtet aller dieser Hindernisse war der Major schon früh genug im Garten. Hilarien, die er zu finden hoffte, fand er wirklich. Sie brachte ihm einen Blumenstrauß entgegen, und er hatte nicht den Mut, sie wie sonst zu küssen und an sein Herz zu drücken. Er befand sich in der angenehmsten Verlegenheit von der Welt und überließ sich seinen Gefühlen, ohne zu denken, wohin das führen könne.

Die Baronin gleichfalls säumte nicht lange zu erscheinen, und indem sie ihrem Bruder ein Billet wies, das ihr eben ein Bote gebracht hatte, rief sie aus: »Du rätst nicht, wen uns dieses Blatt anzumelden kommt.« – »So entdecke es nur bald!« versetzte der Major; und er erfuhr, daß ein alter theatralischer Freund nicht weit von dem Gute vorbeireise und für einen Augenblick einzukehren gedenke. »Ich bin neugierig, ihn wieder zu sehen«, sagte der Major; »er ist kein Jüngling mehr, und ich höre, daß er noch immer die jungen Rollen spielt.« – »Er muß um zehn Jahr älter sein als du«, versetzte die Baronin. – »Ganz gewiß«, erwiderte der Major, »nach allem, was ich mich erinnere.«

Es währte nicht lange, so trat ein munterer, wohlgebauter, gefälliger Mann herzu. Man stutzte einen Augenblick, als man sich wiedersah. Doch sehr bald erkannten sich die Freunde, und Erinnerungen aller Art belebten das Gespräch. Hierauf ging man zu Erzählungen, zu Fragen und zu Rechenschaft über; man machte sich wechselsweise mit den gegenwärtigen Lagen bekannt und fühlte sich bald, als wäre man nie getrennt gewesen.

Die geheime Geschichte sagt uns, daß dieser Mann in früherer Zeit, als ein sehr schöner und angenehmer Jüngling, einer vornehmen Dame zu gefallen das Glück oder Unglück gehabt habe; daß er dadurch in große Verlegenheit und Gefahr geraten, woraus ihn der Major eben im Augenblick, als ihn das traurigste Schicksal bedrohte, glücklich herausriß. Ewig blieb er dankbar, dem Bruder sowohl als der Schwester; denn diese hatte durch zeitige Warnung zur Vorsicht Anlaß gegeben.

Einige Zeit vor Tische ließ man die Männer allein. Nicht ohne Bewunderung, ja gewissermaßen mit Erstaunen hatte der Major das äußere Behaben seines alten Freundes im ganzen und einzelnen betrachtet. Er schien gar nicht verändert zu sein, und es war kein Wunder, daß er noch immer als jugendlicher Liebhaber auf dem Theater erscheinen konnte. – »Du betrachtest mich aufmerksamer, als billig ist«, sprach er endlich den Major an; »ich fürchte sehr, du findest den Unterschied gegen vorige Zeit nur allzu groß.« – »Keineswegs«, versetzte der Major, »vielmehr bin ich voll Verwunderung, dein Aussehen frischer und jünger zu finden als das meine; da ich doch weiß, daß du schon ein gemachter Mann warst, als ich, mit der Kühnheit eines wagehalsigen Gelbschnabels, dir in gewissen Verlegenheiten beistand.« – »Es ist deine Schuld«, versetzte der andere, »es ist die Schuld aller deinesgleichen; und ob ihr schon darum nicht zu schelten seid, so seid ihr doch zu tadeln. Man denkt immer nur ans Notwendige; man will sein und nicht scheinen. Das ist recht gut, solange man etwas ist. Wenn aber zuletzt das Sein mit dem Scheinen sich zu empfehlen anfängt und der Schein noch flüchtiger als das Sein ist, so merkt denn doch ein jeder, daß er nicht übel getan hätte, das Äußere über dem Innern nicht ganz zu vernachlässigen.« – »Du hast recht«, versetzte der Major und konnte sich fast eines Seufzers nicht enthalten. – »Vielleicht nicht ganz recht«, sagte der bejahrte

Jüngling; »denn freilich bei meinem Handwerke wäre es ganz unverzeihlich, wenn man das Äußere nicht so lange aufstutzen wollte, als nur möglich ist. Ihr andern aber habt Ursache, auf andere Dinge zu sehen, die bedeutender und nachhaltiger sind.« – »Doch gibt es Gelegenheiten«, sagte der Major, »wo man sich innerlich frisch fühlt und sein Äußeres auch gar zu gern wieder auffrischen möchte.«

Da der Ankömmling die wahre Gemütslage des Majors nicht ahnen konnte, so nahm er diese Äußerung im Soldatensinne und ließ sich weitläufig darüber aus: wieviel beim Militär aufs Äußere ankomme und wie der Offizier, der so manches auf seine Kleidung zu wenden habe, doch auch einige Aufmerksamkeit auf Haut und Haare wenden könne.

»Es ist zum Beispiel unverantwortlich«, fuhr er fort, »daß Eure Schläfe schon grau sind, daß hie und da sich Runzeln zusammenziehen und daß Euer Scheitel kahl zu werden droht. Seht mich alten Kerl einmal an! betrachtet, wie ich mich erhalten habe! und das alles ohne Hexerei und mit weit weniger Mühe und Sorgfalt, als man täglich anwendet, um sich zu beschädigen oder wenigstens Langeweile zu machen.«

Der Major fand bei dieser zufälligen Unterredung zu sehr seinen Vorteil, als daß er sie so bald hätte abbrechen sollen; doch ging er leise und selbst gegen einen alten Bekannten mit Behutsamkeit zu Werke. »Das habe ich nun leider versäumt!« rief er aus, »und nachzuholen ist es nicht; ich muß mich nun schon darein ergeben, und Ihr werdet deshalb nicht schlimmer von mir denken.«

»Versäumt ist nichts!« erwiderte jener, »wenn ihr andern ernsthaften Herren nur nicht so starr und steif wäret, nicht gleich einen jeden, der sein Äußeres bedenkt, für eitel erklären und euch dadurch selbst die Freude verkümmern möchtet, in gefälliger Gesellschaft zu sein und selbst zu gefallen.« – »Wenn es auch keine Zauberei ist«, lächelte der Major, »wodurch ihr andern euch jung erhaltet, so ist es doch ein Geheimnis, oder wenigstens sind es Arkana, dergleichen oft in den Zeitungen gepriesen werden, von denen ihr aber die besten herauszuproben wißt.« – »Du magst im Scherz oder im Ernst reden«, versetzte der Freund, »so hast du's getroffen. Unter den vielen Dingen, die man von jeher versucht hat, um dem Äußeren einige Nahrung zu geben, das oft viel früher als das Innere abnimmt, gibt es wirklich unschätzbare, einfache sowohl als zusammengesetzte Mittel, die mir von Kunstgenossen mitgeteilt, für bares Geld oder durch Zufall überliefert und von mir selbst ausgeprobt worden. Dabei bleib ich und verharre nun, ohne deshalb meine weitern Forschungen aufzugeben. So viel kann ich dir sagen, und ich übertreibe nicht: ein Toilettenkästchen führe ich bei mir, über allen Preis! ein Kästchen, dessen Wirkungen ich wohl an dir erproben möchte, wenn wir nur vierzehn Tage zusammenblieben.«

Der Gedanke, etwas dieser Art sei möglich und diese Möglichkeit werde ihm gerade in dem rechten Augenblicke so zufällig nahe gebracht, erheiterte den Geist des Majors dergestalt, daß er wirklich schon frischer und munterer aussah und, von der Hoffnung, Haupt und Gesicht mit seinem Herzen in Übereinstimmung zu bringen, belebt, von der Unruhe, die Mittel dazu bald näher kennenzulernen, in Bewegung gesetzt, bei Tische ein ganz anderer Mensch erschien, Hilariens anmutigen Aufmerksamkeiten getrost entgegenging und auf sie mit einer gewissen Zuversicht blickte, die ihm heute früh noch sehr fremd gewesen war.

Hatte nun durch mancherlei Erinnerungen, Erzählungen und glückliche Einfälle der theatralische Freund die einmal angeregte gute Laune zu erhalten, zu beleben und zu vermehren gewußt, so wurde der Major um so verlegener, als jener gleich nach Tische sich zu entfernen und seinen Weg weiter fortzusetzen drohte. Auf alle Weise suchte er den Aufenthalt seines Freundes, wenigstens über Nacht, zu erleichtern, indem er Vorspann und Relais auf morgen früh andringlich zusagte. Genug, die heilsame Toilette sollte nicht aus dem Hause, bis man von ihrem Inhalt und Gebrauch näher unterrichtet wäre.

Der Major sah sehr wohl ein, daß hier keine Zeit zu verlieren sei, und suchte daher gleich nach Tische seinen alten Günstling allein zu sprechen. Da er das Herz nicht hatte, ganz gerade auf die Sache loszugehen, so lenkte er von weitem dahin, indem er, das vorige Gespräch wieder auffassend, versicherte: er für seine Person würde gern mehr Sorgfalt auf das Äußere verwenden, wenn nur nicht gleich die Menschen einen jeden, dem sie ein solches Bestreben anmerken, für eitel erklärten und ihm dadurch sogleich wieder an der sittlichen Achtung entzögen, was sie sich genötigt fühlten an der sinnlichen ihm zuzugestehen.

»Mache mich mit solchen Redensarten nicht verdrießlich!« versetzte der Freund; »denn das sind Ausdrücke, die sich die Gesellschaft angewöhnt hat, ohne etwas dabei zu denken, oder, wenn man es strenger nehmen will, wodurch sich ihre unfreundliche und mißwollende Natur ausspricht. Wenn du es recht genau betrachtest: was ist denn das, was man oft als Eitelkeit verrufen möchte? Jeder Mensch soll Freude an sich selbst haben, und glücklich, wer sie hat. Hat er sie aber, wie kann er sich verwehren, dieses angenehme Gefühl merken zu lassen? Wie soll er mitten im Dasein verbergen, daß er eine Freude am Dasein habe? Fände die gute Gesellschaft, denn von der ist doch hier allein die Rede, nur alsdann diese Äußerungen tadelhaft, wenn sie zu lebhaft werden, wenn des einen Menschen Freude an sich und seinem Wesen die andern hindert, Freude an dem ihrigen zu haben und sie zu zeigen, so wäre nichts dabei zu erinnern, und von diesem Übermaß ist auch wohl der Tadel zuerst ausgegangen. Aber was soll eine wunderlich-verneinende Strenge gegen etwas Unvermeidliches? Warum will man nicht eine Äußerung läßlich und erträglich finden, die man denn doch mehr oder weniger sich von Zeit zu Zeit selbst erlaubt? ja, ohne die eine gute Gesellschaft gar nicht existieren könnte: denn das Gefallen an sich selbst, das Verlangen, dieses Selbstgefühl andern mitzuteilen, macht gefällig, das Gefühl eigner Anmut macht anmutig. Wollte Gott, alle Menschen wären eitel, wären es aber mit Bewußtsein, mit Maß und im rechten Sinne: so würden wir in der gebildeten Welt die glücklichsten Menschen sein. Die Weiber, sagt man, sind eitel von Hause aus; doch es kleidet sie, und sie gefallen uns um desto mehr. Wie kann ein junger Mann sich bilden, der nicht eitel ist? Eine leere, hohle Natur wird sich wenigstens einen äußern Schein zu geben wissen, und der tüchtige Mensch wird sich bald von außen nach innen zu bilden. Was mich betrifft, so habe ich Ursache, mich auch deshalb für den glücklichsten Menschen zu halten, weil mein Handwerk mich berechtigt, eitel zu sein, und weil ich, je mehr ich es bin, nur desto mehr Vergnügen den Menschen schaffe. Ich werde gelobt, wo man andere tadelt, und habe, gerade auf diesem Wege, das Recht und das Glück, noch in einem Alter das Publikum zu ergötzen und zu entzücken, in welchem andere notgedrungen vom Schauplatz abtreten oder nur mit Schmach darauf verweilen.«

Der Major hörte nicht gerne den Schluß dieser Betrachtungen. Das Wörtchen Eitelkeit, als er es vorbrachte, sollte nur zu einem Übergang dienen, um dem Freunde auf eine geschickte Weise seinen Wunsch vorzutragen; nun fürchtete er, bei einem fortgesetzten Gespräch das Ziel noch weiter verrückt zu sehen, und eilte daher unmittelbar zum Zweck.

»Für mich«, sagte er, »wäre ich gar nicht abgeneigt, auch zu deiner Fahne zu schwören, da du es nicht für zu spät hältst und glaubst, daß ich das Versäumte noch einigermaßen nachholen könne. Teile mir etwas von deinen Tinkturen, Pomaden und Balsamen mit, und ich will einen Versuch machen.«

»Mitteilungen«, sagte der andere, »sind schwerer, als man denkt. Denn hier z. B. kommt es nicht allein darauf an, daß ich dir von meinen Fläschchen etwas abfülle und von den besten Ingredienzien meiner Toilette die Hälfte zurücklasse; die Anwendung ist das Schwerste. Man kann das Überlieferte sich nicht gleich zu eigen machen; wie dieses und jenes passe, unter was für Umständen, in welcher Folge die Dinge zu gebrauchen seien, dazu gehört Übung und Nachdenken; ja selbst diese wollen kaum fruchten, wenn man nicht eben zu der Sache, wovon die Rede ist, ein angebornes Talent hat.«

»Du willst, wie es scheint«, versetzte der Major, »nun wieder zurücktreten. Du machst mir Schwierigkeiten, um deine freilich etwas fabelhaften Behauptungen in Sicherheit zu bringen. Du hast nicht Lust, mir einen Anlaß, eine Gelegenheit zu geben, deine Worte durch die Tat zu prüfen.«

»Durch diese Neckereien, mein Freund«, versetzte der andere, »würdest du mich nicht bewegen, deinem Verlangen zu willfahren, wenn ich nicht selbst so gute Gesinnungen gegen dich hätte, wie ich es ja zuerst dir angeboten habe. Dabei bedenke, mein Freund, der Mensch hat gar eine eigne Lust, Proselyten zu machen, dasjenige, was er an sich schätzt, auch außer sich in andern zur Erscheinung zu bringen, sie genießen zu lassen, was er selbst genießt, und sich in ihnen wiederzufinden und darzustellen. Fürwahr, wenn dies auch Egoismus ist, so ist er der liebenswürdigste und lobenswürdigste, derjenige, der uns zu Menschen gemacht hat und uns als Menschen erhält. Aus ihm nehme ich denn auch, abgesehen von der Freundschaft, die ich zu dir hege, die Lust, einen Schüler in der Verjüngungskunst aus dir zu machen. Weil man aber von dem Meister erwarten kann, daß er keine Pfuscher ziehen will, so bin ich verlegen, wie wir es anfangen. Ich sagte schon: weder Spezereien noch irgendeine Anweisung ist hinlänglich; die Anwendung kann nicht im allgemeinen gelehrt werden. Dir zuliebe und aus Lust, meine Lehre fortzupflanzen, bin ich zu jeder Aufopferung bereit. Die größte für den Augenblick will ich dir sogleich anbieten. Ich lasse dir meinen Diener hier, eine Art von Kammerdiener und Tausendkünstler, der, wenn er gleich nicht alles zu bereiten weiß, nicht in alle Geheimnisse eingeweiht ist, doch die ganze Behandlung recht gut versteht und für den Anfang dir von großem Nutzen sein wird, bis du dich in die Sache so hineinarbeitest, daß ich dir die höheren Geheimnisse endlich auch offenbaren kann.«

»Wie!« rief der Major, »du hast auch Stufen und Grade

deiner Verjüngungskunst? Du hast noch Geheimnisse für die Eingeweihten?« – »Ganz gewiß!« versetzte jener. »Das müßte gar eine schlechte Kunst sein, die sich auf einmal fassen ließe, deren Letztes von demjenigen gleich geschaut werden könnte, der zuerst hereintritt.«

Man zauderte nicht lange, der Kammerdiener ward an den Major gewiesen, der ihn gut zu halten versprach. Die Baronin mußte Schächtelchen, Büchschen und Gläser hergeben, sie wußte nicht wozu; die Teilung ging vor sich, man war bis in die Nacht munter und geistreich zusammen. Bei dem späteren Aufgang des Mondes fuhr der Gast hinweg und versprach, in einiger Zeit zurückzukehren.

Der Major kam ziemlich müde auf sein Zimmer. Er war früh aufgestanden, hatte sich den Tag nicht geschont und glaubte nunmehr das Bett bald zu erreichen. Allein er fand statt eines Dieners nunmehr zwei. Der alte Reitknecht zog ihn nach alter Art und Weise eilig aus; aber nun trat der neue hervor und ließ merken, daß die eigentliche Zeit, Verjüngungs- und Verschönerungsmittel anzubringen, die Nacht sei, damit in einem ruhigen Schlaf die Wirkung desto sicherer vor sich gehe. Der Major mußte sich also gefallen lassen, daß sein Haupt gesalbt, sein Gesicht bestrichen, seine Augenbraunen bepinselt und seine Lippen betupft wurden. Außerdem wurden noch verschiedene Zeremonien erfordert; sogar sollte die Nachtmütze nicht unmittelbar aufgesetzt, sondern vorher ein Netz, wo nicht gar eine feine lederne Mütze übergezogen werden.

Der Major legte sich zu Bette mit einer Art von unangenehmer Empfindung, die er jedoch sich deutlich zu machen keine Zeit hatte, indem er gar bald einschlief. Sollen wir aber in seine Seele sprechen, so fühlte er sich etwas mumienhaft, zwischen einem Kranken und einem Einbalsamierten. Allein das süße Bild Hilariens, umgeben von den heitersten Hoffnungen, zog ihn bald in einen erquickenden Schlaf.

Morgens zur rechten Zeit war der Reitknecht bei der Hand. Alles, was zum Anzuge des Herrn gehörte, lag in gewohnter Ordnung auf den Stühlen, und eben war der Major im

Begriff, aus dem Bette zu steigen, als der neue Kammerdiener hereintrat und lebhaft gegen eine solche Übereilung protestierte. Man müsse ruhen, man müsse sich abwarten, wenn das Vorhaben gelingen, wenn man für so manche Mühe und Sorgfalt Freude erleben solle. Der Herr vernahm sodann, daß er in einiger Zeit aufzustehen, ein kleines Frühstück zu genießen und alsdann in ein Bad zu steigen habe, welches schon bereitet sei. Den Anordnungen war nicht auszuweichen, sie mußten befolgt werden, und einige Stunden gingen unter diesen Geschäften hin.

Der Major verkürzte die Ruhezeit nach dem Bade, dachte sich geschwind in die Kleider zu werfen; denn er war seiner Natur nach expedit und wünschte noch überdies, Hilarien bald zu begegnen; aber auch hier trat ihm sein neuer Diener entgegen und machte ihm begreiflich, daß man sich durchaus abgewöhnen müsse, fertig werden zu wollen. Alles, was man tue, müsse man langsam und behaglich vollbringen, besonders aber die Zeit des Anziehens habe man als angenehme Unterhaltungsstunde mit sich selbst anzusehen.

Die Behandlungsart des Kammerdieners traf mit seinen Reden völlig überein. Dafür glaubte sich aber auch der Major wirklich besser angezogen denn jemals, als er vor den Spiegel trat und sich auf das schmuckeste herausgeputzt erblickte. Ohne viel zu fragen, hatte der Kammerdiener sogar die Uniform moderner zugestutzt, indem er die Nacht auf diese Verwandlung wendete. Eine so schnell erscheinende Verjüngung gab dem Major einen besonders heitern Sinn, so daß er sich von innen und außen erfrischt fühlte und mit ungeduldigem Verlangen den Seinigen entgegeneilte.

Er fand seine Schwester vor dem Stammbaume stehen, den sie hatte aufhängen lassen, weil abends vorher zwischen ihnen von einigen Seitenverwandten die Rede gewesen, welche, teils unverheiratet, teils in fernen Landen wohnhaft, teils gar verschollen, mehr oder weniger den beiden Geschwistern oder ihren Kindern auf reiche Erbschaften Hoffnung machten. Sie unterhielten sich einige Zeit darüber, ohne des Punktes zu erwähnen, daß sich bisher alle

Familiensorgen und Bemühungen bloß auf ihre Kinder bezogen. Durch Hilariens Neigung hatte sich diese ganze Ansicht freilich verändert, und doch mochte weder der Major noch seine Schwester in diesem Augenblick der Sache weiter gedenken.

Die Baronin entfernte sich, der Major stand allein vor dem lakonischen Familiengemälde. Hilarie trat an ihn heran, lehnte sich kindlich an ihn, beschaute die Tafel und fragte: wen er alles von diesen gekannt habe? und wer wohl noch leben und übrig sein möchte?

Der Major begann seine Schilderung von den Ältesten, deren er sich aus seiner Kindheit nur noch dunkel erinnerte. Dann ging er weiter, zeichnete die Charaktere verschiedener Väter, die Ähnlichkeit oder Unähnlichkeit der Kinder mit denselben, bemerkte, daß oft der Großvater im Enkel wieder hervortrete, sprach gelegentlich von dem Einfluß der Weiber, die, aus fremden Familien herüber heiratend, oft den Charakter ganzer Stämme verändern. Er rühmte die Tugend manches Vorfahren und Seitenverwandten und verschwieg ihre Fehler nicht. Mit Stillschweigen überging er diejenigen, deren man sich hätte zu schämen gehabt. Endlich kam er an die untersten Reihen. Da stand nun sein Bruder, der Obermarschall, er und seine Schwester, und unten drunter sein Sohn und daneben Hilarie.

»Diese sehen einander gerade genug ins Gesicht«, sagte der Major und fügte nicht hinzu, was er im Sinne hatte. Nach einer Pause versetzte Hilarie bescheiden, halblaut und fast mit einem Seufzer: »Und doch wird man denjenigen niemals tadeln, der in die Höhe blickt!« Zugleich sah sie mit ein paar Augen an ihm hinauf, aus denen ihre ganze Neigung hervorsprach. – »Versteh ich dich recht?« sagte der Major, indem er sich zu ihr wendete. – »Ich kann nichts sagen«, versetzte Hilarie lächelnd, »was Sie nicht schon wissen.« – »Du machst mich zum glücklichsten Menschen unter der Sonne!« rief er aus und fiel ihr zu Füßen. »Willst du mein sein?« – »Um Gottes willen stehen Sie auf! Ich bin dein auf ewig.«

Die Baronin trat herein. Ohne überrascht zu sein, stutzte

sie. – »Wäre es ein Unglück«, sagte der Major, »Schwester! so ist die Schuld dein; als Glück wollen wir's dir ewig verdanken.«

Die Baronin hatte ihren Bruder von Jugend auf dergestalt geliebt, daß sie ihn allen Männern vorzog, und vielleicht war selbst die Neigung Hilariens aus dieser Vorliebe der Mutter, wo nicht entsprungen, doch gewiß genährt worden. Alle drei vereinigten sich nunmehr in einer Liebe, einem Behagen, und so flossen für sie die glücklichsten Stunden dahin. Nur wurden sie denn doch zuletzt auch wieder die Welt um sich her gewahr, und diese steht selten mit solchen Empfindungen im Einklang.

Nun dachte man auch wieder an den Sohn. Ihm hatte man Hilarien bestimmt, das ihm sehr wohl bekannt war. Gleich nach Beendigung des Geschäfts mit dem Obermarschall sollte der Major seinen Sohn in der Garnison besuchen, alles mit ihm abreden und diese Angelegenheiten zu einem glücklichen Ende führen. Nun war aber durch ein unerwartetes Ereignis der ganze Zustand verruckt; die Verhältnisse, die sonst sich freundlich ineinanderschmiegten, schienen sich nunmehr anzufeinden, und es war schwer vorauszusehen, was die Sache für eine Wendung nehmen, was für eine Stimmung die Gemüter ergreifen würde.

Indessen mußte sich der Major entschließen, seinen Sohn aufzusuchen, dem er sich schon angemeldet hatte. Er machte sich nicht ohne Widerwillen, nicht ohne sonderbare Ahnung, nicht ohne Schmerz, Hilarien auch nur auf kurze Zeit zu verlassen, nach manchem Zaudern auf den Weg, ließ Reitknecht und Pferde zurück und fuhr mit seinem Verjüngungsdiener, den er nun nicht mehr entbehren konnte, der Stadt, dem Aufenthalte seines Sohnes, entgegen.

Beide begrüßten und umarmten sich nach so langer Trennung aufs herzlichste. Sie hatten einander viel zu sagen und sprachen doch nicht sogleich aus, was ihnen zunächst am Herzen lag. Der Sohn erging sich in Hoffnungen eines baldigen Avancements; wogegen ihm der Vater genaue Nachricht gab, was zwischen den ältern Familiengliedern wegen des Vermögens überhaupt, wegen der einzelnen Güter und sonst verhandelt und beschlossen worden.

Das Gespräch fing schon einigermaßen an zu stocken, als der Sohn sich ein Herz faßte und zu dem Vater lächelnd sagte: »Sie behandeln mich sehr zart, lieber Vater, und ich danke Ihnen dafür. Sie erzählen mir von Besitztümern und Vermögen und erwähnen der Bedingung nicht, unter der, wenigstens zum Teil, es mir eigen werden soll; Sie halten mit dem Namen Hilariens zurück, Sie erwarten, daß ich ihn selbst ausspreche, daß ich mein Verlangen zu erkennen gebe, mit dem liebenswürdigen Kinde bald vereinigt zu sein.«

Der Major befand sich bei diesen Worten des Sohnes in großer Verlegenheit; da es aber teils seiner Natur, teils einer alten Gewohnheit gemäß war, den Sinn des andern, mit dem er zu verhandeln hatte, zu erforschen, so schwieg er und blickte den Sohn mit einem zweideutigen Lächeln an. – »Sie erraten nicht, mein Vater, was ich zu sagen habe«, fuhr der Lieutenant fort, »und ich will es nur rasch ein für allemal herausreden. Ich kann mich auf Ihre Güte verlassen, die, bei so vielfacher Sorge für mich, gewiß auch an mein wahres Glück gedacht hat. Einmal muß es gesagt sein, und so sei es gleich gesagt: Hilarie kann mich nicht glücklich machen! Ich gedenke Hilariens als einer liebenswürdigen Anverwandten, mit der ich zeitlebens in den freundschaftlichsten Verhältnissen stehen möchte; aber eine andere hat meine Leidenschaft erregt, meine Neigung gefesselt. Unwiderstehlich ist dieser Hang; Sie werden mich nicht unglücklich machen.«

Nur mit Mühe verbarg der Major die Heiterkeit, die sich über sein Gesicht verbreiten wollte, und fragte den Sohn mit einem milden Ernst: wer denn die Person sei, welche sich seiner so gänzlich bemächtigen können. – »Sie müssen dieses Wesen sehen, mein Vater: denn sie ist so unbeschreiblich als unbegreiflich. Ich fürchte nur, Sie werden selbst von ihr hingerissen, wie jedermann, der sich ihr nähert. Bei Gott! ich erlebe es und sehe Sie als den Rival Ihres Sohnes.«

»Wer ist sie denn?« fragte der Major. »Wenn du ihre Persönlichkeit zu schildern nicht imstande bist, so erzähle mir wenigstens von ihren äußern Umständen: denn diese sind doch wohl eher auszusprechen.« – »Wohl, mein Vater!« versetzte der Sohn; »und doch würden auch diese äußeren Umstände bei einer andern anders sein, anders auf eine andere wirken. Sie ist eine junge Witwe, Erbin eines alten, reichen, vor kurzem verstorbenen Mannes, unabhängig und höchst wert, es zu sein, von vielen umgeben, von ebenso vielen geliebt, von ebenso vielen umworben, doch wenn ich mich nicht sehr betriege, mir von Herzen angehörig.«

Mit Behaglichkeit, weil der Vater schwieg und kein Zeichen der Mißbilligung äußerte, fuhr der Sohn fort, das Betragen der schönen Witwe gegen ihn zu erzählen, jene unwiderstehliche Anmut, jene zarten Gunstbezeigungen einzeln herzurühmen, in denen der Vater freilich nur die leichte Gefälligkeit einer allgemein gesuchten Frau erkennen konnte, die unter vielen wohl irgendeinen vorzieht, ohne sich eben für ihn ganz und gar zu entscheiden. Unter jeden andern Umständen hätte er gewiß gesucht, einen Sohn, ja nur einen Freund auf den Selbstbetrug aufmerksam zu machen, der wahrscheinlich hier obwalten könnte; aber diesmal war ihm selbst soviel daran gelegen, wenn der Sohn sich nicht täuschen, wenn die Witwe ihn wirklich lieben und sich so schnell als möglich zu seinen Gunsten entscheiden möchte, daß er entweder kein Bedenken hatte oder einen solchen Zweifel bei sich ablehnte, vielleicht auch nur verschwieg.

»Du setzest mich in große Verlegenheit«, begann der Vater nach einiger Pause. »Die ganze Übereinkunft zwischen den übrig gebliebenen Gliedern unsers Geschlechts beruht auf der Voraussetzung, daß du dich mit Hilarien verbindest. Heiratet sie einen Fremden, so ist die ganze, schöne, künstliche Vereinigung eines ansehnlichen Vermögens wieder aufgehoben, und du besonders in deinem Teile nicht zum besten bedacht. Es gäbe wohl noch ein Mittel, das aber ein wenig sonderbar klingt und wobei du auch nicht viel gewinnen würdest; ich müßte noch in meinen alten Tagen Hilarien heiraten, wodurch ich dir aber schwerlich ein großes Vergnügen machen würde.«

»Das größte von der Welt!« rief der Lieutenant aus; »denn wer kann eine wahre Neigung empfinden, wer kann das Glück der Liebe genießen oder hoffen, ohne daß er dieses höchste Glück einem jeden Freund, einem jeden gönnte, der ihm wert ist! Sie sind nicht alt, mein Vater; wie liebenswürdig ist nicht Hilarie! und schon der vorüberschwebende Gedanke, ihr die Hand zu bieten, zeugt von einem jugendlichen Herzen, von frischer Mutigkeit. Lassen Sie uns diesen Einfall, diesen Vorschlag aus dem Stegreife ja recht gut durchsinnen und ausdenken. Dann würde ich erst recht glücklich sein, wenn ich Sie glücklich wüßte; dann würde ich mich erst recht freuen, daß Sie für die Sorgfalt, mit der Sie mein Schicksal bedacht, an sich selbst so schön und höchlich belohnt würden. Nun führe ich Sie erst mutig, zutraulich und mit recht offnem Herzen zu meiner Schönen. Sie werden meine Empfindungen billigen, weil Sie selbst fühlen; Sie werden dem Glück eines Sohnes nichts in den Weg legen, weil Sie Ihrem eigenen Glück entgegengehen.«

Mit diesen und andern dringenden Worten ließ der Sohn den Vater, der manche Bedenklichkeiten einstreuen wollte, nicht Raum gewinnen, sondern eilte mit ihm zur schönen Witwe, welche sie in einem großen, wohleingerichteten Hause, umgeben von einer zwar nicht zahlreichen, aber ausgesuchten Gesellschaft, in heiterer Unterhaltung antrafen. Sie war eins von den weiblichen Wesen, denen kein Mann entgeht. Mit unglaublicher Gewandtheit wußte sie den Major zum Helden dieses Abends zu machen. Die übrige Gesellschaft schien ihre Familie, der Major allein der Gast zu sein. Sie kannte seine Verhältnisse recht gut, und doch wußte sie darnach zu fragen, als wenn sie alles erst von ihm recht erfahren wollte; und so mußte auch jedes von der Gesellschaft schon irgendeinen Anteil an dem Neuangekommenen zeigen. Der eine mußte seinen Bruder, der andere seine Güter und der dritte sonst wieder etwas gekannt haben, so daß der Major bei einem lebhaften Gespräch sich immer als den Mittelpunkt fühlte. Auch saß er zunächst bei der Schönen; ihre Augen waren auf ihn, ihr Lächeln an ihn gerichtet; genug, er fand sich so behaglich, daß er beinahe die Ursache vergaß, warum er gekommen war. Auch erwähnte sie seines Sohnes kaum mit einem Worte, obgleich der junge Mann lebhaft mitsprach; er schien für sie, wie die übrigen alle, heute nur um des Vaters willen gegenwärtig.

Frauenzimmerliche Handarbeiten, in Gesellschaft unternommen und scheinbar gleichgültig fortgesetzt, erhalten durch Klugheit und Anmut oft eine wichtige Bedeutung. Unbefangen und emsig fortgesetzt, geben solche Bemühungen einer Schönen das Ansehen völliger Unaufmerksamkeit auf die Umgebung und erregen in derselben ein stilles Mißgefühl. Dann aber, gleichsam wie beim Erwachen, ein Wort, ein Blick versetzt die Abwesende wieder mitten in die Gesellschaft, sie erscheint als neu willkommen; legt sie aber gar die Arbeit in den Schoß nieder, zeigt sie Aufmerksamkeit auf eine Erzählung, einen belehrenden Vortrag, in welchem sich die Männer so gern ergehen, dies wird demjenigen höchst schmeichelhaft, den sie dergestalt begünstigt.

Unsere schöne Witwe arbeitete auf diese Weise an einer so prächtigen als geschmackvollen Brieftasche, die sich noch überdies durch ein größeres Format auszeichnete. Diese ward nun eben von der Gesellschaft besprochen, von dem nächsten Nachbar aufgenommen, unter großen Lobpreisungen der Reihe nach herumgegeben, indessen die Künstlerin sich mit dem Major von ernsten Gegenständen besprach; ein alter Hausfreund rühmte das beinahe fertige Werk mit Übertreibung, doch als solches an den Major kam, schien sie es als seiner Aufmerksamkeit nicht wert von ihm ablehnen zu wollen, wogegen er auf eine verbindliche Weise die Verdienste der Arbeit anzuerkennen verstand, inzwischen der Hausfreund darin ein penelopeisch zauderhaftes Werk zu sehen glaubte.

Man ging in den Zimmern auf und ab und gesellte sich zufällig zusammen. Der Lieutenant trat zu der Schönen und fragte: »Was sagen Sie zu meinem Vater?« Lächelnd versetzte sie: »Mich deucht, daß Sie ihn wohl zum Muster nehmen könnten. Sehn Sie nur, wie nett er angezogen ist! Ob er sich nicht besser trägt und hält als sein lieber Sohn!« So fuhr sie fort, den Vater auf Unkosten des Sohnes zu beschreien und zu loben und eine sehr gemischte Empfindung von Zufriedenheit und Eifersucht in dem Herzen des jungen Mannes hervorzubringen.

Nicht lange, so gesellte sich der Sohn zum Vater und erzählte ihm alles haarklein wieder. Der Vater betrug sich nur desto freundlicher gegen die Witwe, und sie setzte sich gegen ihn schon auf einen lebhafteren, vertraulichern Ton. Kurz, man kann sagen, daß, als es zum Scheiden ging, der Major so gut als die übrigen alle ihr und ihrem Kreise schon angehörte.

Ein stark einfallender Regen hinderte die Gesellschaft, auf die Weise nach Hause zu kehren, wie sie gekommen war. Einige Equipagen fuhren vor, in welche man die Fußgänger verteilte; nur der Lieutenant, unter dem Vorwande, man sitze ohnehin schon zu enge, ließ den Vater fortfahren und blieb zurück.

Der Major, als er in sein Zimmer trat, fühlte sich wirklich in einer Art von Taumel, von Unsicherheit seiner selbst, wie es denen geht, die schnell aus einem Zustande in den entgegengesetzten übertreten. Die Erde scheint sich für den zu bewegen, der aus dem Schiffe steigt, und das Licht zittert noch im Auge dessen, der auf einmal ins Finstere tritt. So fühlte sich der Major noch von der Gegenwart des schönen Wesens umgeben. Er wünschte, sie noch zu sehen, zu hören, sie wieder zu sehen, wieder zu hören; und nach einiger Besinnung verzieh er seinem Sohne, ja er pries ihn glücklich, daß er Ansprüche machen dürfe, soviel Vorzüge zu besitzen.

Aus diesen Empfindungen riß ihn der Sohn, der mit einer lebhaften Entzückung zur Türe hereinstürzte, den Vater umarmte und ausrief: »Ich bin der glücklichste Mensch von der Welt!« Nach solchen und ähnlichen Ausrufen kam es endlich unter beiden zur Aufklärung. Der Vater bemerkte,

daß die schöne Frau im Gespräch gegen ihn des Sohnes auch nicht mit einer Silbe erwähnt habe. – »Das ist eben ihre zarte, schweigende, halb schweigende, halb andeutende Manier, wodurch man seiner Wünsche gewiß wird und sich doch immer des Zweifels nicht ganz erwehren kann. So war sie bisher gegen mich; aber Ihre Gegenwart, mein Vater, hat Wunder getan. Ich gestehe es gern, daß ich zurückblieb, um sie noch einen Augenblick zu sehen. Ich fand sie in ihren erleuchteten Zimmern auf und ab gehen; denn ich weiß wohl, es ist ihre Gewohnheit: wenn die Gesellschaft weg ist, darf kein Licht ausgelöscht werden. Sie geht allein in ihren Zaubersälen auf und ab, wenn die Geister entlassen sind, die sie hergebannt hat. Sie ließ den Vorwand gelten, unter dessen Schutz ich zurückkam. Sie sprach anmutig, doch von gleichgültigen Dingen. Wir gingen hin und wider durch die offenen Türen die ganze Reihe der Zimmer durch. Wir waren schon einige Male bis ans Ende gelangt, in das kleine Kabinett, das nur von einer trüben Lampe erhellt ist. War sie schön, wenn sie sich unter den Kronleuchtern her bewegte, so war sie es noch unendlich mehr, beleuchtet von dem sanften Schein der Lampe. Wir waren wieder dahin gekommen und standen beim Umkehren einen Augenblick still. Ich weiß nicht, was mir die Verwegenheit abnötigte, ich weiß nicht, wie ich es wagen konnte, mitten im gleichgültigsten Gespräch auf einmal ihre Hand zu fassen, diese zarte Hand zu küssen, sie an mein Herz zu drücken. Man zog sie nicht weg. ›Himmlisches Wesen‹, rief ich, ›verbirg dich nicht länger vor mir. Wenn in diesem schönen Herzen eine Neigung wohnt für den Glücklichen, der vor dir steht, so verhülle sie nicht länger, offenbare sie, gestehe sie! es ist die schönste, es ist die höchste Zeit. Verbanne mich, oder nimm mich in deinen Armen auf!‹
Ich weiß nicht, was ich alles sagte, ich weiß nicht, wie ich mich gebärdete. Sie entfernte sich nicht, sie widerstrebte nicht, sie antwortete nicht. Ich wagte es, sie in meine Arme zu fassen, sie zu fragen, ob sie die Meinige sein wolle. Ich küßte sie mit Ungestüm; sie drängte mich weg. – ›Ja doch,

ja!‹ oder so etwas sagte sie halblaut und wie verworren. Ich entfernte mich und rief: ›Ich sende meinen Vater, der soll für mich reden!‹ – ›Kein Wort mit ihm darüber!‹ versetzte sie, indem sie mir einige Schritte nachfolgte. ›Entfernen Sie sich, vergessen Sie, was geschehen ist.‹«

Was der Major dachte, wollen wir nicht entwickeln. Er sagte jedoch zum Sohne: »Was glaubst du nun, was zu tun sei? Die Sache ist, dächt' ich, aus dem Stegreife gut genug eingeleitet, daß wir nun etwas förmlicher zu Werke gehen können, daß es vielleicht sehr schicklich ist, wenn ich mich morgen dort melde und für dich anhalte.« – »Um Gottes willen, mein Vater!« rief er aus, »das hieße die ganze Sache verderben. Jenes Betragen, jener Ton will durch keine Förmlichkeit gestört und verstimmt sein. Es ist genug, mein Vater, daß Ihre Gegenwart diese Verbindung beschleunigt, ohne daß Sie ein Wort aussprechen. Ja Sie sind es, dem ich mein Glück schuldig bin! Die Achtung meiner Geliebten für Sie hat jeden Zweifel besiegt, und niemals würde der Sohn einen so glücklichen Augenblick gefunden haben, wenn ihn der Vater nicht vorbereitet hätte.«

Solche und ähnliche Mitteilungen unterhielten sie bis tief in die Nacht. Sie vereinigten sich wechselseitig über ihre Plane; der Major wollte bei der schönen Witwe nur noch der Form wegen einen Abschiedsbesuch machen und sodann seiner Verbindung mit Hilarien entgegengehen; der Sohn sollte die seinige befördern und beschleunigen, wie es möglich wäre.[1]

1 *An dieser Stelle folgten in der ersten Ausgabe der »Wanderjahre« von 1821 (S. 250–260) »Hersiliens Nachschrift« und »Zwischenrede«, die für das Verständnis der »Wanderjahre« von 1829 von Bedeutung sind (s. S. 253,14f.), aber nicht in die Schlußfassung aufgenommen wurden. Zum besseren Verständnis werden diese Textabschnitte aus der ersten Ausgabe hier wiedergegeben:*

Hersiliens Nachschrift

Hier brech ich ab, teils weil ich gegenwärtig nicht weiterschreiben kann, teils aber, um Ihnen einen Stachel ins Herz zu senken. Beantworten Sie sich die Frage nun selbst, wie wunderlich nach allem, was Sie gelesen, es um diese Frauenzimmer stehen müsse? Bisher hatten sie gar kein Verhältnis unter sich, sie kannten sich nicht, obgleich jede besonders auf eine Verbindung zu hoffen schien, die auch sie einander annähern sollte. Nun finden wir sie zusammen,

Viertes Kapitel

Der schönen Witwe machte unser Major einen Morgenbesuch, um Abschied zu nehmen und, wenn es möglich wäre, die Absicht seines Sohnes mit Schicklichkeit zu fördern. Er fand sie in zierlichster Morgenkleidung in Gesellschaft einer ältern Dame, die durch ein höchst gesittetes, freundliches Wesen ihn alsobald einnahm. Die Anmut der Jüngern, der Anstand der Älteren setzten das Paar in das wünschenswerteste Gleichgewicht, auch schien ihr wechselseitiges Betragen durchaus dafür zu sprechen, daß sie einander angehörten.

aber allein, ohne männliche Begleitung, in die Welt ziehend. Was ist vorhergegangen, was kann daraus folgen? Sie, mein Guter, helfen sich gewiß dadurch heraus, daß Sie traurig vor sich hin sprechen: »Das sind nun auch wieder einmal Entsagende!«, und darin haben Sie vollkommen recht; ob aber auch Hoffende? das darf ich nicht entdecken, und wenn ich's wüßte.
Um Ihnen nun den Weg zu zeigen, wie Sie das liebenswürdige Paar auf Ihren Wanderungen treffen können, so ergreife ich ein wunderliches Mittel. Sie erhalten hiebei den kleinen Ausschnitt einer Landkarte; wenn Sie diesen auf die größere legen, so deutet die darauf gezeichnete Magnetnadel mit der Pfeilspitze nach der Gegend, wo die Suchenswerten hinziehen. Dieses Rätsel ist nicht so gar schwer zu lösen, aber ich wünschte, daß Sie von Zeit zu Zeit gegen uns ein Gleiches täten und ein Schnippchen Landkarte an uns wendeten, wir würden alsdann doch einigermaßen erfahren, wohin wir unsere Gedanken zu richten hätten, und wie freudig würden wir sein, wenn die Nadel auch einmal von uns angezogen würde. Möge Ihnen alles Gute gegönnt, aller Irrtum verziehen sein.

Man sagt den Frauenzimmern nach, daß sie keinen Brief ohne Postskript absenden können; was man auch für Folgerungen daraus ziehen mag, so kann ich nicht leugnen, daß dieses schon die zweite Nachschrift sei und worin eigentlich von der Hauptsache die Rede sein soll. Diesen Schaft des Pfeiles auf beikommendem Blättchen hat Hilarie selbst gezogen und mit zierlichem Gefieder geschmückt; die scharfe Spitze jedoch fügte die schöne Witwe hinzu; geben Sie acht, daß er nicht ritze, vielleicht gar treffe. Unsere Verabredung ist, daß Sie bei der ersten Zusammenkunft, sie geschehe, wo sie wolle, gleich das Blättchen vorweisen, da Sie denn um desto schneller und zutraulicher empfangen werden sollen.

Zwischenrede

Daß eine gewisse Lücke, vielleicht in kurzem fühlbar, im ganzen hie und da bemerklich und doch nicht zu vermeiden sein werde, sprechen wir lieber selbst aus, ohne Furcht, den Genuß unserer Leser dadurch zu kränken. Bei der

Die Jüngere schien eine fleißig gearbeitete, uns von gestern schon bekannte Brieftasche soeben vollendet zu haben; denn nach den gewöhnlichen Empfangsbegrüßungen und verbindlichen Worten eines willkommenen Erscheinens wendete sie sich zur Freundin und reichte das künstliche Werk hin, gleichsam ein unterbrochenes Gespräch wieder anknüpfend: »Sie sehen also, daß ich doch fertig geworden bin, wenn es gleich wegen manchen Zögerns und Säumens den Anschein nicht hatte.«

»Sie kommen eben recht, Herr Major«, sagte die Ältere, »unsern Streit zu entscheiden oder wenigstens sich für eine oder die andere Partei zu erklären; ich behaupte, man fängt

gegenwärtigen, zwar mit Vorbedacht und Mut unternommenen Redaktion stoßen wir doch auf alle die Unbequemlichkeiten, welche die Herausgabe dieser Bändchen seit zwanzig Jahren verspäteten. Diese Zeit hat daran nichts verbessert. Wir sehen uns noch immer auf mehr als eine Weise gehindert und, an dieser oder jener Stelle, mit irgendeiner Stockung bedroht. Denn wir haben die bedenkliche Aufgabe zu lösen, aus den mannigfaltigsten Papieren das Werteste und Wichtigste auszusuchen, wie es denkenden und gebildeten Gemütern erfreulich sein und sie, auf mancher Stufe des Lebens, erquicken und fördern könnte. Da liegen nun aber vor uns Tagebücher, mehr oder weniger ausführlich, bald ohne Anstand mitteilbar, bald wegen unbedeutenden, auch allzu bedeutenden Inhalts unrätlich einzuschalten.

Sogar fehlt es nicht an Heften, der wirklichen Welt gewidmet, statistischen, technischen und sonst realen Inhalts. Diese als ungehörig abzusondern fällt schwer, da Leben und Neigung, Erkenntnis und Leidenschaft, sich wunderbar vereinigend, im engsten Bunde miteinander fortschreiten.

Alsdann begegnen uns Entwürfe, mit guter Einsicht und zu herrlichen Zwekken geschrieben, aber nicht so folgerecht und durchgreifend, daß man sie völlig billigen oder aber in der neuen, so weit vorgeschrittenen Zeit für lesbar und wirksam halten könnte.

Ebenso begegnen wir kleinen Anekdoten ohne Zusammenhang, schwer unter Rubriken zu bringen, manche, genau besehen, nicht ganz unverfänglich. Hie und da treffen wir auf ausgebildetere Erzählungen, deren manche, schon bekannt, dennoch hier notwendig einen Platz verlangen und zugleich Auflösung und Abschluß fordern. Auch an Gedichten ist kein Mangel, und doch läßt sich nicht leicht, nicht immer entscheiden, wo sie eingeschaltet werden dürften, um der wahren Stimmung nachzuhelfen, welche gar leicht gestört und umgewendet wird. Wenn wir also nicht, wie schon oft seit vielen Jahren, in diesem Geschäft abermals stocken sollen, so bleibt uns nichts übrig, als zu überliefern, was wir besitzen, mitzuteilen, was sich erhalten hat. Und so geben wir daher einige Kapitel, deren Ausführung wohl wünschenswert gewesen, nur in vorübereilender Gestalt, damit der Leser nicht nur fühle, daß hier etwas erman-

eine solche weitschichtige Arbeit nicht an, ohne einer Person zu gedenken, der man sie bestimmt hat, man vollendet sie nicht ohne einen solchen Gedanken. Beschauen Sie selbst das Kunstwerk, denn so nenn ich es billig, ob dergleichen so ganz ohne Zweck unternommen werden könne.«

Unser Major mußte der Arbeit freilich allen Beifall zusprechen. Teils geflochten, teils gestickt, erregte sie zugleich mit der Bewunderung das Verlangen, zu erfahren, wie sie gemacht sei. Die bunte Seide waltete vor, doch war auch das Gold nicht verschmäht, genug, man wußte nicht, ob man Pracht oder Geschmack mehr bewundern sollte.

»Es ist doch noch einiges daran zu tun«, versetzte die

gelt, sondern daß er von dem Mangelnden näher unterrichtet sei und sich dasjenige selbst ausbilde, was, teils der Natur des Gegenstandes nach, teils den eintretenden Umständen gemäß, nicht vollkommen ausgebildet oder mit allen Belegen gekräftiget ihm entgegentreten kann.

Zwölftes Kapitel

Über das vorgelegte Rätsel fand sich Wilhelm einigermaßen betroffen, doch fühlte er sogleich eine stille Anziehung, eine Anwandlung von Sehnsucht, jene bestimmte Linie zu erreichen und ihrer Andeutung zu folgen. Wie wir denn gar zu gern etwas Gegebenes, das unsere Einbildungskraft, unser Handlungsvermögen erregt, ausbilden und auskosten mögen.

Ein Kind, das Almosen erbittend uns einen Zettel hinreicht, auf welchem fünf Lottonummern geschrieben sind, weisen wir nicht leicht ab, und es kommt auf den Augenblick an, besonders wenn es kurz vor dem Termin der Ziehung ist, ob wir nicht, mit zufällig erregter Hoffnung, ganz gegen unsere sonstige Weise, gerade diese Nummern stark besetzen.

Der Wanderer prüfte nunmehr an einer größeren Landkarte den kleineren Ausschnitt und stand verwundert, erstaunt, erschrocken, als die Nadel gerade nach Mignons Geburtsgegend, nach ihren Wohnungen hindeutete. Wie ihm dabei zumute geworden, finden wir nicht ausgesprochen; wer aber den Schluß der »Lehrjahre« sich vergegenwärtigen mag, wird im eignen Sinn und Gefühl das Ähnliche gar wohl hervorrufen.

Der wichtigste Umstand jedoch, warum wir von jener Fahrt weniger, als wir wünschten, aufgezeichnet finden, möchte wohl sein, daß Wilhelm auf einen jungen, lebhaften Reisegefährten traf, durch welchen möglich ward, ein lebendiges und kräftiges Andenken jener frommen Wallfahrt, jener heiligen Stunden für sich und die Seinigen aufzubewahren. Unvermutet findet er sich mit einem Maler zusammen, dergleichen zwar viele in der offenen Welt, mehrere noch in Romanen und Dramen umherwandlen und spuken, der sich aber diesmal als ein wirklich ausgezeichneter Künstler augenblicklich darstellte.

Anschluß auf S. 249,2: Beide schicken sich

Schöne, indem sie die Schleife des umschlingenden Bandes wieder aufzog und sich mit dem Innern beschäftigte. »Ich will nicht streiten«, fuhr sie fort, »aber erzählen will ich, wie mir bei solchem Geschäft zumute ist. Als junge Mädchen werden wir gewöhnt, mit den Fingern zu tifteln und mit den Gedanken umherzuschweifen; beides bleibt uns, indem wir nach und nach die schwersten und zierlichsten Arbeiten verfertigen lernen, und ich leugne nicht, daß ich an jede Arbeit dieser Art immer Gedanken angeknüpft habe, an Personen, an Zustände, an Freud und Leid. Und so ward mir das Angefangene wert und das Vollendete, ich darf wohl sagen, kostbar. Als ein solches nun durft' ich das Geringste für etwas halten, die leichteste Arbeit gewann einen Wert, und die schwierigste doch auch nur dadurch, daß die Erinnerung dabei reicher und vollständiger war. Freunden und Liebenden, ehrwürdigen und hohen Personen glaubt' ich daher dergleichen immer anbieten zu können; sie erkannten es auch und wußten, daß ich ihnen etwas von meinem Eigensten überreichte, das vielfach und unaussprechlich, doch zuletzt, zu einer angenehmen Gabe vereinigt, immer wie ein freundlicher Gruß wohlgefällig aufgenommen ward.«

Auf ein so liebenswürdiges Bekenntnis war freilich kaum eine Erwiderung möglich; doch wußte die Freundin dagegen etwas in wohlklingende Worte zu fügen. Der Major aber, von jeher gewohnt, die anmutige Weisheit römischer Schriftsteller und Dichter zu schätzen und ihre leuchtenden Ausdrücke dem Gedächtnis einzuprägen, erinnerte sich einiger hierher gar wohl passender Verse, hütete sich aber, um nicht als Pedant zu erscheinen, sie auszusprechen oder auch ihrer nur zu erwähnen; versuchte jedoch, um nicht stumm und geistlos zu erscheinen, aus dem Stegreif eine prosaische Paraphrase, die aber nicht recht gelingen wollte, wodurch das Gespräch beinahe ins Stocken geraten wäre.

Die ältere Dame griff deshalb nach einem bei dem Eintritt des Freundes niedergelegten Buche; es war eine Sammlung von Poesien, welche soeben die Aufmerksamkeit der Freundinnen beschäftigte; dies gab Gelegenheit, von Dichtkunst überhaupt zu sprechen, doch blieb die Unterhaltung nicht lange im Allgemeinen, denn gar bald bekannten die Frauenzimmer zutraulich, daß sie von dem poetischen Talent des Majors unterrichtet seien. Ihnen hatte der Sohn, der selbst auf den Ehrentitel eines Dichters seine Absichten nicht verbarg, von den Gedichten seines Vaters vorgesprochen, auch einiges rezitiert; im Grunde, um sich mit einer poetischen Herkunft zu schmeicheln und, wie es die Jugend gewohnt ist, sich für einen vorschreitenden, die Fähigkeiten des Vaters steigernden Jüngling bescheidentlich geben zu können. Der Major aber, der sich zurückzuziehen suchte, da er bloß als Literator und Liebhaber gelten wollte, suchte, da ihm kein Ausweg gelassen war, wenigstens auszuweichen, indem er die Dichtart, in der er sich allenfalls geübt habe, für subaltern und fast für unecht wollte angesehen wissen; er konnte nicht leugnen, daß er in demjenigen, was man beschreibend und in einem gewissen Sinne belehrend nennt, einige Versuche gemacht habe.

Die Damen, besonders die jüngere, nahmen sich dieser Dichtart an; sie sagte: »Wenn man vernünftig und ruhig leben will, welches denn doch zuletzt eines jeden Menschen Wunsch und Absicht bleibt, was soll uns da das aufgeregte Wesen, das uns willkürlich anreizt, ohne etwas zu geben, das uns beunruhigt, um uns denn doch zuletzt uns wieder selbst zu überlassen; unendlich viel angenehmer ist mir, da ich doch einmal der Dichtung nicht gern entbehren mag, jene, die mich in heitere Gegenden versetzt, wo ich mich wiederzuerkennen glaube, mir den Grundwert des Einfach-Ländlichen zu Gemüte führt, mich durch buschige Haine zum Wald, unvermerkt auf eine Höhe zum Anblick eines Landsees hinführt, da denn auch wohl gegenüber erst angebaute Hügel, sodann waldgekrönte Höhen emporsteigen und die blauen Berge zum Schluß ein befriedigendes Gemälde bilden. Bringt man mir das in klaren Rhythmen und Reimen, so bin ich auf meinem Sofa dankbar, daß der Dichter ein Bild in meiner Imagination entwickelt hat, an dem ich mich ruhiger erfreuen kann, als wenn ich es, nach ermüdender Wanderschaft, vielleicht unter andern ungünstigen Umständen vor Augen sehe.«

Der Major, der das vorwaltende Gespräch eigentlich nur als Mittel ansah, seine Zwecke zu befördern, suchte sich wieder nach der lyrischen Dichtkunst hinzuwenden, worin sein Sohn wirklich Löbliches geleistet hatte. Man widersprach ihm nicht geradezu, aber man suchte ihn von dem Wege wegzuscherzen, den er eingeschlagen hatte, besonders da er auf leidenschaftliche Gedichte hinzudeuten schien, womit der Sohn der unvergleichlichen Dame die entschiedene Neigung seines Herzens nicht ohne Kraft und Geschick vorzutragen gesucht hatte. »Lieder der Liebenden«, sagte die schöne Frau, »mag ich weder vorgelesen noch vorgesungen; glücklich Liebende beneidet man, eh man sich's versieht, und die Unglücklichen machen uns immer Langeweile.«

Hierauf nahm die ältere Dame, zu ihrer holden Freundin gewendet, das Wort auf und sagte: »Warum machen wir solche Umschweife, verlieren die Zeit in Umständlichkeiten gegen einen Mann, den wir verehren und lieben? Sollen wir ihm nicht vertrauen, daß wir sein anmutiges Gedicht, worin er die wackere Leidenschaft zur Jagd in allen ihren Einzelnheiten vorträgt, schon teilweise zu kennen das Vergnügen haben und nunmehr ihn bitten, auch das Ganze nicht vorzuenthalten? Ihr Sohn«, fuhr sie fort, »hat uns einige Stellen mit Lebhaftigkeit aus dem Gedächtnis vorgetragen und uns neugierig gemacht, den Zusammenhang zu sehen.« Als nun der Vater abermals auf die Talente des Sohns zurückkehren und diese hervorheben wollte, ließen es die Damen nicht gelten, indem sie es für eine offenbare Ausflucht ansprachen, um die Erfüllung ihrer Wünsche indirekt abzulehnen. Er kam nicht los, bis er unbewunden versprochen hatte, das Gedicht zu senden, sodann aber nahm das Gespräch eine Wendung, die ihn hinderte, zugunsten des Sohnes weiter etwas vorzubringen, besonders da ihm dieser alle Zudringlichkeit abgeraten hatte.

Da es nun Zeit schien, sich zu beurlauben, und der Freund

auch deshalb einige Bewegung machte, sprach die Schöne mit einer Art von Verlegenheit, wodurch sie nur noch schöner ward, indem sie die frisch geknüpfte Schleife der Brieftasche sorgfältig zurechtzupfte: »Dichter und Liebhaber sind längst schon leider im Ruf, daß ihren Versprechen und Zusagen nicht viel zu trauen sei; verzeihen Sie daher, wenn ich das Wort eines Ehrenmannes in Zweifel zu ziehen wage und deshalb ein Pfand, einen Treupfennig nicht verlange, sondern gebe. Nehmen Sie diese Brieftasche, sie hat etwas Ähnliches von Ihrem Jagdgedicht, viel Erinnerungen sind daran geknüpft, manche Zeit verging unter der Arbeit, endlich ist sie fertig; bedienen Sie sich derselben als eines Boten, uns Ihre liebliche Arbeit zu überbringen.«

Bei solch unerwartetem Anerbieten fühlte sich der Major wirklich betroffen; die zierliche Pracht dieser Gabe hatte so gar kein Verhältnis zu dem, was ihn gewöhnlich umgab, zu dem übrigen, dessen er sich bediente, daß er sie sich, obgleich dargereicht, kaum zueignen konnte; doch nahm er sich zusammen, und wie seinem Erinnern ein überliefertes Gute niemals versagte, so trat eine klassische Stelle alsbald ihm ins Gedächtnis. Nur wäre es pedantisch gewesen, sie anzuführen, doch regte sie einen heitern Gedanken bei ihm auf, daß er aus dem Stegreife mit artiger Paraphrase einen freundlichen Dank und ein zierliches Kompliment entgegenzubringen im Falle war; und so schloß sich denn diese Szene auf eine befriedigende Weise für die sämtlichen Unterredenden.

Also fand er sich zuletzt nicht ohne Verlegenheit in ein angenehmes Verhältnis verflochten; er hatte zu senden, zu schreiben zugesagt, sich verpflichtet, und wenn ihm die Veranlassung einigermaßen unangenehm fiel, so mußte er es doch für ein Glück schätzen, auf eine heitere Weise mit dem Frauenzimmer in Verhältnis zu bleiben, das bei ihren großen Vorzügen ihm so nah angehören sollte. Er schied also nicht ohne eine gewisse innere Zufriedenheit; denn wie sollte der Dichter eine solche Aufmunterung nicht empfinden, dessen treufleißiger Arbeit, die so lange unbeachtet geruht, nun ganz unerwartet eine liebenswürdige Aufmerksamkeit zuteil wird.

Gleich nach seiner Rückkehr ins Quartier setzte der Major sich nieder, zu schreiben, seiner guten Schwester alles zu berichten, und da war nichts natürlicher, als daß in seiner Darstellung eine gewisse Exaltation sich hervortat, wie er sie selbst empfand, die aber durch das Einreden seines von Zeit zu Zeit störenden Sohns noch mehr gesteigert wurde.

Auf die Baronin machte dieser Brief einen sehr gemischten Eindruck; denn wenn auch der Umstand, wodurch die Verbindung des Bruders mit Hilarien befördert und beschleunigt werden konnte, geeignet war, sie ganz zufriedenzustellen, so wollte ihr doch die schöne Witwe nicht gefallen, ohne daß sie sich deswegen Rechenschaft zu geben gedacht hätte. Wir machen bei dieser Gelegenheit folgende Bemerkung.

Den Enthusiasmus für irgendeine Frau muß man einer andern niemals anvertrauen; sie kennen sich untereinander zu gut, um sich einer solchen ausschließlichen Verehrung würdig zu halten. Die Männer kommen ihnen vor wie Käufer im Laden, wo der Handelsmann mit seinen Waren, die er kennt, im Vorteil steht, auch sie in dem besten Lichte vorzuzeigen die Gelegenheit wahrnehmen kann; dahingegen der Käufer immer mit einer Art Unschuld hereintritt, er bedarf der Ware, will und wünscht sie und versteht gar selten, sie mit Kenneraugen zu betrachten. Jener weiß recht gut, was er gibt, dieser nicht immer, was er empfängt. Aber es ist einmal im menschlichen Leben und Umgang nicht zu ändern, ja so löblich als notwendig, denn alles Begehren und Freien, alles Kaufen und Tauschen beruht darauf.

In Gefolge solches Empfindens mehr als Betrachtens konnte die Baronesse weder mit der Leidenschaft des Sohns noch mit der günstigen Schilderung des Vaters völlig zufrieden sein; sie fand sich überrascht von der glücklichen Wendung der Sache, doch ließ eine Ahnung wegen doppelter Ungleichheit des Alters sich nicht abweisen. Hilarie ist ihr zu jung für den Bruder, die Witwe für den Sohn nicht jung genug; indessen hat die Sache ihren Gang genommen, der nicht aufzuhalten scheint. Ein frommer Wunsch, daß alles gutgehen möge, stieg mit einem leisen Seufzer empor. Um ihr Herz zu erleichtern, nahm sie die Feder und schrieb an jene menschenkennende Freundin, indem sie nach einem geschichtlichen Eingang also fortfuhr.

»Die Art dieser jungen, verführerischen Witwe ist mir nicht unbekannt; weiblichen Umgang scheint sie abzulehnen und nur eine Frau um sich zu leiden, die ihr keinen Eintrag tut, ihr schmeichelt und, wenn ihre stummen Vorzüge sich nicht klar genug dartäten, sie noch mit Worten und geschickter Behandlung der Aufmerksamkeit zu empfehlen weiß. Zuschauer, Teilnehmer an einer solchen Repräsentation müssen Männer sein, daher entsteht die Notwendigkeit, sie anzuziehen, sie festzuhalten. Ich denke nichts Übles von der schönen Frau, sie scheint anständig und behutsam genug, aber eine solche lüsterne Eitelkeit opfert den Umständen auch wohl etwas auf, und, was ich für das Schlimmste halte: nicht alles ist reflektiert und vorsätzlich, ein gewisses glückliches Naturell leitet und beschützt sie, und nichts ist gefährlicher an so einer gebornen Kokette als eine aus der Unschuld entspringende Verwegenheit.«

Der Major, nunmehr auf den Gütern angelangt, widmete Tag und Stunde der Besichtigung und Untersuchung. Er fand sich in dem Falle, zu bemerken, daß ein richtiger, wohlgefaßter Hauptgedanke in der Ausführung mannigfaltigen Hindernissen und dem Durchkreuzen so vieler Zufälligkeiten unterworfen ist, in dem Grade, daß der erste Begriff beinahe verschwindet und für Augenblicke ganz und gar unterzugehen scheint, bis mitten in allen Verwirrungen dem Geiste die Möglichkeit eines Gelingens sich wieder darstellt, wenn wir die Zeit als den besten Alliierten einer unbesiegbaren Ausdauer uns die Hand bieten sehen.
Und so wäre denn auch hier der traurige Anblick schöner,

ansehnlicher, vernachlässigter, mißbrauchter Besitzungen zu einem trostlosen Zustande geworden, hätte man nicht durch das verständige Bemerken einsichtiger Ökonomen zugleich vorausgesehen, daß eine Reihe von Jahren, mit Verstand und Redlichkeit benutzt, hinreichend sein werde, das Abgestorbene zu beleben und das Stockende in Umtrieb zu versetzen, um zuletzt durch Ordnung und Tätigkeit seinen Zweck zu erreichen.

Der behagliche Obermarschall war angelangt, und zwar mit einem ernsten Advokaten, doch gab dieser dem Major weniger Besorgnisse als jener, der zu den Menschen gehörte, die keine Zwecke haben oder, wenn sie einen vor sich sehen, die Mittel dazu ablehnen. Ein täglich- und stündliches Behagen war ihm das unerläßliche Bedürfnis seines Lebens. Nach langem Zaudern ward es ihm endlich Ernst, seine Gläubiger los zu werden, die Güterlast abzuschütteln, die Unordnung seines Hauswesens in Regel zu setzen, eines anständigen, gesicherten Einkommens ohne Sorge zu genießen, dagegen aber auch nicht das geringste von den bisherigen Bräuchlichkeiten fahrenzulassen.

Im ganzen gestand er alles ein, was die Geschwister in den ungetrübten Besitz der Güter, besonders auch des Hauptgutes, setzen sollte, aber auf einen gewissen benachbarten Pavillon, in welchem er alle Jahr auf seinen Geburtstag die ältesten Freunde und die neusten Bekannten einlud, ferner auf den daran gelegenen Ziergarten, der solchen mit dem Hauptgebäude verband, wollte er die Ansprüche nicht völlig aufgeben. Die Meublen alle sollten in dem Lusthause bleiben, die Kupferstiche an den Wänden sowie auch die Früchte der Spaliere ihm versichert werden. Pfirsiche und Erdbeeren von den ausgesuchtesten Sorten, Birnen und Äpfel, groß und schmackhaft, besonders aber eine gewisse Sorte grauer, kleiner Äpfel, die er seit vielen Jahren der Fürstin Witwe zu verehren gewohnt war, sollten ihm treulich geliefert sein. Hieran schlossen sich noch andere Bedingungen, wenig bedeutend, aber dem Hausherrn, Pächtern, Verwaltern, Gärtnern ungemein beschwerlich.

Der Obermarschall war übrigens von dem besten Humor; denn da er den Gedanken nicht fahrenließ, daß alles nach seinen Wünschen, wie es ihm sein leichtes Temperament vorgespiegelt hatte, sich endlich einrichten würde, so sorgte er für eine gute Tafel, machte sich einige Stunden auf einer mühelosen Jagd die nötige Bewegung, erzählte Geschichten auf Geschichten und zeigte durchaus das heiterste Gesicht; auch schied er auf gleiche Weise, dankte dem Major zum schönsten, daß er so brüderlich verfahren, verlangte noch etwas Geld, ließ die kleinen vorrätigen grauen Goldäpfel, welche dieses Jahr besonders wohlgeraten waren, sorgfältig einpacken und fuhr mit diesem Schatz, den er als eine willkommene Verehrung der Fürstin zu überreichen gedachte, nach ihrem Witwensitz, wo er denn auch gnädig und freundlich empfangen ward.
Der Major an seiner Seite blieb mit ganz entgegengesetzten Gefühlen zurück und wäre an den Verschränkungen, die er vor sich fand, fast verzweifelt, wäre ihm nicht das Gefühl zu Hülfe gekommen, das einen tätigen Mann freudig aufrichtet, wenn er das Verworrene zu lösen, das Entworrene zu genießen hoffen darf.
Glücklicherweise war der Advokat ein rechtlicher Mann, der, weil er sonst viel zu tun hatte, diese Angelegenheit bald beendigte. Ebenso glücklich schlug sich ein Kammerdiener des Obermarschalls hinzu, der gegen mäßige Bedingungen in dem Geschäft mitzuwirken versprach, wodurch man einem gedeihlichen Abschluß entgegensehen durfte. So angenehm aber auch dieses war, so fühlte doch der Major als ein rechtlicher Mann im Hin- und Widerwirken bei dieser Angelegenheit, es bedürfe gar manches Unreinen, um ins reine zu kommen.
Bei einer Pause des Geschäfts, die ihm einige Freiheit ließ, eilte er auf sein Gut, wo er, des Versprechens eingedenk, das er an die schöne Witwe getan und das ihm nicht aus dem Sinne gekommen war, seine Gedichte vorsuchte, die in guter Ordnung verwahrt lagen; zu gleicher Zeit kamen ihm manche Gedenk- und Erinnerungsbücher, Auszüge beim Lesen

alter und neuer Schriftsteller enthaltend, wieder zur Hand. Bei seiner Vorliebe für Horaz und die römischen Dichter war das meiste daher, und es fiel ihm auf, daß die Stellen größtenteils Bedauern vergangner Zeit, vorübergeschwundner Zustände und Empfindungen andeuteten. Statt vieler rücken wir die einzige Stelle hier ein:

Heu!
Quae mens est hodie, cur eadem non puero fuit?
Vel cur his animis incolumes non redeunt genae!

Wie ist heut mir doch zumute?
So vergnüglich und so klar!
Da bei frischem Knabenblute
Mir so wild, so düster war.
Doch wenn mich die Jahre zwacken,
Wie auch wohlgemut ich sei,
Denk ich jene roten Backen,
Und ich wünsche sie herbei.

Nachdem unser Freund nun aus wohlgeordneten Papieren das Jagdgedicht gar bald herausgefunden, erfreute er sich an der sorgfältigen Reinschrift, wie er sie vor Jahren mit lateinischen Lettern, Großoktav, zierlichst verfaßt hatte. Die köstliche Brieftasche von bedeutender Größe nahm das Werk ganz bequem auf, und nicht leicht hat ein Autor sich so prächtig eingebunden gesehen. Einige Zeilen dazu waren höchst notwendig; Prosaisches aber kaum zulässig. Jene Stelle des Ovid fiel ihm wieder ein, und er glaubte jetzt durch eine poetische Umschreibung, so wie damals durch eine prosaische, sich am besten aus der Sache zu ziehen. Sie hieß:

Nec factas solum vestes spectare juvabat,
Tum quoque dum fierent; tantus decor adfuit arti.

Zu deutsch:
Ich sah's in meisterlichen Händen,
Wie denk ich gern der schönen Zeit!

Sich erst entwickeln, dann vollenden
Zu nie gesehner Herrlichkeit.
Zwar ich besitz es gegenwärtig,
Doch soll ich mir nur selbst gestehn:
Ich wollt', es wäre noch nicht fertig,
Das Machen war doch gar zu schön!

Mit diesem Übertragenen war unser Freund nur wenige Zeit zufrieden; er tadelte, daß er das schön flektierte Verbum dum fierent in ein traurig abstraktes Substantivum verändert habe, und es verdroß ihn, bei allem Nachdenken die Stelle doch nicht verbessern zu können. Nun ward auf einmal seine Vorliebe zu den alten Sprachen wieder lebendig, und der Glanz des deutschen Parnasses, auf den er doch auch im stillen hinaufstrebte, schien ihm sich zu verdunkeln.
Endlich aber, da er dieses heitere Kompliment, mit dem Urtexte unverglichen, noch ganz artig fand und glauben durfte, daß ein Frauenzimmer es ganz wohl aufnehmen würde, so entstand eine zweite Bedenklichkeit: daß, da man in Versen nicht galant sein kann, ohne verliebt zu scheinen, er dabei als künftiger Schwiegervater eine wunderliche Rolle spiele. Das Schlimmste jedoch fiel ihm zuletzt ein: jene Ovidischen Verse werden von Arachnen gesagt, einer ebenso geschickten als hübschen und zierlichen Weberin. Wurde nun aber diese durch die neidische Minerva in eine Spinne verwandelt so war es gefährlich, eine schöne Frau mit einer Spinne, wenn auch nur von ferne, verglichen im Mittelpunkte eines ausgebreiteten Netzes schweben zu sehen. Konnte man sich doch unter der geistreichen Gesellschaft, welche unsre Dame umgab, einen Gelehrten denken, welcher diese Nachbildung ausgewittert hätte. Wie sich nun der Freund aus einer solchen Verlegenheit gezogen, ist uns selbst unbekannt geblieben, und wir müssen diesen Fall unter diejenigen rechnen, über welche die Musen auch wohl einen Schleier zu werfen sich die Schalkheit erlauben. Genug, das Jagdgedicht selbst ward abgesendet, von welchem wir jedoch einige Worte nachzubringen haben.

Der Leser desselben belustigt sich an der entschiedenen Jagdliebhaberei und allem, was sie begünstigen mag; erfreulich ist der Jahreszeitenwechsel, der sie mannigfaltig aufruft und anregt. Die Eigenheiten sämtlicher Geschöpfe, denen man nachstellt, die man zu erlegen gesinnt ist, die verschiedenen Charaktere der Jäger, die sich dieser Lust, dieser Mühe hingeben, die Zufälligkeiten, wie sie befördern oder schädigen: alles war, besonders was auf das Geflügel Bezug hatte, mit der besten Laune dargestellt und mit großer Eigentümlichkeit behandelt.

Von der Auerhahnbalz bis zum zweiten Schnepfenstrich und von da bis zur Rabenhütte war nichts versäumt, alles wohl gesehen, klar aufgenommen, leidenschaftlich verfolgt, leicht und scherzhaft, oft ironisch dargestellt.

Jenes elegische Thema klang jedoch durch das Ganze durch; es war mehr als ein Abschied von diesen Lebensfreuden verfaßt, wodurch es zwar einen gefühlvollen Anstrich des heiter Durchlebten gewann und sehr wohltätig wirkte, aber doch zuletzt, wie jene Sinnsprüche, nach dem Genuß ein gewisses Leere empfinden ließ. War es das Umblättern dieser Papiere oder sonst ein augenblickliches Mißbefinden, der Major fühlte sich nicht heiter gestimmt. Daß die Jahre, die zuerst eine schöne Gabe nach der andern bringen, sie alsdann nach und nach wieder entziehen, schien er auf dem Scheidepunkt, wo er sich befand, auf einmal lebhaft zu fühlen. Eine versäumte Badereise, ein ohne Genuß verstrichener Sommer, Mangel an stetiger gewohnter Bewegung, alles ließ ihn gewisse körperliche Unbequemlichkeiten empfinden, die er für wirkliche Übel nahm und sich ungeduldiger dabei bewies, als billig sein mochte.

Wie aber den Frauen der Augenblick, wo ihre bisher unbestrittene Schönheit zweifelhaft werden will, höchst peinlich ist, so wird den Männern in gewissen Jahren, obgleich noch im völligen Vigor, das leiseste Gefühl einer unzulänglichen Kraft äußerst unangenehm, ja gewissermaßen ängstlich.

Ein anderer eintretender Umstand jedoch, der ihn hätte beunruhigen sollen, verhalf ihm zu der besten Laune. Sein kosmetischer Kammerdiener, der ihn auch bei dieser Landpartie nicht verlassen hatte, schien einige Zeit her einen andern Weg einzuschlagen, wozu ihn frühes Aufstehn des Majors, tägliches Ausreiten und Umhergehen desselben sowie der Zutritt mancher Beschäftigten, auch bei der Gegenwart des Obermarschalls mehrerer Geschäftslosen, zu nötigen schien. Mit allen Kleinigkeiten, die nur die Sorgfalt eines Mimen zu beschäftigen das Recht hatten, ließ er den Major schon einige Zeit verschont, aber desto strenger hielt er auf einige Hauptpunkte, welche bisher durch ein geringeres Hokuspokus waren verschleiert gewesen. Alles, was nicht nur den Schein der Gesundheit bezwecken, sondern was die Gesundheit selbst aufrechterhalten sollte, ward eingeschärft, besonders aber Maß in allem und Abwechselung nach den Vorkommenheiten, Sorgfalt sodann für Haut und Haare, für Augenbraunen und Zähne, für Hände und Nägel, für deren zierlichste Form und schicklichste Länge der Wissende schon länger gesorgt hatte. Dabei wurde Mäßigung aber und abermals in allem, was den Menschen aus seinem Gleichgewicht zu bringen pflegt, dringend anempfohlen, worauf denn dieser Schönheits-Erhaltungslehrer sich seinen Abschied erbat, weil er seinem Herrn nichts mehr nütze sei. Indes konnte man denken, daß er sich doch wohl wieder zu seinem vorigen Patron zurückwünschen mochte, um den mannigfaltigen Vergnügungen eines theatralischen Lebens fernerhin sich ergeben zu können.

Und wirklich tat es dem Major sehr wohl, wieder sich selbst gegeben zu sein. Der verständige Mann braucht sich nur zu mäßigen, so ist er auch glücklich. Er mochte sich der herkömmlichen Bewegung des Reitens, der Jagd und was sich daran knüpft, wieder mit Freiheit bedienen; die Gestalt Hilariens trat in solchen einsamen Momenten wieder freudig hervor, und er fügte sich in den Zustand des Bräutigams, vielleicht den anmutigsten, der uns in dem gesitteten Kreise des Lebens gegönnt ist.

Schon einige Monate waren die sämtlichen Familienglieder ohne besondere Nachricht voneinander geblieben; der

Major beschäftigte sich, in der Residenz gewisse Einwilligungen und Bestätigungen seines Geschäfts abschließlich zu negoziieren; die Baronin und Hilarie richteten ihre Tätigkeit auf die heiterste, reichlichste Ausstattung; der Sohn, seiner Schönen mit Leidenschaft dienstpflichtig, schien hierüber alles zu vergessen. Der Winter war angekommen und umgab alle ländlichen Wohnungen mit unerfreulichen Sturmregen und frühzeitigen Finsternissen.

Wer heute durch eine düstre Novembernacht sich in der Gegend des adeligen Schlosses verirrt hätte und bei dem schwachen Lichte eines bedeckten Mondes Äcker, Wiesen, Baumgruppen, Hügel und Gebüsche düster vor sich liegen sähe, auf einmal aber bei einer schnellen Wendung um eine Ecke die ganz erleuchtete Fensterreihe eines langen Gebäudes vor sich erblickte, er hätte gewiß geglaubt, eine festlich geschmückte Gesellschaft dort anzutreffen. Wie sehr verwundert müßte er aber sein, von wenigen Bedienten erleuchtete Treppen hinaufgeführt, nur drei Frauenzimmer, die Baronin, Hilarien und das Kammermädchen, in hellen Zimmern zwischen klaren Wänden, neben freundlichem Hausrat, durchaus erwärmt und behaglich, zu erblicken.

Da wir nun aber die Baronin in einem festlichen Zustande zu überraschen glauben, so ist es notwendig zu bemerken, daß diese glänzende Erleuchtung hier nicht als außerordentlich anzusehen sei, sondern zu den Eigenheiten gehöre, welche die Dame aus ihrem frühern Leben mit herübergebracht hatte. Als Tochter einer Oberhofmeisterin, bei Hof erzogen, war sie gewohnt, den Winter allen übrigen Jahrszeiten vorzuziehen und den Aufwand einer stattlichen Erleuchtung zum Element aller ihrer Genüsse zu machen. Zwar an Wachskerzen fehlte es niemals, aber einer ihrer ältesten Diener hatte so große Lust an Künstlichkeiten, daß nicht leicht eine neue Lampenart entdeckt wurde, die er im Schlosse hie und da einzuführen nicht wäre bemüht gewesen, wodurch denn zwar die Erhellung mitunter lebhaft gewann, aber auch wohl gelegentlich hie und da eine partielle Finsternis eintrat.

Die Baronin hatte den Zustand einer Hofdame durch Verbindung mit einem bedeutenden Gutsbesitzer und entschiedenen Landwirt aus Neigung und wohlbedächtig vertauscht, und ihr einsichtiger Gemahl hatte, da ihr das Ländliche anfangs nicht zusagte, mit Einstimmung seiner Nachbarn, ja nach den Anordnungen der Regierung, die Wege mehrere Meilen ringsumher so gut hergestellt, daß die nachbarlichen Verbindungen nirgends in so gutem Stande gefunden wurden; doch war eigentlich bei dieser löblichen Anstalt die Hauptabsicht, daß die Dame, besonders zur guten Jahrszeit, überall hinrollen konnte; dagegen aber im Winter gern häuslich bei ihm verweilte, indem er durch Erleuchtung die Nacht dem Tag gleich zu machen wußte. Nach dem Tode des Gemahls gab die leidenschaftliche Sorge für ihre Tochter genugsame Beschäftigung, der öftere Besuch des Bruders herzliche Unterhaltung und die gewohnte Klarheit der Umgebung ein Behagen, das einer wahren Befriedigung gleich sah.

Den heutigen Tag war jedoch diese Erleuchtung recht am Platze; denn wir sehen in einem der Zimmer eine Art von Christbescherung aufgestellt, in die Augen fallend und glänzend. Das kluge Kammermädchen hatte den Kammerdiener dahin vermocht, die Erleuchtung zu steigern, und dabei alles zusammengelegt und ausgebreitet, was zur Ausstattung Hilariens bisher vorgearbeitet worden, eigentlich in der listigen Absicht, mehr das Fehlende zur Sprache zu bringen, als dasjenige zu erheben, was schon geleistet war. Alles Notwendige fand sich, und zwar aus den feinsten Stoffen und von der zierlichsten Arbeit; auch an Willkürlichem war kein Mangel, und doch wußte Ananette überall da noch eine Lücke anschaulich zu machen, wo man ebensogut den schönsten Zusammenhang hätte finden können. Wenn nun alles Weißzeug, stattlich ausgekramt, die Augen blendete, Leinwand, Musselin und alle die zarteren Stoffe der Art, wie sie auch Namen haben mögen, genugsames Licht umherwarfen, so fehlte doch alles bunte Seidene, mit dessen Ankauf man weislich zögerte, weil man bei sehr veränderlicher Mode das Allerneueste als Gipfel und Abschluß hinzufügen wollte.

Nach diesem heitersten Anschauen schritten sie wieder zu ihrer gewöhnlichen, obgleich mannigfaltigen Abendunterhaltung. Die Baronin, die recht gut erkannte, was ein junges Frauenzimmer, wohin das Schicksal sie auch führen mochte, bei einem glücklichen Äußern auch von innen heraus anmutig und ihre Gegenwart wünschenswert macht, hatte in diesem ländlichen Zustande so viele abwechselnde und bildende Unterhaltungen einzuleiten gewußt, daß Hilarie bei ihrer großen Jugend schon überall zu Hause schien, bei keinem Gespräch sich fremd erwies und doch dabei ihren Jahren völlig gemäß sich erzeigte. Wie dies geleistet werden konnte, zu entwickeln, würde zu weitläufig sein; genug, dieser Abend war auch ein Musterbild des bisherigen Lebens. Ein geistreiches Lesen, ein anmutiges Pianospiel, ein lieblicher Gesang zog sich durch die Stunden durch, zwar wie sonst gefällig und regelmäßig, aber doch mit mehr Bedeutung; man hatte einen Dritten im Sinne, einen geliebten, verehrten Mann, dem man dieses und so manches andere zum freundlichsten Empfang vorübte. Es war ein bräutliches Gefühl, das nicht nur Hilarien mit den süßesten Empfindungen belebte; die Mutter mit feinem Sinne nahm ihren reinen Teil daran, und selbst Ananette, sonst nur klug und tätig, mußte sich gewissen entfernten Hoffnungen hingeben, die ihr einen abwesenden Freund als zurückkehrend, als gegenwärtig vorspiegelten. Auf diese Weise hatten sich die Empfindungen aller drei in ihrer Art liebenswürdigen Frauen mit der sie umgebenden Klarheit, mit einer wohltätigen Wärme, mit dem behaglichsten Zustande ins gleiche gestellt.

Fünftes Kapitel

Heftiges Pochen und Rufen an dem äußersten Tor, Wortwechsel drohender und fordernder Stimmen, Licht und Fackelschein im Hofe unterbrachen den zarten Gesang. Aber gedämpft war der Lärm, ehe man dessen Ursache erfahren hatte; doch ruhig ward es nicht, auf der Treppe Geräusch und lebhaftes Hin- und Hersprechen heraufkommender Männer. Die Türe sprang auf ohne Meldung, die Frauen entsetzten sich. Flavio stürzte herein in schauderhafter Gestalt, verworrenen Hauptes, auf dem die Haare teils borstig starrten, teils vom Regen durchnäßt niederhingen; zerfetzten Kleides, wie eines, der durch Dorn und Dickicht durchgestürmt, greulich beschmutzt, als durch Schlamm und Sumpf herangewatet.

»Mein Vater!« rief er aus, »wo ist mein Vater?« Die Frauen standen bestürzt; der alte Jäger, sein frühster Diener und liebevollster Pfleger, mit ihm eintretend, rief ihm zu: »Der Vater ist nicht hier, besänftigen Sie sich; hier ist Tante, hier ist Nichte, sehen Sie hin!« – »Nicht hier, nun so laßt mich weg, ihn zu suchen; er allein soll's hören, dann will ich sterben. Laßt mich von den Lichtern weg, von dem Tag, er blendet mich, er vernichtet mich.«

Der Hausarzt trat ein, ergriff seine Hand, vorsichtig den Puls fühlend, mehrere Bediente standen ängstlich umher. – »Was soll ich auf diesen Teppichen, ich verderbe sie, ich zerstöre sie; mein Unglück träuft auf sie herunter, mein verworfenes Geschick besudelt sie.« – Er drängte sich gegen die Türe, man benutzte das Bestreben, um ihn wegzuführen und in das entfernte Gastzimmer zu bringen, das der Vater zu bewohnen pflegte. Mutter und Tochter standen erstarrt, sie hatten Orest gesehen, von Furien verfolgt, nicht durch Kunst veredelt, in greulicher, widerwärtiger Wirklichkeit, die im Kontrast mit einer behaglichen Glanzwohnung im klarsten Kerzenschimmer nur desto fürchterlicher schien. Erstarrt sahen die Frauen sich an, und jede glaubte in den

Augen der andern das Schreckbild zu sehen, das sich so tief in die ihrigen eingeprägt hatte.

Mit halber Besonnenheit sendete darauf die Baronin Bedienten auf Bedienten, sich zu erkundigen. Sie erfuhren zu einiger Beruhigung, daß man ihn auskleide, trockne, besorge; halb gegenwärtig, halb unbewußt lasse er alles geschehen. Wiederholtes Anfragen wurde zur Geduld verwiesen.

Endlich vernahmen die beängstigten Frauen, man habe ihm zur Ader gelassen und sonst alles Besänftigende möglichst angewendet; er sei zur Ruhe gebracht, man hoffe Schlaf.

Mitternacht kam heran, die Baronin verlangte, wenn er schlafe, ihn zu sehen; der Arzt widerstand, der Arzt gab nach; Hilarie drängte sich mit der Mutter herein. Das Zimmer war dunkel, nur eine Kerze dämmerte hinter dem grünen Schirm, man sah wenig, man hörte nichts; die Mutter näherte sich dem Bette, Hilarie, sehnsuchtsvoll, ergriff das Licht und beleuchtete den Schlafenden. So lag er abgewendet, aber ein höchst zierliches Ohr, eine volle Wange, jetzt bläßlich, schienen unter den schon wieder sich krausenden Locken auf das anmutigste hervor, eine ruhende Hand und ihre länglichen zartkräftigen Finger zogen den unsteten Blick an. Hilarie, leise atmend, glaubte selbst einen leisen Atem zu vernehmen, sie näherte die Kerze, wie Psyche in Gefahr, die heilsamste Ruhe zu stören. Der Arzt nahm die Kerze weg und leuchtete den Frauen nach ihren Zimmern.

Wie diese guten, alles Anteils würdigen Personen ihre nächtlichen Stunden zugebracht, ist uns ein Geheimnis geblieben; den andern Morgen aber von früh an zeigten sich beide höchst ungeduldig. Des Anfragens war kein Ende, der Wunsch, den Leidenden zu sehen, bescheiden, doch dringend; nur gegen Mittag erlaubte der Arzt einen kurzen Besuch.

Die Baronin trat hinzu, Flavio reichte die Hand hin – »Verzeihung, liebste Tante, einige Geduld, vielleicht nicht lange« – Hilarie trat hervor, auch ihr gab er die Rechte – »Gegrüßt, liebe Schwester« – das fuhr ihr durchs Herz, er ließ nicht los, sie sahen einander an, das herrlichste Paar, kontrastierend im schönsten Sinne. Des Jünglings schwarze, funkelnde Augen stimmten zu den düstern, verwirrten Lokken; dagegen stand sie scheinbar himmlisch in Ruhe, doch zu dem erschütternden Begebnis gesellte sich nun die ahnungsvolle Gegenwart. Die Benennung »Schwester« – ihr Allerinnerstes war aufgeregt. Die Baronin sprach: »Wie geht es, lieber Neffe?« – »Ganz leidlich, aber man behandelt mich übel.« – »Wieso?« – »Da haben sie mir Blut gelassen, das ist grausam; sie haben es weggeschafft, das ist frech; es gehört ja nicht mein, es gehört alles, alles ihre.« Mit diesen Worten schien sich seine Gestalt zu verwandeln, doch mit heißen Tränen verbarg er sein Antlitz ins Kissen.

Hilariens Miene zeigte der Mutter einen furchtbaren Ausdruck, es war, als wenn das liebe Kind die Pforten der Hölle vor sich eröffnet sähe, zum erstenmal ein Ungeheures erblickte und für ewig. Rasch, leidenschaftlich eilte sie durch den Saal, warf sich im letzten Kabinett auf den Sofa, die Mutter folgte und fragte, was sie leider schon begriff. Hilarie, wundersam aufblickend, rief: »Das Blut, das Blut, es gehört alles ihre, alles ihre, und sie ist es nicht wert. Der Unglückselige! der Arme!« Mit diesen Worten erleichterte der bitterste Tränenstrom das bedrängte Herz.

Wer unternähme es wohl, die aus dem Vorhergehenden sich entwickelnden Zustände zu enthüllen, an den Tag zu bringen das innere, aus dieser ersten Zusammenkunft den Frauen erwachsende Unheil? Auch dem Leidenden war sie höchst schädlich, so behauptete wenigstens der Arzt, der zwar oft genug zu berichten und zu trösten kam, aber sich doch verpflichtet fühlte, alles weitere Annähern zu verbieten. Dabei fand er auch eine willige Nachgiebigkeit; die Tochter wagte nicht zu verlangen, was die Mutter nicht zugegeben hätte, und so gehorchte man dem Gebot des verständigen Mannes. Dagegen brachte er aber die beruhigende Nachricht, Flavio habe Schreibzeug verlangt, auch einiges aufgezeichnet, es aber sogleich neben sich im Bette versteckt. Nun gesellte sich Neugierde zu der übrigen Unruhe und Ungeduld, es waren peinliche Stunden. Nach einiger Zeit brachte er jedoch ein Blättchen von schöner, freier Hand, obgleich mit Hast geschrieben, es enthielt folgende Zeilen:

Ein Wunder ist der arme Mensch geboren,
In Wundern ist der irre Mensch verloren,
Nach welcher dunklen, schwer entdeckten Schwelle
Durchtappen pfadlos ungewisse Schritte?
Dann in lebendigem Himmelsglanz und Mitte
Gewahr, empfind ich Nacht und Tod und Hölle.

Hier nun konnte die edle Dichtkunst abermals ihre heilenden Kräfte erweisen. Innig verschmolzen mit Musik, heilt sie alle Seelenleiden aus dem Grunde, indem sie solche gewaltig anregt, hervorruft und in auflösenden Schmerzen verflüchtigt. Der Arzt hatte sich überzeugt, daß der Jüngling bald wieder herzustellen sei; körperlich gesund, werde er schnell sich wieder froh fühlen, wenn die auf seinem Geist lastende Leidenschaft zu heben oder zu lindern wäre. Hilarie sann auf Erwiderung; sie saß am Flügel und versuchte die Zeilen des Leidenden mit Melodie zu begleiten. Es gelang ihr nicht, in ihrer Seele klang nichts zu so tiefen Schmerzen; doch bei diesem Versuch schmeichelten Rhythmus und Reim sich dergestalt an ihre Gesinnungen an, daß sie jenem Gedicht mit lindernder Heiterkeit entgegnete, indem sie sich Zeit nahm, folgende Strophe auszubilden und abzurunden:

Bist noch so tief in Schmerz und Qual verloren,
So bleibst du doch zum Jugendglück geboren;
Ermanne dich zu rasch gesundem Schritte,
Komm in der Freundschaft Himmelsglanz und Helle,
Empfinde dich in treuer Guten Mitte,
Da sprieße dir des Lebens heitre Quelle.

Der ärztliche Hausfreund übernahm die Botschaft, sie gelang, schon erwiderte der Jüngling gemäßigt; Hilarie fuhr mildernd fort, und so schien man nach und nach wieder einen heitern Tag, einen freien Boden zu gewinnen, und vielleicht ist es uns vergönnt, den ganzen Verlauf dieser holden Kur gelegentlich mitzuteilen. Genug, einige Zeit verstrich in solcher Beschäftigung höchst angenehm; ein ruhiges Wiedersehen bereitete sich vor, das der Arzt nicht länger als nötig zu verspäten gedachte.

Indessen hatte die Baronin mit Ordnen und Zurechtlegen alter Papiere sich beschäftigt, und diese dem gegenwärtigen Zustande ganz angemessene Unterhaltung wirkte gar wundersam auf den erregten Geist. Sie sah manche Jahre ihres Lebens zurück, schwere drohende Leiden waren vorübergegangen, deren Betrachtung den Mut für den Moment kräftigte; besonders rührte sie die Erinnerung an ein schönes Verhältnis zu Makarien, und zwar in bedenklichen Zuständen. Die Herrlichkeit jener einzigen Frau ward ihr wieder vor die Seele gebracht und sogleich der Entschluß gefaßt, sich auch diesmal an sie zu wenden; denn zu wem sonst hätte sie ihre gegenwärtigen Gefühle richten, wem sonst Furcht und Hoffnung offen bekennen sollen?

Bei dem Aufräumen fand sie aber auch unter andern des Bruders Miniaturporträt und mußte über die Ähnlichkeit mit dem Sohne lächelnd seufzen. Hilarie überraschte sie in diesem Augenblick, bemächtigte sich des Bildes, und auch sie ward von jener Ähnlichkeit wundersam betroffen.

So verging einige Zeit; endlich mit Vergünstigung des Arztes und in seinem Geleite trat Flavio angemeldet zum Frühstück herein. Die Frauen hatten sich vor dieser ersten Erscheinung gefürchtet. Wie aber gar oft in bedeutenden, ja schrecklichen Momenten etwas Heiteres, ja Lächerliches sich zu ereignen pflegt, so glückte es auch hier. Der Sohn kam völlig in des Vaters Kleidern; denn da von seinem Anzug nichts zu brauchen war, so hatte man sich der Feld- und Hausgarderobe des Majors bedient, die er, zu bequemem Jagd- und Familienleben, bei der Schwester in Verwahrung ließ. Die Baronin lächelte und nahm sich zusammen; Hilarie war, sie wußte nicht wie, betroffen, genug, sie wendete das Gesicht weg, und dem jungen Manne wollte in diesem Augenblick weder ein herzliches Wort von den Lippen noch eine Phrase glücken. Um nun sämtlicher Gesellschaft aus der Verlegenheit zu helfen, begann der Arzt eine Vergleichung beider Gestalten. Der Vater sei etwas größer, hieß es, und deshalb der Rock etwas zu lang; dieser sei etwas breiter, deshalb der Rock über die Schulter zu eng. Beide Mißverhältnisse gaben dieser Maskerade ein komisches Ansehen.

Durch die Einzelnheiten jedoch kam man über das Bedenkliche des Augenblicks hinaus. Für Hilarien freilich blieb die Ähnlichkeit des jugendlichen Vaterbildes mit der frischen Lebensgegenwart des Sohnes unheimlich, ja bedrängend.

Nun aber wünschten wir wohl den nächsten Zeitverlauf von einer zarten Frauenhand umständlich geschildert zu sehen, da wir nach eigener Art und Weise uns nur mit dem Allgemeinsten befassen dürfen. Hier muß denn nun von dem Einfluß der Dichtkunst abermals die Rede sein.

Ein gewisses Talent konnte man unserm Flavio nicht absprechen, es bedurfte jedoch nur zu sehr eines leidenschaftlich sinnlichen Anlasses, wenn etwas Vorzügliches gelingen sollte; deswegen denn auch fast alle Gedichte, jener unwiderstehlichen Frau gewidmet, höchst eindringend und lobenswert erschienen und nun, einer gegenwärtigen, höchst liebenswürdigen Schönen mit enthusiastischem Ausdruck vorgelesen, nicht geringe Wirkung hervorbringen mußten.

Ein Frauenzimmer, das eine andere leidenschaftlich geliebt sieht, bequemt sich gern zu der Rolle einer Vertrauten; sie hegt ein heimlich, kaum bewußtes Gefühl, daß es nicht unangenehm sein müßte, sich an die Stelle der Angebeteten leise gehoben zu sehen. Auch ging die Unterhaltung immer mehr und mehr ins Bedeutende. Wechselgedichte, wie sie der Liebende gern verfaßt, weil er sich von seiner Schönen, wenn auch nur bescheiden, halb und halb kann erwidern lassen, was er wünscht und was er aus ihrem schönen Munde zu hören kaum erwarten dürfte. Dergleichen wurden mit Hilarien auch wechselsweise gelesen, und zwar, da es nur aus der einen Handschrift geschah, in welche man beiderseits, um zu rechter Zeit einzufallen, hineinschauen und zu diesem Zweck jedes das Bändchen anfassen mußte, so fand sich, daß man, nahe sitzend, nach und nach Person an Person, Hand an Hand immer näher rückte und die Gelenke sich ganz natürlich zuletzt im verborgnen berührten.

Aber bei diesen schönen Verhältnissen, unter solchen daraus entspringenden allerliebsten Annehmlichkeiten fühlte Flavio eine schmerzliche Sorge, die er schlecht verbarg und, immerfort nach der Ankunft seines Vaters sich sehnend, zu bemerken gab, daß er diesem das Wichtigste zu vertrauen habe. Dieses Geheimnis indes wäre, bei einigem Nachdenken, nicht schwer zu erraten gewesen. Jene reizende Frau mochte in einem bewegten, von dem zudringlichen Jüngling hervorgerufnen Momente den Unglücklichen entschieden abgewiesen und die bisher hartnäckig behauptete Hoffnung aufgehoben und zerstört haben. Eine Szene, wie dies zugegangen, wagten wir nicht zu schildern, aus Furcht, hier möchte uns die jugendliche Glut ermangeln. Genug, er war so wenig bei sich selbst, daß er sich eiligst aus der Garnison ohne Urlaub entfernte und, um seinen Vater aufzusuchen, durch Nacht, Sturm und Regen nach dem Landgut seiner Tante verzweifelnd zu gelangen trachtete, wie wir ihn auch vor kurzem haben ankommen sehen. Die Folgen eines solchen Schrittes fielen ihm nun bei Rückkehr nüchterner Gedanken lebhaft auf, und er wußte, da der Vater immer länger ausblieb und er die einzige mögliche Vermittlung entbehren sollte, sich weder zu fassen noch zu retten.

Wie erstaunt und betroffen war er deshalb, als ihm ein Brief seines Obristen eingehändigt wurde, dessen bekanntes Siegel er mit Zaudern und Bangigkeit auflöste, der aber nach den freundlichsten Worten damit endigte, daß der ihm erteilte Urlaub noch um einen Monat sollte verlängert werden.

So unerklärlich nun auch diese Gunst schien, so ward er doch dadurch von einer Last befreit, die sein Gemüt fast ängstlicher als die verschmähte Liebe selbst zu drücken begann. Er fühlte nun ganz das Glück, bei seinen liebenswürdigen Verwandten so wohl aufgehoben zu sein; er durfte sich der Gegenwart Hilariens erfreuen und war nach kurzem in allen seinen angenehm-geselligen Eigenschaften wiederhergestellt, die ihn der schönen Witwe selbst sowohl als ihrer Umgebung auf eine Zeitlang notwendig gemacht hatten und nur durch eine peremtorische Forderung ihrer Hand für immer verfinstert worden.

In solcher Stimmung konnte man die Ankunft des Vaters gar wohl erwarten, auch wurden sie durch eintretende Naturereignisse zu einer tätigen Lebensweise aufgeregt. Das anhaltende Regenwetter, das sie bisher in dem Schloß zusammenhielt, hatte überall, in großen Wassermassen niedergehend, Fluß um Fluß angeschwellt; es waren Dämme gebrochen, und die Gegend unter dem Schlosse lag als ein blanker See, aus welchem die Dorfschaften, Meierhöfe, größere und kleinere Besitztümer, zwar auf Hügeln gelegen, doch immer nur inselartig hervorschauten.

Auf solche zwar seltene, aber denkbare Fälle war man eingerichtet; die Hausfrau befahl, und die Diener führten aus. Nach der ersten allgemeinsten Beihülfe ward Brot gebacken, Stiere wurden geschlachtet, Fischerkähne fuhren hin und her, Hülfe und Vorsorge nach allen Enden hin verbreitend. Alles fügte sich schön und gut, das freundlich Gegebene ward freudig und dankbar aufgenommen, nur an *einem* Orte wollte man den austeilenden Gemeindevorstehern nicht trauen; Flavio übernahm das Geschäft und fuhr mit einem wohlbeladenen Kahn eilig und glücklich zur Stelle. Das einfache Geschäft, einfach behandelt, gelang zum besten; auch entledigte sich, weiterfahrend, unser Jüngling eines Auftrags, den ihm Hilarie beim Scheiden gegeben. Gerade in den Zeitpunkt dieser Unglückstage war die Niederkunft einer Frau gefallen, für die sich das schöne Kind besonders interessierte. Flavio fand die Wöchnerin und brachte allgemeinen und diesen besondern Dank mit nach Hause. Dabei konnte es nun an mancherlei Erzählungen nicht fehlen. War auch niemand umgekommen, so hatte man von wunderbaren Rettungen, von seltsamen, scherzhaften, ja lächerlichen Ereignissen viel zu sprechen; manche notgedrungene Zustände wurden interessant beschrieben. Genug, Hilarie empfand auf einmal ein unwiderstehliches Verlangen, gleichfalls eine Fahrt zu unternehmen, die Wöchnerin zu begrüßen, zu beschenken und einige heitere Stunden zu verleben.

Nach einigem Widerstand der guten Mutter siegte endlich der freudige Wille Hilariens, dieses Abenteuer zu bestehen, und wir wollen gern bekennen, in dem Laufe, wie diese Begebenheiten uns bekannt geworden, einigermaßen besorgt gewesen zu sein, es möge hier einige Gefahr obschweben, ein Stranden, ein Umschlagen des Kahns, Lebensgefahr der Schönen, kühne Rettung von seiten des Jünglings, um das lose geknüpfte Band noch fester zu ziehen. Aber von allem diesem war nicht die Rede, die Fahrt lief glücklich ab, die Wöchnerin ward besucht und beschenkt; die Gesellschaft des Arztes blieb nicht ohne gute Wirkung, und wenn hier und da ein kleiner Anstoß sich hervortat, wenn der Anschein eines gefährlichen Moments die Fortrudernden zu beunruhigen schien, so endete solches nur mit neckendem Scherz, daß eins dem andern eine ängstliche Miene, eine größere Verlegenheit, eine furchtsame Gebärde wollte abgemerkt haben. Indessen war das wechselseitige Vertrauen bedeutend gewachsen; die Gewohnheit, sich zu sehen und unter allen Umständen zusammen zu sein, hatte sich verstärkt, und die gefährliche Stellung, wo Verwandtschaft und Neigung zum wechselseitigen Annähern und Festhalten sich berechtigt glauben, ward immer bedenklicher.

Anmutig sollten sie jedoch auf solchen Liebeswegen immer weiter und weiter verlockt werden. Der Himmel klärte sich auf, eine gewaltige Kälte, der Jahreszeit gemäß, trat ein, die Wasser gefroren, ehe sie verlaufen konnten. Da veränderte sich das Schauspiel der Welt vor allen Augen auf einmal; was durch Fluten erst getrennt war, hing nunmehr durch befestigten Boden zusammen, und alsobald tat sich als erwünschte Vermittlerin die schöne Kunst hervor, welche, die ersten raschen Wintertage zu verherrlichen und neues

Leben in das Erstarrte zu bringen, im hohen Norden erfunden worden. Die Rüstkammer öffnete sich, jedermann suchte nach seinen gezeichneten Stahlschuhen, begierig, die reine, glatte Fläche, selbst mit einiger Gefahr, als der erste zu beschreiten. Unter den Hausgenossen fanden sich viele zu höchster Leichtigkeit Geübte; denn dieses Vergnügen ward ihnen fast jedes Jahr auf benachbarten Seen und verbindenden Kanälen, diesmal aber in der fernhin erweiterten Fläche.

Flavio fühlte sich nun erst durch und durch gesund, und Hilarie, seit ihren frühsten Jahren von dem Oheim angeleitet, bewies sich so lieblich als kräftig auf dem neu erschaffenen Boden; man bewegte sich lustig und lustiger, bald zusammen, bald einzeln, bald getrennt, bald vereint. Scheiden und Meiden, was sonst so schwer aufs Herz fällt, ward hier zum kleinen, scherzhaften Frevel, man floh sich, um sich einander augenblicks wieder zu finden.

Aber innerhalb dieser Lust und Freudigkeit bewegte sich auch eine Welt des Bedürfnisses; immer waren bisher noch einige Ortschaften nur halb versorgt geblieben, eilig flogen nunmehr auf tüchtig bespannten Schlitten die nötigsten Waren hin und wider, und was der Gegend noch mehr zugute kam, war, daß man aus manchen der vorübergehenden Hauptstraße allzu fernen Orten nunmehr schnell die Erzeugnisse des Feldbaues und der Landwirtschaft in die nächsten Magazine der kleinen Städte und Flecken bringen und von dorther aller Art Waren zurückführen konnte. Nun war auf einmal eine bedrängte, den bittersten Mangel empfindende Gegend wieder befreit, wieder versorgt, durch eine glatte, dem Geschickten, dem Kühnen geöffnete Fläche verbunden.

Auch das junge Paar unterließ nicht, bei vorwaltendem Vergnügen mancher Pflichten einer liebevollen Anhänglichkeit zu gedenken. Man besuchte jene Wöchnerin, begabte sie mit allem Notwendigen; auch andere wurden heimgesucht: Alte, für deren Gesundheit man besorgt gewesen; Geistliche, mit denen man erbauliche Unterhaltung sittlich zu pflegen gewohnt war und sie jetzt in dieser Prüfung noch achtenswerter fand; kleinere Gutsbesitzer, die kühn genug vorzeiten sich in gefährliche Niederungen angebaut, diesmal aber, durch wohlangelegte Dämme geschützt, unbeschädigt geblieben und nach grenzenloser Angst sich ihres Daseins doppelt erfreuten. Jeder Hof, jedes Haus, jede Familie, jeder einzelne hatte seine Geschichte, er war sich und auch wohl andern eine bedeutende Person geworden, deswegen fiel auch einer dem andern Erzählenden leicht in die Rede. Eilig war jeder im Sprechen und Handeln, Kommen und Gehen, denn es blieb immer die Gefahr, ein plötzliches Tauwetter möchte den ganzen schönen Kreis glücklichen Wechselwirkens zerstören, die Wirte bedrohen und die Gäste vom Hause abschneiden.

War man den Tag in so rascher Bewegung und dem lebhaftesten Interesse beschäftigt, so verlieh der Abend auf ganz andere Weise die angenehmsten Stunden; denn das hat die Eislust vor allen andern körperlichen Bewegungen voraus, daß die Anstrengung nicht erhitzt und die Dauer nicht ermüdet. Sämtliche Glieder scheinen gelenker zu werden und jedes Verwenden der Kraft neue Kräfte zu erzeugen, so daß zuletzt eine selig bewegte Ruhe über uns kommt, in der wir uns zu wiegen immerfort gelockt sind.

Heute nun konnte sich unser junges Paar von dem glatten Boden nicht loslösen, jeder Lauf gegen das erleuchtete Schloß, wo sich schon viele Gesellschaft versammelte, ward plötzlich umgewendet und eine Rückkehr ins Weite beliebt; man mochte sich nicht voneinander entfernen, aus Furcht, sich zu verlieren, man faßte sich bei der Hand, um der Gegenwart ganz gewiß zu sein. Am allersüßesten aber schien die Bewegung, wenn über den Schultern die Arme verschränkt ruhten und die zierlichen Finger unbewußt in beiderseitigen Locken spielten.

Der volle Mond stieg zu dem glühenden Sternenhimmel herauf und vollendete das Magische der Umgebung. Sie sahen sich wieder deutlich und suchten wechselseitig in den beschatteten Augen Erwiderung wie sonst, aber es schien anders zu sein. Aus ihren Abgründen schien ein Licht hervorzublicken und anzudeuten, was der Mund weislich verschwieg, sie fühlten sich beide in einem festlich behäglichen Zustande.

Alle hochstämmigen Weiden und Erlen an den Gräben, alles niedrige Gebüsch auf Höhen und Hügeln war deutlich geworden; die Sterne flammten, die Kälte war gewachsen, sie fühlten nichts davon und fuhren dem lang daher glitzernden Widerschein des Mondes, unmittelbar dem himmlischen Gestirn selbst entgegen. Da blickten sie auf und sahen im Geflimmer des Widerscheins die Gestalt eines Mannes hin und her schweben, der seinen Schatten zu verfolgen schien und selbst dunkel, vom Lichtglanz umgeben, auf sie zuschritt; unwillkürlich wendeten sie sich ab, jemanden zu begegnen wäre widerwärtig gewesen. Sie vermieden die immerfort sich herbewegende Gestalt, die Gestalt schien sie nicht bemerkt zu haben und verfolgte ihren geraden Weg nach dem Schlosse. Doch verließ sie auf einmal diese Richtung und umkreiste mehrmals das fast beängstigte Paar. Mit einiger Besonnenheit suchten sie für sich die Schattenseite zu gewinnen, im vollen Mondglanz fuhr jener auf sie zu, er stand nah vor ihnen, es war unmöglich, den Vater zu verkennen.

Hilarie, den Schritt anhaltend, verlor in Überraschung das Gleichgewicht und stürzte zu Boden, Flavio lag zu gleicher Zeit auf einem Knie und faßte ihr Haupt in seinen Schoß auf, sie verbarg ihr Angesicht, sie wußte nicht, wie ihr geworden war. – »Ich hole einen Schlitten, dort unten fährt noch einer vorüber, ich hoffe, sie hat sich nicht beschädigt; hier, bei diesen hohen drei Erlen find ich euch wieder!«, so sprach der Vater und war schon weit hinweg. Hilarie raffte sich an dem Jüngling empor. – »Laß uns fliehen«, rief sie, »das ertrag ich nicht.« – Sie bewegte sich nach der Gegenseite des Schlosses heftig, daß Flavio sie nur mit einiger Anstrengung erreichte, er gab ihr die freundlichsten Worte.

Auszumalen ist nicht die innere Gestalt der drei nunmehr nächtlich auf der glatten Fläche im Mondschein Verirrten,

Verwirrten. Genug, sie gelangten spät nach dem Schlosse, das junge Paar einzeln, sich nicht zu berühren, sich nicht zu nähern wagend, der Vater mit dem leeren Schlitten, den er vergebens ins Weite und Breite hülfreich herumgeführt hatte. Musik und Tanz waren schon im Gange, Hilarie, unter dem Vorwand schmerzlicher Folgen eines schlimmen Falles, verbarg sich in ihr Zimmer, Flavio überließ Vortanz und Anordnung sehr gern einigen jungen Gesellen, die sich deren bei seinem Außenbleiben schon bemächtigt hatten. Der Major kam nicht zum Vorschein und fand es wunderlich, obgleich nicht unerwartet, sein Zimmer wie bewohnt anzutreffen, die eignen Kleider, Wäsche und Gerätschaften, nur nicht so ordentlich, wie er's gewohnt war, umherliegend. Die Hausfrau versah mit anständigem Zwang ihre Pflichten, und wie froh war sie, als alle Gäste, schicklich untergebracht, ihr endlich Raum ließen, mit dem Bruder sich zu erklären. Es war bald getan, doch brauchte es Zeit, sich von der Überraschung zu erholen, das Unerwartete zu begreifen, die Zweifel zu heben, die Sorge zu beschwichtigen; an Lösung des Knotens, an Befreiung des Geistes war nicht sogleich zu denken.

Unsere Leser überzeugen sich wohl, daß von diesem Punkte an wir beim Vortrag unserer Geschichte nicht mehr darstellend, sondern erzählend und betrachtend verfahren müssen, wenn wir in die Gemütszustände, auf welche jetzt alles ankommt, eindringen und sie uns vergegenwärtigen wollen.

Wir berichten also zuerst, daß der Major, seitdem wir ihn aus den Augen verloren, seine Zeit fortwährend jenem Familiengeschäft gewidmet, dabei aber, so schön und einfach es auch vorlag, doch in manchem einzelnen auf unerwartete Hindernisse traf. Wie es denn überhaupt so leicht nicht ist, einen alten verworrenen Zustand zu entwickeln und die vielen verschränkten Fäden auf einen Knaul zu winden. Da er nun deshalb den Ort öfters verändern mußte, um bei verschiedenen Stellen und Personen die Angelegenheit zu betreiben, so gelangten die Briefe der Schwester nur langsam und unordentlich zu ihm. Die Verirrung des Sohnes und dessen Krankheit erfuhr er zuerst; dann hörte er von einem Urlaub, den er nicht begriff. Daß Hilariens Neigung im Umwenden begriffen sei, blieb ihm verborgen, denn wie hätte die Schwester ihn davon unterrichten mögen!

Auf die Nachricht der Überschwemmung beschleunigte er seine Reise, kam jedoch erst nach eingefallenem Frost in die Nähe der Eisfelder, schaffte sich Schrittschuhe, sendete Knechte und Pferde durch einen Umweg nach dem Schlosse, und sich mit raschem Lauf dorthin bewegend gelangte er, die erleuchteten Fenster schon von ferne schauend, in einer tagklaren Nacht zum unerfreulichsten Anschauen und war mit sich selbst in die unangenehmste Verwirrung geraten.

Der Übergang von innerer Wahrheit zum äußern Wirklichen ist im Kontrast immer schmerzlich; und sollte Lieben und Bleiben nicht eben die Rechte haben wie Scheiden und Meiden? Und doch, wenn sich eins vom andern losreißt, entsteht in der Seele eine ungeheure Kluft, in der schon manches Herz zugrunde ging. Ja der Wahn hat, so lange er dauert, eine unüberwindliche Wahrheit, und nur männliche, tüchtige Geister werden durch Erkennen eines Irrtums erhöht und gestärkt. Eine solche Entdeckung hebt sie über sich selbst, sie stehen über sich erhoben und blicken, indem der alte Weg versperrt ist, schnell umher nach einem neuen, um ihn alsofort frisch und mutig anzutreten.

Unzählig sind die Verlegenheiten, in welche sich der Mensch in solchen Augenblicken versetzt sieht; unzählig die Mittel, welche eine erfinderische Natur innerhalb ihrer eignen Kräfte zu entdecken, sodann aber auch, wenn diese nicht auslangen, außerhalb ihres Bereichs freundlich anzudeuten weiß.

Zu gutem Glück jedoch war der Major durch ein halbes Bewußtsein, ohne sein Wollen und Trachten, schon auf einen solchen Fall im tiefsten vorbereitet. Seitdem er den kosmetischen Kammerdiener verabschiedet, sich seinem natürlichen Lebensgange wieder überlassen, auf den Schein Ansprüche zu machen aufgehört hatte, empfand er sich am eigentlichen körperlichen Behagen einigermaßen verkürzt. Er empfand das Unangenehme eines Überganges vom ersten Liebhaber zum zärtlichen Vater; und doch wollte diese Rolle immer mehr und mehr sich ihm aufdringen. Die Sorgfalt für das Schicksal Hilariens und der Seinigen trat immer zuerst in seinen Gedanken hervor, bis das Gefühl von Liebe, von Hang, von Verlangen annähernder Gegenwart sich erst später entfaltete. Und wenn er sich Hilarien in seinen Armen dachte, so war es ihr Glück, was er beherzigte, das er ihr zu schaffen wünschte, mehr als die Wonne, sie zu besitzen. Ja er mußte sich, wenn er ihres Andenkens rein genießen wollte, zuerst ihre himmlisch ausgesprochene Neigung, er mußte jenen Augenblick denken, wo sie sich ihm so unverhofft gewidmet hatte.

Nun aber, da er in klarster Nacht ein vereintes junges Paar vor sich gesehen, die Liebenswürdigste zusammenstürzend, in dem Schoße des Jünglings, beide seiner verheißenen hülfreichen Wiederkunft nicht achtend, ihn an dem genau bezeichneten Orte nicht erwartend, verschwunden in die Nacht, und er sich selbst im düstersten Zustande überlassen: wer fühlte das mit und verzweifelte nicht in seine Seele?

Die an Vereinigung gewöhnte, auf nähere Vereinigung hoffende Familie hielt sich bestürzt auseinander; Hilarie blieb hartnäckig auf ihrem Zimmer, der Major nahm sich zusammen, von seinem Sohne den früheren Hergang zu erfahren. Das Unheil war durch einen weiblichen Frevel der schönen Witwe verursacht. Um ihren bisher leidenschaftlichen Verehrer Flavio einer andern Liebenswürdigen, welche Absicht auf ihn verriet, nicht zu überlassen, wendet sie mehr scheinbare Gunst, als billig ist, an ihn. Er, dadurch aufgeregt und ermutigt, sucht seine Zwecke heftig bis ins Ungehörige zu verfolgen, worüber denn erst Widerwärtigkeit und Zwist, darauf ein entschiedener Bruch dem ganzen Verhältnis unwiederbringlich ein Ende macht.

Väterlicher Milde bleibt nichts übrig, als die Fehler der Kinder, wenn sie traurige Folgen haben, zu bedauern und womöglich herzustellen; gehen sie läßlicher, als zu hoffen war, vorüber, sie zu verzeihen und zu vergessen. Nach wenigem Bedenken und Bereden ging Flavio sodann, um an der Stelle seines Vaters manches zu besorgen, auf die übernommenen Güter und sollte dort bis zum Ablauf seines Urlaubs verweilen, dann sich wieder ans Regiment anschließen, welches indessen in eine andere Garnison verlegt worden.

Eine Beschäftigung mehrerer Tage war es für den Major, Briefe und Pakete zu eröffnen, welche sich während seines längeren Ausbleibens bei der Schwester gehäuft hatten. Unter andern fand er ein Schreiben jenes kosmetischen Freundes, des wohlkonservierten Schauspielers. Dieser, durch den verabschiedeten Kammerdiener benachrichtigt von dem Zustande des Majors und von dem Vorsatze, sich zu verheiraten, trug mit der besten Laune die Bedenklichkeiten vor, die man bei einem solchen Unternehmen vor Augen haben sollte; er behandelte die Angelegenheit auf seine Weise und gab zu bedenken, daß für einen Mann in gewissen Jahren das sicherste kosmetische Mittel sei, sich des schönen Geschlechts zu enthalten und einer löblichen, bequemen Freiheit zu genießen. Nun zeigte der Major lächelnd das Blatt seiner Schwester, zwar scherzend, aber doch ernstlich genug auf die Wichtigkeit des Inhaltes hindeutend. Auch war ihm indessen ein Gedicht eingefallen, dessen rhythmische Ausführung uns nicht gleich beigeht, dessen Inhalt jedoch durch zierliche Gleichnisse und anmutige Wendung sich auszeichnete:

»Der späte Mond, der zur Nacht noch anständig leuchtet, verblaßt vor der aufgehenden Sonne; der Liebeswahn des Alters verschwindet in Gegenwart leidenschaftlicher Jugend; die Fichte, die im Winter frisch und kräftig erscheint, sieht im Frühling verbräunt und mißfärbig aus neben hellaufgrünender Birke.«

Wir wollen jedoch weder Philosophie noch Poesie als die entscheidenden Helferinnen zu einer endlichen Entschließung hier vorzüglich preisen; denn wie ein kleines Ereignis die wichtigsten Folgen haben kann, so entscheidet es auch oft, wo schwankende Gesinnungen obwalten, die Waage dieser oder jener Seite zuneigend. Dem Major war vor kurzem ein Vorderzahn ausgefallen, und er fürchtete, den zweiten zu verlieren. An eine künstlich scheinbare Wiederherstellung war bei seinen Gesinnungen nicht zu denken, und mit diesem Mangel um eine junge Geliebte zu werben fing an ihm ganz erniedrigend zu scheinen, besonders jetzt, da er sich mit ihr unter *einem* Dach befand. Früher oder später hätte vielleicht ein solches Ereignis wenig gewirkt, gerade in diesem Augenblicke aber trat ein solcher Moment ein, der einem jeden an eine gesunde Vollständigkeit gewöhnten Menschen höchst widerwärtig begegnen muß. Es ist ihm, als wenn der Schlußstein seines organischen Wesens entfremdet wäre und das übrige Gewölbe nun auch nach und nach zusammenzustürzen drohte.

Wie dem auch sei, der Major unterhielt sich mit seiner Schwester gar bald einsichtig und verständig über die so verwirrt scheinende Angelegenheit; sie mußten beide bekennen, daß sie eigentlich nur durch einen Umweg ans Ziel gelangt seien, ganz nahe daran, von dem sie sich zufällig, durch äußern Anlaß, durch Irrtum eines unerfahrnen Kindes verleitet, unbedachtsam entfernt; sie fanden nichts natürlicher, als auf diesem Wege zu verharren, eine Verbindung beider Kinder einzuleiten und ihnen sodann jede elterliche Sorgfalt, wozu sie sich die Mittel zu verschaffen gewußt, treu und unablässig zu widmen. Völlig in Übereinstimmung mit dem Bruder, ging die Baronin zu Hilarien ins Zimmer. Diese saß am Flügel, zu eigner Begleitung singend und die eintretende Begrüßende mit heiterem Blick und Beugung zum Anhören gleichsam einladend. Es war ein angenehmes, beruhigendes Lied, das eine Stimmung der Sängerin aussprach, die nicht besser wäre zu wünschen gewesen. Nachdem sie geendigt hatte, stand sie auf, und ehe die ältere Bedächtige ihren Vortrag beginnen konnte, fing sie zu sprechen an: »Beste Mutter! es war schön, daß wir über die wichtigste Angelegenheit so lange geschwiegen; ich danke Ihnen, daß Sie bis jetzt diese Saite nicht berührten, nun aber ist es wohl Zeit, sich zu erklären, wenn es Ihnen gefällig ist. Wie denken Sie sich die Sache?«

Die Baronin, höchst erfreut über die Ruhe und Milde, zu der sie ihre Tochter gestimmt fand, begann sogleich ein verständiges Darlegen der frühern Zeit, der Persönlichkeit ihres Bruders und seiner Verdienste; sie gab den Eindruck zu, den der einzige Mann von Wert, der einem jungen Mädchen so nahe bekannt geworden, auf ein freies Herz notwendig machen müsse, und wie sich daraus, statt kindlicher Ehrfurcht und Vertrauen, gar wohl eine Neigung, die als Liebe, als Leidenschaft sich zeige, entwickeln könne. Hilarie hörte aufmerksam zu und gab durch bejahende Mienen und Zeichen ihre völlige Einstimmung zu erkennen; die Mutter ging auf den Sohn über, und jene ließ ihre langen Augenwimpern fallen; und wenn die Rednerin nicht so rühmliche Argumente für den Jüngeren fand, als sie für den Vater anzuführen gewußt hatte, so hielt sie sich hauptsächlich an die Ähnlichkeit beider, an den Vorzug, den diesem die Jugend gebe, der zugleich, als vollkommen gattlicher Lebensgefährte gewählt, die völlige Verwirklichung des väterlichen Daseins von der Zeit wie billig verspräche. Auch hierin schien Hilarie gleichstimmig zu denken, obschon ein etwas ernsterer Blick und ein manchmal niederschauendes Auge eine gewisse, in diesem Fall höchst natürliche innere Bewegung verrieten. Auf die äußeren glücklichen, gewissermaßen gebietenden Umstände lenkte sich hierauf der Vortrag. Der abgeschlossene Vergleich, der schöne Gewinn für die Gegenwart, die nach manchen Seiten hin sich erweiternden Aussichten, alles ward völlig der Wahrheit gemäß vor Augen gestellt, da es zuletzt auch an Winken nicht fehlen konnte, wie Hilarien selbst erinnerlich sein müsse, daß sie früher dem mit ihr heranwachsenden Vetter, und wenn auch nur wie im Scherze, sei verlobt gewesen. Aus alle dem Vorgesagten zog nun die Mutter den sich selbst ergebenden Schluß, daß nun mit ihrer und des Oheims Einwilligung die Verbindung der jungen Leute ungesäumt stattfinden könne.

Hilarie, ruhig blickend und sprechend, erwiderte darauf, sie könne diese Folgerung nicht sogleich gelten lassen, und führte gar schön und anmutig dagegen an, was ein zartes Gemüt gewiß mit ihr gleich empfinden wird und das wir mit Worten auszuführen nicht unternehmen.

Vernünftige Menschen, wenn sie etwas Verständiges ausgesonnen, wie diese oder jene Verlegenheit zu beseitigen wäre, dieser oder jener Zweck zu erreichen sein möchte, und dafür sich alle denklichen Argumente verdeutlicht und geordnet, fühlen sich höchst unangenehm betroffen, wenn diejenigen, die zu eignem Glücke mitwirken sollten, völlig andern Sinnes gefunden werden und aus Gründen, die tief im Herzen ruhen, sich demjenigen widersetzen, was so löblich als nötig ist. Man wechselte Reden, ohne sich zu überzeugen; das Verständige wollte nicht in das Gefühl eindringen, das Gefühlte wollte sich dem Nützlichen, dem Notwendigen nicht fügen; das Gespräch erhitzte sich, die Schärfe des Verstandes traf das schon verwundete Herz, das nun nicht mehr mäßig, sondern leidenschaftlich seinen Zustand an den Tag gab, so daß zuletzt die Mutter selbst vor der Hoheit und Würde des jungen Mädchens erstaunt zurücktrat, als sie mit Energie und Wahrheit das Unschickliche, ja Verbrecherische einer solchen Verbindung hervorhob.

In welcher Verwirrung die Baronin zu dem Bruder zurückkehrte, läßt sich denken, vielleicht auch, wenngleich nicht vollkommen, nachempfinden, daß der Major, der, von dieser entschiedenen Weigerung im Innersten geschmeichelt, zwar hoffnungslos, aber getröstet vor der Schwester stand, sich von jener Beschämung entwunden und so dieses Ereignis, das ihm zur zartesten Ehrensache geworden war, in seinem Innern ausgeglichen fühlte. Er verbarg diesen Zustand augenblicklich seiner Schwester und versteckte seine schmerzliche Zufriedenheit hinter eine in diesem Falle ganz natürliche Äußerung: man müsse nichts übereilen, sondern dem guten Kinde Zeit lassen, den eröffneten Weg, der sich nunmehr gewissermaßen selbst verstünde, freiwillig einzuschlagen.

Nun aber können wir kaum unsern Lesern zumuten, aus diesen ergreifenden inneren Zuständen in das Äußere überzugehen, worauf doch jetzt so viel ankam. Indes die Baronin ihrer Tochter alle Freiheit ließ, mit Musik und Gesang, mit Zeichnen und Sticken ihre Tage angenehm zu verbringen, auch mit Lesen und Vorlesen sich und die Mutter zu unterhalten, so beschäftigte sich der Major bei eintretendem Frühjahr, die Familienangelegenheiten in Ordnung zu bringen; der Sohn, der sich in der Folge als einen reichen Besitzer und, wie er gar nicht zweifeln konnte, als glücklichen Gatten Hilariens erblickte, fühlte nun erst ein militärisches Bestreben nach Ruhm und Rang, wenn der androhende Krieg hereinbrechen sollte. Und so glaubte man in augenblicklicher Beruhigung als gewiß vorauszusehen, daß dieses Rätsel, welches nur noch an eine Grille geknüpft schien, sich bald aufhellen und auseinanderlegen würde.
Leider aber war in dieser anscheinenden Ruhe keine Beruhigung zu finden. Die Baronin wartete tagtäglich, aber vergebens, auf die Sinnesänderung ihrer Tochter, die zwar mit Bescheidenheit und selten, aber doch, bei entscheidendem Anlaß, mit Sicherheit zu erkennen gab, sie bleibe so fest bei ihrer Überzeugung, als nur einer sein kann, dem etwas innerlich wahr geworden, es möge nun mit der ihn umgebenden Welt in Einklang stehen oder nicht. Der Major empfand sich zwiespältig; er würde sich immer verletzt fühlen, wenn Hilarie sich wirklich für den Sohn entschiede; entschiede sie sich aber für ihn selbst, so war er ebenso überzeugt, daß er ihre Hand ausschlagen müsse.
Bedauern wir den guten Mann, dem diese Sorgen, diese Qualen wie ein beweglicher Nebel unablässig vorschwebten, bald als Hintergrund, auf welchem sich die Wirklichkeiten und Beschäftigungen des dringenden Tages hervorhoben, bald herantretend und alles Gegenwärtige bedeckend. Ein solches Wanken und Schweben bewegte sich vor den Augen seines Geistes; und wenn ihn der fordernde Tag zu rascher, wirksamer Tätigkeit aufbot, so war es bei nächtlichem Erwachen, wo alles Widerwärtige, gestaltet und immer

umgestaltet, im unerfreulichsten Kreis sich in seinem Innern umwälzte. Dies ewig wiederkehrende Unabweisbare brachte ihn in einen Zustand, den wir fast Verzweiflung nennen dürften, weil Handeln und Schaffen, die sich sonst als Heilmittel für solche Lagen am sichersten bewährten, hier kaum lindernd, geschweige denn befriedigend wirken wollten.

In solcher Lage erhielt unser Freund von unbekannter Hand ein Schreiben mit Einladung in das Posthaus des nahe gelegenen Städtchens, wo ein eilig Durchreisender ihn dringend zu sprechen wünschte. Er, bei seinen vielfachen Geschäfts- und Weltverhältnissen an dergleichen gewöhnt, säumte um so weniger, als ihm die freie, flüchtige Hand einigermaßen erinnerlich schien. Ruhig und gefaßt nach seiner Art begab er sich an den bezeichneten Ort, als in der bekannten, fast bäuerischen Oberstube die schöne Witwe ihm entgegentrat, schöner und anmutiger, als er sie verlassen hatte. War es, daß unsere Einbildungskraft nicht fähig ist, das Vorzüglichste festzuhalten und völlig wieder zu vergegenwärtigen, oder hatte wirklich ein bewegterer Zustand ihr mehreren Reiz gegeben, genug, es bedurfte doppelter Fassung, sein Erstaunen, seine Verwirrung unter dem Schein allgemeinster Höflichkeit zu verbergen; er grüßte sie verbindlich mit verlegener Kälte.

»Nicht so, mein Bester!« rief sie aus, »keineswegs hab ich Sie dazu zwischen diese geweißten Wände, in diese höchst unedle Umgebung berufen; ein so schlechter Hausrat fordert nicht auf, sich höfisch zu unterhalten. Ich befreie meine Brust von einer schweren Last, indem ich sage, bekenne: in Ihrem Hause hab ich viel Unheil angerichtet.« – Der Major trat stutzend zurück. – »Ich weiß alles«, fuhr sie fort, »wir brauchen uns nicht zu erklären; Sie und Hilarien, Hilarien und Flavio, Ihre gute Schwester, sie alle bedaure ich.« Die Sprache schien ihr zu stocken, die herrlichsten Augenwimpern konnten hervorquellende Tränen nicht zurückhalten, ihre Wange rötete sich, sie war schöner als jemals. In äußerster Verwirrung stand der edle Mann vor ihr, ihn durchdrang eine unbekannte Rührung. »Setzen wir uns«, sagte, die Augen trocknend, das allerliebste Wesen. »Verzeihen Sie mir, bedauern Sie mich, Sie sehen, wie ich bestraft bin.« Sie hielt ihr gesticktes Tuch abermals vor die Augen und verbarg, wie bitterlich sie weinte.

»Klären Sie mich auf, meine Gnädige«, sprach er mit Hast. – »Nichts von gnädig!« entgegnete sie himmlisch lächelnd, »nennen Sie mich Ihre Freundin, Sie haben keine treuere. Und also, mein Freund, ich weiß alles, ich kenne die Lage der ganzen Familie genau, aller Gesinnungen und Leiden bin ich vertraut.« – »Was konnte Sie bis auf diesen Grad unterrichten?« – »Selbstbekenntnisse. Diese Hand wird Ihnen nicht fremd sein.« Sie wies ihm einige entfaltete Briefe hin. – »Die Hand meiner Schwester, Briefe, mehrere, der nachlässigen Schrift nach vertraute! Haben Sie je mit ihr in Verhältnis gestanden?« – »Unmittelbar nicht, mittelbar seit einiger Zeit; hier die Aufschrift – ›An ***‹.« – »Ein neues Rätsel, an Makarien, die schweigsamste aller Frauen.« – »Deshalb aber auch die Vertraute, der Beichtiger aller bedrängten Seelen, aller derer, die sich selbst verloren haben, sich wiederzufinden wünschten und nicht wissen wo.« – »Gott sei Dank!« rief er aus, »daß sich eine solche Vermittlung gefunden hat, mir wollt' es nicht ziemen, sie anzuflehen, ich segne meine Schwester, daß sie es tat; denn auch mir sind Beispiele bekannt, daß jene Treffliche, im Vorhalten eines sittlich-magischen Spiegels, durch die äußere verworrene Gestalt irgendeinem Unglücklichen sein rein schönes Innere gewiesen und ihn auf einmal erst mit sich selbst befriedigt und zu einem neuen Leben aufgefordert hat.« –

»Diese Wohltat erzeigte sie auch mir«, versetzte die Schöne; und in diesem Augenblick fühlte unser Freund, wenn es ihm auch nicht klar wurde, dennoch entschieden, daß aus dieser sonst in ihrer Eigenheit abgeschlossenen merkwürdigen Person sich ein sittlich-schönes, teilnehmendes und teilgebendes Wesen hervortat. – »Ich war nicht unglücklich, aber unruhig«, fuhr sie fort, »ich gehörte mir selbst nicht recht mehr an, und das heißt denn doch am Ende nicht glücklich sein. Ich gefiel mir selbst nicht mehr, ich mochte mich vor dem Spiegel zurechtrücken, wie ich wollte, es schien mir immer, als wenn ich mich zu einem Maskenball herausputzte; aber seitdem sie mir ihren Spiegel vorhielt, seit ich gewahr wurde, wie man sich von innen selbst schmücken könne, komm ich mir wieder recht schön vor.« Sie sagte das zwischen Lächeln und Weinen und war, man mußte es zugeben, mehr als liebenswürdig. Sie erschien achtungswert und wert einer ewigen treuen Anhänglichkeit.

»Und nun, mein Freund, fassen wir uns kurz; hier sind die Briefe! sie zu lesen und wieder zu lesen, sich zu bedenken, sich zu bereiten, bedürften Sie allenfalls einer Stunde, mehr, wenn Sie wollen; alsdann werden mit wenigen Worten unsere Zustände sich entscheiden lassen.«

Sie verließ ihn, um in dem Garten auf und ab zu gehen; er entfaltete nun einen Briefwechsel der Baronin mit Makarien, dessen Inhalt wir summarisch andeuten. Jene beklagt sich über die schöne Witwe. Wie eine Frau die andere ansieht und scharf beurteilt, geht hervor. Eigentlich ist nur vom Äußern und von Äußerungen die Rede, nach dem Innern wird nicht gefragt.

Hierauf von seiten Makariens eine mildere Beurteilung. Schilderung eines solchen Wesens von innen heraus. Das Äußere erscheint als Folge von Zufälligkeiten, kaum zu tadeln, vielleicht zu entschuldigen. Nun berichtet die Baronin von der Raserei und Tollheit des Sohns, der wachsenden Neigung des jungen Paars, von der Ankunft des Vaters, der entschiedenen Weigerung Hilariens. Überall finden sich Erwiderungen Makariens von reiner Billigkeit, die aus der gründlichen Überzeugung stammt, daß hieraus eine sittliche Besserung entstehen müsse. Sie übersendet zuletzt den ganzen Briefwechsel der schönen Frau, deren himmelschönes Innere nun hervortritt und das Äußere zu verherrlichen beginnt. Das Ganze schließt mit einer dankbaren Erwiderung an Makarien.

Sechstes Kapitel

Wilhelm an Lenardo

»Endlich, teuerster Freund, kann ich sagen, sie ist gefunden, und zu Ihrer Beruhigung darf ich hinzusetzen, in einer Lage, wo für das gute Wesen nichts weiter zu wünschen übrigbleibt. Lassen Sie mich im allgemeinen reden; ich schreibe noch hier an Ort und Stelle, wo ich alles vor Augen habe, wovon ich Rechenschaft geben soll.

Häuslicher Zustand, auf Frömmigkeit gegründet, durch Fleiß und Ordnung belebt und erhalten, nicht zu eng, nicht zu weit, im glücklichsten Verhältnis der Pflichten zu den Fähigkeiten und Kräften. Um sie her bewegt sich ein Kreislauf von Handarbeitenden im reinsten, anfänglichsten Sinne; hier ist Beschränktheit und Wirkung in die Ferne, Umsicht und Mäßigung, Unschuld und Tätigkeit. Nicht leicht habe ich mich in einer angenehmeren Gegenwart gesehen, über welche eine heitere Aussicht auf die nächste Zeit und die Zukunft waltet. Dieses zusammen betrachtet, möchte wohl hinreichend sein, einen jeden Teilnehmenden zu beruhigen.

Ich darf daher in Erinnerung alles dessen, was unter uns besprochen worden, auf das dringendste bitten: der Freund möge es bei dieser allgemeinen Schilderung belassen, solche allenfalls in Gedanken ausmalen, dagegen aber aller weitern Nachforschung entsagen und sich dem großen Lebensgeschäfte, in das er nun wahrscheinlich vollkommen eingeweiht sein wird, auf die lebhafteste Weise widmen.

Ein Duplikat dieses Briefes sende an Hersilien, das andere an den Abbé, der, wie ich vermute, am sichersten weiß, wo Sie zu finden sind. An diesen geprüften, im Geheimen und Offenbaren immer gleich zuverlässigen Freund schreibe noch einiges, welches er mitteilen wird; besonders bitte, was mich selbst betrifft, mit Anteil zu betrachten und mit frommen, treuen Wünschen mein Vorhaben zu fördern.«

»Wenn mich nicht alles triegt, so ist Lenardo, der höchst wertzuschätzende, gegenwärtig in Eurer Mitte, und ich sende deshalb das Duplikat eines Schreibens, damit es ihm sicher zugestellt werde. Möge dieser vorzügliche junge Mann in Euren Kreis zu ununterbrochenem bedeutendem Wirken verschlungen werden, da, wie ich hoffe, sein Inneres beruhigt ist.

Was mich betrifft, so kann ich, nach fortdauernder tätiger Selbstprüfung, mein durch Montan vorlängst angebrachtes Gesuch nunmehr nur noch ernstlicher wiederholen; der Wunsch, meine Wanderjahre mit mehr Fassung und Stetigkeit zu vollenden, wird immer dringender. In sicherer Hoffnung, man würde meinen Vorstellungen Raum geben, habe ich mich durchaus vorbereitet und meine Einrichtung getroffen. Nach Vollendung des Geschäfts zugunsten meines edlen Freundes werde ich nun wohl meinen fernern Lebensgang unter den schon ausgesprochenen Bedingungen getrost antreten dürfen. Sobald ich auch noch eine fromme Wallfahrt zurückgelegt, gedenke ich in *** einzutreffen. An diesem Ort hoff ich Eure Briefe zu finden und meinem innern Triebe gemäß von neuem zu beginnen.«

Siebentes Kapitel

Nachdem unser Freund vorstehende Briefe abgelassen, schritt er, durch manchen benachbarten Gebirgszug fortwandernd, immer weiter, bis die herrliche Talgegend sich ihm eröffnete, wo er, vor Beginn eines neuen Lebensganges, so manches abzuschließen gedachte. Unerwartet traf er hier auf einen jungen, lebhaften Reisegefährten, durch welchen seinem Bestreben und seinem Genuß manches zu Gunsten gereichen sollte. Er findet sich mit einem Maler zusammen, welcher, wie dergleichen viele in der offnen Welt, mehrere noch in Romanen und Dramen umherwandeln und spuken, sich diesmal als ein ausgezeichneter Künstler darstellte. Beide schicken sich gar bald ineinander, vertrauen sich wechselseitig Neigungen, Absichten, Vorsätze; und nun wird offenbar, daß der treffliche Künstler, der aquarellierte Landschaften mit geistreicher, wohlgezeichneter und -ausgeführter Staffage zu schmücken weiß, leidenschaftlich eingenommen sei von Mignons Schicksalen, Gestalt und Wesen. Er hatte sie gar oft schon vorgestellt und begab sich nun auf die Reise, die Umgebungen, worin sie gelebt, der Natur nachzubilden; hier das liebliche Kind in glücklichen und unglücklichen Umgebungen und Augenblicken darzustellen und so ihr Bild, das in allen zarten Herzen lebt, auch dem Sinne des Auges hervorzurufen

Die Freunde gelangen bald zum großen See, Wilhelm trachtet, die angedeuteten Stellen nach und nach aufzufinden. Ländliche Prachthäuser, weitläufige Klöster, Überfahrten und Buchten, Erdzungen und Landungsplätze wurden gesucht und die Wohnungen kühner und gutmütiger Fischer so wenig als die heiter gebauten Städtchen am Ufer und Schlößchen auf benachbarten Höhen vergessen. Dies alles weiß der Künstler zu ergreifen, durch Beleuchten und Färben der jedesmal geschichtlich erregten Stimmung anzueignen, so daß Wilhelm seine Tage und Stunden in durchgreifender Rührung zubrachte.

Auf mehreren Blättern war Mignon im Vordergrunde, wie sie leibte und lebte, vorgestellt, indem Wilhelm der glücklichen Einbildungskraft des Freundes durch genaue Beschreibung nachzuhelfen und das allgemeiner Gedachte ins Engere der Persönlichkeit einzufassen wußte.

Und so sah man denn das Knaben-Mädchen in mannigfaltiger Stellung und Bedeutung aufgeführt. Unter dem hohen Säulenportale des herrlichen Landhauses stand sie, nachdenklich die Statuen der Vorhalle betrachtend. Hier schaukelte sie sich plätschernd auf dem angebundenen Kahn, dort erkletterte sie den Mast und erzeigte sich als ein kühner Matrose.

Ein Bild aber tat sich vor allen hervor, welches der Künstler auf der Herreise, noch eh er Wilhelmen begegnet, mit allen Charakterzügen sich angeeignet hatte. Mitten im rauhen Gebirg glänzt der anmutige Scheinknabe, von Sturzfelsen umgeben, von Wasserfällen besprüht, mitten in einer schwer zu beschreibenden Horde. Vielleicht ist eine grauerliche, steile Urgebirgsschlucht nie anmutiger und bedeutender staffiert worden. Die bunte, zigeunerhafte Gesellschaft, roh zugleich und phantastisch, seltsam und gemein, zu locker, um Furcht einzuflößen, zu wunderlich, um Vertrauen zu erwecken. Kräftige Saumrosse schleppen, bald über Knüppelwege, bald eingehauene Stufen hinab, ein bunt verworrenes Gepäck, an welchem herum die sämtlichen Instrumente einer betäubenden Musik, schlotternd aufgehängt, das Ohr mit rauhen Tönen von Zeit zu Zeit belästigen. Zwischen allem dem das liebenswürdige Kind, in sich gekehrt ohne Trutz, unwillig ohne Widerstreben, geführt, aber nicht geschleppt. Wer hätte sich nicht des merkwürdigen, ausgeführten Bildes gefreut? Kräftig charakterisiert war die grimmige Enge dieser Felsmassen; die alles durchschneidenden, schwarzen Schluchten, zusammengetürmt, allen Ausgang zu hindern drohend, hätte nicht eine kühne Brücke auf die Möglichkeit, mit der übrigen Welt in Verbindung zu gelangen, hingedeutet. Auch ließ der Künstler mit klug dichtendem Wahrheitssinne eine Höhle merklich werden, die man als Naturwerkstatt mächtiger Kristalle oder als Aufenthalt einer fabelhaft-furchtbaren Drachenbrut ansprechen konnte.

Nicht ohne heilige Scheu besuchten die Freunde den Palast des Marchese; der Greis war von seiner Reise noch nicht zurück; sie wurden aber auch in diesem Bezirk, weil sie sich mit geistlichen und weltlichen Behörden wohl zu benehmen wußten, freundlich empfangen und behandelt.

Die Abwesenheit des Hausherrn jedoch empfand Wilhelm sehr angenehm; denn ob er gleich den würdigen Mann gerne wiedergesehen und herzlich begrüßt hätte, so fürchtete er sich doch vor dessen dankbarer Freigebigkeit und vor irgendeiner aufgedrungenen Belohnung jenes treuen, liebevollen Handelns, wofür er schon den zartesten Lohn dahingenommen hatte.

Und so schwammen die Freunde auf zierlichem Nachen von Ufer zu Ufer, den See in jeder Richtung durchkreuzend. In der schönsten Jahrszeit entging ihnen weder Sonnenaufgang noch -untergang und keine der tausend Schattierungen, mit denen das Himmelslicht sein Firmament und von da See und Erde freigebigst überspendet und sich im Abglanz erst vollkommen verherrlicht.

Eine üppige Pflanzenwelt, ausgesäet von Natur, durch Kunst gepflegt und gefördert, umgab sie überall. Schon die ersten Kastanienwälder hatten sie willkommen geheißen, und nun konnten sie sich eines traurigen Lächelns nicht enthalten, wenn sie, unter Zypressen gelagert, den Lorbeer aufsteigen, den Granatapfel sich röten, Orangen und Zitronen in Blüte sich entfalten und Früchte zugleich aus dem dunklen Laube hervorglühend erblickten.

Durch den frischen Gesellen entstand jedoch für Wilhelm ein neuer Genuß. Unserm alten Freund hatte die Natur kein malerisches Auge gegeben. Empfänglich für sichtbare Schönheit nur an menschlicher Gestalt, ward er auf einmal gewahr: ihm sei durch einen gleichgestimmten, aber zu ganz andern Genüssen und Tätigkeiten gebildeten Freund die Umwelt aufgeschlossen.

In gesprächiger Hindeutung auf die wechselnden Herrlichkeiten der Gegend, mehr aber noch durch konzentrierte Nachahmung wurden ihm die Augen aufgetan und er von allen sonst hartnäckig gehegten Zweifeln befreit. Verdächtig waren ihm von jeher Nachbildungen italienischer Gegenden gewesen; der Himmel schien ihm zu blau, der violette Ton reizender Fernen zwar höchst lieblich, doch unwahr, und das mancherlei frische Grün doch gar zu bunt; nun verschmolz er aber mit seinem neuen Freunde aufs innigste und lernte, empfänglich wie er war, mit dessen Augen die Welt sehen, und indem die Natur das offenbare Geheimnis ihrer Schönheit entfaltete, mußte man nach Kunst als der würdigsten Auslegerin unbezwingliche Sehnsucht empfinden.

Aber ganz unerwartet kam der malerische Freund ihm von einer andern Seite entgegen; dieser hatte manchmal einen heitern Gesang angestimmt und dadurch ruhige Stunden auf weit- und breiter Wellenfahrt gar innig belebt und begleitet. Nun aber traf sich's, daß er in einem der Paläste ein ganz eigenes Saitenspiel fand, eine Laute in kleinem Format, kräftig, vollklingend, bequem und tragbar; er wußte das Instrument alsbald zu stimmen, so glücklich und angenehm zu behandeln und die Gegenwärtigen so freundlich zu unterhalten, daß er, als neuer Orpheus, den sonst strengen und trocknen Kastellan erweichend bezwang und ihn freundlich nötigte, das Instrument dem Sänger auf eine Zeitlang zu überlassen, mit der Bedingung, solches vor der Abreise treulich wiederzugeben, auch in der Zwischenzeit an irgendeinem Sonn- oder Feiertage zu erscheinen und die Familie zu erfreuen.

Ganz anders war nunmehr See und Ufer belebt, Boot und Kahn buhlten um ihre Nachbarschaft, selbst Fracht- und Marktschiffe verweilten in ihrer Nähe, Reihen von Menschen zogen am Strande nach, und die Landenden sahen sich sogleich von einer frohsinnigen Menge umgeben; die Scheidenden segnete jedermann, zufrieden, doch sehnsuchtsvoll.

Nun hätte zuletzt ein Dritter, die Freunde beobachtend, gar wohl bemerken können, daß die Sendung beider eigentlich geendigt sei: alle die auf Mignon sich beziehenden Gegenden und Lokalitäten waren sämtlich umrissen, teils in Licht, Schatten und Farbe gesetzt, teils in heißen Tagesstunden treulich ausgeführt. Dies zu leisten hatten sie sich auf eine eigne Weise von Ort zu Ort bewegt, weil ihnen Wilhelms Gelübde gar oft hinderlich war; doch wußten sie solches gelegentlich zu umgehen durch die Auslegung: es gelte nur für das Land, auf dem Wasser sei es nicht anwendbar.

Auch fühlte Wilhelm selbst, daß ihre eigentliche Absicht erreicht sei, aber leugnen konnte er sich nicht, daß der Wunsch, Hilarien und die schöne Witwe zu sehen, auch noch befriedigt werden müsse, wenn man mit freiem Sinne diese Gegend verlassen wollte. Der Freund, dem er die Geschichte vertraut, war nicht weniger neugierig und freute sich schon, einen herrlichen Platz in einer seiner Zeichnungen leer und ledig zu wissen, den er mit den Gestalten so holder Personen künstlerisch zu verzieren gedachte.

Nun stellten sie Kreuz- und Querfahrten an, die Punkte, wo der Fremde in dieses Paradies einzutreten pflegt, beobachtend. Ihre Schiffer hatten sie mit der Hoffnung, Freunde hier zu sehen, bekannt gemacht, und nun dauerte es nicht lange, so sahen sie ein wohlverziertes Prachtschiff herangleiten, worauf sie Jagd machten und sich nicht enthielten, sogleich leidenschaftlich zu entern. Die Frauenzimmer, einigermaßen betroffen, faßten sich sogleich, als Wilhelm das Blättchen vorwies und beide den von ihnen selbst vorgezeichneten Pfeil ohne Bedenken anerkannten.[2] Die Freunde wurden alsbald zutraulich eingeladen, das Schiff der Damen zu besteigen, welches eilig geschah.

Und nun vergegenwärtige man sich die viere, wie sie, im zierlichsten Raum beisammen, gegeneinander über sitzen in der seligsten Welt, von lindem Lufthauch angeweht, auf glänzenden Wellen geschaukelt. Man denke das weibliche Paar, wie wir sie vor kurzem geschildert gesehen, das männliche, mit dem wir schon seit Wochen ein gemeinsames Reiseleben führen, und wir sehen sie nach einiger Betrachtung sämtlich in der anmutigsten, obgleich gefährlichsten Lage.

Für die drei, welche sich schon, willig oder unwillig, zu den Entsagenden gezählt, ist nicht das Schwerste zu besorgen, der vierte jedoch dürfte sich nur allzubald in jenen Orden aufgenommen sehen.

Nachdem man einigemal den See durchkreuzt und auf die

2 *Die Erwähnung des »von ihnen selbst vorgezeichneten Pfeiles« ist in der Ausgabe letzter Hand durch die Auslassung von »Hersiliens Nachschrift« und »Zwischenrede« aus der ersten Fassung der »Wanderjahre« (s. Anm. S. 205 ff.) unverständlich geworden. Die Landkarte mit dem Pfeil ermöglichte Wilhelm überhaupt erst, Hilarie und die schöne Witwe zu finden. Gleichzeitig führte der Pfeil auf der Landkarte Wilhelm in Mignons Heimat.*

interessantesten Lokalitäten sowohl des Ufers als der Inseln hingedeutet hatte, brachte man die Damen gegen den Ort, wo sie übernachten sollten und wo ein gewandter, für diese Reise angenommener Führer alle wünschenswerten Bequemlichkeiten zu besorgen wußte. Hier war nun Wilhelms Gelübde ein schicklicher, aber unbequemer Zeremonienmeister; denn gerade an dieser Station hatten die Freunde vor kurzem drei Tage zugebracht und alles Merkwürdige der Umgebung erschöpft. Der Künstler, welchen kein Gelübde zurückhielt, wollte die Erlaubnis erbitten, die Damen ans Land zu geleiten, die es aber ablehnten, weswegen man sich in einiger Entfernung vom Hafen trennte.

Kaum war der Sänger in sein Schiff gesprungen, das sich eiligst vom Ufer entfernte, als er nach der Laute griff und jenen wundersam-klagenden Gesang, den die venezianischen Schiffer von Land zu See, von See zu Land erschallen lassen, lieblich anzustimmen begann. Geübt genug zu solchem Vortrag, der ihm diesmal eigens zart und ausdrucksvoll gelang, verstärkte er, verhältnismäßig zur wachsenden Entfernung, den Ton, so daß man am Ufer immer die gleiche Nähe des Scheidenden zu hören glaubte. Er ließ zuletzt die Laute schweigen, seiner Stimme allein vertrauend, und hatte das Vergnügen, zu bemerken, daß die Damen, anstatt sich ins Haus zurückzuziehen, am Ufer zu verweilen beliebten. Er fühlte sich so begeistert, daß er nicht endigen konnte, auch selbst als zuletzt Nacht und Entfernung das Anschauen aller Gegenstände entzogen; bis ihm endlich der mehr beruhigte Freund bemerklich machte, daß, wenn auch Finsternis den Ton begünstige, das Schiff den Kreis doch längst verlassen habe, in welchem derselbe wirken könne.

Der Verabredung gemäß traf man sich des andern Tags abermals auf offener See. Vorüberfliegend befreundete man sich mit der schönen Reihe merkwürdig hingelagerter, bald reihenweis übersehbarer, bald sich verschiebender Ansichten, die, im Wasser sich gleichmäßig verdoppelnd, bei Uferfahrten das mannigfaltigste Vergnügen gewähren. Dabei lie-

ßen denn die künstlerischen Nachbildungen auf dem Papier dasjenige vermuten und ahnen, was man auf dem heutigen Zug nicht unmittelbar gewahrte. Für alles dieses schien die stille Hilarie freien und schönen Sinn zu besitzen.
Aber nun gegen Mittag erschien abermals das Wunderbare: die Damen landeten allein, die Männer kreuzten vor dem Hafen. Nun suchte der Sänger seinen Vortrag einer solchen Annäherung zu bequemen, wo nicht bloß von einem zart und lebhaft jodelnden allgemeinen Sehnsuchtston, sondern von heiterer, zierlicher Andringlichkeit irgendeine glückliche Wirkung zu hoffen wäre. Da wollte denn manchmal ein und das andere der Lieder, die wir geliebten Personen der »Lehrjahre« schuldig sind, über den Saiten, über den Lippen schweben; doch enthielt er sich, aus wohlmeinender Schonung, deren er selbst bedurfte, und schwärmte vielmehr in fremden Bildern und Gefühlen umher, zum Gewinn seines Vortrags, der sich nur um desto einschmeichelnder vernehmen ließ. Beide Freunde hätten, auf diese Weise den Hafen blockierend, nicht an Essen und Trinken gedacht, wenn die vorsichtigen Freundinnen nicht gute Bissen herübergesendet hätten, wozu ein begleitender Trunk ausgesuchten Weins zum allerbesten schmeckte.
Jede Absonderung, jede Bedingung, die unsern aufkeimenden Leidenschaften in den Weg tritt, schärft sie, anstatt sie zu dämpfen; und auch diesmal läßt sich vermuten, daß die kurze Abwesenheit beiden Teilen gleiche Sehnsucht erregt habe. Allerdings! man sah die Damen in ihrer blendendmuntern Gondel gar bald wieder heranfahren.
Das Wort Gondel nehme man aber nicht im traurigen venezianischen Sinne; hier bezeichnet es ein lustig-bequemgefälliges Schiff, das, hätte sich unser kleiner Kreis verdoppelt, immer noch geräumig genug gewesen wäre.
Einige Tage wurden so auf diese eigene Weise zwischen Begegnen und Scheiden, zwischen Trennen und Zusammensein hingebracht; im Genuß vergnüglichster Geselligkeit schwebte immer Entfernen und Entbehren vor der bewegten Seele. In Gegenwart der neuen Freunde rief man sich die

ältern zurück; vermißte man die neuen, so mußte man bekennen, daß auch diese schon starken Anspruch an Erinnerung zu erwerben gewußt. Nur ein gefaßter, geprüfter Geist wie unsere schöne Witwe konnte sich zu solcher Stunde völlig im Gleichgewicht erhalten.
Hilariens Herz war zu sehr verwundet, als daß es einen neuen, reinen Eindruck zu empfangen fähig gewesen wäre; aber wenn die Anmut einer herrlichen Gegend uns lindernd umgibt, wenn die Milde gefühlvoller Freunde auf uns einwirkt, so kommt etwas Eigenes über Geist und Sinn, das uns Vergangenes, Abwesendes traumartig zurückruft und das Gegenwärtige, als wäre es nur Erscheinung, geistermäßig entfernt. So abwechselnd hin und wider geschaukelt, angezogen und abgelehnt, genähert und entfernt, wallten und wogten sie verschiedene Tage.
Ohne diese Verhältnisse näher zu beurteilen, glaubte doch der gewandte, wohlerfahrene Reiseführer einige Veränderung in dem ruhigen Betragen seiner Heldinnen gegen das bisherige zu bemerken, und als das Grillenhafte dieser Zustände sich ihm endlich aufgeklärt hatte, wußte er auch hier das Erfreulichste zu vermitteln. Denn als man eben die Damen abermals zu dem Orte, wo ihre Tafel bereitet wäre, bringen wollte, begegnete ihnen ein anderes geschmücktes Schiff, das, an das ihrige sich anlegend, einen gut gedeckten Tisch mit allen Heiterkeiten einer festlichen Tafel einladend vorwies; man konnte nun den Verlauf mehrerer Stunden zusammen abwarten, und erst die Nacht entschied die herkömmliche Trennung.
Glücklicherweise hatten die männlichen Freunde auf ihren früheren Fahrten gerade die geschmückteste der Inseln aus einer gewissen Naturgrille zu betreten vernachlässigt und auch jetzt nicht gedacht, die dortigen, keineswegs im besten Stand erhaltenen Künsteleien den Freundinnen vorzuzeigen, ehe die herrlichen Weltszenen völlig erschöpft wären. Doch zuletzt ging ihnen ein ander Licht auf. Man zog den Führer ins Vertrauen, dieser wußte jene Fahrt sogleich zu beschleunigen, und sie hielten solche für die seligste. Nun durften sie

hoffen und erwarten, nach so manchen unterbrochenen Freuden drei volle himmlische Tage, in einem abgeschlossenen Bezirk versammelt, zuzubringen.

Hier müssen wir nun den Reiseführer besonders rühmen; er gehörte zu jenen beweglichen, tätig gewandten, welche, mehrere Herrschaften geleitend, dieselben Routen oft zurücklegen; mit Bequemlichkeiten und Unbequemlichkeiten genau bekannt, die einen zu vermeiden, die andern zu benutzen und, ohne Hintansetzung eignen Vorteils, ihre Patrone doch immer wohlfeiler und vergnüglicher durchs Land zu führen verstehen, als diesen auf eigene Hand würde gelungen sein.

Zu gleicher Zeit tat sich eine lebhafte weibliche Bedienung der Frauenzimmer zum erstenmal entschieden tätig hervor, so daß die schöne Witwe zur Bedingung machen konnte, die beiden Freunde möchten bei ihr als Gäste einkehren und mit mäßiger Bewirtung vorliebnehmen. Auch hier gelang alles zum günstigsten: denn der kluge Geschäftsträger hatte, bei dieser Gelegenheit wie früher, von den Empfehlungs- und Kreditbriefen der Damen so klugen Gebrauch zu machen gewußt, daß, in Abwesenheit der Besitzer, Schloß und Garten, nicht weniger die Küche zu beliebigem Gebrauch eröffnet wurden, ja sogar einige Aussicht auf den Keller blieb. Alles stimmte nun so zusammen, daß man sich gleich vom ersten Augenblick an als einheimisch, als eingeborne Herrschaft solcher Paradiese fühlen mußte.

Das sämtliche Gepäck aller unserer Reisenden ward sogleich auf die Insel gebracht, wodurch für die Gesellschaft große Bequemlichkeit entstand, der größte Vorteil aber dabei erzielt ward, indem die sämtlichen Portefeuilles des trefflichen Künstlers, zum erstenmal alle beisammen, ihm Gelegenheit gaben, den Weg, den er genommen, in stetiger Folge den Schönen zu vergegenwärtigen. Man nahm die Arbeit mit Entzücken auf. Nicht etwa wie Liebhaber und Künstler sich wechselsweise präkonisieren, hier ward einem vorzüglichen Manne das gefühlteste und einsichtigste Lob erteilt. Damit wir aber nicht in Verdacht geraten, als wollten wir mit allgemeinen Phrasen dasjenige, was wir nicht vorzeigen können, gläubigen Lesern nur unterschieben, so stehe hier das Urteil eines Kenners, der bei jenen fraglichen sowohl als gleichen und ähnlichen Arbeiten mehrere Jahre nachher bewundernd verweilte.

»Ihm gelingt, die heitere Ruhe stiller Seeaussichten darzustellen, wo anliegend-freundliche Wohnungen, sich in der klaren Flut spiegelnd, gleichsam zu baden scheinen; Ufer, mit begrünten Hügeln umgeben, hinter denen Waldgebirge und eisige Gletscherfirnen aufsteigen. Der Farbenton solcher Szenen ist heiter, fröhlich-klar; die Fernen mit milderndem Duft wie übergossen, der, nebelgrauer und einhüllender, aus durchströmten Gründen und Tälern hervorsteigt und ihre Windungen andeutet. Nicht minder ist des Meisters Kunst zu loben in Ansichten aus Tälern, näher am Hochgebirg gelegen, wo üppig bewachsene Bergeshänge niedersteigen, frische Ströme sich am Fuß der Felsen eilig fortwälzen.

Trefflich weiß er in mächtig schattenden Bäumen des Vordergrundes den unterscheidenden Charakter verschiedener Arten so in Gestalt des Ganzen wie in dem Gang der Zweige, den einzelnen Partien der Blätter befriedigend anzudeuten; nicht weniger in dem auf mancherlei Weise nuancierten frischen Grün, worin sanfte Lüfte mit gelindem Hauch zu fächeln und die Lichter daher gleichsam bewegt erscheinen.

Im Mittelgrund ermattet allmählich der lebhafte grüne Ton und vermählt sich auf entferntern Berghöhen schwach violett mit dem Blau des Himmels. Doch unserm Künstler glücken über alles Darstellungen höherer Alpgegenden; das einfach Große und Stille ihres Charakters, die ausgedehnten Weiden am Bergeshang, mit dem frischesten Grün überkleidet, wo dunkel einzelnstehende Tannen aus dem Rasenteppich ragen und von hohen Felswänden sich schäumende Bäche stürzen. Mag er die Weiden mit grasendem Rindvieh staffieren oder den engen, um Felsen sich windenden Bergpfad mit beladenen Saumpferden und Maultieren, er zeichnet alle gleich gut und geistreich; immer am schicklichen Ort und nicht in zu großer Fülle angebracht, zieren und beleben sie diese Bilder, ohne ihre ruhige Einsamkeit zu stören oder auch nur zu mindern. Die Ausführung zeugt von der kühnsten Meisterhand, leicht, mit wenigen sichern Strichen und doch vollendet. Er bediente sich später englischer glänzender Permanentfarben auf Papier, daher sind diese Gemälde von vorzüglich blühendem Farbenton, heiter, aber zugleich kräftig und gesättigt.

Seine Abbildungen tiefer Felsschluchten, wo um und um nur totes Gestein starrt, im Abgrund, von kühner Brücke übersprungen, der wilde Strom tobt, gefallen zwar nicht wie die vorigen, doch ergreift uns ihre Wahrheit; wir bewundern die große Wirkung des Ganzen, durch wenige bedeutende Striche und Massen von Lokalfarben mit dem geringsten Aufwand hervorgebracht.

Ebenso charakteristisch weiß er die Gegenden des Hochgebirges darzustellen, wo weder Baum noch Gesträuch mehr fortkommt, sondern nur zwischen Felszacken und Schneegipfeln sonnige Flächen mit zartem Rasen sich bedecken. So schön und gründuftig und einladend er dergleichen Stellen auch koloriert, so sinnig hat er doch unterlassen, hier mit weidenden Herden zu staffieren, denn diese Gegenden geben nur Futter den Gemsen, und Wildheuern einen gefahrvollen Erwerb.«

Wir entfernen uns nicht von der Absicht, unsern Lesern den Zustand solcher wilden Gegenden so nah als möglich zu bringen, wenn wir das eben gebrauchte Wort *Wildheuer* mit wenigem erklären. Man bezeichnet damit ärmere Bewohner der Hochgebirge, welche sich unterfangen, auf Grasplätzen, die für das Vieh schlechterdings unzugänglich sind, Heu zu machen. Sie ersteigen deswegen, mit Steigehaken an den Füßen, die steilsten, gefährlichsten Klippen oder lassen sich, wo es nötig ist, von hohen Felswänden an Stricken auf die besagten Grasplätze herab. Ist nun das Gras von ihnen geschlagen und zu Heu getrocknet, so werfen sie solches von den Höhen in tiefere Talgründe herab, wo dasselbe, wieder gesammelt, an Viehbesitzer verkauft wird, die es der vorzüglichen Beschaffenheit wegen gern erhandeln.

Jene Bilder, die zwar einen jeden erfreuen und anziehen müßten, betrachtete Hilarie besonders mit großer Aufmerksamkeit; ihre Bemerkungen gaben zu erkennen, daß sie selbst diesem Fache nicht fremd sei; am wenigsten blieb dies dem Künstler verborgen, der sich von niemand lieber erkannt gesehen hätte als gerade von dieser anmutigsten aller Personen. Die ältere Freundin schwieg daher nicht länger, sondern tadelte Hilarien, daß sie mit ihrer eigenen Geschicklichkeit hervorzutreten auch diesmal, wie immer, zaudere; hier sei die Frage nicht, gelobt oder getadelt zu werden, sondern zu lernen. Eine schönere Gelegenheit finde sich vielleicht nicht wieder.
Nun zeigte sich erst, als sie genötigt war, ihre Blätter vorzuweisen, welch ein Talent hinter diesem stillen, zierlichsten Wesen verborgen liege; die Fähigkeit war eingeboren, fleißig geübt. Sie besaß ein treues Auge, eine reinliche Hand, wie sie Frauen bei ihren sonstigen Schmuck- und Putzarbeiten zu höherer Kunst befähigt. Man bemerkte freilich Unsicherheit in den Strichen und deshalb nicht hinlänglich ausgesprochenen Charakter der Gegenstände, aber man bewunderte genugsam die fleißigste Ausführung; dabei jedoch das Ganze nicht aufs vorteilhafteste gefaßt, nicht künstlerisch zurechtgerückt. Sie fürchtet, so scheint es, den Gegenstand zu entweihen, bliebe sie ihm nicht vollkommen getreu, deshalb ist sie ängstlich und verliert sich im Detail.
Nun aber fühlt sie sich, durch das große, freie Talent, die dreiste Hand des Künstlers aufgeregt, erweckt, was von Sinn und Geschmack in ihr treulich schlummerte; es geht ihr auf, daß sie nur Mut fassen, einige Hauptmaximen, die ihr der Künstler gründlich, freundlich-dringend, wiederholt überlieferte, ernst und sträcklich befolgen müsse. Die Sicherheit des Striches findet sich ein, sie hält sich allmählich weniger

an die Teile als ans Ganze, und so schließt sich die schönste Fähigkeit unvermutet zur Fertigkeit auf: wie eine Rosenknospe, an der wir noch abends unbeachtend vorübergingen, morgens mit Sonnenaufgang vor unsern Augen hervorbricht, so daß wir das lebende Zittern, das die herrliche Erscheinung dem Lichte entgegenregt, mit Augen zu schauen glauben.

Auch nicht ohne sittliche Nachwirkung war eine solche ästhetische Ausbildung geblieben: denn einen magischen Eindruck auf ein reines Gemüt bewirkt das Gewahrwerden der innigsten Dankbarkeit gegen irgend jemand, dem wir entscheidende Belehrung schuldig sind. Diesmal war es das erste frohe Gefühl, das in Hilariens Seele nach geraumer Zeit hervortrat. Die herrliche Welt erst tagelang vor sich zu sehen und nun die auf einmal verliehene vollkommenere Darstellungsgabe zu empfinden! Welche Wonne, in Zügen und Farben dem Unaussprechlichen näher zu treten! Sie fühlte sich mit einer neuen Jugend überrascht und konnte sich eine besondere Anneigung zu jenem, dem sie dies Glück schuldig geworden, nicht versagen.

So saßen sie nebeneinander; man hätte nicht unterscheiden können, wer hastiger, Kunstvorteile zu überliefern oder sie zu ergreifen und auszuüben, gewesen wäre. Der glücklichste Wettstreit, wie er sich selten zwischen Schüler und Meister entzündet, tat sich hervor. Manchmal schien der Freund auf ihr Blatt mit einem entscheidenden Zuge einwirken zu wollen, sie aber, sanft ablehnend, eilte, gleich das Gewünschte, das Notwendige zu tun, und immer zu seinem Erstaunen.

Die schöne Witwe ging indes mit Wilhelm, unter Zypressen und Pinien, bald an Trauben-, bald an Orangengeländern der Terrassen hin und konnte sich zuletzt nicht enthalten, den leise angedeuteten Wunsch des neuen Freundes zu erfüllen; sie mußte ihm die wundersame Verschränkung offenbaren, wodurch die Freundinnen, von ihren frühern Verhältnissen getrennt, unter sich innig verbunden, in die Welt hinausgeschickt worden.

Wilhelm, der die Gabe nicht vermißte, sich alles genau zu

merken, schrieb die trauliche Erzählung später auf, und wir gedenken sie, wie er solche verfaßt und durch Hersilien an Natalien gesendet, künftig unsern Lesern mitzuteilen.[3]

Der letzte Abend war nun herangekommen, und ein hervorleuchtender, klarster Vollmond ließ den Übergang von Tag zu Nacht nicht empfinden. Die Gesellschaft hatte sich zusammen auf einer der höchsten Terrassen gelagert, den ruhigen, von allen Seiten her erleuchteten und rings widerglänzenden See, dessen Länge sich zum Teil verbarg, seiner Breite nach ganz und klar zu überschauen.

Was man nun auch in solchen Zuständen besprechen mochte, so war doch nicht zu unterlassen, das hundertmal Besprochene, die Vorzüge dieses Himmels, dieses Wassers, dieser Erde, unter dem Einfluß einer gewaltigern Sonne, eines mildern Mondes nochmals zu bereden, ja sie ausschließlich und lyrisch anzuerkennen.

Was man sich aber nicht gestand, was man sich kaum selbst bekennen mochte, war das tiefe, schmerzliche Gefühl, das in jedem Busen stärker oder schwächer, durchaus aber gleich wahr und zart sich bewegte. Das Vorgefühl des Scheidens verbreitete sich über die Gesamtheit; ein allmähliches Verstummen wollte fast ängstlich werden.

Da ermannte, da entschloß sich der Sänger, auf seinem Instrumente kräftig präludierend, uneingedenk jener früheren wohlbedachten Schonung. Ihm schwebte Mignons Bild mit dem ersten Zartgesang des holden Kindes vor. Leidenschaftlich über die Grenze gerissen, mit sehnsüchtigem Griff die wohlklingenden Saiten aufregend, begann er anzustimmen:

> Kennst du das Land, wo die Zitronen blühn,
> Im dunklen Laub – – – – –

3 *Es handelt sich um ein blindes Motiv. Die in Verbindung mit Natalie geplante Fortsetzung des »Manns von funfzig Jahren« wurde nicht ausgeführt. Deshalb werden die beiden Absätze (»Die schöne Witwe ging ... unsern Lesern mitzuteilen.«) aus der Schlußfassung von 1829 in der Festausgabe und den meisten anderen Ausgaben fortgelassen.*

Hilarie stand erschüttert auf und entfernte sich, die Stirne verschleiernd; unsere schöne Witwe bewegte ablehnend eine Hand gegen den Sänger, indem sie mit der andern Wilhelms Arm ergriff. Hilarien folgte der wirklich verworrene Jüngling, Wilhelmen zog die mehr besonnene Freundin hinter beiden drein. Und als sie nun alle viere im hohen Mondschein sich gegenüberstanden, war die allgemeine Rührung nicht mehr zu verhehlen. Die Frauen warfen sich einander in die Arme, die Männer umhalsten sich, und Luna ward Zeuge der edelsten, keuschesten Tränen. Einige Besinnung kehrte langsam erst zurück, man zog sich auseinander, schweigend, unter seltsamen Gefühlen und Wünschen, denen doch die Hoffnung schon abgeschnitten war. Nun fühlte sich unser Künstler, welchen der Freund mit sich riß, unter dem hehren Himmel, in der ernst-lieblichen Nachtstunde, eingeweiht in alle Schmerzen des ersten Grades der Entsagenden, welchen jene Freunde schon überstanden hatten, nun aber sich in Gefahr sahen, abermals schmerzlich geprüft zu werden.

Spät hatten sich die Jünglinge zur Ruhe begeben, und am frühen Morgen zeitig erwachend, faßten sie ein Herz und glaubten sich stark zu einem Abschied aus diesem Paradiese, ersannen mancherlei Plane, wie sie ohne Pflichtverletzung in der angenehmen Nähe zu verharren allenfalls möglich machten.

Ihre Vorschläge deshalb gedachten sie anzubringen, als die Nachricht sie überraschte, schon beim frühsten Scheine des Tages seien die Damen abgefahren. Ein Brief von der Hand unserer Herzenskönigin belehrte sie des weitern. Man konnte zweifelhaft sein, ob mehr Verstand oder Güte, mehr Neigung oder Freundschaft, mehr Anerkennung des Verdienstes oder leises, verschämtes Vorurteil darin ausgesprochen sei. Leider enthielt der Schluß die harte Forderung, daß man den Freundinnen weder folgen noch sie irgendwo aufsuchen, ja, wenn man sich zufällig begegnete, einander treulich ausweichen wolle.

Nun war das Paradies wie durch einen Zauberschlag für die

Freunde zur völligen Wüste gewandelt; und gewiß hätten sie selbst gelächelt, wäre ihnen in dem Augenblick klargeworden, wie ungerecht-undankbar sie sich auf einmal gegen eine so schöne, so merkwürdige Umgebung verhielten. Kein selbstsüchtiger Hypochondrist würde so scharf und scheelsüchtig den Verfall der Gebäude, die Vernachlässigung der Mauern, das Verwittern der Türme, den Grasüberzug der Gänge, das Aussterben der Bäume, das vermoosende Vermodern der Kunstgrotten und was noch alles dergleichen zu bemerken wäre, gerügt und gescholten haben. Sie faßten sich indes, so gut es sich fügen wollte; unser Künstler packte sorgfältig seine Arbeit zusammen, sie schifften beide sich ein, Wilhelm begleitete ihn bis in die obere Gegend des Sees, wo jener nach früherer Verabredung seinen Weg zu Natalien suchte, um sie durch die schönen landschaftlichen Bilder in Gegenden zu versetzen, die sie vielleicht so bald nicht betreten sollte. Berechtigt ward er zugleich, den unerwarteten Fall bekennend vorzutragen, wodurch er in die Lage geraten, von den Bundesgliedern des Entsagens aufs freundlichste in die Mitte genommen und durch liebevolle Behandlung, wo nicht geheilt, doch getröstet zu werden.

Lenardo an Wilhelm

»Ihr Schreiben, mein Teuerster, traf mich in einer Tätigkeit, die ich Verwirrung nennen könnte, wenn der Zweck nicht so groß, das Erlangen nicht so sicher wäre. Die Verbindung mit den Ihrigen ist wichtiger, als beide Teile sich denken konnten. Darüber darf ich nicht anfangen zu schreiben, weil sich gleich hervortut, wie unübersehbar das Ganze, wie unaussprechlich die Verknüpfung. Tun ohne Reden muß jetzt unsre Losung sein. Tausend Dank, daß Sie mir auf ein so anmutiges Geheimnis halb verschleiert in die Ferne hindeuten; ich gönne dem guten Wesen einen so einfach glücklichen Zustand, indessen mich ein Wirbel von Verschlingungen, doch nicht ohne Leitstern, umhertreiben wird. Der Abbé übernimmt, das Weitere zu vermelden, ich darf nur dessen gedenken, was fördert; die Sehnsucht verschwindet im Tun und Wirken. Sie haben mich – und hier nicht weiter; wo genug zu schaffen ist, bleibt kein Raum für Betrachtung.«

Der Abbé an Wilhelm

»Wenig hätte gefehlt, so wäre Ihr wohlgemeinter Brief, ganz Ihrer Absicht entgegen, uns höchst schädlich geworden. Die Schilderung der Gefundenen ist so gemütlich und reizend, daß, um sie gleichfalls aufzufinden, der wunderliche Freund vielleicht alles hätte stehen- und liegenlassen, wären unsre nunmehr verbündeten Plane nicht so groß und weitaussehend. Nun aber hat er die Probe bestanden, und es bestätigt sich, daß er von der wichtigen Angelegenheit völlig durchdrungen ist und sich von allem andern ab- und allein dorthin gezogen fühlt.
In diesem unserm neuen Verhältnis, dessen Einleitung wir Ihnen verdanken, ergaben sich bei näherer Untersuchung für jene wie für uns weit größere Vorteile, als man gedacht hätte.
Denn gerade durch eine von der Natur weniger begünstigte Gegend, wo ein Teil der Güter gelegen ist, die ihm der Oheim abtritt, ward in der neuern Zeit ein Kanal projektiert, der auch durch unsere Besitzungen sich ziehen wird und wodurch, wenn wir uns aneinander schließen, sich der Wert derselben ins Unberechenbare erhöht.
Hierbei kann er seine Hauptneigung, ganz von vorne anzufangen, sehr bequem entwickeln. Zu beiden Seiten jener Wasserstraße wird unbebautes und unbewohntes Land genugsam zu finden sein; dort mögen Spinnerinnen und Weberinnen sich ansiedeln, Maurer, Zimmerleute und Schmiede sich und ihnen mäßige Werkstätten bestellen; alles mag durch die erste Hand verrichtet werden, indessen wir andern die verwickelten Aufgaben zu lösen unternehmen und den Umschwung der Tätigkeit zu befördern wissen.
Dieses ist also die nächste Aufgabe unsers Freundes. Aus

den Gebirgen vernimmt man Klagen über Klagen, wie dort Nahrungslosigkeit überhandnehme; auch sollen jene Strekken im Übermaß bevölkert sein. Dort wird er sich umsehen, Menschen und Zustände beurteilen und die wahrhaft Tätigen, sich selbst und andern Nützlichen in unsern Zug mit aufnehmen.

Ferner hab ich von Lothario zu berichten, er bereitet den völligen Abschluß vor. Eine Reise zu den Pädagogen hat er unternommen, um sich tüchtige Künstler, nur sehr wenige, zu erbitten. Die Künste sind das Salz der Erde; wie dieses zu den Speisen, so verhalten sich jene zu der Technik. Wir nehmen von der Kunst nicht mehr auf als nur, daß das Handwerk nicht abgeschmackt werde.

Im ganzen wird zu jener pädagogischen Anstalt uns eine dauernde Verbindung höchst nützlich und nötig werden. Wir müssen tun und dürfen ans Bilden nicht denken; aber Gebildete heranzuziehen ist unsre höchste Pflicht.

Tausend und aber tausend Betrachtungen schließen sich hier an; erlauben Sie mir nach unsrer alten Weise nur noch ein allgemeines Wort, veranlaßt durch eine Stelle Ihres Briefes an Lenardo. Wir wollen der Hausfrömmigkeit das gebührende Lob nicht entziehen: auf ihr gründet sich die Sicherheit des einzelnen, worauf zuletzt denn auch die Festigkeit und Würde des Ganzen beruhen mag; aber sie reicht nicht mehr hin, wir müssen den Begriff einer Weltfrömmigkeit fassen, unsre redlich menschlichen Gesinnungen in einen praktischen Bezug ins Weite setzen und nicht nur unsre Nächsten fördern, sondern zugleich die ganze Menschheit mitnehmen.

Um nun zuletzt Ihres Gesuches zu erwähnen, sag ich so viel: Montan hat es zu rechter Zeit bei uns angebracht. Der wunderliche Mann wollte durchaus nicht erklären, was Sie eigentlich vorhätten, doch er gab sein Freundeswort, daß es verständig und, wenn es gelänge, der Gesellschaft höchst nützlich sein würde. Und so ist Ihnen verziehen, daß Sie in Ihrem Schreiben gleichfalls ein Geheimnis davon machen. Genug, Sie sind von aller Beschränktheit entbunden, wie es

Ihnen schon zugekommen sein sollte, wäre uns Ihr Aufenthalt bekannt gewesen. Deshalb wiederhol ich im Namen aller: Ihr Zweck, obschon unausgesprochen, wird im Zutrauen auf Montan und Sie gebilligt. Reisen Sie, halten Sie sich auf, bewegen Sie sich, verharren Sie! was Ihnen gelingt, wird recht sein; möchten Sie sich zum notwendigsten Glied unsrer Kette bilden.

Ich lege zum Schluß ein Täfelchen bei, woraus Sie den beweglichen Mittelpunkt unsrer Kommunikationen erkennen werden. Sie finden darin vor Augen gestellt, wohin Sie zu jeder Jahrszeit Ihre Briefe zu senden haben; am liebsten sehen wir's durch sichere Boten, deren Ihnen genugsame an mehreren Orten angedeutet sind. Ebenso finden Sie durch Zeichen bemerkt, wo Sie einen oder den andern der Unsrigen aufzusuchen haben.«

Zwischenrede

Hier aber finden wir uns in dem Falle, dem Leser eine Pause und zwar von einigen Jahren anzukündigen, weshalb wir gern, wäre es mit der typographischen Einrichtung zu verknüpfen gewesen, an dieser Stelle einen Band abgeschlossen hätten.

Doch wird ja wohl auch der Raum zwischen zwei Kapiteln genügen, um sich über das Maß gedachter Zeit hinwegzusetzen, da wir längst gewohnt sind, zwischen dem Sinken und Steigen des Vorhangs in unserer persönlichen Gegenwart dergleichen geschehen zu lassen.

Wir haben in diesem zweiten Buche die Verhältnisse unsrer alten Freunde bedeutend steigern sehen und zugleich frische Bekanntschaften gewonnen; die Aussichten sind derart, daß zu hoffen steht, es werde allen und jeden, wenn sie sich ins Leben zu finden wissen, ganz erwünscht geraten. Erwarten wir also zunächst, einen nach dem andern, sich verflechtend und entwindend, auf gebahnten und ungebahnten Wegen wiederzufinden.

Achtes Kapitel

Suchen wir nun unsern seit einiger Zeit sich selbst überlassenen Freund wieder auf, so finden wir ihn, wie er von Seiten des flachen Landes her in die pädagogische Provinz hineintritt. Er kommt über Auen und Wiesen, umgeht auf trocknem Anger manchen kleinen See, erblickt mehr bebuschte als waldige Hügel, überall freie Umsicht über einen wenig bewegten Boden. Auf solchen Pfaden blieb ihm nicht lange zweifelhaft, er befinde sich in der pferdenährenden Region, auch gewahrte er hie und da kleinere und größere Herden dieses edlen Tiers, verschiedenen Geschlechts und Alters. Auf einmal aber bedeckt sich der Horizont mit einer furchtbaren Staubwolke, die, eiligst näher und näher anschwellend, alle Breite des Raums völlig überdeckt, endlich aber, durch frischen Seitenwind enthüllt, ihren innern Tumult zu offenbaren genötigt ist.

In vollem Galopp stürzt eine große Masse solcher edlen Tiere heran, sie werden durch reitende Hüter gelenkt und zusammengehalten. An dem Wanderer sprengt das ungeheure Gewimmel vorbei, ein schöner Knabe unter den begleitenden Hütern blickt ihn verwundert an, pariert, springt ab und umarmt den Vater.

Nun geht es an ein Fragen und Erzählen; der Sohn berichtet, daß er in der ersten Prüfungszeit viel ausgestanden, sein Pferd vermißt und auf Äckern und Wiesen sich zu Fuß herumgetrieben; da er sich denn auch in dem stillen, mühseligen Landleben, wie er voraus protestiert, nicht sonderlich erwiesen; das Erntefest habe ihm zwar ganz wohl, das Bestellen hinterdrein, Pflügen, Graben und Abwarten keineswegs gefallen, mit den notwendigen und nutzbaren Haustieren habe er sich zwar, doch immer lässig und unzufrieden beschäftigt, bis er denn zur lebhafteren Reiterei endlich befördert worden. Das Geschäft, die Stuten und Fohlen zu hüten, sei mitunter zwar langweilig genug, indessen wenn man ein muntres Tierchen vor sich sehe, das einen vielleicht in drei, vier Jahren lustig davontrüge, so sei es doch ein ganz anderes Wesen, als sich mit Kälbern und Ferkeln abzugeben, deren Lebenszweck dahinaus gehe, wohlgefüttert und angefettet fortgeschafft zu werden.

Mit dem Wachstum des Knaben, der sich wirklich zum Jüngling heranstreckte, seiner gesunden Haltung, einem gewissen frei-heitern, um nicht zu sagen geistreichen Gespräche konnte der Vater wohl zufrieden sein. Beide folgten reitend nunmehr eilig der eilenden Herde, bei einsam gelegenen, weitläufigen Gehöften vorüber, zu dem Ort oder Flecken, wo das große Marktfest gehalten ward. Dort wühlt ein unglaubliches Getümmel durcheinander, und man wüßte nicht zu unterscheiden, ob Ware oder Käufer mehr Staub erregten. Aus allen Landen treffen hier Kauflustige zusammen, um Geschöpfe edler Abkunft, sorgfältiger Zucht sich zuzueignen. Alle Sprachen der Welt glaubt man zu hören. Dazwischen tönt auch der lebhafte Schall wirksamster Blasinstrumente, und alles deutet auf Bewegung, Kraft und Leben.

Unser Wanderer trifft nun den vorigen, schon bekannten Aufseher wieder an, gesellt zu andern tüchtigen Männern, welche still und gleichsam unbemerkt Zucht und Ordnung zu erhalten wissen. Wilhelm, der hier abermals ein Beispiel ausschließlicher Beschäftigung und, wie ihm bei aller Breite scheint, beschränkter Lebensleitung zu bemerken glaubt, wünscht zu erfahren, worin man die Zöglinge sonst noch zu üben pflege, um zu verhindern, daß bei so wilder, gewissermaßen roher Beschäftigung, Tiere nährend und erziehend, der Jüngling nicht selbst zum Tiere verwildere. Und so war ihm denn sehr lieb zu vernehmen, daß gerade mit dieser gewaltsam und rauh scheinenden Bestimmung die zarteste von der Welt verknüpft sei: Sprachübung und Sprachbildung.

In dem Augenblick vermißte der Vater den Sohn an seiner Seite, er sah ihn zwischen den Lücken der Menge durch mit einem jungen Tabulettkrämer über Kleinigkeiten eifrig handeln und feilschen. In kurzer Zeit sah er ihn gar nicht mehr. Als nun der Aufseher nach der Ursache einer gewissen

Verlegenheit und Zerstreuung fragte und dagegen vernahm, daß es den Sohn gelte: »Lassen Sie es nur«, sagte er zur Beruhigung des Vaters, »er ist unverloren; damit Sie aber sehen, wie wir die Unsrigen zusammenhalten«, stieß er mit Gewalt in ein Pfeifchen, das an seinem Busen hing, in dem Augenblick antwortete es dutzendweise von allen Seiten. Der Mann fuhr fort: »Jetzt laß ich es dabei bewenden, es ist nur ein Zeichen, daß der Aufseher in der Nähe ist und ungefähr wissen will, wieviel ihn hören. Auf ein zweites Zeichen sind sie still, aber bereiten sich, auf das dritte antworten sie und stürzen herbei. Übrigens sind diese Zeichen auf gar mannigfaltige Weise vervielfältigt und von besonderem Nutzen.«

Auf einmal hatte sich um sie her ein freierer Raum gebildet, man konnte freier sprechen, indem man gegen die benachbarten Höhen spazierte. »Zu jenen Sprachübungen«, fuhr der Aufsehende fort, »wurden wir dadurch bestimmt, daß aus allen Weltgegenden Jünglinge sich hier befinden. Um nun zu verhüten, daß sich nicht, wie in der Fremde zu geschehen pflegt, die Landsleute vereinigen und, von den übrigen Nationen abgesondert, Parteien bilden, so suchen wir durch freie Sprachmitteilung sie einander zu nähern.

Am notwendigsten aber wird eine allgemeine Sprachübung, weil bei diesem Festmarkte jeder Fremde in seinen eigenen Tönen und Ausdrücken genugsame Unterhaltung, beim Feilschen und Markten aber alle Bequemlichkeit gerne finden mag. Damit jedoch keine babylonische Verwirrung, keine Verderbnis entstehe, so wird das Jahr über monatweise nur *eine* Sprache im allgemeinen gesprochen, nach dem Grundsatz, daß man nichts lerne außerhalb des Elements, welches bezwungen werden soll.

Wir sehen unsere Schüler«, sagte der Aufseher, »sämtlich als Schwimmer an, welche mit Verwunderung im Elemente, das sie zu verschlingen droht, sich leichter fühlen, von ihm gehoben und getragen sind; und so ist es mit allem, dessen sich der Mensch unterfängt.

Zeigt jedoch einer der Unsrigen zu dieser oder jener Sprache besondere Neigung, so ist auch mitten in diesem tumultvoll scheinenden Leben, das zugleich sehr viel ruhige, müßig-einsame, ja langweilige Stunden bietet, für treuen und gründlichen Unterricht gesorgt. Ihr würdet unsere reitenden Grammatiker, unter welchen sogar einige Pedanten sind, aus diesen bärtigen und unbärtigen Kentauren wohl schwerlich herausfinden. Euer Felix hat sich zum Italienischen bestimmt, und da, wie Ihr schon wißt, melodischer Gesang bei unsern Anstalten durch alles durchgreift, so solltet Ihr ihn in der Langweile des Hüterlebens gar manches Lied zierlich und gefühlvoll vortragen hören. Lebenstätigkeit und Tüchtigkeit ist mit auslangendem Unterricht weit verträglicher, als man denkt.«

Da eine jede Region ihr eigenes Fest feiert, so führte man den Gast zum Bezirk der Instrumentalmusik. Dieser, an die Ebene grenzend, zeigte schon freundlich und zierlich abwechselnde Täler, kleine schlanke Wälder, sanfte Bäche, an deren Seite unter dem Rasen hie und da ein bemooster Fels bescheiden hervortrat. Zerstreute, umbuschte Wohnungen erblickte man auf den Hügeln, in sanften Gründen drängten sich die Häuser näher aneinander. Jene anmutig vereinzelten Hütten lagen so weit auseinander, daß weder Töne noch Mißtöne sich wechselseitig erreichen konnten.

Sie näherten sich sodann einem weiten, rings umbauten und umschatteten Raume, wo Mann an Mann gedrängt mit großer Aufmerksamkeit und Erwartung gespannt schienen. Eben als der Gast herantrat, ward eine mächtige Symphonie aller Instrumente aufgeführt, deren vollständige Kraft und Zartheit er bewundern mußte. Dem geräumig erbauten Orchester gegenüber stand ein kleineres, welches zu besonderer Betrachtung Anlaß gab; auf demselben befanden sich jüngere und ältere Schüler, jeder hielt sein Instrument bereit, ohne zu spielen; es waren diejenigen, die noch nicht vermochten oder nicht wagten, mit ins Ganze zu greifen. Mit Anteil bemerkte man, wie sie gleichsam auf dem Sprunge standen, und hörte rühmen: ein solches Fest gehe selten vorüber, ohne daß ein oder das andere Talent sich plötzlich entwickele.

Da nun auch Gesang zwischen den Instrumenten sich hervortat, konnte kein Zweifel übrigbleiben, daß auch dieser begünstigt werde. Auf eine Frage sodann, was noch sonst für eine Bildung sich hier freundlich anschließe, vernahm der Wanderer: die Dichtkunst sei es, und zwar von der lyrischen Seite. Hier komme alles darauf an, daß beide Künste, jede für sich und aus sich selbst, dann aber gegen- und miteinander entwickelt werden. »Die Schüler lernen eine wie die andre in ihrer Bedingtheit kennen; sodann wird gelehrt, wie sie sich wechselsweise bedingen und sich sodann wieder wechselseitig befreien.

Der poetischen Rhythmik stellt der Tonkünstler Takteinteilung und Taktbewegung entgegen. Hier zeigt sich aber bald die Herrschaft der Musik über die Poesie; denn wenn diese, wie billig und notwendig, ihre Quantitäten immer so rein als möglich im Sinne hat, so sind für den Musiker wenig Silben entschieden lang oder kurz; nach Belieben zerstört dieser das gewissenhafteste Verfahren des Rhythmikers, ja verwandelt sogar Prosa in Gesang, wo dann die wunderbarsten Möglichkeiten hervortreten, und der Poet würde sich gar bald vernichtet fühlen, wüßte er nicht von seiner Seite durch lyrische Zartheit und Kühnheit dem Musiker Ehrfurcht einzuflößen und neue Gefühle, bald in sanftester Folge, bald durch die raschesten Übergänge, hervorzurufen.

Die Sänger, die man hier findet, sind meist selbst Poeten. Auch der Tanz wird in seinen Grundzügen gelehrt, damit sich alle diese Fertigkeiten über sämtliche Regionen regelmäßig verbreiten können.«

Als man den Gast über die nächste Grenze führte, sah er auf einmal eine ganz andere Bauart. Nicht mehr zerstreut waren die Häuser, nicht mehr hüttenartig; sie zeigten sich vielmehr regelmäßig zusammengestellt, prächtig und schön von außen, geräumig, bequem und zierlich von innen; man ward hier einer unbeengten, wohlgebauten, der Gegend angemessenen Stadt gewahr. Hier sind bildende Kunst und die ihr verwandten Handwerke zu Hause, und eine ganz eigene Stille herrscht über diesen Räumen.

Der bildende Künstler denkt sich zwar immer in bezug auf alles, was unter den Menschen lebt und webt, aber sein Geschäft ist einsam, und durch den sonderbarsten Widerspruch verlangt vielleicht kein anderes so entschieden lebendige Umgebung. Hier nun bildet jeder im stillen, was bald für immer die Augen der Menschen beschäftigen soll; eine Feiertagsruhe waltet über dem ganzen Ort, und hätte man nicht hie und da das Picken der Steinhauer oder abgemessene Schläge der Zimmerleute vernommen, die soeben emsig beschäftigt waren, ein herrliches Gebäude zu vollenden, so wäre die Luft von keinem Ton bewegt gewesen.

Unserm Wanderer fiel der Ernst auf, die wunderbare Strenge, mit welcher sowohl Anfänger als Fortschreitende behandelt wurden; es schien, als wenn keiner aus eigner Macht und Gewalt etwas leistete, sondern als wenn ein geheimer Geist sie alle durch und durch belebte, nach einem einzigen großen Ziele hinleitend. Nirgends erblickte man Entwurf und Skizze, jeder Strich war mit Bedacht gezogen, und als sich der Wanderer von dem Führer eine Erklärung des ganzen Verfahrens erbat, äußerte dieser: die Einbildungskraft sei ohnehin ein vages, unstetes Vermögen, während das ganze Verdienst des bildenden Künstlers darin bestehe, daß er sie immer mehr bestimmen, festhalten, ja endlich bis zur Gegenwart erhöhen lerne.

Man erinnerte an die Notwendigkeit sicherer Grundsätze in andern Künsten. »Würde der Musiker einem Schüler vergönnen, wild auf den Saiten herumzugreifen oder sich gar Intervalle nach eigner Lust und Belieben zu erfinden? Hier wird auffallend, daß nichts der Willkür des Lernenden zu überlassen sei; das Element, worin er wirken soll, ist entschieden gegeben, das Werkzeug, das er zu handhaben hat, ist ihm eingehändigt, sogar die Art und Weise, wie er sich dessen bedienen soll, ich meine den Fingerwechsel, findet er vorgeschrieben, damit ein Glied dem andern aus dem Wege gehe und seinem Nachfolger den rechten Weg bereite; durch welches gesetzliche Zusammenwirken denn zuletzt allein das Unmögliche möglich wird.

Was uns aber zu strengen Forderungen, zu entschiedenen Gesetzen am meisten berechtigt, ist: daß gerade das Genie, das angeborne Talent sie am ersten begreift, ihnen den willigsten Gehorsam leistet. Nur das Halbvermögen wünschte gern seine beschränkte Besonderheit an die Stelle des unbedingten Ganzen zu setzen und seine falschen Griffe, unter Vorwand einer unbezwinglichen Originalität und Selbständigkeit, zu beschönigen. Das lassen wir aber nicht gelten, sondern hüten unsere Schüler vor allen Mißtritten, wodurch ein großer Teil des Lebens, ja manchmal das ganze Leben verwirrt und zerpflückt wird.

Mit dem Genie haben wir am liebsten zu tun, denn dieses wird eben von dem guten Geiste beseelt, bald zu erkennen, was ihm nutz ist. Es begreift, daß Kunst eben darum Kunst heiße, weil sie nicht Natur ist. Es bequemt sich zum Respekt, sogar vor dem, was man konventionell nennen könnte: denn was ist dieses anders, als daß die vorzüglichsten Menschen übereinkamen, das Notwendige, das Unerläßliche für das Beste zu halten; und gereicht es nicht überall zum Glück?

Zur großen Erleichterung für die Lehrer sind auch hier, wie überall bei uns, die drei Ehrfurchten und ihre Zeichen, mit einiger Abänderung, der Natur des obwaltenden Geschäfts gemäß, eingeführt und eingeprägt.«

Den ferner umhergeleiteten Wanderer mußte nunmehr in Verwunderung setzen, daß die Stadt sich immer zu erweitern, Straße aus Straße sich zu entwickeln schien, mannigfaltige Ansichten gewährend. Das Äußere der Gebäude sprach ihre Bestimmung unzweideutig aus, sie waren würdig und stattlich, weniger prächtig als schön. Den edlern und ernsteren in Mitte der Stadt schlossen sich die heitern gefällig an, bis zuletzt zierliche Vorstädte anmutigen Stils gegen das Feld sich hinzogen und endlich als Gartenwohnungen zerstreuten.

Der Wanderer konnte nicht unterlassen, hier zu bemerken,

daß die Wohnungen der Musiker in der vorigen Region keineswegs an Schönheit und Raum den gegenwärtigen zu vergleichen seien, welche Maler, Bildhauer und Baumeister bewohnen. Man erwiderte ihm, dies liege in der Natur der Sache. Der Musikus müsse immer in sich selbst gekehrt sein, sein Innerstes ausbilden, um es nach außen zu wenden. »Dem Sinne des Auges hat er nicht zu schmeicheln. Das Auge bevorteilt gar leicht das Ohr und lockt den Geist von innen nach außen. Umgekehrt muß der bildende Künstler in der Außenwelt leben und sein Inneres gleichsam unbewußt an und in dem Auswendigen manifestieren. Bildende Künstler müssen wohnen wie Könige und Götter, wie wollten sie denn sonst für Könige und Götter bauen und verzieren? Sie müssen sich zuletzt dergestalt über das Gemeine erheben, daß die ganze Volksgemeinde in und an ihren Werken sich veredelt fühle.«

Sodann ließ unser Freund sich ein anderes Paradoxon erklären: warum gerade in diesen festlichen, andere Regionen so belebenden, tumultuarisch erregten Tagen hier die größte Stille herrsche und das Arbeiten nicht auch ausgesetzt werde?

»Ein bildender Künstler«, hieß es, »bedarf keines Festes, ihm ist das ganze Jahr ein Fest. Wenn er etwas Treffliches geleistet hat, es steht nach wie vor seinem Aug' entgegen, dem Auge der ganzen Welt. Da bedarf es keiner Wiederholung, keiner neuen Anstrengung, keines frischen Gelingens, woran sich der Musiker immerfort abplagt, dem daher das splendideste Fest innerhalb des vollzähligsten Kreises zu gönnen ist.«

»Man sollte aber doch«, versetzte Wilhelm, »in diesen Tagen eine Ausstellung belieben, wo die dreijährigen Fortschritte der bravesten Zöglinge mit Vergnügen zu beschauen und zu beurteilen wären.«

»An anderen Orten«, versetzte man, »mag eine Ausstellung sich nötig machen, bei uns ist sie es nicht. Unser ganzes Wesen und Sein ist Ausstellung. Sehen Sie hier die Gebäude aller Art, alle von Zöglingen aufgeführt; freilich nach hun-

dertmal besprochenen und durchdachten Rissen: denn der Bauende soll nicht herumtasten und versuchen; was stehenbleiben soll, muß recht stehen und, wo nicht für die Ewigkeit, doch für geraume Zeit genügen. Mag man doch immer Fehler begehen, bauen darf man keine.
Mit Bildhauern verfahren wir schon läßlicher, am läßlichsten mit Malern, sie dürfen dies und jenes versuchen, beide in ihrer Art. Ihnen steht frei, in den innern, an den äußern Räumen der Gebäude, auf Plätzen sich eine Stelle zu wählen, die sie verzieren wollen. Sie machen ihren Gedanken kund, und wenn er einigermaßen zu billigen ist, so wird die Ausführung zugestanden, und zwar auf zweierlei Weise, entweder mit Vergünstigung, früher oder später die Arbeit wegnehmen zu dürfen, wenn sie dem Künstler selbst mißfiele, oder mit Bedingung, das einmal Aufgestellte unabänderlich am Orte zu lassen. Die meisten erwählen das erste und behalten sich jene Erlaubnis vor, wobei sie immer am besten beraten sind. Der zweite Fall tritt seltner ein, und man bemerkt, daß alsdann die Künstler sich weniger vertrauen, mit Gesellen und Kennern lange Konferenzen halten und dadurch wirklich schätzenswerte, dauerwürdige Arbeiten hervorzubringen wissen.«
Nach allem diesem versäumte Wilhelm nicht, sich zu erkundigen, was für ein anderer Unterricht sich sonst noch anschließe, und man gestand ihm, daß es die Dichtkunst, und zwar die epische sei.
Doch mußte dem Freunde dies sonderbar scheinen, als man hinzufügte: es werde den Schülern nicht vergönnt, schon ausgearbeitete Gedichte älterer und neuerer Dichter zu lesen oder vorzutragen; ihnen wird nur eine Reihe von Mythen, Überlieferungen und Legenden lakonisch mitgeteilt. Nun erkennt man gar bald an malerischer oder poetischer Ausführung das eigene Produktive des einer oder der andern Kunst gewidmeten Talents. Dichter und Bildner, beide beschäftigen sich an einer Quelle, und jeder sucht das Wasser nach seiner Seite, zu seinem Vorteil hinzulenken, um nach Erfordernis eigne Zwecke zu erreichen; welches ihm

viel besser gelingt, als wenn er das schon Verarbeitete nochmals umarbeiten wollte.

Der Reisende selbst hatte Gelegenheit zu sehen, wie das vorging. Mehrere Maler waren in einem Zimmer beschäftigt, ein munterer junger Freund erzählte sehr ausführlich eine ganz einfache Geschichte, so daß er fast ebenso viele Worte als jene Pinselstriche anwendete, seinen Vortrag ebenfalls aufs rundeste zu vollenden.

Man versicherte, daß beim Zusammenarbeiten die Freunde sich gar anmutig unterhielten und daß sich auf diesem Wege öfters Improvisatoren entwickelten, welche großen Enthusiasmus für die zwiefache Darstellung zu erregen wüßten.

Der Freund wendete nun seine Erkundigungen zur bildenden Kunst zurück. »Ihr habt«, so sprach er, »keine Ausstellung, also auch wohl keine Preisaufgabe?« – »Eigentlich nicht«, versetzte jener, »hier aber ganz in der Nähe können wir Euch sehen lassen, was wir für nützlicher halten.«

Sie traten in einen großen, von oben glücklich erleuchteten Saal; ein weiter Kreis beschäftigter Künstler zeigte sich zuerst, aus dessen Mitte sich eine kolossale Gruppe günstig aufgestellt erhob. Männliche und weibliche Kraftgestalten in gewaltsamen Stellungen erinnerten an jenes herrliche Gefecht zwischen Heldenjünglingen und Amazonen, wo Haß und Feindseligkeit zuletzt sich in wechselseitig-traulichen Beistand auflöst. Dieses merkwürdig verschlungene Kunstwerk war von jedem Punkte ringsum gleich günstig anzusehen. In einem weiten Umfang saßen und standen bildende Künstler, jeder nach seiner Weise beschäftigt: der Maler an seiner Staffelei, der Zeichner am Reißbrett; einige modellierten rund, einige flach erhoben; ja sogar Baumeister entwarfen den Untersatz, worauf künftig ein solches Kunstwerk gestellt werden sollte. Jeder Teilnehmende verfuhr nach seiner Weise bei der Nachbildung, Maler und Zeichner entwickelten die Gruppe zur Fläche, sorgfältig jedoch, sie nicht zu zerstören, sondern soviel wie möglich beizubehalten. Ebenso wurden die flacherhobenen Arbeiten behandelt. Nur ein einziger hatte die ganze Gruppe in kleinerem Maßstabe wiederholt, und er schien das Modell wirklich in gewissen Bewegungen und Gliederbezug übertroffen zu haben.

Nun offenbarte sich, dies sei der Meister des Modelles, der dasselbe vor der Ausführung in Marmor hier einer nicht beurteilenden, sondern praktischen Prüfung unterwarf und so alles, was jeder seiner Mitarbeiter nach eigner Weise und Denkart daran gesehen, beibehalten oder verändert, genau beobachtend bei nochmaligem Durchdenken zu eignem Vorteil anzuwenden wußte; dergestalt daß zuletzt, wenn das hohe Werk in Marmor gearbeitet dastehen wird, obgleich nur von *einem* unternommen, angelegt und ausgeführt, doch allen anzugehören scheinen möge.

Die größte Stille beherrschte auch diesen Raum, aber der Vorsteher erhob seine Stimme und rief: »Wer wäre denn hier, der uns in Gegenwart dieses stationären Werkes mit trefflichen Worten die Einbildungskraft dergestalt erregte, daß alles, was wir hier fixiert sehen, wieder flüssig würde, ohne seinen Charakter zu verlieren, damit wir uns überzeugen, das, was der Künstler hier festgehalten, sei auch das Würdigste?«

Namentlich aufgefordert von allen, verließ ein schöner Jüngling seine Arbeit und begann heraustretend einen ruhigen Vortrag, worin er das gegenwärtige Kunstwerk nur zu beschreiben schien, bald aber warf er sich in die eigentliche Region der Dichtkunst, tauchte sich in die Mitte der Handlung und beherrschte dies Element zur Bewunderung; nach und nach steigerte sich seine Darstellung durch herrliche Deklamation auf einen solchen Grad, daß wirklich die starre Gruppe sich um ihre Achse zu bewegen und die Zahl der Figuren daran verdoppelt und verdreifacht schien. Wilhelm stand entzückt und rief zuletzt: »Wer will sich hier noch enthalten, zum eigentlichen Gesang und zum rhythmischen Lied überzugehen!«

»Dies möcht' ich verbitten«, versetzte der Aufseher; »denn wenn unser trefflicher Bildhauer aufrichtig sein will, so wird er bekennen, daß ihm unser Dichter eben darum beschwerlich gefallen, weil beide Künstler am weitesten auseinanderstehen; dagegen wollt' ich wetten, ein und der andere Maler hat sich gewisse lebendige Züge daraus angeeignet.

Ein sanftes, gemütliches Lied jedoch möcht' ich unserm Freunde zu hören geben, eines, das ihr so ernst-lieblich vortragt; es bewegt sich über das Ganze der Kunst und ist mir selbst, wenn ich es höre, stets erbaulich.«

Nach einer Pause, in der sie einander zuwinkten und sich durch Zeichen beredeten, erscholl von allen Seiten nachfolgender, Herz und Geist erhebende, würdige Gesang:

»Zu erfinden, zu beschließen,
Bleibe, Künstler, oft allein;
Deines Wirkens zu genießen,
Eile freudig zum Verein!
Hier im Ganzen schau, erfahre
Deinen eignen Lebenslauf,
Und die Taten mancher Jahre
Gehn dir in dem Nachbar auf.

Der Gedanke, das Entwerfen,
Die Gestalten, ihr Bezug,
Eines wird das andre schärfen,
Und am Ende sei's genug!
Wohl erfunden, klug ersonnen,
Schön gebildet, zart vollbracht –
So von jeher hat gewonnen
Künstler kunstreich seine Macht.

Wie Natur im Vielgebilde
Einen Gott nur offenbart,
So im weiten Kunstgefilde
Webt *ein* Sinn der ew'gen Art;
Dieses ist der Sinn der Wahrheit,
Der sich nur mit Schönem schmückt
Und getrost der höchsten Klarheit
Hellsten Tags entgegenblickt.

Wie beherzt in Reim und Prose
Redner, Dichter sich ergehn,
Soll des Lebens heitre Rose
Frisch auf Malertafel stehn,
Mit Geschwistern reich umgeben,
Mit des Herbstes Frucht umlegt,
Daß sie von geheimem Leben
Offenbaren Sinn erregt.

Tausendfach und schön entfließe
Form aus Formen deiner Hand,
Und im Menschenbild genieße,
Daß ein Gott sich hergewandt.
Welch ein Werkzeug ihr gebrauchet,
Stellet euch als Brüder dar;
Und gesangweis flammt und rauchet
Opfersäule vom Altar.«

Alles dieses mochte Wilhelm gar wohl gelten lassen, ob es ihm gleich sehr paradox und, hätte er es nicht mit Augen gesehen, gar unmöglich scheinen mußte. Da man es ihm nun aber offen und frei in schöner Folge vorwies und bekannt machte, so bedurfte es kaum einer Frage, um das Weitere zu erfahren; doch enthielt er sich nicht, den Führenden zuletzt folgendermaßen anzureden: »Ich sehe, hier ist gar klüglich für alles gesorgt, was im Leben wünschenswert sein mag; entdeckt mir aber auch: welche Region kann eine gleiche Sorgfalt für dramatische Poesie aufweisen und wo könnte ich mich darüber belehren? Ich sah mich unter allen euren Gebäuden um und finde keines, das zu einem solchen Zweck bestimmt sein könnte.«

»Verhehlen dürfen wir nicht auf diese Anfrage, daß in unserer ganzen Provinz dergleichen nicht anzutreffen sei: denn das Drama setzt eine müßige Menge, vielleicht gar einen Pöbel voraus, dergleichen sich bei uns nicht findet; denn solches Gelichter wird, wenn es nicht selbst sich unwillig entfernt, über die Grenze gebracht. Seid jedoch gewiß, daß bei unserer allgemein wirkenden Anstalt auch ein so wichtiger Punkt wohl überlegt worden; keine Region aber wollte sich finden, überall trat ein bedeutendes Bedenken ein. Wer unter unsern Zöglingen sollte sich leicht entschließen, mit erlogener Heiterkeit oder geheucheltem Schmerz ein unwahres, dem Augenblick nicht angehöriges Gefühl in der Maße zu erregen, um dadurch ein immer mißliches Gefallen abwechselnd hervorzubringen? Solche Gaukeleien fanden wir durchaus gefährlich und konnten sie mit unserm ernsten Zweck nicht vereinen.«

»Man sagt aber doch«, versetzte Wilhelm, »diese weit um sich greifende Kunst befördere die übrigen sämtlich.«

»Keineswegs«, erwiderte man, »sie bedient sich der übrigen, aber verdirbt sie. Ich verdenke dem Schauspieler nicht, wenn er sich zu dem Maler gesellt; der Maler jedoch ist in solcher Gesellschaft verloren.

Gewissenlos wird der Schauspieler, was ihm Kunst und Leben darbietet, zu seinen flüchtigen Zwecken verbrauchen und mit nicht geringem Gewinn; der Maler hingegen, der vom Theater auch wieder seinen Vorteil ziehen möchte, wird sich immer im Nachteil finden und der Musikus im gleichen Falle sein. Die sämtlichen Künste kommen mir vor wie Geschwister, deren die meisten zu guter Wirtschaft geneigt wären, eins aber, leicht gesinnt, Hab und Gut der ganzen Familie sich zuzueignen und zu verzehren Lust hätte. Das Theater ist in diesem Falle; es hat einen zweideutigen Ursprung, den es nie ganz, weder als Kunst noch Handwerk, noch als Liebhaberei verleugnen kann.«

Wilhelm sah mit einem tiefen Seufzer vor sich nieder, denn alles auf einmal vergegenwärtigte sich ihm, was er auf und an den Brettern genossen und gelitten hatte; er segnete die frommen Männer, welche ihren Zöglingen solche Pein zu ersparen gewußt und aus Überzeugung und Grundsatz jene Gefahren aus ihrem Kreise gebannt.

Sein Begleiter jedoch ließ ihn nicht lange in diesen Betrachtungen, sondern fuhr fort: »Da es unser höchster und heiligster Grundsatz ist, keine Anlage, kein Talent zu mißleiten, so dürfen wir uns nicht verbergen, daß unter so großer Anzahl sich eine mimische Naturgabe auch wohl entschieden hervortue; diese zeigt sich aber in unwiderstehlicher Lust des Nachäffens fremder Charaktere, Gestalten, Bewegung, Sprache. Dies fördern wir zwar nicht, beobachten aber den Zögling genau, und bleibt er seiner Natur durchaus getreu, so haben wir uns mit großen Theatern aller Nationen in Verbindung gesetzt und senden einen bewährt Fähigen sogleich dorthin, damit er, wie die Ente auf dem Teiche, so auf den Brettern seinem künftigen Lebensgewackel und -geschnatter eiligst entgegengeleitet werde.«

Wilhelm hörte dies mit Geduld, doch nur mit halber Überzeugung, vielleicht mit einigem Verdruß: denn so wunderlich ist der Mensch gesinnt, daß er von dem Unwert irgendeines geliebten Gegenstandes zwar überzeugt sein, sich von ihm abwenden, sogar ihn verwünschen kann, aber ihn doch nicht von andern auf gleiche Weise behandelt wissen will; und vielleicht regt sich der Geist des Widerspruchs, der in allen Menschen wohnt, nie lebendiger und wirksamer als in solchem Falle.

Mag doch der Redakteur dieser Bogen hier selbst gestehen: daß er mit einigem Unwillen diese wunderliche Stelle durchgehen läßt. Hat er nicht auch in vielfachem Sinn mehr Leben und Kräfte als billig dem Theater zugewendet? und könnte man ihn wohl überzeugen, daß dies ein unverzeihlicher Irrtum, eine fruchtlose Bemühung gewesen?

Doch wir finden keine Zeit, solchen Erinnerungen und Nachgefühlen unwillig uns hinzugeben, denn unser Freund sieht sich angenehm überrascht, da ihm abermals einer von den Dreien, und zwar ein besonders zusagender, vor die Augen tritt. Entgegenkommende Sanftmut, den reinsten Seelenfrieden verkündend, teilte sich höchst erquicklich mit. Vertrauend konnte der Wanderer sich nähern und fühlte sein Vertrauen erwidert.

Hier vernahm er nun, daß der Obere sich gegenwärtig bei den Heiligtümern befinde, dort unterweise, lehre, segne, indessen die Dreie sich verteilt, um sämtliche Regionen heimzusuchen und überall, nach genommener tiefster Kenntnis und Verabredung mit den untergeordneten Aufsehern, das Eingeführte weiterzuleiten, das Neubestimmte zu gründen und dadurch ihre hohe Pflicht treulich zu erfüllen.

Eben dieser treffliche Mann gab ihm nun eine allgemeinere Übersicht ihrer innern Zustände und äußern Verbindungen sowie Kenntnis von der Wechselwirkung aller verschiedenen Regionen; nicht weniger ward klar, wie aus einer in die andere, nach längerer oder kürzerer Zeit, ein Zögling versetzt werden könne. Genug, mit dem bisher Vernommenen stimmte alles völlig überein. Zugleich machte die Schilderung seines Sohnes ihm viel Vergnügen, und der Plan, wie man ihn weiter führen wollte, mußte seinen ganzen Beifall gewinnen.

Neuntes Kapitel

Wilhelm wurde darauf vom Gehülfen und Aufseher zu einem Bergfest eingeladen, welches zunächst gefeiert werden sollte. Sie erstiegen mit Schwierigkeit das Gebirg, Wilhelm glaubte sogar zu bemerken, daß der Führer gegen Abend sich langsamer bewegte, als würde die Finsternis ihrem Pfad nicht noch mehr Hinderung entgegensetzen. Als aber eine tiefe Nacht sie umgab, ward ihm dies Rätsel aufgelöst: kleine Flammen sah er aus vielen Schluchten und Tälern schwankend hervorschimmern, sich zu Linien verlängern, sich über die Gebirgshöhen herüberwälzen. Viel freundlicher, als wenn ein Vulkan sich auftut und sein sprühendes Getös ganze Gegenden mit Untergang bedroht, zeigte sich diese Erscheinung, und doch glühte sie nach und nach mächtiger, breiter und gedrängter, funkelte wie ein Strom von Sternen, zwar sanft und lieblich, aber doch kühn über die ganze Gegend sich verbreitend.

Nachdem nun der Gefährte sich einige Zeit an der Verwunderung des Gastes ergötzt, denn ihre Gesichter und Gestalten erschienen durch das Licht aus der Ferne erhellt, so wie ihr Weg, begann er zu sprechen: »Ihr seht hier freilich ein wunderliches Schauspiel; diese Lichter, die bei Tag und bei Nacht im ganzen Jahre unter der Erde leuchten und wirken und die Fördernis versteckter, kaum erreichbarer irdischer Schätze begünstigen, diese quellen und wallen gegenwärtig aus ihren Schlünden hervor und erheitern die offenbare Nacht. Kaum gewahrte man je eine so erfreuliche Heerschau, wo das nützlichste, unterirdisch zerstreute, den Augen entzogene Geschäft sich uns in ganzer Fülle zeigt und eine große, geheime Vereinigung sichtbar macht.«

Unter solchen Reden und Betrachtungen waren sie an den Ort gelangt, wo die Feuerbäche zum Flammensee um einen wohlerleuchteten Inselraum sich ergossen. Der Wanderer stand nunmehr in dem blendenden Kreise, wo schimmernde Lichter zu Tausenden gegen die zur schwarzen Hinterwand gereihten Träger einen ahnungsvollen Kontrast bildeten. Sofort erklang die heiterste Musik zu tüchtigen Gesängen. Hohle Felsmassen zogen maschinenhaft heran und schlossen bald ein glänzendes Innere dem Auge des erfreuten Zuschauers auf. Mimische Darstellungen und was nur einen solchen Moment der Menge erheitern kann, vereinigte sich, um eine frohe Aufmerksamkeit zugleich zu spannen und zu befriedigen.

Aber mit welcher Verwunderung ward unser Freund erfüllt, als er sich den Hauptleuten vorgestellt sah und unter ihnen, in ernster, stattlicher Tracht, Freund Jarno erblickte. – »Nicht umsonst«, rief dieser aus, »habe ich meinen frühern Namen mit dem bedeutendern Montan vertauscht; du findest mich hier in Berg und Kluft eingeweiht, und glücklicher in dieser Beschränkung unter und über der Erde, als sich denken läßt.« – »Da wirst du also«, versetzte der Wanderer, »als ein Hocherfahrner nunmehr freigebiger sein mit Aufklärung und Unterricht, als du es gegen mich warst auf jenen Berg- und Felsklippen.« – »Keineswegs!« erwiderte Montan, »die Gebirge sind stumme Meister und machen schweigsame Schüler.«

An vielen Tafeln speiste man nach dieser Feierlichkeit. Alle Gäste, die geladen oder ungeladen sich eingefunden, waren vom Handwerk, deswegen denn auch an dem Tische, wo Montan und sein Freund sich niedergesetzt, sogleich ein ortgemäßes Gespräch entstand; es war von Gebirgen, Gängen und Lagern, von Gangarten und Metallen der Gegend ausführlich die Rede. Sodann aber verlor das Gespräch sich gar bald ins Allgemeine, und da war von nichts Geringerem die Rede als von Erschaffung und Entstehung der Welt. Hier aber blieb die Unterhaltung nicht lange friedlich, vielmehr verwickelte sich sogleich ein lebhafter Streit.

Mehrere wollten unsere Erdgestaltung aus einer nach und nach sich senkend abnehmenden Wasserbedeckung herleiten; sie führten die Trümmer organischer Meeresbewohner auf den höchsten Bergen sowie auf flachen Hügeln zu ihrem Vorteil an. Andere heftiger dagegen ließen erst glühen und schmelzen, auch durchaus ein Feuer obwalten, das, nachdem es auf der Oberfläche genugsam gewirkt, zuletzt ins Tiefste zurückgezogen, sich noch immer durch die ungestüm sowohl im Meer als auf der Erde wütenden Vulkane betätigte und durch sukzessiven Auswurf und gleichfalls nach und nach überströmende Laven die höchsten Berge bildete; wie sie denn überhaupt den Andersdenkenden zu Gemüte führten, daß ja ohne Feuer nichts heiß werden könne, auch ein tätiges Feuer immer einen Herd voraussetze. So erfahrungsgemäß auch dieses scheinen mochte, so waren manche doch nicht damit zufrieden; sie behaupteten: mächtige, in dem Schoß der Erde schon völlig fertig gewordene Gebilde seien mittelst unwiderstehlich elastischer Gewalten durch die Erdrinde hindurch in die Höhe getrieben und zugleich in diesem Tumulte manche Teile derselben weit über Nachbarschaft und Ferne umhergestreut und zersplittert worden; sie beriefen sich auf manche Vorkommnisse, welche ohne eine solche Voraussetzung nicht zu erklären seien.

Eine vierte, wenn auch vielleicht nicht zahlreiche Partie lächelte über diese vergeblichen Bemühungen und beteuerte:

gar manche Zustände dieser Erdoberfläche würden nie zu erklären sein, wofern man nicht größere und kleinere Gebirgsstrecken aus der Atmosphäre herunterfallen und weite, breite Landschaften durch sie überdeckt werden lasse. Sie beriefen sich auf größere und kleinere Felsmassen, welche zerstreut in vielen Landen umherliegend gefunden und sogar noch in unsern Tagen als von oben herabstürzend aufgelesen werden.

Zuletzt wollten zwei oder drei stille Gäste sogar einen Zeitraum grimmiger Kälte zu Hülfe rufen und aus den höchsten Gebirgszügen auf weit ins Land hingesenkten Gletschern gleichsam Rutschwege für schwere Ursteinmassen bereitet und diese auf glatter Bahn fern und ferner hinausgeschoben im Geiste sehen. Sie sollten sich, bei eintretender Epoche des Auftauens, niedersenken und für ewig in fremdem Boden liegenbleiben. Auch sollte sodann durch schwimmendes Treibeis der Transport ungeheurer Felsblöcke von Norden her möglich werden. Diese guten Leute konnten jedoch mit ihrer etwas kühlen Betrachtung nicht durchdringen. Man hielt es ungleich naturgemäßer, die Erschaffung einer Welt mit kolossalem Krachen und Heben, mit wildem Toben und feurigem Schleudern vorgehen zu lassen. Da nun übrigens die Glut des Weines stark mit einwirkte, so hätte das herrliche Fest beinahe mit tödlichen Händeln abgeschlossen.

Ganz verwirrt und verdüstert ward es unserm Freund zumute, welcher noch von alters her den Geist, der über den Wassern schwebte, und die hohe Flut, welche funfzehn Ellen über die höchsten Gebirge gestanden, im stillen Sinne hegte und dem unter diesen seltsamen Reden die so wohlgeordnete, bewachsene, belebte Welt vor seiner Einbildungskraft chaotisch zusammenzustürzen schien.

Den andern Morgen unterließ er nicht, den ernsten Montan hierüber zu befragen, indem er ausrief: »Gestern konnt' ich dich nicht begreifen, denn unter allen den wunderlichen Dingen und Reden hofft' ich endlich deine Meinung und deine Entscheidung zu hören, an dessen Statt warst du bald

auf dieser, bald auf jener Seite und suchtest immer die Meinung desjenigen, der da sprach, zu verstärken. Nun aber sage mir ernstlich, was du darüber denkst, was du davon weißt.« Hierauf erwiderte Montan: »Ich weiß soviel wie sie und möchte darüber gar nicht denken.« – »Hier aber«, versetzte Wilhelm, »sind so viele widersprechende Meinungen, und man sagt ja, die Wahrheit liege in der Mitte.« – »Keineswegs!« erwiderte Montan, »in der Mitte bleibt das Problem liegen, unerforschlich vielleicht, vielleicht auch zugänglich, wenn man es darnach anfängt.«

Nachdem nun auf diese Weise noch einiges hin und wider gesprochen worden, fuhr Montan vertraulich fort: »Du tadelst mich, daß ich einem jeden in seiner Meinung nachhalf, wie sich denn für alles noch immer ein ferneres Argument auffinden läßt; ich vermehrte die Verwirrung dadurch, das ist wahr, eigentlich aber kann ich es mit diesem Geschlecht nicht mehr ernstlich nehmen. Ich habe mich durchaus überzeugt, das Liebste, und das sind doch unsre Überzeugungen, muß jeder im tiefsten Ernst bei sich selbst bewahren, jeder weiß nur für sich, was er weiß, und das muß er geheimhalten; wie er es ausspricht, sogleich ist der Widerspruch rege, und wie er sich in Streit einläßt, kommt er in sich selbst aus dem Gleichgewicht und sein Bestes wird, wo nicht vernichtet, doch gestört.«

Durch einige Gegenrede Wilhelms veranlaßt, erklärte Montan sich ferner: »Wenn man einmal weiß, worauf alles ankommt, hört man auf, gesprächig zu sein.« – »Worauf kommt nun aber alles an?« versetzte Wilhelm hastig. – »Das ist bald gesagt«, versetzte jener. »Denken und Tun, Tun und Denken, das ist die Summe aller Weisheit, von jeher anerkannt, von jeher geübt, nicht eingesehen von einem jeden. Beides muß wie Aus- und Einatmen sich im Leben ewig fort hin und wider bewegen; wie Frage und Antwort sollte eins ohne das andere nicht stattfinden. Wer sich zum Gesetz macht, was einem jeden Neugebornen der Genius des Menschenverstandes heimlich ins Ohr flüstert, das Tun am Denken, das Denken am Tun zu prüfen, der kann nicht irren, und irrt er, so wird er sich bald auf den rechten Weg zurückfinden.«

Montan geleitete seinen Freund nunmehr in dem Bergrevier methodisch umher, überall begrüßt von einem derben »Glück auf!«, welches sie heiter zurückgaben. »Ich möchte wohl«, sagte Montan, »ihnen manchmal zurufen: ›Sinn auf!‹, denn Sinn ist mehr als Glück; doch die Menge hat immer Sinn genug, wenn die Obern damit begabt sind. Weil ich nun hier wo nicht zu befehlen, doch zu raten habe, bemüht' ich mich, die Eigenschaft des Gebirgs kennenzulernen. Man strebt leidenschaftlich nach den Metallen, die es enthält. Nun habe ich mir auch das Vorkommen derselben aufzuklären gesucht, und es ist mir gelungen. Das Glück tut's nicht allein, sondern der Sinn, der das Glück herbeiruft, um es zu regeln. Wie diese Gebirge hier entstanden sind, weiß ich nicht, will's auch nicht wissen; aber ich trachte täglich, ihnen ihre Eigentümlichkeit abzugewinnen. Auf Blei und Silber ist man erpicht, das sie in ihrem Busen tragen; ich weiß es zu entdecken: das Wie? behalt ich für mich und gebe Veranlassung, das Gewünschte zu finden. Auf mein Wort unternimmt man's versuchsweise, es gelingt, und man sagt, ich habe Glück. Was ich verstehe, versteh ich mir, was mir gelingt, gelingt mir für andere, und niemand denkt, daß es ihm auf diesem Wege gleichfalls gelingen könne. Sie haben mich in Verdacht, daß ich eine Wünschelrute besitze, sie merken aber nicht, daß sie mir widersprechen, wenn ich etwas Vernünftiges vorbringe, und daß sie dadurch sich den Weg abschneiden zu dem Baum des Erkenntnisses, wo diese prophetischen Reiser zu brechen sind.«

Ermutigt an diesen Gesprächen, überzeugt, daß auch ihm durch sein bisheriges Tun und Denken geglückt, in einem weit entlegenen Fache, dem Hauptsinne nach, seines Freundes Forderungen sich gleichzustellen, gab er nunmehr Rechenschaft von der Anwendung seiner Zeit, seitdem er die Vergünstigung erlangt, die auferlegte Wanderschaft nicht nach Tagen und Stunden, sondern dem wahren Zweck einer

vollständigen Ausbildung gemäß einzuteilen und zu benutzen.
Hier nun war zufälligerweise vieles Redens keine Not, denn ein bedeutendes Ereignis gab unserm Freunde Gelegenheit, sein erworbenes Talent geschickt und glücklich anzuwenden und sich der menschlichen Gesellschaft als wahrhaft nützlich zu erweisen.
Welcher Art aber dies gewesen, dürfen wir im Augenblicke noch nicht offenbaren, obgleich der Leser bald, noch ehe er diesen Band aus den Händen legt, davon genugsam unterrichtet sein wird.

Zehntes Kapitel

Hersilie an Wilhelm

»Die ganze Welt wirft mir seit langen Jahren vor, ich sei ein launig-wunderliches Mädchen. Mag ich's doch sein, so bin ich's ohne mein Verschulden. Die Leute mußten Geduld mit mir haben, und nun brauche ich Geduld mit mir selber, mit meiner Einbildungskraft, die mir Vater und Sohn, bald zusammen, bald wechselsweise, hin und wieder vor die Augen führt. Ich komme mir vor wie eine unschuldige Alkmene, die von zwei Wesen, die einander vorstellen, unablässig heimgesucht wird.
Ich habe Ihnen viel zu sagen, und doch schreibe ich Ihnen, so scheint es, nur, wenn ich ein Abenteuer zu erzählen habe; alles übrige ist auch abenteuerlich zwar, aber kein Abenteuer. Nun also zu dem heutigen:
Ich sitze unter den hohen Linden und mache soeben ein Brieftäschchen fertig, ein sehr zierliches, ohne deutlichst zu wissen, wer es haben soll, Vater oder Sohn, aber gewiß einer von beiden; da kommt ein junger Tabulettkrämer mit Körbchen und Kästchen auf mich zu, er legitimiert sich bescheiden durch einen Schein des Beamten, daß ihm erlaubt sei, auf den Gütern zu hausieren; ich besehe seine Sächelchen bis

in die unendlichen Kleinigkeiten, deren niemand bedarf und die jedermann kauft aus kindischem Trieb, zu besitzen und zu vergeuden. Der Knabe scheint mich aufmerksam zu betrachten. Schöne schwarze, etwas listige Augen, wohlgezeichnete Augenbraunen, reiche Locken, blendende Zahnreihen, genug, Sie verstehen mich, etwas Orientalisches.
Er tut mancherlei Fragen, auf die Personen der Familie bezüglich, denen er allenfalls etwas anbieten dürfte; durch allerlei Wendungen weiß er es einzuleiten, daß ich mich ihm nenne. ›Hersilie‹, spricht er bescheiden, ›wird Hersilie verzeihen, wenn ich eine Botschaft ausrichte?‹ Ich sehe ihn verwundert an, er zieht das kleinste Schiefertäfelchen hervor, in ein weißes Rähmchen gefaßt, wie man sie im Gebirg für die kindischen Anfänge des Schreibens zubereitet; ich nehm es an, sehe es beschrieben und lese die mit scharfem Griffel sauber eingegrabene Inschrift:

›Felix
liebt
Hersilien.
Der Stallmeister
kommt bald.‹

Ich bin betroffen, ich gerate in Verwunderung über das, was ich in der Hand halte, mit Augen sehe, am meisten darüber, daß das Schicksal sich fast noch wunderlicher beweisen will, als ich selbst bin. – ›Was soll das!‹ sag ich zu mir, und der kleine Schalk ist mir gegenwärtiger als je, ja es ist mir, als ob sein Bild sich mir in die Augen hineinbohrte.
Nun fang ich an zu fragen und erhalte wunderliche, unbefriedigende Antworten; ich examiniere, und erfahre nichts; ich denke nach, und kann die Gedanken nicht recht zusammenbringen. Zuletzt verknüpf ich aus Reden und Widerreden soviel, daß der junge Krämer auch die pädagogische Provinz durchzogen, das Vertrauen meines jungen Verehrers erworben, welcher auf ein erhandeltes Täfelchen die Inschrift geschrieben und ihm für ein Wörtchen Antwort die

besten Geschenke versprochen. Er reichte mir sodann ein gleiches Täfelchen, deren er mehrere in seinem Warenbesteck vorwies, zugleich einen Griffel, wobei er so freundlich drang und bat, daß ich beides annahm, dachte, wieder dachte, nichts erdenken konnte und schrieb:

›Hersiliens
Gruß
an Felix.
Der Stallmeister
halte sich gut.‹

Ich betrachtete das Geschriebene und fühlte Verdruß über den ungeschickten Ausdruck. Weder Zärtlichkeit noch Geist, noch Witz, bloße Verlegenheit, und warum? Vor einem Knaben stand ich, an einen Knaben schrieb ich; sollte mich das aus der Fassung bringen? Ich glaube gar, ich seufzte, und war eben im Begriff, das Geschriebene wegzuwischen; aber jener nahm es mir so zierlich aus der Hand, bat mich um irgendeine fürsorgliche Einhüllung, und so geschah's, daß ich, weiß ich doch nicht, wie's geschah, das Täfelchen in das Brieftäschchen steckte, das Band darum schlang und zugeheftet dem Knaben hinreichte, der es mit Anmut ergriff, sich tief verneigend einen Augenblick zauderte, daß ich eben noch Zeit hatte, ihm mein Beutelchen in die Hand zu drücken, und mich schalt, ihm nicht genug gegeben zu haben. Er entfernte sich schicklich eilend und war, als ich ihm nachblickte, schon verschwunden, ich begriff nicht recht wie.

Nun ist es vorüber, ich bin schon wieder auf dem gewöhnlichen, flachen Tagesboden und glaube kaum an die Erscheinung. Halte ich nicht das Täfelchen in der Hand? Es ist gar zu zierlich, die Schrift gar schön und sorgfältig gezogen; ich glaube, ich hätte es geküßt, wenn ich die Schrift auszulöschen nicht fürchtete.

Ich habe mir Zeit genommen, nachdem ich Vorstehendes geschrieben; was ich aber auch darüber denke, will immer nicht fördern. Allerdings etwas Geheimnisvolles war in der Figur; dergleichen sind jetzt im Roman nicht zu entbehren, sollten sie uns denn auch im Leben begegnen? Angenehm, doch verdächtig, fremdartig, doch Vertrauen erregend; warum schied er auch vor aufgelöster Verwirrung? warum hatt' ich nicht Gegenwart des Geistes genug, um ihn schicklicherweise festzuhalten?

Nach einer Pause nehm ich die Feder abermals zur Hand, meine Bekenntnisse fortzusetzen. Die entschiedene, fortdauernde Neigung eines zum Jüngling heranreifenden Knaben wollte mir schmeicheln; da aber fiel mir ein, daß es nichts Seltenes sei, in diesem Alter nach älteren Frauen sich umzusehen. Fürwahr, es gibt eine geheimnisvolle Neigung jüngerer Männer zu älteren Frauen. Sonst, da es mich nicht selbst betraf, lachte ich darüber und wollte boshafterweise gefunden haben: es sei eine Erinnerung an die Ammen- und Säuglingszärtlichkeit, von der sie sich kaum losgerissen haben. Jetzt ärgert's mich, mir die Sache so zu denken; ich erniedrige den guten Felix zur Kindheit herab, und mich sehe ich doch auch nicht in einer vorteilhaften Stellung. Ach welch ein Unterschied ist es, ob man sich oder die andern beurteilt.«

Eilftes Kapitel

Wilhelm an Natalien

»Schon Tage geh ich umher und kann die Feder anzusetzen mich nicht entschließen; es ist so mancherlei zu sagen, mündlich fügte sich wohl eins ans andere, entwickelte sich auch wohl leicht eins aus dem andern; laß mich daher, den Entfernten, nur mit dem Allgemeinsten beginnen, es leitet mich doch zuletzt aufs Wunderliche, was ich mitzuteilen habe.

Du hast von dem Jüngling gehört, der, am Ufer des Meeres

spazierend, einen Ruderpflock fand; das Interesse, das er daran nahm, bewog ihn, ein Ruder anzuschaffen, als notwendig dazu gehörend. Dies aber war nun auch weiter nichts nütze; er trachtete ernstlich nach einem Kahn und gelangte dazu. Jedoch war Kahn, Ruder und Ruderpflock nicht sonderlich fördernd, er verschaffte sich Segelstangen und Segel und so nach und nach, was zur Schnelligkeit und Bequemlichkeit der Schiffahrt erforderlich ist. Durch zweckmäßiges Bestreben gelangt er zu größerer Fertigkeit und Geschicklichkeit, das Glück begünstigt ihn, er sieht sich endlich als Herr und Patron eines größern Fahrzeugs, und so steigert sich das Gelingen, er gewinnt Wohlhaben, Ansehen und Namen unter den Seefahrern. –

Indem ich nun Dich veranlasse, diese artige Geschichte wieder zu lesen, muß ich bekennen, daß sie nur im weitesten Sinne hierher gehört, jedoch mir den Weg bahnt, dasjenige auszudrücken, was ich vorzutragen habe. Indessen muß ich noch einiges Entferntere durchgehen.

Die Fähigkeiten, die in dem Menschen liegen, lassen sich einteilen in allgemeine und besondere, die allgemeinen sind anzusehen als gleichgültig-ruhende Fähigkeiten, die nach Umständen geweckt und zufällig zu diesem oder jenem Zweck bestimmt werden. Die Nachahmungsgabe des Menschen ist allgemein, er will nachmachen, nachbilden, was er sieht, auch ohne die mindesten innern und äußern Mittel zum Zwecke. Natürlich ist es daher immer, daß er leisten will, was er leisten sieht; das Natürlichste jedoch wäre, daß der Sohn des Vaters Beschäftigung ergriffe. Hier ist alles beisammen: eine vielleicht im besondern schon angeborne, in ursprünglicher Richtung entschiedene Fähigkeit, sodann eine folgerecht stufenweis fortschreitende Übung und ein entwickeltes Talent, das uns nötigte, auch alsdann auf dem eingeschlagenen Wege fortzuschreiten, wenn andere Triebe sich in uns entwickeln und uns eine freie Wahl zu einem Geschäft führen dürfte, zu dem uns die Natur weder Anlage noch Beharrlichkeit verliehen. Im Durchschnitt sind daher die Menschen am glücklichsten, die ein angebornes, ein Familientalent im häuslichen Kreise auszubilden Gelegenheit finden. Wir haben solche Malerstammbäume gesehen; darunter waren freilich schwache Talente, indessen lieferten sie doch etwas Brauchbares und vielleicht Besseres, als sie bei mäßigen Naturkräften aus eigner Wahl in irgendeinem andern Fache geleistet hätten.

Da dieses aber auch nicht ist, was ich sagen wollte, so muß ich meinen Mitteilungen von irgendeiner andern Seite näher zu kommen suchen.

Das ist nun das Traurige der Entfernung von Freunden, daß wir die Mittelglieder, die Hülfsglieder unserer Gedanken, die sich in der Gegenwart so flüchtig wie Blitze wechselseitig entwickeln und durchweben, nicht in augenblicklicher Verknüpfung und Verbindung vorführen und vortragen können. Hier also zunächst eine der frühsten Jugendgeschichten.

Wir in einer alten, ernsten Stadt erzogenen Kinder hatten die Begriffe von Straßen, Plätzen, von Mauern gefaßt, sodann auch von Wällen, dem Glacis und benachbarten ummauerten Gärten. Uns aber einmal oder vielmehr sich selbst ins Freie zu führen, hatten unsere Eltern längst mit Freunden auf dem Lande eine immerfort verschobene Partie verabredet. Dringender endlich zum Pfingstfeste ward Einladung und Vorschlag, denen man nur unter der Bedingung sich fügte: alles so einzuleiten, daß man zu Nacht wieder zu Hause sein könnte; denn außer seinem längst gewohnten Bette zu schlafen schien eine Unmöglichkeit. Die Freuden des Tags so eng zu konzentrieren war freilich schwer: zwei Freunde sollten besucht und ihre Ansprüche auf seltene Unterhaltung befriedigt werden; indessen hoffte man, mit großer Pünktlichkeit alles zu erfüllen.
Am dritten Feiertag, mit dem frühsten, standen alle munter

und bereit, der Wagen fuhr zur bestimmten Stunde vor, bald hatten wir alles Beschränkende der Straßen, Tore, Brücken und Stadtgräben hinter uns gelassen, eine freie, weit ausgebreitete Welt tat sich vor den Unerfahrnen auf. Das durch einen Nachtregen erst erfrischte Grün der Fruchtfelder und Wiesen, das mehr oder weniger hellere der eben aufgebrochenen Strauch- und Baumknospen, das nach allen Seiten hin blendend sich verbreitende Weiß der Baumblüte, alles gab uns den Vorschmack glücklicher, paradiesischer Stunden.

Zu rechter Zeit gelangten wir auf der ersten Station bei einem würdigen Geistlichen an. Freundlichst empfangen, konnten wir bald gewahr werden, daß die aufgehobene kirchliche Feier den Ruhe und Freiheit suchenden Gemütern nicht entnommen war. Ich betrachtete den ländlichen Haushalt zum erstenmal mit freudigem Anteil; Pflug und Egge, Wagen und Karren deuteten auf unmittelbare Benutzung, selbst der widrig anzuschauende Unrat schien das Unentbehrlichste im ganzen Kreise: sorgfältig war er gesammelt und gewissermaßen zierlich aufbewahrt. Doch dieser auf das Neue und doch Begreifliche gerichtete frische Blick ward gar bald auf ein Genießbares geheftet: appetitliche Kuchen, frische Milch und sonst mancher ländliche Leckerbissen ward von uns begierig in Betracht gezogen. Eilig beschäftigten sich nunmehr die Kinder, den kleinen Hausgarten und die wirtliche Laube verlassend, in dem angrenzenden Baumstück ein Geschäft zu vollbringen, das eine alte wohlgesinnte Tante ihnen aufgetragen hatte. Sie sollten nämlich soviel Schlüsselblumen als möglich sammeln und solche getreulich mit zur Stadt bringen, indem die haushältische Matrone gar allerlei gesundes Getränk daraus zu bereiten gewohnt war.

Indem wir nun in dieser Beschäftigung auf Wiesen, an Rändern und Zäunen hin und wider liefen, gesellten sich mehrere Kinder des Dorfs zu uns, und der liebliche Duft gesammelter Frühlingsblumen schien immer erquickender und balsamischer zu werden.

Wir hatten nun schon so eine Masse Stengel und Blüten zusammengebracht, daß wir nicht wußten, wo mit hin; man fing jetzt an, die gelblichen Röhrenkronen auszuzupfen, denn um sie war es denn eigentlich doch nur zu tun; jeder suchte in sein Hütchen, sein Mützchen möglichst zu sammeln.
Der ältere dieser Knaben jedoch, an Jahren wenig vor mir voraus, der Sohn des Fischers, den dieses Blumengetändel nicht zu freuen schien, ein Knabe, der mich bei seinem ersten Auftreten gleich besonders angezogen hatte, lud mich ein, mit ihm nach dem Fluß zu gehen, der, schon ansehnlich breit, in weniger Entfernung vorbeifloß. Wir setzten uns mit ein paar Angelruten an eine schattige Stelle, wo im tiefen, ruhig klaren Wasser gar manches Fischlein sich hin und her bewegte. Freundlich wies er mich an, worum es zu tun, wie der Köder am Angel zu befestigen sei, und es gelang mir einigemal hintereinander, die kleinsten dieser zarten Geschöpfe wider ihren Willen in die Luft herauszuschnellen. Als wir nun so zusammen aneinander gelehnt beruhigt saßen, schien er zu langweilen und machte mich auf einen flachen Kies aufmerksam, der von unserer Seite sich in den Strom hinein erstreckte. Da sei die schönste Gelegenheit zu baden. Er könne, rief er, endlich aufspringend, der Versuchung nicht widerstehen, und ehe ich mich's versah, war er unten, ausgezogen und im Wasser.
Da er sehr gut schwamm, verließ er bald die seichte Stelle, übergab sich dem Strom und kam bis an mich in dem tieferen Wasser heran; mir war ganz wunderlich zumute geworden. Grashupfer tanzten um mich her, Ameisen krabbelten heran, bunte Käfer hingen an den Zweigen, und goldschimmernde Sonnenjungfern, wie er sie genannt hatte, schwebten und schwankten geisterartig zu meinen Füßen, eben als jener, einen großen Krebs zwischen Wurzeln hervorholend, ihn lustig aufzeigte, um ihn gleich wieder an den alten Ort zu bevorstehendem Fange geschickt zu verbergen. Es war umher so warm und so feucht, man sehnte sich aus der Sonne in den Schatten, aus der Schattenkühle hinab ins

kühlere Wasser. Da war es denn ihm leicht, mich hinunter zu locken, eine nicht oft wiederholte Einladung fand ich unwiderstehlich und war, mit einiger Furcht vor den Eltern, wozu sich die Scheu vor dem unbekannten Elemente gesellte, in ganz wunderlicher Bewegung. Aber bald auf dem Kies entkleidet, wagt' ich mich sachte ins Wasser, doch nicht tiefer, als es der leise abhängige Boden erlaubte; hier ließ er mich weilen, entfernte sich in dem tragenden Elemente, kam wieder, und als er sich heraushob, sich aufrichtete, im höheren Sonnenschein sich abzutrocknen, glaubt' ich meine Augen von einer dreifachen Sonne geblendet: so schön war die menschliche Gestalt, von der ich nie einen Begriff gehabt. Er schien mich mit gleicher Aufmerksamkeit zu betrachten. Schnell angekleidet standen wir uns noch immer unverhüllt gegeneinander, unsere Gemüter zogen sich an, und unter den feurigsten Küssen schwuren wir eine ewige Freundschaft.

Sodann aber eilig eilig gelangten wir nach Hause, gerade zur rechten Zeit, als die Gesellschaft den angenehmsten Fußweg durch Busch und Wald etwa anderthalb Stunden nach der Wohnung des Amtmanns antrat. Mein Freund begleitete mich, wir schienen schon unzertrennlich; als ich aber hälftewegs um Erlaubnis bat, ihn mit in des Amtmanns Wohnung zu nehmen, verweigerte es die Pfarrerin, mit stiller Bemerkung des Unschicklichen, dagegen gab sie ihm den dringenden Auftrag: er solle seinem rückkehrenden Vater ja sagen, sie müsse bei ihrer Nachhausekunft notwendig schöne Krebse vorfinden, die sie den Gästen als eine Seltenheit nach der Stadt mitgeben wolle. Der Knabe schied, versprach aber mit Hand und Mund, heute abend an dieser Waldecke meiner zu warten.

Die Gesellschaft gelangte nunmehr zum Amthause, wo wir auch einen ländlichen Zustand antrafen, doch höherer Art. Ein durch die Schuld der übertätigen Hausfrau sich verspätendes Mittagessen machte mich nicht ungeduldig, denn der Spaziergang in einem wohlgehaltenen Ziergarten, wohin die Tochter, etwas jünger als ich, mir den Weg begleitend anwies, war mir höchst unterhaltend. Frühlingsblumen aller Art standen in zierlich gezeichneten Feldern, sie ausfüllend oder ihre Ränder schmückend. Meine Begleiterin war schön, blond, sanftmütig, wir gingen vertraulich zusammen, faßten uns bald bei der Hand und schienen nichts Besseres zu wünschen. So gingen wir an Tulpenbeeten vorüber, so an gereihten Narzissen und Jonquillen; sie zeigte mir verschiedene Stellen, wo eben die herrlichsten Hyazinthenglocken schon abgeblüht hatten. Dagegen war auch für die folgenden Jahrszeiten gesorgt: schon grünten die Büsche der künftigen Ranunkeln und Anemonen; die auf zahlreiche Nelkenstöcke verwendete Sorgfalt versprach den mannigfaltigsten Flor; näher aber knospete schon die Hoffnung vielblumiger Lilienstengel gar weislich zwischen Rosen verteilt. Und wie manche Laube versprach nicht zunächst mit Geißblatt, Jasmin, reben- und rankenartigen Gewächsen zu prangen und zu schatten.

Betracht ich nach soviel Jahren meinen damaligen Zustand, so scheint er mir wirklich beneidenswert. Unerwartet, in demselbigen Augenblick, ergriff mich das Vorgefühl von Freundschaft und Liebe. Denn als ich ungern Abschied nahm von dem schönen Kinde, tröstete mich der Gedanke, diese Gefühle meinem jungen Freunde zu eröffnen, zu vertrauen und seiner Teilnahme zugleich mit diesen frischen Empfindungen mich zu freuen.

Und wenn ich hier noch eine Betrachtung anknüpfe, so darf ich wohl bekennen: daß im Laufe des Lebens mir jenes erste Aufblühen der Außenwelt als die eigentliche Originalnatur vorkam, gegen die alles übrige, was uns nachher zu den Sinnen kommt, nur Kopien zu sein scheinen, die bei aller Annäherung an jenes doch des eigentlich ursprünglichen Geistes und Sinnes ermangeln.

Wie müßten wir verzweifeln, das Äußere so kalt, so leblos zu erblicken, wenn nicht in unserm Innern sich etwas entwickelte, das auf eine ganz andere Weise die Natur verherrlicht, indem es uns selbst in ihr zu verschönen eine schöpferische Kraft erweist.

Es dämmerte schon, als wir uns der Waldecke wieder näherten, wo der junge Freund meiner zu warten versprochen hatte. Ich strengte die Sehkraft möglichst an, um seine Gegenwart zu erforschen; als es mir nicht gelingen wollte, lief ich ungeduldig der langsam schreitenden Gesellschaft voraus, rannte durchs Gebüsche hin und wider. Ich rief, ich ängstigte mich; er war nicht zu sehen und antwortete nicht; ich empfand zum erstenmal einen leidenschaftlichen Schmerz, doppelt und vielfach.
Schon entwickelte sich in mir die unmäßige Forderung vertraulicher Zuneigung, schon war es ein unwiderstehlich Bedürfnis, meinen Geist von dem Bilde jener Blondine durch Plaudern zu befreien, mein Herz von den Gefühlen zu erlösen, die sie in mir aufgeregt hatte. Es war voll, der Mund lispelte schon, um überzufließen; ich tadelte laut den guten Knaben wegen verletzter Freundschaft, wegen vernachlässigter Zusage.

Bald aber sollten mir schwerere Prüfungen zugedacht sein. Aus den ersten Häusern des Ortes stürzten Weiber schreiend heraus, heulende Kinder folgten, niemand gab Red' und Antwort. Von der einen Seite her um das Eckhaus sahen wir einen Trauerzug herumziehen, er bewegte sich langsam die lange Straße hin; es schien wie ein Leichenzug, aber ein vielfacher; des Tragens und Schleppens war kein Ende. Das Geschrei dauerte fort, es vermehrte sich, die Menge lief zusammen. ›Sie sind ertrunken, alle, sämtlich ertrunken! Der! wer? welcher?‹ Die Mütter, die ihre Kinder um sich sahen, schienen getröstet. Aber ein ernster Mann trat heran und sprach zur Pfarrerin: ›Unglücklicherweise bin ich zu lange außen geblieben, ertrunken ist Adolf selbfünfe, er wollte sein Versprechen halten und meins.‹ Der Mann, der Fischer selbst war es, ging weiter dem Zuge nach, wir standen erschreckt und erstarrt. Da trat ein kleiner Knabe heran, reichte einen Sack dar: ›Hier die Krebse, Frau Pfarrerin‹, und hielt das Zeichen hoch in die Höhe. Man entsetzte sich davor wie vor dem Schädlichsten, man fragte, man forschte und erfuhr so viel: dieser letzte Kleine war am Ufer geblieben, er las die Krebse auf, die sie ihm von unten zuwarfen. Alsdann aber nach vielem Fragen und Wiederfragen erfuhr man: Adolf mit zwei verständigen Knaben sei unten am und im Wasser hingegangen, zwei andere jüngere haben sich ungebeten dazugesellt, die durch kein Schelten und Drohen abzuhalten gewesen. Nun waren über eine steinige, gefährliche Stelle die ersten fast hinaus, die letzten gleiteten, griffen zu und zerrten immer einer den andern hinunter; so geschah es zuletzt auch dem vordersten, und alle stürzten in die Tiefe. Adolf, als guter Schwimmer, hätte sich gerettet, alles aber hielt in der Angst sich an ihn, er ward niedergezogen. Dieser Kleine sodann war schreiend ins Dorf gelaufen, seinen Sack mit Krebsen fest in den Händen. Mit andern Aufgerufenen eilte der zufällig spät rückkehrende Fischer dorthin; man hatte sie nach und nach herausgezogen, tot gefunden, und nun trug man sie herein.

Der Pfarrherr mit dem Vater gingen bedenklich dem Gemeindehause zu; der volle Mond war aufgegangen und beleuchtete die Pfade des Todes; ich folgte leidenschaftlich, man wollte mich nicht einlassen; ich war im schrecklichsten Zustande. Ich umging das Haus und rastete nicht; endlich ersah ich meinen Vorteil und sprang zum offenen Fenster hinein.

In dem großen Saale, wo Versammlungen aller Art gehalten werden, lagen die Unglückseligen auf Stroh, nackt, ausgestreckt, glänzend weiße Leiber, auch bei düsterm Lampenschein hervorleuchtend. Ich warf mich auf den größten, auf meinen Freund; ich wüßte nicht von meinem Zustand zu sagen, ich weinte bitterlich und überschwemmte seine breite Brust mit unendlichen Tränen. Ich hatte etwas von Reiben gehört, das in solchem Falle hülfreich sein sollte, ich rieb meine Tränen ein und belog mich mit der Wärme, die ich erregte. In der Verwirrung dacht' ich ihm Atem einzublasen, aber die Perlenreihen seiner Zähne waren fest verschlossen, die Lippen, auf denen der Abschiedskuß noch zu ruhen schien, versagten auch das leiseste Zeichen der Erwiderung. An menschlicher Hülfe verzweifelnd, wandt' ich mich zum Gebet; ich flehte, ich betete, es war mir, als wenn ich in diesem Augenblicke Wunder tun müßte, die noch inwohnende Seele hervorzurufen, die noch in der Nähe schwebende wieder hineinzulocken.

Man riß mich weg; weinend, schluchzend saß ich im Wagen und vernahm kaum, was die Eltern sagten: unsere Mutter, was ich nachher so oft wiederholen hörte, hatte sich in den Willen Gottes ergeben. Ich war indessen eingeschlafen und erwachte verdüstert am späten Morgen in einem rätselhaften, verwirrten Zustande.

Als ich mich aber zum Frühstück begab, fand ich Mutter, Tante und Köchin in wichtiger Beratung. Die Krebse sollten nicht gesotten, nicht auf den Tisch gebracht werden; der Vater wollte eine so unmittelbare Erinnerung an das nächstvergangene Unglück nicht erdulden. Die Tante schien sich dieser seltenen Geschöpfe eifrigst bemächtigen zu wollen, schalt aber nebenher auf mich, daß wir die Schlüsselblumen mitzubringen versäumt; doch schien sie sich bald hierüber zu beruhigen, als man jene lebhaft durcheinanderkriechenden Mißgestalten ihr zu beliebiger Verfügung übergab, worauf sie denn deren weitere Behandlung mit der Köchin verabredete.

Um aber die Bedeutung dieser Szene klarzumachen, muß ich von dem Charakter und dem Wesen dieser Frau das Nähere vermelden: Die Eigenschaften, von denen sie beherrscht wurde, konnte man, sittlich betrachtet, keineswegs rühmen; und doch brachten sie, bürgerlich und politisch angesehen, manche gute Wirkung hervor. Sie war im eigentlichen Sinne geldgeizig, denn es dauerte sie jeder bare Pfennig, den sie aus der Hand geben sollte, und sah sich überall für ihre Bedürfnisse nach Surrogaten um, welche man umsonst, durch Tausch oder irgendeine Weise beischaffen konnte. So waren die Schlüsselblumen zum Tee bestimmt, den sie für gesünder hielt als irgendeinen chinesischen. Gott habe einem jeden Land das Notwendige verliehen, es sei nun zur Nahrung, zur Würze, zur Arzenei; man brauche sich deshalb nicht an fremde Länder zu wenden. So besorgte sie in einem kleinen Garten alles, was nach ihrem Sinn die Speisen schmackhaft mache und Kranken zuträglich wäre: sie besuchte keinen fremden Garten, ohne dergleichen von da mitzubringen.

Diese Gesinnung und was daraus folgte, konnte man ihr sehr gerne zugeben, da ihre emsig gesammelte Barschaft der Familie doch endlich zugute kommen sollte; auch wußten Vater und Mutter hierin durchaus ihr nachzugeben und förderlich zu sein.

Eine andere Leidenschaft jedoch, eine tätige, die sich unermüdet geschäftig hervortat, war der Stolz, für eine bedeutende, einflußreiche Person gehalten zu werden. Und sie hatte fürwahr diesen Ruhm sich verdient und erreicht; denn die sonst unnützen, sogar oft schädlichen unter Frauen obwaltenden Klatschereien wußte sie zu ihrem Vorteil anzuwenden. Alles, was in der Stadt vorging, und daher auch das Innere der Familien, war ihr genau bekannt, und es ereignete sich nicht leicht ein zweifelhafter Fall, in den sie sich nicht zu mischen gewußt hätte, welches ihr um desto mehr gelang, als sie immer nur zu nutzen trachtete, dadurch aber ihren Ruhm und guten Namen zu steigern wußte. Manche Heirat hatte sie geschlossen, wobei wenigstens der eine Teil vielleicht zufrieden blieb. Was sie aber am meisten beschäftigte, war das Fördern und Befördern solcher Personen, die ein Amt, eine Anstellung suchten, wodurch sie sich denn wirklich eine große Anzahl Klienten erwarb, deren Einfluß sie dann wieder zu benutzen wußte.

Als Witwe eines nicht unbedeutenden Beamten, eines rechtlichen, strengen Mannes, hatte sie denn doch gelernt, wie man diejenigen durch Kleinigkeiten gewinnt, denen man durch bedeutendes Anerbieten nicht beikommen kann.

Um aber ohne fernere Weitläufigkeit auf dem betretenen Pfade zu bleiben, sei zunächst bemerkt, daß sie auf einen

Mann, der eine wichtige Stelle bekleidete, sich großen Einfluß zu verschaffen gewußt. Er war geizig gleich ihr und zu seinem Unglück ebenso speiselustig und genäschig. Ihm also unter irgendeinem Vorwande ein schmackhaftes Gericht auf die Tafel zu bringen blieb ihre erste Sorge. Sein Gewissen war nicht das zarteste, aber auch sein Mut, seine Verwegenheit mußte in Anspruch genommen werden, wenn er in bedenklichen Fällen den Widerstand seiner Kollegen überwinden und die Stimme der Pflicht, die sie ihm entgegensetzten, übertäuben sollte.

Nun war gerade der Fall, daß sie einen Unwürdigen begünstigte; sie hatte das möglichste getan, ihn einzuschieben; die Angelegenheit hatte für sie eine günstige Wendung genommen, und nun kamen ihr die Krebse, dergleichen man freilich selten gesehen, glücklicherweise zustatten. Sie sollten sorgfältig gefüttert und nach und nach dem hohen Gönner, der gewöhnlich ganz allein sehr kärglich speiste, auf die Tafel gebracht werden.

Übrigens gab der unglückliche Vorfall zu manchen Gesprächen und geselligen Bewegungen Anlaß. Mein Vater war jener Zeit einer der ersten, der seine Betrachtung, seine Sorge über die Familie, über die Stadt hinaus zu erstrecken durch einen allgemeinen, wohlwollenden Geist getrieben ward. Die großen Hindernisse, welche der Einimpfung der Blattern anfangs entgegenstanden, zu beseitigen war er mit verständigen Ärzten und Polizeiverwandten bemüht. Größere Sorgfalt in den Hospitälern, menschlichere Behandlung der Gefangenen und was sich hieran ferner schließen mag, machte das Geschäft wo nicht seines Lebens, doch seines Lesens und Nachdenkens; wie er denn auch seine Überzeugung überall aussprach und dadurch manches Gute bewirkte.

Er sah die bürgerliche Gesellschaft, welcher Staatsform sie auch untergeordnet wäre, als einen Naturzustand an, der sein Gutes und sein Böses habe, seine gewöhnlichen Lebensläufe, abwechselnd reiche und kümmerliche Jahre, nicht weniger zufällig und unregelmäßig Hagelschlag, Wasserfluten und Brandschäden; das Gute sei zu ergreifen und zu nutzen, das Böse abzuwenden oder zu ertragen; nichts aber, meinte er, sei wünschenswerter als die Verbreitung des allgemeinen guten Willens, unabhängig von jeder andern Bedingung.

In Gefolg einer solchen Gemütsart mußte er nun bestimmt werden, eine schon früher angeregte wohltätige Angelegenheit wieder zur Sprache zu bringen; es war die Wiederbelebung der für tot Gehaltenen, auf welche Weise sich auch die äußern Zeichen des Lebens möchten verloren haben. Bei solchen Gesprächen erhorchte ich mir nun, daß man bei jenen Kindern das Umgekehrte versucht und angewendet, ja sie gewissermaßen erst ermordet; ferner hielt man dafür, daß durch einen Aderlaß vielleicht ihnen allen wäre zu helfen gewesen. In meinem jugendlichen Eifer nahm ich mir daher im stillen vor, ich wollte keine Gelegenheit versäumen, alles zu lernen, was in solchem Falle nötig wäre, besonders das Aderlassen und was dergleichen Dinge mehr waren.

Allein wie bald nahm mich der gewöhnliche Tag mit sich fort. Das Bedürfnis nach Freundschaft und Liebe war aufgeregt, überall schaut' ich mich um, es zu befriedigen. Indessen ward Sinnlichkeit, Einbildungskraft und Geist durch das Theater übermäßig beschäftigt; wie weit ich hier geführt und verführt worden, darf ich nicht wiederholen.

Wenn ich nun aber nach dieser umständlichen Erzählung zu bekennen habe, daß ich noch immer nicht ans Ziel meiner Absicht gelangt sei und daß ich nur durch einen Umweg dahin zu gelangen hoffen darf, was soll ich da sagen! wie kann ich mich entschuldigen! Allenfalls hätte ich folgendes vorzubringen: Wenn es dem Humoristen erlaubt ist, das Hundertste ins Tausendste durcheinanderzuwerfen, wenn er kecklich seinem Leser überläßt, das, was allenfalls daraus zu nehmen sei, in halber Bedeutung endlich aufzufinden, sollte es dem Verständigen, dem Vernünftigen nicht zustehen, auf eine seltsam scheinende Weise ringsumher nach vielen Punkten hinzuwirken, damit man sie in *einem* Brennpunkte zuletzt abgespielt und zusammengefaßt erkenne, einsehen lerne, wie die verschiedensten Einwirkungen den Menschen umringend zu einem Entschluß treiben, den er auf keine andere Weise, weder aus innerm Trieb noch äußerm Anlaß, hätte ergreifen können?

Bei dem Mannigfaltigen, was mir noch zu sagen übrigbleibt, habe ich die Wahl, was ich zuerst vornehmen will; aber auch dies ist gleichgültig, Du mußt Dich eben in Geduld fassen, lesen und weiter lesen, zuletzt wird denn doch auf einmal hervorspringen und Dir ganz natürlich scheinen, was mit *einem* Worte ausgesprochen Dir höchst seltsam vorgekommen wäre, und zwar auf einen Grad, daß Du nachher diesen Einleitungen in Form von Erklärungen kaum einen Augenblick hättest schenken mögen.
Um nun aber einigermaßen in die Richte zu kommen, will ich mich wieder nach jenem Ruderpflock umsehen und eines Gesprächs gedenken, das ich mit unserem geprüften Freunde Jarno, den ich unter dem Namen Montan im Gebirge fand, zu ganz besonderer Erweckung eigner Gefühle zufällig zu führen veranlaßt ward. Die Angelegenheiten unseres Lebens haben einen geheimnisvollen Gang, der sich nicht berechnen läßt. Du erinnerst Dich gewiß jenes Bestecks, das Euer tüchtiger Wundarzt hervorzog, als Du Dich mir, wie ich verwundet im Walde hingestreckt lag, hülfreich nähertest? Es leuchtete mir damals dergestalt in die Augen und machte einen so tiefen Eindruck, daß ich ganz entzückt war, als ich nach Jahren es in den Händen eines Jüngeren wiederfand. Dieser legte keinen besondern Wert darauf; die Instrumente sämtlich hatten sich in neuerer Zeit verbessert und waren zweckmäßiger eingerichtet, und ich erlangte jenes um desto eher, als ihm die Anschaffung eines neuen dadurch erleichtert wurde. Nun führte ich es immer mit mir, freilich zu keinem Gebrauch, aber desto sicherer zu tröstlicher Erinnerung: Es war Zeuge des Augenblicks, wo mein Glück begann, zu dem ich erst durch großen Umweg gelangen sollte.

Zufällig sah es Jarno, als wir bei dem Köhler übernachteten, der es alsobald erkannte und auf meine Erklärung erwiderte: ›Ich habe nichts dagegen, daß man sich einen solchen Fetisch aufstellt, zur Erinnerung an manches unerwartete Gute, an bedeutende Folgen eines gleichgültigen Umstandes; es hebt uns empor als etwas, das auf ein Unbegreifliches deutet, erquickt uns in Verlegenheiten und ermutigt unsere Hoffnungen; aber schöner wäre es, wenn du dich durch jene Werkzeuge hättest anreizen lassen, auch ihren Gebrauch zu verstehen und dasjenige zu leisten, was sie stumm von dir fordern.‹

›Laß mich bekennen‹, versetzte ich darauf, ›daß mir dies hundertmal eingefallen ist; es regte sich in mir eine innere Stimme, die mich meinen eigentlichen Beruf hieran erkennen ließ.‹ Ich erzählte ihm hierauf die Geschichte der ertrunkenen Knaben, und wie ich damals gehört, ihnen wäre zu helfen gewesen, wenn man ihnen zur Ader gelassen hätte; ich nahm mir vor, es zu lernen, doch jede Stunde löschte den Vorsatz aus.

›So ergreif ihn jetzt‹, versetzte jener, ›ich sehe dich schon so lange mit Angelegenheiten beschäftigt, die des Menschen Geist, Gemüt, Herz und wie man das alles nennt, betreffen und sich darauf beziehen; allein was hast du dabei für dich und andere gewonnen? Seelenleiden, in die wir durch Unglück oder eigne Fehler geraten, sie zu heilen vermag der Verstand nichts, die Vernunft wenig, die Zeit viel, entschlossene Tätigkeit hingegen alles. Hier wirke jeder mit und auf sich selbst, das hast du an dir, hast es an andern erfahren.‹

Mit heftigen und bittern Worten, wie er gewohnt ist, setzte er mir zu und sagte manches Harte, das ich nicht wiederholen mag. Es sei nichts mehr der Mühe wert, schloß er endlich, zu lernen und zu leisten, als dem Gesunden zu helfen, wenn er durch irgendeinen Zufall verletzt sei: durch einsichtige Behandlung stelle sich die Natur leicht wieder her; die Kranken müsse man den Ärzten überlassen, niemand aber bedürfe eines Wundarztes mehr als der Gesunde.

In der Stille des Landlebens, im engsten Kreis der Familie sei er ebenso willkommen als in und nach dem Getümmel der Schlacht; in den süßesten Augenblicken wie in den bittersten und gräßlichsten, überall walte das böse Geschick grimmiger als der Tod, und ebenso rücksichtslos, ja noch auf eine schmählichere, Lust und Leben verletzende Weise.
Du kennst ihn und denkst ohne Anstrengung, daß er mich so wenig als die Welt schonte. Am stärksten aber lehnte er sich auf das Argument, das er im Namen der großen Gesellschaft gegen mich wendete. ›Narrenpossen‹, sagte er, ›sind eure allgemeine Bildung und alle Anstalten dazu. Daß ein Mensch etwas ganz entschieden verstehe, vorzüglich leiste, wie nicht leicht ein anderer in der nächsten Umgebung, darauf kommt es an, und besonders in unserm Verbande spricht es sich von selbst aus. Du bist gerade in einem Alter, wo man sich mit Verstande etwas vorsetzt, mit Einsicht das Vorliegende beurteilt, es von der rechten Seite angreift, seine Fähigkeiten und Fertigkeiten auf den rechten Zweck hinlenkt.‹

Was soll ich nun weiter fortfahren auszusprechen, was sich von selbst versteht! Er machte mir deutlich, daß ich Dispensation von dem so wunderlich gebotenen unsteten Leben erhalten könne; es werde jedoch schwer sein, es für mich zu erlangen. ›Du bist von der Menschenart‹, sprach er, ›die sich leicht an einen Ort, nicht leicht an eine Bestimmung gewöhnen. Allen solchen wird die unstete Lebensart vorgeschrieben, damit sie vielleicht zu einer sichern Lebensweise gelangen. Willst du dich ernstlich dem göttlichsten aller Geschäfte widmen, ohne Wunder zu heilen und ohne Worte Wunder zu tun, so verwende ich mich für dich.‹ So sprach er hastig und fügte hinzu, was seine Beredsamkeit noch alles für gewaltige Gründe vorzubringen wußte.

Hier nun bin ich geneigt zu enden, zunächst aber sollst Du umständlich erfahren, wie ich die Erlaubnis, an bestimmten Orten mich länger aufhalten zu dürfen, benutzt habe, wie ich in das Geschäft, wozu ich immer eine stille Neigung empfunden, mich gar bald zu fügen, mich darin auszubilden wußte. Genug! bei dem großen Unternehmen, dem Ihr entgegengeht, werd ich als ein nützliches, als ein nötiges Glied der Gesellschaft erscheinen und Euren Wegen, mit einer gewissen Sicherheit, mich anschließen; mit einigem Stolze, denn es ist ein löblicher Stolz, Euer wert zu sein.«

Betrachtungen im Sinne der Wanderer
Kunst, Ethisches, Natur

Alles Gescheite ist schon gedacht worden, man muß nur versuchen, es noch einmal zu denken. [1]

Wie kann man sich selbst kennenlernen? Durch Betrachten niemals, wohl aber durch Handeln. Versuche deine Pflicht zu tun, und du weißt gleich, was an dir ist. [2]

Was aber ist deine Pflicht? Die Forderung des Tages. [3]

Die vernünftige Welt ist als ein großes unsterbliches Individuum zu betrachten, das unaufhaltsam das Notwendige bewirkt und dadurch sich sogar über das Zufällige zum Herrn macht. [4]

Mir wird, je länger ich lebe, immer verdrießlicher, wenn ich den Menschen sehe, der eigentlich auf seiner höchsten Stelle da ist, um der Natur zu gebieten, um sich und die Seinigen von der gewalttätigen Notwendigkeit zu befreien; wenn ich sehe, wie er aus irgendeinem vorgefaßten falschen Begriff gerade das Gegenteil tut von dem, was er will, und sich alsdann, weil die Anlage im Ganzen verdorben ist, im Einzelnen kümmerlich herumpfuschet. [5]

Tüchtiger, tätiger Mann verdiene dir und erwarte:
von den Großen – Gnade,
von den Mächtigen – Gunst,
von Tätigen und Guten – Förderung,
von der Menge – Neigung,
von dem einzelnen – Liebe. [6]

Die Dilettanten, wenn sie das möglichste getan haben, pflegen zu ihrer Entschuldigung zu sagen, die Arbeit sei noch nicht fertig. Freilich kann sie nie fertig werden, weil sie nie recht angefangen ward. Der Meister stellt sein Werk mit wenigen Strichen als fertig dar, ausgeführt oder nicht, schon ist es vollendet. Der geschickteste Dilettant tastet im Ungewissen, und wie die Ausführung wächst, kommt die Unsicherheit der ersten Anlage immer mehr zum Vorschein. Ganz zuletzt entdeckt sich erst das Verfehlte, das nicht auszugleichen ist, und so kann das Werk freilich nicht fertig werden. [7]

In der wahren Kunst gibt es keine Vorschule, wohl aber Vorbereitungen; die beste jedoch ist die Teilnahme des geringsten Schülers am Geschäft des Meisters. Aus Farbenreibern sind treffliche Maler hervorgegangen. [8]

Ein anderes ist die Nachäffung, zu welcher die natürliche allgemeine Tätigkeit des Menschen durch einen bedeutenden Künstler, der das Schwere mit Leichtigkeit vollbringt, zufällig angeregt wird. [9]

Von der Notwendigkeit: daß der bildende Künstler Studien nach der Natur mache, und von dem Werte derselben überhaupt sind wir genugsam überzeugt: allein wir leugnen nicht, daß es uns öfters betrübt, wenn wir den Mißbrauch eines so löblichen Strebens gewahr werden. [10]

Nach unserer Überzeugung sollte der junge Künstler wenig oder gar keine Studien nach der Natur beginnen, wobei er nicht zugleich dächte, wie er jedes Blatt zu einem Ganzen abrunden, wie er diese Einzelnheit, in ein angenehmes Bild verwandelt, in einen Rahmen eingeschlossen, dem Liebhaber und Kenner gefällig anbieten möge. [11]

Es steht manches Schöne isoliert in der Welt, doch der Geist ist es, der Verknüpfungen zu entdecken und dadurch Kunstwerke hervorzubringen hat. – Die Blume gewinnt erst ihren Reiz durch das Insekt, das ihr anhängt, durch den Tautropfen, der sie befeuchtet, durch das Gefäß, woraus sie allenfalls ihre letzte Nahrung zieht. Kein Busch, kein Baum, dem man nicht durch die Nachbarschaft eines Felsens, einer Quelle Bedeutung geben, durch eine mäßige einfache Ferne größern Reiz verleihen könnte. So ist es mit menschlichen Figuren und so mit Tieren aller Art beschaffen. [12]

Der Vorteil, den sich der junge Künstler hiedurch verschafft, ist gar mannigfaltig. Er lernt denken, das Passende gehörig zusammenbinden, und, wenn er auf diese Weise geistreich komponiert, wird es ihm zuletzt auch an dem, was man Erfindung nennt, an dem Entwickeln des Mannigfaltigen aus dem Einzelnen, keineswegs fehlen können. [13]

Tut er nun hierin der eigentlichen Kunstpädagogik wahrhaft Genüge, so hat er noch nebenher den großen, nicht zu verachtenden Gewinn, daß er lernt, verkäufliche, dem Liebhaber anmutige und liebliche Blätter hervorzubringen. [14]

Eine solche Arbeit braucht nicht im höchsten Grade ausgeführt und vollendet zu sein; wenn sie gut gesehen, gedacht und fertig ist, so ist sie für den Liebhaber oft reizender als ein größeres ausgeführtes Werk. [15]

Beschaue doch jeder junge Künstler seine Studien im Büchelchen und im Portefeuille und überlege, wie viele Blätter er davon auf jene Weise genießbar und wünschenswert hätte machen können. [16]

Es ist nicht die Rede vom Höheren, wovon man wohl auch sprechen könnte, sondern es soll nur als Warnung gesagt sein, die von einem Abwege zurückruft und aufs Höhere hindeutet. [17]

Versuche es doch der Künstler nur ein halb Jahr praktisch und setze weder Kohle noch Pinsel an, ohne Intention, einen vorliegenden Naturgegenstand als Bild abzuschließen. Hat er angebornes Talent, so wird sich's bald offenbaren, welche Absicht wir bei diesen Andeutungen im Sinne hegten. [18]

Sage mir, mit wem du umgehst, so sage ich dir, wer du bist; weiß ich, womit du dich beschäftigst, so weiß ich, was aus dir werden kann. [19]

Jeder Mensch muß nach seiner Weise denken, denn er findet auf seinem Wege immer ein Wahres, oder eine Art von Wahrem, die ihm durchs Leben hilft; nur darf er sich nicht gehen lassen; er muß sich kontrollieren; der bloße nackte Instinkt geziemt nicht dem Menschen. [20]

Unbedingte Tätigkeit, von welcher Art sie sei, macht zuletzt bankerott. [21]

In den Werken des Menschen wie in denen der Natur sind eigentlich die Absichten vorzüglich der Aufmerksamkeit wert. [22]

Die Menschen werden an sich und andern irre, weil sie die Mittel als Zweck behandeln, da denn vor lauter Tätigkeit gar nichts geschieht oder vielleicht gar das Widerwärtige. [23]

Was wir ausdenken, was wir vornehmen, sollte schon vollkommen so rein und schön sein, daß die Welt nur daran zu verderben hätte; wir blieben dadurch in dem Vorteil, das Verschobene zurecht zu rücken, das Zerstörte wiederherzustellen. [24]

Ganze, Halb- und Viertelsirrtümer sind gar schwer und mühsam zurechtzulegen, zu sichten und das Wahre daran dahin zu stellen, wohin es gehört. [25]

Es ist nicht immer nötig, daß das Wahre sich verkörpere; schon genug, wenn es geistig umherschwebt und Übereinstimmung bewirkt; wenn es wie Glockenton ernst-freundlich durch die Lüfte wogt. [26]

Wenn ich jüngere deutsche Maler, sogar solche, die sich eine Zeitlang in Italien aufgehalten, befrage: warum sie doch, besonders in ihren Landschaften, so widerwärtige grelle Töne dem Auge darstellen und vor aller Harmonie zu fliehen scheinen? so geben sie wohl ganz dreist und getrost zur Antwort: sie sähen die Natur genau auf solche Weise. [27]

Kant hat uns aufmerksam gemacht, daß es eine Kritik der Vernunft gebe, daß dieses höchste Vermögen, was der Mensch besitzt, Ursache habe, über sich selbst zu wachen. Wie großen Vorteil uns diese Stimme gebracht, möge jeder an sich selbst geprüft haben. Ich aber möchte in eben dem Sinne die Aufgabe stellen, daß eine Kritik der Sinne nötig sei, wenn die Kunst überhaupt, besonders die deutsche, irgend wieder sich erholen und in einem erfreulichen Lebensschritt vorwärts gehen solle. [28]

Der zur Vernunft geborene Mensch bedarf noch großer Bildung, sie mag sich ihm nun durch Sorgfalt der Eltern und Erzieher, durch friedliches Beispiel oder durch strenge Erfahrung nach und nach offenbaren. Ebenso wird zwar der *angehende* Künstler, aber nicht der *vollendete* geboren; sein Auge komme frisch auf die Welt, er habe glücklichen Blick für Gestalt, Proportion, Bewegung; aber für höhere Komposition, für Haltung, Licht, Schatten, Farben kann ihm die natürliche Anlage fehlen, ohne daß er es gewahr wird. [29]

Ist er nun nicht geneigt, von höher ausgebildeten Künstlern der Vor- und Mitzeit das zu lernen, was ihm fehlt, um eigentlicher Künstler zu sein, so wird er im falschen Begriff von bewahrter Originalität hinter sich selbst zurückbleiben; denn nicht allein das, was mit uns geboren ist, sondern auch das, was wir erwerben können, gehört uns an und wir sind es. [30]

Allgemeine Begriffe und großer Dünkel sind immer auf dem Wege, entsetzliches Unglück anzurichten. [31]

»Blasen ist nicht flöten, ihr müßt die Finger bewegen.« [32]

Die Botaniker haben eine Pflanzenabteilung, die sie Incompletae nennen; man kann eben auch sagen, daß es inkomplette, unvollständige Menschen gibt. Es sind diejenigen, deren Sehnsucht und Streben mit ihrem Tun und Leisten nicht proportioniert sind. [33]

Der geringste Mensch kann komplett sein, wenn er sich innerhalb der Grenzen seiner Fähigkeiten und Fertigkeiten bewegt; aber selbst schöne *Vorzüge* werden verdunkelt, aufgehoben und vernichtet, wenn jenes unerläßlich geforderte Ebenmaß abgeht. Dieses Unheil wird sich in der neuern Zeit noch öfter hervortun; denn wer wird wohl den Forderungen einer durchaus gesteigerten Gegenwart und zwar in schnellster Bewegung genugtun können? [34]

Nur klugtätige Menschen, die ihre Kräfte kennen und sie mit Maß und Gescheitigkeit benutzen, werden es im Weltwesen weit bringen. [35]

Ein großer Fehler: daß man sich mehr dünkt, als man ist, und sich weniger schätzt, als man wert ist. [36]

Es begegnet mir von Zeit zu Zeit ein Jüngling, an dem ich nichts verändert noch gebessert wünschte; nur macht mir bange, daß ich manchen vollkommen geeignet sehe, im Zeitstrom mit fortzuschwimmen, und hier ist's, wo ich immerfort aufmerksam machen möchte: daß dem Menschen in seinem zerbrechlichen Kahn eben deshalb das Ruder in die Hand gegeben ist, damit er nicht der Willkür der Wellen, sondern dem Willen seiner Einsicht Folge leiste. [37]

Wie soll nun aber ein junger Mann für sich selbst dahin gelangen, dasjenige für tadelnswert und schädlich anzusehen, was jedermann treibt, billigt und fördert? warum soll er sich nicht und sein Naturell auch dahin gehen lassen? [38]

Für das größte Unheil unserer Zeit, die nichts reif werden läßt, muß ich halten, daß man im nächsten Augenblick den vorhergehenden verspeist, den Tag im Tage vertut, und so immer aus der Hand in den Mund lebt, ohne irgend etwas vor sich zu bringen. Haben wir doch schon Blätter für sämtliche Tageszeiten! ein guter Kopf könnte wohl noch eins und das andere interkalieren. Dadurch wird alles, was ein jeder tut, treibt, dichtet, ja was er vorhat, ins Öffentliche geschleppt. Niemand darf sich freuen oder leiden als zum Zeitvertreib der übrigen; und so springt's von Haus zu Haus, von Stadt zu Stadt, von Reich zu Reich, und zuletzt von Weltteil zu Weltteil, alles veloziferisch. [39]

So wenig nun die Dampfmaschinen zu dämpfen sind, so wenig ist dies auch im Sittlichen möglich; die Lebhaftigkeit des Handels, das Durchrauschen des Papiergelds, das Anschwellen der Schulden, um Schulden zu bezahlen, das alles sind die ungeheuern Elemente, auf die gegenwärtig ein junger Mann gesetzt ist. Wohl ihm, wenn er von der Natur mit mäßigem, ruhigem Sinn begabt ist, um weder unverhältnismäßige Forderungen an die Welt zu machen, noch auch von ihr sich bestimmen zu lassen. [40]

Aber in einem jeden Kreise bedroht ihn der Tagesgeist; und nichts ist nötiger, als früh genug ihm die Richtung bemerklich zu machen, wohin sein Wille zu steuern hat. [41]

Die Bedeutsamkeit der unschuldigsten Reden und Handlungen wächst mit den Jahren; und wen ich länger um mich sehe, den suche ich immerfort aufmerksam zu machen, welch ein Unterschied stattfinde zwischen Aufrichtigkeit, Vertrauen und Indiskretion, ja daß eigentlich kein Unterschied sei, vielmehr nur ein leiser Übergang vom Unverfänglichsten zum Schädlichsten, welcher bemerkt oder vielmehr empfunden werden müsse. [42]

Hierauf haben wir unsern Takt zu üben, sonst laufen wir Gefahr, auf dem Wege, worauf wir uns die Gunst der Menschen erwarben, sie ganz unversehens wieder zu verscherzen. Das begreift man wohl im Laufe des Lebens von selbst, aber erst nach bezahltem teurem Lehrgelde, das man leider seinen Nachkommenden nicht ersparen kann. [43]

Das Verhältnis der Künste und Wissenschaften zum Leben ist nach Verhältnis der Stufen, worauf sie stehen, nach Beschaffenheit der Zeiten und tausend andern Zufälligkeiten sehr verschieden; deswegen auch niemand darüber im ganzen leicht klug werden kann. [44]

Poesie wirkt am meisten im Anfang der Zustände, sie seien nun ganz roh, halbkultiviert, oder bei Abänderung einer Kultur, beim Gewahrwerden einer fremden Kultur, daß man also sagen kann, die Wirkung der Neuheit findet durchaus statt. [45]

Musik im besten Sinne bedarf weniger der Neuheit, ja vielmehr je älter sie ist, je gewohnter man sie ist, desto mehr wirkt sie. [46]

Die Würde der Kunst erscheint bei der Musik vielleicht am eminentesten, weil sie keinen Stoff hat, der abgerechnet werden müßte. Sie ist ganz Form und Gehalt und erhöht und veredelt alles, was sie ausdrückt. [47]

Die Musik ist heilig oder profan. Das Heilige ist ihrer Würde ganz gemäß, und hier hat sie die größte Wirkung aufs Leben, welche sich durch alle Zeiten und Epochen gleich bleibt. Die profane sollte durchaus heiter sein. [48]

Eine Musik, die den heiligen und profanen Charakter vermischt, ist gottlos, und eine halbschürige, welche schwache, jammervolle, erbärmliche Empfindungen auszudrücken Belieben findet, ist abgeschmackt. Denn sie ist nicht ernst genug, um heilig zu sein, und es fehlt ihr der Hauptcharakter des Entgegengesetzten: die Heiterkeit. [49]

Die Heiligkeit der Kirchenmusiken, das Heitere und Neckische der Volksmelodien sind die beiden Angeln, um die sich die wahre Musik herumdreht. Auf diesen beiden Punkten beweist sie jederzeit eine unausbleibliche Wirkung: Andacht oder Tanz. Die Vermischung macht irre, die Verschwächung wird fade, und will die Musik sich an Lehrgedichte oder beschreibende und dergl. wenden, so wird sie kalt. [50]

Plastik wirkt eigentlich nur auf ihrer höchsten Stufe; alles Mittlere kann wohl aus mehr denn einer Ursache imponieren, aber alle mittleren Kunstwerke dieser Art machen mehr irre, als daß sie erfreuen. Die Bildhauerkunst muß sich daher noch ein stoffartiges Interesse suchen, und das findet sie in den Bildnissen bedeutender Menschen. Aber auch hier muß sie schon einen hohen Grad erreichen, wenn sie zugleich wahr und würdig sein will. [51]

Die *Malerei* ist die läßlichste und bequemste von allen Künsten. Die läßlichste, weil man ihr um des Stoffes und des Gegenstandes willen, auch da, wo sie nur Handwerk oder kaum eine Kunst ist, vieles zugute hält und sich an ihr erfreut; teils weil eine technische, obgleich geistlose Ausführung den Ungebildeten wie den Gebildeten in Verwunderung setzt, so daß sie sich also nur einigermaßen zur Kunst zu steigern braucht, um in einem höheren Grade willkommen zu sein. Wahrheit in Farben, Oberflächen, in Beziehungen der sichtbaren Gegenstände aufeinander ist schon angenehm; und da das Auge ohnehin gewohnt ist, alles zu sehen, so ist ihm eine Mißgestalt und also auch ein Mißbild nicht so zuwider als dem Ohr ein Mißton. Man läßt die schlechteste Abbildung gelten, weil man noch schlechtere Gegenstände zu sehen gewohnt ist. Der Maler darf also nur einigermaßen Künstler sein, so findet er schon ein größeres Publikum als der Musiker, der auf gleichem Grade stünde;

wenigstens kann der geringere Maler immer für sich operieren, anstatt daß der mindere Musiker sich mit andern soziieren muß, um durch gesellige Leistung einigen Effekt zu tun. [52]

Die Frage: ob man bei Betrachtung von Kunstleistungen vergleichen solle oder nicht, möchten wir folgendermaßen beantworten: Der ausgebildete Kenner soll vergleichen; denn ihm schwebt die Idee vor, er hat den Begriff gefaßt, was geleistet werden könne und solle; der Liebhaber, auf dem Wege zur Bildung begriffen, fördert sich am besten, wenn er nicht vergleicht, sondern jedes Verdienst einzeln betrachtet; dadurch bildet sich Gefühl und Sinn für das Allgemeinere nach und nach aus. Das Vergleichen der Unkenner ist eigentlich nur eine Bequemlichkeit, die sich gern des Urteils überheben möchte. [53]

Wahrheitsliebe zeigt sich darin, daß man überall das Gute zu finden und zu schätzen weiß. [54]

Ein historisches Menschengefühl heißt ein dergestalt gebildetes, daß es bei Schätzung gleichzeitiger Verdienste und Verdienstlichkeiten auch die Vergangenheit mit in Anschlag bringt. [55]

Das Beste, was wir von der Geschichte haben, ist der Enthusiasmus, den sie erregt. [56]

Eigentümlichkeit ruft Eigentümlichkeit hervor. [57]

Man muß bedenken, daß unter den Menschen gar viele sind, die doch auch etwas Bedeutendes sagen wollen, ohne produktiv zu sein, und da kommen die wunderlichsten Dinge an den Tag. [58]

Tief und ernstlich denkende Menschen haben gegen das Publikum einen bösen Stand. [59]

Wenn ich die Meinung eines andern anhören soll, so muß sie positiv ausgesprochen werden; problematisches hab ich in mir selbst genug. [60]

Der Aberglaube gehört zum Wesen des Menschen und flüchtet sich, wenn man ihn ganz und gar zu verdrängen denkt, in die wunderlichsten Ecken und Winkel, von wo er auf einmal, wenn er einigermaßen sicher zu sein glaubt, wieder hervortritt. [61]

Wir würden gar vieles besser kennen, wenn wir es nicht zu genau erkennen wollten. Wird uns doch ein Gegenstand unter einem Winkel von fünfundvierzig Graden erst faßlich. [62]

Mikroskope und Fernröhre verwirren eigentlich den reinen Menschensinn. [63]

Ich schweige zu vielem still, denn ich mag die Menschen nicht irremachen, und bin wohl zufrieden, wenn sie sich freuen da, wo ich mich ärgere. [64]

Alles was unsern Geist befreit, ohne uns die Herrschaft über uns selbst zu geben, ist verderblich. [65]

Das *Was* des Kunstwerks interessiert die Menschen mehr als das *Wie*; jenes können sie einzeln ergreifen, dieses im ganzen nicht fassen. Daher kommt das Herausheben von Stellen, wobei zuletzt, wenn man wohl aufmerkt, die Wirkung der Totalität auch nicht ausbleibt, aber jedem unbewußt. [66]

Die Frage: *Woher hat's der Dichter?* geht auch nur aufs *Was*, vom *Wie* erfährt dabei niemand etwas. [67]

Einbildungskraft wird nur durch Kunst, besonders durch Poesie geregelt. Es ist nichts fürchterlicher als Einbildungskraft ohne Geschmack. [68]

Das Manierierte ist ein verfehltes Ideelle, ein subjektiviertes Ideelle; daher fehlt ihm das Geistreiche nicht leicht. [69]

Der Philolog ist angewiesen auf die Kongruenz des Geschriebenüberlieferten. Ein Manuskript liegt zum Grunde, es finden sich in demselben wirkliche Lücken, Schreibfehler, die eine Lücke im Sinne machen, und was sonst alles an einem Manuskript zu tadeln sein mag. Nun findet sich eine zweite Abschrift, eine dritte; die Vergleichung derselben bewirkt immer mehr, das Verständige und Vernünftige der Überlieferung gewahr zu werden. Ja er geht weiter und verlangt von seinem innern Sinn, daß derselbe ohne äußere Hülfsmittel die Kongruenz des Abgehandelten immer mehr zu begreifen und darzustellen wisse. Weil nun hiezu ein besondrer Takt, eine besondre Vertiefung in seinen abgeschiedenen Autor nötig und ein gewisser Grad von Erfindungskraft gefordert wird, so kann man dem Philologen nicht verdenken, wenn er sich auch ein Urteil bei Geschmackssachen zutraut, welches ihm jedoch nicht immer gelingen wird. [70]

Der Dichter ist angewiesen auf Darstellung. Das Höchste derselben ist, wenn sie mit der Wirklichkeit wetteifert, d. h. wenn ihre Schilderungen durch den Geist dergestalt lebendig sind, daß sie als gegenwärtig für jedermann gelten können. Auf ihrem höchsten Gipfel scheint die Poesie ganz äußerlich: je mehr sie sich ins Innere zurückzieht, ist sie auf dem Wege zu sinken. – Diejenige, die nur das Innere darstellt, ohne es durch ein Äußeres zu verkörpern oder ohne das Äußere durch das Innere durchfühlen zu lassen, sind beides die letzten Stufen, von welchen aus sie ins gemeine Leben hineintritt. [71]

Die Redekunst ist angewiesen auf alle Vorteile der Poesie, auf alle ihre Rechte; sie bemächtigt sich derselben und mißbraucht sie, um gewisse äußere, sittliche oder unsittliche, augenblickliche Vorteile im bürgerlichen Leben zu erreichen. [72]

Literatur ist das Fragment der Fragmente; das wenigste dessen, was geschah und gesprochen worden, ward geschrieben, vom Geschriebenen ist das wenigste übriggeblieben. [73]

In natürlicher Wahrheit und Großheit, obgleich wild und unbehaglich ausgebildetes Talent ist Lord Byron, und deswegen kaum ein anderes ihm vergleichbar. [74]

Eigentlichster Wert der sogenannten Volkslieder ist der, daß ihre Motive unmittelbar von der Natur genommen sind. Dieses Vorteils aber könnte der gebildete Dichter sich auch bedienen, wenn er es verstünde. [75]

Hiebei aber haben jene immer das voraus, daß natürliche Menschen sich besser auf den Lakonismus verstehen als eigentlich Gebildete. [76]

Shakespeare ist für aufkeimende Talente gefährlich zu lesen; er nötigt sie, ihn zu reproduzieren, und sie bilden sich ein, sich selbst zu reproduzieren. [77]

Über Geschichte kann niemand urteilen, als wer an sich selbst Geschichte erlebt hat. So geht es ganzen Nationen. Die Deutschen können erst über Literatur urteilen, seitdem sie selbst eine Literatur haben. [78]

Man ist nur eigentlich lebendig, wenn man sich des Wohlwollens andrer freut. [79]

Frömmigkeit ist kein Zweck, sondern ein Mittel, um durch die reinste Gemütsruhe zur höchsten Kultur zu gelangen. [80]

Deswegen läßt sich bemerken, daß diejenigen, welche Frömmigkeit als Zweck und Ziel aufstecken, meistens Heuchler werden. [81]

»Wenn man alt ist, muß man mehr tun, als da man jung war.« [82]

Erfüllte Pflicht empfindet sich immer noch als Schuld, weil man sich nie ganz genug getan. [83]

Die Mängel erkennt nur der Lieblose; deshalb, um sie einzusehen, muß man auch lieblos werden, aber nicht mehr als hiezu nötig ist. [84]

Das höchste Glück ist das, welches unsere Mängel verbessert und unsere Fehler ausgleicht. [85]

Kannst du lesen, so sollst du verstehen; kannst du schreiben, so mußt du etwas wissen; kannst du glauben, so sollst du begreifen; wenn du begehrst, wirst du sollen; wenn du forderst, wirst du nicht erlangen; und wenn du erfahren bist, sollst du nutzen. [86]

Man erkennt niemand an als den, der uns nutzt. Wir erkennen den Fürsten an, weil wir unter seiner Firma den Besitz gesichert sehen. Wir gewärtigen uns von ihm Schutz gegen äußere und innere widerwärtige Verhältnisse. [87]

Der Bach ist dem Müller befreundet, dem er nutzt, und er stürzt gern über die Räder; was hilft es ihm, gleichgültig durchs Tal hinzuschleichen. [88]

Wer sich mit reiner Erfahrung begnügt und darnach handelt, der hat Wahres genug. Das heranwachsende Kind ist weise in diesem Sinne. [89]

Die Theorie an und für sich ist nichts nütze, als insofern sie uns an den Zusammenhang der Erscheinungen glauben macht. [90]

Alles Abstrakte wird durch Anwendung dem Menschenverstand genähert, und so gelangt der Menschenverstand durch Handeln und Beobachten zur Abstraktion. [91]

Wer zuviel verlangt, wer sich am Verwickelten erfreut, der ist den Verirrungen ausgesetzt. [92]

Nach Analogien denken ist nicht zu schelten; die Analogie hat den Vorteil, daß sie nicht abschließt und eigentlich nichts Letztes will; dagegen die Induktion verderblich ist, die einen vorgesetzten Zweck im Auge trägt und, auf denselben losarbeitend, Falsches und Wahres mit sich fortreißt. [93]

Gewöhnliches Anschauen, richtige Ansicht der irdischen Dinge ist ein Erbteil des allgemeinen Menschenverstandes.
Reines Anschauen des Äußern und Innern ist sehr selten. [94]

Es äußert sich jenes im praktischen Sinn, im unmittelbaren Handeln; dieses symbolisch, vorzüglich durch Mathematik, in Zahlen und Formeln, durch Rede, uranfänglich, tropisch, als Poesie des Genies, als Sprüchwörtlichkeit des Menschenverstandes. [95]

Das Abwesende wirkt auf uns durch Überlieferung. Die gewöhnliche ist historisch zu nennen; eine höhere, der Einbildungskraft verwandte, ist mythisch. Sucht man hinter dieser noch etwas Drittes, irgendeine Bedeutung, so verwandelt sie sich in Mystik. Auch wird sie leicht sentimental, so daß wir uns nur, was gemütlich ist, aneignen. [96]

Die Wirksamkeiten, auf die wir achten müssen, wenn wir wahrhaft gefördert sein wollen, sind:

vorbereitende,
begleitende,
mitwirkende,
nachhelfende,
fördernde,

verstärkende,
hindernde,
nachwirkende. [97]

Im Betrachten wie im Handeln ist das Zugängliche von dem Unzugänglichen zu unterscheiden; ohne dies läßt sich im Leben wie im Wissen wenig leisten. [98]

»Les sens commun est le Génie de l'humanité.« [99]

Der Gemeinverstand, der als Genie der Menschheit gelten soll, muß vorerst in seinen Äußerungen betrachtet werden. Forschen wir, wozu ihn die Menschheit benutzt, so finden wir folgendes:
Die Menschheit ist bedingt durch Bedürfnisse. Sind diese nicht befriedigt, so erweist sie sich ungeduldig; sind sie befriedigt, so erscheint sie gleichgültig. Der eigentliche Mensch bewegt sich also zwischen beiden Zuständen; und seinen Verstand, den sogenannten Menschenverstand wird er anwenden, seine Bedürfnisse zu befriedigen; ist es geschehen, so hat er die Aufgabe, die Räume der Gleichgültigkeit auszufüllen. Beschränkt sich dieses in die nächsten und notwendigsten Grenzen, so gelingt es ihm auch. Erheben sich aber die Bedürfnisse, treten sie aus dem Kreise des Gemeinen heraus, so ist der Gemeinverstand nicht mehr hinreichend, er ist kein Genius mehr, die Region des Irrtums ist der Menschheit aufgetan. [100]

Es geschieht nichts Unvernünftiges, das nicht Verstand oder Zufall wieder in die Richte brächten; nichts Vernünftiges, das Unverstand und Zufall nicht mißleiten könnten. [101]

Jede große Idee, sobald sie in die Erscheinung tritt, wirkt tyrannisch; daher die Vorteile, die sie hervorbringt, sich nur allzubald in Nachteile verwandeln. Man kann deshalb eine jede Institution verteidigen und rühmen, wenn man an ihre Anfänge erinnert und darzutun weiß, daß alles, was von ihr im Anfange gegolten, auch jetzt noch gelte. [102]

Lessing, der mancherlei Beschränkung unwillig fühlte, läßt eine seiner Personen sagen: Niemand muß müssen. Ein geistreicher frohgesinnter Mann sagte: Wer will, der muß. Ein dritter, freilich ein Gebildeter, fügte hinzu: Wer einsieht, der will auch. Und so glaubte man den ganzen Kreis des Erkennens, Wollens und Müssens abgeschlossen zu haben. Aber im Durchschnitt bestimmt die Erkenntnis des Menschen, von welcher Art sie auch sei, sein Tun und Lassen; deswegen auch nichts schrecklicher ist, als die Unwissenheit handeln zu sehen. [103]

Es gibt zwei friedliche Gewalten: das Recht und die Schicklichkeit. [104]

Das Recht dringt auf Schuldigkeit, die Polizei aufs Geziemende. Das Recht ist abwägend und entscheidend, die Polizei überschauend und gebietend. Das Recht bezieht sich auf den einzelnen, die Polizei auf die Gesamtheit. [105]

Die Geschichte der Wissenschaften ist eine große Fuge, in der die Stimmen der Völker nach und nach zum Vorschein kommen. [106]

Man kann in den Naturwissenschaften über manche Probleme nicht gehörig sprechen, wenn man die Metaphysik nicht zu Hülfe ruft; aber nicht jene Schul- und Wortweisheit; es ist dasjenige, was vor, mit und nach der Physik war, ist und sein wird. [107]

Autorität, daß nämlich etwas schon einmal geschehen, gesagt oder entschieden worden sei, hat großen Wert; aber nur der Pedant fordert überall Autorität. [108]

Altes Fundament ehrt man, darf aber das Recht nicht aufgeben, irgendwo wieder einmal von vorn zu gründen. [109]

Beharre, wo du stehst! – Maxime, notwendiger als je, indem

einerseits die Menschen in große Parteien gerissen werden; sodann aber auch jeder einzelne nach individueller Einsicht und Vermögen sich geltend machen will. [110]

Man tut immer besser, daß man sich grad ausspricht, wie man denkt, ohne viel beweisen zu wollen: denn alle Beweise, die wir vorbringen, sind doch nur Variationen unserer Meinungen, und die Widriggesinnten hören weder auf das eine noch auf das andere. [111]

Da ich mit der Naturwissenschaft, wie sie sich von Tag zu Tage vorwärtsbewegt, immer mehr bekannt und verwandt werde, so dringt sich mir gar manche Betrachtung auf: über die Vor- und Rückschritte, die zu gleicher Zeit geschehen. Eines nur sei hier ausgesprochen: *daß wir sogar anerkannte Irrtümer aus der Wissenschaft nicht loswerden.* Die Ursache hievon ist ein offenbares Geheimnis. [112]

Einen Irrtum nenn ich, wenn irgendein Ereignis falsch ausgelegt, falsch angeknüpft, falsch abgeleitet wird. Nun ereignet sich aber im Gange des Erfahrens und Denkens, daß eine Erscheinung folgerecht angeknüpft, richtig abgeleitet wird. Das läßt man sich wohl gefallen, legt aber keinen besondern Wert darauf und läßt den Irrtum ganz ruhig daneben liegen; und ich kenne ein kleines Magazin von Irrtümern, die man sorgfältig aufbewahrt. [113]

Da nun den Menschen eigentlich nichts interessiert als seine Meinung, so sieht jedermann, der eine Meinung vorträgt, sich rechts und links nach Hülfsmitteln um, damit er sich und andere bestärken möge. Des Wahren bedient man sich, solange es brauchbar ist, aber leidenschaftlich rhetorisch ergreift man das Falsche, sobald man es für den Augenblick nutzen, damit, als einem Halbargumente, blenden, als mit einem Lückenbüßer das Zerstückelte scheinbar vereinigen kann. Dieses zu erfahren war mir erst ein Ärgernis, dann betrübte ich mich darüber, und nun macht es mir Schadenfreude. Ich habe mir das Wort gegeben, ein solches Verfahren niemals wieder aufzudecken. [114]

Jedes Existierende ist ein Analogon alles Existierenden; daher erscheint uns das Dasein immer zu gleicher Zeit gesondert und verknüpft. Folgt man der Analogie zu sehr, so fällt alles identisch zusammen; meidet man sie, so zerstreut sich alles ins Unendliche. In beiden Fällen stagniert die Betrachtung, einmal als überlebendig, das andere Mal als getötet. [115]

Die Vernunft ist auf das Werdende, der Verstand auf das Gewordene angewiesen; jene bekümmert sich nicht: wozu? dieser fragt nicht: woher? – Sie erfreut sich am Entwickeln; er wünscht alles festzuhalten, damit er es nutzen könne. [116]

Es ist eine Eigenheit dem Menschen angeboren und mit seiner Natur innigst verwebt: daß ihm zur Erkenntnis das Nächste nicht genügt; da doch jede Erscheinung, die wir selbst gewahr werden, im Augenblick das Nächste ist und wir von ihr fordern können, daß sie sich selbst erkläre, wenn wir kräftig in sie dringen. [117]

Das werden aber die Menschen nicht lernen, weil es gegen ihre Natur ist; daher die Gebildeten es selbst nicht lassen können, wenn sie an Ort und Stelle irgendein Wahres erkannt haben, es nicht nur mit dem Nächsten, sondern auch mit dem Weitesten und Fernsten zusammenzuhängen, woraus denn Irrtum über Irrtum entspringt. Das nahe Phänomen hängt aber mit dem fernen nur in dem Sinne zusammen, daß sich alles auf wenige große Gesetze bezieht, die sich überall manifestieren. [118]

Was ist das Allgemeine?
Der einzelne Fall.
Was ist das Besondere?
Millionen Fälle. [119]

Die Analogie hat zwei Verirrungen zu fürchten: einmal sich dem Witz hinzugeben, wo sie in Nichts zerfließt; die andere, sich mit Tropen und Gleichnissen zu umhüllen, welches jedoch weniger schädlich ist. [120]

Weder Mythologie noch Legenden sind in der Wissenschaft zu dulden. Lasse man diese den Poeten, die berufen sind, sie zu Nutz und Freude der Welt zu behandeln. Der wissenschaftliche Mann beschränke sich auf die nächste klarste Gegenwart. Wollte derselbe jedoch gelegentlich als Rhetor auftreten, so sei ihm jenes auch nicht verwehrt. [121]

Um mich zu retten, betrachte ich alle Erscheinungen als unabhängig voneinander und suche sie gewaltsam zu isolieren; dann betrachte ich sie als Korrelate, und sie verbinden sich zu einem entschiedenen Leben. Dies bezieh ich vorzüglich auf Natur; aber auch in bezug auf die neueste um uns her bewegte Weltgeschichte ist diese Betrachtungsweise fruchtbar. [122]

Alles was wir Erfinden, Entdecken im höheren Sinne nennen, ist die bedeutende Ausübung, Betätigung eines originalen Wahrheitsgefühles, das, im stillen längst ausgebildet, unversehens mit Blitzesschnelle zu einer fruchtbaren Erkenntnis führt. Es ist eine aus dem Innern am Äußern sich entwickelnde Offenbarung, die den Menschen seine Gottähnlichkeit vorahnen läßt. Es ist eine Synthese von Welt und Geist, welche von der ewigen Harmonie des Daseins die seligste Versicherung gibt. [123]

Der Mensch muß bei dem Glauben verharren, daß das Unbegreifliche begreiflich sei; er würde sonst nicht forschen. [124]

Begreiflich ist jedes Besondere, das sich auf irgendeine Weise anwenden läßt. Auf diese Weise kann das Unbegreifliche nützlich werden. [125]

Es gibt eine zarte Empirie, die sich mit dem Gegenstand innigst identisch macht und dadurch zur eigentlichen Theorie wird. Diese Steigerung des geistigen Vermögens aber gehört einer hochgebildeten Zeit an. [126]

Am widerwärtigsten sind die kricklichen Beobachter und grilligen Theoristen; ihre Versuche sind kleinlich und kompliziert, ihre Hypothesen abstrus und wunderlich. [127]

Es gibt Pedanten, die zugleich Schelme sind, und das sind die allerschlimmsten. [128]

Um zu begreifen, daß der Himmel überall blau ist, braucht man nicht um die Welt zu reisen. [129]

Das Allgemeine und Besondere fallen zusammen; das Besondere ist das Allgemeine, unter verschiedenen Bedingungen erscheinend. [130]

Man braucht nicht alles selbst gesehen noch erlebt zu haben; willst du aber dem andern und seinen Darstellungen vertrauen, so denke, daß du es nun mit dreien zu tun hast, mit dem Gegenstand und zwei Subjekten. [131]

Grundeigenschaft der lebendigen Einheit; sich zu trennen, sich zu vereinen, sich ins Allgemeine zu ergehen, im Besondern zu verharren, sich zu verwandeln, sich zu spezifizieren und wie das Lebendige unter tausend Bedingungen sich dartun mag, hervorzutreten und zu verschwinden, zu solideszieren und zu schmelzen, zu erstarren und zu fließen, sich auszudehnen und sich zusammenzuziehen. Weil nun alle diese Wirkungen im gleichen Zeitmoment zugleich vorgehen, so kann alles und jedes zu gleicher Zeit eintreten. Entstehen und Vergehen, Schaffen und Vernichten, Geburt und Tod, Freud und Leid, alles wirkt durcheinander, in gleichem Sinn und gleicher Maße, deswegen denn auch das Besonderste, das sich ereignet, immer als Bild und Gleichnis des Allgemeinsten auftritt. [132]

Ist das ganze Dasein ein ewiges Trennen und Verbinden, so folgt auch, daß die Menschen im Betrachten des ungeheuren Zustandes auch bald trennen, bald verbinden werden. [133]

Als getrennt muß sich darstellen: Physik von Mathematik. Jene muß in einer entschiedenen Unabhängigkeit bestehen und mit allen liebenden, verehrenden, frommen Kräften in die Natur und das heilige Leben derselben einzudringen suchen, ganz unbekümmert, was die Mathematik von ihrer Seite leistet und tut. Diese muß sich dagegen unabhängig von allem Äußern erklären, ihren eigenen großen Geistesgang gehen und sich selber reiner ausbilden, als es geschehen kann, wenn sie wie bisher sich mit dem Vorhandenen abgibt und diesem etwas abzugewinnen oder anzupassen trachtet. [134]

In der Naturforschung bedarf es eines kategorischen Imperativs so gut als im Sittlichen! Nur bedenke man, daß man dadurch nicht am Ende, sondern erst am Anfang ist. [135]

Das Höchste wäre, zu begreifen, daß alles Faktische schon Theorie ist. Die Bläue des Himmels offenbart uns das Grundgesetz der Chromatik. Man suche nur nichts hinter den Phänomenen; sie selbst sind die Lehre. [136]

In den Wissenschaften ist viel Gewisses, sobald man sich von den Ausnahmen nicht irremachen läßt und die Probleme zu ehren weiß. [137]

Wenn ich mich beim Urphänomen zuletzt beruhige, so ist es doch auch nur Resignation; aber es bleibt ein großer Unterschied, ob ich mich an den Grenzen der Menschheit resigniere oder innerhalb einer hypothetischen Beschränktheit meines bornierten Individuums. [138]

Wenn man die Probleme des Aristoteles ansieht, so erstaunt man über die Gabe des Bemerkens und für was alles die

Griechen Augen gehabt haben. Nur begehen sie den Fehler der Übereilung, da sie von dem Phänomen unmittelbar zur Erklärung schreiten, wodurch denn ganz unzugängliche theoretische Aussprüche zum Vorschein kommen. Dieses ist jedoch der allgemeine Fehler, der noch heutzutage begangen wird. [139]

Hypothesen sind Wiegenlieder, womit der Lehrer seine Schüler einlullt; der denkende treue Beobachter lernt immer mehr seine Beschränkung kennen, er sieht, je weiter sich das Wissen ausbreitet, desto mehr Probleme kommen zum Vorschein. [140]

Unser Fehler besteht darin, daß wir am Gewissen zweifeln und das Ungewisse fixieren möchten. Meine Maxime bei der Naturforschung ist: das Gewisse festzuhalten und dem Ungewissen aufzupassen. [141]

Läßliche Hypothese nenn ich eine solche, die man gleichsam schalkhaft aufstellt, um sich von der ernsthaften Natur widerlegen zu lassen. [142]

Wie wollte einer als Meister in seinem Fach erscheinen, wenn er nichts Unnützes lehrte. [143]

Das Närrischste ist, daß jeder glaubt, überliefern zu müssen, was man gewußt zu haben glaubt. [144]

Weil zum didaktischen Vortrag Gewißheit verlangt wird, indem der Schüler nichts Unsicheres überliefert haben will, so darf der Lehrer kein Problem stehenlassen und sich etwa in einiger Entfernung da herumbewegen. Gleich muß etwas bestimmt sein (»bepaalt« sagt der Holländer), und nun glaubt man eine Weile den unbekannten Raum zu besitzen, bis ein anderer die Pfähle wieder ausreißt und sogleich enger oder weiter abermals wieder bepfählt. [145]

Lebhafte Frage nach der Ursache, Verwechselung von Ursache und Wirkung, Beruhigung in einer falschen Theorie sind von großer, nicht zu entwickelnder Schädlichkeit. [146]

Wenn mancher sich nicht verpflichtet fühlte, das Unwahre zu wiederholen, weil er's einmal gesagt hat, so wären es ganz andre Leute geworden. [147]

Das Falsche hat den Vorteil, daß man immer darüber schwätzen kann, das Wahre muß gleich genutzt werden, sonst ist es nicht da. [148]

Wer nicht einsieht, wie das Wahre praktisch erleichtert, mag gern daran mäkeln und häkeln, damit er nur sein irriges mühseliges Treiben einigermaßen beschönigen könne. [149]

Die Deutschen, und sie nicht allein, besitzen die Gabe, die Wissenschaften unzugänglich zu machen. [150]

Der Engländer ist Meister, das Entdeckte gleich zu nutzen, bis es wieder zu neuer Entdeckung und frischer Tat führt. Man frage nun, warum sie uns überall voraus sind? [151]

Der denkende Mensch hat die wunderliche Eigenschaft, daß er an die Stelle, wo das unaufgelöste Problem liegt, gerne ein Phantasiebild hinfabelt, das er nicht loswerden kann, wenn das Problem auch aufgelöst und die Wahrheit am Tage ist. [152]

Es gehört eine eigene Geisteswendung dazu, um das gestaltlose Wirkliche in seiner eigensten Art zu fassen und es von Hirngespinsten zu unterscheiden, die sich denn doch auch mit einer gewissen Wirklichkeit lebhaft aufdringen. [153]

Bei Betrachtung der Natur im großen wie im kleinen hab ich unausgesetzt die Frage gestellt: Ist es der Gegenstand oder bist du es, der sich hier ausspricht? Und in diesem Sinne betrachtete ich auch Vorgänger und Mitarbeiter. [154]

Ein jeder Mensch sieht die fertige und geregelte, gebildete, vollkommene Welt doch nur als ein Element an, woraus er sich eine besondere, ihm angemessene Welt zu erschaffen bemüht ist. Tüchtige Menschen ergreifen sie ohne Bedenken und suchen damit, wie es gehen will, zu gebaren; andere zaudern an ihr herum; einige zweifeln sogar an ihrem Dasein.
Wer sich von dieser Grundwahrheit recht durchdrungen fühlte, würde mit niemanden streiten, sondern nur die Vorstellungsart eines andern wie seine eigene als ein Phänomen betrachten. Denn wir erfahren fast täglich, daß der eine mit Bequemlichkeit denken mag, was dem andern zu denken unmöglich ist, und zwar nicht etwa in Dingen, die auf Wohl und Wehe nur irgendeinen Einfluß hätten, sondern in Dingen, die für uns völlig gleichgültig sind. [155]

Man weiß eigentlich das, was man weiß, nur für sich selbst. Spreche ich mit einem andern von dem, was ich zu wissen glaube, unmittelbar glaubt er's besser zu wissen, und ich muß mit meinem Wissen immer wieder in mich selbst zurückkehren. [156]

Das Wahre fördert; aus dem Irrtum entwickelt sich nichts, er verwickelt uns nur. [157]

Der Mensch findet sich mitten unter Wirkungen und kann sich nicht enthalten, nach den Ursachen zu fragen; als ein bequemes Wesen greift er nach der nächsten als der besten und beruhigt sich dabei; besonders ist dies die Art des allgemeinen Menschenverstandes. [158]

Sieht man ein Übel, so wirkt man unmittelbar darauf, d. h. man kuriert unmittelbar aufs Symptom los. [159]

Die Vernunft hat nur über das Lebendige Herrschaft; die entstandene Welt, mit der sich die Geognosie abgibt, ist tot. – Daher kann es keine Geologie geben, denn die Vernunft hat hier nichts zu tun. [160]

Wenn ich ein zerstreutes Gerippe finde, so kann ich es zusammenlesen und aufstellen; denn hier spricht die ewige Vernunft durch ein Analogon zu mir, und wenn es das Riesenfaultier wäre. [161]

Was nicht mehr entsteht, können wir uns als entstehend nicht denken! Das Entstandene begreifen wir nicht. [162]

Der allgemeine neuere Vulkanismus ist eigentlich ein kühner Versuch, die gegenwärtige unbegreifliche Welt an eine vergangene unbekannte zu knüpfen. [163]

Gleiche oder wenigstens ähnliche Wirkungen werden auf verschiedene Weise durch Naturkräfte hervorgebracht. [164]

Nichts ist widerwärtiger als die Majorität: denn sie besteht aus wenigen kräftigen Vorgängern, aus Schelmen, die sich akkomodieren, aus Schwachen, die sich assimilieren, und der Masse, die nachtrollt, ohne nur im mindesten zu wissen, was sie will. [165]

Die Mathematik ist, wie die Dialektik, ein Organ des inneren höheren Sinnes, in der Ausübung ist sie eine Kunst wie die Beredsamkeit. Für beide hat nichts Wert als die Form; der Gehalt ist ihnen gleichgültig. Ob die Mathematik Pfennige oder Guineen berechne, die Rhetorik Wahres oder Falsches verteidige, ist beiden vollkommen gleich. [166]

Hier aber kommt es nun auf die Natur des Menschen an, der ein solches Geschäft betreibt, eine solche Kunst ausübt. Ein durchgreifender Advokat in einer gerechten Sache, ein durchdringender Mathematiker vor dem Sternenhimmel erscheinen beide gleich gottähnlich. [167]

Was ist an der Mathematik exakt als die Exaktheit? Und diese, ist sie nicht eine Folge des innern Wahrheitsgefühls?
[168]

Die Mathematik vermag kein Vorurteil wegzuheben, sie kann den Eigensinn nicht lindern, den Parteigeist nicht beschwichtigen, nichts von allem Sittlichen vermag sie. [169]

Der Mathematiker ist nur insofern vollkommen, als er ein vollkommener Mensch ist, als er das Schöne des Wahren in sich empfindet; dann erst wird er gründlich, durchsichtig, umsichtig, rein, klar, anmutig, ja elegant wirken. Das alles gehört dazu, um Lagrange ähnlich zu werden. [170]

Nicht die Sprache an und für sich ist richtig, tüchtig, zierlich, sondern der Geist ist es, der sich darin verkörpert; und so kommt es nicht auf einen jeden an, ob er seinen Rechnungen, Reden oder Gedichten die wünschenswerten Eigenschaften verleihen will; es ist die Frage, ob ihm die Natur hiezu die geistigen und sittlichen Eigenschaften verliehen hat. Die geistigen: das Vermögen der An- und Durchschauung, die sittlichen: daß er die bösen Dämonen ablehne, die ihn hindern könnten, dem Wahren die Ehre zu geben. [171]

Das Einfache durch das Zusammengesetzte, das Leichte durch das Schwierige erklären zu wollen, ist ein Unheil, das in dem ganzen Körper der Wissenschaft verteilt ist, von den Einsichtigen wohl anerkannt, aber nicht überall eingestanden. [172]

Man sehe die Physik genau durch, und man wird finden, daß die Phänomene, so wie die Versuche, worauf sie gebaut ist, verschiedenen Wert haben. [173]

Auf die primären, die Urversuche, kommt alles an, und das Kapitel, das hierauf gebaut ist, steht sicher und fest; aber es gibt auch sekundäre, tertiäre usw. Gesteht man diesen das gleiche Recht zu, so verwirren sie nur das, was von den ersten aufgeklärt war. [174]

Ein großes Übel in den Wissenschaften, ja überall, entsteht

daher, daß Menschen, die kein Ideenvermögen haben, zu theoretisieren sich vermessen, weil sie nicht begreifen, daß noch so vieles Wissen hiezu nicht berechtigt. Sie gehen im Anfange wohl mit einem löblichen Menschenverstand zu Werke, dieser aber hat seine Grenzen, und wenn er sie überschreitet, kommt er in Gefahr, absurd zu werden. Des Menschenverstandes angewiesenes Gebiet und Erbteil ist der Bezirk des Tuns und Handelns. Tätig wird er sich selten verirren; das höhere Denken, Schließen und Urteilen jedoch ist nicht seine Sache. [175]

Die Erfahrung nutzt erst der Wissenschaft, sodann schadet sie, weil die Erfahrung Gesetz und Ausnahme gewahr werden läßt. Der Durchschnitt von beiden gibt keineswegs das Wahre. [176]

Man sagt: zwischen zwei entgegengesetzten Meinungen liege die Wahrheit mitteninne. Keineswegs! Das Problem liegt dazwischen, das Unschaubare, das ewig tätige Leben in Ruhe gedacht. [177]

Vermächtnis

Kein Wesen kann zu nichts zerfallen,
Das Ew'ge regt sich fort in allen,
Am Sein erhalte dich beglückt!
Das Sein ist ewig, denn Gesetze
Bewahren die lebend'gen Schätze,
Aus welchen sich das All geschmückt.

Das Wahre war schon längst gefunden,
Hat edle Geisterschaft verbunden,
Das alte Wahre, faß es an.
Verdank es, Erdensohn, dem Weisen,
Der ihr die Sonne zu umkreisen
Und dem Geschwister wies die Bahn.

Drittes Buch

Erstes Kapitel

Nach allem diesem und was daraus erfolgen mochte, war nun Wilhelms erstes Anliegen, sich den Verbündeten wieder zu nähern und mit irgendeiner Abteilung derselben irgendwo zusammenzutreffen. Er zog daher sein Täfelchen zu Rat und begab sich auf den Weg, der ihn vor andern ans Ziel zu führen versprach. Weil er aber, den günstigsten Punkt zu erreichen, quer durchs Land gehen mußte, so sah er sich genötigt, die Reise zu Fuße zu machen und das Gepäck hinter sich hertragen zu lassen. Für seinen Gang aber ward er auf jedem Schritte reichlich belohnt, indem er unerwartet ganz allerliebste Gegenden antraf; es waren solche, wie sie das letzte Gebirg gegen die Fläche zu bildet, bebuschte Hügel, die sanften Abhänge haushälterisch benutzt, alle Flächen grün, nirgends etwas Steiles, Unfruchtbares und Ungepflügtes zu sehen. Nun gelangte er zum Haupttale, worein die Seitenwasser sich ergossen; auch dieses war sorgfältig bebaut, anmutig übersehbar, schlanke Bäume bezeichneten die Krümmung des durchziehenden Flusses und einströmender Bäche, und als er die Karte, seinen Wegweiser, vornahm, sah er zu seiner Verwunderung, daß die gezogene Linie dieses Tal gerade durchschnitt und er sich also vorerst wenigstens auf rechtem Weg befinde.

Ein altes, wohlerhaltenes, zu verschiedenen Zeiten erneuertes Schloß zeigte sich auf einem bebuschten Hügel; am Fuße desselben zog ein heiterer Flecken sich hin mit vorstehendem, in die Augen fallendem Wirtshaus; auf letzteres ging er zu und ward zwar freundlich von dem Wirt empfangen, jedoch mit Entschuldigung, daß man ihn ohne Erlaubnis einer Gesellschaft nicht aufnehmen könne, die den ganzen Gasthof auf einige Zeit gemietet habe; deswegen er alle

Sofort nun wende dich nach innen,
Das Zentrum findest du da drinnen,
Woran kein Edler zweifeln mag.
Wirst keine Regel da vermissen,
Denn das selbständige Gewissen
Ist Sonne deinem Sittentag.

Den Sinnen hast du dann zu trauen,
Kein Falsches lassen sie dich schauen,
Wenn dein Verstand dich wach erhält.
Mit frischem Blick bemerke freudig,
Und wandle, sicher wie geschmeidig,
Durch Auen reichbegabter Welt.

Genieße mäßig Füll' und Segen,
Vernunft sei überall zugegen,
Wo Leben sich des Lebens freut.
Dann ist Vergangenheit beständig,
Das Künftige voraus lebendig,
Der Augenblick ist Ewigkeit.

Und war es endlich dir gelungen,
Und bist du vom Gefühl durchdrungen:
Was fruchtbar ist, allein ist wahr;
Du prüfst das allgemeine Walten,
Es wird nach seiner Weise schalten,
Geselle dich zur kleinsten Schar.

Und wie von alters her, im stillen,
Ein Liebewerk, nach eignem Willen,
Der Philosoph, der Dichter schuf;
So wirst du schönste Gunst erzielen:
Denn edlen Seelen vorzufühlen
Ist wünschenswertester Beruf.

Gäste in die ältere, weiter hinauf liegende Herberge verweisen müsse. Nach einer kurzen Unterredung schien der Mann sich zu bedenken und sagte: »Zwar findet sich jetzt niemand im Hause, doch es ist eben Sonnabend, und der Vogt kann nicht lange ausbleiben, der wöchentlich alle Rechnungen berichtigt und seine Bestellungen für das Nächste macht. Wahrlich, es ist eine schickliche Ordnung unter diesen Männern und eine Lust, mit ihnen zu verkehren, ob sie gleich genau sind, denn man hat zwar keinen großen, aber einen sichern Gewinn.« Er hieß darauf den neuen Gast in dem obern großen Vorsaal sich gedulden und, was ferner sich ereignen möchte, abwarten.

Hier fand nun der Herantretende einen weiten, saubern Raum, außer Bänken und Tischen völlig leer; desto mehr verwunderte er sich, eine große Tafel über einer Türe angebracht zu sehen, worauf die Worte in goldnen Buchstaben zu lesen waren: »Ubi homines sunt, modi sunt«; welches wir deutsch erklären, daß da, wo Menschen in Gesellschaft zusammentreten, sogleich die Art und Weise, wie sie zusammen sein und bleiben mögen, sich ausbilde. Dieser Spruch gab unserm Wanderer zu denken, er nahm ihn als gute Vorbedeutung, indem er das hier bekräftigt fand, was er mehrmals in seinem Leben als vernünftig und fördersam erkannt hatte. Es dauerte nicht lange, so erschien der Vogt, welcher, von dem Wirte vorbereitet, nach einer kurzen Unterredung und keinem sonderlichen Ausforschen ihn unter folgenden Bedingungen aufnahm: drei Tage zu bleiben, an allem, was vorgehen möchte, ruhig teilzunehmen und, es geschehe was wolle, nicht nach der Ursache zu fragen, so wenig als beim Abschied nach der Zeche. Das alles mußte der Reisende sich gefallen lassen, weil der Beauftragte in keinem Punkte nachgeben konnte.

Eben wollte der Vogt sich entfernen, als ein Gesang die Treppe herauf scholl; zwei hübsche junge Männer kamen singend heran, denen jener durch ein einfaches Zeichen zu verstehen gab, der Gast sei aufgenommen. Ihren Gesang nicht unterbrechend, begrüßten sie ihn freundlich, duettier-

ten gar anmutig, und man konnte sehr leicht bemerken, daß sie völlig eingeübt und ihrer Kunst Meister seien. Als Wilhelm die aufmerksamste Teilnahme bewies, schlossen sie und fragten: ob ihm nicht auch manchmal ein Lied bei seinen Fußwanderungen einfalle und das er so vor sich hin singe? »Mir ist zwar von der Natur«, versetzte Wilhelm, »eine glückliche Stimme versagt, aber innerlich scheint mir oft ein geheimer Genius etwas Rhythmisches vorzuflüstern, so daß ich mich beim Wandern jedesmal im Takt bewege und zugleich leise Töne zu vernehmen glaube, wodurch denn irgendein Lied begleitet wird, das sich mir auf eine oder die andere Weise gefällig vergegenwärtigt.«
»Erinnert Ihr Euch eines solchen, so schreibt es uns auf«, sagten jene; »wir wollen sehen, ob wir Euren singenden Dämon zu begleiten wissen.« Er nahm hierauf ein Blatt aus seiner Schreibtafel und übergab ihnen folgendes:

Von dem Berge zu den Hügeln,
Niederab das Tal entlang,
Da erklingt es wie von Flügeln,
Da bewegt sich's wie Gesang;
Und dem unbedingten Triebe
Folget Freude, folget Rat;
Und dein Streben, sei's in Liebe,
Und dein Leben sei die Tat.

Nach kurzem Bedenken ertönte sogleich ein freudiger, dem Wanderschritt angemessener Zweigesang, der, bei Wiederholung und Verschränkung immer fortschreitend, den Hörenden mit hinriß; er war im Zweifel, ob dies seine eigne Melodie, sein früheres Thema oder ob sie jetzt erst so angepaßt sei, daß keine andere Bewegung denkbar wäre. Die Sänger hatten sich eine Zeitlang auf diese Weise vergnüglich ergangen, als zwei tüchtige Bursche herantraten, die man an ihren Attributen sogleich für Maurer anerkannte, zwei aber, die ihnen folgten, für Zimmerleute halten mußte. Diese viere, ihr Handwerkszeug sachte niederlegend, horchten dem Gesang und fielen bald gar sicher und entschieden in denselben mit ein, so daß eine vollständige Wandergesellschaft über Berg und Tal dem Gefühl dahinzuschreiten schien und Wilhelm glaubte, nie etwas so Anmutiges, Herz und Sinn Erhebendes vernommen zu haben. Dieser Genuß jedoch sollte noch erhöht und bis zum Letzten gesteigert werden, als eine riesenhafte Figur, die Treppe heraufsteigend, einen starken, festen Tritt mit dem besten Willen kaum zu mäßigen imstande war. Ein schwer bepacktes Reff setzte er sogleich in die Ecke, sich aber auf eine Bank nieder, die zu krachen anfing, worüber die andern lachten, ohne jedoch aus ihrem Gesang zu fallen. Sehr überrascht aber fand sich Wilhelm, als mit einer ungeheuren Baßstimme dieses Enakskind gleichfalls einzufallen begann. Der Saal schütterte, und bedeutend war es, daß er den Refrain an seinem Teile sogleich verändert und zwar dergestalt sang:

»Du im Leben nichts verschiebe;
Sei dein Leben Tat um Tat!«

Ferner konnte man denn auch gar bald bemerken, daß er das Tempo zu einem langsameren Schritt herniederziehe und die übrigen nötige, sich ihm zu fügen. Als man zuletzt geschlossen und sich genugsam befriedigt hatte, warfen ihm die andern vor, als wenn er getrachtet habe, sie irrezumachen. »Keineswegs«, rief er aus, »ihr seid es, die ihr mich irrezumachen gedenkt; aus meinem Schritt wollt ihr mich bringen, der gemäßigt und sicher sein muß, wenn ich mit meiner Bürde bergauf, bergab schreite und doch zuletzt zur bestimmten Stunde eintreffen und euch befriedigen soll.« Einer nach dem andern ging nunmehr zu dem Vogt hinein, und Wilhelm konnte wohl bemerken, daß es auf eine Abrechnung angesehen sei, wornach er sich nun nicht weiter erkundigen durfte. In der Zwischenzeit kamen ein paar muntere, schöne Knaben, eine Tafel in der Geschwindigkeit zu bereiten, mäßig mit Speise und Wein zu besetzen, worauf der heraustretende Vogt sie nunmehr alle sich mit ihm niederzulassen einlud. Die Knaben warteten auf, vergaßen sich aber auch nicht und nahmen stehend ihren Anteil dahin. Wilhelm erinnerte sich ähnlicher Szenen, da er noch unter den Schauspielern hauste, doch schien ihm die gegenwärtige Gesellschaft viel ernster, nicht zum Scherz auf Schein, sondern auf bedeutende Lebenszwecke gerichtet.

Das Gespräch der Handwerker mit dem Vogt belehrte den Gast hierüber aufs klarste. Die vier tüchtigen jungen Leute waren in der Nähe tätig, wo ein gewaltsamer Brand die anmutigste Landstadt in Asche gelegt hatte; nicht weniger hörte man, daß der wackere Vogt mit Anschaffung des Holzes und sonstiger Baumaterialien beschäftigt sei, welches dem Gast um so rätselhafter vorkam, als sämtliche Männer hier nicht wie Einheimische, sondern wie Vorüberwandernde sich in allem übrigen ankündigten. Zum Schlusse der Tafel holte St. Christoph, so nannten sie den Riesen, ein beseitigtes gutes Glas Wein zum Schlaftrunk, und ein heiterer Gesang hielt noch einige Zeit die Gesellschaft für das Ohr zusammen, die dem Blick bereits auseinandergegangen war; worauf denn Wilhelm in ein Zimmer geführt wurde von der anmutigsten Lage. Der Vollmond, eine reiche Flur beleuchtend, war schon herauf und weckte ähnliche und gleiche Erinnerungen in dem Busen unseres Wanderers. Die Geister aller lieben Freunde zogen bei ihm vorüber, besonders aber war ihm Lenardos Bild so lebendig, daß er ihn unmittelbar vor sich zu sehen glaubte. Dies alles gab ihm ein inniges Behagen zur nächtlichen Ruhe, als er durch den wunderlichsten Laut beinahe erschreckt worden wäre. Es klang aus der Ferne her, und doch schien es im Hause selbst zu sein, denn das Haus zitterte manchmal, und die Balken dröhnten, wenn der Ton zu seiner größten Kraft stieg. Wilhelm, der sonst ein zartes Ohr hatte, alle Töne zu unterscheiden, konnte doch sich für nichts bestimmen; er verglich es dem Schnarren einer großen Orgelpfeife, die vor lauter Umfang keinen entschiedenen Ton von sich gibt. Ob dieses Nachtschrecken gegen Morgen nachließ oder ob Wilhelm, nach und nach daran gewöhnt, nicht mehr dafür empfindlich war, ist schwer auszumitteln; genug, er schlief ein und ward von der aufgehenden Sonne anmutig erweckt.

Kaum hatte ihm einer der dienenden Knaben das Frühstück gebracht, als eine Figur hereintrat, die er am Abendtische bemerkt hatte, ohne über deren Eigenschaften klarzuwerden. Es war ein wohlgebauter, breitschultriger, auch behender Mann, der sich durch ausgekramtes Gerät als Barbier ankündigte und sich bereitete, Wilhelmen diesen so erwünschten Dienst zu leisten. Übrigens schwieg er still, und das Geschäft war mit sehr leichter Hand vollbracht, ohne daß er irgendeinen Laut von sich gegeben hätte. Wilhelm begann daher und sprach: »Eure Kunst versteht Ihr meisterlich, und ich wüßte nicht, daß ich ein zarteres Messer jemals an meinen Wangen gefühlt hätte, zugleich scheint Ihr aber die Gesetze der Gesellschaft genau zu beobachten.«

Schalkhaft lächelnd, den Finger auf den Mund legend, schlich der Schweigsame zur Türe hinaus. »Wahrlich!« rief ihm Wilhelm nach, »Ihr seid jener Rotmantel, wo nicht selbst, doch wenigstens gewiß ein Abkömmling; es ist Euer Glück, daß Ihr den Gegendienst von mir nicht verlangen wollt, Ihr würdet Euch dabei schlecht befunden haben.«

Kaum hatte dieser wunderliche Mann sich entfernt, als der bekannte Vogt hereintrat, zur Tafel für diesen Mittag eine Einladung ausrichtend, welche gleichfalls ziemlich seltsam klang: das *Band*, so sagte der Einladende ausdrücklich, heiße den Fremden willkommen, berufe denselben zum Mittagsmahle und freue sich der Hoffnung, mit ihm in ein näheres Verhältnis zu treten.[4] Man erkundigte sich ferner

4 *Der Begriff »das Band« läßt sich durch eine Stelle aus der ersten Fassung der »Wanderjahre« von 1821 (S. 417f.) erklären, die in der Neubearbeitung von 1829 fortgefallen ist. In der ersten Fassung erklärt Friedrich in einem Gespräch mit Wilhelm Meister:*

Weil denn aber, wo Menschen sind, auch Lebensart ist, so sag ich vorläufig von unserer Verfassung nur soviel: wenn zwei der Unsrigen irgendwo zufällig aufeinandertreffen, so verfahren sie nach Stand und Weise, nach Handwerks- und Kunstgebrauch oder sonst nach irgendeiner Sitte ihren gewöhnlichen Bezügen gemäß. Dreie zusammentretend werden auch für eine Einheit gehal-

nach dem Befinden des Gastes und wie er mit der Bewirtung zufrieden sei; der denn von allem, was ihm begegnet war, nur mit Lob sprechen konnte. Freilich hätte er sich gern bei diesem Manne, wie vorher bei dem schweigsamen Barbier, nach dem entsetzlichen Ton erkundigt, der ihn diese Nacht, wo nicht geängstigt, doch beunruhigt hatte; seines Angelöbnisses jedoch eingedenk, enthielt er sich jeder Frage und hoffte, ohne zudringlich zu sein, aus Neigung der Gesellschaft oder zufällig nach seinen Wünschen belehrt zu werden.

Als der Freund sich allein befand, dachte er über die wunderliche Person erst nach, die ihn hatte einladen lassen, und wußte nicht recht, was er daraus machen sollte. Einen oder mehrere Vorgesetzte durch ein Neutrum anzukündigen kam ihm allzu bedenklich vor. Übrigens war es so still um ihn her, daß er nie einen stilleren Sonntag erlebt zu haben glaubte; er verließ das Haus, vernahm aber ein Glockengeläute und ging nach dem Städtchen zu. Die Messe war eben geendigt, und unter den sich herausdrängenden Einwohnern und Landleuten erblickte er drei Bekannte von gestern, einen Zimmergesellen, einen Maurer und einen Knaben. Später bemerkte er unter den protestantischen Gottesverehrern gerade die drei andern. Wie die übrigen ihrer Andacht pflegen mochten, ward nicht bekannt, so viel aber getraute er sich zu schließen, daß in dieser Gesellschaft eine entschiedene Religionsfreiheit obwalte.

Zu Mittag kam demselben am Schloßtore der Vogt entgegen, ihn durch mancherlei Hallen in einen großen Vorsaal zu führen, wo er ihn niedersitzen hieß. Viele Personen gingen vorbei, in einen anstoßenden Saalraum hinein. Die schon bekannten waren darunter zu sehen, selbst St. Christoph schritt vorüber; alle grüßten den Vogt und den Ankömmling. Was dem Freund dabei am meisten auffiel, war, daß er

ten, welche sich selbst regiert; gesellt sich aber ein vierter hinzu, so wählen dreie sogleich das *Band*. Dieses darf nun, es mögen sich so viel zusammengesellen, als wollen, immer nur eine neugewählte Person sein, weil im großen wie im kleinen Mitregenten wechselseits nur hinderlich sind.

nur Handwerker zu sehen glaubte, alle nach gewohnter Weise, aber höchst reinlich gekleidet; wenige, die er allenfalls für Kanzleiverwandte gehalten hätte.

Als nun keine neuen Gäste weiter zudrangen, führte der Vogt unsern Freund durch die stattliche Pforte in einen weitläufigen Saal; dort war eine unübersehbare Tafel gedeckt, an deren unterem Ende er vorbeigeführt wurde, nach oben zu, wo er drei Personen quer vorstehen sah. Aber von welchem Erstaunen ward er ergriffen, als er in die Nähe trat und Lenardo, kaum noch erkannt, ihm um den Hals fiel. Von dieser Überraschung hatte man sich noch nicht erholt, als ein zweiter Wilhelmen gleichfalls feurig und lebhaft umarmte und sich als den wunderlichen Friedrich, Nataliens Bruder, zu erkennen gab. Das Entzücken der Freunde verbreitete sich über alle Gegenwärtigen; ein Freud- und Segensruf erscholl die ganze Tafel her. Auf einmal aber, als man sich gesetzt, ward alles still und das Gastmahl mit einer gewissen Feierlichkeit aufgetragen und eingenommen.

Gegen Ende der Tafel gab Lenardo ein Zeichen, zwei Sänger standen auf, und Wilhelm verwunderte sich sehr, sein gestriges Lied wiederholt zu hören, das wir, der nächsten Folge wegen, hier wieder einzurücken für nötig finden.

Von dem Berge zu den Hügeln,
Niederab das Tal entlang,
Da erklingt es wie von Flügeln,
Da bewegt sich's wie Gesang;
Und dem unbedingten Triebe
Folget Freude, folget Rat;
Und dein Streben, sei's in Liebe,
Und dein Leben sei die Tat.

Kaum hatte dieser Zwiegesang, von einem gefällig mäßigen Chor begleitet, sich zum Ende geneigt, als gegenüber sich zwei andere Sänger ungestüm erhuben, welche mit ernster Heftigkeit das Lied mehr umkehrten als fortsetzten, zur

Verwunderung des Ankömmlings aber sich also vernehmen ließen:

»Denn die Bande sind zerrissen,
Das Vertrauen ist verletzt;
Kann ich sagen, kann ich wissen,
Welchem Zufall ausgesetzt
Ich nun scheiden, ich nun wandern,
Wie die Witwe trauervoll,
Statt dem einen, mit dem andern
Fort und fort mich wenden soll!«

Der Chor, in diese Strophe einfallend, ward immer zahlreicher, immer mächtiger, und doch konnte man die Stimme des heiligen Christoph, vom untern Ende der Tafel her, gar bald unterscheiden. Beinahe furchtbar schwoll zuletzt die Trauer; ein unmutiger Mut brachte, bei Gewandtheit der Sänger, etwas Fugenhaftes in das Ganze, daß es unserm Freunde wie schauderhaft auffiel. Wirklich schienen alle völlig gleichen Sinnes zu sein und ihr eignes Schicksal eben kurz vor dem Aufbruche zu betrauern. Die wundersamsten Wiederholungen, das öftere Wiederaufleben eines beinahe ermattenden Gesanges schien zuletzt dem Bande selbst gefährlich; Lenardo stand auf, und alle setzten sich sogleich nieder, den Hymnus unterbrechend. Jener begann mit freundlichen Worten: »Zwar kann ich euch nicht tadeln, daß ihr euch das Schicksal, das uns allen bevorsteht, immer vergegenwärtigt, um zu demselben jede Stunde bereit zu sein. Haben doch lebensmüde bejahrte Männer den Ihrigen zugerufen: ›Gedenke zu sterben!‹, so dürfen wir lebenslustige jüngere wohl uns immerfort ermuntern und ermahnen mit den heitern Worten: ›Gedenke zu wandern!‹ Dabei ist aber wohlgetan, mit Maß und Heiterkeit dessen zu erwähnen, was man entweder willig unternimmt, oder wozu man sich genötigt glaubt. Ihr wißt am besten, was unter uns fest steht und was beweglich ist; gebt uns dies auch in erfreulichen, aufmunternden Tönen zu genießen, worauf denn dieses Abschiedsglas für diesmal gebracht sei!« Er leerte sodann seinen Becher und setzte sich nieder; die vier Sänger standen sogleich auf und begannen in abgeleiteten, sich anschließenden Tönen:

»Bleibe nicht am Boden heften,
Frisch gewagt und frisch hinaus!
Kopf und Arm mit heitern Kräften,
Überall sind sie zu Haus;
Wo wir uns der Sonne freuen,
Sind wir jede Sorge los.
Daß wir uns in ihr zerstreuen,
Darum ist die Welt so groß.«

Bei dem wiederholenden Chorgesange stand Lenardo auf und mit ihm alle; sein Wink setzte die ganze Tischgesellschaft in singende Bewegung; die unteren zogen, St. Christoph voran, paarweis zum Saale hinaus, und der angestimmte Wandergesang ward immer heiterer und freier; besonders aber nahm er sich sehr gut aus, als die Gesellschaft, in den terrassierten Schloßgärten versammelt, von hier aus das geräumige Tal übersah, in dessen Fülle und Anmut man sich wohl gern verloren hätte. Indessen die Menge sich nach Belieben hier- und dorthin zerstreute, machte man Wilhelmen mit dem dritten Vorsitzenden bekannt. Es war der Amtmann, der das gräfliche, zwischen mehreren Standesherrschaften liegende Schloß dieser Gesellschaft, solange sie hier zu verweilen für gut fände, einzuräumen und ihr vielfache Vorteile zu verschaffen gewußt, dagegen aber auch, als ein kluger Mann, die Anwesenheit so seltener Gäste zu nutzen verstand. Denn indem er für billige Preise seine Fruchtböden auftat und, was sonst noch zu Nahrung und Notdurft erforderlich wäre, zu verschaffen wußte, so wurden bei solcher Gelegenheit längst vernachlässigte Dachreihen umgelegt, Dachstühle hergestellt, Mauern unterfahren, Planken gerichtet und andere Mängel auf den Grad gehoben, daß ein längst vernachlässigtes, in Verfall geratenes Besitztum verblühender Familien den frohen Anblick einer lebendig benutzten Wohnlichkeit gewährte und das Zeugnis gab: Leben schaffe Leben, und wer andern nützlich sei, auch sie ihm zu nutzen in die Notwendigkeit versetze.

Zweites Kapitel

Hersilie an Wilhelm

»Mein Zustand kommt mir vor wie ein Trauerspiel des Alfieri; da die Vertrauten völlig ermangeln, so muß zuletzt alles in Monologen verhandelt werden, und fürwahr, eine Korrespondenz mit Ihnen ist einem Monolog vollkommen gleich; denn Ihre Antworten nehmen eigentlich wie ein Echo unsre Silben nur oberflächlich auf, um sie verhallen zu lassen. Haben Sie auch nur ein einzigmal etwas erwidert, worauf man wieder hätte erwidern können? Parierend, ablehnend sind Ihre Briefe! Indem ich aufstehe, Ihnen entgegenzutreten, so weisen Sie mich wieder auf den Sessel zurück.

Vorstehendes war schon einige Tage geschrieben; nun findet sich ein neuer Drang und Gelegenheit, Gegenwärtiges an Lenardo zu bringen; dort findet Sie's, oder man weiß, Sie zu finden. Wo es Sie aber auch antreffen mag, lautet meine Rede dahin, daß, wenn Sie, nach gelesenem diesem Blatt, nicht gleich vom Sitze aufspringen und als frommer Wanderer sich eilig bei mir einstellen, so erklär ich Sie für den männlichsten aller Männer, d. h. dem die liebenswürdigste aller Eigenschaften unsers Geschlechts völlig abgeht; ich verstehe darunter die Neugierde, die mich eben in dem Augenblick auf das entschiedenste quält.
Kurz und gut! Zu Ihrem Prachtkästchen ist das Schlüsselchen gefunden; das darf aber niemand wissen als ich und Sie. Wie es in meine Hände gekommen, vernehmen Sie nun.

Vor einigen Tagen empfängt unser Gerichtshalter eine Ausfertigung von fremder Behörde, worin gefragt wird, ob nicht ein Knabe sich zu der und der Zeit in der Nachbarschaft aufgehalten, allerlei Streiche verübt und endlich bei einem verwegenen Unternehmen seine Jacke eingebüßt habe.

Wie dieser Schelm nun bezeichnet war, blieb kein Zweifel übrig, es sei jener Fitz, von dem Felix soviel zu erzählen wußte und den er sich so oft als Spielkameraden zurückwünschte.

Nun erbat sich jene Stelle die benannte Kleidung, wenn sie noch vorhanden wäre, weil der in Untersuchung geratene Knabe sich darauf berufe. Von dieser Zumutung spricht nun unser Gerichtshalter gelegentlich und zeigt das Kittelchen vor, eh er es absendet.

Mich treibt ein guter oder böser Geist, in die Brusttasche zu greifen; ein winzig kleines, stachlichtes Etwas kommt mir in die Hand; ich, die ich sonst so apprehensiv, kitzlich und schreckhaft bin, schließe die Hand, schließe sie, schweige, und das Kleid wird fortgeschickt. Sogleich ergreift mich von allen Empfindungen die wunderlichste. Beim ersten verstohlenen Blick seh ich, errat ich, zu Ihrem Kästchen sei es der Schlüssel. Nun gab es wunderliche Gewissenszweifel, mancherlei Skrupel stiegen bei mir auf. Den Fund zu offenbaren, herzugeben war mir unmöglich: was soll es jenen Gerichten, da es dem Freunde so nützlich sein kann! Dann wollte sich mancherlei von Recht und Pflicht wieder auftun, welche mich aber nicht überstimmen konnten.

Da sehen Sie nun, in was für einen Zustand mich die Freundschaft versetzt; ein famoses Organ entwickelt sich plötzlich, Ihnen zuliebe; welch ein wunderlich Ereignis! Möchte das nicht mehr als Freundschaft sein, was meinem Gewissen dergestalt die Waage hält! Wundersam bin ich beunruhigt, zwischen Schuld und Neugier; ich mache mir hundert Grillen und Märchen, was alles daraus erfolgen könnte: mit Recht und Gericht ist nicht zu spaßen. Hersilie, das unbefangene, gelegentlich übermütige Wesen, in einen

Kriminalprozeß verwickelt, denn darauf geht's doch hinaus, und was bleibt mir da übrig, als an den Freund zu denken, um dessentwillen ich das alles leide! Ich habe sonst auch an Sie gedacht, aber mit Pausen, jetzt aber unaufhörlich; jetzt, wenn mir das Herz schlägt und ich ans siebente Gebot denke, so muß ich mich an Sie wenden als den Heiligen, der das Verbrechen veranlaßt und mich auch wohl wieder entbinden kann; und so wird allein die Eröffnung des Kästchens mich beruhigen. Die Neugierde wird doppelt mächtig. Kommen Sie eiligst und bringen das Kästchen mit. Für welchen Richterstuhl eigentlich das Geheimnis gehöre, das wollen wir unter uns ausmachen; bis dahin bleibt es unter uns; niemand wisse darum, es sei auch, wer es sei.

Hier aber, mein Freund, nun schließlich zu dieser Abbildung des Rätsels was sagen Sie? Erinnert es nicht an Pfeile mit Widerhaken? Gott sei uns gnädig! Aber das Kästchen muß zwischen mir und Ihnen erst uneröffnet stehen und dann eröffnet das Weitere selbst befehlen. Ich wollte, es fände sich gar nichts drinnen, und was ich sonst noch wollte und was ich sonst noch alles erzählen könnte – doch sei Ihnen das vorenthalten, damit Sie desto eiliger sich auf den Weg machen.

Und nun mädchenhaft genug noch eine Nachschrift! Was geht aber mich und Sie eigentlich das Kästchen an? Es gehört Felix, der hat's entdeckt, hat sich's zugeeignet, den müssen

wir herbeiholen, ohne seine Gegenwart sollen wir's nicht öffnen.
Und was das wieder für Umstände sind! das schiebt sich und verschiebt sich.
Was ziehen Sie so in der Welt herum? Kommen Sie! bringen Sie den holden Knaben mit, den ich auch einmal wiedersehen möchte.
Und nun geht's da wieder an, der Vater und der Sohn! Tun Sie, was Sie können, aber kommen Sie beide.«

Drittes Kapitel

Vorstehender wunderliche Brief war freilich schon lange geschrieben und hin und wider getragen worden, bis er endlich, der Aufschrift gemäß, diesmal abgegeben werden konnte. Wilhelm nahm sich vor, mit dem ersten Boten, dessen Absendung bevorstand, freundlich, aber ablehnend zu antworten. Hersilie schien die Entfernung nicht zu berechnen, und er war gegenwärtig zu ernstlich beschäftigt, als daß ihn auch nur die mindeste Neugierde, was in jenem Kästchen befindlich sein möchte, hätte reizen dürfen.
Auch gaben ihm einige Unfälle, die den derbsten Gliedern dieser tüchtigen Gesellschaft begegneten, Gelegenheit, sich meisterhaft in der von ihm ergriffenen Kunst zu beweisen. Und wie ein Wort das andere gibt, so folgt noch glücklicher eine Tat aus der andern, und wenn dadurch zuletzt auch wieder Worte veranlaßt werden, so sind diese um so fruchtbarer und geisterhebender. Die Unterhaltungen waren daher so belehrend als ergötzlich, denn die Freunde gaben sich wechselseitig Rechenschaft vom Gange des bisherigen Lernens und Tuns, woraus eine Bildung entstanden war, die sie wechselseitig erstaunen machte, dergestalt daß sie sich untereinander erst selbst wieder mußten kennenlernen.
Eines Abends also fing Wilhelm seine Erzählung an: »Meine Studien als Wundarzt suchte ich sogleich in einer großen

Anstalt der größten Stadt, wo sie nur allein möglich wird, zu fördern; zur Anatomie als Grundstudium wendete ich mich sogleich mit Eifer.

Auf eine sonderbare Weise, welche niemand erraten würde, war ich schon in Kenntnis der menschlichen Gestalt weit vorgeschritten, und zwar während meiner theatralischen Laufbahn; alles genau besehen, spielt denn doch der körperliche Mensch da die Hauptrolle, ein schöner Mann, eine schöne Frau! Ist der Direktor glücklich genug, ihrer habhaft zu werden, so sind Komödien- und Tragödiendichter geborgen. Der losere Zustand, in dem eine solche Gesellschaft lebt, macht ihre Genossen mehr mit der eigentlichen Schönheit der unverhüllten Glieder bekannt als irgendein anderes Verhältnis; selbst verschiedene Kostüms nötigen, zur Evidenz zu bringen, was sonst herkömmlich verhüllt wird. Hievon hätt' ich viel zu sagen, so auch von körperlichen Mängeln, welche der kluge Schauspieler an sich und andern kennen muß, um sie, wo nicht zu verbessern, wenigstens zu verbergen, und auf diese Weise war ich vorbereitet genug, dem anatomischen Vortrag, der die äußern Teile näher kennen lehrte, eine folgerechte Aufmerksamkeit zu schenken; so wie mir denn auch die innern Teile nicht fremd waren, indem ein gewisses Vorgefühl davon mir immer gegenwärtig geblieben war. Unangenehm hindernd war bei dem Studium die immer wiederholte Klage vom Mangel der Gegenstände, über die nicht hinreichende Anzahl der verblichenen Körper, die man zu so hohen Zwecken unter das Messer wünschte. Solche, wo nicht hinreichend, doch in möglichster Zahl zu verschaffen, hatte man harte Gesetze ergehen lassen, nicht allein Verbrecher, die ihr Individuum in jedem Sinne verwirkt, sondern auch andere körperlich, geistig verwahrloste Umgekommene wurden in Anspruch genommen.

Mit dem Bedürfnis wuchs die Strenge und mit dieser der Widerwille des Volks, das in sittlicher und religioser Ansicht seine Persönlichkeit und die Persönlichkeit geliebter Personen nicht aufgeben kann.

Immer weiter aber stieg das Übel, indem die verwirrende Sorge hervortrat, daß man auch sogar für die friedlichen Gräber geliebter Abgeschiedener zu fürchten habe. Kein Alter, keine Würde, weder Hohes noch Niedriges war in seiner Ruhestätte mehr sicher; der Hügel, den man mit Blumen geschmückt, die Inschriften, mit denen man das Andenken zu erhalten getrachtet, nichts konnte gegen die einträgliche Raubsucht schützen; der schmerzlichste Abschied schien aufs grausamste gestört, und indem man sich vom Grabe wegwendete, mußte schon die Furcht empfunden werden, die geschmückten, beruhigten Glieder geliebter Personen getrennt, verschleppt und entwürdigt zu wissen.

Alles dieses kam wiederholt und immer durchgedroschener zur Sprache, ohne daß irgend jemand an ein Hülfsmittel gedacht hätte oder daran hätte denken können, und immer allgemeiner wurden die Beschwerden, als junge Männer, die mit Aufmerksamkeit den Lehrvortrag gehört, sich auch mit Hand und Auge von dem bisher Gesehenen und Vernommenen überzeugen und sich die so notwendige Kenntnis immer tiefer und lebendiger der Einbildungskraft überliefern wollten.

In solchen Augenblicken entsteht eine Art von unnatürlichem wissenschaftlichem Hunger, welcher nach der widerwärtigsten Befriedigung wie nach dem Anmutigsten und Notwendigsten zu begehren aufregt.

Schon einige Zeit hatte ein solcher Aufschub und Aufenthalt die Wissens- und Tatlustigen beschäftigt und unterhalten, als endlich ein Fall, über den die Stadt in Bewegung geriet, eines Morgens das Für und Wider für einige Stunden heftig hervorrief. Ein sehr schönes Mädchen, verwirrt durch unglückliche Liebe, hatte den Tod im Wasser gesucht und gefunden; die Anatomie bemächtigte sich derselbigen; vergebens war die Bemühung der Eltern, Verwandten, ja des Liebhabers selbst, der nur durch falschen Argwohn verdächtig geworden. Die obern Behörden, die soeben das Gesetz geschärft hatten, durften keine Ausnahme bewilligen; auch eilte man, so schnell als möglich die Beute zu benutzen und zur Benutzung zu verteilen.«

Wilhelm, der als nächster Aspirant gleichfalls berufen wurde, fand vor dem Sitze, den man ihm anwies, auf einem saubern Brette, reinlich zugedeckt, eine bedenkliche Aufgabe; denn als er die Hülle wegnahm, lag der schönste weibliche Arm zu erblicken, der sich wohl jemals um den Hals eines Jünglings geschlungen hatte. Er hielt sein Besteck in der Hand und getraute sich nicht, es zu eröffnen; er stand und getraute sich nicht niederzusitzen. Der Widerwille, dieses herrliche Naturerzeugnis noch weiter zu entstellen, stritt mit der Anforderung, welche der wissensbegierige Mann an sich zu machen hat und welcher sämtliche Umhersitzende Genüge leisteten.

In diesen Augenblicken trat ein ansehnlicher Mann zu ihm, den er zwar als einen seltenen, aber immer als einen sehr aufmerksamen Zuhörer und Zuschauer bemerkt und demselben schon nachgefragt hatte; niemand aber konnte nähere Auskunft geben; daß es ein Bildhauer sei, darin war man einig; man hielt ihn aber auch für einen Goldmacher, der in einem großen, alten Hause wohne, dessen erste Flur allein den Besuchenden oder bei ihm Beschäftigten zugänglich, die übrigen sämtlichen Räume jedoch verschlossen seien. Dieser Mann hatte sich Wilhelmen verschiedentlich genähert, war mit ihm aus der Stunde gegangen, wobei er jedoch alle weitere Verbindung und Erklärung zu vermeiden schien.

Diesmal jedoch sprach er mit einer gewissen Offenheit: »Ich sehe, Sie zaudern, Sie staunen das schöne Gebild an, ohne es zerstören zu können; setzen Sie sich über das Gildegefühl hinaus und folgen Sie mir.« Hiemit deckte er den Arm wieder zu, gab dem Saaldiener einen Wink, und beide verließen den Ort. Schweigend gingen sie nebeneinander her, als der Halbbekannte vor einem großen Tore stillestand, dessen Pförtchen er aufschloß und unsern Freund hineinnötigte, der sich sodann auf einer Tenne befand, groß, geräumig, wie wir sie in alten Kaufhäusern sehen, wo die ankommenden Kisten und Ballen sogleich untergefahren werden. Hier standen Gipsabgüsse von Statuen und Büsten, auch Bohlenverschläge gepackt und leer. »Es sieht hier kaufmännisch aus«, sagte der Mann; »der von hier aus mögliche Wassertransport ist für mich unschätzbar.« Dieses alles paßte nun ganz gut zu dem Gewerb eines Bildhauers; ebenso konnte Wilhelm nichts anders finden, als der freundliche Wirt ihn wenige Stufen hinauf in ein geräumiges Zimmer führte, das rings umher mit Hoch- und Flachgebilden, mit größeren und kleineren Figuren, Büsten und wohl auch einzelnen Gliedern der schönsten Gestalten geziert war. Mit Vergnügen betrachtete unser Freund dies alles und horchte gern den belehrenden Worten seines Wirtes, ob er gleich noch eine große Kluft zwischen diesen künstlerischen Arbeiten und den wissenschaftlichen Bestrebungen, von denen sie herkamen, gewahren mußte. Endlich sagte der Hausbesitzer mit einigem Ernst: »Warum ich Sie hierher führe, werden Sie leicht einsehen; diese Türe«, fuhr er fort, indem er sich nach der Seite wandte, »liegt näher an der Saaltüre, woher wir kommen, als Sie denken mögen.« Wilhelm trat hinein und hatte freilich zu erstaunen, als er, statt wie in den vorigen Nachbildung lebender Gestalten zu sehen, hier die Wände durchaus mit anatomischen Zergliederungen ausgestattet fand; sie mochten in Wachs oder sonstiger Masse verfertigt sein, genug, sie hatten durchaus das frische, farbige Ansehen erst fertig gewordener Präparate. »Hier, mein Freund«, sagte der Künstler, »hier sehen Sie schätzenswerte Surrogate für jene Bemühungen, die wir, mit dem Widerwillen der Welt, zu unzeitigen Augenblicken mit Ekel oft und großer Sorgfalt dem Verderben oder einem widerwärtigen Aufbewahren vorbereiten. Ich muß dieses Geschäft im tiefsten Geheimnis betreiben, denn Sie haben gewiß oft schon Männer vom Fach mit Geringschätzung davon reden hören. Ich lasse mich nicht irremachen und bereite etwas vor, welches in der Folge gewiß von großer Einwirkung sein wird. Der Chirurg besonders, wenn er sich zum plastischen Begriff erhebt, wird der ewig fortbildenden

Natur bei jeder Verletzung gewiß am besten zu Hülfe kommen; den Arzt selbst würde ein solcher Begriff bei seinen Funktionen erheben. Doch lassen Sie uns nicht viel Worte machen! Sie sollen in kurzem erfahren, daß Aufbauen mehr belehrt als Einreißen, Verbinden mehr als Trennen, Totes beleben mehr als das Getötete noch weiter töten; kurz also, wollen Sie mein Schüler sein?« Und auf Bejahung legte der Wissende dem Gaste das Knochenskelett eines weiblichen Arms vor, in der Stellung, wie sie jenen vor kurzem vor sich gesehen hatten. »Ich habe«, fuhr der Meister fort, »zu bemerken gehabt, wie Sie der Bänderlehre durchaus Aufmerksamkeit schenkten und mit Recht, denn mit ihnen beginnt sich für uns das tote Knochengerassel erst wieder zu beleben; Hesekiel mußte sein Gebeinfeld sich erst auf diese Weise wieder sammeln und fügen sehen, ehe die Glieder sich regen, die Arme tasten und die Füße sich aufrichten konnten. Hier ist biegsame Masse, Stäbchen und was sonst nötig sein möchte; nun versuchen Sie Ihr Glück.«

Der neue Schüler nahm seine Gedanken zusammen, und als er die Knochenteile näher zu betrachten anfing, sah er, daß diese künstlich von Holz geschnitzt seien. »Ich habe«, versetzte der Lehrer, »einen geschickten Mann, dessen Kunst nach Brote ging, indem die Heiligen und Märtyrer, die er zu schnitzen gewohnt war, keinen Abgang mehr fanden, ihn hab ich darauf geleitet, sich der Skelettbildung zu bemächtigen und solche im großen wie im kleinen naturgemäß zu befördern.«

Nun tat unser Freund sein Bestes und erwarb sich den Beifall des Anleitenden. Dabei war es ihm angenehm, sich zu erproben, wie stark oder schwach die Erinnerung sei, und er fand zu vergnüglicher Überraschung, daß sie durch die Tat wieder hervorgerufen werde; er gewann Leidenschaft für diese Arbeit und ersuchte den Meister, in seine Wohnung aufgenommen zu werden. Hier nun arbeitete er unablässig; auch waren die Knochen und Knöchelchen des Armes in kurzer Zeit gar schicklich verbunden. Von hier aber sollten die Sehnen und Muskeln ausgehen, und es

schien eine völlige Unmöglichkeit, den ganzen Körper auf diese Weise nach allen seinen Teilen gleichmäßig herzustellen. Hiebei tröstete ihn der Lehrer, indem er die Vervielfältigung durch Abformung sehen ließ, da denn das Nacharbeiten, das Reinbilden der Exemplare eben wieder neue Anstrengung, neue Aufmerksamkeit verlangte.

Alles, worein der Mensch sich ernstlich einläßt, ist ein Unendliches; nur durch wetteifernde Tätigkeit weiß er sich dagegen zu helfen; auch kam Wilhelm bald über den Zustand vom Gefühl seines Unvermögens, welches immer eine Art von Verzweiflung ist, hinaus und fand sich behaglich bei der Arbeit. »Es freut mich«, sagte der Meister, »daß Sie sich in diese Verfahrungsart zu schicken wissen und daß Sie mir ein Zeugnis geben, wie fruchtbar eine solche Methode sei, wenn sie auch von den Meistern des Fachs nicht anerkannt wird. Es muß eine Schule geben, und diese wird sich vorzüglich mit Überlieferung beschäftigen; was bisher geschehen ist, soll auch künftig geschehen, das ist gut und mag und soll so sein. Wo aber die Schule stockt, das muß man bemerken und wissen; das Lebendige muß man ergreifen und üben, aber im stillen, sonst wird man gehindert und hindert andere. Sie haben lebendig gefühlt und zeigen es durch Tat, Verbinden heißt mehr als Trennen, Nachbilden mehr als Ansehen.«

Wilhelm erfuhr nun, daß solche Modelle im stillen schon weit verbreitet seien, aber zu größter Verwunderung vernahm er, daß das Vorrätige eingepackt und über See gehen solle. Dieser wackere Künstler hatte sich schon mit Lothario und jenen Befreundeten in Verhältnis gesetzt; man fand die Gründung einer solchen Schule in jenen sich heranbildenden Provinzen ganz besonders am Platze, ja höchst notwendig, besonders unter natürlich gesitteten, wohldenkenden Menschen, für welche die wirkliche Zergliederung immer etwas Kannibalisches hat. »Geben Sie zu, daß der größte Teil von Ärzten und Wundärzten nur einen allgemeinen Eindruck des zergliederten menschlichen Körpers in Gedanken behält und damit auszukommen glaubt, so werden gewiß solche

Modelle hinreichen, die in seinem Geiste nach und nach erlöschenden Bilder wieder anzufrischen und ihm gerade das Nötige lebendig zu erhalten. Ja es kommt auf Neigung und Liebhaberei an, so werden sich die zartesten Resultate der Zergliederungskunst nachbilden lassen. Leistet dies ja schon Zeichenfeder, Pinsel und Grabstichel.«

Hier öffnete er ein Seitenschränkchen und ließ die Gesichtsnerven auf die wundersamste Weise nachgebildet erblicken. »Dies ist leider«, sprach er, »das letzte Kunststück eines abgeschiedenen jungen Gehülfen, der mir die beste Hoffnung gab, meine Gedanken durchzuführen und meine Wünsche nützlich auszubreiten.«

Über die Einwirkung dieser Behandlungsweise nach manchen Seiten hin wurde gar viel zwischen beiden gesprochen, auch war das Verhältnis zur bildenden Kunst ein Gegenstand merkwürdiger Unterhaltung. Ein auffallendes, schönes Beispiel, wie auf diese Weise vorwärts und rückwärts zu arbeiten sei, ergab sich aus diesen Mitteilungen. Der Meister hatte einen schönen Sturz eines antiken Jünglings in eine bildsame Masse abgegossen und suchte nun mit Einsicht die ideelle Gestalt von der Epiderm zu entblößen und das schöne Lebendige in ein reales Muskelpräparat zu verwandeln. »Auch hier finden sich Mittel und Zweck so nahe beisammen, und ich will gern gestehen, daß ich über den Mitteln den Zweck vernachlässigt habe, doch nicht ganz mit eigener Schuld; der Mensch ohne Hülle ist eigentlich der Mensch, der Bildhauer steht unmittelbar an der Seite der Elohim, als sie den unförmlichen, widerwärtigen Ton zu dem herrlichsten Gebilde umzuschaffen wußten; solche göttliche Gedanken muß er hegen, dem Reinen ist alles rein, warum nicht die unmittelbare Absicht Gottes in der Natur? Aber vom Jahrhundert kann man dies nicht verlangen, ohne Feigenblätter und Tierfelle kommt es nicht aus, und das ist noch viel zu wenig. Kaum hatte ich etwas gelernt, so verlangten sie von mir würdige Männer in Schlafröcken und weiten Ärmeln und zahllosen Falten; da wendete ich mich rückwärts, und da ich das, was ich verstand, nicht einmal

zum Ausdruck des Schönen anwenden durfte, so wählte ich, nützlich zu sein, und auch dies ist von Bedeutung. Wird mein Wunsch erfüllt, wird es als brauchbar anerkannt, daß, wie in soviel andern Dingen, Nachbildung und das Nachgebildete der Einbildungskraft und dem Gedächtnis zu Hülfe kommen, da, wo den Menschengeist eine gewisse Frische verläßt, so wird gewiß mancher bildende Künstler sich, wie ich es getan, herumwenden und lieber euch in die Hand arbeiten, als daß er gegen Überzeugung und Gefühl ein widerwärtiges Handwerk treibe.«

Hieran schloß sich die Betrachtung, daß es eben schön sei zu bemerken, wie Kunst und Technik sich immer gleichsam die Waage halten und so nah verwandt immer eine zu der andern sich hinneigt, so daß die Kunst nicht sinken kann, ohne in löbliches Handwerk überzugehen, das Handwerk sich nicht steigern, ohne kunstreich zu werden.

Beide Personen fügten und gewöhnten sich so vollkommen aneinander, daß sie sich nur ungern trennten, als es nötig ward, um ihren eigentlichen großen Zwecken entgegenzugehen.

»Damit man aber nicht glaube«, sagte der Meister, »daß wir uns von der Natur ausschließen und sie verleugnen wollen, so eröffnen wir eine frische Aussicht. Drüben über dem Meere, wo gewisse menschenwürdige Gesinnungen sich immerfort steigern, muß man endlich bei Abschaffung der Todesstrafe weitläufige Kastelle, ummauerte Bezirke bauen, um den ruhigen Bürger gegen Verbrechen zu schützen und das Verbrechen nicht straflos walten und wirken zu lassen. Dort, mein Freund, in diesen traurigen Bezirken, lassen Sie uns dem Äskulap eine Kapelle vorbehalten, dort, so abgesondert wie die Strafe selbst, werde unser Wissen immerfort an solchen Gegenständen erfrischt, deren Zerstückelung unser menschliches Gefühl nicht verletze, bei deren Anblick uns nicht, wie es Ihnen bei jenem schönen, unschuldigen Arm erging, das Messer in der Hand stocke und alle Wißbegierde vor dem Gefühl der Menschlichkeit ausgelöscht werde.«

»Dieses«, sagte Wilhelm, »waren unsre letzten Gespräche, ich sah die wohlgepackten Kisten den Fluß hinabschwimmen, ihnen die glücklichste Fahrt und uns eine gemeinsame frohe Gegenwart beim Auspacken wünschend.«

Unser Freund hatte diesen Vortrag mit Geist und Enthusiasmus wie geführt so geendigt, besonders aber mit einer gewissen Lebhaftigkeit der Stimme und Sprache, die man in der neuern Zeit nicht an ihm gewohnt war. Da er jedoch am Schluß seiner Rede zu bemerken glaubte, daß Lenardo, wie zerstreut und abwesend, das Vorgetragene nicht zu verfolgen schien, Friedrich hingegen gelächelt, einigemal beinahe den Kopf geschüttelt habe, so fiel dem zart empfindenden Mienenkenner eine so geringe Zustimmung bei der Sache, die ihm höchst wichtig schien, dergestalt auf, daß er nicht unterlassen konnte, seine Freunde deshalb zu berufen.

Friedrich erklärte sich hierüber ganz einfach und aufrichtig, er könne das Vornehmen zwar löblich und gut, keineswegs aber für so bedeutend, am wenigsten aber für ausführbar halten. Diese Meinung suchte er durch Gründe zu unterstützen, von der Art, wie sie demjenigen, der für eine Sache eingenommen ist und sie durchzusetzen gedenkt, mehr als man sich vorstellen mag, beleidigend auffällt. Deshalb denn auch unser plastischer Anatom, nachdem er einige Zeit geduldig zuzuhören schien, lebhaft erwiderte:

»Du hast Vorzüge, mein guter Friedrich, die dir niemand leugnen wird, ich am wenigsten, aber hier sprichst du wie gewöhnliche Menschen gewöhnlich; am Neuen sehen sie nur das Seltsame, im Seltenen jedoch alsobald das Bedeutende zu erblicken, dazu gehört schon mehr. Für euch muß erst alles in Tat übergehen, es muß geschehen, als möglich, als wirklich vor Augen treten, und dann laßt ihr es auch gut sein wie etwas anders. Was du vorbringst, hör ich schon zum voraus von Unterrichteten und Laien wiederholen; von jenen aus Vorurteil und Bequemlichkeit, von diesen aus Gleichgültigkeit. Ein Vorhaben wie das ausgesprochene kann vielleicht nur in einer neuen Welt durchgeführt werden, wo der Geist Mut fassen muß, zu einem unerläßlichen

Bedürfnis neue Mittel auszuforschen, weil es an den herkömmlichen durchaus ermangelt. Da regt sich die Erfindung, da gesellt sich die Kühnheit, die Beharrlichkeit der Notwendigkeit hinzu.

Jeder Arzt, er mag mit Heilmitteln oder mit der Hand zu Werke gehen, ist nichts ohne die genauste Kenntnis der äußern und innern Glieder des Menschen, und es reicht keineswegs hin, auf Schulen flüchtige Kenntnis hievon genommen, sich von Gestalt, Lage, Zusammenhang der mannigfaltigsten Teile des unerforschlichen Organismus einen oberflächlichen Begriff gemacht zu haben. Täglich soll der Arzt, dem es Ernst ist, in der Wiederholung dieses Wissens, dieses Anschauens sich zu üben, sich den Zusammenhang dieses lebendigen Wunders immer vor Geist und Auge zu erneuern alle Gelegenheit suchen. Kennte er seinen Vorteil, er würde, da ihm die Zeit zu solchen Arbeiten ermangelt, einen Anatomen in Sold nehmen, der, nach seiner Anleitung, für ihn im stillen beschäftigt, gleichsam in Gegenwart aller Verwicklungen des verflochtensten Lebens, auf die schwierigsten Fragen sogleich zu antworten verstände.

Je mehr man dies einsehen wird, je lebhafter, heftiger, leidenschaftlicher wird das Studium der Zergliederung getrieben werden. Aber in eben dem Maße werden sich die Mittel vermindern; die Gegenstände, die Körper, auf die solche Studien zu gründen sind, sie werden fehlen, seltener, teurer werden, und ein wahrhafter Konflikt zwischen Lebendigen und Toten wird entstehen.

In der alten Welt ist alles Schlendrian, wo man das Neue immer auf die alte, das Wachsende nach starrer Weise behandeln will. Dieser Konflikt, den ich ankündige zwischen Toten und Lebendigen, er wird auf Leben und Tod gehen, man wird erschrecken, man wird untersuchen, Gesetze geben und nichts ausrichten. Vorsicht und Verbot helfen in solchen Fällen nichts; man muß von vorn anfangen. Und das ist's, was mein Meister und ich in den neuen Zuständen zu leisten hoffen, und zwar nichts Neues, es ist schon da; aber das, was jetzo Kunst ist, muß Handwerk werden, was im Besondern geschieht, muß im Allgemeinen möglich werden, und nichts kann sich verbreiten, als was anerkannt ist. Unser Tun und Leisten muß anerkannt werden als das einzige Mittel in einer entschiedenen Bedrängnis, welche besonders große Städte bedroht. Ich will die Worte meines Meisters anführen, aber merkt auf! Er sprach eines Tages im größten Vertrauen:

›Der Zeitungsleser findet Artikel interessant und lustig beinah, wenn er von Auferstehungsmännern erzählen hört. Erst stahlen sie die Körper in tiefem Geheimnis; dagegen stellt man Wächter auf: sie kommen mit gewaffneter Schar, um sich ihrer Beute gewaltsam zu bemächtigen. Und das Schlimmste zum Schlimmen wird sich ereignen, ich darf es nicht laut sagen, denn ich würde, zwar nicht als Mitschuldiger, aber doch als zufälliger Mitwisser in die gefährlichste Untersuchung verwickelt werden, wo man mich in jedem Fall bestrafen müßte, weil ich die Untat, sobald ich sie entdeckt hatte, den Gerichten nicht anzeigte. Ihnen gesteh ich's, mein Freund, in dieser Stadt hat man gemordet, um den dringenden, gut bezahlenden Anatomen einen Gegenstand zu verschaffen. Der entseelte Körper lag vor uns. Ich darf die Szene nicht ausmalen. Er entdeckte die Untat, ich aber auch, wir sahen einander an und schwiegen beide; wir sahen vor uns hin und schwiegen und gingen ans Geschäft. – Und dies ist's, mein Freund, was mich zwischen Wachs und Gips gebannt hat; dies ist's, was gewiß auch Sie bei der Kunst festhalten wird, welche früher oder später vor allen übrigen wird gepriesen werden.‹«

Friedrich sprang auf, schlug in die Hände und wollte des Bravorufens kein Ende machen, so daß Wilhelm zuletzt im Ernst böse wurde. »Bravo!« rief jener aus, »nun erkenne ich dich wieder! Das erstemal seit langer Zeit hast du wieder gesprochen wie einer, dem etwas wahrhaft am Herzen liegt; zum erstenmal hat der Fluß der Rede dich wieder fortgerissen, du hast dich als einen solchen erwiesen, der etwas zu tun und es anzupreisen imstande ist.«

Lenardo nahm hierauf das Wort und vermittelte diese kleine Mißhelligkeit vollkommen. »Ich schien abwesend«, sprach er, »aber nur deshalb, weil ich mehr als gegenwärtig war. Ich erinnerte mich nämlich des großen Kabinetts dieser Art, das ich auf meinen Reisen gesehen und welches mich dergestalt interessierte, daß der Kustode, der, um nach Gewohnheit fertig zu werden, die auswendig gelernte Schnurre herzubeten anfing, gar bald, da er der Künstler selber war, aus der Rolle fiel und sich als einen kenntnisreichen Demonstrator bewies.

Der merkwürdige Gegensatz, im hohen Sommer in kühlen Zimmern, bei schwüler Wärme draußen, diejenigen Gegenstände vor mir zu sehen, denen man im strengsten Winter sich kaum zu nähern getraut. Hier diente bequem alles der Wißbegierde. In größter Gelassenheit und schönster Ordnung zeigte er mir die Wunder des menschlichen Baues und freute sich, mich überzeugen zu können, daß zum ersten Anfang und zu später Erinnerung eine solche Anstalt vollkommen hinreichend sei; wobei denn einem jeden frei bleibe, in der mittlern Zeit sich an die Natur zu wenden und bei schicklicher Gelegenheit sich um diesen oder jenen besondern Teil zu erkundigen. Er bat mich, ihn zu empfehlen. Denn nur einem einzigen, großen, auswärtigen Museum habe er eine solche Sammlung gearbeitet, die Universitäten aber widerstünden durchaus dem Unternehmen, weil die Meister der Kunst wohl Prosektoren, aber keine Proplastiker zu bilden wüßten.

Hiernach hielt ich denn diesen geschickten Mann für den einzigen in der Welt, und nun hören wir, daß ein anderer auf dieselbe Weise bemüht ist; wer weiß, wo noch ein dritter und vierter an das Tageslicht hervortritt. Wir wollen von unsrer Seite dieser Angelegenheit einen Anstoß geben. Die Empfehlung muß von außen herkommen, und in unsern neuen Verhältnissen soll das nützliche Unternehmen gewiß gefördert werden.«

Viertes Kapitel

Des andern Morgens beizeiten trat Friedrich mit einem Hefte in der Hand in Wilhelms Zimmer, und ihm solches überreichend, sprach er: »Gestern abend hatte ich vor allen Euren Tugenden, welche herzuerzählen Ihr umständlich genug wart, nicht Raum, von mir und meinen Vorzügen zu reden, deren ich mich wohl auch zu rühmen habe und die mich zu einem würdigen Mitglied dieser großen Karawane stempeln. Beschaut hier dieses Heft, und Ihr werdet ein Probestück anerkennen.«

Wilhelm überlief die Blätter mit schnellen Blicken und sah, leserlich angenehm, obschon flüchtig geschrieben, die gestrige Relation seiner anatomischen Studien, fast Wort vor Wort, wie er sie abgestattet hatte, weshalb er denn seine Verwunderung nicht bergen konnte.

»Ihr wißt«, erwiderte Friedrich, »das Grundgesetz unsrer Verbindung; in irgendeinem Fache muß einer vollkommen sein, wenn er Anspruch auf Mitgenossenschaft machen will. Nun zerbrach ich mir den Kopf, worin mir's denn gelingen könnte, und wußte nichts aufzufinden, so nahe mir es auch lag, daß mich niemand an Gedächtnis übertreffe, niemand an einer schnellen, leichten, leserlichen Hand. Dieser angenehmen Eigenschaften erinnert Ihr Euch wohl von unsrer theatralischen Laufbahn her, wo wir unser Pulver nach Sperlingen verschossen, ohne daran zu denken, daß ein Schuß, vernünftiger angebracht, auch wohl einen Hasen in die Küche schaffe. Wie oft hab ich nicht ohne Buch souffliert, wie oft in wenigen Stunden die Rollen aus dem Gedächtnis geschrieben! Das war Euch damals recht, Ihr dachtet, es müßte so sein; ich auch, und es wäre mir nicht eingefallen, wie sehr es mir zustatten kommen könne. Der Abbé machte zuerst die Entdeckung; er fand, daß das Wasser auf seine Mühle sei, er versuchte, mich zu üben, und mir gefiel, was mir so leicht ward und einen ernsten Mann befriedigte. Und nun bin ich, wo's not tut, gleich eine ganze Kanzlei, außerdem führen wir noch so eine zweibeinige

Rechenmaschine bei uns, und kein Fürst mit noch soviel Beamten ist besser versehen als unsre Vorgesetzten.«
Heiteres Gespräch über dergleichen Tätigkeiten führte die Gedanken auf andere Glieder der Gesellschaft. »Solltet Ihr wohl denken«, sagte Friedrich, »daß das unnützeste Geschöpf von der Welt, wie es schien, meine Philine, das nützlichste Glied der großen Kette werden wird? Legt ihr ein Stück Tuch hin, stellt Männer, stellt Frauen ihr vors Gesicht: ohne Maß zu nehmen, schneidet sie aus dem Ganzen und weiß dabei alle Flecken und Gehren dergestalt zu nutzen, daß großer Vorteil daraus entsteht, und das alles ohne Papiermaß. Ein glücklicher geistiger Blick lehrt sie das alles, sie sieht den Menschen an und schneidet, dann mag er hingehen, wohin er will, sie schneidet fort und schafft ihm einen Rock auf den Leib wie angegossen. Doch das wäre nicht möglich, hätte sie nicht auch eine Nähterin herangezogen, Montans Lydie, die nun einmal still geworden ist und still bleibt, aber auch reinlich näht wie keine, Stich für Stich wie Perlen, wie gestickt. Das ist nun, was aus den Menschen werden kann; eigentlich hängt so viel Unnützes um uns herum, aus Gewohnheit, Neigung, Zerstreuung und Willkür, ein Lumpenmantel zusammengespettelt. Was die Natur mit uns gewollt, das Vorzüglichste, was sie in uns gelegt, können wir deshalb weder auffinden noch ausüben.«
Allgemeine Betrachtungen über die Vorteile der geselligen Verbindung, die sich so glücklich zusammengefunden, eröffneten die schönsten Aussichten.
Als nun Lenardo sich hierauf zu ihnen gesellte, ward er von Wilhelmen ersucht, auch von sich zu sprechen, von dem Lebensgange, den er bisher geführt, von der Art, wie er sich und andere gefördert, freundliche Nachricht zu erteilen.
»Sie erinnern sich gar wohl, mein Bester«, versetzte Lenardo, »in welchem wundersamen, leidenschaftlichen Zustande Sie mich den ersten Augenblick unserer neuen Bekanntschaft getroffen; ich war versunken, verschlungen in das wunderlichste Verlangen, in eine unwiderstehliche Begierde, es konnte damals nur von der nächsten Stunde die

Rede sein, vom schweren Leiden, das mir bereitet war, das mir selbst zu schärfen ich mich so emsig erwies. Ich konnte Sie nicht bekannt machen mit meinen früheren Jugendzuständen, wie ich jetzt tun muß, um Sie auf den Weg zu führen, der mich hierhergebracht hat.

Unter den frühsten meiner Fähigkeiten, die sich nach und nach durch Umstände entwickelten, tat sich ein gewisser Trieb zum Technischen hervor, welcher jeden Tag durch die Ungeduld genährt wurde, die man auf dem Lande fühlt, wenn man bei größeren Bauten, besonders aber bei kleinen Veränderungen, Anlagen und Grillen ein Handwerk ums andere entbehren muß und lieber ungeschickt und pfuscherhaft eingreift, als daß man sich meistermäßig verspäten ließe. Zum Glück wanderte in unserer Gegend ein Tausendkünstler auf und ab, der, weil er bei mir seine Rechnung fand, mich lieber als irgendeinen Nachbar unterstützte; er richtete mir eine Drechselbank ein, deren er sich bei jedem Besuch mehr zu seinem Zwecke als zu meinem Unterricht zu bedienen wußte. So auch schaffte ich Tischlerwerkzeug an, und meine Neigung zu dergleichen ward erhöht und belebt durch die damals laut ausgesprochene Überzeugung: es könne niemand sich ins Leben wagen, als wenn er es im Notfall durch Handwerkstätigkeit zu fristen verstehe. Mein Eifer ward von den Erziehern nach ihren eigenen Grundsätzen gebilligt; ich erinnere mich kaum, daß ich je gespielt habe, denn alle freien Stunden wurden verwendet, etwas zu wirken und zu schaffen. Ja ich darf mich rühmen, schon als Knabe einen geschickten Schmied durch meine Anforderungen zum Schlösser, Feilenhauer und Uhrmacher gesteigert zu haben.

Das alles zu leisten, mußten denn freilich auch erst die Werkzeuge erschaffen werden, und wir litten nicht wenig an der Krankheit jener Techniker, welche Mittel und Zweck verwechseln, lieber Zeit auf Vorbereitungen und Anlagen verwenden, als daß sie sich recht ernstlich an die Ausführung hielten. Wo wir uns jedoch praktisch tätig erweisen konnten, war bei Auszierung der Parkanlagen, deren kein

Gutsbesitzer mehr entbehren durfte; manche Moos- und Rindenhütte, Knittelbrücken und Bänke zeugten von unserer Emsigkeit, womit wir eine Urbaukunst in ihrer ganzen Roheit mitten in der gebildeten Welt darzustellen eifrig bemüht gewesen.

Dieser Trieb führte mich bei zunehmenden Jahren auf ernstere Teilnahme an allem, was der Welt so nütze und in ihrer gegenwärtigen Lage so unentbehrlich ist, und gab meinen mehrjährigen Reisen ein eigentlichstes Interesse.

Da jedoch der Mensch gewöhnlich auf dem Wege, der ihn herangebracht, fortzuwandern pflegt, so war ich dem Maschinenwesen weniger günstig als der unmittelbaren Handarbeit, wo wir Kraft und Gefühl in Verbindung ausüben; deswegen ich mich auch besonders in solchen abgeschlossenen Kreisen gern aufhielt, wo nach Umständen diese oder jene Arbeit zu Hause war. Dergleichen gibt jeder Vereinigung eine besondere Eigentümlichkeit, jeder Familie, einer kleinen, aus mehreren Familien bestehenden Völkerschaft den entschiedensten Charakter; man lebt in dem reinsten Gefühl eines lebendigen Ganzen.

Dabei hatte ich mir angewöhnt, alles aufzuzeichnen, es mit Figuren auszustatten und so, nicht ohne Aussicht auf künftige Anwendung, meine Zeit löblich und erfreulich zuzubringen.

Diese Neigung, diese ausgebildete Gabe benutzt' ich nun aufs beste bei dem wichtigen Auftrag, den mir die Gesellschaft gab, den Zustand der Gebirgsbewohner zu untersuchen und die brauchbaren Wanderlustigen mit in unsern Zug aufzunehmen. Mögen Sie nun den schönen Abend, wo mich mannigfaltige Geschäfte drängen, mit Durchlesung eines Teils meines Tagebuchs zubringen? Ich will nicht behaupten, daß es gerade angenehm zu lesen sei; mir schien es immer unterhaltend und gewissermaßen unterrichtend. Doch wir bespiegeln ja uns immer selbst in allem, was wir hervorbrachten.«

Fünftes Kapitel

Lenardos Tagebuch

Montag, den 15.

Tief in der Nacht war ich nach mühsam erstiegener halber Gebirgshöhe eingetroffen in einer leidlichen Herberge und ward schon vor Tagesanbruch aus erquicklichem Schlaf durch ein andauerndes Schellen- und Glockengeläute zu meinem großen Verdruß aufgeweckt. Eine große Reihe Saumrosse zog vorbei, eh ich mich hätte ankleiden und ihnen zuvoreilen können. Nun erfuhr ich auch, meinen Weg antretend, gar bald, wie unangenehm und verdrießlich solche Gesellschaft sei. Das monotone Geläute betäubt die Ohren; das zu beiden Seiten weit über die Tiere hinausreichende Gepäck (sie trugen diesmal große Säcke Baumwolle) streift bald einerseits an die Felsen, und wenn das Tier, um dieses zu vermeiden, sich gegen die andere Seite zieht, so schwebt die Last über dem Abgrund, dem Zuschauer Sorge und Schwindel erregend, und, was das Schlimmste ist, in beiden Fällen bleibt man gehindert, an ihnen vorbeizuschleichen und den Vortritt zu gewinnen.

Endlich gelangt' ich an der Seite auf einen freien Felsen, wo St. Christoph, der mein Gepäck kräftig einhertrug, einen Mann begrüßte, welcher stille dastehend den vorbeiziehenden Zug zu mustern schien. Es war auch wirklich der Anführer; nicht nur gehörte ihm eine beträchtliche Zahl der lasttragenden Tiere, andere hatte er nebst ihren Treibern gemietet, sondern er war auch Eigentümer eines geringern Teils der Ware; vornehmlich aber bestand sein Geschäft darin, für größere Kaufleute den Transport der ihrigen treulich zu besorgen. Im Gespräch erfuhr ich von ihm, daß dieses Baumwolle sei, welche aus Mazedonien und Zypern über Triest komme und vom Fuße des Berges auf Maultieren und Saumrossen zu diesen Höhen und weiter bis jenseits des Gebirgs gebracht werde, wo Spinner und Weber in Unzahl durch Täler und Schluchten einen großen Vertrieb gesuchter

Waren ins Ausland vorbereiteten. Die Ballen waren bequemeren Ladens wegen teils anderthalb, teils drei Zentner schwer, welches letztere die volle Last eines Saumtiers ausmacht. Der Mann lobte die Qualität der auf diesem Wege ankommenden Baumwolle, verglich sie mit der von Ost- und Westindien, besonders mit der von Cayenne, als der bekanntesten; er schien von seinem Geschäft sehr gut unterrichtet, und da es mir auch nicht ganz unbekannt geblieben war, so gab es eine angenehme und nützliche Unterhaltung. Indessen war der ganze Zug vor uns vorüber, und ich erblickte nur mit Widerwillen auf dem in die Höhe sich schlängelnden Felsweg die unabsehliche Reihe dieser bepackten Geschöpfe, hinter denen her man schleichen und in der herankommenden Sonne zwischen Felsen braten sollte. Indem ich mich nun gegen meinen Boten darüber beschwerte, trat ein untersetzter, munterer Mann zu uns heran, der auf einem ziemlich großen Reff eine verhältnismäßig leichte Bürde zu tragen schien. Man begrüßte sich, und es war gar bald am derben Händeschütteln zu sehen, daß St. Christoph und dieser Ankömmling einander wohl bekannt seien; da erfuhr ich denn sogleich über ihn folgendes. Für die entfernteren Gegenden im Gebirge, woher zu Markte zu gehen für jeden einzelnen Arbeiter zu weit wäre, gibt es eine Art von untergeordnetem Handelsmann oder Sammler, welcher *Garnträger* genannt wird. Dieser steigt nämlich durch alle Täler und Winkel, betritt Haus für Haus, bringt den Spinnern Baumwolle in kleinen Partien, tauscht dagegen Garn ein oder kauft es, von welcher Qualität es auch sein möge, und überläßt es dann wieder mit einigem Profit im größern an die unterhalb ansässigen Fabrikanten.

Als nun die Unbequemlichkeit, hinter den Maultieren herzuschlendern, abermals zur Sprache kam, lud mich der Mann sogleich ein, mit ihm ein Seitental hinabzusteigen, das gerade hier von dem Haupttale sich trennte, um die Wasser nach einer andern Himmelsgegend hinzuführen. Der Entschluß war bald gefaßt, und nachdem wir mit einiger

Anstrengung einen etwas steilen Gebirgskamm überstiegen hatten, sahen wir die jenseitigen Abhänge vor uns, zuerst höchst unerfreulich; das Gestein hatte sich verändert und eine schiefrige Lage genommen; keine Vegetation belebte Fels und Gerölle, und man sah sich von einem schroffen Niederstieg bedroht. Quellen rieselten von mehreren Seiten zusammen; man kam sogar an einem mit schroffen Felsen umgebenen kleinen See vorbei. Endlich traten einzeln und dann mehr gesellig Fichten, Lärchen und Birken hervor, dazwischen sodann zerstreute ländliche Wohnungen, freilich von der kärglichsten Sorte, jede von ihren Bewohnern selbst zusammengezimmert aus verschränkten Balken, die großen, schwarzen Schindeln der Dächer mit Steinen beschwert, damit sie der Wind nicht wegführe. Unerachtet dieser äußern traurigen Ansicht war der beschränkte innere Raum doch nicht unangenehm; warm und trocken, auch reinlich gehalten, paßte er gar gut zu dem frohen Aussehen der Bewohner, bei denen man sich alsobald ländlich gesellig fühlte.

Der Garnträger schien erwartet, auch hatte man ihm aus dem kleinen Schiebefenster entgegengesehen, denn er war gewohnt, wo möglich immer an demselben Wochentage zu kommen; er handelte das Gespinst ein, teilte frische Baumwolle aus; dann ging es rasch hinabwärts, wo mehrere Häuser in geringer Entfernung nahe stehen. Kaum erblickt man uns, so laufen die Bewohner begrüßend zusammen, Kinder drängen sich hinzu und werden mit einem Eierbrot, auch einer Semmel hoch erfreut. Das Behagen war überall groß und vermehrt, als sich zeigte, daß St. Christoph auch dergleichen aufgepackt und also gleichfalls die Freude hatte, den kindlichsten Dank einzuernten; um so angenehmer für ihn, als er sich, wie sein Geselle, mit dem kleinen Volke gar wohl zu betun wußte.

Die Alten dagegen hielten gar mancherlei Fragen bereit; vom Krieg wollte jedermann wissen, der glücklicherweise sehr entfernt geführt wurde und auch näher solchen Gegenden kaum gefährlich gewesen wäre. Sie freuten sich jedoch des

Friedens, obgleich in Sorge wegen einer andern drohenden Gefahr; denn es war nicht zu leugnen, das Maschinenwesen vermehre sich immer im Lande und bedrohe die arbeitsamen Hände nach und nach mit Untätigkeit. Doch ließen sich allerlei Trost- und Hoffnungsgründe beibringen.

Unser Mann wurde dazwischen wegen manches Lebensfalles um Rat gefragt, ja sogar mußte er sich nicht allein als Hausfreund, sondern auch als Hausarzt zeigen; Wundertropfen, Salze, Balsame führte er jederzeit bei sich.

In die verschiedenen Häuser eintretend, fand ich Gelegenheit, meiner alten Liebhaberei nachzuhängen und mich von der Spinnertechnik zu unterrichten. Ich ward aufmerksam auf Kinder, welche sich sorgfältig und emsig beschäftigten, die Flocken der Baumwolle auseinanderzuzupfen und die Samenkörner, Splitter von den Schalen der Nüsse, nebst andern Unreinigkeiten wegzunehmen; sie nennen es *erlesen*. Ich fragte, ob das nur das Geschäft der Kinder sei, erfuhr aber, daß es in Winterabenden auch von Männern und Brüdern unternommen werde.

Rüstige Spinnerinnen zogen sodann, wie billig, meine Aufmerksamkeit auf sich; die Vorbereitung geschieht folgendermaßen: Es wird die erlesene oder gereinigte Baumwolle auf die Karden, welche in Deutschland Krempel heißen, gleich ausgeteilt, gekardet, wodurch der Staub davon geht und die Haare der Baumwolle einerlei Richtung erhalten, dann abgenommen, zu Locken festgewickelt und so zum Spinnen am Rad zubereitet.

Man zeigte mir dabei den Unterschied zwischen links- und rechtsgedrehtem Garn; jenes ist gewöhnlich feiner und wird dadurch bewirkt, daß man die Saite, welche die Spindel dreht, um den Wirtel verschränkt, wie die Zeichnung nebenbei deutlich macht (die wir leider wie die übrigen nicht mitgeben können).

Die Spinnende sitzt vor dem Rade, nicht zu hoch; mehrere hielten dasselbe mit übereinandergelegten Füßen in festem Stande, andere nur mit dem rechten Fuß, den linken zurücksetzend. Mit der rechten Hand dreht sie die Scheibe und

langt aus, so weit und so hoch sie nur reichen kann, wodurch schöne Bewegungen entstehen und eine schlanke Gestalt sich durch zierliche Wendung des Körpers und runde Fülle der Arme gar vorteilhaft auszeichnet; die Richtung besonders der letzten Spinnweise gewährt einen sehr malerischen Kontrast, so daß unsere schönsten Damen an wahrem Reiz und Anmut zu verlieren nicht fürchten dürften, wenn sie einmal anstatt der Gitarre das Spinnrad handhaben wollten.
In einer solchen Umgebung drängten sich neue, eigene Gefühle mir auf; die schnurrenden Räder haben eine gewisse Beredsamkeit, die Mädchen singen Psalmen, auch, obwohl seltener, andere Lieder.
Zeisige und Stieglitze, in Käfigen aufgehangen, zwitschern dazwischen, und nicht leicht möchte ein Bild regeren Lebens gefunden werden als in einer Stube, wo mehrere Spinnerinnen arbeiten.
Dem beschriebenen Rädligarn ist jedoch das Briefgarn vorzuziehen; hierzu wird die beste Baumwolle genommen, welche längere Haare hat als die andere. Ist sie rein gelesen, so bringt man sie, anstatt zu krempeln, auf Kämme, welche aus einfachen Reihen langer, stählerner Nadeln bestehen, und kämmt sie; alsdann wird das längere und feinere Teil derselben mit einem stumpfen Messer bänderweise (das Kunstwort heißt ›ein Schnitz‹) abgenommen, zusammengewickelt und in eine Papierdüte getan und diese nachher an der Kunkel befestigt. Aus einer solchen Düte nun wird mit der Spindel von der Hand gesponnen, daher heißt es aus dem Brief spinnen und das gewonnene Garn Briefgarn.
Dieses Geschäft, welches nur von ruhigen, bedächtigen Personen getrieben wird, gibt der Spinnerin ein sanfteres Ansehen als das am Rade; kleidet dies letzte eine große, schlanke Figur zum besten, so wird durch jenes eine ruhige, zarte Gestalt gar sehr begünstigt. Dergleichen verschiedene Charaktere, verschiedenen Arbeiten zugetan, erblickte ich mehrere in *einer* Stube und wußte zuletzt nicht recht, ob ich

meine Aufmerksamkeit der Arbeit oder den Arbeiterinnen zu widmen hätte.

Leugnen aber dürft' ich nicht sodann, daß die Bergbewohnerinnen, durch die seltenen Gäste aufgeregt, sich freundlich und gefällig erwiesen. Besonders freuten sie sich, daß ich mich nach allem so genau erkundigte, was sie mir vorsprachen, bemerkte, ihre Gerätschaften und einfaches Maschinenwerk zeichnete, ja selbst ihre Arme, Hände und hübschen Glieder mit Zierlichkeit flüchtig abschilderte, wie hier neben zu sehen sein sollte. Auch ward, als der Abend hereintrat, die vollbrachte Arbeit vorgewiesen, die vollen Spindeln in dazu bestimmten Kästchen beiseite gelegt und das ganze Tagewerk sorgfältig aufgehoben. Nun war man schon bekannter geworden, die Arbeit jedoch ging ihren Gang; nun beschäftigte man sich mit dem Haspeln und zeigte schon viel freier teils die Maschine, teils die Behandlung vor, und ich schrieb sorgfältig auf.

Der Haspel hat Rad und Zeiger, so daß sich bei jedesmaligem Umdrehen eine Feder hebt, welche niederschlägt, sooft hundert Umgänge auf den Haspel gekommen sind. Man nennt nun die Zahl von tausend Umgängen einen Schneller, nach deren Gewicht die verschiedene Feine des Garns gerechnet wird.

Rechtsgedreht Garn gehen 25 bis 30 auf ein Pfund, linksgedreht 60 bis 80, vielleicht auch 90. Der Umgang des Haspels wird ungefähr sieben Viertel Ellen oder etwas mehr betragen, und die schlanke, fleißige Spinnerin behauptete, 4, auch 5 Schneller, das wären 5000 Umgänge, also 8 bis 9000 Ellen Garn, täglich am Rad zu spinnen; sie erbot sich zur Wette, wenn wir noch einen Tag bleiben wollten.

Darauf konnte denn doch die stille und bescheidene Briefspinnerin es nicht ganz lassen und versicherte: daß sie aus dem Pfund 120 Schneller spinne in verhältnismäßiger Zeit. (Briefgarnspinnen geht nämlich langsamer als Spinnen am Rade, wird auch besser bezahlt. Vielleicht spinnt man am Rade wohl das Doppelte.) Sie hatte eben die Zahl der Umgänge auf dem Haspel voll und zeigte mir, wie nun das

Ende des Fadens ein paarmal umgeschlagen und geknüpft werde; sie nahm den Schneller ab, drehte ihn so, daß er in sich zusammenlief, zog das eine Ende durch das andere durch und konnte das Geschäft der geübten Spinnerin als vollbracht mit unschuldiger Selbstgefälligkeit vorzeigen.
Da nun hier weiter nichts zu bemerken war, stand die Mutter auf und sagte: da der junge Herr doch alles zu sehen wünsche, so wolle sie ihm nun auch die Trockenweberei zeigen. Sie erklärte mir mit gleicher Gutmütigkeit, indem sie sich an den Weberstuhl setzte, wie sie nur diese Art handhabten, weil sie eigentlich allein für grobe Kattune gelte, wo der Einschlag trocken eingetragen und nicht sehr dicht geschlagen wird; sie zeigte mir denn auch solche trockene Ware; diese ist immer glatt, ohne Streifen und Quadrate oder sonst irgendein Abzeichen, und nur fünf bis fünfeinhalbes Viertel Elle breit.
Der Mond leuchtete hell vom Himmel, und unser Garnträger bestand auf einer weitern Wallfahrt, weil er Tag und Stunde halten und überall richtig eintreffen müsse; die Fußpfade seien gut und klar, besonders bei solcher Nachtfackel. Wir von unserer Seite erheiterten den Abschied durch seidene Bänder und Halstücher, dergleichen Ware St. Christoph ein ziemliches Paket mit sich trug; das Geschenk wurde der Mutter gegeben, um es an die Ihrigen zu verteilen.

Dienstag, den 16. früh.

Die Wanderung durch eine herrlich klare Nacht war voll Anmut und Erfreulichkeit; wir gelangten zu einer etwas größern Hüttenversammlung, die man vielleicht hätte ein Dorf nennen dürfen; in einiger Entfernung davon auf einem freien Hügel stand eine Kapelle, und es fing schon an, wohnlicher und menschlicher auszusehen. Wir kamen an Umzäunungen vorbei, die zwar auf keine Gärten, aber doch auf spärlichen, sorgfältig gehüteten Wieswachs hindeuteten.
Wir waren an einen Ort gelangt, wo neben dem Spinnen das Weben ernstlicher getrieben wird.

Unsere gestrige Tagesreise, bis in die Nacht hinein verlängert, hatte die rüstigen und jugendlichen Kräfte aufgezehrt; der Garnträger bestieg den Heuboden, und ich war eben im Begriff, ihm zu folgen, als St. Christoph mir sein Reff befahl und zur Türe hinausging. Ich kannte seine löbliche Absicht und ließ ihn gewähren.

Des andern Morgens jedoch war das erste, daß die Familie zusammenlief und den Kindern streng verboten ward, nicht aus der Türe zu gehen, indem ein greulicher Bär oder sonst ein Ungetüm in der Nähe sich aufhalten müsse, denn es habe die Nacht über von der Kapelle her dergestalt gestöhnt und gebrummt, daß Felsen und Häuser hier hüben hätten erzittern mögen, und man riet, bei unserer heutigen längeren Wanderung wohl auf der Hut zu sein. Wir suchten die guten Leute möglichst zu beruhigen, welches in dieser Einöde jedoch schwer erschien.

Der Garnträger erklärte nunmehr, daß er eiligst sein Geschäft abtun und alsdann kommen wolle, uns abzuholen, denn wir hätten heute einen langen und beschwerlichen Weg vor uns, weil wir nicht mehr so im Tale nur hinabschlendern, sondern einen vorgeschobenen Gebirgsriegel mühsam überklettern würden. Ich entschloß mich daher, die Zeit so gut als möglich zu nutzen und mich von unsern guten Wirtsleuten in die Vorhalle des Webens einführen zu lassen.

Beide waren ältliche Leute, in späteren Tagen noch mit zwei, drei Kindern gesegnet; religiose Gefühle und ahnungsvolle Vorstellungen ward man an ihrer Umgebung, Tun und Reden gar bald gewahr. Ich kam gerade zum Anfang einer solchen Arbeit, dem Übergang vom Spinnen zum Weben, und da ich zu keiner weitern Zerstreuung Anlaß fand, so ließ ich mir das Geschäft, wie es eben gerade im Gange war, in meine Schreibtafel gleichsam diktieren.

Die erste Arbeit, das Garn zu leimen, war gestern verrichtet. Man siedet solches in einem dünnen Leimwasser, welches aus Stärkemehl und etwas Tischlerleim besteht, wodurch die Fäden mehr Halt bekommen. Früh waren die Garnstränge schon trocken, und man bereitete sich zu spulen, nämlich das Garn am Rade auf Rohrspulen zu winden. Der alte Großvater, am Ofen sitzend, verrichtete diese leichte Arbeit, ein Enkel stand neben ihm und schien begierig, das Spulrad selbst zu handhaben. Indessen steckte der Vater die Spulen, um zu zetteln, auf einen mit Querstäben abgeteilten Rahmen, so daß sie sich frei um perpendikulär stehende starke Drähte bewegten und den Faden ablaufen ließen. Sie werden mit gröberm und feinerm Garn in der Ordnung aufgesteckt, wie das Muster oder vielmehr die Striche im Gewebe es erfordern. Ein Instrument (*das Brittli*), ungefähr wie ein Sistrum gestaltet, hat Löcher auf beiden Seiten, durch welche die Fäden gezogen sind; dieses befindet sich in der Rechten des Zettlers, mit der Linken faßt er die Fäden zusammen und legt sie, hin und wider gehend, auf den Zettelrahmen. Einmal von oben herunter und von unten herauf heißt ein Gang, und nach Verhältnis der Dichtigkeit und Breite des Gewebes macht man viele Gänge. Die Länge beträgt entweder 64 oder nur 32 Ellen. Beim Anfang eines jeden Ganges legt man mit den Fingern der linken Hand immer einen oder zwei Fäden herauf und ebensoviel herunter und nennt solches die *Rispe*; so werden die verschränkten Fäden über die zwei oben an dem Zettelrahmen angebrachten Nägel gelegt. Dieses geschieht, damit der Weber die Fäden in gehörig gleicher Ordnung erhalten kann. Ist man mit dem Zetteln fertig, so wird das Gerispe unterbunden und dabei ein jeder Gang besonders abgeteilt, damit sich nichts verwirren kann; sodann werden mit aufgelöstem Grünspan am letzten Gang *Male* gemacht, damit der Weber das gehörige Maß wieder bringe; endlich wird abgenommen, das Ganze in Gestalt eines großen Knäuels aufgewunden, welcher die *Werfte* genannt wird.

Mittwoch, den 17.

Wir waren früh vor Tage aufgebrochen und genossen eines herrlichen verspäteten Mondscheins. Die hervorbrechende Helle, die aufgehende Sonne ließ uns ein besser bewohntes und bebautes Land sehen. Hatten wir oben, um über Bäche zu kommen, Schrittsteine oder zuweilen einen schmalen Steg, nur an der einen Seite mit Lehne versehen, angetroffen, so waren hier schon steinerne Brücken über das immer breiter werdende Wasser geschlagen; das Anmutige wollte sich nach und nach mit dem Wilden gatten, und ein erfreulicher Eindruck ward von den sämtlichen Wanderern empfunden.

Über den Berg herüber, aus einer andern Flußregion, kam ein schlanker, schwarzlockiger Mann hergeschritten und rief schon von weitem, als einer, der gute Augen und eine tüchtige Stimme hat: »Grüß Euch Gott, Gevatter Garnträger!« Dieser ließ ihn näher herankommen, dann rief auch er mit Verwunderung: »Dank Euch Gott, Gevatter Geschirrfasser! Woher des Landes? welche unerwartete Begegnung!« Jener antwortete herantretend: »Schon zwei Monate schreit ich im Gebirg herum, allen guten Leuten ihr Geschirr zurechtzumachen und ihre Stühle so einzurichten, daß sie wieder eine Zeitlang ungestört fortarbeiten können.« Hierauf sprach der Garnträger, sich zu mir wendend: »Da Ihr, junger Herr, soviel Lust und Liebe zu dem Geschäft beweist und Euch sorgfältig drum bekümmert, so kommt dieser Mann gerade zur rechten Zeit, den ich Euch in diesen Tagen schon still herbeigewünscht hatte, er würde Euch alles besser erklärt haben als die Mädchen mit allem guten Willen; er ist Meister in seinem Geschäft und versteht, was zur Spinnerei und Weberei und dergleichen gehört, vollkommen anzugeben, auszuführen, zu erhalten, wiederherzustellen, wie es not tut und es jeder nur wünschen mag.«

Ich besprach mich mit ihm und fand einen sehr verständigen, in gewissem Sinne gebildeten, seiner Sache völlig gewachsenen Mann, indem ich einiges, was ich dieser Tage gelernt hatte, mit ihm wiederholte und einige Zweifel zu lösen bat; auch sagt' ich ihm, was ich gestern schon von den Anfängen der Weberei gesehen. Jener rief dagegen freudig aus: »Das ist recht erwünscht, da komm ich gerade zur rechten Zeit, um einem so werten, lieben Herrn über die älteste und herrlichste Kunst, die den Menschen eigentlich zuerst vom Tiere unterscheidet, die nötige Auskunft zu geben. Wir gelangen heute gerade zu guten und geschickten Leuten, und ich will nicht Geschirrfasser heißen, wenn Ihr nicht sogleich das Handwerk so gut fassen sollt wie ich selbst.«

Ihm wurde freundlicher Dank gezollt, das Gespräch mannigfaltig fortgesetzt, und wir gelangten, nach einigem Rasten und Frühstück, zu einer zwar auch unter- und übereinander, doch besser gebauten Häusergruppe. Er wies uns an das beste. Der Garnträger ging mit mir und St. Christoph nach Abrede zuerst hinein, sodann aber, nach den ersten Begrüßungen und einigen Scherzen, folgte der Schirrfasser, und es war auffallend, daß sein Hereintreten eine freudige Überraschung in der Familie hervorbrachte. Vater, Mutter, Töchter und Kinder versammelten sich um ihn; einem am Weberstuhl sitzenden, wohlgebildeten Mädchen stockte das Schiffchen in der Hand, das just durch den Zettel durchfahren sollte, ebenso hielt sie auch den Tritt an, stand auf und kam später, mit langsamer Verlegenheit ihm die Hand zu reichen. Beide, der Garnträger sowohl als der Schirrfasser, setzten sich bald durch Scherz und Erzählung wieder in das alte Recht, welches Hausfreunden gebührt, und nachdem man sich eine Zeitlang gelabt, wendete sich der wackere Mann zu mir und sagte: »Sie, mein guter Herr, dürfen wir über diese Freude des Wiedersehens nicht hintansetzen: wir können noch tagelang miteinander schnacken; Sie müssen morgen fort. Lassen wir den Herrn in das Geheimnis unserer Kunst sehen; Leimen und Zetteln kennt er, zeigen wir ihm das übrige vor, die Jungfrauen da sind mir ja wohl behülflich. Ich sehe, an diesem Stuhl ist man beim Aufwinden.« Das Geschäft war der jüngeren, zu der sie traten. Die ältere setzte sich wieder an ihren Weberstuhl und verfolgte mit stiller, liebevoller Miene ihre lebhafte Arbeit.

Ich betrachtete nun sorgfältig das *Aufwinden*. Zu diesem Zweck läßt man die Gänge des Zettels nach der Ordnung durch einen großen *Kamm* laufen, der eben die Breite des

Weberbaums hat, auf welchen aufgewunden werden soll; dieser ist mit einem Einschnitt versehen, worin ein rundes Stäbchen liegt, welches durch das Ende des Zettels durchgesteckt und in dem Einschnitt befestigt wird. Ein kleiner Junge oder Mädchen sitzt unter dem Weberstuhle und hält den Strang des Zettels stark an, während die Weberin den Weberbaum an einem Hebel gewaltsam umdreht und zugleich achtgibt, daß alles in der Ordnung zu liegen komme. Wenn alles aufgewunden ist, so werden durch die *Rispe* ein runder und zwei flache Stäbe, *Schienen*, gestoßen, damit sie sich halte, und nun beginnt das Eindrehen.

Vom alten Gewebe ist noch etwa eine Viertelelle am zweiten Weberbaum übriggeblieben, und von diesem laufen etwa drei Viertelellen lang die Fäden durch das *Blatt* in der *Lade* sowohl als durch die *Flügel* des *Geschirrs*. An diese Fäden nun dreht die Weberin die Fäden des neuen Zettels, einen um den andern, sorgfältig an, und wenn sie fertig ist, wird alles Angedrehte auf einmal durchgezogen, so daß die neuen Fäden bis an den noch leeren vordern Weberbaum reichen; die abgerissenen Fäden werden angeknüpft, der Eintrag auf kleine Spulen gewunden, wie sie ins Weberschiffchen passen, und die letzte Vorbereitung zum Weben gemacht, nämlich geschlichtet.

So lang der Weberstuhl ist, wird der Zettel mit einem Leimwasser, aus Handschuhleder bereitet, vermittelst eingetauchter Bürsten durch und durch angefeuchtet, sodann werden die obengedachten Schienen, die das Gerispe halten, zurückgezogen, alle Fäden aufs genaueste in Ordnung gelegt und alles so lange mit einem an einen Stab gebundenen Gänseflügel gefächelt, bis es trocken ist, und nun kann das Weben begonnen und fortgesetzt werden, bis es wieder nötig wird zu schlichten.

Das Schlichten und Fächeln ist gewöhnlich jungen Leuten überlassen, welche zu dem Webergeschäft herangezogen werden, oder in der Muße der Winterabende leistet ein Bruder oder ein Liebhaber der hübschen Weberin diesen

Dienst, oder diese machen wenigstens die kleinen Spülchen mit dem Eintragsgarn.
Feine Musseline werden naß gewebt, nämlich der Strang des Einschlagegarns wird in Leimwasser getaucht, noch naß auf die kleinen Spulen gewunden und sogleich verarbeitet, wodurch sich das Gewebe gleicher schlagen läßt und klarer erscheint.

Donnerstag, den 18.

Ich fand überhaupt etwas Geschäftiges, unbeschreiblich Belebtes, Häusliches, Friedliches in dem ganzen Zustand einer solchen Weberstube; mehrere Stühle waren in Bewegung, da gingen noch Spinn- und Spulräder, und am Ofen saßen die Alten mit den besuchenden Nachbarn oder Bekannten trauliche Gespräche führend. Zwischendurch ließ sich wohl auch Gesang hören, meistens Ambrosius Lobwassers vierstimmige Psalmen, seltener weltliche Lieder; dann bricht auch wohl ein fröhlich schallendes Gelächter der Mädchen aus, wenn Vetter Jakob einen witzigen Einfall gesagt hat.
Eine recht flinke und zugleich fleißige Weberin kann, wenn sie Hülfe hat, allenfalls in einer Woche ein Stück von 32 Ellen nicht gar zu feine Musseline zustande bringen; es ist aber sehr selten, und bei einigen Hausgeschäften ist solches gewöhnlich die Arbeit von vierzehn Tagen.
Die Schönheit des Gewebes hängt vom gleichen Auftreten des Webegeschirres ab, vom gleichen Schlag der Lade, wie auch davon, ob der Eintrag naß oder trocken geschieht. Völlig egale und zugleich kräftige Anspannung trägt ebenfalls bei, zu welchem Ende die Weberin feiner baumwollener Tücher einen schweren Stein an den Nagel des vordern Weberbaums hängt. Wenn während der Arbeit das Gewebe kräftig angespannt wird (das Kunstwort heißt *dämmen*), so verlängert es sich merklich, auf 32 Ellen etwa ¾ Ellen und auf 64 etwa 1½ Elle; dieser Überschuß nun gehört der Weberin, wird ihr extra bezahlt, oder sie hebt sich's zu Halstüchern, Schürzen usw. auf.

In der klarsten, sanftesten Mondnacht, wie sie nur in hohen Gebirgszügen obwaltet, saß die Familie mit ihren Gästen vor der Haustüre im lebhaftesten Gespräch, Lenardo in tiefen Gedanken. Schon unter allem dem Weben und Wirken und so manchen handwerklichen Betrachtungen und Bemerkungen war ihm jener von Freund Wilhelm zu seiner Beruhigung geschriebene Brief wieder ins Gedächtnis gekommen. Die Worte, die er so oft gelesen, die Zeilen, die er mehrmals angeschaut, stellten sich wieder seinem innern Sinne dar. Und wie eine Lieblingsmelodie, ehe wir uns versehen, auf einmal dem tiefsten Gehör leise hervortritt, so wiederholte sich jene zarte Mitteilung in der stillen, sich selbst angehörigen Seele.[5]

»Häuslicher Zustand, auf Frömmigkeit gegründet, durch Fleiß und Ordnung belebt und erhalten, nicht zu eng, nicht zu weit, im glücklichsten Verhältnis der Pflichten zu den Fähigkeiten und Kräften. Um sie her bewegt sich ein Kreislauf von Handarbeitenden im reinsten, anfänglichsten Sinne; hier ist Beschränktheit und Wirkung in die Ferne, Umsicht und Mäßigung, Unschuld und Tätigkeit.«

Aber diesmal mehr aufregend als beschwichtigend war die Erinnerung. »Paßt doch«, sprach er zu sich selbst, »diese allgemein lakonische Beschreibung ganz und gar auf den Zustand, der mich hier umgibt. Ist nicht auch hier Friede, Frömmigkeit, ununterbrochene Tätigkeit? Nur eine Wirkung in die Ferne will mir nicht gleichermaßen deutlich scheinen. Mag doch die Gute einen ähnlichen Kreis beleben, aber einen weitern, einen bessern; sie mag sich behaglich wie diese hier, vielleicht noch behaglicher, finden, mit mehr Heiterkeit und Freiheit umherschauen.«

5 *Obwohl das »Manuskript« von Lenardos Tagebuch erst auf S. 382,34 endet, geht in der nachlässigen Redaktion der »Wanderjahre« die Ich-Erzählung in den epischen Bericht des Erzählers über. Allerdings sind beide Textabschnitte in der Ausgabe letzter Hand durch eine Blindzeile und einen Strich getrennt. In den Standardausgaben ist dieser grammatische Personenwechsel unkommentiert geblieben. Vgl. dazu auch S. 468,23, wo jedoch keine Trennung durch Blindzeile und Strich erfolgt.*

Nun aber durch ein lebhaftes, sich steigerndes Gespräch der übrigen aufgeregt, mehr achthabend auf das, was verhandelt wurde, ward ihm ein Gedanke, den er diese Stunden her gehegt, vollkommen lebendig. Sollte nicht eben dieser Mann, dieser mit Werkzeug und Geschirr so meisterhaft umgehende, für unsre Gesellschaft das nützlichste Mitglied werden können? Er überlegte das und alles, wie ihm die Vorzüge dieses gewandten Arbeiters schon stark in die Augen geleuchtet. Er lenkte daher das Gespräch dahin und machte, zwar wie im Scherze, aber desto unbewundener, jenem den Antrag, ob er sich nicht mit einer bedeutenden Gesellschaft verbinden und den Versuch machen wolle, übers Meer auszuwandern.

Jener entschuldigte sich, gleichfalls heiter beteuernd, daß es ihm hier wohl gehe, daß er noch Besseres erwarte; in dieser Landesart sei er geboren, darin gewöhnt, weit und breit bekannt und überall vertraulich aufgenommen. Überhaupt werde man in diesen Tälern keine Neigung zur Auswanderung finden, keine Not ängstige sie, und ein Gebirg halte seine Leute fest.

»Deswegen wundert's mich«, sagte der Garnträger, »daß es heißen will, Frau Susanne werde den Faktor heiraten, ihr Besitztum verkaufen und mit schönem Geld übers Meer ziehen.« Auf Befragen erfuhr unser Freund, es sei eine junge Witwe, die in guten Umständen ein reichliches Gewerbe mit den Erzeugnissen des Gebirges betreibe, wovon sich der wandernd Reisende morgen gleich selbst überzeugen könne, indem man auf dem eingeschlagenen Wege zeitig bei ihr eintreffen werde. »Ich habe sie schon verschiedentlich nennen hören«, versetzte Lenardo, »als belebend und wohltätig in diesem Tale, und versäumte, nach ihr zu fragen.«

»Gehen wir aber zur Ruh«, sagte der Garnträger, »um den morgenden Tag, der heiter zu werden verspricht, von früh auf zu nutzen.«

Hier endigte das Manuskript, und als Wilhelm nach der Fortsetzung verlangte, hatte er zu erfahren, daß sie gegenwärtig nicht in den Händen der Freunde sei. »Sie ward«, sagte man, »an Makarien gesendet, welche gewisse Verwicklungen, deren darin gedacht worden, durch Geist und Liebe schlichten und bedenkliche Verknüpfungen auflösen solle.« Der Freund mußte sich diese Unterbrechung gefallen lassen und sich bereiten, an einem geselligen Abend in heiterer Unterhaltung Vergnügen zu finden.

Sechstes Kapitel

Als der Abend herbeikam und die Freunde in einer weit umherschauenden Laube saßen, trat eine ansehnliche Figur auf die Schwelle, welche unser Freund sogleich für den Barbier von heute früh erkannte. Auf einen tiefen, stummen Bückling des Mannes erwiderte Lenardo: »Ihr kommt, wie immer, sehr gelegen und werdet nicht säumen, uns mit Eurem Talent zu erfreuen. Ich kann Ihnen wohl«, fuhr er zu Wilhelmen gewendet fort, »einiges von der Gesellschaft erzählen, deren Band zu sein ich mich rühmen darf. Niemand tritt in unsern Kreis, als wer gewisse Talente aufzuweisen hat, die zum Nutzen oder Vergnügen einer jeden Gesellschaft dienen würden. Dieser Mann ist ein derber Wundarzt, der in bedenklichen Fällen, wo Entschluß und körperliche Kraft gefordert wird, seinem Meister trefflich an der Seite zu stehen bereit ist. Was er als Bartkünstler leistet, davon können Sie ihm selbst ein Zeugnis geben. Hiedurch ist er uns ebenso nötig als willkommen. Da nun aber diese Beschäftigung gewöhnlich eine große und oft lästige Geschwätzigkeit mit sich führt, so hat er sich zu eigner Bildung eine Bedingung gefallen lassen; wie denn jeder, der unter uns leben will, sich von einer gewissen Seite bedingen muß, wenn ihm nach anderen Seiten hin die größere Freiheit gewährt ist. Dieser also hat nun auf die Sprache Verzicht getan, insofern etwas Gewöhnliches oder Zufälliges durch sie ausgedrückt wird; daraus aber hat sich ihm ein anderes

Redetalent entwickelt, welches absichtlich, klug und erfreulich wirkt, die Gabe des Erzählens nämlich.
Sein Leben ist reich an wunderlichen Erfahrungen, die er sonst zu ungelegener Zeit schwätzend zersplitterte, nun aber, durch Schweigen genötigt, im stillen Sinne wiederholt und ordnet. Hiermit verbindet sich denn die Einbildungskraft und verleiht dem Geschehenen Leben und Bewegung. Mit besonderer Kunst und Geschicklichkeit weiß er wahrhafte Märchen und märchenhafte Geschichten zu erzählen, wodurch er oft zur schicklichen Stunde uns gar sehr ergötzt, wenn ihm die Zunge durch mich gelöst wird; wie ich denn gegenwärtig tue und ihm zugleich das Lob erteile, daß er sich in geraumer Zeit, seitdem ich ihn kenne, noch niemals wiederholt hat. Nun hoff ich, daß er auch diesmal, unserm teuren Gast zu Lieb' und Ehren, sich besonders hervortun werde.«
Über das Gesicht des Rotmantels verbreitete sich eine geistreiche Heiterkeit, und er fing ungesäumt folgendermaßen zu sprechen an.

Die neue Melusine

»Hochverehrte Herren! Da mir bekannt ist, daß Sie vorläufige Reden und Einleitungen nicht besonders lieben, so will ich ohne weiteres versichern, daß ich diesmal vorzüglich gut zu bestehen hoffe. Von mir sind zwar schon gar manche wahrhafte Geschichten zu hoher und allseitiger Zufriedenheit ausgegangen, heute aber darf ich sagen, daß ich eine zu erzählen habe, welche die bisherigen weit übertrifft und die, wiewohl sie mir schon vor einigen Jahren begegnet ist, mich noch immer in der Erinnerung unruhig macht, ja sogar eine endliche Entwicklung hoffen läßt. Sie möchte schwerlich ihresgleichen finden.
Vorerst sei gestanden, daß ich meinen Lebenswandel nicht immer so eingerichtet, um der nächsten Zeit, ja des nächsten Tages ganz sicher zu sein. Ich war in meiner Jugend kein guter Wirt und fand mich oft in mancherlei Verlegenheit.

Einst nahm ich mir eine Reise vor, die mir guten Gewinn verschaffen sollte; aber ich machte meinen Zuschnitt ein wenig zu groß, und nachdem ich sie mit Extrapost angefangen und sodann auf der ordinären eine Zeitlang fortgesetzt hatte, fand ich mich zuletzt genötigt, dem Ende derselben zu Fuße entgegenzugehen.

Als ein lebhafter Bursche hatte ich von jeher die Gewohnheit, sobald ich in ein Wirtshaus kam, mich nach der Wirtin oder auch nach der Köchin umzusehen und mich schmeichlerisch gegen sie zu bezeigen, wodurch denn meine Zeche meistens vermindert wurde.
Eines Abends, als ich in das Posthaus eines kleinen Städtchens trat und eben nach meiner hergebrachten Weise verfahren wollte, rasselte gleich hinter mir ein schöner, zweisitziger Wagen, mit vier Pferden bespannt, an der Türe vor. Ich wendete mich um und sah ein Frauenzimmer allein, ohne Kammerfrau, ohne Bedienten. Ich eilte sogleich, ihr den Schlag zu eröffnen und zu fragen, ob sie etwas zu befehlen habe. Beim Aussteigen zeigte sich eine schöne Gestalt, und ihr liebenswürdiges Gesicht war, wenn man es näher betrachtete, mit einem kleinen Zug von Traurigkeit geschmückt. Ich fragte nochmals, ob ich ihr in etwas dienen könne. – ›O ja!‹ sagte sie, ›wenn Sie mir mit Sorgfalt das Kästchen, das auf dem Sitze steht, herausheben und hinauftragen wollen; aber ich bitte gar sehr, es recht stet zu tragen und im mindesten nicht zu bewegen oder zu rütteln.‹ Ich nahm das Kästchen mit Sorgfalt, sie verschloß den Kutschenschlag, wir stiegen zusammen die Treppe hinauf, und sie sagte dem Gesinde, daß sie diese Nacht hier bleiben würde.
Nun waren wir allein in dem Zimmer, sie hieß mich das Kästchen auf den Tisch setzen, der an der Wand stand, und als ich an einigen ihrer Bewegungen merkte, daß sie allein zu sein wünschte, empfahl ich mich, indem ich ihr ehrerbietig, aber feurig die Hand küßte.
›Bestellen Sie das Abendessen für uns beide‹, sagte sie dar-

auf; und es läßt sich denken, mit welchem Vergnügen ich diesen Auftrag ausrichtete, wobei ich denn zugleich in meinem Übermut Wirt, Wirtin und Gesinde kaum über die Achsel ansah. Mit Ungeduld erwartete ich den Augenblick, der mich endlich wieder zu ihr führen sollte. Es war aufgetragen, wir setzten uns gegeneinander über, ich labte mich zum erstenmal seit geraumer Zeit an einem guten Essen und zugleich an einem so erwünschten Anblick; ja mir kam es vor, als wenn sie mit jeder Minute schöner würde.

Ihre Unterhaltung war angenehm, doch suchte sie alles abzulehnen, was sich auf Neigung und Liebe bezog. Es ward abgeräumt; ich zauderte, ich suchte allerlei Kunstgriffe, mich ihr zu nähern, aber vergebens: sie hielt mich durch eine gewisse Würde zurück, der ich nicht widerstehen konnte, ja ich mußte wider meinen Willen zeitig genug von ihr scheiden.

Nach einer meist durchwachten und unruhig durchträumten Nacht war ich früh auf, erkundigte mich, ob sie Pferde bestellt habe; ich hörte Nein und ging in den Garten, sah sie angekleidet am Fenster stehen und eilte zu ihr hinauf. Als sie mir so schön und schöner als gestern entgegenkam, regte sich auf einmal in mir Neigung, Schalkheit und Verwegenheit; ich stürzte auf sie zu und faßte sie in meine Arme. ›Englisches, unwiderstehliches Wesen!‹ rief ich aus, ›verzeih, aber es ist unmöglich!‹ Mit unglaublicher Gewandtheit entzog sie sich meinen Armen, und ich hatte ihr nicht einmal einen Kuß auf die Wange drücken können. – ›Halten Sie solche Ausbrüche einer plötzlichen leidenschaftlichen Neigung zurück, wenn Sie ein Glück nicht verscherzen wollen, das Ihnen sehr nahe liegt, das aber erst nach einigen Prüfungen ergriffen werden kann.‹

›Fordere, was du willst, englischer Geist!‹ rief ich aus, ›aber bringe mich nicht zur Verzweiflung.‹ Sie versetzte lächelnd: ›Wollen Sie sich meinem Dienste widmen, so hören Sie die Bedingungen! Ich komme hierher, eine Freundin zu besuchen, bei der ich einige Tage zu verweilen gedenke; indessen wünsche ich, daß mein Wagen und dies Kästchen weiter

gebracht werden. Wollen Sie es übernehmen? Sie haben dabei nichts zu tun, als das Kästchen mit Behutsamkeit in und aus dem Wagen zu heben; wenn es darin steht, sich danebenzusetzen und jede Sorge dafür zu tragen. Kommen Sie in ein Wirtshaus, so wird es auf einen Tisch gestellt, in eine besondere Stube, in der Sie weder wohnen noch schlafen dürfen. Sie verschließen die Zimmer jedesmal mit diesem Schlüssel, der alle Schlösser auf- und zuschließt und dem Schlosse die besondere Eigenschaft gibt, daß es niemand in der Zwischenzeit zu eröffnen imstande ist.‹

Ich sah sie an, mir ward sonderbar zumute; ich versprach, alles zu tun, wenn ich hoffen könnte, sie bald wiederzusehen, und wenn sie mir diese Hoffnung mit einem Kuß besiegelte. Sie tat es, und von dem Augenblick an war ich ihr ganz leibeigen geworden. Ich sollte nun die Pferde bestellen, sagte sie. Wir besprachen den Weg, den ich nehmen, die Orte, wo ich mich aufhalten und sie erwarten sollte. Sie drückte mir zuletzt einen Beutel mit Gold in die Hand, und ich meine Lippen auf ihre Hände. Sie schien gerührt beim Abschied, und ich wußte schon nicht mehr, was ich tat oder tun sollte.

Als ich von meiner Bestellung zurückkam, fand ich die Stubentür verschlossen. Ich versuchte gleich meinen Hauptschlüssel, und er machte sein Probestück vollkommen. Die Türe sprang auf, ich fand das Zimmer leer, nur das Kästchen stand auf dem Tische, wo ich es hingestellt hatte.

Der Wagen war vorgefahren, ich trug das Kästchen sorgfältig hinunter und setzte es neben mich. Die Wirtin fragte: ›Wo ist denn die Dame?‹ Ein Kind antwortete: ›Sie ist in die Stadt gegangen.‹ Ich begrüßte die Leute und fuhr wie im Triumph von hinnen, der ich gestern abend mit bestaubten Gamaschen hier angekommen war. Daß ich nun bei guter Muße diese Geschichte hin und her überlegte, das Geld zählte, mancherlei Entwürfe machte und immer gelegentlich nach dem Kästchen schielte, können Sie leicht denken. Ich fuhr nun stracks vor mich hin, stieg mehrere Stationen nicht aus und rastete nicht, bis ich zu einer ansehnlichen Stadt

gelangt war, wohin sie mich beschieden hatte. Ihre Befehle wurden sorgfältig beobachtet, das Kästchen in ein besonderes Zimmer gestellt und ein paar Wachslichter daneben, unangezündet, wie sie auch verordnet hatte. Ich verschloß das Zimmer, richtete mich in dem meinigen ein und tat mir etwas zugute.
Eine Weile konnte ich mich mit dem Andenken an sie beschäftigen, aber gar bald wurde mir die Zeit lang. Ich war nicht gewohnt, ohne Gesellschaft zu leben; diese fand ich bald an Wirtstafeln und an öffentlichen Orten nach meinem Sinne. Mein Geld fing bei dieser Gelegenheit an zu schmelzen und verlor sich eines Abends völlig aus meinem Beutel, als ich mich unvorsichtig einem leidenschaftlichen Spiel überlassen hatte. Auf meinem Zimmer angekommen, war ich außer mir. Von Geld entblößt, mit dem Ansehen eines reichen Mannes eine tüchtige Zeche erwartend, ungewiß, ob und wann meine Schöne sich wieder zeigen würde, war ich in der größten Verlegenheit. Doppelt sehnte ich mich nach ihr und glaubte nun gar nicht mehr ohne sie und ohne ihr Geld leben zu können.
Nach dem Abendessen, das mir gar nicht geschmeckt hatte, weil ich es diesmal einsam zu genießen genötigt worden, ging ich in dem Zimmer lebhaft auf und ab, sprach mit mir selbst, verwünschte mich, warf mich auf den Boden, zerraufte mir die Haare und erzeigte mich ganz ungebärdig. Auf einmal höre ich in dem verschlossenen Zimmer nebenan eine leise Bewegung und kurz nachher an der wohlverwahrten Türe pochen. Ich raffe mich zusammen, greife nach dem Hauptschlüssel, aber die Flügeltüren springen von selbst auf, und im Schein jener brennenden Wachslichter kommt mir meine Schöne entgegen. Ich werfe mich ihr zu Füßen, küsse ihr Kleid, ihre Hände, sie hebt mich auf, ich wage nicht, sie zu umarmen, kaum sie anzusehen; doch gestehe ich ihr aufrichtig und reuig meinen Fehler. – ›Er ist zu verzeihen‹, sagte sie, ›nur verspätet Ihr leider Euer Glück und meines. Ihr müßt nun abermals eine Strecke in die Welt hineinfahren, ehe wir uns wieder sehen. Hier ist noch mehr

Gold‹, sagte sie ›und hinreichend, wenn Ihr einigermaßen haushalten wollt. Hat Euch aber diesmal Wein und Spiel in Verlegenheit gesetzt, so hütet Euch nun vor Wein und Weibern und laßt mich auf ein fröhlicheres Wiedersehen hoffen.‹

Sie trat über die Schwelle zurück, die Flügel schlugen zusammen, ich pochte, ich bat, aber nichts ließ sich weiter hören. Als ich den andern Morgen die Zeche verlangte, lächelte der Kellner und sagte: ›So wissen wir doch, warum Ihr Eure Türen auf eine so künstliche und unbegreifliche Weise verschließt, daß kein Hauptschlüssel sie öffnen kann. Wir vermuteten bei Euch viel Geld und Kostbarkeiten; nun aber haben wir den Schatz die Treppe hinuntergehen sehn, und auf alle Weise schien er würdig, wohl verwahrt zu werden.‹

Ich erwiderte nichts dagegen, zahlte meine Rechnung und stieg mit meinem Kästchen in den Wagen. Ich fuhr nun wieder in die Welt hinein mit dem festesten Vorsatz, auf die Warnung meiner geheimnisvollen Freundin künftig zu achten. Doch war ich kaum abermals in einer großen Stadt angelangt, so ward ich bald mit liebenswürdigen Frauenzimmern bekannt, von denen ich mich durchaus nicht losreißen konnte. Sie schienen mir ihre Gunst teuer anrechnen zu wollen; denn indem sie mich immer in einiger Entfernung hielten, verleiteten sie mich zu einer Ausgabe nach der andern, und da ich nur suchte, ihr Vergnügen zu befördern, dachte ich abermals nicht an meinen Beutel, sondern zahlte und spendete immer fort, so wie es eben vorkam. Wie groß war daher meine Verwunderung und mein Vergnügen, als ich nach einigen Wochen bemerkte, daß die Fülle des Beutels noch nicht abgenommen hatte, sondern daß er noch so rund und strotzend war wie anfangs. Ich wollte mich dieser schönen Eigenschaft näher versichern, setzte mich hin zu zählen, merkte mir die Summe genau und fing nun an, mit meiner Gesellschaft lustig zu leben wie vorher. Da fehlte es nicht an Land- und Wasserfahrten, an Tanz, Gesang und andern Vergnügungen. Nun bedurfte es aber keiner großen

Aufmerksamkeit, um gewahr zu werden, daß der Beutel wirklich abnahm, eben als wenn ich ihm durch mein verwünschtes Zählen die Tugend, unzählbar zu sein, entwendet hätte. Indessen war das Freudenleben einmal im Gange, ich konnte nicht zurück, und doch war ich mit meiner Barschaft bald am Ende. Ich verwünschte meine Lage, schalt auf meine Freundin, die mich so in Versuchung geführt hatte, nahm es ihr übel auf, daß sie sich nicht wieder sehen lassen, sagte mich im Ärger von allen Pflichten gegen sie los und nahm mir vor, das Kästchen zu öffnen, ob vielleicht in demselben einige Hülfe zu finden sei. Denn war es gleich nicht schwer genug, um Geld zu enthalten, so konnten doch Juwelen darin sein, und auch diese wären mir sehr willkommen gewesen. Ich war im Begriff, den Vorsatz auszuführen, doch verschob ich ihn auf die Nacht, um die Operation recht ruhig vorzunehmen, und eilte zu einem Bankett, das eben angesagt war. Da ging es denn wieder hoch her, und wir waren durch Wein und Trompetenschall mächtig aufgeregt, als mir der unangenehme Streich passierte, daß beim Nachtische ein älterer Freund meiner liebsten Schönheit, von Reisen kommend, unvermutet hereintrat, sich zu ihr setzte und ohne große Umstände seine alten Rechte geltend zu machen suchte. Daraus entstand nun bald Unwille, Hader und Streit; wir zogen vom Leder, und ich ward mit mehreren Wunden halbtot nach Hause getragen.

Der Chirurgus hatte mich verbunden und verlassen, es war schon tief in der Nacht, mein Wärter eingeschlafen; die Tür des Seitenzimmers ging auf, meine geheimnisvolle Freundin trat herein und setzte sich zu mir ans Bette. Sie fragte nach meinem Befinden; ich antwortete nicht, denn ich war matt und verdrießlich. Sie fuhr fort, mit vielem Anteil zu sprechen, rieb mir die Schläfe mit einem gewissen Balsam, so daß ich mich geschwind und entschieden gestärkt fühlte, so gestärkt, daß ich mich erzürnen und sie ausschelten konnte. In einer heftigen Rede warf ich alle Schuld meines Unglücks auf sie, auf die Leidenschaft, die sie mir eingeflößt, auf ihr Erscheinen, ihr Verschwinden, auf die Langeweile, auf die

Sehnsucht, die ich empfinden mußte. Ich ward immer heftiger und heftiger, als wenn mich ein Fieber anfiele, und ich schwur ihr zuletzt, daß, wenn sie nicht die Meinige sein, mir diesmal nicht angehören und sich mit mir verbinden wolle, so verlange ich nicht länger zu leben; worauf ich entschiedene Antwort forderte. Als sie zaudernd mit einer Erklärung zurückhielt, geriet ich ganz außer mir, riß den doppelten und dreifachen Verband von den Wunden, mit der entschiedenen Absicht, mich zu verbluten. Aber wie erstaunte ich, als ich meine Wunden alle geheilt, meinen Körper schmuck und glänzend und sie in meinen Armen fand.

Nun waren wir das glücklichste Paar von der Welt. Wir baten einander wechselseitig um Verzeihung und wußten selbst nicht recht warum. Sie versprach nun, mit mir weiterzureisen, und bald saßen wir nebeneinander im Wagen, das Kästchen gegen uns über, am Platze der dritten Person. Ich hatte desselben niemals gegen sie erwähnt; auch jetzt fiel mir's nicht ein, davon zu reden, ob es uns gleich vor den Augen stand und wir durch eine stillschweigende Übereinkunft beide dafür sorgten, wie es etwa die Gelegenheit geben mochte; nur daß ich es immer in und aus dem Wagen hob und mich wie vormals mit dem Verschluß der Türen beschäftigte.

Solange noch etwas im Beutel war, hatte ich immer fortbezahlt; als es mit meiner Barschaft zu Ende ging, ließ ich sie es merken. – ›Dafür ist leicht Rat geschafft‹, sagte sie und deutete auf ein paar kleine Taschen, oben an der Seite des Wagens angebracht, die ich früher wohl bemerkt, aber nicht gebraucht hatte. Sie griff in die eine und zog einige Goldstücke heraus, so wie aus der andern einige Silbermünzen, und zeigte mir dadurch die Möglichkeit, jeden Aufwand, wie es uns beliebte, fortzusetzen. So reisten wir von Stadt zu Stadt, von Land zu Land, waren unter uns und mit andern froh, und ich dachte nicht daran, daß sie mich wieder verlassen könnte, um so weniger, als sie sich seit einiger Zeit entschieden guter Hoffnung befand, wodurch unsere Heiterkeit und unsere Liebe nur noch vermehrt wurde. Aber eines Morgens fand ich sie leider nicht mehr, und weil mir der Aufenthalt ohne sie verdrießlich war, machte ich mich mit meinem Kästchen wieder auf den Weg, versuchte die Kraft der beiden Taschen und fand sie noch immer bewährt.

Die Reise ging glücklich vonstatten, und wenn ich bisher über mein Abenteuer weiter nicht nachdenken mögen, weil ich eine ganz natürliche Entwickelung der wundersamen Begebenheiten erwartete, so ereignete sich doch gegenwärtig etwas, wodurch ich in Erstaunen, in Sorgen, ja in Furcht gesetzt wurde. Weil ich, um von der Stelle zu kommen, Tag und Nacht zu reisen gewohnt war, so geschah es, daß ich oft im Finstern fuhr und es in meinem Wagen, wenn die Laternen zufällig ausgingen, ganz dunkel war. Einmal bei so finsterer Nacht war ich eingeschlafen, und als ich erwachte, sah ich den Schein eines Lichtes an der Decke meines Wagens. Ich beobachtete denselben und fand, daß er aus dem Kästchen hervorbrach, das einen Riß zu haben schien, eben als wäre es durch die heiße und trockene Witterung der eingetretenen Sommerzeit gesprungen. Meine Gedanken an die Juwelen wurden wieder rege, ich vermutete, daß ein Karfunkel im Kästchen liege, und wünschte darüber Gewißheit zu haben. Ich rückte mich, so gut ich konnte, zurecht, so daß ich mit dem Auge unmittelbar den Riß berührte. Aber wie groß war mein Erstaunen, als ich in ein von Lichtern wohl erhelltes, mit viel Geschmack, ja Kostbarkeit möbliertes Zimmer hineinsah, geradeso, als hätte ich durch die Öffnung eines Gewölbes in einen königlichen Saal hinabgesehn. Zwar konnte ich nur einen Teil des Raums beobachten, der mich auf das übrige schließen ließ. Ein Kaminfeuer schien zu brennen, neben welchem ein Lehnsessel stand. Ich hielt den Atem an mich und fuhr fort zu beobachten. Indem kam von der andern Seite des Saals ein Frauenzimmer mit einem Buch in den Händen, die ich sogleich für meine Frau erkannte, obschon ihr Bild nach dem allerkleinsten Maßstabe zusammengezogen war. Die Schöne setzte sich in den Sessel ans Kamin, um zu lesen, legte die Brände mit der niedlichsten Feuerzange zurecht, wobei ich deutlich bemerken konnte, das allerliebste kleine Wesen sei ebenfalls guter Hoffnung. Nun fand ich mich aber genötigt, meine unbequeme Stellung einigermaßen zu verrücken, und bald darauf, als ich wieder hineinsehen und mich überzeugen wollte, daß es kein Traum gewesen, war das Licht verschwunden, und ich blickte in eine leere Finsternis.

Wie erstaunt, ja erschrocken ich war, läßt sich begreifen. Ich machte mir tausend Gedanken über diese Entdeckung und konnte doch eigentlich nichts denken. Darüber schlief ich ein, und als ich erwachte, glaubte ich eben nur geträumt zu haben; doch fühlte ich mich von meiner Schönen einigermaßen entfremdet, und indem ich das Kästchen nur desto sorgfältiger trug, wußte ich nicht, ob ich ihre Wiedererscheinung in völliger Menschengröße wünschen oder fürchten sollte.

Nach einiger Zeit trat denn wirklich meine Schöne gegen Abend in weißem Kleide herein, und da es eben im Zimmer dämmerte, so kam sie mir länger vor, als ich sie sonst zu sehen gewohnt war, und ich erinnerte mich, gehört zu haben, daß alle vom Geschlecht der Nixen und Gnomen bei einbrechender Nacht an Länge gar merklich zunähmen. Sie flog wie gewöhnlich in meine Arme, aber ich konnte sie nicht recht frohmütig an meine beklemmte Brust drücken.

›Mein Liebster‹, sagte sie, ›ich fühle nun wohl an deinem Empfang, was ich leider schon weiß. Du hast mich in der Zwischenzeit gesehn: du bist von dem Zustand unterrichtet, in dem ich mich zu gewissen Zeiten befinde; dein Glück und das meinige ist hiedurch unterbrochen, ja es steht auf dem Punkte, ganz vernichtet zu werden. Ich muß dich verlassen und weiß nicht, ob ich dich jemals wiedersehen werde.‹ Ihre Gegenwart, die Anmut, mit der sie sprach, entfernte sogleich fast jede Erinnerung jenes Gesichtes, das mir schon bisher nur als ein Traum vorgeschwebt hatte. Ich umfing sie mit Lebhaftigkeit, überzeugte sie von meiner Leidenschaft, versicherte ihr meine Unschuld, erzählte ihr das Zufällige der Entdeckung, genug, ich tat so viel, daß sie selbst beruhigt schien und mich zu beruhigen suchte.

›Prüfe dich genau‹, sagte sie, ›ob diese Entdeckung deiner Liebe nicht geschadet habe, ob du vergessen kannst, daß ich in zweierlei Gestalten mich neben dir befinde, ob die Verringerung meines Wesens nicht auch deine Neigung vermindern werde.‹

Ich sah sie an; schöner war sie als jemals, und ich dachte bei mir selbst: ›Ist es denn ein so großes Unglück, eine Frau zu besitzen, die von Zeit zu Zeit eine Zwergin wird, so daß man sie im Kästchen herumtragen kann? Wäre es nicht viel schlimmer, wenn sie zur Riesin würde und ihren Mann in den Kasten steckte?‹ Meine Heiterkeit war zurückgekehrt. Ich hätte sie um alles in der Welt nicht fahren lassen. – ›Bestes Herz‹, versetzte ich, ›laß uns bleiben und sein, wie wir gewesen sind. Könnten wir's beide denn herrlicher finden! Bediene dich deiner Bequemlichkeit, und ich verspreche dir, das Kästchen nur desto sorgfältiger zu tragen. Wie sollte das Niedlichste, was ich in meinem Leben gesehn, einen schlimmen Eindruck auf mich machen? Wie glücklich würden die Liebhaber sein, wenn sie solche Miniaturbilder besitzen könnten! Und am Ende war es auch nur ein solches Bild, eine kleine Taschenspielerei. Du prüfst und neckst mich; du sollst aber sehen, wie ich mich halten werde.‹

›Die Sache ist ernsthafter, als du denkst‹, sagte die Schöne; ›indessen bin ich recht wohl zufrieden, daß du sie leichtnimmst: denn für uns beide kann noch immer die heiterste Folge werden. Ich will dir vertrauen und von meiner Seite das mögliche tun, nur versprich mir, dieser Entdeckung niemals vorwurfsweise zu gedenken. Dazu füg ich noch eine Bitte recht inständig: nimm dich vor Wein und Zorn mehr als jemals in acht.‹

Ich versprach, was sie begehrte, ich hätte zu und immer zu versprochen; doch sie wendete selbst das Gespräch, und alles war im vorigen Gleise. Wir hatten nicht Ursache, den Ort unseres Aufenthaltes zu verändern; die Stadt war groß, die Gesellschaft vielfach, die Jahreszeit veranlaßte manches Land- und Gartenfest.

Bei allen solchen Freuden war meine Frau sehr gern gesehn, ja von Männern und Frauen lebhaft verlangt. Ein gutes, einschmeichelndes Betragen, mit einer gewissen Hoheit verknüpft, machte sie jedermann lieb und ehrenwert. Überdies spielte sie herrlich die Laute und sang dazu, und alle geselligen Nächte mußten durch ihr Talent gekrönt werden.

Ich will nur gestehen, daß ich mir aus der Musik niemals viel habe machen können, ja sie hatte vielmehr auf mich eine unangenehme Wirkung. Meine Schöne, die mir das bald abgemerkt hatte, suchte mich daher niemals, wenn wir allein waren, auf diese Weise zu unterhalten; dagegen schien sie sich in Gesellschaft zu entschädigen, wo sie denn gewöhnlich eine Menge Bewunderer fand.

Und nun, warum sollte ich es leugnen, unsere letzte Unterredung, ungeachtet meines besten Willens, war doch nicht vermögend gewesen, die Sache ganz bei mir abzutun; vielmehr hatte sich meine Empfindungsweise gar seltsam gestimmt, ohne daß ich es mir vollkommen bewußt gewesen wäre. Da brach eines Abends in großer Gesellschaft der verhaltene Unmut los, und mir entsprang daraus der allergrößte Nachteil.

Wenn ich es jetzt recht bedenke, so liebte ich nach jener unglücklichen Entdeckung meine Schönheit viel weniger, und nun ward ich eifersüchtig auf sie, was mir vorher gar nicht eingefallen war. Abends bei Tafel, wo wir schräg gegeneinander über in ziemlicher Entfernung saßen, befand ich mich sehr wohl mit meinen beiden Nachbarinnen, ein paar Frauenzimmern, die mir seit einiger Zeit reizend geschienen hatten. Unter Scherz- und Liebesreden sparte man des Weines nicht, indessen von der andern Seite ein paar Musikfreunde sich meiner Frau bemächtigt hatten und die Gesellschaft zu Gesängen, einzelnen und chormäßigen, aufzumuntern und anzuführen wußten. Darüber fiel ich in böse Laune; die beiden Kunstliebhaber schienen zudringlich; der Gesang machte mich ärgerlich, und als man gar von

mir auch eine Solostrophe begehrte, so wurde ich wirklich aufgebracht, leerte den Becher und setzte ihn sehr unsanft nieder.
Durch die Anmut meiner Nachbarinnen fühlte ich mich sogleich zwar wieder gemildert, aber es ist eine böse Sache um den Ärger, wenn er einmal auf dem Wege ist. Er kochte heimlich fort, obgleich alles mich hätte sollen zur Freude, zur Nachgiebigkeit stimmen. Im Gegenteil wurde ich nur noch tückischer, als man eine Laute brachte und meine Schöne ihren Gesang zur Bewunderung aller übrigen begleitete. Unglücklicherweise erbat man sich eine allgemeine Stille. Also auch schwatzen sollte ich nicht mehr, und die Töne taten mir in den Zähnen weh. War es nun ein Wunder, daß endlich der kleinste Funke die Mine zündete?
Eben hatte die Sängerin ein Lied unter dem größten Beifall geendigt, als sie nach mir, und wahrlich recht liebevoll, herübersah. Leider drangen die Blicke nicht bei mir ein. Sie bemerkte, daß ich einen Becher Wein hinunterschlang und einen neu anfüllte. Mit dem rechten Zeigefinger winkte sie mir lieblich drohend. ›Bedenken Sie, daß es Wein ist!‹ sagte sie, nicht lauter, als daß ich es hören konnte. – ›Wasser ist für die Nixen!‹ rief ich aus. – ›Meine Damen‹, sagte sie zu meinen Nachbarinnen, ›kränzen Sie den Becher mit aller Anmut, daß er nicht zu oft leer werde.‹ – ›Sie werden sich doch nicht meistern lassen!‹ zischelte mir die eine ins Ohr. – ›Was will der Zwerg?‹ rief ich aus, mich heftiger gebärdend, wodurch ich den Becher umstieß. – ›Hier ist viel verschüttet!‹ rief die Wunderschöne, tat einen Griff in die Saiten, als wolle sie die Aufmerksamkeit der Gesellschaft aus dieser Störung wieder auf sich heranziehen. Es gelang ihr wirklich, um so mehr, als sie aufstand, aber nur, als wenn sie sich das Spiel bequemer machen wollte, und zu präludieren fortfuhr.
Als ich den roten Wein über das Tischtuch fließen sah, kam ich wieder zu mir selbst. Ich erkannte den großen Fehler, den ich begangen hatte, und war recht innerlich zerknirscht. Zum erstenmal sprach die Musik mich an. Die erste Strophe,

die sie sang, war ein freundlicher Abschied an die Gesellschaft, wie sie sich noch zusammen fühlen konnte; bei der folgenden Strophe floß die Sozietät gleichsam auseinander, jeder fühlte sich einzeln, abgesondert, niemand glaubte sich mehr gegenwärtig. Aber was soll ich denn von der letzten Strophe sagen? Sie war allein an mich gerichtet, die Stimme der gekränkten Liebe, die von Unmut und Übermut Abschied nimmt.

Stumm führte ich sie nach Hause und erwartete mir nichts Gutes. Doch kaum waren wir in unserm Zimmer angelangt, als sie sich höchst freundlich und anmutig, ja sogar schalkhaft erwies und mich zum glücklichsten aller Menschen machte.

Des andern Morgens sagte ich ganz getrost und liebevoll: ›Du hast so manchmal, durch gute Gesellschaft aufgefordert, gesungen, so zum Beispiel gestern abend das rührende Abschiedslied; singe nun auch einmal mir zuliebe ein hübsches, fröhliches Willkommen in dieser Morgenstunde, damit es uns werde, als wenn wir uns zum erstenmal kennenlernten.‹

›Das vermag ich nicht, mein Freund‹, versetzte sie mit Ernst. ›Das Lied von gestern abend bezog sich auf unsere Scheidung, die nun sogleich vor sich gehen muß: denn ich kann dir nur sagen, die Beleidigung gegen Versprechen und Schwur hat für uns beide die schlimmsten Folgen; du verscherzest ein großes Glück, und auch ich muß meinen liebsten Wünschen entsagen.‹

Als ich nun hierauf in sie drang und bat, sie möchte sich näher erklären, versetzte sie: ›Das kann ich leider wohl, denn es ist doch um mein Bleiben bei dir getan. Vernimm also, was ich dir lieber bis in die spätesten Zeiten verborgen hätte. Die Gestalt, in der du mich im Kästchen erblicktest, ist mir wirklich angeboren und natürlich; denn ich bin aus dem Stamm des Königs Eckwald, des mächtigen Fürsten der Zwerge, von dem die wahrhafte Geschichte so vieles meldet. Unser Volk ist noch immer wie vor alters tätig und geschäftig und auch daher leicht zu regieren. Du mußt dir aber nicht vorstellen, daß die Zwerge in ihren Arbeiten zurückgeblieben sind. Sonst waren Schwerter, die den Feind verfolgten, wenn man sie ihm nachwarf, unsichtbar und geheimnisvoll bindende Ketten, undurchdringliche Schilder und dergleichen ihre berühmtesten Arbeiten. Jetzt aber beschäftigen sie sich hauptsächlich mit Sachen der Bequemlichkeit und des Putzes und übertreffen darin alle andern Völker der Erde. Du würdest erstaunen, wenn du unsere Werkstätten und Warenlager hindurchgehen solltest. Dies wäre nun alles gut, wenn nicht bei der ganzen Nation überhaupt, vorzüglich aber bei der königlichen Familie, ein besonderer Umstand einträte.‹

Da sie einen Augenblick innehielt, ersuchte ich sie um fernere Eröffnung dieser wundersamen Geheimnisse, worin sie mir denn auch sogleich willfahrte.

›Es ist bekannt‹, sagte sie, ›daß Gott, sobald er die Welt erschaffen hatte, so daß alles Erdreich trocken war und das Gebirg mächtig und herrlich dastand, daß Gott, sage ich, sogleich vor allen Dingen die Zwerglein erschuf, damit auch vernünftige Wesen wären, welche seine Wunder im Innern der Erde auf Gängen und Klüften anstaunen und verehren könnten. Ferner ist bekannt, daß dieses kleine Geschlecht sich nachmals erhoben und sich die Herrschaft der Erde anzumaßen gedacht, weshalb denn Gott die Drachen erschaffen, um das Gezwerge ins Gebirg zurückzudrängen. Weil aber die Drachen sich in den großen Höhlen und Spalten selbst einzunisten und dort zu wohnen pflegten, auch viele derselben Feuer spien und manch anderes Wüste begingen, so wurde dadurch den Zwerglein gar große Not und Kummer bereitet, dergestalt daß sie nicht mehr wußten, wo aus noch ein, und sich daher zu Gott dem Herrn gar demütiglich und flehentlich wendeten, auch ihn im Gebet anriefen, er möchte doch dieses unsaubere Drachenvolk wieder vertilgen. Ob er nun aber gleich nach seiner Weisheit sein Geschöpf zu zerstören nicht beschließen mochte, so ging ihm doch der armen Zwerglein große Not dermaßen zu Herzen, daß er alsobald die Riesen erschuf, welche die

Drachen bekämpfen und wo nicht ausrotten, doch wenigstens vermindern sollten.

Als nun aber die Riesen so ziemlich mit den Drachen fertig geworden, stieg ihnen gleichfalls der Mut und Dünkel, weswegen sie gar manches Frevele, besonders auch gegen die guten Zwerglein, verübten, welche denn abermals in ihrer Not sich zu dem Herrn wandten, der sodann aus seiner Machtgewalt die Ritter schuf, welche die Riesen und Drachen bekämpfen und mit den Zwerglein in guter Eintracht leben sollten. Damit war denn das Schöpfungswerk von dieser Seite beschlossen, und es findet sich, daß nachher Riesen und Drachen so wie die Ritter und Zwerge immer zusammengehalten haben. Daraus kannst du nun ersehen, mein Freund, daß wir von dem ältesten Geschlecht der Welt sind, welches uns zwar zu Ehren gereicht, doch aber auch großen Nachteil mit sich führt.

Da nämlich auf der Welt nichts ewig bestehen kann, sondern alles, was einmal groß gewesen, klein werden und abnehmen muß, so sind auch wir in dem Falle, daß wir seit Erschaffung der Welt immer abnehmen und kleiner werden, vor allen andern aber die königliche Familie, welche wegen ihres reinen Blutes diesem Schicksal am ersten unterworfen ist. Deshalb haben unsere weisen Meister schon vor vielen Jahren den Ausweg erdacht, daß von Zeit zu Zeit eine Prinzessin aus dem königlichen Hause heraus ins Land gesendet werde, um sich mit einem ehrsamen Ritter zu vermählen, damit das Zwergengeschlecht wieder angefrischt und vom gänzlichen Verfall gerettet sei.‹

Indessen meine Schöne diese Worte ganz treuherzig vorbrachte, sah ich sie bedenklich an, weil es schien, als ob sie Lust habe, mir etwas aufzubinden. Was ihre niedliche Herkunft betraf, daran hatte ich weiter keinen Zweifel; aber daß sie mich anstatt eines Ritters ergriffen hatte, das machte mir einiges Mißtrauen, indem ich mich denn doch zu wohl kannte, als daß ich hätte glauben sollen, meine Vorfahren seien von Gott unmittelbar erschaffen worden.

Ich verbarg Verwunderung und Zweifel und fragte sie

freundlich: ›Aber sage mir, mein liebes Kind, wie kommst du zu dieser großen und ansehnlichen Gestalt? denn ich kenne wenig Frauen, die sich dir an prächtiger Bildung vergleichen können.‹ – ›Das sollst du erfahren‹, versetzte meine Schöne. ›Es ist von jeher im Rat der Zwergenkönige hergebracht, daß man sich so lange als möglich vor jedem außerordentlichen Schritt in acht nehme, welches ich denn auch ganz natürlich und billig finde. Man hätte vielleicht noch lange gezaudert, eine Prinzessin wieder einmal in das Land zu senden, wenn nicht mein nachgeborner Bruder so klein ausgefallen wäre, daß ihn die Wärterinnen sogar aus den Windeln verloren haben und man nicht weiß, wo er hingekommen ist. Bei diesem in den Jahrbüchern des Zwergenreichs ganz unerhörten Falle versammelte man die Weisen, und kurz und gut, der Entschluß ward gefaßt, mich auf die Freite zu schicken.‹

›Der Entschluß!‹ rief ich aus; ›das ist wohl alles schön und gut. Man kann sich entschließen, man kann etwas beschließen; aber einem Zwerglein diese Göttergestalt zu geben, wie haben eure Weisen dies zustande gebracht?‹

›Es war auch schon‹, sagte sie, ›von unsern Ahnherren vorgesehen. In dem königlichen Schatze lag ein ungeheurer goldner Fingerring. Ich spreche jetzt von ihm, wie er mir vorkam, da er mir, als einem Kinde, ehemals an seinem Orte gezeigt wurde: denn es ist derselbe, den ich hier am Finger habe; und nun ging man folgendergestalt zu Werke. Man unterrichtete mich von allem, was bevorstehe, und belehrte mich, was ich zu tun und zu lassen habe.

Ein köstlicher Palast, nach dem Muster des liebsten Sommeraufenthalts meiner Eltern, wurde verfertigt: ein Hauptgebäude, Seitenflügel und was man nur wünschen kann. Er stand am Eingang einer großen Felskluft und verzierte sie aufs beste. An dem bestimmten Tage zog der Hof dorthin und meine Eltern mit mir. Die Armee paradierte, und vierundzwanzig Priester trugen auf einer köstlichen Bahre, nicht ohne Beschwerlichkeit, den wundervollen Ring. Er ward an die Schwelle des Gebäudes gelegt, gleich innerhalb, wo man über sie hinübertritt. Manche Zeremonien wurden begangen, und nach einem herzlichen Abschiede schritt ich zum Werke. Ich trat hinzu, legte die Hand an den Ring und fing sogleich merklich zu wachsen an. In wenig Augenblikken war ich zu meiner gegenwärtigen Größe gelangt, worauf ich den Ring sogleich an den Finger steckte. Nun im Nu verschlossen sich Fenster, Türen und Tore, die Seitenflügel zogen sich ins Hauptgebäude zurück, statt des Palastes stand ein Kästchen neben mir, das ich sogleich aufhob und mit mir forttrug, nicht ohne ein angenehmes Gefühl, so groß und so stark zu sein, zwar immer noch ein Zwerg gegen Bäume und Berge, gegen Ströme wie gegen Landstrecken, aber doch immer schon ein Riese gegen Gras und Kräuter, besonders aber gegen die Ameisen, mit denen wir Zwerge nicht immer in gutem Verhältnis stehen und deswegen oft gewaltig von ihnen geplagt werden.

Wie es mir auf meiner Wallfahrt erging, ehe ich dich fand, davon hätte ich viel zu erzählen. Genug, ich prüfte manchen, aber niemand als du schien mir wert, den Stamm des herrlichen Eckwald zu erneuern und zu verewigen.‹

Bei allen diesen Erzählungen wackelte mir mitunter der Kopf, ohne daß ich ihn gerade geschüttelt hätte. Ich tat verschiedene Fragen, worauf ich aber keine sonderlichen Antworten erhielt, vielmehr zu meiner größten Betrübnis erfuhr, daß sie nach dem, was begegnet, notwendig zu ihren Eltern zurückkehren müsse. Sie hoffe zwar, wieder zu mir zu kommen, doch jetzt habe sie sich unvermeidlich zu stellen, weil sonst für sie sowie für mich alles verloren wäre. Die Beutel würden bald aufhören zu zahlen, und was sonst noch alles daraus entstehen könnte.

Da ich hörte, daß uns das Geld ausgehen dürfte, fragte ich nicht weiter, was sonst noch geschehen möchte. Ich zuckte die Achseln, ich schwieg, und sie schien mich zu verstehen.

Wir packten zusammen und setzten uns in den Wagen, das Kästchen gegen uns über, dem ich aber noch nichts von einem Palast ansehen konnte. So ging es mehrere Stationen fort. Postgeld und Trinkgeld wurden aus den Täschchen rechts und links bequem und reichlich bezahlt, bis wir endlich in eine gebirgige Gegend gelangten und kaum abgestiegen waren, als meine Schöne vorausging und ich auf ihr Geheiß mit dem Kästchen folgte. Sie führte mich auf ziemlich steilen Pfaden zu einem engen Wiesengrund, durch welchen sich eine klare Quelle bald stürzte, bald ruhig laufend schlängelte. Da zeigte sie mir eine erhöhte Fläche, hieß mich das Kästchen niedersetzen und sagte: ›Lebe wohl: du findest den Weg gar leicht zurück; gedenke mein, ich hoffe, dich wiederzusehen.‹

In diesem Augenblick war mir's, als wenn ich sie nicht verlassen könnte. Sie hatte gerade wieder ihren schönen Tag oder, wenn Ihr wollt, ihre schöne Stunde. Mit einem so lieblichen Wesen allein, auf grüner Matte, zwischen Gras und Blumen, von Felsen beschränkt, von Wasser umrauscht, welches Herz wäre da wohl fühllos geblieben! Ich wollte sie bei der Hand fassen, sie umarmen, aber sie stieß mich zurück und bedrohte mich, obwohl noch immer liebreich genug, mit großer Gefahr, wenn ich mich nicht sogleich entfernte.

›Ist denn gar keine Möglichkeit‹, rief ich aus, ›daß ich bei dir bleibe, daß du mich bei dir behalten könntest?‹ Ich begleitete diese Worte mit so jämmerlichen Gebärden und Tönen, daß sie gerührt schien und nach einigem Bedenken mir gestand, eine Fortdauer unserer Verbindung sei nicht ganz unmöglich. Wer war glücklicher als ich! Meine Zudringlichkeit, die immer lebhafter ward, nötigte sie endlich, mit der Sprache herauszurücken und mir zu entdecken, daß, wenn ich mich entschlösse, mit ihr so klein zu werden, als ich sie schon gesehen, so könnte ich auch jetzt bei ihr bleiben, in ihre Wohnung, in ihr Reich, zu ihrer Familie mit übertreten. Dieser Vorschlag gefiel mir nicht ganz, doch konnte ich mich einmal in diesem Augenblick nicht von ihr losreißen, und ans Wunderbare seit geraumer Zeit schon gewöhnt, zu raschen Entschlüssen aufgelegt, schlug ich ein und sagte, sie möchte mit mir machen, was sie wolle.

Sogleich mußte ich den kleinen Finger meiner rechten Hand ausstrecken, sie stützte den ihrigen dagegen, zog mit der linken Hand den goldnen Ring ganz leise sich ab und ließ ihn herüber an meinen Finger laufen. Kaum war dies geschehen, so fühlte ich einen gewaltigen Schmerz am Finger, der Ring zog sich zusammen und folterte mich entsetzlich. Ich tat einen gewaltigen Schrei und griff unwillkürlich um mich her nach meiner Schönen, die aber verschwunden war. Wie mir indessen zumute gewesen, dafür wüßte ich keinen Ausdruck zu finden, auch bleibt mir nichts übrig zu sagen, als daß ich mich sehr bald in kleiner, niedriger Person neben meiner Schönen in einem Walde von Grashalmen befand. Die Freude des Wiedersehens nach einer kurzen und doch so seltsamen Trennung, oder, wenn ihr wollt, einer Wiedervereinigung ohne Trennung, übersteigt alle Begriffe. Ich fiel ihr um den Hals, sie erwiderte meine Liebkosungen, und das kleine Paar fühlte sich so glücklich als das große.

Mit einiger Unbequemlichkeit stiegen wir nunmehr an einem Hügel hinauf; denn die Matte war für uns beinah ein undurchdringlicher Wald geworden. Doch gelangten wir endlich auf eine Blöße, und wie erstaunt war ich, dort eine große, geregelte Masse zu sehen, die ich doch bald für das Kästchen, in dem Zustand, wie ich es hingesetzt hatte, wiedererkennen mußte.

›Gehe hin, mein Freund, und klopfe mit dem Ringe nur an, du wirst Wunder sehen‹, sagte meine Geliebte. Ich trat hinzu und hatte kaum angepocht, so erlebte ich wirklich das größte Wunder. Zwei Seitenflügel bewegten sich hervor, und zugleich fielen wie Schuppen und Späne verschiedene Teile herunter, da mir denn Türen, Fenster, Säulengänge und alles, was zu einem vollständigen Palaste gehört, auf einmal zu Gesichte kamen.

Wer einen künstlichen Schreibtisch von Röntgen gesehen hat, wo mit *einem* Zug viele Federn und Ressorts in Bewegung kommen, Pult und Schreibzeug, Brief- und Geldfächer sich auf einmal oder kurz nacheinander entwickeln, der wird sich eine Vorstellung machen können, wie sich jener Palast entfaltete, in welchen mich meine süße Begleiterin nunmehr hineinzog. In dem Hauptsaal erkannte ich sogleich das Kamin, das ich ehemals von oben gesehen, und den Sessel, worauf sie gesessen. Und als ich über mich blickte, glaubte ich wirklich noch etwas von dem Sprunge in der Kuppel zu bemerken, durch den ich hereingeschaut hatte. Ich verschone Euch mit Beschreibung des übrigen; genug, alles war geräumig, köstlich und geschmackvoll. Kaum hatte ich mich von meiner Verwunderung erholt, als ich von fern eine militärische Musik vernahm. Meine schöne Hälfte sprang vor Freuden auf und verkündigte mir mit Entzücken die Ankunft ihres Herrn Vaters. Hier traten wir unter die Türe und schauten, wie aus einer ansehnlichen Felskluft ein glänzender Zug sich bewegte. Soldaten, Bediente, Hausoffizianten und ein glänzender Hofstaat folgten hintereinander. Endlich erblickte man ein goldnes Gedränge und in demselben den König selbst. Als der ganze Zug vor dem Palast aufgestellt war, trat der König mit seiner nächsten Umgebung heran. Seine zärtliche Tochter eilte ihm entgegen, sie riß mich mit sich fort, wir warfen uns ihm zu Füßen, er hob mich sehr gnädig auf, und als ich vor ihn zu stehen kam, bemerkte ich erst, daß ich freilich in dieser kleinen Welt die ansehnlichste Statur hatte. Wir gingen zusammen nach dem Palaste, da mich der König in Gegenwart seines ganzen Hofes mit einer wohlstudierten Rede, worin er seine Überraschung, uns hier zu finden, ausdrückte, zu bewillkommnen geruhte, mich als seinen Schwiegersohn erkannte und die Trauungszeremonie auf morgen ansetzte.

Wie schrecklich ward mir auf einmal zumute, als ich von Heirat reden hörte: denn ich fürchtete mich bisher davor fast mehr als vor der Musik selbst, die mir doch sonst das Verhaßteste auf Erden schien. Diejenigen, die Musik machen, pflegte ich zu sagen, stehen doch wenigstens in der Einbildung, untereinander einig zu sein und in Übereinstimmung zu wirken: denn wenn sie lange genug gestimmt und uns die Ohren mit allerlei Mißtönen zerrissen haben, so glauben sie steif und fest, die Sache sei nunmehr aufs reine gebracht und ein Instrument passe genau zum andern. Der Kapellmeister selbst ist in diesem glücklichen Wahn, und nun geht es freudig los, unterdes uns andern immerfort die Ohren gellen. Bei dem Ehestand hingegen ist dies nicht einmal der Fall: denn ob er gleich nur ein Duett ist und man doch denken sollte, zwei Stimmen, ja zwei Instrumente müßten einigermaßen überein gestimmt werden können, so trifft es doch selten zu; denn wenn der Mann einen Ton angibt, so nimmt ihn die Frau gleich höher und der Mann wieder höher; da geht es denn aus dem Kammer- in den Chorton und immer so weiter hinauf, daß zuletzt die blasenden Instrumente selbst nicht folgen können. Und also, da mir die harmonische Musik zuwider bleibt, so ist mir noch weniger zu verdenken, daß ich die disharmonische gar nicht leiden kann.

Von allen Festlichkeiten, worunter der Tag hinging, mag und kann ich nicht erzählen: denn ich achtete gar wenig darauf. Das kostbare Essen, der köstliche Wein, nichts wollte mir schmecken. Ich sann und überlegte, was ich zu tun hätte. Doch da war nicht viel auszusinnen. Ich entschloß mich, als es Nacht wurde, kurz und gut, auf und davon zu gehen und mich irgendwo zu verbergen. Auch gelangte ich glücklich zu einer Steinritze, in die ich mich hineinzwängte und so gut als möglich verbarg. Mein erstes Bemühen darauf war, den unglücklichen Ring vom Finger zu schaffen, welches jedoch mir keineswegs gelingen wollte, vielmehr mußte ich fühlen, daß er immer enger ward, sobald ich ihn abzuziehen gedachte, worüber ich heftige Schmerzen litt, die aber sogleich nachließen, sobald ich von meinem Vorhaben abstand.

Frühmorgens wach ich auf – denn meine kleine Person hatte sehr gut geschlafen – und wollte mich eben weiter umsehen, als es über mir wie zu regnen anfing. Es fiel nämlich durch Gras, Blätter und Blumen wie Sand und Grus in Menge herunter; allein wie entsetzte ich mich, als alles um mich her lebendig ward und ein unendliches Ameisenheer über mich niederstürzte. Kaum wurden sie mich gewahr, als sie mich von allen Seiten angriffen und, ob ich mich gleich wacker und mutig genug verteidigte, doch zuletzt auf solche Weise zudeckten, kneipten und peinigten, daß ich froh war, als ich mir zurufen hörte, ich solle mich ergeben. Ich ergab mich wirklich und gleich, worauf denn eine Ameise von ansehnlicher Statur sich mit Höflichkeit, ja mit Ehrfurcht näherte und sich sogar meiner Gunst empfahl. Ich vernahm, daß die Ameisen Alliierte meines Schwiegervaters geworden und daß er sie im gegenwärtigen Fall aufgerufen und verpflichtet, mich herbeizuschaffen. Nun war ich Kleiner in den Händen von noch Kleinern. Ich sah der Trauung entgegen und mußte noch Gott danken, wenn mein Schwiegervater nicht zürnte, wenn meine Schöne nicht verdrießlich geworden.

Laßt mich nun von allen Zeremonien schweigen; genug, wir waren verheiratet. So lustig und munter es jedoch bei uns herging, so fanden sich dessenungeachtet einsame Stunden, in denen man zum Nachdenken verleitet wird, und mir begegnete, was mir noch niemals begegnet war; was aber und wie, das sollt Ihr vernehmen.

Alles um mich her war meiner gegenwärtigen Gestalt und meinen Bedürfnissen völlig gemäß, die Flaschen und Becher einem kleinen Trinker wohl proportioniert, ja, wenn man will, verhältnismäßig besseres Maß als bei uns. Meinem kleinen Gaumen schmeckten die zarten Bissen vortrefflich, ein Kuß von dem Mündchen meiner Gattin war gar zu reizend, und ich leugne nicht, die Neuheit machte mir alle diese Verhältnisse höchst angenehm. Dabei hatte ich jedoch leider meinen vorigen Zustand nicht vergessen. Ich empfand in mir einen Maßstab voriger Größe, welches mich unruhig und unglücklich machte. Nun begriff ich zum erstenmal, was die Philosophen unter ihren Idealen verstehen möchten, wodurch die Menschen so gequält sein sollen. Ich hatte ein Ideal von mir selbst und erschien mir manchmal im Traum wie ein Riese. Genug, die Frau, der Ring, die Zwergenfigur, so viele andere Bande machten mich ganz und gar unglücklich, daß ich auf meine Befreiung im Ernst zu denken begann.

Weil ich überzeugt war, daß der ganze Zauber in dem Ring verborgen liege, so beschloß ich, ihn abzufeilen. Ich entwendete deshalb dem Hofjuwelier einige Feilen. Glücklicherweise war ich links, und ich hatte in meinem Leben niemals etwas rechts gemacht. Ich hielt mich tapfer an die Arbeit; sie war nicht gering: denn das goldne Reifchen, so dünn es aussah, war in dem Verhältnis dichter geworden, als es sich aus seiner ersten Größe zusammengezogen hatte. Alle freien Stunden wendete ich unbeobachtet an dieses Geschäft und war klug genug, als das Metall bald durchgefeilt war, vor die Türe zu treten. Das war mir geraten: denn auf einmal sprang der goldne Reif mit Gewalt vom Finger, und meine Figur schoß mit solcher Heftigkeit in die Höhe, daß ich wirklich an den Himmel zu stoßen glaubte und auf alle Fälle die Kuppel unseres Sommerpalastes durchgestoßen, ja das ganze Sommergebäude durch meine frische Unbehülflichkeit zerstört haben würde.
Da stand ich nun wieder, freilich um so vieles größer, allein, wie mir vorkam, auch um vieles dümmer und unbehülflicher. Und als ich mich aus meiner Betäubung erholt, sah ich die Schatulle neben mir stehen, die ich ziemlich schwer fand, als ich sie aufhob und den Fußpfad hinunter nach der Station trug, wo ich denn gleich einspannen und fortfahren ließ. Unterwegs machte ich sogleich den Versuch, mit den Täschchen an beiden Seiten. An der Stelle des Geldes, welches ausgegangen schien, fand ich ein Schlüsselchen; es gehörte zur Schatulle, in welcher ich einen ziemlichen Ersatz fand. Solange das vorhielt, bediente ich mich des Wagens; nachher wurde dieser verkauft, um mich auf dem Postwagen fortzubringen. Die Schatulle schlug ich zuletzt los, weil ich immer dachte, sie sollte sich noch einmal füllen, und so kam ich denn endlich, obgleich durch einen ziemlichen Umweg, wieder an den Herd zur Köchin, wo Ihr mich zuerst habt kennenlernen.«

Siebentes Kapitel

Hersilie an Wilhelm

»Bekanntschaften, wenn sie sich auch gleichgültig ankündigen, haben oft die wichtigsten Folgen, und nun gar die Ihrige, die gleich von Anfang nicht gleichgültig war. Der wunderliche Schlüssel kam in meine Hände als ein seltsames Pfand; nun besitze ich das Kästchen auch. Schlüssel und Kästchen, was sagen Sie dazu? Was soll man dazu sagen? Hören Sie, wie's zuging.

Ein junger, feiner Mann läßt sich bei meinem Oheim melden und erzählt, daß der kuriose Antiquitätenkrämer, der mit Ihnen lange in Verbindung gestanden, vor kurzem gestorben sei und ihm die ganze merkwürdige Verlassenschaft übertragen, zugleich aber zur Pflicht gemacht habe, alles fremde Eigentum, was eigentlich nur deponiert sei, unverzüglich zurückzugeben. Eignes Gut beunruhige niemanden, denn man habe den Verlust allein zu ertragen; fremdes Gut jedoch zu bewahren, habe er sich nur in besondern Fällen erlaubt, ihm wolle er diese Last nicht aufbürden, ja er verbiete ihm, in väterlicher Liebe und Autorität, sich damit zu befassen. Und hiemit zog er das Kästchen hervor, das, wenn ich es schon aus der Beschreibung kannte, mir doch ganz vorzüglich in die Augen fiel.

Der Oheim, nachdem er es von allen Seiten besehen, gab es zurück und sagte: Auch er habe es sich zur Pflicht gemacht, in gleichem Sinne zu handeln und sich mit keiner Antiquität, sie sei auch noch so schön und wunderbar, zu belasten, wenn er nicht wisse, wem sie früher angehört und was für eine historische Merkwürdigkeit damit zu verknüpfen sei. Nun zeige dieses Kästchen weder Buchstaben noch Ziffer, weder Jahrzahl noch sonst eine Andeutung, woraus man den frühern Besitzer oder Künstler erraten könne, es sei ihm also völlig unnütz und ohne Interesse.

Der junge Mann stand in großer Verlegenheit und fragte nach einigem Besinnen, ob er nicht erlauben wolle, solches bei seinen Gerichten niederzulegen? Der Oheim lächelte, wandte sich zu mir und sprach: ›Das wär' ein hübsches Geschäft für dich, Hersilie; du hast ja auch allerlei Schmuck und zierliche Kostbarkeiten, leg es dazu; denn ich wollte wetten, der Freund, der dir nicht gleichgültig blieb, kommt gelegentlich wieder und holt es ab.‹

Das muß ich nun so hinschreiben, wenn ich treu erzählen will, und sodann muß ich bekennen, ich sah das Kästchen mit neidischen Augen an, und eine gewisse Habsucht bemächtigte sich meiner. Mir widerte, das herrliche, dem holden Felix vom Schicksal zugedachte Schatzkästlein in dem alt-eisernen, verrosteten Depositenkasten der Gerichtsstube zu wissen. Wünschelrutenartig zog sich die Hand darnach, mein bißchen Vernunft hielt sie zurück; ich hatte ja den Schlüssel, das durfte ich nicht entdecken; und sollte ich mir die Qual antun, das Schloß uneröffnet zu lassen, oder mich der unbefugten Kühnheit hingeben, es aufzuschließen? Allein ich weiß nicht, war es Wunsch oder Ahnung, ich stellte mir vor, Sie kämen, kämen bald, wären schon da, wenn ich auf mein Zimmer träte; genug, es war mir so wunderlich, so seltsam, so konfus, wie es mir immer geht, wenn ich aus meiner gleichmütigen Heiterkeit herausgenötigt werde. Ich sage nichts weiter, beschreibe nicht, entschuldige nicht; genug, hier liegt das Kästchen vor mir in meiner Schatulle, der Schlüssel daneben, und wenn Sie eine Art von Herz und Gemüt haben, so denken Sie, wie mir zumute ist, wie viele Leidenschaften sich in mir herumkämpfen, wie ich Sie herwünsche, auch wohl Felix dazu, daß es ein Ende werde, wenigstens daß eine Deutung vorgehe, was damit gemeint sei, mit diesem wunderbaren Finden, Wiederfinden, Trennen und Vereinigen; und sollte ich auch nicht aus aller Verlegenheit gerettet werden, so wünsche ich wenigstens sehnlichst, daß diese sich aufkläre, sich endige, wenn mir auch, wie ich fürchte, etwas Schlimmeres begegnen sollte.«

Achtes Kapitel

Unter den Papieren, die uns zur Redaktion vorliegen, finden wir einen Schwank, den wir ohne weitere Vorbereitung hier einschalten, weil unsre Angelegenheiten immer ernsthafter werden und wir für dergleichen Unregelmäßigkeiten fernerhin keine Stelle finden möchten.
Im ganzen möchte diese Erzählung dem Leser nicht unangenehm sein, wie sie St. Christoph am heitern Abend einem Kreise versammelter lustiger Gesellen vortrug.

Die gefährliche Wette

Es ist bekannt, daß die Menschen, sobald es ihnen einigermaßen wohl und nach ihrem Sinne geht, alsobald nicht wissen, was sie vor Übermut anfangen sollen; und so hatten denn auch mutwillige Studenten die Gewohnheit, während der Ferien scharenweis das Land zu durchziehen und nach ihrer Art Suiten zu reißen, welche freilich nicht immer die besten Folgen hatten. Sie waren gar verschiedener Art, wie sie das Burschenleben zusammenführt und bindet. Ungleich von Geburt und Wohlhabenheit, Geist und Bildung, aber alle gesellig in einem heitern Sinne miteinander sich fortbewegend und treibend. Mich aber wählten sie oft zum Gesellen: denn wenn ich schwerere Lasten trug als einer von ihnen, so mußten sie mir denn auch den Ehrentitel eines großen Suitiers erteilen, und zwar hauptsächlich deshalb, weil ich seltener, aber desto kräftiger meine Possen trieb, wovon denn folgendes ein Zeugnis geben mag.
Wir hatten auf unseren Wanderungen ein angenehmes Bergdorf erreicht, das bei einer abgeschiedenen Lage den Vorteil einer Poststation und in großer Einsamkeit ein paar hübsche Mädchen zu Bewohnerinnen hatte. Man wollte ausruhen, die Zeit verschlendern, verliebeln, eine Weile wohlfeiler leben und deshalb desto mehr Geld vergeuden.
Es war gerade nach Tisch, als einige sich im erhöhten, andere im erniedrigten Zustand befanden. Die einen lagen

und schliefen ihren Rausch aus; die andern hätten ihn gern auf irgendeine mutwillige Weise ausgelassen. Wir hatten ein paar große Zimmer im Seitenflügel nach dem Hof zu. Eine schöne Equipage, die mit vier Pferden hereinrasselte, zog uns an die Fenster. Die Bedienten sprangen vom Bock und halfen einem Herrn von stattlichem, vornehmem Ansehen heraus, der ungeachtet seiner Jahre noch rüstig genug auftrat. Seine große, wohlgebildete Nase fiel mir zuerst ins Gesicht, und ich weiß nicht, was für ein böser Geist mich anhauchte, so daß ich in einem Augenblick den tollsten Plan erfand und ihn, ohne weiter zu denken, sogleich auszuführen begann.

»Was dünkt euch von diesem Herrn?« fragte ich die Gesellschaft. – »Er sieht aus«, versetzte der eine, »als ob er nicht mit sich spaßen lasse.« – »Ja, ja«, sagte der andre, »er hat ganz das Ansehen so eines vornehmen Rührmichnichtan.« – »Und dessenungeachtet«, erwiderte ich ganz getrost, »was wettet ihr, ich will ihn bei der Nase zupfen, ohne daß mir deshalb etwas Übles widerfahre; ja ich will mir sogar dadurch einen gnädigen Herrn an ihm verdienen.«

»Wenn du es leistest«, sagte Raufbold, »so zahlt dir jeder einen Louisdor.« – »Kassieren Sie das Geld für mich ein«, rief ich aus; »auf Sie verlasse ich mich.« – »Ich möchte lieber einem Löwen ein Haar von der Schnauze raufen«, sagte der Kleine. – »Ich habe keine Zeit zu verlieren«, versetzte ich und sprang die Treppe hinunter.

Bei dem ersten Anblick des Fremden hatte ich bemerkt, daß er einen sehr starken Bart hatte, und vermutete, daß keiner von seinen Leuten rasieren könne. Nun begegnete ich dem Kellner und fragte: »Hat der Fremde nicht nach einem Barbier gefragt?« – »Freilich!« versetzte der Kellner, »und es ist eine rechte Not. Der Kammerdiener des Herrn ist schon zwei Tage zurückgeblieben. Der Herr will seinen Bart absolut los sein, und unser einziger Barbier, wer weiß, wo er in die Nachbarschaft hingegangen.«

»So meldet mich an«, versetzte ich; »führt mich als Bartscherer bei dem Herrn nur ein, und Ihr werdet Ehre mit mir

einlegen.« Ich nahm das Rasierzeug, das ich im Hause fand, und folgte dem Kellner.
Der alte Herr empfing mich mit großer Gravität, besah mich von oben bis unten, als ob er meine Geschicklichkeit aus mir herausphysiognomieren wollte. »Versteht Er sein Handwerk?« sagte er zu mir.
»Ich suche meinesgleichen«, versetzte ich, »ohne mich zu rühmen.« Auch war ich meiner Sache gewiß: denn ich hatte früh die edle Kunst getrieben und war besonders deswegen berühmt, weil ich mit der linken Hand rasierte.
Das Zimmer, in welchem der Herr seine Toilette machte, ging nach dem Hof und war gerade so gelegen, daß unsere Freunde füglich hereinsehen konnten, besonders wenn die Fenster offen waren. An gehöriger Vorrichtung fehlte nichts mehr. Der Patron hatte sich gesetzt und das Tuch vorgenommen. Ich trat ganz bescheidentlich vor ihn hin und sagte: »Exzellenz! mir ist bei Ausübung meiner Kunst das Besondere vorgekommen, daß ich die gemeinen Leute besser und zu mehrerer Zufriedenheit rasiert habe als die Vornehmen. Darüber habe ich denn lange nachgedacht und die Ursache bald da, bald dort gesucht, endlich aber gefunden, daß ich meine Sache in freier Luft viel besser mache als in verschlossenen Zimmern. Wollten Ew. Exzellenz deshalb erlauben, daß ich die Fenster aufmache, so würden Sie den Effekt zu eigener Zufriedenheit gar bald empfinden.« Er gab es zu, ich öffnete das Fenster, gab meinen Freunden einen Wink und fing an, den starken Bart mit großer Anmut einzuseifen. Ebenso behend und leicht strich ich das Stoppelfeld vom Boden weg, wobei ich nicht versäumte, als es an die Oberlippe kam, meinen Gönner bei der Nase zu fassen und sie merklich herüber und hinüber zu biegen, wobei ich mich so zu stellen wußte, daß die Wettenden zu ihrem größten Vergnügen erkennen und bekennen mußten, ihre Seite habe verloren.
Sehr stattlich bewegte sich der alte Herr gegen den Spiegel: man sah, daß er sich mit einiger Gefälligkeit betrachtete, und wirklich, es war ein sehr schöner Mann. Dann wendete er

sich zu mir mit einem feurigen, schwarzen, aber freundlichen Blick und sagte: »Er verdient, mein Freund, vor vielen seinesgleichen gelobt zu werden, denn ich bemerke an Ihm weit weniger Unarten als an andern. So fährt Er nicht zwei-, dreimal über dieselbige Stelle, sondern es ist mit *einem* Strich getan; auch streicht Er nicht, wie mehrere tun, sein Schermesser in der flachen Hand ab und führt den Unrat nicht der Person über die Nase. Besonders aber ist seine Geschicklichkeit der linken Hand zu bewundern. Hier ist etwas für seine Mühe«, fuhr er fort, indem er mir einen Gulden reichte. »Nur eines merk Er sich: daß man Leute von Stande nicht bei der Nase faßt. Wird Er diese bäurische Sitte künftig vermeiden, so kann Er wohl noch in der Welt sein Glück machen.«

Ich verneigte mich tief, versprach alles mögliche, bat ihn, bei allenfallsiger Rückkehr mich wieder zu beehren, und eilte, was ich konnte, zu unseren jungen Gesellen, die mir zuletzt ziemlich Angst gemacht hatten. Denn sie verführten ein solches Gelächter und ein solches Geschrei, sprangen wie toll in der Stube herum, klatschten und riefen, weckten die Schlafenden und erzählten die Begebenheit immer mit neuem Lachen und Toben, daß ich selbst, als ich ins Zimmer trat, die Fenster vor allen Dingen zumachte und sie um Gottes willen bat, ruhig zu sein, endlich aber mitlachen mußte über das Aussehen einer närrischen Handlung, die ich mit so vielem Ernste durchgeführt hatte.

Als nach einiger Zeit sich die tobenden Wellen des Lachens einigermaßen gelegt hatten, hielt ich mich für glücklich; die Goldstücke hatte ich in der Tasche und den wohlverdienten Gulden dazu, und ich hielt mich für ganz wohl ausgestattet, welches mir um so erwünschter war, als die Gesellschaft beschlossen hatte, des andern Tages auseinanderzugehen. Aber uns war nicht bestimmt, mit Zucht und Ordnung zu scheiden. Die Geschichte war zu reizend, als daß man sie hätte bei sich behalten können, sosehr ich auch gebeten und beschworen hatte, nur bis zur Abreise des alten Herrn reinen Mund zu halten. Einer bei uns, der Fahrige genannt, hatte ein Liebesverständnis mit der Tochter des Hauses. Sie kamen zusammen, und Gott weiß, ob er sie nicht besser zu unterhalten wußte, genug, er erzählt ihr den Spaß, und so wollten sie sich nun zusammen totlachen. Dabei blieb es nicht, sondern das Mädchen brachte die Märe lachend weiter, und so mochte sie endlich noch kurz vor Schlafengehen an den alten Herrn gelangen.

Wir saßen ruhiger als sonst; denn es war den Tag über genug getobt worden, als auf einmal der kleine Kellner, der uns sehr zugetan war, hereinsprang und rief: »Rettet euch, man wird euch totschlagen!« Wir fuhren auf und wollten mehr wissen; er aber war schon zur Türe wieder hinaus. Ich sprang auf und schob den Nachtriegel vor; schon aber hörten wir an der Türe pochen und schlagen, ja wir glaubten zu hören, daß sie durch eine Axt gespalten werde. Maschinenmäßig zogen wir uns ins zweite Zimmer zurück, alle waren verstummt: »Wir sind verraten«, rief ich aus, »der Teufel hat uns bei der Nase!«

Raufbold griff nach seinem Degen, ich zeigte hier abermals meine Riesenkraft und schob ohne Beihülfe eine schwere Kommode vor die Türe, die glücklicherweise hereinwärts ging. Doch hörten wir schon das Gepolter im Vorzimmer und die heftigsten Schläge an unsere Türe.

Raufbold schien entschieden, sich zu verteidigen, wiederholt aber rief ich ihm und den übrigen zu: »Rettet euch! hier sind Schläge zu fürchten nicht allein, aber Beschimpfung, das Schlimmere für den Edelgebornen.« Das Mädchen stürzte herein, dieselbe, die uns verraten hatte, nun verzweifelnd, ihren Liebhaber in Todesgefahr zu wissen. »Fort, fort!« rief sie und faßte ihn an; »fort, fort! ich bring euch über Böden, Scheunen und Gänge. Kommt alle, der letzte zieht die Leiter nach.«

Alles stürzte nun zur Hintertüre hinaus; ich hob noch einen Koffer auf die Kiste, um die schon hereinbrechenden Füllungen der belagerten Türe zurückzuschieben und festzuhalten. Aber meine Beharrlichkeit, mein Trutz wollte mir verderblich werden.

Als ich den übrigen nachzueilen rannte, fand ich die Leiter schon aufgezogen und sah alle Hoffnung, mich zu retten, gänzlich versperrt. Da steh ich nun, ich, der eigentliche Verbrecher, der ich mit heiler Haut, mit ganzen Knochen zu entrinnen schon aufgab. Und wer weiß – doch laßt mich immer dort in Gedanken stehen, da ich jetzt hier gegenwärtig euch das Märchen vorerzählen kann. Nur vernehmt noch, daß diese verwegene Suite sich in schlechte Folgen verlor.

Der alte Herr, tief gekränkt von Verhöhnung ohne Rache, zog sich's zu Gemüte, und man behauptet, dieses Ereignis habe seinen Tod zur Folge gehabt, wo nicht unmittelbar, doch mitwirkend. Sein Sohn, den Tätern auf die Spur zu gelangen trachtend, erfuhr unglücklicherweise die Teilnahme Raufbolds, und erst nach Jahren hierüber ganz klar, forderte er diesen heraus, und eine Wunde, ihn, den schönen Mann, entstellend, ward ärgerlich für das ganze Leben. Auch seinem Gegner verdarb dieser Handel einige schöne Jahre durch zufällig sich anschließende Ereignisse.

Da nun jede Fabel eigentlich etwas lehren soll, so ist euch allen, wohin die gegenwärtige gemeint sei, wohl überklar und deutlich.

Neuntes Kapitel

Der höchst bedeutende Tag war angebrochen, heute sollten die ersten Schritte zur allgemeinen Fortwanderung eingeleitet werden, heut sollte sich's entscheiden, wer denn wirklich in die Welt hinaus gehen oder wer lieber diesseits, auf dem zusammenhangenden Boden der alten Erde, verweilen und sein Glück versuchen wolle.

Ein munteres Lied erscholl in allen Straßen des heitern Fleckens; Massen taten sich zusammen, die einzelnen Glieder eines jeden Handwerks schlossen sich aneinander an, und so zogen sie, unter einstimmigem Gesang, nach einer durch das Los entschiedenen Ordnung in den Saal.

Die Vorgesetzten, wie wir Lenardo, Friedrichen und den Amtmann bezeichnen wollen, waren eben im Begriff, ihnen zu folgen und den gebührenden Platz einzunehmen, als ein Mann von einnehmendem Wesen zu ihnen trat und sich die Erlaubnis ausbat, an der Versammlung teilnehmen zu können. Ihm wäre nichts abzuschlagen gewesen, so gesittet, zuvorkommend und freundlich war sein Betragen, wodurch eine imposante Gestalt, welche sowohl nach der Armee als dem Hofe und dem geselligen Leben hindeutete, sich höchst anmutig erwies. Er trat mit den übrigen hinein, man überließ ihm einen Ehrenplatz; alle hatten sich gesetzt, Lenardo blieb stehen und fing folgendermaßen zu reden an:

»Betrachten wir, meine Freunde, des festen Landes bewohnteste Provinzen und Reiche, so finden wir überall, wo sich nutzbarer Boden hervortut, denselben bebaut, bepflanzt, geregelt, verschönt und in gleichem Verhältnis gewünscht, in Besitz genommen, befestigt und verteidigt. Da überzeugen wir uns denn von dem hohen Wert des Grundbesitzes und sind genötigt, ihn als das Erste, das Beste anzusehen, was dem Menschen werden könne. Finden wir nun, bei näherer Ansicht, Eltern- und Kinderliebe, innige Verbindung der Flur- und Stadtgenossen, somit auch das allgemeine patriotische Gefühl unmittelbar auf den Boden gegründet, dann erscheint uns jenes Ergreifen und Behaupten des Raums, im großen und kleinen, immer bedeutender und ehrwürdiger. Ja, so hat es die Natur gewollt! Ein Mensch, auf der Scholle geboren, wird ihr durch Gewohnheit angehörig, beide verwachsen miteinander, und sogleich knüpfen sich die schönsten Bande. Wer möchte denn wohl die Grundfeste alles Daseins widerwärtig berühren, Wert und Würde so schöner, einziger Himmelsgabe verkennen?

Und doch darf man sagen: Wenn das, was der Mensch besitzt, von großem Wert ist, so muß man demjenigen, was er tut und leistet, noch einen größern zuschreiben. Wir mögen daher bei völligem Überschauen den Grundbesitz als einen kleineren Teil der uns verliehenen Güter betrachten.

Die meisten und höchsten derselben bestehen aber eigentlich im Beweglichen und in demjenigen, was durchs bewegte Leben gewonnen wird.

Hiernach uns umzusehen werden wir Jüngeren besonders genötigt; denn hätten wir auch die Lust, zu bleiben und zu verharren, von unsern Vätern geerbt, so finden wir uns doch tausendfältig aufgefordert, die Augen vor weiterer Aus- und Umsicht keineswegs zu verschließen. Eilen wir deshalb schnell ans Meeresufer und überzeugen uns mit einem Blick, welch unermeßliche Räume der Tätigkeit offenstehen, und bekennen wir schon bei dem bloßen Gedanken uns ganz anders aufgeregt.

Doch in solche grenzenlose Weiten wollen wir uns nicht verlieren, sondern unsere Aufmerksamkeit dem zusammenhängenden, weiten, breiten Boden so mancher Länder und Reiche zuwenden. Dort sehen wir große Strecken des Landes von Nomaden durchzogen, deren Städte beweglich, deren lebendig-nährender Herdenbesitz überall hinzuleiten ist. Wir sehen sie inmitten der Wüste, auf großen grünen Weideplätzen, wie in erwünschten Häfen vor Anker liegen. Solche Bewegung, solches Wandern wird ihnen zur Gewohnheit, zum Bedürfnis; endlich betrachten sie die Oberfläche der Welt, als wäre sie nicht durch Berge gedämmt, nicht von Flüssen durchzogen. Haben wir doch den Nordosten gesehen sich gegen Südwesten bewegen, ein Volk das andere vor sich hertreiben, Herrschaft und Grundbesitz durchaus verändert.

Von übervölkerten Gegenden her wird sich eben dasselbe in dem großen Weltlauf noch mehrmals ereignen. Was wir von Fremden zu erwarten haben, wäre schwer zu sagen; wundersam aber ist es, daß durch eigene Übervölkerung wir uns einander innerlich drängen und, ohne erst abzuwarten, daß wir vertrieben werden, uns selbst vertreiben, das Urteil der Verbannung gegeneinander selbst aussprechend.

Hier ist nun Zeit und Ort, ohne Verdruß und Mißmut in unserm Busen einer gewissen Beweglichkeit Raum zu geben, die ungeduldige Lust nicht zu unterdrücken, die uns antreibt, Platz und Ort zu verändern. Doch was wir auch sinnen und vorhaben, geschehe nicht aus Leidenschaft noch aus irgendeiner andern Nötigung, sondern aus einer dem besten Rat entsprechenden Überzeugung.

Man hat gesagt und wiederholt: ›Wo mir's wohl geht, ist mein Vaterland!‹ Doch wäre dieser tröstliche Spruch noch besser ausgedrückt, wenn es hieße: ›Wo ich nütze, ist mein Vaterland!‹ Zu Hause kann einer unnütz sein, ohne daß es eben sogleich bemerkt wird; außen in der Welt ist der Unnütze gar bald offenbar. Wenn ich nun sage: ›Trachte jeder, überall sich und andern zu nutzen!‹, so ist dies nicht etwa Lehre noch Rat, sondern der Ausspruch des Lebens selbst.

Nun beschaue man den Erdball und lasse das Meer vorerst unbeachtet, man lasse sich von dem Schiffsgewimmel nicht mit fortreißen und hefte den Blick auf das feste Land und staune, wie es mit einem sich wimmelnd durchkreuzenden Ameisengeschlecht übergossen ist. Hiezu hat Gott der Herr selbst Anlaß gegeben, indem er, den babylonischen Turmbau verhindernd, das Menschengeschlecht in alle Welt zerstreute. Lasset uns ihn darum preisen, denn dieser Segen ist auf alle Geschlechter übergegangen.

Bemerket nun mit Heiterkeit, wie sich alle Jugend sogleich in Bewegung setzt. Da ihr der Unterricht weder im Hause noch an der Türe geboten wird, eilt sie alsobald nach Ländern und Städten, wohin sie der Ruf des Wissens und der Weisheit verlockt; nach empfangener schneller, mäßiger Bildung fühlt sie sich sogleich getrieben, weiter in der Welt umherzuschauen, ob sie da oder dort irgendeine nutzbare Erfahrung, zu ihren Zwecken behülflich, auffinden und erhaschen könne. Mögen sie denn ihr Glück versuchen! Wir aber gedenken sogleich vollendeter, ausgezeichneter Männer, jener edlen Naturforscher, die jeder Beschwerlichkeit, jeder Gefahr wissentlich entgegengehen, um der Welt die Welt zu eröffnen und durch das Unwegsamste hindurch Pfad und Bahn zu bereiten.

Sehet aber auch auf glatten Heerstraßen Staub auf Staub in

langen Wolkenzügen emporgeregt, die Spur bezeichnend bequemer, überpackter Wägen, worin Vornehme, Reiche und so manche andere dahinrollen, deren verschiedene Denkweise und Absicht Yorik uns gar zierlich auseinandersetzt.
Möge nun aber der wackere Handwerker ihnen zu Fuße getrost nachschauen, dem das Vaterland zur Pflicht machte, fremde Geschicklichkeit sich anzueignen und nicht eher, als bis ihm dies gelungen, an den väterlichen Herd zurückzukehren. Häufiger aber begegnen wir auf unsern Wegen Marktenden und Handelnden; ein kleiner Krämer sogar darf nicht versäumen, von Zeit zu Zeit seine Bude zu verlassen, Messen und Märkte zu besuchen, um sich dem Großhändler zu nähern und seinen kleinen Vorteil am Beispiel, an der Teilnahme des Grenzenlosen zu steigern. Aber noch unruhiger durchkreuzt sich einzeln, zu Pferde, auf allen Haupt- und Nebenstraßen die Menge derer, die auf unsern Beutel auch gegen unser Wollen Anspruch zu machen beflissen sind. Muster aller Art und Preisverzeichnisse verfolgen uns in Stadt- und Landhäusern, und wohin wir uns auch flüchten mögen, geschäftig überraschen sie uns, Gelegenheit bietend, welche selbst aufzusuchen niemand in den Sinn gekommen wäre. Was soll ich aber nun von dem Volke sagen, das den Segen des ewigen Wanderns vor allen andern sich zueignet und durch seine bewegliche Tätigkeit die Ruhenden zu überlisten und die Mitwandernden zu überschreiten versteht? Wir dürfen weder Gutes noch Böses von ihnen sprechen; nichts Gutes, weil sich unser Bund vor ihnen hütet, nichts Böses, weil der Wanderer jeden Begegnenden freundlich zu behandeln, wechselseitigen Vorteils eingedenk, verpflichtet ist.
Nun aber vor allen Dingen haben wir der sämtlichen Künstler mit Teilnahme zu gedenken, denn sie sind auch durchaus in die Weltbewegung mit verflochten. Wandert nicht der Maler mit Staffelei und Palette von Gesicht zu Gesicht? und werden seine Kunstgenossen nicht bald da-, bald dorthin berufen, weil überall zu bauen und zu bilden ist? Lebhafter jedoch schreitet der Musiker daher, denn er ist es eigentlich,

der für ein neues Ohr neue Überraschung, für einen frischen Sinn frisches Erstaunen bereitet. Die Schauspieler sodann, wenn sie gleich Thespis' Wagen verschmähen, ziehen doch noch immer in kleineren Chören umher, und ihre bewegliche Welt ist an jeder Stelle behend genug auferbaut. Ebenso verändern sie einzeln, sogar ernste, vorteilhafte Verbindungen aufgebend, gern den Ort mit dem Orte, wozu ein gesteigertes Talent mit zugleich gesteigertem Bedürfnis Anlaß und Vorwand gibt. Hierzu bereiten sie sich gewöhnlich dadurch vor, daß sie kein bedeutendes Brettergerüst des Vaterlandes unbestiegen lassen.

Hiernach werden wir sogleich gemahnt, auf den Lehrstand zu sehen; diesen findet ihr gleichfalls in fortdauernder Bewegung, ein Katheder um das andere wird betreten und verlassen, um den Samen eiliger Bildung ja nach allen Seiten hin reichlich auszuspenden. Emsiger aber und weiter ausgreifend sind jene frommen Seelen, die, das Heil den Völkern zu bringen, sich durch alle Weltteile zerstreuen. Dagegen pilgern andere, sich das Heil abzuholen; sie ziehen zu ganzen Scharen nach geweihter, wundertätiger Stelle, dort zu suchen und zu empfangen, was ihrem Innern zu Hause nicht verliehen ward.

Wenn uns nun diese sämtlich nicht in Verwunderung setzen, weil ihr Tun und Lassen ohne Wandern meist nicht denkbar wäre, so sollten wir diejenigen, die ihren Fleiß dem Boden widmen, doch wenigstens an denselben gefesselt halten. Keineswegs! Auch ohne Besitz läßt sich Benutzung denken, und wir sehen den eifrigen Landwirt eine Flur verlassen, die ihm als Zeitpächter Vorteil und Freude mehrere Jahre gewährt hat; ungeduldig forscht er nach gleichen oder größeren Vorteilen, es sei nah oder fern. Ja sogar der Eigentümer verläßt seinen erst gerodeten Neubruch, sobald er ihn durch Kultur einem weniger gewandten Besitzer erst angenehm gemacht hat; aufs neue dringt er in die Wüste, macht sich abermals in Wäldern Platz, zur Belohnung jenes ersten Bemühens einen doppelt und dreifach größern Raum, auf dem er vielleicht auch nicht zu beharren gedenkt.

Lassen wir ihn dort mit Bären und anderm Getier sich herumschlagen und kehren in die gebildete Welt zurück, wo wir es auch keineswegs beruhigter antreffen. Irgendein großes, geregeltes Reich beschaue man, wo der Fähigste sich als den Beweglichsten denken muß; nach dem Winke des Fürsten, nach Anordnung des Staatsrats wird der Brauchbare von einem Ort zum andern versetzt. Auch ihm gilt unser Zuruf: ›Suchet überall zu nützen, überall seid ihr zu Hause.‹ Sehen wir aber bedeutende Staatsmänner, obwohl ungern, ihren hohen Posten verlassen, so haben wir Ursache, sie zu bedauern, da wir sie weder als Auswanderer noch als Wanderer anerkennen dürfen; nicht als Auswanderer, weil sie einen wünschenswerten Zustand entbehren, ohne daß irgendeine Aussicht auf bessere Zustände sich auch nur scheinbar eröffnete; nicht als Wanderer, weil ihnen anderer Orten auf irgendeine Weise nützlich zu sein selten vergönnt ist.

Zu einem eigenen Wanderleben jedoch ist der Soldat berufen; selbst im Frieden wird ihm bald dieser, bald jener Posten angewiesen; fürs Vaterland nah oder fern zu streiten, muß er sich immer beweglich erhalten; und nicht nur fürs unmittelbare Heil, sondern auch nach dem Sinne der Völker und Herrscher wendet er seinen Schritt allen Weltteilen zu, und nur wenigen ist es vergönnt, sich hie oder da anzusiedeln. Wie nun bei dem Soldaten die Tapferkeit als erste Eigenschaft obenan steht, so wird sie doch stets mit der Treue verbunden gedacht, deshalb wir denn gewisse, wegen ihrer Zuverlässigkeit gerühmte Völker, aus der Heimat gerufen, weltlichen und geistlichen Regenten als Leibwache dienen sehen.

Noch eine sehr bewegliche, dem Staat unentbehrliche Klasse erblicken wir in jenen Geschäftsmännern, welche, von Hof zu Hofe gesandt, Fürsten und Minister umlagern und die ganze bewohnte Welt mit unsichtbaren Fäden überkreuzen. Auch deren ist keiner an Ort und Stelle auch nur einen Augenblick sicher; im Frieden sendet man die tüchtigsten von einer Weltgegend zur andern; im Kriege, dem siegenden Heere nachziehend, dem flüchtigen die Wege bahnend, sind sie immer eingerichtet, einen Ort um den andern zu verlassen, deshalb sie auch jederzeit einen großen Vorrat von Abschiedskarten mit sich führen.

Haben wir uns nun bisher auf jedem Schritt zu ehren gewußt, indem wir die vorzüglichste Masse tätiger Menschen als unsere Gesellen und Schicksalsgenossen angesprochen, so stehet euch, teure Freunde, zum Abschluß noch die höchste Gunst bevor, indem ihr euch mit Kaisern, Königen und Fürsten verbrüdert findet. Denken wir zuerst segnend jenes edlen kaiserlichen Wanderers Hadrian, welcher zu Fuß, an der Spitze seines Heers, den bewohnten, ihm unterworfenen Erdkreis durchschritt und ihn so erst vollkommen in Besitz nahm. Denken wir mit Schaudern der Eroberer, jener gewaffneten Wanderer, gegen die kein Widerstreit helfen, Mauer und Bollwerk harmlose Völker nicht schirmen konnte; begleiten wir endlich mit redlichem Bedauern jene unglücklichen, vertriebenen Fürsten, die, von dem Gipfel der Höhe herabsteigend, nicht einmal in die bescheidene Gilde tätiger Wanderer aufgenommen werden könnten.

Da wir uns nun alles dieses einander vergegenwärtigt und aufgeklärt, so wird kein beschränkter Trübsinn, keine leidenschaftliche Dunkelheit über uns walten. Die Zeit ist vorüber, wo man abenteuerlich in die weite Welt rannte; durch die Bemühungen wissenschaftlicher, weislich beschreibender, künstlerisch nachbildender Weltumreiser sind wir überall bekannt genug, daß wir ungefähr wissen, was zu erwarten sei.

Doch kann zu einer vollkommenen Klarheit der einzelne nicht gelangen. Unsere Gesellschaft aber ist darauf gegründet, daß jeder in seinem Maße, nach seinen Zwecken aufgeklärt werde. Hat irgendeiner ein Land im Sinne, wohin er seine Wünsche richtet, so suchen wir ihm das einzelne deutlich zu machen, was im ganzen seiner Einbildungskraft vorschwebte; uns wechselseitig einen Überblick der bewohnten und bewohnbaren Welt zu geben ist die angenehmste, höchst belohnende Unterhaltung.

In solchem Sinne nun dürfen wir uns in einem Weltbunde begriffen ansehen. Einfach groß ist der Gedanke, leicht die Ausführung durch Verstand und Kraft. Einheit ist allmächtig, deshalb keine Spaltung, kein Widerstreit unter uns. Insofern wir Grundsätze haben, sind sie uns allen gemein. Der Mensch, so sagen wir, lerne sich ohne dauernden äußeren Bezug zu denken, er suche das Folgerechte nicht an den Umständen, sondern in sich selbst, dort wird er's finden, mit Liebe hegen und pflegen. Er wird sich ausbilden und einrichten, daß er überall zu Hause sei. Wer sich dem Notwendigsten widmet, geht überall am sichersten zum Ziel; andere hingegen, das Höhere, Zartere suchend, haben schon in der Wahl des Weges vorsichtiger zu sein. Doch was der Mensch auch ergreife und handhabe, der einzelne ist sich nicht hinreichend, Gesellschaft bleibt eines wackern Mannes höchstes Bedürfnis. Alle brauchbaren Menschen sollen in Bezug untereinander stehen, wie sich der Bauherr nach dem Architekten und dieser nach Maurer und Zimmermann umsieht.

Und so ist denn allen bekannt, wie und auf welche Weise unser Bund geschlossen und gegründet sei; niemand sehen wir unter uns, der nicht zweckmäßig seine Tätigkeit jeden Augenblick üben könnte, der nicht versichert wäre, daß er überall, wohin Zufall, Neigung, ja Leidenschaft ihn führen könnte, sich immer wohl empfohlen, aufgenommen und gefördert, ja von Unglücksfällen möglichst wiederhergestellt finden werde.

Zwei Pflichten sodann haben wir aufs strengste übernommen: jeden Gottesdienst in Ehren zu halten, denn sie sind alle mehr oder weniger im Credo verfaßt; ferner alle Regierungsformen gleichfalls gelten zu lassen und, da sie sämtlich eine zweckmäßige Tätigkeit fordern und befördern, innerhalb einer jeden uns, auf wie lange es auch sei, nach ihrem Willen und Wunsch zu bemühen. Schließlich halten wir's für Pflicht, die Sittlichkeit ohne Pedanterei und Strenge zu üben und zu fördern, wie es die Ehrfurcht vor uns selbst verlangt, welche aus den drei Ehrfurchten entsprießt, zu denen wir uns sämtlich bekennen, auch alle in diese höhere, allgemeine Weisheit, einige sogar von Jugend auf, eingeweiht zu sein das Glück und die Freude haben. Dieses alles haben wir in der feierlichen Trennungsstunde nochmals bedenken, erklären, vernehmen und anerkennen, auch mit einem traulichen Lebewohl besiegeln wollen.

Bleibe nicht am Boden heften,
Frisch gewagt und frisch hinaus!
Kopf und Arm mit heitern Kräften,
Überall sind sie zu Haus;
Wo wir uns der Sonne freuen,
Sind wir jede Sorge los.
Daß wir uns in ihr zerstreuen,
Darum ist die Welt so groß.«

Zehntes Kapitel

Unter dem Schlußgesange richtete sich ein großer Teil der Anwesenden rasch empor und zog paarweise geordnet mit weit umher klingendem Schalle den Saal hinaus. Lenardo, sich niedersetzend, fragte den Gast: ob er sein Anliegen hier öffentlich vorzutragen gedenke oder eine besondere Sitzung verlange? Der Fremde stand auf, begrüßte die Gesellschaft und begann folgende Rede:

»Hier ist es, gerade in solcher Versammlung, wo ich mich vorerst ohne weiteres zu erklären wünsche. Diese hier in Ruhe verbliebenen, dem Anblick nach sämtlich wackern Männer geben schon durch ein solches Verharren deutlich Wunsch und Absicht zu erkennen, dem vaterländischen Grund und Boden auch fernerhin angehören zu wollen. Sie sind mir alle freundlich gegrüßt, denn ich darf erklären: daß ich ihnen sämtlich, wie sie sich hier ankündigen, ein hinreichendes Tagewerk auf mehrere Jahre anzubieten im Fall bin. Ich wünsche jedoch, aber erst nach kurzer Frist, eine nochmalige Zusammenkunft, weil es nötig ist, vor allen Dingen den würdigen Vorstehern, welche bisher diese wackern Leute zusammenhielten, meine Angelegenheit vertraulich zu offenbaren und sie von der Zuverlässigkeit meiner Sendung zu überzeugen. Sodann aber will es sich ziemen, mich mit den Verharrenden im einzelnen zu besprechen, damit ich erfahre, mit welchen Leistungen sie mein stattliches Anerbieten zu erwidern gedenken.«

Hierauf begehrte Lenardo einige Frist, die nötigsten Geschäfte des Augenblicks zu besorgen, und nachdem diese bestimmt war, richtete sich die Masse der Übriggebliebenen anständig in die Höhe, gleichfalls paarweise unter einem mäßig geselligen Gesang aus dem Saale sich entfernend.

Odoard entdeckte sodann den zurückbleibenden beiden Führern seine Absichten und Vorsätze und legitimierte seine Berechtigung. Nun konnte er aber mit so vorzüglichen Menschen in fernerer Unterhaltung von dem Geschäft nicht Rechenschaft geben, ohne des menschlichen Grundes zu gedenken, worauf das Ganze eigentlich beruhe. Wechselseitige Erklärungen und Bekenntnisse tiefer Herzensangelegenheiten entfalteten sich hieraus bei fortgesetztem Gespräch. Bis tief in die Nacht blieb man zusammen und verwickelte sich immer unentwirrbarer in die Labyrinthe menschlicher Gesinnungen und Schicksale. Hier nun fand sich Odoard bewogen, nach und nach von den Angelegenheiten seines Geistes und Herzens fragmentarische Rechenschaft zu geben, deshalb denn auch von diesem Gespräche uns freilich nur unvollständige und unbefriedigende Kenntnis zugekommen. Doch sollen wir auch hier Friedrichs glücklichem Talent des Auffassens und Festhaltens die Vergegenwärtigung interessanter Szenen verdanken sowie einige Aufklärung über den Lebensgang eines vorzüglichen Mannes, der uns zu interessieren anfängt, wenn es auch nur Andeutungen wären desjenigen, was in der Folge vielleicht ausführlicher und im Zusammenhange mitzuteilen ist.

Es schlug zehn in der Nacht, und so war denn zur verabredeten Stunde alles bereit: im bekränzten Sälchen zu vieren eine geräumige, artige Tafel gedeckt, mit feinem Nachtisch und Zuckerzierlichkeiten zwischen blinkenden Leuchtern und Blumen bestellt. Wie freuten sich die Kinder auf diese Nachkost, denn sie sollten mit zu Tische sitzen; indessen schlichen sie umher, geputzt und maskiert, und weil Kinder nicht zu entstellen sind, erschienen sie als die niedlichsten Zwillingsgenien. Der Vater berief sie zu sich, und sie sagten das Festgespräch, zu ihrer Mutter Geburtstag gedichtet, bei weniger Nachhülfe gar schicklich her.

Die Zeit verstrich, von Viertel- zu Viertelstunde enthielt die gute Alte sich nicht, des Freundes Ungeduld zu vermehren. Mehrere Lampen, sagte sie, seien auf der Treppe dem Erlöschen ganz nahe, ausgesuchte Lieblingsspeisen der Gefeierten könnten übergar werden, so sei es zu befürchten. Die Kinder aus Langerweile fingen erst unartig an, und aus Ungeduld wurden sie unerträglich. Der Vater nahm sich zusammen, und doch wollte die angewohnte Gelassenheit ihm nicht zu Gebote stehen; er horchte sehnsüchtig auf die Wagen, einige rasselten unaufgehalten vorbei, ein gewisses Ärgernis wollte sich regen. Zum Zeitvertreib forderte er noch eine Repetition von den Kindern; diese, im Überdruß unachtsam, zerstreut und ungeschickt, sprachen falsch, keine Gebärde war mehr richtig, sie übertrieben wie Schauspieler, die nichts empfinden. Die Pein des guten Mannes wuchs mit jedem Momente, halb eilf Uhr war vorüber; das Weitere zu schildern überlassen wir ihm selbst.

»Die Glocke schlug eilfe, meine Ungeduld war bis zur Verzweiflung gesteigert, ich hoffte nicht mehr, ich fürchtete. Nun war mir bange, sie möchte hereintreten, mit ihrer gewöhnlichen leichten Anmut sich flüchtig entschuldigen, versichern, daß sie sehr müde sei, und sich betragen, als würfe sie mir vor, ich beschränke ihre Freuden. In mir kehrte sich alles um und um, und gar vieles, was ich Jahre her geduldet, lastete wiederkehrend auf meinem Geiste. Ich fing an, sie zu hassen, ich wußte kein Betragen zu denken, wie ich sie empfangen sollte. Die guten Kinder, wie Engelchen herausgeputzt, schliefen ruhig auf dem Sofa. Unter meinen Füßen brannte der Boden, ich begriff, ich verstand mich nicht, und mir blieb nichts übrig, als zu fliehen, bis nur die nächsten Augenblicke überstanden wären. Ich eilte, leicht und festlich angezogen wie ich war, nach der Haustüre. Ich weiß nicht, was ich der guten Alten für einen Vorwand hinstotterte, sie drang mir einen Überrock zu, und ich fand mich auf der Straße in einem Zustande, den ich seit langen Jahren nicht empfunden hatte. Gleich dem jüngsten, leidenschaftlichen Menschen, der nicht wo ein noch aus weiß, rannt' ich die Gassen hin und wider. Ich hätte das freie Feld gewonnen, aber ein kalter, feuchter Wind blies streng und widerwärtig genug, um meinen Verdruß zu begrenzen.«

Wir haben, wie an dieser Stelle auffallend zu bemerken ist, die Rechte des epischen Dichters uns anmaßend, einen geneigten Leser nur allzu schnell in die Mitte leidenschaftlicher Darstellung gerissen. Wir sehen einen bedeutenden Mann in häuslicher Verwirrung, ohne von ihm etwas weiter erfahren zu haben; deshalb wir denn für den Augenblick, um nur einigermaßen den Zustand aufzuklären, uns zu der guten Alten gesellen, horchend, was sie allenfalls vor sich hin, bewegt und verlegen, leise murmeln oder laut ausrufen möchte.

»Ich hab es längst gedacht, ich habe es vorausgesagt, ich habe die gnädige Frau nicht geschont, sie öfter gewarnt, aber es ist stärker wie sie. Wenn der Herr sich des Tags auf der Kanzlei, in der Stadt, auf dem Lande in Geschäften abmüdet, so findet er abends ein leeres Haus, oder Gesellschaft, die ihm nicht zusagt. Sie kann es nicht lassen. Wenn sie nicht immer Menschen, Männer um sich sieht, wenn sie nicht hin und wider fährt, sich an- und aus- und umziehen kann, ist es, als wenn ihr der Atem ausginge. Heute an ihrem Geburtstag fährt sie früh aufs Land. Gut! wir machen indes hier alles zurecht; sie verspricht heilig, um neun Uhr zu Hause zu sein; wir sind bereit. Der Herr überhört die Kinder ein auswendig gelerntes artiges Gedicht, sie sind herausgeputzt; Lampen und Lichter, Gesottenes und Gebratenes, an gar nichts fehlt es, aber sie kommt nicht. Der Herr hat viel Gewalt über sich, er verbirgt seine Ungeduld, sie bricht aus. Er entfernt sich aus dem Hause so spät. Warum, ist offenbar; aber wohin? Ich habe ihr oft mit Nebenbuhlerinnen gedroht, ehrlich und redlich. Bisher hab ich am Herrn nichts bemerkt; eine Schöne paßt ihm längst auf, bemüht sich um ihn. Wer weiß, wie er bisher gekämpft hat. Nun bricht's los, diesmal treibt ihn die Verzweiflung, seinen guten Willen nicht besser anerkannt zu sehen, bei Nacht aus dem Hause, da geb ich alles verloren. Ich sagt' es ihr mehr als einmal, sie solle es nicht zu weit treiben.«

Suchen wir den Freund nun wieder auf und hören ihn selber.

»In dem angesehensten Gasthofe sah ich unten Licht, klopfte am Fenster und fragte den herausschauenden Kellner mit bekannter Stimme: ob nicht Fremde angekommen oder angemeldet seien? Schon hatte er das Tor geöffnet, verneinte beides und bat mich hereinzutreten. Ich fand es meiner Lage gemäß, das Märchen fortzusetzen, ersuchte ihn um ein Zimmer, das er mir gleich im zweiten Stock einräumte; der erste sollte, wie er meinte, für die erwarteten Fremden bleiben. Er eilte, einiges zu veranstalten, ich ließ es geschehen und verbürgte mich für die Zeche. Soweit war's vorüber; ich aber fiel wieder in meine Schmerzen zurück, vergegenwärtigte mir alles und jedes, erhöhte und milderte, schalt mich und suchte mich zu fassen, zu besänftigen: ließe sich doch morgen früh alles wieder einleiten; ich dachte mir schon den Tag abermals im gewohnten Gange; dann aber kämpfte sich aufs neue der Verdruß unbändig hervor: ich hatte nie geglaubt, daß ich so unglücklich sein könne.«

An dem edlen Manne, den wir hier so unerwartet über einen gering scheinenden Vorfall in leidenschaftlicher Bewegung sehen, haben unsere Leser gewiß schon in dem Grade teilgenommen, daß sie nähere Nachricht von seinen Verhältnissen zu erfahren wünschen. Wir benutzen die Pause, die hier in das nächtliche Abenteuer eintritt, indem er stumm und heftig in dem Zimmer auf und ab zu gehen fortfährt.

Wir lernen Odoard als den Sprößling eines alten Hauses kennen, auf welchen durch eine Folge von Generationen die edelsten Vorzüge vererbt worden. In der Militärschule gebildet, ward ihm ein gewandter Anstand zu eigen, der, mit den löblichsten Fähigkeiten des Geistes verbunden, seinem Betragen eine ganz besondere Anmut verlieh. Ein kurzer Hofdienst lehrte ihn die äußern Verhältnisse hoher Persönlichkeiten gar wohl einsehen, und als er nun hierauf, durch früh erworbene Gunst einer gesandtschaftlichen Sendung angeschlossen, die Welt zu sehen und fremde Höfe zu kennen Gelegenheit hatte, so tat sich die Klarheit seiner Auffassung und glückliches Gedächtnis des Vorgegangenen bis aufs genaueste, besonders aber ein guter Wille in Unternehmungen aller Art aufs baldigste hervor. Die Leichtigkeit des Ausdrucks in manchen Sprachen, bei einer freien und nicht aufdringlichen Persönlichkeit, führten ihn von einer Stufe zur andern; er hatte Glück bei allen diplomatischen Sendungen, weil er das Wohlwollen der Menschen gewann und sich dadurch in den Vorteil setzte, Mißhelligkeiten zu schlichten, besonders auch die beiderseitigen Interessen bei gerechter Erwägung vorliegender Gründe zu befriedigen wußte.

Einen so vorzüglichen Mann sich anzueignen war der erste Minister bedacht; er verheiratete ihm seine Tochter, ein Frauenzimmer von der heitersten Schönheit und gewandt in allen höheren geselligen Tugenden. Allein wie dem Laufe aller menschlichen Glückseligkeit sich je einmal ein Damm entgegenstellt, der ihn irgendwo zurückdrängt, so war es auch hier der Fall. An dem fürstlichen Hofe wurde Prinzessin Sophronie als Mündel erzogen, sie, der letzte Zweig ihres Astes, deren Vermögen und Anforderungen, wenn auch Land und Leute an den Oheim zurückfielen, noch immer bedeutend genug blieben, weshalb man sie denn, um weit-

läufige Erörterungen zu vermeiden, an den Erbprinzen, der freilich viel jünger war, zu verheiraten wünschte.
Odoard kam in Verdacht einer Neigung zu ihr, man fand, er habe sie in einem Gedichte unter dem Namen Aurora allzu leidenschaftlich gefeiert; hiezu gesellte sich eine Unvorsichtigkeit von ihrer Seite, indem sie mit eigner Charakterstärke gewissen Neckereien ihrer Gespielinnen trotzig entgegnete: sie müßte keine Augen haben, wenn sie für solche Vorzüge blind sein sollte.
Durch seine Heirat wurde nun wohl ein solcher Verdacht beschwichtigt, aber durch heimliche Gegner dennoch im stillen fortgenährt und gelegentlich wieder aufgeregt.
Die Staats- und Erbschaftsverhältnisse, ob man sie gleich so wenig als möglich zu berühren suchte, kamen doch manchmal zur Sprache. Der Fürst nicht sowohl als kluge Räte hielten es durchaus für nützlich, die Angelegenheit fernerhin ruhen zu lassen, während die stillen Anhänger der Prinzessin sie abgetan und dadurch die edle Dame in größerer Freiheit zu sehen wünschten, besonders da der benachbarte alte König, Sophronien verwandt und günstig, noch am Leben sei und sich zu väterlicher Einwirkung gelegentlich bereit erwiesen habe.
Odoard kam in Verdacht, bei einer bloß zeremoniellen Sendung dorthin das Geschäft, das man verspäten wollte, wieder in Anregung gebracht zu haben. Die Widersacher bedienten sich dieses Vorfalls, und der Schwiegervater, den er von seiner Unschuld überzeugt hatte, mußte seinen ganzen Einfluß anwenden, um ihm eine Art von Statthalterschaft in einer entfernten Provinz zu erwirken. Er fand sich glücklich daselbst, alle seine Kräfte konnte er in Tätigkeit setzen, es war Notwendiges, Nützliches, Gutes, Schönes, Großes zu tun, er konnte Dauerndes leisten, ohne sich aufzuopfern, anstatt daß man in jenen Verhältnissen, gegen seine Überzeugung sich mit Vorübergehendem beschäftigend, gelegentlich selbst zugrunde geht.
Nicht so empfand es seine Gattin, welche nur in größern Zirkeln ihre Existenz fand und ihm nur später notgedrungen

folgte. Er betrug sich so schonend als möglich gegen sie und begünstigte alle Surrogate ihrer bisherigen Glückseligkeit, des Sommers Landpartien in der Nachbarschaft, im Winter ein Liebhabertheater, Bälle und was sie sonst einzuleiten beliebte. Ja er duldete einen Hausfreund, einen Fremden, der sich seit einiger Zeit eingeführt hatte, ob er ihm gleich keineswegs gefiel, da er ihm durchaus, bei seinem klaren Blick auf Menschen, eine gewisse Falschheit anzusehen glaubte.

Von allem diesem, was wir aussprechen, mag in dem gegenwärtigen bedenklichen Augenblick einiges dunkel und trübe, ein anderes klar und deutlich ihm vor der Seele vorübergegangen sein. Genug, wenn wir nach dieser vertraulichen Eröffnung, zu der Friedrichs gutes Gedächtnis den Stoff mitgeteilt, uns abermals zu ihm wenden, so finden wir ihn wieder in dem Zimmer heftig auf und ab gehend, durch Gebärden und manche Ausrufungen einen innern Kampf offenbarend.

»In solchen Gedanken war ich heftig im Zimmer auf und ab gegangen, der Kellner hatte mir eine Tasse Bouillon gebracht, deren ich sehr bedurfte; denn über die sorgfältigen Anstalten dem Fest zuliebe hatte ich nichts zu mir genommen, und ein köstlich Abendessen stand unberührt zu Hause. In dem Augenblick hörten wir ein Posthorn sehr angenehm die Straße herauf. ›Der kommt aus dem Gebirge‹, sagte der Kellner. Wir fuhren ans Fenster und sahen beim Schein zweier hell leuchtenden Wagenlaternen vierspännig, wohlbepackt vorfahren einen Herrschaftswagen. Die Bedienten sprangen vom Bocke: ›Da sind sie!‹ rief der Kellner und eilte nach der Türe. Ich hielt ihn fest, ihm einzuschärfen, er solle ja nichts sagen, daß ich da sei, nicht verraten, daß etwas bestellt worden; er versprach's und sprang davon.

Indessen hatte ich versäumt zu beobachten, wer ausgestiegen sei, und eine neue Ungeduld bemächtigte sich meiner; mir schien, der Kellner säume allzu lange, mir Nachricht zu geben. Endlich vernahm ich von ihm, die Gäste seien Frauenzimmer, eine ältliche Dame von würdigem Ansehen, eine mittlere von unglaublicher Anmut, ein Kammermädchen, wie man sie nur wünschen möchte. ›Sie fing an‹, sagte er, ›mit Befehlen, fuhr fort mit Schmeicheln und fiel, als ich ihr schöntat, in ein heiter schnippisches Wesen, das ihr wohl das natürlichste sein mochte.

Gar schnell bemerkte ich‹, fuhr er fort, ›die allgemeine Verwunderung, mich so alert und das Haus zu ihrem Empfang so bereit zu finden, die Zimmer erleuchtet, die Kamine brennend; sie machten sich's bequem, im Saale fanden sie ein kaltes Abendessen; ich bot Bouillon an, die ihnen willkommen schien.‹«

Nun saßen die Damen bei Tische, die ältere speiste kaum, die schöne Liebliche gar nicht; das Kammermädchen, das sie Lucie nannten, ließ sich's wohl schmecken und erhob dabei die Vorzüge des Gasthofes, erfreute sich der hellen Kerzen, des feinen Tafelzeugs, des Porzellans und aller Gerätschaften. Am lodernden Kamin hatte sie sich früher ausgewärmt und fragte nun den wieder eintretenden Kellner, ob man hier denn immer so bereit sei, zu jeder Stunde des Tags und der Nacht unvermutet ankommende Gäste zu bewirten? Dem jungen, gewandten Burschen ging es in diesem Falle wie Kindern, die wohl das Geheimnis verschweigen, aber daß etwas Geheimes ihnen vertraut sei, nicht verbergen können. Erst antwortete er zweideutig, annähernd sodann, und zuletzt, durch die Lebhaftigkeit der Zofe, durch Hin- und Widerreden in die Enge getrieben, gestand er: es sei ein Bedienter, es sei ein Herr gekommen, sei fortgegangen, wieder gekommen, zuletzt aber entfuhr es ihm, der Herr sei wirklich oben und gehe beunruhigt auf und ab. Die junge Dame sprang auf, die andern folgten; es sollte ein alter Herr sein, meinten sie hastig; der Kellner versicherte dagegen, er sei jung. Nun zweifelten sie wieder, er beteuerte die Wahrheit seiner Aussage. Die Verwirrung, die Unruhe vermehrte sich. Es müsse der Oheim sein, versicherte die Schöne; es sei nicht in seiner Art, erwiderte die Ältere. Niemand als er habe wissen können, daß sie in dieser Stunde hier eintreffen würden, versetzte jene beharrlich. Der Kellner aber beteuerte fort und fort, es sei ein junger, ansehnlicher, kräftiger Mann. Lucie schwur dagegen auf den Oheim: dem Schalk, dem Kellner, sei nicht zu trauen, er widerspreche sich schon eine halbe Stunde.

Nach allem diesem mußte der Kellner hinauf, dringend zu bitten, der Herr möge doch ja eilig herunterkommen, dabei auch zu drohen, die Damen würden heraufsteigen und selbst danken. »Es ist ein Wirrwarr ohne Grenzen«, fuhr der Kellner fort; »ich begreife nicht, warum Sie zaudern, sich sehen zu lassen; man hält Sie für einen alten Oheim, den man wieder zu umarmen leidenschaftlich verlangt. Gehen Sie hinunter, ich bitte. Sind denn das nicht die Personen, die Sie erwarteten? Verschmähen Sie ein allerliebstes Abenteuer nicht mutwillig; sehens- und hörenswert ist die junge Schöne, es sind die anständigsten Personen. Eilen Sie hinunter, sonst rücken sie Ihnen wahrlich auf die Stube.«

Leidenschaft erzeugt Leidenschaft. Bewegt, wie er war, sehnte er sich nach etwas anderem, Fremdem. Er stieg hinab, in Hoffnung, sich mit den Ankömmlingen in heiterem Gespräch zu erklären, aufzuklären, fremde Zustände zu gewahren, sich zu zerstreuen, und doch war es ihm, als ging' er einem bekannten, ahnungsvollen Zustand entgegen. Nun stand er vor der Türe; die Damen, die des Oheims Tritte zu hören glaubten, eilten ihm entgegen, er trat ein. Welch ein Zusammentreffen! Welch ein Anblick! Die sehr Schöne tat einen Schrei und warf sich der Ältern um den Hals, der Freund erkannte sie beide, er schrak zurück, dann drängt' es ihn vorwärts, er lag zu ihren Füßen und berührte ihre Hand, die er sogleich wieder losließ, mit dem bescheidensten Kuß. Die Silben »Au-ro-ra!« erstarben auf seinen Lippen.

Wenden wir unsern Blick nunmehr nach dem Hause unsres Freundes, so finden wir daselbst ganz eigne Zustände. Die gute Alte wußte nicht, was sie tun oder lassen sollte; sie unterhielt die Lampen des Vorhauses und der Treppe; das Essen hatte sie vom Feuer gehoben, einiges war unwiederbringlich verdorben. Die Kammerjungfer war bei den schlafenden Kindern geblieben und hatte die vielen Kerzen der Zimmer gehütet, so ruhig und geduldig, als jene verdrießlich hin und her fahrend.

Endlich rollte der Wagen vor, die Dame stieg aus und vernahm, ihr Gemahl sei vor einigen Stunden abgerufen worden. Die Treppe hinaufsteigend, schien sie von der festlichen Erleuchtung keine Kenntnis zu nehmen. Nun erfuhr die Alte von dem Bedienten, ein Unglück sei unterwegs begegnet, der Wagen in einen Graben geworfen worden, und was alles nachher sich ereignet.

Die Dame trat ins Zimmer: »Was ist das für eine Maskerade?« sagte sie, auf die Kinder deutend. – »Es hätte Ihnen viel Vergnügen gemacht«, versetzte die Jungfer, »wären Sie einige Stunden früher angekommen.« Die Kinder, aus dem Schlafe gerüttelt, sprangen auf und begannen, als sie die Mutter vor sich sahen, ihren eingelernten Spruch. Von beiden Seiten verlegen, ging es eine Weile, dann, ohne Aufmunterung und Nachhülfe, kam es zum Stocken, endlich brach es völlig ab, und die guten Kleinen wurden mit einigen Liebkosungen zu Bette geschickt. Die Dame sah sich allein, warf sich auf den Sofa und brach in bittre Tränen aus.

Doch es wird nun ebenfalls notwendig, von der Dame selbst und von dem, wie es scheint, übel abgelaufenen ländlichen Feste nähere Nachricht zu geben. Albertine war eine von den Frauenzimmern, denen man unter vier Augen nichts zu sagen hätte, die man aber sehr gern in großer Gesellschaft sieht. Dort erscheinen sie als wahre Zierden des Ganzen und als Reizmittel in jedem Augenblick einer Stockung. Ihre Anmut ist von der Art, daß sie, um sich zu äußern, sich bequem darzutun, einen gewissen Raum braucht, ihre Wirkungen verlangen ein größeres Publikum, sie bedürfen eines Elements, das sie trägt, das sie nötigt, anmutig zu sein; gegen den einzelnen wissen sie sich kaum zu betragen.

Auch hatte der Hausfreund bloß dadurch ihre Gunst und erhielt sich darin, weil er Bewegung auf Bewegung einzuleiten und immerfort, wenn auch keinen großen, doch einen heitern Kreis im Treiben zu erhalten wußte. Bei Rollenausteilungen wählte er sich die zärtlichen Väter und wußte durch ein anständiges, altkluges Benehmen über die jüngeren ersten, zweiten und dritten Liebhaber sich ein Übergewicht zu verschaffen.

Florine, Besitzerin eines bedeutenden Rittergutes in der Nähe, winters in der Stadt wohnend, verpflichtet gegen Odoard, dessen staatswirtliche Einrichtung zufälliger-, aber glücklicherweise ihrem Landsitz höchlich zugute kam und den Ertrag desselben in der Folge bedeutend zu vermehren die Aussicht gab, bezog sommers ihr Landgut und machte es zum Schauplatze vielfacher anständiger Vergnügungen. Geburtstage besonders wurden niemals verabsäumt und mannigfaltige Feste veranstaltet.

Florine war ein munteres, neckisches Wesen, wie es schien, nirgends anhänglich, auch keine Anhänglichkeit fordernd noch verlangend. Leidenschaftliche Tänzerin, schätzte sie die Männer nur, insofern sie sich gut im Takte bewegten; ewig rege Gesellschafterin, hielt sie denjenigen unerträglich, der auch nur einen Augenblick vor sich hin sah und nachzudenken schien; übrigens als heitere Liebhaberin, wie sie in jedem Stück, jeder Oper nötig sind, sich gar anmutig darstellend, weshalb denn zwischen ihr und Albertinen, welche die Anständigen spielte, sich nie ein Rangstreit hervortat.

Den eintretenden Geburtstag in guter Gesellschaft zu feiern, war aus der Stadt und aus dem Lande umher die beste Gesellschaft eingeladen. Einen Tanz, schon nach dem Frühstück begonnen, setzte man nach Tafel fort; die Bewegung zog sich in die Länge, man fuhr zu spät ab, und von der Nacht auf schlimmem Wege – doppelt schlimm, weil er eben gebessert wurde – ehe man's dachte, schon überrascht, versah's der Kutscher und warf in einen Graben. Unsere Schöne mit Florinen und dem Hausfreunde fühlten sich in schlimmer Verwickelung; der letzte wußte sich schnell herauszuwinden, dann, über den Wagen sich biegend, rief er: »Florine, wo bist du?« Albertine glaubte zu träumen; er faßte hinein und zog Florinen, die oben lag, ohnmächtig hervor, bemühte sich um sie und trug sie endlich auf kräftigem Arm den wiedergefundenen Weg hin. Albertine stak noch im Wagen, Kutscher und Bedienter halfen ihr heraus, und gestützt auf den letzten suchte sie weiterzukommen. Der Weg war schlimm, für Tanzschuhe nicht günstig; obgleich von dem Burschen unterstützt, strauchelte sie jeden Augenblick. Aber im Innern sah es noch wilder, noch wüster aus. Wie ihr geschah, wußte sie nicht, begriff sie nicht.

Allein als sie ins Wirtshaus trat, in der kleinen Stube Florinen auf dem Bette, die Wirtin und Lelio um sie beschäftigt sah, ward sie ihres Unglücks gewiß. Ein geheimes Verhältnis zwischen dem untreuen Freund und der verräterischen Freundin offenbarte sich blitzschnell auf einmal, sie mußte sehen, wie diese, die Augen aufschlagend, sich dem Freund um den Hals warf, mit der Wonne einer neu wieder auflebenden, zärtlichsten Aneignung, wie die schwarzen Augen wieder glänzten, eine frische Röte die bläßlichen Wangen auf einmal wieder zierend färbte; wirklich sah sie verjüngt, reizend, allerliebst aus.

Albertine stand vor sich hin schauend, einzeln, kaum bemerkt; jene erholten sich, nahmen sich zusammen, der Schade war geschehen, man war denn doch genötigt, sich wieder in den Wagen zu setzen, und in der Hölle selbst könnten widerwärtig Gesinnte, Verratene mit Verrätern, so eng nicht zusammengepackt sein.

Eilftes Kapitel

Lenardo sowohl als Odoard waren einige Tage sehr lebhaft beschäftigt, jener, die Abreisenden mit allem Nötigen zu versehen, dieser, sich mit den Bleibenden bekannt zu machen, ihre Fähigkeiten zu beurteilen, um sie von seinen Zwecken hinreichend zu unterrichten. Indessen blieb Friedrichen und unserm Freunde Raum und Ruhe zu stiller

Unterhaltung. Wilhelm ließ sich den Plan im allgemeinen vorzeichnen, und da man mit Landschaft und Gegend genugsam vertraut geworden, auch die Hoffnung besprochen war, in einem ausgedehnten Gebiete schnell eine große Anzahl Bewohner entwickelt zu sehen, so wendete sich das Gespräch, wie natürlich, zuletzt auf das, was Menschen eigentlich zusammenhält: auf Religion und Sitte. Hierüber konnte denn der heitere Friedrich hinreichende Auskunft geben, und wir würden wohl Dank verdienen, wenn wir das Gespräch in seinem Laufe mitteilen könnten, das durch Frag' und Antwort, durch Einwendung und Berichtigung sich gar löblich durchschlang und in mannigfaltigem Schwanken zu dem eigentlichen Zweck gefällig hinbewegte. Indessen dürfen wir uns so lange nicht aufhalten und geben lieber gleich die Resultate, als daß wir uns verpflichteten, sie erst nach und nach in dem Geiste unsrer Leser hervortreten zu lassen. Folgendes ergab sich als die Quintessenz dessen, was verhandelt wurde:

Daß der Mensch ins Unvermeidliche sich füge, darauf dringen alle Religionen, jede sucht auf ihre Weise mit dieser Aufgabe fertig zu werden.

Die christliche hilft durch Glaube, Liebe, Hoffnung gar anmutig nach; daraus entsteht denn die Geduld, ein süßes Gefühl, welch eine schätzbare Gabe das Dasein bleibe, auch wenn ihm, anstatt des gewünschten Genusses, das widerwärtigste Leiden aufgebürdet wird. An dieser Religion halten wir fest, aber auf eine eigne Weise; wir unterrichten unsre Kinder von Jugend auf von den großen Vorteilen, die sie uns gebracht hat; dagegen von ihrem Ursprung, von ihrem Verlauf geben wir zuletzt Kenntnis. Alsdann wird uns der Urheber erst lieb und wert, und alle Nachricht, die sich auf ihn bezieht, wird heilig. In diesem Sinne, den man vielleicht pedantisch nennen mag, aber doch als folgerecht anerkennen muß, dulden wir keinen Juden unter uns; denn wie sollten wir ihm den Anteil an der höchsten Kultur vergönnen, deren Ursprung und Herkommen er verleugnet?

Hievon ist unsre Sittenlehre ganz abgesondert, sie ist rein tätig und wird in den wenigen Geboten begriffen: Mäßigung im Willkürlichen, Emsigkeit im Notwendigen. Nun mag ein jeder diese lakonischen Worte nach seiner Art im Lebensgange benutzen, und er hat einen ergiebigen Text zu grenzenloser Ausführung.

Der größte Respekt wird allen eingeprägt für die Zeit, als für die höchste Gabe Gottes und der Natur und die aufmerksamste Begleiterin des Daseins. Die Uhren sind bei uns vervielfältigt und deuten sämtlich mit Zeiger und Schlag die Viertelstunden an, und um solche Zeichen möglichst zu vervielfältigen, geben die in unserm Lande errichteten Telegraphen, wenn sie sonst nicht beschäftigt sind, den Lauf der Stunden bei Tag und bei Nacht an, und zwar durch eine sehr geistreiche Vorrichtung.

Unsre Sittenlehre, die also ganz praktisch ist, dringt nun hauptsächlich auf Besonnenheit, und diese wird durch Einteilung der Zeit, durch Aufmerksamkeit auf jede Stunde höchlichst gefördert. Etwas muß getan sein in jedem Moment, und wie wollt' es geschehen, achtete man nicht auf das Werk wie auf die Stunde?

In Betracht, daß wir erst anfangen, legen wir großes Gewicht auf die Familienkreise. Den Hausvätern und Hausmüttern denken wir große Verpflichtungen zuzuteilen; die Erziehung wird bei uns um so leichter, als jeder für sich selbst, Knecht und Magd, Diener und Dienerin, stehen muß.

Gewisse Dinge freilich müssen nach einer gewissen gleichförmigen Einheit gebildet werden: Lesen, Schreiben, Rechnen mit Leichtigkeit der Masse zu überliefern übernimmt der Abbé; seine Methode erinnert an den wechselsweisen Unterricht, doch ist sie geistreicher; eigentlich aber kommt alles darauf an, zu gleicher Zeit Lehrer und Schüler zu bilden.

Aber noch eines wechselseitigen Unterrichts will ich erwähnen: der Übung, anzugreifen und sich zu verteidigen. Hier ist Lothario in seinem Felde; seine Manöver haben etwas Ähnliches von unsern Feldjägern; doch kann er nicht anders als original sein.

Hiebei bemerke ich, daß wir im bürgerlichen Leben keine Glocken, im soldatischen keine Trommeln haben; dort wie hier ist Menschenstimme, verbunden mit Blasinstrumenten, hinreichend. Das alles ist schon dagewesen und ist noch da; die schickliche Anwendung desselben aber ist dem Geist überlassen, der es auch allenfalls wohl erfunden hätte.

»Das größte Bedürfnis eines Staats ist das einer mutigen Obrigkeit«, und daran soll es dem unsrigen nicht fehlen; wir alle sind ungeduldig, das Geschäft anzutreten, munter und überzeugt, daß man einfach anfangen müsse. So denken wir nicht an Justiz, aber wohl an Polizei. Ihr Grundsatz wird kräftig ausgesprochen: niemand soll dem andern unbequem sein; wer sich unbequem erweist, wird beseitigt, bis er begreift, wie man sich anstellt, um geduldet zu werden. Ist etwas Lebloses, Unvernünftiges in dem Falle, so wird dies gleichmäßig beiseite gebracht.

In jedem Bezirk sind drei Polizeidirektoren, die alle acht Stunden wechseln, schichtweise, wie im Bergwerk, das auch nicht stillstehen darf, und einer unsrer Männer wird bei Nachtzeit vorzüglich bei der Hand sein.

Sie haben das Recht, zu ermahnen, zu tadeln, zu schelten und zu beseitigen; finden sie es nötig, so rufen sie mehr oder weniger Geschworne zusammen. Sind die Stimmen gleich, so entscheidet der Vorsitzende nicht, sondern es wird das Los gezogen, weil man überzeugt ist, daß bei gegeneinanderstehenden Meinungen es immer gleichgültig ist, welche befolgt wird.

Wegen der Majorität haben wir ganz eigne Gedanken; wir lassen sie freilich gelten im notwendigen Weltlauf, im höhern Sinne haben wir aber nicht viel Zutrauen auf sie. Doch darüber darf ich mich nicht weiter auslassen.

Fragt man nach der höhern Obrigkeit, die alles lenkt, so findet man sie niemals an *einem* Orte; sie zieht beständig umher, um Gleichheit in den Hauptsachen zu erhalten und in läßlichen Dingen einem jeden seinen Willen zu gestatten. Ist dies doch schon einmal im Lauf der Geschichte dagewesen: Die deutschen Kaiser zogen umher, und diese Einrichtung ist dem Sinne freier Staaten am allergemäßesten. Wir fürchten uns vor einer Hauptstadt, ob wir schon den Punkt in unsern Besitzungen sehen, wo sich die größte Anzahl von Menschen zusammenhalten wird. Dies aber verheimlichen wir, dies mag nach und nach und wird noch früh genug entstehen.

Dieses sind im allgemeinsten die Punkte, über die man meistens einig ist, doch werden sie beim Zusammentreten von mehrern oder auch wenigern Gliedern immer wieder aufs neue durchgesprochen. Die Hauptsache wird aber sein, wenn wir uns an Ort und Stelle befinden. Den neuen Zustand, der aber dauern soll, spricht eigentlich das Gesetz aus. Unsre Strafen sind gelind; Ermahnung darf sich jeder erlauben, der ein gewisses Alter hinter sich hat; mißbilligen und schelten nur der anerkannte Älteste; bestrafen nur eine zusammenberufene Zahl.

Man bemerkt, daß strenge Gesetze sich sehr bald abstumpfen und nach und nach loser werden, weil die Natur immer ihre Rechte behauptet. Wir haben läßliche Gesetze, um nach und nach strenger werden zu können; unsre Strafen bestehen vorerst in Absonderung von der bürgerlichen Gesellschaft, gelinder, entschiedener, kürzer und länger nach Befund. Wächst nach und nach der Besitz der Staatsbürger, so zwackt man ihnen auch davon ab, weniger oder mehr, wie sie verdienen, daß man ihnen von dieser Seite wehe tue.

Allen Gliedern des Bandes ist davon Kenntnis gegeben, und bei angestelltem Examen hat sich gefunden, daß jeder von den Hauptpunkten auf sich selbst die schicklichste Anwendung macht. Die Hauptsache bleibt nur immer, daß wir die Vorteile der Kultur mit hinübernehmen und die Nachteile zurücklassen. Branntweinschenken und Lesebibliotheken werden bei uns nicht geduldet; wie wir uns aber gegen Flaschen und Bücher verhalten, will ich lieber nicht eröff-

nen: dergleichen Dinge wollen getan sein, wenn man sie beurteilen soll.
Und in eben diesem Sinne hält der Sammler und Ordner dieser Papiere mit andern Anordnungen zurück, welche unter der Gesellschaft selbst noch als Probleme zirkulieren und welche zu versuchen man vielleicht an Ort und Stelle nicht rätlich findet; um desto weniger Beifall dürfte man sich versprechen, wenn man derselben hier umständlich erwähnen wollte.

Zwölftes Kapitel

Die zu Odoardos Vortrag angesetzte Frist war gekommen, welcher, nachdem alles versammelt und beruhigt war, folgendermaßen zu reden begann: »Das bedeutende Werk, an welchem teilzunehmen ich diese Masse wackerer Männer einzuladen habe, ist Ihnen nicht ganz unbekannt, denn ich habe ja schon im allgemeinen mit Ihnen davon gesprochen. Aus meinen Eröffnungen geht hervor, daß in der alten Welt so gut wie in der neuen Räume sind, welche einen bessern Anbau bedürfen, als ihnen bisher zuteil ward. Dort hat die Natur große, weite Strecken ausgebreitet, wo sie unberührt und eingewildert liegt, daß man sich kaum getraut, auf sie loszugehen und ihr einen Kampf anzubieten. Und doch ist es leicht für den Entschlossenen, ihr nach und nach die Wüsteneien abzugewinnen und sich eines teilweisen Besitzes zu versichern. In der alten Welt ist es das Umgekehrte. Hier ist überall ein teilweiser Besitz schon ergriffen, mehr oder weniger durch undenkliche Zeit das Recht dazu geheiligt; und wenn dort das Grenzenlose als unüberwindliches Hindernis erscheint, so setzt hier das Einfachbegrenzte beinahe noch schwerer zu überwindende Hindernisse entgegen. Die Natur ist durch Emsigkeit, der Mensch durch Gewalt oder Überredung zu nötigen.
Wird der einzelne Besitz von der ganzen Gesellschaft für heilig geachtet, so ist er es dem Besitzer noch mehr.

Gewohnheit, jugendliche Eindrücke, Achtung für Vorfahren, Abneigung gegen den Nachbar und hunderterlei Dinge sind es, die den Besitzer starr und gegen jede Veränderung widerwillig machen. Je älter dergleichen Zustände sind, je verflochtener, je geteilter, desto schwieriger wird es, das Allgemeine durchzuführen, das, indem es dem Einzelnen etwas nähme, dem Ganzen und durch Rück- und Mitwirkung auch jenem wieder unerwartet zugute käme.
Schon mehrere Jahre steh ich im Namen meines Fürsten einer Provinz vor, die, von seinen Staaten getrennt, lange nicht so, wie es möglich wäre, benutzt wird. Eben diese Abgeschlossenheit oder Eingeschlossenheit, wenn man will, hindert, daß bisher keine Anstalt sich treffen ließ, die den Bewohnern Gelegenheit gegeben hätte, das, was sie vermögen, nach außen zu verbreiten und von außen zu empfangen, was sie bedürfen.
Mit unumschränkter Vollmacht gebot ich in diesem Lande. Manches Gute war zu tun, aber doch immer nur ein beschränktes; dem Bessern waren überall Riegel vorgeschoben, und das Wünschenswerteste schien in einer andern Welt zu liegen.
Ich hatte keine andere Verpflichtung, als gut hauszuhalten. Was ist leichter als das! Ebenso leicht ist es, Mißbräuche zu beseitigen, menschlicher Fähigkeiten sich zu bedienen, den Bestrebsamen nachzuhelfen. Dies alles ließ sich mit Verstand und Gewalt recht bequem leisten, dies alles tat sich gewissermaßen von selbst. Aber wohin besonders meine Aufmerksamkeit, meine Sorge sich richtete, dies waren die Nachbarn, die nicht mit gleichen Gesinnungen, am wenigsten mit gleicher Überzeugung, ihre Landesteile regierten und regieren ließen.
Beinahe hätte ich mich resigniert und mich innerhalb meiner Lage am besten gehalten und das Herkömmliche, so gut als es sich tun ließ, benutzt, aber ich bemerkte auf einmal, das Jahrhundert komme mir zu Hülfe. Jüngere Beamte wurden in der Nachbarschaft angestellt, sie hegten gleiche Gesinnungen, aber freilich nur im allgemeinen wohlwollend, und

pflichteten nach und nach meinen Planen zu allseitiger Verbindung um so eher bei, als mich das Los traf, die größeren Aufopferungen zuzugestehen, ohne daß gerade jemand merkte, auch der größere Vorteil neige sich auf meine Seite.

So sind nun unser drei über ansehnliche Landesstrecken zu gebieten befugt, unsre Fürsten und Minister sind von der Redlichkeit und Nützlichkeit unsrer Vorschläge überzeugt; denn es gehört freilich mehr dazu, seinen Vorteil im Großen als im Kleinen zu übersehen. Hier zeigt uns immer die Notwendigkeit, was wir zu tun und zu lassen haben, und da ist denn schon genug, wenn wir diesen Maßstab ans Gegenwärtige legen; dort aber sollen wir eine Zukunft erschaffen, und wenn auch ein durchdringender Geist den Plan dazu fände, wie kann er hoffen, andere darin einstimmen zu sehen?

Noch würde dies dem einzelnen nicht gelingen; die Zeit, welche die Geister frei macht, öffnet zugleich ihren Blick ins Weitere, und im Weiteren läßt sich das Größere leicht erkennen, und eins der stärksten Hindernisse menschlicher Handlungen wird leichter zu entfernen. Dieses besteht nämlich darin, daß die Menschen wohl über die Zwecke einig werden, viel seltener aber über die Mittel, dahin zu gelangen. Denn das wahre Große hebt uns über uns selbst hinaus und leuchtet uns vor wie ein Stern; die Wahl der Mittel aber ruft uns in uns selbst zurück, und da wird der einzelne gerade, wie er war, und fühlt sich ebenso isoliert, als hätt' er vorher nicht ins Ganze gestimmt.

Hier also haben wir zu wiederholen: Das Jahrhundert muß uns zu Hülfe kommen, die Zeit an die Stelle der Vernunft treten und in einem erweiterten Herzen der höhere Vorteil den niedern verdrängen.

Hiermit sei es genug, und wär' es zuviel für den Augenblick, in der Folge werd' ich einen jeden Teilnehmer daran erinnern. Genaue Vermessungen sind geschehen, die Straßen bezeichnet, die Punkte bestimmt, wo man die Gasthöfe und in der Folge vielleicht die Dörfer heranrückt. Zu aller Art von Baulichkeiten ist Gelegenheit, ja Notwendigkeit vorhanden. Treffliche Baumeister und Techniker bereiten alles vor; Risse und Anschläge sind gefertigt; die Absicht ist, größere und kleinere Akkorde abzuschließen und so mit genauer Kontrolle die bereitliegenden Geldsummen, zur Verwunderung des Mutterlandes, zu verwenden: da wir denn der schönsten Hoffnung leben, es werde sich eine vereinte Tätigkeit nach allen Seiten von nun an entwikkeln.

Worauf ich nun aber die sämtlichen Teilnehmer aufmerksam zu machen habe, weil es vielleicht auf ihre Entschließung Einfluß haben könnte, ist die Einrichtung, die Gestalt, in welche wir alle Mitwirkenden vereinigen und ihnen eine würdige Stellung unter sich und gegen die übrige bürgerliche Welt zu schaffen gedenken.

Sobald wir jenen bezeichneten Boden betreten, werden die Handwerke sogleich für Künste erklärt und durch die Bezeichnung ›strenge Künste‹ von den ›freien‹ entschieden getrennt und abgesondert. Diesmal kann hier nur von solchen Beschäftigungen die Rede sein, welche den Aufbau sich zur Angelegenheit machen; die sämtlichen hier anwesenden Männer, jung und alt, bekennen sich zu dieser Klasse.

Zählen wir sie her in der Folge, wie sie den Bau in die Höhe richten und nach und nach zur Wohnbarkeit befördern.

Die Steinmetzen nenn ich voraus, welche den Grund- und Eckstein vollkommen bearbeiten, den sie mit Beihülfe der Maurer am rechten Ort in der genauesten Bezeichnung niedersenken. Die Maurer folgen hierauf, die auf den streng untersuchten Grund das Gegenwärtige und Zukünftige wohl befestigen. Früher oder später bringt der Zimmermann seine vorbereiteten Kontignationen herbei, und so steigt nach und nach das Beabsichtigte in die Höhe. Den Dachdekker rufen wir eiligst herbei; im Innern bedürfen wir des Tischers, Glasers, Schlossers, und wenn ich den Tüncher zuletzt nenne, so geschieht es, weil er mit seiner Arbeit zur verschiedensten Zeit eintreten kann, um zuletzt dem Ganzen in- und auswendig einen gefälligen Schein zu geben.

Mancher Hülfsarbeiten gedenk ich nicht, nur die Hauptsache verfolgend.

Die Stufen von Lehrling, Gesell und Meister müssen aufs strengste beobachtet werden; auch können in diesen viele Abstufungen gelten, aber Prüfungen können nicht sorgfältig genug sein. Wer herantritt, weiß, daß er sich einer strengen Kunst ergibt, und er darf keine läßlichen Forderungen von ihr erwarten; ein einziges Glied, das in einer großen Kette bricht, vernichtet das Ganze. Bei großen Unternehmungen wie bei großen Gefahren muß der Leichtsinn verbannt sein.

Gerade hier muß die strenge Kunst der freien zum Muster dienen und sie zu beschämen trachten. Sehen wir die sogenannten freien Künste an, die doch eigentlich in einem höhern Sinne zu nehmen und zu nennen sind, so findet man, daß es ganz gleichgültig ist, ob sie gut oder schlecht betrieben werden. Die schlechteste Statue steht auf ihren Füßen wie die beste, eine gemalte Figur schreitet mit verzeichneten Füßen gar munter vorwärts, ihre mißgestalteten Arme greifen gar kräftig zu, die Figuren stehen nicht auf dem richtigen Plan, und der Boden fällt deswegen nicht zusammen. Bei der Musik ist es noch auffallender; die gellende Fiedel einer Dorfschenke erregt die wackern Glieder aufs kräftigste, und wir haben die unschicklichsten Kirchenmusiken gehört, bei denen der Gläubige sich erbaute. Wollt ihr nun gar auch die Poesie zu den freien Künsten rechnen, so werdet ihr freilich sehen, daß diese kaum weiß, wo sie eine Grenze finden soll. Und doch hat jede Kunst ihre innern Gesetze, deren Nichtbeobachtung aber der Menschheit keinen Schaden bringt; dagegen die strengen Künste dürfen sich nichts erlauben. Den freien Künstler darf man loben, man kann an seinen Vorzügen Gefallen finden, wenngleich seine Arbeit bei näherer Untersuchung nicht Stich hält.

Betrachten wir aber die beiden, sowohl die freien als strengen Künste, in ihren vollkommensten Zuständen, so hat sich diese vor Pedanterei und Bocksbeutelei, jene vor Gedankenlosigkeit und Pfuscherei zu hüten. Wer sie zu leiten hat,

wird hierauf aufmerksam machen, Mißbräuche und Mängel werden dadurch verhütet werden.
Ich wiederhole mich nicht, denn unser ganzes Leben wird eine Wiederholung des Gesagten sein; ich bemerke nur noch folgendes: Wer sich einer strengen Kunst ergibt, muß sich ihr fürs Leben widmen. Bisher nannte man sie Handwerk, ganz angemessen und richtig; die Bekenner sollten mit der Hand wirken, und die Hand, soll sie das, so muß ein eigenes Leben sie beseelen, sie muß eine Natur für sich sein, ihre eignen Gedanken, ihren eignen Willen haben, und das kann sie nicht auf vielerlei Weise.«
Nachdem der Redende mit noch einigen hinzugefügten guten Worten geschlossen hatte, richteten die sämtlichen Anwesenden sich auf, und die Gewerke, anstatt abzuziehen, bildeten einen regelmäßigen Kreis vor der Tafel der anerkannten Oberen. Odoard reichte den sämtlichen ein gedrucktes Blatt umher, wovon sie, nach einer bekannten Melodie, mäßig munter ein zutrauliches Lied sangen:

»Bleiben, Gehen, Gehen, Bleiben,
Sei fortan dem Tücht'gen gleich,
Wo wir Nützliches betreiben,
Ist der werteste Bereich.
Dir zu folgen wird ein leichtes,
Wer gehorchet, der erreicht es,
Zeig' ein festes Vaterland.
Heil dem Führer! Heil dem Band!

Du verteilest Kraft und Bürde
Und erwägst es ganz genau,
Gibst dem Alten Ruh und Würde,
Jünglingen Geschäft und Frau.
Wechselseitiges Vertrauen
Wird ein reinlich Häuschen bauen,
Schließen Hof und Gartenzaun,
Auch der Nachbarschaft vertraun.

Wo an wohlgebahnten Straßen
Man in neuer Schenke weilt,
Wo dem Fremdling reicher Maßen
Ackerfeld ist zugeteilt,
Siedeln wir uns an mit andern.
Eilet, eilet, einzuwandern
In das feste Vaterland.
Heil dir Führer! Heil dir Band!«

Dreizehntes Kapitel

Eine vollkommene Stille schloß sich an diese lebhafte Bewegung der vergangenen Tage. Die drei Freunde blieben allein gegeneinander über stehen, und es ward gar bald merkbar, daß zwei von ihnen, Lenardo und Friedrich, von einer sonderbaren Unruhe bewegt wurden; sie verbargen nicht, daß sie beide ungeduldig seien, für ihren Teil in der Abreise von diesem Ort sich gehindert zu sehen. Sie erwarteten einen Boten, hieß es, und es kam indessen nichts Vernünftiges, nichts Entscheidendes zur Sprache.

Endlich kommt der Bote, ein bedeutendes Paket überbringend, worüber sich Friedrich sogleich herwirft, um es zu eröffnen. Lenardo hält ihn ab und spricht: »Laß es unberührt, leg es vor uns nieder auf den Tisch; wir wollen es ansehen, denken und vermuten, was es enthalten möge. Denn unser Schicksal ist seiner Bestimmung näher, und wenn wir nicht selbst Herren darüber sind, wenn es von dem Verstande, von den Empfindungen anderer abhängt, ein Ja oder Nein, ein So oder So zu erwarten ist, dann ziemt es, ruhig zu stehen, sich zu fassen, sich zu fragen, ob man es erdulden würde, und wenn es ein sogenanntes Gottesurteil wäre, wo uns auferlegt ist, die Vernunft gefangenzunehmen.«

»Du bist nicht so gefaßt, als du scheinen willst«, versetzte Friedrich, »bleibe deswegen allein mit deinen Geheimnissen und schalte darüber nach Belieben, mich berühren sie auf alle Fälle nicht; aber laß mich indes diesem alten, geprüften Freunde den Inhalt offenbaren und die zweifelhaften Zustände vorlegen, die wir ihm schon so lange verheimlicht haben.« Mit diesen Worten riß er unsern Freund mit sich weg, und schon unterwegs rief er aus: »Sie ist gefunden, längst gefunden! und es ist nur die Frage, wie es mit ihr werden soll.«

»Das wußt' ich schon«, sagte Wilhelm, »denn Freunde offenbaren einander gerade das am deutlichsten, was sie einander verschweigen; die letzte Stelle des Tagebuchs, wo sich Lenardo gerade mitten im Gebirg des Briefes erinnert, den ich ihm schrieb, rief mir in der Einbildungskraft im ganzen Umgange des Geistes und Gefühls jenes gute Wesen hervor; ich sah ihn schon mit dem nächsten Morgen sich ihr nähern, sie anerkennen und was daraus mochte gefolgt sein. Da will ich denn aber aufrichtig gestehen, daß nicht Neugierde, sondern ein redlicher Anteil, den ich ihr gewidmet habe, mich über euer Schweigen und Zurückhalten beunruhigte.«

»Und in diesem Sinne«, rief Friedrich, »bist du gerade bei diesem angekommenen Paket hauptsächlich mit interessiert; der Verfolg des Tagebuchs war an Makarien gesandt, und man wollte dir durch Erzählung das ernst-anmutige Ereignis nicht verkümmern. Nun sollst du's auch gleich haben; Lenardo hat gewiß indessen ausgepackt, und das braucht er nicht zu seiner Aufklärung.«

Friedrich sprang hiermit nach alter Art hinweg, sprang wieder herbei und brachte das versprochene Heft. »Nun muß ich aber auch erfahren«, rief er, »was aus uns werden wird.« Hiemit war er wieder entsprungen, und Wilhelm las:

Lenardos Tagebuch

Fortsetzung

Freitag, den 19ten.

Da man heute nicht säumen durfte, um zeitig zu Frau Susanne zu gelangen, so frühstückte man eilig mit der ganzen Familie, dankte mit versteckten Glückwünschen und hinterließ dem Geschirrfasser, welcher zurückblieb, die den Jungfrauen zugedachten Geschenke, etwas reichlicher und bräutlicher als die vorgestrigen, sie ihm heimlich zuschiebend, worüber der gute Mann sich sehr erfreut zeigte.

Diesmal war der Weg frühe zurückgelegt; nach einigen Stunden erblickten wir in einem ruhigen, nicht allzu weiten, flachen Tale, dessen eine felsige Seite von Wellen des klarsten Sees leicht bespült sich widerspiegelte, wohl und anständig gebaute Häuser, um welche ein besserer, sorgfältig gepflegter Boden, bei sonniger Lage, einiges Gartenwesen begünstigte. In das Haupthaus durch den Garnträger eingeführt und Frau Susannen vorgestellt, fühlte ich etwas ganz Eigenes, als sie uns freundlich ansprach und versicherte: es sei ihr sehr angenehm, daß wir freitags kämen, als dem ruhigsten Tage der Woche, da donnerstags abends die gefertigte Ware zum See und in die Stadt geführt werde. Dem einfallenden Garnträger, welcher sagte: »Die bringt wohl Daniel jederzeit hinunter!«, versetzte sie: »Gewiß, er versieht das Geschäft so löblich und treu, als wenn es sein eigenes wäre.« – »Ist doch auch der Unterschied nicht groß«, versetzte jener; übernahm einige Aufträge von der freundlichen Wirtin und eilte, seine Geschäfte in den Seitentälern zu vollbringen, versprach in einigen Tagen wiederzukommen und mich abzuholen.

Mir war indessen ganz wunderlich zumute; mich hatte gleich beim Eintritt eine Ahnung befallen, daß es die Ersehnte sei; beim längeren Hinblick war sie es wieder nicht, konnte es nicht sein, und doch beim Wegblicken, oder wenn sie sich umkehrte, war sie es wieder; eben wie im

Traum Erinnerung und Phantasie ihr Wesen gegeneinander treiben.

Einige Spinnerinnen, die mit ihrer Wochenarbeit gezögert hatten, brachten sie nach; die Herrin, mit freundlichster Ermahnung zum Fleiße, marktete mit ihnen, überließ aber, um sich mit dem Gast zu unterhalten, das Geschäft an zwei Mädchen, welche sie Gretchen und Lieschen nannte und welche ich um desto aufmerksamer betrachtete, als ich ausforschen wollte, wie sie mit der Schilderung des Geschirrfassers allenfalls zusammenträfen. Diese beiden Figuren machten mich ganz irre und zerstörten alle Ähnlichkeit zwischen der Gesuchten und der Hausfrau.

Aber ich beobachtete diese nur desto genauer, und sie schien mir allerdings das würdigste, liebenswürdigste Wesen von allen, die ich auf meiner Gebirgsreise erblickte. Schon war ich von dem Gewerbe unterrichtet genug, um mit ihr über das Geschäft, welches sie gut verstand, mit Kenntnis sprechen zu können; meine einsichtige Teilnahme erfreute sie sehr, und als ich fragte: woher sie ihre Baumwolle beziehe, deren großen Transport übers Gebirg ich vor einigen Tagen gesehen, so erwiderte sie, daß eben dieser Transport ihr einen ansehnlichen Vorrat mitgebracht. Die Lage ihres Wohnorts sei auch deshalb so glücklich, weil die nach dem See hinunterführende Hauptstraße etwa nur eine Viertelstunde ihres Tals hinabwärts vorbeigehe, wo sie denn entweder in Person oder durch einen Faktor die ihr von Triest bestimmten und adressierten Ballen in Empfang nehme, wie denn das vorgestern auch geschehen.

Sie ließ nun den neuen Freund in einen großen, lüftigen Keller hineinsehen, wo der Vorrat aufgehoben wird, damit die Baumwolle nicht zu sehr austrockne, am Gewicht verliere und weniger geschmeidig werde. Dann fand ich auch, was ich schon im einzelnen kannte, meistenteils hier versammelt; sie deutete nach und nach auf dies und jenes, und ich nahm verständigen Anteil. Indessen wurde sie stiller, aus ihren Fragen konnt' ich erraten, sie vermute, daß ich vom Handwerk sei. Denn sie sagte, da die Baumwolle soeben angekommen, so erwarte sie nun bald einen Kommis oder Teilnehmer der Triester Handlung, der nach einer bescheidenen Ansicht ihres Zustandes die schuldige Geldpost abholen werde; diese liege bereit für einen jeden, welcher sich legitimieren könne.

Einigermaßen verlegen suchte ich auszuweichen und blickte ihr nach, als sie eben einiges anzuordnen durchs Zimmer ging; sie erschien mir wie Penelope unter den Mägden.

Sie kehrt zurück, und mich dünkt, es sei was Eigenes in ihr vorgegangen. – »Sie sind denn nicht vom Kaufmannsstande?« sagte sie, »ich weiß nicht, woher mir das Vertrauen kommt und wie ich mich unterfangen mag, das Ihrige zu verlangen; erdringen will ich's nicht, aber gönnen Sie mir's, wie es Ihnen ums Herz ist.« Dabei sah mich ein fremdes Gesicht mit so ganz bekannten, erkennenden Augen an, daß ich mich ganz durchdrungen fühlte und mich kaum zu fassen wußte. Meine Knie, mein Verstand wollten mir versagen, als man sie glücklicherweise sehr eilig abrief. Ich konnte mich erholen, meinen Vorsatz stärken, so lang als möglich an mich zu halten; denn es schwebte mir vor, als wenn abermals ein unseliges Verhältnis mich bedrohe.

Gretchen, ein gesetztes, freundliches Kind, führte mich ab, mir die künstlichen Gewebe vorzuzeigen; sie tat es verständig und ruhig, ich schrieb, um ihr Aufmerksamkeit zu beweisen, was sie mir vorsagte, in meine Schreibtafel, wo es noch steht zum Zeugnis eines bloß mechanischen Verfahrens, denn ich hatte ganz anderes im Sinne; es lautet folgendermaßen:

»Der Eintrag von getretener sowohl als gezogener Weberei geschieht, je nachdem das Muster es erfordert, mit weißem, lose gedrehtem, sogenanntem *Muggengarn*, mitunter auch mit türkischrot gefärbten, desgleichen mit blauen Garnen, welche ebenfalls zu Streifen und Blumen verbraucht werden.

Beim Scheren ist das Gewebe auf Walzen gewunden, die einen tischförmigen Rahmen bilden, um welchen her mehrere arbeitende Personen sitzen.«

Lieschen, die unter den Scherenden gesessen, steht auf, gesellt sich zu uns, ist geschäftig, dreinzureden, und zwar auf eine Weise, um jene durch Widerspruch nur irrezumachen; und als ich Gretchen dessen ungeachtet mehr Aufmerksamkeit bewies, so fuhr Lieschen umher, um etwas zu holen, zu bringen, und streifte dabei, ohne durch die Enge des Raums genötigt zu sein, mit ihrem zarten Ellebogen zweimal merklich bedeutend an meinem Arm hin, welches mir nicht sonderlich gefallen wollte.

Die Gute-Schöne (sie verdient überhaupt, besonders aber alsdann so zu heißen, wenn man sie mit den übrigen vergleicht) holte mich in den Garten ab, wo wir der Abendsonne genießen sollten, eh sie sich hinter das hohe Gebirg versteckte. Ein Lächeln schwebte um ihre Lippen, wie es wohl erscheint, wenn man etwas Erfreuliches zu sagen zaudert; auch mir war es in dieser Verlegenheit gar lieblich zumute. Wir gingen nebeneinanderher, ich getraute mir nicht, ihr die Hand zu reichen, so gern ich's getan hätte; wir schienen uns beide vor Worten und Zeichen zu fürchten, wodurch der glückliche Fund nur allzubald ins Gemeine offenbar werden könnte. Sie zeigte mir einige Blumentöpfe, worin ich aufgekeimte Baumwollenstauden erkannte. – »So nähren und pflegen wir die für unser Geschäfte unnützen, ja widerwärtigen Samenkörner, die mit der Baumwolle einen so weiten Weg zu uns machen. Es geschieht aus Dankbarkeit, und es ist ein eigen Vergnügen, dasjenige lebendig zu sehen, dessen abgestorbene Reste unser Dasein beleben. Sie sehen hier den Anfang, die Mitte ist Ihnen bekannt, und heute abend, wenn's Glück gut ist, einen erfreulichen Abschluß.

Wir als Fabrikanten selbst oder ein Faktor bringen unsre die Woche über eingegangene Ware Donnerstag abends in das Marktschiff und langen so, in Gesellschaft von andern, die gleiches Geschäft treiben, mit dem frühesten Morgen am Freitag in der Stadt an. Hier trägt nun ein jeder seine Ware zu den Kaufleuten, die im großen handeln, und sucht sie so gut als möglich abzusetzen, nimmt auch wohl den Bedarf von roher Baumwolle allenfalls an Zahlungs Statt.

Aber nicht allein den Bedarf an rohen Stoffen für die Fabrikation nebst dem baren Verdienst holen die Marktleute in der Stadt, sondern sie versehen sich auch daselbst mit allerlei andern Dingen zum Bedürfnis und Vergnügen. Wo einer aus der Familie in die Stadt zu Markte gefahren, da sind Erwartungen, Hoffnungen und Wünsche, ja sogar oft Angst und Furcht rege. Es entsteht Sturm und Gewitter, und man ist besorgt, das Schiff nehme Schaden! Die Gewinnsüchtigen harren und möchten erfahren, wie der Verkauf der Waren ausgefallen, und berechnen schon im voraus die Summe des reinen Erwerbs; die Neugierigen warten auf die Neuigkeiten aus der Stadt, die Putzliebenden auf die Kleidungsstücke oder Modesachen, die der Reisende etwa mitzubringen Auftrag hatte; die Leckern endlich und besonders die Kinder auf die Eßwaren, und wenn es auch nur Semmeln wären.

Die Abfahrt aus der Stadt verzieht sich gewöhnlich bis gegen Abend, dann belebt sich der See allmählich und die Schiffe gleiten segelnd oder durch die Kraft der Ruder getrieben über seine Fläche hin; jedes bemüht sich, dem andern vorzukommen; und die, denen es gelingt, verhöhnen wohl scherzend die, welche zurückzubleiben sich genötigt sehen.

Es ist ein erfreuliches, schönes Schauspiel um die Fahrt auf dem See, wenn der Spiegel desselben mit den anliegenden Gebirgen vom Abendrot erleuchtet sich warm und allmählich tiefer und tiefer schattiert, die Sterne sichtbar werden, die Abendbetglocken sich hören lassen, in den Dörfern am Ufer sich Lichter entzünden, im Wasser widerscheinend, dann der Mond aufgeht und seinen Schimmer über die kaum bewegte Fläche streut. Das reiche Gelände flieht vorüber, Dorf um Dorf, Gehöft um Gehöft bleiben zurück, endlich in die Nähe der Heimat gekommen, wird in ein Horn gestoßen, und sogleich sieht man im Berg hier und dort Lichter erscheinen, die sich nach dem Ufer herabbewegen, ein jedes Haus, das einen Angehörigen im Schiffe hat, sendet jemanden, um das Gepäck tragen zu helfen.

Wir liegen höher hinauf, aber jedes von uns hat oft genug diese Fahrt mitbestanden, und was das Geschäft betrifft, so sind wir alle von gleichem Interesse.«

Ich hatte ihr mit Verwunderung zugehört, wie gut und schön sie das alles sprach, und konnte mich der offenen Bemerkung nicht enthalten: wie sie in dieser rauhen Gegend, bei einem so mechanischen Geschäft, zu solcher Bildung habe gelangen können? Sie versetzte, mit einem allerliebsten, beinahe schalkhaften Lächeln vor sich hinsehend: »Ich bin in einer schönern und freundlichern Gegend geboren, wo vorzügliche Menschen herrschen und hausen, und ob ich gleich als Kind mich wild und unbändig erwies, so war doch der Einfluß geistreicher Besitzer auf ihre Umgebung unverkennbar. Die größte Wirkung jedoch auf ein junges Wesen tat eine fromme Erziehung, die ein gewisses Gefühl des Rechtlichen und Schicklichen, als von Allgegenwart göttlicher Liebe getragen, in mir entwickelte. Wir wanderten aus«, fuhr sie fort – das feine Lächeln verließ ihren Mund, eine unterdrückte Träne füllte das Auge –, »wir wanderten weit, weit, von einer Gegend zur andern, durch fromme Fingerzeige und Empfehlungen geleitet; endlich gelangten wir hierher, in diese höchst tätige Gegend; das Haus, worin Sie mich finden, war von gleichgesinnten Menschen bewohnt, man nahm uns treulich auf, mein Vater sprach dieselbe Sprache, in demselben Sinn, wir schienen bald zur Familie zu gehören.

In allen Haus- und Handwerksgeschäften griff ich tüchtig ein, und alles, über welches Sie mich nun gebieten sehen, habe ich stufenweise gelernt, geübt und vollbracht. Der Sohn des Hauses, wenig Jahre älter als ich, wohlgebaut und schön von Antlitz, gewann mich lieb und machte mich zu seiner Vertrauten. Er war von tüchtiger und zugleich feiner Natur; die Frömmigkeit, wie sie im Hause geübt wurde, fand bei ihm keinen Eingang, sie genügte ihm nicht, er las heimlich Bücher, die er sich in der Stadt zu verschaffen wußte, von der Art, die dem Geist eine allgemeinere, freiere Richtung geben, und da er bei mir gleichen Trieb, gleiches

Naturell vermerkte, so war er bemüht, nach und nach mir dasjenige mitzuteilen, was ihn so innig beschäftigte. Endlich, da ich in alles einging, hielt er nicht länger zurück, mir sein ganzes Geheimnis zu eröffnen, und wir waren wirklich ein ganz wunderliches Paar, welches auf einsamen Spaziergängen sich nur von solchen Grundsätzen unterhielt, welche den Menschen selbständig machen, und dessen wahrhaftes Neigungsverhältnis nur darin zu bestehen schien, einander wechselseitig in solchen Gesinnungen zu bestärken, wodurch die Menschen sonst voneinander völlig entfernt werden.«

Ob ich gleich sie nicht scharf ansah, sondern nur von Zeit zu Zeit wie zufällig aufblickte, bemerkt' ich doch mit Verwunderung und Anteil, daß ihre Gesichtszüge durchaus den Sinn ihrer Worte zugleich ausdrückten. Nach einem augenblicklichen Stillschweigen erheiterte sich ihr Gesicht: »Ich muß«, sagte sie, »auf Ihre Hauptfrage ein Bekenntnis tun, damit Sie meine Wohlredenheit, die manchmal nicht ganz natürlich scheinen möchte, sich besser erklären können.

Leider mußten wir beide uns vor den übrigen verstellen, und ob wir gleich uns sehr hüteten, nicht zu lügen und im groben Sinn falsch zu sein, so waren wir es doch im zartern, indem wir den vielbesuchten Brüder- und Schwesterversammlungen nicht beizuwohnen nirgends Entschuldigung finden konnten. Weil wir aber dabei gar manches gegen unsere Überzeugung hören mußten, so ließ er mich sehr bald begreifen und einsehen, daß nicht alles vom freien Herzen gehe, sondern daß viel Wortkram, Bilder, Gleichnisse, herkömmliche Redensarten und wiederholt anklingende Zeilen sich immerfort wie um eine gemeinsame Achse herumdrehten. Ich merkte nun besser auf und machte mir die Sprache so zu eigen, daß ich allenfalls eine Rede so gut als irgendein Vorsteher hätte halten wollen. Erst ergötzte der Gute sich daran, endlich beim Überdruß ward er ungeduldig, daß ich, ihn zu beschwichtigen, den entgegengesetzten Weg einschlug, ihm nur desto aufmerksamer zuhörte, ihm seinen herzlich treuen Vortrag wohl acht Tage später wenigstens mit annähernder Freiheit und nicht ganz unähnlichem geistigen Wesen zu wiederholen wußte.

So wuchs unser Verhältnis zum innigsten Bande, und eine Leidenschaft zu irgendeinem Wahren, Guten sowie zu möglicher Ausübung desselben war eigentlich, was uns vereinigte.

Indem ich nun bedenke, was Sie veranlaßt haben mag, zu einer solchen Erzählung mich zu bewegen, so war es meine lebhafte Beschreibung vom glücklich vollbrachten Markttage. Verwundern Sie sich darüber nicht; denn gerade war es eine frohe, herzliche Betrachtung holder und erhabener Naturszenen, was mich und meinen Bräutigam in ruhigen und geschäftlosen Stunden am schönsten unterhielt. Treffliche vaterländische Dichter hatten das Gefühl in uns erregt und genährt, Hallers ›Alpen‹, Geßners ›Idyllen‹, Kleists ›Frühling‹ wurden oft von uns wiederholt, und wir betrachteten die uns umgebende herrliche Welt bald von ihrer anmutigen, bald von ihrer erhabenen Seite.

Noch gern erinnere ich mich, wie wir beide, scharf- und weitsichtig, uns um die Wette und oft hastig auf die bedeutenden Erscheinungen der Erde und des Himmels aufmerksam zu machen suchten, einander vorzueilen und zu überbieten trachteten. Dies war die schönste Erholung, nicht nur vom täglichen Geschäft, sondern auch von jenen ernsten Gesprächen, die uns oft nur zu tief in unser eigenes Innere versenkten und uns dort zu beunruhigen drohten.

In diesen Tagen kehrte ein Reisender bei uns ein, wahrscheinlich unter geborgtem Namen; wir dringen nicht weiter in ihn, da er sogleich durch sein Wesen uns Vertrauen einflößt, da er sich im ganzen höchst sittlich benimmt sowie anständig aufmerksam in unsern Versammlungen. Von meinem Freund in den Gebirgen umhergeführt, zeigt er sich ernst, einsichtig und kenntnisreich. Auch ich geselle mich zu ihren sittlichen Unterhaltungen, wo alles nach und nach zur Sprache kommt, was einem innern Menschen bedeutend werden kann; da bemerkt er denn gar bald in unserer Denkweise in Absicht auf die göttlichen Dinge etwas

Schwankendes. Die religiösen Ausdrücke waren uns trivial geworden, der Kern, den sie enthalten sollten, war uns entfallen. Da ließ er uns die Gefahr unsres Zustandes bemerken, wie bedenklich die Entfernung vom Überlieferten sein müsse, an welches von Jugend auf sich so viel angeschlossen; sie sei höchst gefährlich bei der Unvollständigkeit besonders des eignen Innern. Freilich eine täglich und stündlich durchgeführte Frömmigkeit werde zuletzt nur Zeitvertreib und wirke wie eine Art von Polizei auf den äußeren Anstand, aber nicht mehr auf den tiefen Sinn; das einzige Mittel dagegen sei, aus eigener Brust sittlich gleich geltende, gleich wirksame, gleich beruhigende Gesinnungen hervorzurufen.

Die Eltern hatten unsre Verbindung stillschweigend vorausgesetzt, und ich weiß nicht, wie es geschah, die Gegenwart des neuen Freundes beschleunigte die Verlobung, es schien sein Wunsch, diese Bestätigung unsres Glücks in dem stillen Kreise zu feiern, da er denn auch mit anhören mußte, wie der Vorsteher die Gelegenheit ergriff, uns an den Bischof von Laodicea und an die große Gefahr der Lauheit, die man uns wollte angemerkt haben, zu erinnern. Wir besprachen noch einigemal diese Gegenstände, und er ließ uns ein hierauf bezügliches Blatt zurück, welches ich oft in der Folge wieder anzusehen Ursache fand.

Er schied nunmehr, und es war, als wenn mit ihm alle guten Geister gewichen wären. Die Bemerkung ist nicht neu, wie die Erscheinung eines vorzüglichen Menschen in irgendeinem Zirkel Epoche macht und bei seinem Scheiden eine Lücke sich zeigt, in die sich öfters ein zufälliges Unheil hineindrängt. Und nun lassen Sie mich einen Schleier über das Nächstfolgende werfen; durch einen Zufall ward meines Verlobten kostbares Leben, seine herrliche Gestalt plötzlich zerstört; er wendete standhaft seine letzten Stunden dazu an, sich mit mir Trostlosen verbunden zu sehen und mir die Rechte an seinem Erbteil zu sichern. Was aber diesen Fall den Eltern um so schmerzlicher machte, war, daß sie kurz vorher eine Tochter verloren hatten und sich nun, im eigentlichen Sinne, verwaist sahen, worüber ihr zartes Gemüt dergestalt angegriffen wurde, daß sie ihr Leben nicht lange fristeten. Sie gingen den lieben Ihrigen bald nach, und mich ereilte noch ein anderes Unheil, daß mein Vater, vom Schlag gerührt, zwar noch sinnliche Kenntnis von der Welt, aber weder geistige noch körperliche Tätigkeit gegen dieselbe behalten hat. Und so bedurfte ich denn freilich in der größten Not und Absonderung jener Selbständigkeit, in der ich mich, glückliche Verbindung und frohes Mitleben hoffend, frühzeitig geübt und noch vor kurzem durch die rein belebenden Worte des geheimnisvollen Durchreisenden recht eigentlich gestärkt hatte.

Doch darf ich nicht undankbar sein, da mir in diesem Zustand noch ein tüchtiger Gehülfe geblieben ist, der als Faktor alles das besorgt, was in solchen Geschäften als Pflicht männlicher Tätigkeit erscheint. Kommt er heut abend aus der Stadt zurück und Sie haben ihn kennengelernt, so erfahren Sie mein wunderbares Verhältnis zu ihm.«

Ich hatte manches dazwischen gesprochen und durch beifälligen, vertraulichen Anteil ihr Herz immer mehr aufzuschließen und ihre Rede im Fluß zu erhalten getrachtet. Ich vermied nicht, dasjenige ganz nahe zu berühren, was noch nicht völlig ausgesprochen war; auch sie rückte immer näher zu, und wir waren so weit, daß bei der geringsten Veranlassung das offenbare Geheimnis ins Wort getreten wäre.

Sie stand auf und sagte: »Lassen Sie uns zum Vater gehen!« Sie eilte voraus, und ich folgte ihr langsam; ich schüttelte den Kopf über die wundersame Lage, in der ich mich befand. Sie ließ mich in eine hintere, sehr reinliche Stube treten, wo der gute Alte unbeweglich im Sessel saß. Er hatte sich wenig verändert. Ich ging auf ihn zu, er sah mich erst starr, dann mit lebhafteren Augen an; seine Züge erheiterten sich, er versuchte, die Lippen zu bewegen, und als ich die Hand hinreichte, seine ruhende zu fassen, ergriff er die meine von selbst, drückte sie und sprang auf, die Arme gegen mich ausstreckend. »O Gott!« rief er, »der Junker

Lenardo! er ist's, er ist es selbst!« Ich konnte mich nicht enthalten, ihn an mein Herz zu schließen; er sank in den Stuhl zurück, die Tochter eilte hinzu, ihm beizustehen; auch sie rief: »Er ist's! Sie sind es, Lenardo!«

Die jüngere Nichte war herbeigekommen, sie führten den Vater, der auf einmal wieder gehen konnte, der Kammer zu, und gegen mich gewendet, sprach er ganz deutlich: »Wie glücklich, glücklich! bald sehen wir uns wieder!«

Ich stand, vor mich hinschauend und denkend; Mariechen kam zurück und reichte mir ein Blatt, mit dem Vermelden, es sei dasselbige, wovon gesprochen. Ich erkannte sogleich Wilhelms Handschrift, so wie vorhin seine Person aus der Beschreibung mir entgegengetreten war; mancherlei fremde Gesichter schwärmten um mich her, es war eine eigene Bewegung im Vorhause. Und dann ist es ein widerwärtiges Gefühl, aus dem Enthusiasmus einer reinen Wiedererkennung, aus der Überzeugung dankbaren Erinnerns, der Anerkennung einer wunderbaren Lebensfolge und was alles Warmes und Schönes dabei in uns entwickelt werden mag, auf einmal zu der schroffen Wirklichkeit einer zerstreuten Alltäglichkeit zurückgeführt zu werden.

Diesmal war der Freitagabend überhaupt nicht so heiter und lustig, wie er sonst wohl sein mochte; der Faktor war nicht mit dem Marktschiff aus der Stadt zurückgekehrt, er meldete nur in einem Briefe, daß ihn Geschäfte erst morgen oder übermorgen zurückgehen ließen; er werde mit anderer Gelegenheit kommen, auch alles Bestellte und Versprochene mitbringen. Die Nachbarn, welche, jung und alt, in Erwartung wie gewöhnlich zusammengekommen waren, machten verdrießliche Gesichter, Lieschen besonders, die ihm entgegengegangen war, schien sehr übler Laune.

Ich hatte mich in mein Zimmer geflüchtet, das Blatt in der Hand haltend, ohne hineinzusehen, denn es hatte mir schon heimlichen Verdruß gemacht, aus jener Erzählung zu vernehmen, daß Wilhelm die Verbindung beschleunigt habe. »Alle Freunde sind so, alle sind Diplomaten; statt unser Vertrauen redlich zu erwidern, folgen sie ihren Ansichten, durchkreuzen unsre Wünsche und mißleiten unser Schicksal!« So rief ich aus, doch kam ich bald von meiner Ungerechtigkeit zurück, gab dem Freunde recht, besonders die jetzige Stellung bedenkend, und enthielt mich nicht weiter, das Folgende zu lesen.

»Jeder Mensch findet sich von den frühsten Momenten seines Lebens an, erst unbewußt, dann halb, endlich ganz bewußt, immerfort bedingt, begrenzt in seiner Stellung. Weil aber niemand Zweck und Ziel seines Daseins kennt, vielmehr das Geheimnis desselben von höchster Hand verborgen wird, so tastet er nur, greift zu, läßt fahren, steht stille, bewegt sich, zaudert und übereilt sich, und auf wie mancherlei Weise denn alle Irrtümer entstehen, die uns verwirren.«

»Sogar der Besonnenste ist im täglichen Weltleben genötigt, klug für den Augenblick zu sein, und gelangt deswegen im allgemeinen zu keiner Klarheit. Selten weiß er sicher, wohin er sich in der Folge zu wenden und was er eigentlich zu tun und zu lassen habe.«

»Glücklicherweise sind alle diese und noch hundert andere wundersame Fragen durch euren unaufhaltsam tätigen Lebensgang beantwortet. Fahrt fort in unmittelbarer Beachtung der Pflicht des Tages und prüft dabei die Reinheit eures Herzens und die Sicherheit eures Geistes. Wenn ihr sodann in freier Stunde aufatmet und euch zu erheben Raum findet, so gewinnt ihr auch gewiß eine richtige Stellung gegen das Erhabene, dem wir uns auf jede Weise verehrend hinzugeben, jedes Ereignis mit Ehrfurcht zu betrachten und eine höhere Leitung darin zu erkennen haben.«

Sonnabend, den 20.

Vertieft in Gedanken, auf deren wunderlichen Irrgängen mich eine fühlende Seele teilnehmend gern begleiten wird, war ich mit Tagesanbruch am See auf und ab spaziert; die

Hausfrau – ich fühlte mich sehr zufrieden, sie nicht als Witwe denken zu dürfen – zeigte sich erwünscht erst am Fenster, dann an der Türe; sie erzählte mir: der Vater habe gut geschlafen, sei heiter aufgewacht und habe mit deutlichen Worten eröffnet, daß er im Bette bleiben, mich heute nicht, morgen aber erst nach dem Gottesdienste zu sehen wünsche, wo er sich gewiß recht gestärkt fühlen werde. Sie sagte mir darauf, daß sie mich heute viel werde allein lassen; es sei für sie ein sehr beschäftigter Tag, kam herunter und gab mir Rechenschaft davon.

Ich hörte ihr zu, nur um sie zu hören, dabei überzeugt' ich mich, daß sie von der Sache durchdrungen, davon als einer herkömmlichen Pflicht angezogen und mit Willen beschäftigt schien. Sie fuhr fort: »Es ist gewöhnlich und eingerichtet, daß das Gewebe gegen das Ende der Woche fertig sei und am Sonnabendnachmittag zu dem Verlagsherrn getragen werde, der solches durchsieht, mißt und wägt, um zu erforschen, ob die Arbeit ordentlich und fehlerfrei, auch ob ihm an Gewicht und Maß das Gehörige eingeliefert worden, und wenn alles richtig befunden ist, sodann den verabredeten Weberlohn zahlt. Seinerseits ist nun er bemüht, das gewebte Stück von allen etwa anhängenden Fäden und Knoten zu reinigen, solches aufs zierlichste zu legen, die schönste, fehlerfreiste Seite oben vors Auge zu bringen und so die Ware höchst annehmlich zu machen.«

Indessen kamen aus dem Gebirg viele Weberinnen, ihre Ware ins Haus tragend, worunter ich auch die erblickte, welche unsern Geschirrfasser beschäftigte. Sie dankte mir gar lieblich für das zurückgelassene Geschenk und erzählte mit Anmut: Der Herr Geschirrfasser sei bei ihnen, arbeite heute an ihrem leerstehenden Weberstuhl und habe ihr beim Abschied versichert: was er an ihm tue, solle Frau Susanne gleich der Arbeit ansehen. Darauf ging sie, wie die übrigen, ins Haus, und ich konnte mich nicht enthalten, die liebe Wirtin zu fragen: »Um's Himmels willen! wie kommen Sie zu dem wunderlichen Namen?« – »Es ist«, versetzte sie, »der dritte, den man mir aufbürdet; ich ließ es gerne zu, weil meine Schwiegereltern es wünschten, denn es war der Name ihrer verstorbenen Tochter, an deren Stelle sie mich eintreten ließen, und der Name bleibt doch immer der schönste, lebendigste Stellvertreter der Person.« Darauf versetzte ich: »Ein vierter ist schon gefunden, ich würde Sie Schöne-Gute nennen, insofern es von mir abhinge.« Sie machte eine gar lieblich demütige Verbeugung und wußte ihr Entzücken über die Genesung des Vaters mit der Freude, mich wiederzusehen, so zu verbinden und zu steigern, daß ich in meinem Leben nichts Schmeichelhafteres und Erfreulicheres glaubte gehört und gefühlt zu haben.

Die Schöne-Gute, doppelt und dreifach ins Haus zurückgerufen, übergab mich einem verständigen, unterrichteten Manne, der mir die Merkwürdigkeiten des Gebirgs zeigen sollte. Wir gingen zusammen, bei schönstem Wetter, durch reich abwechselnde Gegenden. Aber man überzeugt sich wohl, daß weder Fels noch Wald, noch Wassersturz, noch weniger Mühlen und Schmiedewerkstatt, sogar künstlich genug in Holz arbeitende Familien nicht, mir irgendeine Aufmerksamkeit abgewinnen konnten. Indessen war der Wandergang für den ganzen Tag angelegt, der Bote trug ein feines Frühstück im Ränzel, zu Mittag fanden wir ein gutes Essen im Zechenhause eines Bergwerks, wo niemand recht aus mir klug werden konnte, indem tüchtigen Menschen nichts leidiger vorkommt als ein leeres, Teilnahme heuchelndes Unteilnehmen.

Am wenigsten aber begriff mich der Bote, an welchen eigentlich der Garnträger mich gewiesen hatte, mit großem Lob meiner schönen technischen Kenntnisse und des besonderen Interesses an solchen Dingen. Auch von meinem vielen Aufschreiben und Bemerken hatte jener gute Mann erzählt, worauf sich denn der Berggenoß gleichfalls eingerichtet hatte. Lange wartete mein Begleiter, daß ich meine Schreibtafel hervorholen sollte, nach welcher er denn auch endlich, einigermaßen ungeduldig, fragte.

Sonntag, den 21.

Mittag kam beinahe herbei, eh ich die Freundin wieder ansichtig werden konnte. Der Hausgottesdienst, bei dem sie mich nicht gegenwärtig wünschte, war indessen gehalten; der Vater hatte demselben beigewohnt und, die erbaulichsten Worte deutlich und vernehmlich sprechend, alle Anwesenden und sie selbst bis zu den herzlichsten Tränen gerührt. »Es waren«, sagte sie, »bekannte Sprüche, Reime, Ausdrücke und Wendungen, die ich hundertmal gehört und als an hohlen Klängen mich geärgert hatte; diesmal flossen sie aber so herzlich zusammengeschmolzen, ruhig glühend, von Schlacken rein, wie wir das erweichte Metall in der Rinne hinfließen sehen. Es war mir angst und bange, er möchte sich in diesen Ergießungen aufzehren, jedoch ließ er sich ganz munter zu Bette führen; er wollte, sagte er, sich sammeln und den Gast, sobald er Kraft genug fühle, zu sich rufen lassen.«

Nach Tische ward unser Gespräch lebhafter und vertraulicher, aber eben deshalb konnte ich mehr empfinden und bemerken, daß sie etwas zurückhielt, daß sie mit beunruhigenden Gedanken kämpfte, wie es ihr auch nicht ganz gelang, ihr Gesicht zu erheitern. Nachdem ich hin und her versucht, sie zur Sprache zu bringen, so gestand ich aufrichtig, daß ich ihr eine gewisse Schwermut, einen Ausdruck von Sorge anzusehen glaubte, seien es häusliche oder Handelsbedrängnisse, sie solle sich mir eröffnen; ich wäre reich genug, eine alte Schuld ihr auf jede Weise abzutragen.

Sie verneinte lächelnd, daß dies der Fall sei. »Ich habe«, fuhr sie fort, »wie Sie zuerst hereintraten, einen von denen Herren zu sehen geglaubt, die mir in Triest Kredit machen, und war mit mir selbst wohl zufrieden, als ich mein Geld vorrätig wußte, man mochte die ganze Summe oder einen Teil verlangen. Was mich aber drückt, ist doch eine Handelssorge, leider nicht für den Augenblick, nein! für alle Zukunft. Das überhandnehmende Maschinenwesen quält und ängstigt mich, es wälzt sich heran wie ein Gewitter, langsam, langsam; aber es hat seine Richtung genommen, es wird kommen und treffen. Schon mein Gatte war von diesem traurigen Gefühl durchdrungen. Man denkt daran, man spricht davon, und weder Denken noch Reden kann Hülfe bringen. Und wer möchte sich solche Schrecknisse gern vergegenwärtigen! Denken Sie, daß viele Täler sich durchs Gebirg schlingen, wie das, wodurch Sie herabkamen; noch schwebt Ihnen das hübsche, frohe Leben vor, das Sie diese Tage her dort gesehen, wovon Ihnen die geputzte Menge allseits andringend gestern das erfreulichste Zeugnis gab; denken Sie, wie das nach und nach zusammensinken, absterben, die Öde, durch Jahrhunderte belebt und bevölkert, wieder in ihre uralte Einsamkeit zurückfallen werde.

Hier bleibt nur ein doppelter Weg, einer so traurig wie der andere: entweder selbst das Neue zu ergreifen und das Verderben zu beschleunigen, oder aufzubrechen, die Besten und Würdigsten mit sich fort zu ziehen und ein günstigeres Schicksal jenseits der Meere zu suchen. Eins wie das andere hat sein Bedenken, aber wer hilft uns, die Gründe abwägen, die uns bestimmen sollen? Ich weiß recht gut, daß man in der Nähe mit dem Gedanken umgeht, selbst Maschinen zu errichten und die Nahrung der Menge an sich zu reißen. Ich kann niemanden verdenken, daß er sich für seinen eigenen Nächsten hält; aber ich käme mir verächtlich vor, sollt' ich diese guten Menschen plündern und sie zuletzt arm und hülflos wandern sehen; und wandern müssen sie früh oder spat. Sie ahnen, sie wissen, sie sagen es, und niemand entschließt sich zu irgendeinem heilsamen Schritte. Und doch, woher soll der Entschluß kommen? wird er nicht jedermann ebensosehr erschwert als mir?

Mein Bräutigam war mit mir entschlossen zum Auswandern; er besprach sich oft über Mittel und Wege, sich hier loszuwinden. Er sah sich nach den Besseren um, die man um sich versammeln, mit denen man gemeine Sache machen, die man an sich heranziehen, mit sich fortziehen könnte; wir sehnten uns, mit vielleicht allzu jugendlicher Hoffnung, in solche Gegenden, wo dasjenige für Pflicht und Recht gelten könnte, was hier ein Verbrechen wäre. Nun bin ich im entgegengesetzten Falle: der redliche Gehülfe, der mir nach meines Gatten Tode geblieben, trefflich in jedem Sinne, mir freundschaftlich liebevoll anhänglich, er ist ganz der entgegengesetzten Meinung.

Ich muß Ihnen von ihm sprechen, eh Sie ihn gesehen haben; lieber hätt' ich es nachher getan, weil die persönliche Gegenwart gar manches Rätsel aufschließt. Ungefähr von gleichem Alter wie mein Gatte, schloß er sich als kleiner, armer Knabe an den wohlhabenden, wohlwollenden Gespielen, an die Familie, an das Haus, an das Gewerbe; sie wuchsen zusammen heran und hielten zusammen, und doch waren es zwei ganz verschiedene Naturen; der eine frei gesinnt und mitteilend, der andere in früherer Jugend gedrückt, verschlossen, den geringsten ergriffenen Besitz festhaltend, zwar frommer Gesinnung, aber mehr an sich als an andere denkend.

Ich weiß recht gut, daß er von den ersten Zeiten her ein Auge auf mich richtete, er durfte es wohl, denn ich war ärmer als er; doch hielt er sich zurück, sobald er die Neigung des Freundes zu mir bemerkte. Durch anhaltenden Fleiß, Tätigkeit und Treue machte er sich bald zum Mitgenossen des Gewerbes. Mein Gatte hatte heimlich den Gedanken, bei unserer Auswanderung diesen hier einzusetzen und ihm das Zurückgelassene anzuvertrauen. Bald nach dem Tode des Trefflichen näherte er sich mir, und vor einiger Zeit verhielt er nicht, daß er sich um meine Hand bewerbe. Nun tritt aber der doppelt wunderliche Umstand ein, daß er sich von jeher gegen das Auswandern erklärte und dagegen eifrig betreibt, wir sollen auch Maschinen anlegen. Seine Gründe freilich sind dringend, denn in unsern Gebirgen hauset ein Mann, der, wenn er, unsere einfacheren Werkzeuge vernachlässigend, zusammengesetztere sich erbauen wollte, uns zugrunde richten könnte. Dieser in seinem Fache sehr geschickte Mann – wir nennen ihn den Geschirrfasser – ist einer wohlhabenden Familie in der Nachbarschaft anhänglich, und man darf wohl glauben, daß er im Sinne hat, von jenen steigenden Erfindungen für sich und seine Begünstigten nützlichen Gebrauch zu machen. Gegen die Gründe meines Gehülfen ist nichts einzuwenden, denn schon ist gewissermaßen zuviel Zeit versäumt, und gewinnen jene den Vorrang, so müssen wir, und zwar mit Unstatten, doch das gleiche tun. Dieses ist, was mich ängstigt und quält, das ist's, was Sie mir, teuerster Mann, als einen Schutzengel erscheinen läßt.«

Ich hatte wenig Tröstliches hierauf zu erwidern, ich mußte den Fall so verwickelt finden, daß ich mir Bedenkzeit ausbat. Sie aber fuhr fort: »Ich habe noch manches zu eröffnen, damit meine Lage Ihnen noch mehr wundersam erscheine. Der junge Mann, dem ich persönlich nicht abgeneigt bin, der mir aber keineswegs meinen Gatten ersetzen noch meine eigentliche Neigung erwerben würde« – sie seufzte, indem sie dies sprach – »wird seit einiger Zeit entschieden dringender, seine Vorträge sind so liebevoll als verständig. Die Notwendigkeit, meine Hand ihm zu reichen, die Unklugheit, an eine Auswanderung zu denken und darüber das einzige, wahre Mittel der Selbsterhaltung zu versäumen, sind nicht zu widerlegen, und es scheint ihm mein Widerstreben, meine Grille des Auswanderns so wenig mit meinem übrigen haushältischen Sinn übereinzustimmen, daß ich bei einem letzten, etwas heftigen Gespräch die Vermutung bemerken konnte, meine Neigung müsse woanders gefesselt sein.« – Sie brachte das letzte nur mit einigem Stocken hervor und blickte vor sich nieder.

Was mir bei diesen Worten durch die Seele fuhr, denke jeder, und doch, bei blitzschnell nachfahrender Überlegung, mußt' ich fühlen, daß jedes Wort die Verwirrung nur vermehren würde. Doch ward ich zugleich, so vor ihr stehend, mir deutlich bewußt, daß ich sie im höchsten Grade liebgewonnen habe und nun alles, was in mir von vernünftiger, verständiger Kraft übrig war, aufzuwenden hatte, um ihr nicht sogleich meine Hand anzubieten. Mag sie doch, dachte ich, alles hinter sich lassen, wenn sie mir folgt! Doch die Leiden vergangener Jahre hielten mich zurück. Sollst du eine neue falsche Hoffnung hegen, um lebenslänglich daran zu büßen?

Wir hatten beide eine Zeitlang geschwiegen, als Lieschen, die ich nicht hatte herankommen sehen, überraschend vor uns trat und die Erlaubnis verlangte, auf dem nächsten Hammerwerke diesen Abend zuzubringen. Ohne Bedenken ward es gewährt. Ich hatte mich indessen zusammengenommen und fing an, im allgemeinen zu erzählen: wie ich auf meinen Reisen das alles längst herankommen gesehen, wie Trieb und Notwendigkeit des Auswanderns jeden Tag sich vermehre; doch bleibe ein solches Abenteuer immer das Gefährlichste. Unvorbereitetes Wegeilen bringe unglückliche Wiederkehr; kein anderes Unternehmen bedürfe soviel Vorsicht und Leitung als ein solches. Diese Betrachtung war ihr nicht fremd, sie hatte viel über alle Verhältnisse gedacht, aber zuletzt sprach sie mit einem tiefen Seufzer: »Ich habe diese Tage Ihres Hierseins immer gehofft, durch vertrauliche Erzählung Trost zu gewinnen, aber ich fühle mich übler gestellt als vorher, ich fühle recht tief, wie unglücklich ich bin.« Sie hob den Blick nach mir, aber die aus den schönen, guten Augen ausquellenden Tränen zu verbergen, wendete sie sich um und entfernte sich einige Schritte.

Ich will mich nicht entschuldigen, aber der Wunsch, diese herrliche Seele wo nicht zu trösten, doch zu zerstreuen, gab mir den Gedanken ein, ihr von der wundersamen Vereinigung mehrerer Wandernden und Scheidenden zu sprechen, in die ich schon seit einiger Zeit getreten war. Unversehens hatte ich schon so weit mich herausgelassen, daß ich kaum hätte zurückhalten können, als ich gewahrte, wie unvorsichtig mein Vertrauen gewesen sein mochte. Sie beruhigte sich, staunte, erheiterte, entfaltete ihr ganzes Wesen und fragte mit solcher Neigung und Klugheit, daß ich ihr nicht mehr ausweichen konnte, daß ich ihr alles bekennen mußte.

Gretchen trat vor uns und sagte: wir möchten zum Vater kommen! Das Mädchen schien sehr nachdenklich und verdrießlich. Zur Weggehenden sagte die Schöne-Gute: »Lieschen hat Urlaub für heut abend, besorge du die Geschäfte.«

– »Ihr hättet ihn nicht geben sollen«, versetzte Gretchen, »sie stiftet nichts Gutes; Ihr seht dem Schalk mehr nach, als billig, vertraut ihr mehr, als recht ist. Eben jetzt erfahr ich, sie hat ihm gestern einen Brief geschrieben; Euer Gespräch hat sie behorcht, jetzt geht sie ihm entgegen.«

Ein Kind, das indessen beim Vater geblieben war, bat mich, zu eilen, der gute Mann sei unruhig. Wir traten hinein; heiter, ja verklärt saß er aufrecht im Bette. »Kinder«, sagte er, »ich habe diese Stunden im anhaltenden Gebet vollbracht, keiner von allen Dank- und Lobgesängen Davids ist von mir unberührt geblieben, und ich füge hinzu, aus eignem Sinne mit gestärktem Glauben: ›Warum hofft der Mensch nur in die Nähe? da muß er handeln und sich helfen, in die Ferne soll er hoffen und Gott vertrauen.‹« Er faßte Lenardos Hand und so die Hand der Tochter, und beide ineinander legend sprach er: »Das soll kein irdisches, es soll ein himmlisches Band sein; wie Bruder und Schwester liebt, vertraut, nützt und helft einander, so uneigennützig und rein, wie euch Gott helfe.« Als er dies gesagt, sank er zurück mit himmlischem Lächeln und war heimgegangen. Die Tochter stürzte vor dem Bett nieder, Lenardo neben sie, ihre Wangen berührten sich, ihre Tränen vereinigten sich auf seiner Hand.[6]

Der Gehülfe rennt in diesem Augenblick herein, erstarrt über der Szene. Mit wildem Blick, die schwarzen Locken schüttelnd, ruft der wohlgestaltete Jüngling: »Er ist tot; in dem Augenblick, da ich seine wiederhergestellte Sprache dringend anrufen wollte, mein Schicksal, das Schicksal seiner Tochter zu entscheiden, des Wesens, das ich nächst Gott am meisten liebe, dem ich ein gesundes Herz wünschte, ein

6 *In der nachlässigen Redaktion der »Wanderjahre« geht die »Ich-Erzählung des Tagebuchs in den epischen Bericht des Erzählers in der 3. Person über. Siehe dazu S. 468,15* Lenardos] *in der Weimarer Ausgabe verbessert zu:* meine; *S. 468,21* Lenardo] *Weimarer Ausgabe:* ich; *S. 468,21 f. zweimal:* ihre] *Weimarer Ausgabe:* unsre; *S. 469,4 f.* Lenardo … sich] *Weimarer Ausgabe:* ich … mich; *S. 469,22* Lenardo] *Weimarer Ausgabe:* Ich; *469,22 f.* standen still] *Weimarer Ausgabe:* standen wir still. *Die vorliegende Ausgabe bewahrt diese Unstimmigkeiten, um die stilistische Eigenartigkeit der »Wanderjahre« wiederzugeben.*

Herz, das den Wert meiner Neigung fühlen könnte. Für mich ist sie verloren, sie kniet neben einem andern! Hat er Euch eingesegnet? gesteht's nur!«

Das herrliche Wesen war indessen aufgestanden, Lenardo hatte sich erhoben und erholt; sie sprach: »Ich erkenn Euch nicht mehr, den sanften, frommen, auf einmal so verwilderten Mann; wißt Ihr doch, wie ich Euch danke, wie ich von Euch denke.«

»Von Danken und Denken ist hier die Rede nicht«, versetzte jener gefaßt, »hier handelt sich's vom Glück oder Unglück meines Lebens. Dieser fremde Mann macht mich besorgt; wie ich ihn ansehe, getrau ich mich nicht, ihn aufzuwiegen; frühere Rechte zu verdrängen, frühere Verbindungen zu lösen vermag ich nicht.«

»Sobald du wieder in dich selbst zurücktreten kannst«, sagte die Gute, schöner als je, »wenn mit dir zu sprechen ist wie sonst und immer, so will ich dir sagen, dir beteuern bei den irdischen Resten meines verklärten Vaters, daß ich zu diesem Herrn und Freunde kein ander Verhältnis habe, als das du kennen, billigen und teilen kannst und dessen du dich erfreuen mußt.«

Lenardo schauderte bis tief ins Innerste, alle drei standen still, stumm und nachdenkend eine Weile; der Jüngling nahm zuerst das Wort und sagte: »Der Augenblick ist von zu großer Bedeutung, als daß er nicht entscheidend sein sollte. Es ist nicht aus dem Stegreif, was ich spreche, ich habe Zeit gehabt zu denken, also vernehmt: Die Ursache, deine Hand mir zu verweigern, war meine Weigerung, dir zu folgen, wenn du aus Not oder Grille wandern würdest. Hier also erklär ich feierlich vor diesem gültigen Zeugen, daß ich deinem Auswandern kein Hindernis in den Weg legen, vielmehr es befördern und dir überall hin folgen will. Gegen diese mir nicht abgenötigte, sondern nur durch die seltsamsten Umstände beschleunigte Erklärung verlang ich aber im Augenblick deine Hand.« Er reichte sie hin, stand fest und sicher da, die beiden andern wichen überrascht, unwillkürlich zurück.

»Es ist ausgesprochen«, sagte der Jüngling, ruhig mit einer gewissen frommen Hoheit. »Das sollte geschehen, es ist zu unser aller Bestem, Gott hat es gewollt; aber damit du nicht denkst, es sei Übereilung und Grille, so wisse nur, ich hatte dir zulieb auf Berg und Felsen Verzicht getan und eben jetzt in der Stadt alles eingeleitet, um nach deinem Willen zu leben. Nun aber geh ich allein, du wirst mir die Mittel dazu nicht versagen, du behältst noch immer genug übrig, um es hier zu verlieren, wie du fürchtest und wie du recht hast zu fürchten. Denn ich habe mich endlich auch überzeugt: der künstliche, werktätige Schelm hat sich ins obere Tal gewendet, dort legt er Maschinen an, du wirst ihn alle Nahrung an sich ziehen sehen, vielleicht rufst du, und nur allzubald, einen treuen Freund zurück, den du vertreibst.«

Peinlicher haben nicht leicht drei Menschen sich gegenübergestanden, alle zusammen in Furcht, sich einander zu verlieren, und im Augenblick nicht wissend, wie sie sich wechselseitig erhalten sollten.

Leidenschaftlich entschlossen stürzte der Jüngling zur Türe hinaus. Auf ihres Vaters erkaltete Brust hatte die Schöne-Gute ihre Hand gelegt: »In die Nähe soll man nicht hoffen«, rief sie aus, »aber in die Ferne, das war sein letzter Segen. Vertrauen wir Gott, jeder sich selbst und dem andern, so wird sich's wohl fügen.«

Vierzehntes Kapitel

Unser Freund las mit großem Anteil das Vorgelegte, mußte aber zugleich gestehen, er habe schon beim Schluß des vorigen Heftes geahnet, ja vermutet, das gute Wesen sei entdeckt worden. Die Beschreibung der schroffen Gebirgsgegend habe ihn zuerst in jene Zustände versetzt, besonders aber sei er durch die Ahnung Lenardos in jener Mondennacht, so auch durch die Wiederholung der Worte seines Briefes auf die Spur geleitet worden. Friedrich, dem er das alles umständlich vortrug, ließ sich es auch ganz wohl gefallen.

Hier aber wird die Pflicht des Mitteilens, Darstellens, Ausführens und Zusammenziehens immer schwieriger. Wer fühlt nicht, daß wir uns diesmal dem Ende nähern, wo die Furcht, in Umständlichkeiten zu verweilen, mit dem Wunsche, nichts völlig unerörtert zu lassen, uns in Zwiespalt versetzt. Durch die eben angekommene Depesche wurden wir zwar von manchem unterrichtet, die Briefe jedoch und die vielfachen Beilagen enthielten verschiedene Dinge, gerade nicht von allgemeinem Interesse. Wir sind also gesonnen, dasjenige, was wir damals gewußt und erfahren, ferner auch das, was später zu unserer Kenntnis kam, zusammenzufassen und in diesem Sinne das übernommene ernste Geschäft eines treuen Referenten getrost abzuschließen.

Vor allen Dingen haben wir daher zu berichten, daß Lothario mit Theresen, seiner Gemahlin, und Natalien, die ihren Bruder nicht von sich lassen wollte, in Begleitung des Abbés schon wirklich zur See gegangen sind. Unter günstigen Vorbedeutungen reisten sie ab, und hoffentlich bläht ein fördernder Wind ihre Segel. Die einzige unangenehme Empfindung, eine wahre sittliche Trauer, nehmen sie mit: daß sie Makarien vorher nicht ihren Besuch abstatten konnten. Der Umweg war zu groß, das Unternehmen zu bedeutend; schon warf man sich einige Zögerung vor und mußte selbst eine heilige Pflicht der Notwendigkeit aufopfern.

Wir aber, von unserer erzählenden und darstellenden Seite, sollten diese teuren Personen, die uns früher so viele Neigung abgewonnen, nicht in so weite Entfernung ziehen lassen, ohne von ihrem bisherigen Vornehmen und Tun nähere Nachricht erteilt zu haben, besonders da wir so lange nichts Ausführliches von ihnen vernommen. Gleichwohl unterlassen wir dieses, weil ihr bisheriges Geschäft sich nur vorbereitend auf das große Unternehmen bezog, auf welches wir sie lossteuern sehen. Wir leben jedoch in der Hoffnung, sie dereinst in voller geregelter Tätigkeit, den wahren Wert

ihrer verschiedenen Charaktere offenbarend, vergnüglich wiederzufinden.
Juliette, die Sinnige-Gute, deren wir uns wohl noch erinnern, hatte geheiratet, einen Mann nach dem Herzen des Oheims, durchaus in seinem Sinne mit- und fortwirkend. Juliette war in der letzten Zeit viel um die Tante, wo manche derjenigen zusammentrafen, auf die sie wohltätigen Einfluß gehabt; nicht nur solche, die dem festen Lande gewidmet bleiben, auch solche, die über See zu gehen gedenken. Lenardo hingegen hatte schon früher mit Friedrichen Abschied genommen; die Mitteilung durch Boten war unter diesen desto lebhafter.
Vermißte man also in dem Verzeichnisse der Gäste jene edlen Obengenannten, so waren doch manche bedeutende, uns schon näher bekannte Personen darauf zu finden. Hilarie kam mit ihrem Gatten, der nun als Hauptmann und entschieden reicher Gutsbesitzer auftrat. Sie in ihrer großen Anmut und Liebenswürdigkeit gewann sich hier wie überall gar gern Verzeihung einer allzu großen Leichtigkeit, von Interesse zu Interesse übergehend zu wechseln, deren wir sie im Lauf der Erzählung schuldig gefunden. Besonders die Männer rechneten es ihr nicht hoch an. Einen dergleichen Fehler, wenn es einer ist, finden sie nicht anstößig, weil ein jeder wünschen und hoffen mag, auch an die Reihe zu kommen.
Flavio, ihr Gemahl, rüstig, munter und liebenswürdig genug, schien vollkommen ihre Neigung zu fesseln; sie mochte sich das Vergangene selbst verziehen haben; auch fand Makarie keinen Anlaß, dessen zu erwähnen. Er, der immer leidenschaftliche Dichter, bat sich aus, beim Abschiede ein Gedicht vorlesen zu dürfen, welches er zu Ehren ihrer und ihrer Umgebung in den wenigen Tagen seines Hierseins verfaßte. Man sah ihn oft im Freien auf und ab gehen, nach einigem Stillstand mit bewegter Gebärde wieder vorwärts schreitend in die Schreibtafel schreiben, sinnen und wieder schreiben. Nun aber schien er es für

vollendet zu halten, als er durch Angela jenen Wunsch zu erkennen gab.

Die gute Dame, obgleich ungern, verstand sich hiezu, und es ließ sich allenfalls anhören, ob man gleich dadurch weiter nichts erfuhr, als was man schon wußte, nichts fühlte, als was man schon gefühlt hatte. Indessen war denn doch der Vortrag leicht und gefällig, Wendung und Reim mitunter neu, wenn man es auch hätte im ganzen etwas kürzer wünschen mögen. Zuletzt übergab er dasselbe, auf gerändertes Papier sehr schön geschrieben, und man schied mit vollkommener wechselseitiger Zufriedenheit.

Dieses Paar war von einer bedeutenden, wohlgenutzten Reise nach dem Süden zurückgekommen, um den Vater, den Major, von Hause abzulösen, der mit jener Unwiderstehlichen, die nun seine Gemahlin geworden, auch etwas von der paradiesischen Luft zu einiger Erquickung einatmen wollte.

Diese beiden kamen denn auch, im Wechsel, und so wie überall hatte bei Makarien die Merkwürdige auch vorzügliche Gunst, welche sich besonders darin erwies, daß die Dame in den innern Zimmern und allein empfangen wurde, welche Geneigtheit auch nachher dem Major zuteil ward. Dieser empfahl sich darauf sogleich als gebildeter Militär, guter Haus- und Landwirt, Literaturfreund, sogar als Lehrdichter beifallswürdig und fand bei dem Astronomen und sonstigen Hausgenossen guten Eingang.

Auch von unserm alten Herrn, dem würdigen Oheim, ward er besonders ausgezeichnet, welcher, in mäßiger Ferne wohnend, diesmal mehr, als er sonst pflegte, obgleich nur für Stunden herüber kam, aber keine Nacht, auch bei angebotener größten Bequemlichkeit, zu bleiben bewogen werden konnte.

Bei solchen kurzen Zusammenkünften war seine Gegenwart jedoch höchst erfreulich, weil er sodann, als Welt- und Hofmann, nachgiebig und vermittelnd auftreten wollte; wobei denn sogar ein Zug von aristokratischer Pedanterie nicht unangenehm empfunden wurde. Überdem ging diesmal sein Behagen von Grund aus, er war glücklich, wie wir uns alle fühlen, wenn wir mit verständig-vernünftigen Leuten Wichtiges zu verhandeln haben. Das umfassende Geschäft war völlig im Gange, es bewegte sich stetig nach gepflogener Verabredung.

Hievon nur die Hauptmomente. Er ist drüben über dem Meere, von seinen Vorfahren her, Eigentümer. Was das heißen wolle, möge der Kenner dortiger Angelegenheiten, da es uns hier zu weit führen müßte, seinen Freunden näher erklären. Diese wichtigen Besitzungen waren bisher verpachtet und trugen, bei mancherlei Unannehmlichkeiten, wenig ein. Die Gesellschaft, die wir genugsam kennen, ist nun berechtigt, dort Besitz zu nehmen, mitten in der vollkommensten bürgerlichen Einrichtung, von da sie als einflußreiches Staatsglied ihren Vorteil ersehen und sich in die noch unangebaute Wüste fern verbreiten kann. Hier nun will sich Friedrich mit Lenardo besonders hervortun, um zu zeigen, wie man eigentlich von vorn beginnen und einen Naturweg einschlagen könne.

Kaum hatten sich die Genannten von ihrem Aufenthalte höchst zufrieden entfernt, so waren dagegen Gäste ganz anderer Art angemeldet und doch auch willkommen. Wir erwarteten wohl kaum, Philinen und Lydien an so heiliger Stätte auftreten zu sehen, und doch kamen sie an. Der zunächst in den Gebirgen noch immer weilende Montan sollte sie hier abholen und auf dem nächsten Wege zur See bringen. Beide wurden von Haushälterinnen, Schaffnerinnen, sonst angestellten und mitwohnenden Frauen sehr gut aufgenommen: Philine brachte ein paar allerliebste Kinder mit und zeichnete sich, bei einer einfachen, sehr reizenden Kleidung, aus durch das Sonderbare, daß sie von blumig gesticktem Gürtel herab an langer silberner Kette eine mäßig große englische Schere trug, mit der sie manchmal, gleichsam als wollte sie ihrem Gespräch einigen Nachdruck geben, in die Luft schnitt und schnippte und durch einen solchen Akt die sämtlichen Anwesenden erheiterte; worauf denn bald die Frage folgte: ob es denn in einer so großen Familie nichts zuzuschneiden gebe? und da fand sich denn, daß, erwünscht für eine solche Tätigkeit, ein paar Bräute sollten ausgestattet werden. Sie sieht hierauf die Landestracht an, läßt die Mädchen vor sich auf und ab gehen und schneidet immer zu, wobei sie aber, mit Geist und Geschmack verfahrend, ohne dem Charakter einer solchen Tracht etwas zu benehmen, das eigentlich stockende Barbarische derselben mit einer Anmut zu vermitteln weiß, so gelind, daß die Bekleideten sich und andern besser gefallen und die Bangigkeit überwinden, man möge von dem Herkömmlichen doch abgewichen sein.

Hier kam nun Lydie, die mit gleicher Fertigkeit, Zierlichkeit und Schnelle zu nähen verstand, vollkommen zu Hülfe, und man durfte hoffen, mit dem übrigen weiblichen Beistand die Bräute schneller, als man gedacht hatte, herausgeputzt zu sehen. Dabei durften sich diese Mädchen nicht lange entfernen, Philine beschäftigte sich mit ihnen bis aufs kleinste und behandelte sie wie Puppen oder Theaterstatisten. Gehäufte Bänder und sonstiger in der Nachbarschaft üblicher Festschmuck wurde schicklich verteilt, und so erreichte man zuletzt, daß diese tüchtigen Körper und hübschen Figuren, sonst durch barbarische Pedanterei zugedeckt, nunmehr zu einiger Evidenz gelangten, wobei alle Derbheit doch immer zu einiger Anmut herausgestutzt erschien.

Allzu tätige Personen werden aber doch in einem gleichmäßig geregelten Zustande lästig. Philine war mit ihrer gefräßigen Schere in die Zimmer geraten, wo die Vorräte zu Kleidern für die große Familie, in Stoffen aller Art, zur Hand lagen. Da fand sie nun in der Aussicht, das alles zu zerschneiden, die größte Glückseligkeit; man mußte sie wirklich daraus entfernen und die Türen fest verschließen, denn sie kannte weder Maß noch Ziel. Angela wollte wirklich deshalb nicht als Braut behandelt sein, weil sie sich vor einer solchen Zuschneiderin fürchtete; überhaupt ließ sich das Verhältnis zwischen beiden keineswegs glücklich einleiten. Doch hievon kann erst später die Rede sein.

Montan, länger als man gedacht hatte, zauderte zu kommen,

und Philine drang darauf, Makarien vorgestellt zu werden. Es geschah, weil man sie alsdann um desto eher loszuwerden hoffte, und es war merkwürdig genug, die beiden Sünderinnen zu den Füßen der Heiligen zu sehen. Zu beiden Seiten lagen sie ihr an den Knien, Philine zwischen ihren zwei Kindern, die sie lebhaft anmutig niederdrückte; mit gewohnter Heiterkeit sprach sie: »Ich liebe meinen Mann, meine Kinder, beschäftige mich gern für sie, auch für andere, das übrige verzeihst du!« Makarie begrüßte sie segnend, sie entfernte sich mit anständiger Beugung.
Lydie lag von der linken Seite her der Heiligen mit dem Gesicht auf dem Schoße, weinte bitterlich und konnte kein Wort sprechen; Makarie, ihre Tränen auffassend, klopfte ihr auf die Schulter als beschwichtigend, dann küßte sie ihr Haupt zwischen den gescheitelten Haaren, wie es vor ihr lag, brünstig und wiederholt in frommer Absicht.
Lydie richtete sich auf, erst auf ihre Knie, dann auf die Füße, und schaute zu ihrer Wohltäterin mit reiner Heiterkeit. »Wie geschieht mir!« sagte sie, »wie ist mir! Der schwere, lästige Druck, der mir, wo nicht alle Besinnung, doch alles Überlegen raubte, er ist auf einmal von meinem Haupte weggehoben, ich kann nun frei in die Höhe sehen, meine Gedanken in die Höhe richten, und«, setzte sie nach tiefem Atemholen hinzu, »ich glaube, mein Herz will nach.«
In diesem Augenblicke eröffnete sich die Türe, und Montan trat herein, wie öfters der allzu lang Erwartete plötzlich und unverhofft erscheint. Lydie schritt munter auf ihn zu, umarmte ihn freudig, und indem sie ihn vor Makarien führte, rief sie aus: »Er soll erfahren, was er dieser Göttlichen schuldig ist, und sich mit mir dankend niederwerfen.«
Montan, betroffen und, gegen seine Gewohnheit, gewissermaßen verlegen, sagte mit edler Verbeugung gegen die würdige Dame: »Es scheint sehr viel zu sein, denn ich werde dich ihr schuldig. Es ist das erstemal, daß du mir offen und liebevoll entgegenkommst, das erstemal, daß du mich ans Herz drückst, ob ich es gleich längst verdiente.«

Hier nun müssen wir vertraulich eröffnen, daß Montan Lydien von ihrer frühen Jugend an geliebt, daß der einnehmendere Lothario sie ihm entführt, er aber ihr und dem Freunde treu geblieben und sie sich endlich, vielleicht zu nicht geringer Verwunderung unserer früheren Leser, als Gattin zugeeignet habe.

Diese drei zusammen, welche sich in der europäischen Gesellschaft doch nicht ganz behaglich fühlen mochten, mäßigten kaum den Ausdruck ihrer Freude, wenn von den dort erwarteten Zuständen die Rede war. Die Schere Philinens zuckte schon: denn man gedachte sich das Monopol vorzubehalten, diese neuen Kolonien mit Kleidungsstücken zu versorgen. Philine beschrieb den großen Tuch- und Leinwandvorrat sehr artig und schnitt in die Luft, die Ernte für Sichel und Sense, wie sie sagte, schon vor sich sehend.

Lydie dagegen, erst durch jene glücklichen Segnungen zu teilnehmender Liebe wieder auferwacht, sah im Geiste schon ihre Schülerinnen sich ins Hundertfache vermehren und ein ganzes Volk von Hausfrauen zu Genauigkeit und Zierlichkeit eingeleitet und aufgeregt. Auch der ernste Montan hat die dortige Bergfülle an Blei, Kupfer, Eisen und Steinkohlen dergestalt vor Augen, daß er alle sein Wissen und Können manchmal nur für ängstlich tastendes Versuchen erklären möchte, um erst dort in eine reiche, belohnende Ernte mutig einzugreifen.

Daß Montan sich mit unserm Astronomen bald verstehen würde, war vorauszusehen. Die Gespräche, die sie in Gegenwart Makariens führten, waren höchst anziehend; wir finden aber nur weniges davon niedergeschrieben, indem Angela seit einiger Zeit beim Zuhören minder aufmerksam und beim Aufzeichnen nachlässiger geworden war. Auch mochte ihr manches zu allgemein und für ein Frauenzimmer nicht faßlich genug vorkommen. Wir schalten daher nur einige der in jene Tage gehörigen Äußerungen hier vorübergehend ein, die nicht einmal von ihrer Hand geschrieben uns zugekommen sind.

Bei dem Studieren der Wissenschaften, besonders derer, welche die Natur behandeln, ist die Untersuchung so nötig als schwer: ob das, was uns von alters her überliefert und von unsern Vorfahren für gültig geachtet worden, auch wirklich gegründet und zuverlässig sei, in dem Grade, daß man darauf fernerhin sicher fortbauen möge? oder ob ein herkömmliches Bekenntnis nur stationär geworden und deshalb mehr einen Stillstand als einen Fortschritt veranlasse? Ein Kennzeichen fördert diese Untersuchung, wenn nämlich das Angenommene lebendig und in das tätige Bestreben einwirkend und fördernd gewesen und geblieben.

Im Gegensatze steht die Prüfung des Neuen, wo man zu fragen hat: ob das Angenommene wirklicher Gewinn oder nur modische Übereinstimmung sei? denn eine Meinung, von energischen Männern ausgehend, verbreitet sich kontagios über die Menge, und dann heißt sie herrschend – eine Anmaßung, die für den treuen Forscher gar keinen Sinn ausspricht. Staat und Kirche mögen allenfalls Ursache finden, sich für herrschend zu erklären: denn die haben es mit der widerspenstigen Masse zu tun, und wenn nur Ordnung gehalten wird, so ist es ganz einerlei, durch welche Mittel; aber in den Wissenschaften ist die absoluteste Freiheit nötig: denn da wirkt man nicht für heut und morgen, sondern für eine undenklich vorschreitende Zeitenreihe.

Gewinnt aber auch in der Wissenschaft das Falsche die Oberhand, so wird doch immer eine Minorität für das Wahre übrigbleiben, und wenn sie sich in einen einzigen Geist zurückzöge, so hätte das nichts zu sagen. Er wird im stillen, im verborgenen fortwaltend wirken, und eine Zeit wird kommen, wo man nach ihm und seinen Überzeugungen fragt, oder wo diese sich, bei verbreitetem allgemeinem Licht, auch wieder hervorwagen dürfen.

Was jedoch weniger allgemein, obgleich unbegreiflich und wunderseltsam zur Sprache kam, war die gelegentliche Eröffnung Montans, daß ihm bei seinen gebirgischen und bergmännischen Untersuchungen eine Person zur Seite gehe, welche ganz wundersame Eigenschaften und einen ganz eigenen Bezug auf alles habe, was man Gestein, Mineral, ja sogar was man überhaupt Element nennen könne. Sie fühle nicht bloß eine gewisse Einwirkung der unterirdisch fließenden Wasser, metallischer Lager und Gänge sowie der Steinkohlen und was dergleichen in Massen beisammen sein möchte, sondern, was wunderbar sei, sie befinde sich anders und wieder anders, sobald sie nur den Boden wechsele. Die verschiedenen Gebirgsarten übten auf sie einen besondern Einfluß, worüber er sich mit ihr, seitdem er eine zwar wunderliche, aber doch auslangende Sprache einzuleiten gewußt, recht gut verständigen und sie im einzelnen prüfen könne, da sie denn auf eine merkwürdige Weise die Probe bestehe, indem sie sowohl chemische als physische Elemente durchs Gefühl gar wohl zu unterscheiden wisse, ja sogar schon durch den Anblick das Schwerere von dem Leichtern unterscheide. Diese Person, über deren Geschlecht er sich nicht näher erklären wollte, habe er mit den abreisenden Freunden vorausgeschickt und hoffe zu seinen Zwecken in den ununtersuchten Gegenden sehr viel von ihr.

Dieses Vertrauen Montans eröffnete das strenge Herz des Astronomen, welcher sodann mit Makariens Vergünstigung auch ihm das Verhältnis derselben zum Weltsystem offenbarte. Durch nachherige Mitteilungen des Astronomen sind wir in dem Fall, wo nicht Genugsames, doch das Hauptsächliche ihrer Unterhaltungen über so wichtige Punkte mitzuteilen.

Bewundern wir indessen die Ähnlichkeit der hier eintretenden Fälle bei der größten Verschiedenheit. Der eine Freund, um nicht ein Timon zu werden, hatte sich in die tiefsten Klüfte der Erde versenkt, und auch dort ward er gewahr, daß in der Menschennatur etwas Analoges zum Starrsten und Rohsten vorhanden sei; dem andern gab von der Gegenseite der Geist Makariens ein Beispiel, daß, wie dort das Verbleiben, hier das Entfernen wohl begabten Naturen eigen sei, daß man weder nötig habe, bis zum Mittelpunkt der Erde zu dringen, noch sich über die Grenzen unsres Sonnensystems hinaus zu entfernen, sondern schon genüglich beschäftigt und vorzüglich auf Tat aufmerksam gemacht und zu ihr berufen werde. An und in dem Boden findet man für die höchsten irdischen Bedürfnisse das Material, eine Welt des Stoffes, den höchsten Fähigkeiten des Menschen zur Bearbeitung übergeben; aber auf jenem geistigen Wege werden immer Teilnahme, Liebe, geregelte freie Wirksamkeit gefunden. Diese beiden Welten gegeneinander zu bewegen, ihre beiderseitigen Eigenschaften in der vorübergehenden Lebenserscheinung zu manifestieren, das ist die höchste Gestalt, wozu sich der Mensch auszubilden hat.

Hierauf schlossen beide Freunde einen Bund und nahmen sich vor, ihre Erfahrungen allenfalls auch nicht zu verheimlichen, weil derjenige, der sie als einem Roman wohl ziemende Märchen belächeln könnte, sie doch immer als ein Gleichnis des Wünschenswertesten betrachten dürfte.

Der Abschied Montans und seiner Frauenzimmer folgte bald hierauf, und wenn man ihn mit Lydien wohl noch gern gehalten hätte, so war doch die allzu unruhige Philine mehreren an Ruhe und Sitte gewohnten Frauenzimmern, besonders aber der edlen Angela beschwerlich, wozu sich noch besondere Umstände hinzufügten, welche die Unbehaglichkeit vermehrten.

Schon oben hatten wir zu bemerken, daß Angela nicht wie sonst die Pflicht des Aufmerkens und Aufzeichnens erfüllte, sondern anderwärts beschäftigt schien. Um diese Anomalie an einer der Ordnung dergestalt ergebenen und in den reinsten Kreisen sich bewegenden Person zu erklären, sind wir genötigt, einen neuen Mitspieler in dieses viel umfassende Drama noch zuletzt einzuführen.

Unser alter, geprüfter Handelsfreund Werner mußte sich bei zunehmenden, ja gleichsam ins Unendliche sich vermehrenden Geschäften nach frischen Gehülfen umsehen, welche er nicht ohne vorläufige besondere Prüfung näher an sich anschloß. Einen solchen sendet er nun an Makarien, um wegen Auszahlung der bedeutenden Summen zu unterhandeln, welche diese Dame aus ihrem großen Vermögen dem neuen Unternehmen, besonders in Rücksicht auf Lenardo, ihren Liebling, zuzuwenden beschloß und erklärte. Gedachter junge Mann, nunmehr Werners Gehülfe und Geselle, ein frischer, natürlicher Jüngling und eine Wundererscheinung, empfiehlt sich durch ein eignes Talent, durch eine grenzenlose Fertigkeit im Kopfrechnen, wie überall, so besonders bei den Unternehmern, wie sie jetzt zusammenwirken, da sie sich durchaus mit Zahlen im mannigfaltigsten Sinne einer Gesellschaftsrechnung beschäftigen und ausgleichen müssen. Sogar in der täglichen Sozietät, wo beim Hin- und Widerreden über weltliche Dinge von Zahlen, Summen und Ausgleichungen die Rede ist, muß ein solcher höchst willkommen mit einwirken. Überdem spielte er den Flügel höchst anmutig, wo ihm der Kalkul und ein liebenswürdiges Naturell verbunden und vereint äußerst wünschenswert zu Hülfe kommt. Die Töne fließen ihm leicht und harmonisch zusammen, manchmal aber deutet er an, daß er auch wohl in tiefern Regionen zu Hause wäre, und so wird er höchst anziehend, wenn er gleich wenig Worte macht und kaum irgend etwas Gefühltes aus seinen Gesprächen durchblickt. Auf alle Fälle ist er jünger als seine Jahre, man möchte beinahe etwas Kindliches an ihm finden. Wie es übrigens auch mit ihm sei, er hat Angelas Gunst gewonnen, sie die seinige, zu Makariens größter Zufriedenheit: denn sie hatte längst gewünscht, das edle Mädchen verheiratet zu sehen. Diese jedoch, immer bedenkend und fühlend, wie schwer ihre Stelle zu besetzen sein werde, hatte wohl schon irgendein liebevolles Anerbieten abgelehnt, vielleicht sogar einer stillen Neigung Gewalt angetan; seitdem aber eine Nachfolgerin denkbar, ja gewissermaßen schon bestimmt worden, scheint sie, von einem wohlgefälligen Eindruck überrascht, ihm bis zur Leidenschaft nachgegeben zu haben.

Wir aber kommen nunmehr in den Fall, das Wichtigste zu eröffnen, indem ja alles, worüber seit so mancher Zeit die Rede gewesen, sich nach und nach gebildet, aufgelöst und wieder gestaltet hatte.

Entschieden ist also auch nunmehr, daß die Schöne-Gute, sonst das nußbraune Mädchen genannt, sich Makarien zur

Seite füge. Der im allgemeinen vorgelegte, auch von Lenardo schon gebilligte Plan ist seiner Ausführung ganz nah; alle Teilnehmenden sind einig; die Schöne-Gute übergibt dem Gehülfen ihr ganzes Besitztum. Er heiratet die zweite Tochter jener arbeitsamen Familie und wird Schwager des Schirrfassers. Hiedurch wird die vollkommene Einrichtung einer neuen Fabrikation durch Lokal und Zusammenwirkung möglich, und die Bewohner des arbeitslustigen Tales werden auf eine andere, lebhaftere Weise beschäftigt.

Dadurch wird die Liebenswürdige frei, sie tritt bei Makarien an die Stelle von Angela, welche mit jenem jungen Manne schon verlobt ist. Hiemit wäre alles für den Augenblick berichtigt; was nicht entschieden werden kann, bleibt im Schweben.

Nun aber verlangt die Schöne-Gute, daß Wilhelm sie abhole; gewisse Umstände sind noch zu berichtigen, und sie legt bloß einen großen Wert darauf, daß er das, was er doch eigentlich angefangen, auch vollende. Er entdeckte sie zuerst, und ein wundersam Geschick trieb Lenardo auf seine Spur; und nun soll er, so wünscht sie, ihr den Abschied von dort erleichtern und so die Freude, die Beruhigung empfinden, einen Teil der verschränkten Schicksalsfäden selbst wieder aufgefaßt und angeknüpft zu haben.

Nun aber müssen wir, um das Geistliche, das Gemütliche zu einer Art von Vollständigkeit zu bringen, auch ein Geheimeres offenbaren, und zwar folgendes: Lenardo hatte über eine nähere Verbindung mit der Schönen-Guten niemals das mindeste geäußert; im Laufe der Unterhandlungen aber, bei dem vielen Hin- und Widersenden, war denn doch auf eine zarte Weise an ihr geforscht worden, wie sie dies Verhältnis ansehe und was sie, wenn es zur Sprache käme, allenfalls zu tun geneigt wäre. Aus ihrem Erwidern konnte man sich soviel zusammensetzen: sie fühle sich nicht wert, einer solchen Neigung wie der ihres edlen Freundes durch Hingebung ihres geteilten Selbst zu antworten. Ein Wohlwollen der Art verdiene die ganze Seele, das ganze Vermögen eines weiblichen Wesens; dies aber könne sie nicht anbieten. Das Andenken ihres Bräutigams, ihres Gatten und der wechselseitigen Einigung beider sei noch so lebhaft in ihr, nehme noch ihr ganzes Wesen dergestalt völlig ein, daß für Liebe und Leidenschaft kein Raum gedenkbar, auch ihr nur das reinste Wohlwollen und in diesem Falle die vollkommenste Dankbarkeit übrigbleibe. Man beruhigte sich hiebei, und da Lenardo die Angelegenheit nicht berührt hatte, war es auch nicht nötig, hierüber Auskunft und Antwort zu geben.

Einige allgemeine Betrachtungen werden hoffentlich hier am rechten Orte stehen. Das Verhältnis sämtlicher vorübergehenden Personen zu Makarien war vertraulich und ehrfurchtsvoll, alle fühlten die Gegenwart eines höheren Wesens, und doch blieb in solcher Gegenwart einem jeden die Freiheit, ganz in seiner eigenen Natur zu erscheinen. Jeder zeigt sich, wie er ist, mehr als je vor Eltern und Freunden, mit einer gewissen Zuversicht, denn er war gelockt und veranlaßt, nur das Gute, das Beste, was an ihm war, an den Tag zu geben, daher beinah eine allgemeine Zufriedenheit entstand.

Verschweigen aber können wir nicht, daß durch diese gewissermaßen zerstreuenden Zustände Makarie mit der Lage Lenardos beschäftigt blieb; sie äußerte sich auch darüber gegen ihre Nächsten, gegen Angela und den Astronomen. Lenardos Inneres glaubten sie deutlich vor sich zu sehen, er ist für den Augenblick beruhigt, der Gegenstand seiner Sorge wird höchst glücklich; Makarie hatte für die Zukunft auf jeden Fall gesorgt. Nun hatte er das große Geschäft mutig anzutreten und zu beginnen, das übrige dem Folgegang und Schicksal zu überlassen. Dabei konnte man vermuten, daß er in jenen Unternehmungen hauptsächlich gestärkt sei durch den Gedanken, sie dereinst, wenn er Fuß gefaßt, hinüber zu berufen, wo nicht gar selbst abzuholen.

Allgemeiner Bemerkungen konnte man hiebei sich nicht enthalten. Man beachtete näher den seltenen Fall, der sich hier hervortat: Leidenschaft aus Gewissen. Man gedachte zugleich anderer Beispiele einer wundersamen Umbildung einmal gefaßter Eindrücke, der geheimnisvollen Entwickelung angeborner Neigung und Sehnsucht. Man bedauerte, daß in solchen Fällen wenig zu raten sei, würde es aber höchst rätlich finden, sich möglichst klar zu halten und diesem oder jenem Hang nicht unbedingt nachzugeben.

Zu diesem Punkte aber gelangt, können wir der Versuchung nicht widerstehen, ein Blatt aus unsern Archiven mitzuteilen, welches Makarien betrifft und die besondere Eigenschaft, die ihrem Geiste erteilt ward. Leider ist dieser Aufsatz erst lange Zeit nachdem der Inhalt mitgeteilt worden, aus dem Gedächtnis geschrieben und nicht, wie es in einem so merkwürdigen Fall wünschenswert wäre, für ganz authentisch anzusehen. Dem sei aber, wie ihm wolle, so wird hier schon soviel mitgeteilt, um Nachdenken zu erregen und Aufmerksamkeit zu empfehlen, ob nicht irgendwo schon etwas Ähnliches oder sich Annäherndes bemerkt und verzeichnet worden.

Funfzehntes Kapitel

Makarie befindet sich zu unserm Sonnensystem in einem Verhältnis, welches man auszusprechen kaum wagen darf. Im Geiste, der Seele, der Einbildungskraft hegt sie, schaut sie es nicht nur, sondern sie macht gleichsam einen Teil desselben; sie sieht sich in jenen himmlischen Kreisen mit fortgezogen, aber auf eine ganz eigene Art; sie wandelt seit ihrer Kindheit um die Sonne, und zwar, wie nun entdeckt ist, in einer Spirale, sich immer mehr vom Mittelpunkt entfernend und nach den äußeren Regionen hinkreisend.

Wenn man annehmen darf, daß die Wesen, insofern sie körperlich sind, nach dem Zentrum, insofern sie geistig sind, nach der Peripherie streben, so gehört unsere Freundin zu den geistigsten; sie scheint nur geboren, um sich von dem Irdischen zu entbinden, um die nächsten und fernsten Räume des Daseins zu durchdringen. Diese Eigenschaft, so herrlich sie ist, ward ihr doch seit den frühsten Jahren als eine schwere Aufgabe verliehen. Sie erinnert sich von klein auf ihr inneres Selbst als von leuchtendem Wesen durchdrungen, von einem Licht erhellt, welchem sogar das hellste Sonnenlicht nichts anhaben konnte. Oft sah sie zwei Sonnen, eine innere nämlich und eine außen am Himmel, zwei Monde, wovon der äußere in seiner Größe bei allen Phasen sich gleich blieb, der innere sich immer mehr und mehr verminderte.

Diese Gabe zog ihren Anteil ab von gewöhnlichen Dingen, aber ihre trefflichen Eltern wendeten alles auf ihre Bildung; alle Fähigkeiten wurden an ihr lebendig, alle Tätigkeiten wirksam, dergestalt daß sie allen äußeren Verhältnissen zu genügen wußte und, indem ihr Herz, ihr Geist ganz von überirdischen Gesichten erfüllt war, doch ihr Tun und Handeln immerfort dem edelsten Sittlichen gemäß blieb. Wie sie heranwuchs, überall hülfreich, unaufhaltsam in großen und kleinen Diensten, wandelte sie wie ein Engel Gottes auf Erden, indem ihr geistiges Ganze sich zwar um die Weltsonne, aber nach dem Überweltlichen in stetig zunehmenden Kreisen bewegte.

Die Überfülle dieses Zustandes ward einigermaßen dadurch gemildert, daß es auch in ihr zu tagen und zu nachten schien, da sie denn, bei gedämpftem inneren Licht, äußere Pflichten auf das treuste zu erfüllen strebte, bei frisch aufleuchtendem Innern sich der seligsten Ruhe hingab. Ja sie will bemerkt haben, daß eine Art von Wolken sie von Zeit zu Zeit umschwebten und ihr den Anblick der himmlischen Genossen auf eine Zeitlang umdämmerten, eine Epoche, die sie stets zu Wohl und Freude ihrer Umgebungen zu benutzen wußte.

Solange sie die Anschauungen geheimhielt, gehörte viel dazu, sie zu ertragen; was sie davon offenbarte, wurde nicht anerkannt oder mißdeutet, sie ließ es daher in ihrem langen Leben nach außen als Krankheit gelten, und so spricht man in der Familie noch immer davon; zuletzt aber hat ihr das gute Glück den Mann zugeführt, den ihr bei uns seht, als

Arzt, Mathematiker und Astronom gleich schätzbar, durchaus ein edler Mensch, der sich jedoch erst eigentlich aus Neugierde zu ihr heranfand. Als sie aber Vertrauen gegen ihn gewann, ihm nach und nach ihre Zustände beschrieben, das Gegenwärtige ans Vergangene angeschlossen und in die Ereignisse einen Zusammenhang gebracht hatte, ward er so von der Erscheinung eingenommen, daß er sich nicht mehr von ihr trennen konnte, sondern Tag für Tag stets tiefer in das Geheimnis einzudringen trachtete.

Im Anfange, wie er nicht undeutlich zu verstehen gab, hielt er es für Täuschung; denn sie leugnete nicht, daß von der ersten Jugend an sie sich um die Stern- und Himmelskunde fleißig bekümmert habe, daß sie darin wohl unterrichtet worden und keine Gelegenheit versäumt, sich durch Maschinen und Bücher den Weltbau immer mehr zu versinnlichen. Deshalb er sich denn nicht ausreden ließ, es sei angelernt. Die Wirkung einer in hohem Grad geregelten Einbildungskraft, der Einfluß des Gedächtnisses sei zu vermuten, eine Mitwirkung der Urteilskraft, besonders aber eines versteckten Kalküls.

Er ist ein Mathematiker und also hartnäckig, ein heller Geist und also ungläubig; er wehrte sich lange, bemerkte jedoch, was sie angab, genau, suchte der Folge verschiedener Jahre beizukommen, wunderte sich besonders über die neusten, mit dem gegenseitigen Stande der Himmelslichter übereintreffenden Angaben und rief endlich aus: »Nun warum sollte Gott und die Natur nicht auch eine lebendige Armillarsphäre, ein geistiges Räderwerk erschaffen und einrichten, daß es, wie ja die Uhren uns täglich und stündlich leisten, dem Gang der Gestirne von selbst auf eigne Weise zu folgen imstande wäre?«

Hier aber wagen wir nicht weiterzugehen; denn das Unglaubliche verliert seinen Wert, wenn man es näher im einzelnen beschauen will. Doch sagen wir soviel: Dasjenige, was zur Grundlage der anzustellenden Berechnungen diente, war folgendes: Ihr, der Seherin, erschien unsere Sonne in der Vision um vieles kleiner, als sie solche bei Tage erblickte, auch gab eine ungewöhnliche Stellung dieses höheren Himmelslichtes im Tierkreise Anlaß zu Folgerungen.

Dagegen entstanden Zweifel und Irrungen, weil die Schauende ein und das andere Gestirn andeutete als gleichfalls in dem Zodiak erscheinend, von denen man aber am Himmel nichts gewahr werden konnte. Es mochten die damals noch unentdeckten kleinen Planeten sein. Denn aus andern Angaben ließ sich schließen, daß sie, längst über die Bahn des Mars hinaus, der Bahn des Jupiter sich nähere. Offenbar hatte sie eine Zeitlang diesen Planeten, es wäre schwer zu sagen in welcher Entfernung, mit Staunen in seiner ungeheuren Herrlichkeit betrachtet und das Spiel seiner Monde um ihn her geschaut; hernach aber ihn auf die wunderseltsamste Weise als abnehmenden Mond gesehen, und zwar umgewendet, wie uns der wachsende Mond erscheint. Daraus wurde geschlossen, daß sie ihn von der Seite sehe und wirklich im Begriff sei, über dessen Bahn hinauszuschreiten und in dem unendlichen Raum dem Saturn entgegenzustreben. Dorthin folgt ihr keine Einbildungskraft, aber wir hoffen, daß eine solche Entelechie sich nicht ganz aus unserm Sonnensystem entfernen, sondern, wenn sie an die Grenze desselben gelangt ist, sich wieder zurücksehnen werde, um zugunsten unsrer Urenkel in das irdische Leben und Wohltun wieder einzuwirken.

Indem wir nun diese ätherische Dichtung, Verzeihung hoffend, hiemit beschließen, wenden wir uns wieder zu jenem terrestrischen Märchen, wovon wir oben eine vorübergehende Andeutung gegeben.

Montan hatte mit dem größten Anschein von Ehrlichkeit angegeben: jene wunderbare Person, welche mit ihren Gefühlen den Unterschied der irdischen Stoffe so wohl zu bezeichnen wisse, sei schon mit den ersten Wanderern in die weite Ferne gezogen, welches jedoch dem aufmerksamen Menschenkenner durchaus hätte sollen unwahrscheinlich dünken. Denn wie wollte Montan und seinesgleichen eine so bereite Wünschelrute von der Seite gelassen haben? Auch

ward kurz nach seiner Abreise durch Hin- und Widerreden und sonderbare Erzählungen der unteren Hausbedienten hierüber ein Verdacht allmählich rege. Philine nämlich und Lydie hatten eine Dritte mitgebracht, unter dem Vorwand, es sei eine Dienerin, wozu sie sich aber gar nicht zu schicken schien; wie sie denn auch beim An- und Auskleiden der Herrinnen niemals gefordert wurde. Ihre einfache Tracht kleidete den derben, wohlgebauten Körper gar schicklich, deutete aber, so wie die ganze Person, auf etwas Ländliches. Ihr Betragen, ohne roh zu sein, zeigte keine gesellige Bildung, wovon die Kammermädchen immer die Karikatur darzustellen pflegen. Auch fand sie gar bald unter der Dienerschaft ihren Platz; sie gesellte sich zu den Garten- und Feldgenossen, ergriff den Spaten und arbeitete für zwei bis drei. Nahm sie den Rechen, so flog er auf das geschickteste über das aufgewühlte Erdreich, und die weiteste Fläche glich einem wohlgeebneten Beete. Übrigens hielt sie sich still und gewann gar bald die allgemeine Gunst. Sie erzählten sich von ihr: man habe sie oft das Werkzeug niederlegen und querfeldein über Stock und Steine springen sehen, auf eine versteckte Quelle zu, wo sie ihren Durst gelöscht. Diesen Gebrauch habe sie täglich wiederholt, indem sie von irgendeinem Punkte aus, wo sie gestanden, immer ein oder das andere rein ausfließende Wasser zu finden gewußt, wenn sie dessen bedurfte.
Und so war denn doch für Montans Angeben ein Zeugnis zurückgeblieben, der wahrscheinlich, um lästige Versuche und unzulängliches Probieren zu vermeiden, die Gegenwart einer so merkwürdigen Person vor seinen edlen Wirten, welche sonst wohl ein solches Zutrauen verdient hätten, zu verheimlichen beschloß. Wir aber wollten, was uns bekannt geworden, auch unvollständig wie es vorliegt, mitgeteilt haben, um forschende Männer auf ähnliche Fälle, die sich vielleicht öfter, als man glaubt, durch irgendeine Andeutung hervortun, freundlich aufmerksam zu machen.

Sechzehntes Kapitel

Der Amtmann jenes Schlosses, das wir noch vor kurzem durch unsere Wanderer belebt gesehen, von Natur tätig und gewandt, den Vorteil seiner Herrschaft und seinen eignen immer vor Augen habend, saß nunmehr vergnügt, Rechnungen und Berichte auszufertigen, wodurch er die seinem Bezirk während der Anwesenheit jener Gäste zugegangenen großen Vorteile mit einiger Selbstgefälligkeit vorzutragen und auseinanderzusetzen sich bemühte. Allein dieses war nach seiner eigenen Überzeugung nur das geringste; er hatte bemerkt, was für große Wirkungen von tätigen, geschickten, freisinnigen und kühnen Menschen ausgehen. Die einen hatten Abschied genommen, über das Meer zu setzen, die andern, um auf dem festen Lande ihr Unterkommen zu finden; nun ward er noch ein drittes heimliches Verhältnis gewahr, wovon er alsobald Nutzen zu ziehen den Entschluß faßte.

Beim Abschied zeigte sich, was man hätte voraussagen und wissen können, daß von den jungen, rüstigen Männern sich gar mancher mit den hübschen Kindern des Dorfs und der Gegend mehr oder weniger befreundet hatte. Nur einige bewiesen Mut genug, als Odoardo mit den Seinigen abging, sich als entschieden Bleibende zu erklären; von Lenardos Auswanderern war keiner geblieben, aber von diesen letztern beteuerten verschiedene, in kurzer Zeit zurückkehren und sich ansiedeln zu wollen, wenn man ihnen einigermaßen ein hinreichendes Auskommen und Sicherheit für die Zukunft gewähren könne.

Der Amtmann, welcher die sämtliche Persönlichkeit und die häuslichen Umstände seiner ihm untergebenen kleinen Völkerschaft ganz genau kannte, lachte heimlich als ein wahrer Egoist über das Ereignis, daß man so große Anstalten und Aufwand mache, um über dem Meer und im Mittellande sich frei und tätig zu erweisen, und doch dabei ihm, der auf seiner Hufe ganz ruhig gesessen, gerade die größten Vorteile zu Haus und Hof bringe und ihm Gelegenheit gebe, einige der Vorzüglichsten zurückzuhalten und bei sich zu versammeln. Seine Gedanken, ausgeweitet durch die Gegenwart, fanden nichts natürlicher, als daß Liberalität, wohl angewendet, gar löbliche, nützliche Folgen habe. Er faßte sogleich den Entschluß, in seinem kleinen Bezirk etwas Ähnliches zu unternehmen. Glücklicherweise waren wohlhabende Einwohner diesmal gleichsam genötigt, ihre Töchter den allzu frühen Gatten gesetzmäßig zu überlassen. Der Amtmann machte ihnen einen solchen bürgerlichen Unfall als ein Glück begreiflich, und da es wirklich ein Glück war, daß gerade die in diesem Sinne brauchbarsten Handwerker das Los getroffen hatte, so hielt es nicht schwer, die Einleitung zu einer Möbelfabrik zu machen, die ohne weitläufigen Raum und ohne große Umstände nur Geschicklichkeit und hinreichendes Material verlangt. Das letzte versprach der Amtmann; Frauen, Raum und Verlag gaben die Bewohner, und Geschicklichkeit brachten die Einwandernden mit.

Das alles hatte der gewandte Geschäftsmann schon im stillen, bei Anwesenheit und im Tumult der Menge, gar wohl überdacht und konnte daher, sobald es um ihn ruhig ward, gleich zum Werke schreiten.

Ruhe, aber freilich eine Art Totenruhe, war nach Verlauf dieser Flut über die Straßen des Orts, über den Hof des Schlosses gekommen, als unsern rechnenden und berechnenden Geschäftsmann ein hereinsprengender Reiter aufrief und aus seiner ruhigen Fassung brachte. Des Pferdes Huf klappte freilich nicht, es war nicht beschlagen, aber der Reiter, der von der Decke herabsprang – er ritt ohne Sattel und Steigbügel, auch bändigte er das Pferd nur durch eine Trense –, er rief laut und ungeduldig nach den Bewohnern, nach den Gästen und war leidenschaftlich verwundert, alles so still und tot zu finden.

Der Amtsdiener wußte nicht, was er aus dem Ankömmling machen sollte; auf einen entstandenen Wortwechsel kam der Amtmann selbst hervor und wußte auch weiter nichts zu sagen, als daß alles weggezogen sei. – »Wohin?« war die rasche Frage des jungen, lebendigen Ankömmlings. – Mit

Gelassenheit bezeichnete der Amtmann den Weg Lenardos und Odoards, auch eines dritten problematischen Mannes, den sie teils Wilhelm, teils Meister genannt hätten. Dieser habe sich auf dem einige Meilen entfernten Flusse eingeschifft, er fahre hinab, erst seinen Sohn zu besuchen und alsdann ein wichtiges Geschäft weiter zu verfolgen.
Schon hatte der Jüngling sich wieder aufs Pferd geschwungen und Kenntnis genommen von dem nächsten Wege zum Flusse hin, als er schon wieder zum Tor hinausstürzte und so eilig davonflog, daß dem Amtmann, der oben aus seinen Fenstern nachschaute, kaum ein verfliegender Staub anzudeuten schien, daß der verwirrte Reiter den rechten Weg genommen habe.
Nur eben war der letzte Staub in der Ferne verflogen, und unser Amtmann wollte sich wieder zu seinem Geschäft niedersetzen, als zum oberen Schloßtor ein Fußbote hereingesprungen kam und ebenfalls nach der Gesellschaft fragte, der noch etwas Nachträgliches zu überbringen er eilig abgesendet worden. Er hatte für sie ein größeres Paket, daneben aber auch einen einzelnen Brief, adressiert an Wilhelm genannt Meister, der dem Überbringer von einem jungen Frauenzimmer besonders auf die Seele gebunden und dessen baldige Bestellung eifrigst eingeschärft worden war. Leider konnte auch diesem kein anderer Bescheid werden, als daß er das Nest leer finde und daher seinen Weg eiligst fortsetzen müsse, wo er sie entweder sämtlich anzutreffen oder eine weitere Anweisung zu finden hoffen dürfte.
Den Brief aber selbst, den wir unter den vielen uns anvertrauten Papieren gleichfalls vorgefunden, dürfen wir, als höchst bedeutend, nicht zurückhalten. Er war von Hersilien, einem so wunderbaren als liebenswürdigen Frauenzimmer, welches in unsern Mitteilungen nur selten erscheint, aber bei jedesmaligem Auftreten gewiß jeden Geistreichen, Feinfühlenden unwiderstehlich angezogen hat. Auch ist das Schicksal, das sie betrifft, wohl das sonderbarste, das einem zarten Gemüte widerfahren kann.

Siebzehntes Kapitel

Hersilie an Wilhelm

»Ich saß denkend und wüßte nicht zu sagen, was ich dachte. Ein denkendes Nichtdenken wandelt mich aber manchmal an, es ist eine Art von empfundener Gleichgültigkeit. Ein Pferd sprengt in den Hof und weckt mich aus meiner Ruhe, die Türe springt auf, und Felix tritt herein im jugendlichsten Glanze wie ein kleiner Abgott. Er eilt auf mich zu, will mich umarmen, ich weise ihn zurück; er scheint gleichgültig, bleibt in einiger Entfernung, und in ungetrübter Heiterkeit preist er mir das Pferd an, das ihn hergetragen, erzählt von seinen Übungen, von seinen Freuden umständlich und vertraulich. Die Erinnerung an ältere Geschichten bringt uns auf das Prachtkästchen, er weiß, daß ich's habe, und verlangt es zu sehen; ich gebe nach, es war unmöglich zu versagen. Er betrachtet's, erzählt umständlich, wie er es entdeckt, ich verwirre mich und verrate, daß ich den Schlüssel besitze. Nun steigt seine Neugier aufs höchste, auch den will er sehen, nur von ferne. Dringender und liebenswürdiger bitten konnte man niemand sehen; er bittet wie betend, kniet und bittet mit so feurigen, holden Augen, mit so süßen, schmeichelnden Worten, und so war ich wieder verführt. Ich zeigte das Wundergeheimnis von weitem, aber schnell faßte er meine Hand und entriß ihn und sprang mutwillig zur Seite um einen Tisch herum.

›Ich habe nichts vom Kästchen noch vom Schlüssel!‹ rief er aus; ›dein Herz wünscht' ich zu öffnen, daß es sich mir auftäte, mir entgegenkäme, mich an sich drückte, mir vergönnte, es an meine Brust zu drücken.‹ Er war unendlich schön und liebenswürdig, und wie ich auf ihn zugehen wollte, schob er das Kästchen auf dem Tisch immer vor sich hin; schon stak der Schlüssel drinnen; er drohte umzudrehen und drehte wirklich. Das Schlüsselchen war abgebrochen, die äußere Hälfte fiel auf den Tisch.

Ich war verwirrter, als man sein kann und sein sollte. Er

benützt meine Unaufmerksamkeit, läßt das Kästchen stehen, fährt auf mich los und faßt mich in die Arme. Ich rang vergebens, seine Augen näherten sich den meinigen, und es ist was Schönes, sein eigenes Bild im liebenden Auge zu erblicken. Ich sah's zum erstenmal, als er seinen Mund lebhaft auf den meinigen drückte. Ich will's nur gestehen, ich gab ihm seine Küsse zurück, es ist doch sehr schön, einen Glücklichen zu machen. Ich riß mich los, die Kluft, die uns trennt, erschien mir nur zu deutlich; statt mich zu fassen, überschritt ich das Maß, ich stieß ihn zürnend weg, meine Verwirrung gab mir Mut und Verstand; ich bedrohte, ich schalt ihn, befahl ihm, nie wieder vor mir zu erscheinen; er glaubte meinem wahrhaften Ausdruck. ›Gut!‹ sagte er, ›so reit ich in die Welt, bis ich umkomme.‹ Er warf sich auf sein Pferd und sprengte weg. Noch halb träumend will ich das Kästchen verwahren, die Hälfte des Schlüssels lag abgebrochen, ich befand mich in doppelter und dreifacher Verlegenheit.

O Männer, o Menschen! Werdet ihr denn niemals die Vernunft fortpflanzen? war es nicht an dem Vater genug, der soviel Unheil anrichtete, bedurft' es noch des Sohns, um uns unauflöslich zu verwirren?

Diese Bekenntnisse lagen eine Zeitlang bei mir, nun tritt ein sonderbarer Umstand ein, den ich melden muß, der Obiges aufklärt und verdüstert.

Ein alter, dem Oheim sehr werter Goldschmied und Juwelenhändler trifft ein, zeigt seltsame antiquarische Schätze vor; ich werde veranlaßt, das Kästchen zu bringen, er betrachtet den abgebrochenen Schlüssel und zeigt, was man bisher übersehen hatte, daß der Bruch nicht rauh, sondern glatt sei. Durch Berührung fassen die beiden Enden einander an, er zieht den Schlüssel ergänzt heraus, sie sind magnetisch verbunden, halten einander fest, aber schließen nur dem Eingeweihten. Der Mann tritt in einige Entfernung, das

Kästchen springt auf, das er gleich wieder zudrückt: an solche Geheimnisse sei nicht gut rühren, meinte er.

Meinen unerklärlichen Zustand vergegenwärtigen Sie sich, Gott sei Dank, gewiß nicht; denn wie wollte man außerhalb der Verwirrung die Verwirrung erkennen. Das bedeutende Kästchen steht vor mir, den Schlüssel, der nicht schließt, hab ich in der Hand, jenes wollt' ich gern uneröffnet lassen, wenn dieser mir nur die nächste Zukunft aufschlösse.
Um mich bekümmern Sie sich eine Weile ja nicht, aber was ich inständig bitte, flehe, dringend empfehle: forschen Sie nach Felix; ich habe vergebens umhergesandt, um die Spuren seines Weges aufzufinden. Ich weiß nicht, ob ich den Tag segnen oder fürchten soll, der uns wieder zusammenführt.

Endlich, endlich verlangt der Bote seine Abfertigung; man hat ihn lange genug hier aufgehalten, er soll die Wanderer mit wichtigen Depeschen ereilen. In dieser Gesellschaft wird er Sie ja auch wohl finden, oder man wird ihn zurechtweisen. Ich unterdes werde nicht beruhigt sein.«

Achtzehntes Kapitel

Nun gleitete der Kahn, beschienen von heißer Mittagssonne, den Fluß hinab, gelinde Lüfte kühlten den erwärmten Äther, sanfte Ufer zu beiden Seiten gewährten einen zwar einfachen, doch behäglichen Anblick. Das Kornfeld näherte sich dem Strome, und ein guter Boden trat so nah heran, daß ein rauschendes Wasser, auf irgendeine Stelle sich hinwerfend, das lockere Erdreich gewaltig angegriffen, fortgerissen und steile Abhänge von bedeutender Höhe sich gebildet hatten.
Ganz oben auf dem schroffsten Rande einer solchen Steile, wo sonst der Leinpfad mochte hergegangen sein, sah der Freund einen jungen Mann herantraben, gut gebaut, von

kräftiger Gestalt. Kaum aber wollte man ihn schärfer ins Auge fassen, als der dort überhangende Rasen losbricht und jener Unglückliche jählings, Pferd über, Mann unter, ins Wasser stürzt. Hier war nicht Zeit zu denken, wie und warum, die Schiffer fuhren pfeilschnell dem Strudel zu und hatten im Augenblick die schöne Beute gefaßt. Entseelt scheinend lag der holde Jüngling im Schiffe, und nach kurzer Überlegung fuhren die gewandten Männer einem Kiesweidicht zu, das sich mitten im Fluß gebildet hatte. Landen, den Körper ans Ufer heben, ausziehen und abtrocknen war eins. Noch aber kein Zeichen des Lebens zu bemerken, die holde Blume hingesenkt in ihren Armen!

Wilhelm griff sogleich nach der Lanzette, die Ader des Arms zu öffnen; das Blut sprang reichlich hervor, und mit der schlängelnd anspielenden Welle vermischt, folgte es gekreiseltem Strome nach. Das Leben kehrte wieder; kaum hatte der liebevolle Wundarzt nur Zeit, die Binde zu befestigen, als der Jüngling sich schon mutvoll auf seine Füße stellte, Wilhelmen scharf ansah und rief: »Wenn ich leben soll, so sei es mit dir!« Mit diesen Worten fiel er dem erkennenden und erkannten Retter um den Hals und weinte bitterlich. So standen sie fest umschlungen, wie Kastor und Pollux, Brüder, die sich auf dem Wechselwege vom Orkus zum Licht begegnen.

Man bat ihn, sich zu beruhigen. Die wackern Männer hatten schon ein bequemes Lager, halb sonnig, halb schattig, unter leichten Büschen und Zweigen bereitet; hier lag er nun auf den väterlichen Mantel hingestreckt, der holdeste Jüngling; braune Locken, schnell getrocknet, rollten sich schon wieder auf, er lächelte beruhigt und schlief ein. Mit Gefallen sah unser Freund auf ihn herab, indem er ihn zudeckte. – »Wirst du doch immer aufs neue hervorgebracht, herrlich Ebenbild Gottes!« rief er aus, »und wirst sogleich wieder beschädigt, verletzt von innen oder von außen.« – Der Mantel fiel über ihn her, eine gemäßigte Sonnenglut durchwärmte die Glieder sanft und innigst, seine Wangen röteten sich gesund, er schien schon völlig wiederhergestellt.

Die tätigen Männer, einer guten geglückten Handlung und des zu erwartenden reichlichen Lohns zum voraus sich erfreuend, hatten auf dem heißen Kies die Kleider des Jünglings schon so gut als getrocknet, um ihn beim Erwachen sogleich wieder in den gesellig anständigsten Zustand zu versetzen.

Die Geheimnisse der Lebenspfade darf und kann man nicht offenbaren; es gibt Steine des Anstoßes, über die ein jeder Wanderer stolpern muß. Der Poet aber deutet auf die Stelle hin. [1]

Es wäre nicht der Mühe wert, siebzig Jahr alt zu werden, wenn alle Weisheit der Welt Torheit wäre vor Gott. [2]

Das Wahre ist gottähnlich; es erscheint nicht unmittelbar, wir müssen es aus seinen Manifestationen erraten. [3]

Der echte Schüler lernt aus dem Bekannten das Unbekannte entwickeln und nähert sich dem Meister. [4]

Aber die Menschen vermögen nicht leicht aus dem Bekannten das Unbekannte zu entwickeln; denn sie wissen nicht, daß ihr Verstand ebensolche Künste wie die Natur treibt. [5]

Denn die Götter lehren uns ihr eigenstes Werk nachahmen; doch wissen wir nur, was wir tun, erkennen aber nicht, was wir nachahmen. [6]

Alles ist gleich, alles ungleich, alles nützlich und schädlich, sprechend und stumm, vernünftig und unvernünftig. Und was man von einzelnen Dingen bekennt, widerspricht sich öfters. [7]

Denn das Gesetz haben die Menschen sich selbst auferlegt, ohne zu wissen, über was sie Gesetze gaben; aber die Natur haben alle Götter geordnet. [8]

Was nun die Menschen gesetzt haben, das will nicht passen, es mag recht oder unrecht sein; was aber die Götter setzen, das ist immer am Platz, recht oder unrecht. [9]

Ich aber will zeigen, daß die bekannten Künste der Menschen natürlichen Begebenheiten gleich sind, die offenbar oder geheim vorgehen. [10]

Von der Art ist die Weissagekunst. Sie erkennet aus dem Offenbaren das Verborgene, aus dem Gegenwärtigen das Zukünftige, aus dem Toten das Lebendige, und den Sinn des Sinnlosen. [11]

So erkennt der Unterrichtete immer recht die Natur des Menschen; und der Ununterrichtete sieht sie bald so, bald so an, und jeder ahmt sie nach seiner Weise nach. [12]

Wenn ein Mann mit einem Weibe zusammentrifft und ein Knabe entsteht, so wird aus etwas Bekanntem ein Unbekanntes. Dagegen wenn der dunkle Geist des Knaben die deutlichen Dinge in sich aufnimmt, so wird er zum Mann und lernt aus dem Gegenwärtigen das Zukünftige erkennen. [13]

Das Unsterbliche ist nicht dem sterblichen Lebenden zu vergleichen, und doch ist auch das bloß Lebende verständig. So weiß der Magen recht gut, wenn er hungert und durstet. [14]

So verhält sich die Wahrsagekunst zur menschlichen Natur. Und beide sind dem Einsichtsvollen immer recht; dem Beschränkten aber erscheinen sie bald so, bald so. [15]

In der Schmiede erweicht man das Eisen, indem man das Feuer anbläst und dem Stabe seine überflüssige Nahrung nimmt; ist er aber rein geworden, dann schlägt man ihn und zwingt ihn, und durch die Nahrung eines fremden Wassers wird er wieder stark. Das widerfährt auch dem Menschen von seinem Lehrer. [16]

Da wir überzeugt sind, daß derjenige, der die intellektuelle Welt beschaut und des wahrhaften Intellekts Schönheit gewahr wird, auch wohl ihren Vater, der über allen Sinn erhaben ist, bemerken könne, so versuchen wir denn nach Kräften einzusehen und für uns selbst auszudrücken – insofern sich dergleichen deutlich machen läßt –, auf welche Weise wir die Schönheit des Geistes und der Welt anzuschauen vermögen. [17]

Nehmet an daher: zwei steinerne Massen seien nebeneinandergestellt, deren eine roh und ohne künstliche Bearbeitung geblieben, die andere aber durch die Kunst zur Statue, einer menschlichen oder göttlichen, ausgebildet worden. Wäre es eine göttliche, so möchte sie eine Grazie oder Muse vorstellen, wäre es eine menschliche, so dürfte es nicht ein besonderer Mensch sein, vielmehr irgendeiner, den die Kunst aus allem Schönen versammelte. [18]

Euch wird aber der Stein, der durch die Kunst zur schönen Gestalt gebracht worden, alsobald schön erscheinen; doch nicht weil er Stein ist, denn sonst würde die andere Masse gleichfalls für schön gelten, sondern daher, daß er eine Gestalt hat, welche die Kunst ihm erteilte. [19]

Die Materie aber hatte eine solche Gestalt nicht, sondern diese war in dem Ersinnenden früher als sie zum Stein gelangte. Sie war jedoch in dem Künstler nicht, weil er Augen und Hände hatte, sondern weil er mit der Kunst begabt war. [20]

Also war in der Kunst noch eine weit größere Schönheit; denn nicht die Gestalt, die in der Kunst ruhet, gelangt in den Stein, sondern dorten bleibt sie und es gehet indessen eine andere, geringere hervor, die nicht rein in sich selbst verharret, noch auch wie sie der Künstler wünschte, sondern insofern der Stoff der Kunst gehorchte. [21]

Wenn aber die Kunst dasjenige, was sie ist und besitzt, auch hervorbringt und das Schöne nach der Vernunft hervorbringt, nach welcher sie immer handelt, so ist sie fürwahr diejenige, die mehr und wahrer eine größere und trefflichere Schönheit der Kunst besitzt, vollkommener als alles, was nach außen hervortritt. [22]

Denn indem die Form, in die Materie hervorschreitend, schon ausgedehnt wird, so wird sie schwächer als jene, welche in Einem verharret. Denn was in sich eine Entfernung erduldet, tritt von sich selbst weg: Stärke von Stärke, Wärme von Wärme, Kraft von Kraft; so auch Schönheit von Schönheit. Daher muß das Wirkende trefflicher sein als das Gewirkte. Denn nicht die Urmusik macht den Musiker, sondern die Musik, und die übersinnliche Musik bringt die Musik in sinnlichem Ton hervor. [23]

Wollte aber jemand die Künste verachten, weil sie der Natur nachahmen, so läßt sich darauf antworten, daß die Naturen auch manches andere nachahmen; daß ferner die Künste nicht das geradezu nachahmen, was man mit Augen siehet, sondern auf jenes Vernünftige zurückgehen, aus welchem die Natur besteht und wornach sie handelt. [24]

Ferner bringen auch die Künste vieles aus sich selbst hervor und fügen anderseits manches hinzu, was der Vollkommenheit abgehet, indem sie die Schönheit in sich selbst haben. So konnte Phidias den Gott bilden, ob er gleich nichts sinnlich Erblickliches nachahmte, sondern sich einen solchen in den Sinn faßte, wie Zeus selbst erscheinen würde, wenn er unsern Augen begegnen möchte. [25]

Man kann den Idealisten alter und neuer Zeit nicht verargen, wenn sie so lebhaft auf Beherzigung des Einen dringen, woher alles entspringt und worauf alles wieder zurückzuführen wäre. Denn freilich ist das belebende und ordnende Prinzip in der Erscheinung dergestalt bedrängt, daß es sich kaum zu retten weiß. Allein wir verkürzen uns an der andern Seite wieder, wenn wir das Formende und die höhere

Form selbst in eine vor unserm äußern und innern Sinn verschwindende Einheit zurückdrängen. [26]

Wir Menschen sind auf Ausdehnung und Bewegung angewiesen; diese beiden allgemeinen Formen sind es, in welchen sich alle übrigen Formen, besonders die sinnlichen, offenbaren. Eine geistige Form wird aber keineswegs verkürzt, wenn sie in der Erscheinung hervortritt, vorausgesetzt daß ihr Hervortreten eine wahre Zeugung, eine wahre Fortpflanzung sei. Das Gezeugte ist nicht geringer als das Zeugende, ja es ist der Vorteil lebendiger Zeugung, daß das Gezeugte vortrefflicher sein kann als das Zeugende. [27]

Dieses weiter auszuführen und vollkommen anschaulich, ja was mehr ist, durchaus praktisch zu machen würde von wichtigem Belang sein. Eine umständliche folgerechte Ausführung aber möchte den Hörern übergroße Aufmerksamkeit zumuten. [28]

Was einem angehört, wird man nicht los, und wenn man es wegwürfe. [29]

Die neueste Philosophie unserer westlichen Nachbarn gibt ein Zeugnis, daß der Mensch, er gebärde sich wie er wolle, und so auch ganze Nationen, immer wieder zum Angebornen zurückkehren. Und wie wollte das anders sein, da ja dieses seine Natur und Lebensweise bestimmt. [30]

Die Franzosen haben dem Materialismus entsagt und den Uranfängen etwas mehr Geist und Leben zuerkannt; sie haben sich vom Sensualismus losgemacht und den Tiefen der menschlichen Natur eine Entwickelung aus sich selbst eingestanden, sie lassen in ihr eine produktive Kraft gelten und suchen nicht alle Kunst aus Nachahmung eines gewahrgewordenen Äußern zu erklären. In solchen Richtungen mögen sie beharren. [31]

Eine eklektische Philosophie kann es nicht geben, wohl aber eklektische Philosophen. [32]

Ein Eklektiker aber ist ein jeder, der aus dem, was ihn umgibt, aus dem, was sich um ihn ereignet, sich dasjenige aneignet, was seiner Natur gemäß ist; und in diesem Sinne gilt alles, was Bildung und Fortschreitung heißt, theoretisch oder praktisch genommen. [33]

Zwei eklektische Philosophen könnten demnach die größten Widersacher werden, wenn sie, antagonistisch geboren, jeder von seiner Seite sich aus allen überlieferten Philosophien dasjenige aneignete, was ihm gemäß wäre. Sehe man doch nur um sich her, so wird man immer finden, daß jeder Mensch auf diese Weise verfährt und deshalb nicht begreift, warum er andere nicht zu seiner Meinung bekehren kann. [34]

Sogar ist es selten, daß jemand im höchsten Alter sich selbst historisch wird und daß ihm die Mitlebenden historisch werden, so daß er mit niemanden mehr kontrovertieren mag noch kann. [35]

Besieht man es genauer, so findet sich, daß dem Geschichtschreiber selbst die Geschichte nicht leicht historisch wird: denn der jedesmalige Schreiber schreibt immer nur so, als wenn er damals selbst dabei gewesen wäre; nicht aber, was vormals war und damals bewegte. Der Chronikenschreiber selbst deutet nur mehr oder weniger auf die Beschränktheit, auf die Eigenheiten seiner Stadt, seines Klosters wie seines Zeitalters. [36]

Verschiedene Sprüche der Alten, die man sich öfters zu wiederholen pflegt, hatten eine ganz andere Bedeutung, als man ihnen in späteren Zeiten geben möchte. [37]

Das Wort: Es solle keiner mit der Geometrie Unbekannter, der Geometrie Fremder, in die Schule des Philosophen treten, heißt nicht etwa: Man solle ein Mathematiker sein, um ein Weltweiser zu werden. [38]

Geometrie ist hier in ihren ersten Elementen gedacht, wie sie uns im Euklid vorliegt und wie wir sie einen jeden Anfänger beginnen lassen. Alsdann aber ist sie die vollkommenste Vorbereitung, ja Einleitung in die Philosophie. [39]

Wenn der Knabe zu begreifen anfängt, daß einem sichtbaren Punkte ein unsichtbarer vorhergehen müsse, daß der nächste Weg zwischen zwei Punkten schon als Linie gedacht werde, ehe sie mit dem Bleistift aufs Papier gezogen wird, so fühlt er einen gewissen Stolz, ein Behagen. Und nicht mit Unrecht; denn ihm ist die Quelle alles Denkens aufgeschlossen, Idee und Verwirklichtes, potentia et actu, ist ihm klargeworden; der Philosoph entdeckt ihm nichts Neues, dem Geometer war von seiner Seite der Grund alles Denkens aufgegangen. [40]

Nehmen wir sodann das bedeutende Wort vor: *Erkenne dich selbst*, so müssen wir es nicht im asketischen Sinne auslegen. Es ist keineswegs die Heautognosie unserer modernen Hypochondristen, Humoristen und Heautontimorumenen damit gemeint; sondern es heißt ganz einfach: Gib einigermaßen acht auf dich selbst, nimm Notiz von dir selbst, damit du gewahr werdest, wie du zu deinesgleichen und der Welt zu stehen kommst. Hiezu bedarf es keiner psychologischen Quälereien; jeder tüchtige Mensch weiß und erfährt, was es heißen soll; es ist ein guter Rat, der einem jeden praktisch zum größten Vorteil gedeiht. [41]

Man denke sich das Große der Alten, vorzüglich der Sokratischen Schule, daß sie Quelle und Richtschnur alles Lebens und Tuns vor Augen stellt, nicht zu leerer Spekulation, sondern zu Leben und Tat auffordert. [42]

Wenn nun unser Schulunterricht immer auf das Altertum

hinweist, das Studium der griechischen und lateinischen Sprache fördert, so können wir uns Glück wünschen, daß diese zu einer höheren Kultur so nötigen Studien niemals rückgängig werden. [43]

Wenn wir uns dem Altertum gegenüberstellen und es ernstlich in der Absicht anschauen, uns daran zu bilden, so gewinnen wir die Empfindung, als ob wir erst eigentlich zu Menschen würden. [44]

Der Schulmann, indem er lateinisch zu schreiben und zu sprechen versucht, kommt sich höher und vornehmer vor, als er sich in seinem Alltagsleben dünken darf. [45]

Der für dichterische und bildnerische Schöpfungen empfängliche Geist fühlt sich, dem Altertum gegenüber, in den anmutigstideellen Naturzustand versetzt; und noch auf den heutigen Tag haben die Homerischen Gesänge die Kraft, uns wenigstens für Augenblicke von der furchtbaren Last zu befreien, welche die Überlieferung von mehreren tausend Jahren auf uns gewälzt hat. [46]

Wie Sokrates den sittlichen Menschen zu sich berief, damit dieser ganz einfach einigermaßen über sich selbst aufgeklärt würde, so traten Plato und Aristoteles gleichfalls als befugte Individuen vor die Natur; der eine mit Geist und Gemüt sich ihr anzueignen, der andere mit Forscherblick und Methode sie für sich zu gewinnen. Und so ist denn auch jede Annäherung, die sich uns im ganzen und einzelnen an diese dreie möglich macht, das Ereignis, was wir am freudigsten empfinden und was unsere Bildung zu befördern sich jederzeit kräftig erweist. [47]

Um sich aus der grenzenlosen Vielfachheit und Zerstückelung und Verwickelung der modernen Naturlehre wieder ins Einfache zu retten, muß man sich immer die Frage vorlegen: Wie würde sich Plato gegen die Natur, wie sie uns jetzt in ihrer größeren Mannigfaltigkeit, bei aller gründlichen Einheit, erscheinen mag, benommen haben? [48]

Denn wir glauben überzeugt zu sein, daß wir auf demselben Wege bis zu den letzten Verzweigungen der Erkenntnis organisch gelangen und von diesem Grund aus die Gipfel eines jeden Wissens uns nach und nach aufbauen und befestigen können. Wie uns hiebei die Tätigkeit des Zeitalters fördert und hindert, ist freilich eine Untersuchung, die wir jeden Tag anstellen müssen, wenn wir nicht das Nützliche abweisen und das Schädliche aufnehmen wollen. [49]

Man rühmt das achtzehnte Jahrhundert, daß es sich hauptsächlich mit Analyse abgegeben; dem neunzehnten bleibt nun die Aufgabe: die falschen obwaltenden Synthesen zu entdecken und deren Inhalt aufs neue zu analysieren. [50]

Es gibt nur zwei wahre Religionen, die eine, die das Heilige, das in und um uns wohnt, ganz formlos, die andere, die es in der schönsten Form anerkennt und anbetet. Alles was dazwischenliegt, ist Götzendienst. [51]

Es ist nicht zu leugnen, daß der Geist sich durch die Reformation zu befreien suchte; die Aufklärung über griechisches und römisches Altertum brachte den Wunsch, die Sehnsucht nach einem freieren anständigeren und geschmackvolleren Leben hervor. Sie wurde aber nicht wenig dadurch begünstigt, daß das Herz in einen gewissen einfachen Naturstand zurückzukehren und die Einbildungskraft sich zu konzentrieren trachtete. [52]

Aus dem Himmel wurden auf einmal alle Heiligen vertrieben und von einer göttlichen Mutter mit einem zarten Kinde Sinne, Gedanken, Gemüt auf den Erwachsenen, sittlich Wirkenden, ungerecht Leidenden gerichtet, welcher später als Halbgott verklärt, als wirklicher Gott anerkannt und verehrt wurde. [53]

Er stand vor einem Hintergrunde, wo der Schöpfer das Weltall ausgebreitet hatte; von ihm ging eine geistige Wirkung aus, seine Leiden eignete man sich als Beispiel zu und seine Verklärung war das Pfand für eine ewige Dauer. [54]

So wie der Weihrauch einer Kohle Leben erfrischet, so erfrischet das Gebet die Hoffnungen des Herzens. [55]

Ich bin überzeugt, daß die Bibel immer schöner wird, je mehr man sie versteht, d. h. je mehr man einsieht und anschaut, daß jedes Wort, das wir allgemein auffassen und im besondern auf uns anwenden, nach gewissen Umständen, nach Zeit- und Ortsverhältnissen einen eigenen, besondern, unmittelbar individuellen Bezug gehabt hat. [56]

Genau besehen haben wir uns noch alle Tage zu reformieren und gegen andere zu protestieren, wenn auch nicht in religiösem Sinne. [57]

Wir haben das unabweichliche, täglich zu erneuernde grundernstliche Bestreben: das Wort mit dem Empfundenen, Geschauten, Gedachten, Erfahrenen, Imaginierten, Vernünftigen möglichst unmittelbar zusammentreffend zu erfassen. [58]

Jeder prüfe sich, und er wird finden, daß dies viel schwerer sei, als man denken möchte; denn leider sind dem Menschen die Worte gewöhnlich Surrogate; er denkt und weiß es meistenteils besser, als er sich ausspricht. [59]

Verharren wir aber in dem Bestreben: das Falsche, Ungehörige, Unzulängliche, was sich in uns und andern entwickeln oder einschleichen könnte, durch Klarheit und Redlichkeit auf das möglichste zu beseitigen. [60]

Mit den Jahren steigern sich die Prüfungen. [61]

Wo ich aufhören muß, sittlich zu sein, habe ich keine Gewalt mehr. [62]

Zensur und Preßfreiheit werden immerfort miteinander kämpfen. Zensur fordert und übt der Mächtige, Preßfreiheit verlangt der Mindere. Jener will weder in seinen Planen noch seiner Tätigkeit durch vorlautes widersprechendes Wesen gehindert, sondern gehorcht sein; jene wollten ihre Gründe aussprechen, den Ungehorsam zu legitimieren. Dieses wird man überall geltend finden. [63]

Doch muß man auch hier bemerken, daß der Schwächere, der leidende Teil, gleichfalls auf seine Weise die Preßfreiheit zu unterdrücken sucht, und zwar in dem Falle, wenn er konspiriert und nicht verraten sein will. [64]

Man wird nie betrogen, man betriegt sich selbst. [65]

Wir brauchen in unserer Sprache ein Wort, das, wie Kindheit sich zu Kind verhält, so das Verhältnis Volkheit zum Volke ausdrückt. Der Erzieher muß die Kindheit hören, nicht das Kind. Der Gesetzgeber und Regent die Volkheit, nicht das Volk. Jene spricht immer dasselbe aus, ist vernünftig, beständig, rein und wahr. Dieses weiß niemals für lauter Wollen, was es will. Und in diesem Sinne soll und kann das Gesetz der allgemein ausgesprochene Wille der Volkheit sein, ein Wille, den die Menge niemals ausspricht, den aber der Verständige vernimmt und den der Vernünftige zu befriedigen weiß und der Gute gern befriedigt. [66]

Welches Recht wir zum Regiment haben, darnach fragen wir nicht – wir regieren. Ob das Volk ein Recht habe, uns abzusetzen, darum bekümmern wir uns nicht – wir hüten uns nur, daß es nicht in Versuchung komme, es zu tun. [67]

Wenn man den Tod abschaffen könnte, dagegen hätten wir

nichts; die Todesstrafen abzuschaffen wird schwerhalten. Geschieht es, so rufen wir sie gelegentlich wieder zurück. [68]

Wenn sich die Sozietät des Rechtes begibt, die Todesstrafe zu verfügen, so tritt die Selbsthülfe unmittelbar wieder hervor, die Blutrache klopft an die Türe. [69]

Alle Gesetze sind von Alten und Männern gemacht. Junge und Weiber wollen die Ausnahme, Alte die Regel. [70]

Der Verständige regiert nicht, aber der Verstand; nicht der Vernünftige, sondern die Vernunft. [71]

Wen jemand lobt, dem stellt er sich gleich. [72]

Es ist nicht genug, zu wissen, man muß auch anwenden; es ist nicht genug, zu wollen, man muß auch tun. [73]

Es gibt keine patriotische Kunst und keine patriotische Wissenschaft. Beide gehören, wie alles hohe Gute, der ganzen Welt an und können nur durch allgemeine freie Wechselwirkung aller zugleich Lebenden, in steter Rücksicht auf das, was uns vom Vergangenen übrig und bekannt ist, gefördert werden. [74]

Wissenschaften entfernen sich im ganzen immer vom Leben und kehren nur durch einen Umweg wieder dahin zurück. [75]

Denn sie sind eigentlich Kompendien des Lebens; sie bringen die äußern und innern Erfahrungen ins allgemeine, in einen Zusammenhang. [76]

Das Interesse an ihnen wird im Grunde nur in einer besondern Welt, in der wissenschaftlichen, erregt, denn daß man auch die übrige Welt dazu beruft und ihr davon Notiz gibt, wie es in der neuern Zeit geschieht, ist ein Mißbrauch und bringt mehr Schaden als Nutzen. [77]

Nur durch eine erhöhte Praxis sollten die Wissenschaften auf die äußere Welt wirken: denn eigentlich sind sie alle esoterisch und können nur durch Verbessern irgendeines Tuns exoterisch werden. Alle übrige Teilnahme führt zu nichts. [78]

Die Wissenschaften, auch in ihrem innern Kreise betrachtet, werden mit augenblicklichem, jedesmaligem Interesse behandelt. Ein starker Anstoß, besonders von etwas Neuem und Unerhörtem oder wenigstens mächtig Gefördertem erregt eine allgemeine Teilnahme, die jahrelang dauern kann und die besonders in den letzten Zeiten sehr fruchtbar geworden ist. [79]

Ein bedeutendes Faktum, ein geniales Aperçu beschäftigt eine sehr große Anzahl Menschen, erst nur um es zu kennen, dann um es zu erkennen, dann es zu bearbeiten und weiterzuführen. [80]

Die Menge fragt bei einer jeden neuen bedeutenden Erscheinung, was sie nutze, und sie hat nicht unrecht; denn sie kann bloß durch den Nutzen den Wert einer Sache gewahr werden. [81]

Die wahren Weisen fragen, wie sich die Sache verhalte in sich selbst und zu andern Dingen, unbekümmert um den Nutzen, d. h. um die Anwendung auf das Bekannte und zum Leben Notwendige, welche ganz andere Geister, scharfsinnige, lebenslustige, technisch geübte und gewandte, schon finden werden. [82]

Die Afterweisen suchen von jeder neuen Entdeckung nur so geschwind als möglich für sich einigen Vorteil zu ziehen, indem sie einen eitlen Ruhm, bald in Fortpflanzung, bald in

Vermehrung, bald in Verbesserung, geschwinder Besitznahme, vielleicht gar durch Präokkupation, zu erwerben suchen und durch solche Unreifheiten die wahre Wissenschaft unsicher machen und verwirren, ja ihre schönste Folge, die praktische Blüte derselben, offenbar verkümmern. [83]

Das schädlichste Vorurteil ist, daß irgendeine Naturuntersuchung mit dem Bann belegt werden könne. [84]

Jeder Forscher muß sich durchaus ansehen als einer, der zu einer Jury berufen ist. Er hat nur darauf zu achten, inwiefern der Vortrag vollständig sei und durch klare Belege auseinandergesetzt. Er faßt hiernach seine Überzeugung zusammen und gibt seine Stimme, es sei nun, daß seine Meinung mit der des Referenten übereintreffe oder nicht. [85]

Dabei bleibt er ebenso beruhigt, wenn ihm die Majorität beistimmt, als wenn er sich in der Minorität befindet; denn er hat das Seinige getan, er hat seine Überzeugung ausgesprochen, er ist nicht Herr über die Geister noch über die Gemüter. [86]

In der wissenschaftlichen Welt haben aber diese Gesinnungen niemals gelten wollen; durchaus ist es auf Herrschen und Beherrschen angesehen; und weil sehr wenige Menschen eigentlich selbständig sind, so zieht die Menge den einzelnen nach sich. [87]

Die Geschichte der Philosophie, der Wissenschaften, der Religion, alles zeigt, daß die Meinungen massenweis sich verbreiten, immer aber diejenige den Vorrang gewinnt, welche faßlicher, d. h. dem menschlichen Geiste in seinem gemeinen Zustande gemäß und bequem ist. Ja derjenige, der sich in höherem Sinne ausgebildet, kann immer voraussetzen, daß er die Majorität gegen sich habe. [88]

Wäre die Natur in ihren leblosen Anfängen nicht so gründlich stereometrisch, wie wollte sie zuletzt zum unberechenbaren und unermeßlichen Leben gelangen? [89]

Der Mensch an sich selbst, insofern er sich seiner gesunden Sinne bedient, ist der größte und genaueste physikalische Apparat, den es geben kann; und das ist eben das größte Unheil der neuern Physik, daß man die Experimente gleichsam vom Menschen abgesondert hat und bloß in dem, was künstliche Instrumente zeigen, die Natur erkennen, ja, was sie leisten kann, dadurch beschränken und beweisen will. [90]

Ebenso ist es mit dem Berechnen. – Es ist vieles wahr, was sich nicht berechnen läßt, sowie sehr vieles, was sich nicht bis zum entschiedenen Experiment bringen läßt. [91]

Dafür steht ja aber der Mensch so hoch, daß sich das sonst Undarstellbare in ihm darstellt. Was ist denn eine Saite und alle mechanische Teilung derselben gegen das Ohr des Musikers; ja man kann sagen, was sind die elementaren Erscheinungen der Natur selbst gegen den Menschen, der sie alle erst bändigen und modifizieren muß, um sie sich einigermaßen assimilieren zu können. [92]

Es ist von einem Experiment zuviel gefordert, wenn es alles leisten soll. Konnte man doch die Elektrizität erst nur durch Reiben darstellen, deren höchste Erscheinung jetzt durch bloße Berührung hervorgebracht wird. [93]

Wie man der französischen Sprache niemals den Vorzug streitig machen wird, als ausgebildete Hof- und Weltsprache sich immer mehr aus- und fortbildend zu wirken, so wird es niemand einfallen, das Verdienst der Mathematiker geringzuschätzen, welches sie, in ihrer Sprache, die wichtigsten Angelegenheiten verhandelnd, sich um die Welt erwerben, indem sie alles, was der Zahl und dem Maß im höchsten

Sinne unterworfen ist, zu regeln, zu bestimmen und zu entscheiden wissen. [94]

Jeder Denkende, der seinen Kalender ansieht, nach seiner Uhr blickt, wird sich erinnern, wem er diese Wohltaten schuldig ist. Wenn man sie aber auch auf ehrfurchtsvolle Weise in Zeit und Raum gewähren läßt, so werden sie erkennen, daß wir etwas gewahr werden, was weit darüber hinausgeht, welches allen angehört und ohne welches sie selbst weder tun noch wirken könnten: *Idee* und *Liebe*. [95]

Wer weiß etwas von Elektrizität, sagte ein heiterer Naturforscher, als wenn er im Finstern eine Katze streichelt oder Blitz und Donner neben ihm niederleuchten und rasseln? Wieviel und wie wenig weiß er alsdann davon? [96]

Lichtenbergs Schriften können wir uns als der wunderbarsten Wünschelrute bedienen; wo er einen Spaß macht, liegt ein Problem verborgen. [97]

In den großen leeren Weltraum zwischen Mars und Jupiter legte er auch einen heitern Einfall. Als Kant sorgfältig bewiesen hatte, daß die beiden genannten Planeten alles aufgezehrt und sich zugeeignet hätten, was nur in diesen Räumen zu finden gewesen von Materie, sagte jener scherzhaft, nach seiner Art: Warum sollte es nicht auch unsichtbare Welten geben? – Und hat er nicht vollkommen wahr gesprochen? Sind die neu entdeckten Planeten nicht der ganzen Welt unsichtbar, außer den wenigen Astronomen, denen wir auf Wort und Rechnung glauben müssen? [98]

Einer neuen Wahrheit ist nichts schädlicher als ein alter Irrtum. [99]

Die Menschen sind durch die unendlichen Bedingungen des Erscheinens dergestalt obruiert, daß sie das eine Urbedingende nicht gewahren können. [100]

»Wenn Reisende ein sehr großes Ergötzen auf ihren Bergklettereien empfinden, so ist für mich etwas Barbarisches, ja Gottloses in dieser Leidenschaft; Berge geben uns wohl den Begriff von Naturgewalt, nicht aber von Wohltätigkeit der Vorsehung. Zu welchem Gebrauch sind sie wohl dem Menschen? Unternimmt er dort zu wohnen, so wird im Winter eine Schneelawine, im Sommer ein Bergrutsch sein Haus begraben oder fortschieben; seine Herden schwemmt der Gießbach weg, seine Kornscheuern die Windstürme. Macht er sich auf den Weg, so ist jeder Aufstieg die Qual des Sisyphus, jeder Niederstieg der Sturz Vulkans; sein Pfad ist täglich von Steinen verschüttet, der Gießbach unwegsam für Schiffahrt; finden auch seine Zwergherden notdürftige Nahrung oder sammelt er sie ihnen kärglich, entweder die Elemente entreißen sie ihm oder wilde Bestien. Er führt ein einsam kümmerlich Pflanzenleben, wie das Moos auf einem Grabstein, ohne Bequemlichkeit und ohne Gesellschaft. Und diese Zickzackkämme, diese widerwärtigen Felsenwände, diese ungestalteten Granitpyramiden, welche die schönsten Weltbreiten mit den Schrecknissen des Nordpols bedecken, wie sollte sich ein wohlwollender Mann daran gefallen und ein Menschenfreund sie preisen!« [101]

Auf diese heitere Paradoxie eines würdigen Mannes wäre zu sagen, daß, wenn es Gott und der Natur gefallen hätte, den Urgebirgsknoten von Nubien durchaus nach Westen bis an das große Meer zu entwickeln und fortzusetzen, ferner diese Gebirgsreihe einigemal von Norden nach Süden zu durchschneiden, sodann Täler entstanden sein würden, worin gar mancher Urvater Abraham ein Kanaan, mancher Albert Julius eine Felsenburg würde gefunden haben, wo denn seine Nachkommen leicht mit den Sternen rivalisierend sich hätten vermehren können. [102]

Steine sind stumme Lehrer, sie machen den Beobachter stumm, und das Beste, was man von ihnen lernt, ist nicht mitzuteilen. [103]

Was ich recht weiß, weiß ich nur mir selbst; ein ausgesprochenes Wort fördert selten, es erregt meistens Widerspruch, Stocken und Stillstehen. [104]

Die Kristallographie als Wissenschaft betrachtet gibt zu ganz eigenen Ansichten Anlaß. Sie ist nicht produktiv, sie ist nur sie selbst und hat keine Folgen, besonders nunmehr, da man so manche isomorphische Körper angetroffen hat, die sich ihrem Gehalte nach ganz verschieden erweisen. Da sie eigentlich nirgends anwendbar ist, so hat sie sich in dem hohen Grade in sich selbst ausgebildet. Sie gibt dem Geist eine gewisse beschränkte Befriedigung und ist in ihren Einzelnheiten so mannigfaltig, daß man sie unerschöpflich nennen kann, deswegen sie auch vorzügliche Menschen so entschieden und lange an sich festhält. [105]

Etwas Mönchisch-Hagestolzenartiges hat die Kristallographie und ist daher sich selbst genug. Von praktischer Lebenseinwirkung ist sie nicht; denn die köstlichsten Erzeugnisse ihres Gebiets, die kristallinischen Edelsteine, müssen erst zugeschliffen werden, ehe wir unsere Frauen damit schmücken können. [106]

Ganz das Entgegengesetzte ist von der Chemie zu sagen, welche von der ausgebreitetsten Anwendung und von dem grenzenlosesten Einfluß aufs Leben sich erweist. [107]

Der Begriff vom Entstehen ist uns ganz und gar versagt; daher wir, wenn wir etwas werden sehen, denken, daß es schon dagewesen sei. Deshalb das System der Einschachtelung kommt uns begreiflich vor. [108]

Wie manches Bedeutende sieht man aus Teilen zusammensetzen; man betrachte die Werke der Baukunst, man sieht manches sich regel- und unregelmäßig anhäufen; daher ist uns der atomistische Begriff nah und bequem zur Hand, deshalb wir uns nicht scheuen, ihn auch in organischen Fällen anzuwenden. [109]

Wer den Unterschied des Phantastischen und Ideellen, des Gesetzlichen und Hypothetischen nicht zu fassen weiß, der ist als Naturforscher in einer üblen Lage. [110]

Es gibt Hypothesen, wo Verstand und Einbildungskraft sich an die Stelle der Idee setzen. [111]

Man tut nicht wohl, sich allzulange im Abstrakten aufzuhalten. Das Esoterische schadet nur, indem es exoterisch zu werden trachtet. Leben wird am besten durchs Lebendige belehrt. [112]

Für die vorzüglichste Frau wird diejenige gehalten, welche ihren Kindern den Vater, wenn er abgeht, zu ersetzen imstande wäre. [113]

Der unschätzbare Vorteil, welchen die Ausländer gewinnen, indem sie unsere Literatur erst jetzt gründlich studieren, ist der, daß sie über die Entwickelungskrankheiten, durch die wir nun schon beinahe während dem Laufe des Jahrhunderts durchgehen mußten, auf einmal weggehoben werden, und wenn das Glück gut ist, ganz eigentlich daran sich auf das Wünschenswerteste ausbilden. [114]

Wo die Franzosen des achtzehnten Jahrhunderts zerstörend sind, ist Wieland neckend. [115]

Das poetische Talent ist dem Bauer so gut gegeben wie dem Ritter, es kommt nur darauf an, daß jeder seinen Zustand ergreife und ihn nach Würden behandle. [116]

»Was sind Tragödien anders als versifizierte Passionen solcher Leute, die sich aus den äußern Dingen ich weiß nicht was machen.« [117]

Das Wort Schule, wie man es in der Geschichte der bildenden Kunst nimmt, wo man von einer Florentinischen, Römischen und Venezianischen Schule spricht, wird sich künftighin nicht mehr auf das deutsche Theater anwenden lassen. Es ist ein Ausdruck, dessen man sich vor dreißig, vierzig Jahren vielleicht noch bedienen konnte, wo unter beschränkteren Umständen sich eine natur- und kunstgemäße Ausbildung noch denken ließ; denn genau gesehen gilt auch in der bildenden Kunst das Wort Schule nur von den Anfängen; denn sobald sie treffliche Männer hervorgebracht hat, wirkt sie alsobald in die Weite. Florenz beweist seinen Einfluß über Frankreich und Spanien; Niederländer und Deutsche lernen von den Italienern und erwerben sich mehr Freiheit in Geist und Sinn, anstatt daß die Südländer von ihnen eine glücklichere Technik und die genauste Ausführung von Norden her gewinnen. [118]

Das deutsche Theater befindet sich in der Schlußepoche, wo eine allgemeine Bildung dergestalt verbreitet ist, daß sie keinem einzelnen Orte mehr angehören, von keinem besondern Punkte mehr ausgehen kann. [119]

Der Grund aller theatralischen Kunst, wie einer jeder andern, ist das Wahre, das Naturgemäße. Je bedeutender dieses ist, auf je höherem Punkte Dichter und Schauspieler es zu fassen verstehen, eines desto höhern Ranges wird sich die Bühne zu rühmen haben. Hiebei gereicht es Deutschland zu einem großen Gewinn, daß der Vortrag trefflicher Dichtung allgemeiner geworden ist und auch außerhalb des Theaters sich verbreitet hat. [120]

Auf der Rezitation ruht alle Deklamation und Mimik. Da nun beim Vorlesen jene ganz allein zu beachten und zu üben ist, so bleibt offenbar, daß Vorlesungen die Schule des Wahren und Natürlichen bleiben müssen, wenn Männer, die ein solches Geschäft übernehmen, von dem Wert, von der Würde ihres Berufs durchdrungen sind. [121]

Shakespeare und Calderon haben solchen Vorlesungen einen glänzenden Eingang gewährt; jedoch bedenke man immer dabei, ob nicht hier gerade das imposante Fremde, das bis zum Unwahren gesteigerte Talent der deutschen Ausbildung schädlich werden müsse! [122]

Eigentümlichkeit des Ausdruckes ist Anfang und Ende aller Kunst. Nun hat aber eine jede Nation eine von dem allgemeinen Eigentümlichen der Menschheit abweichende besondere Eigenheit, die uns zwar anfänglich widerstreben mag, aber zuletzt, wenn wir's uns gefallen ließen, wenn wir uns derselben hingäben, unsere eigene charakteristische Natur zu überwältigen und zu erdrücken vermöchte. [123]

Wieviel Falsches Shakespeare und besonders Calderon über uns gebracht, wie diese zwei großen Lichter des poetischen Himmels für uns zu Irrlichtern geworden, mögen die Literatoren der Folgezeit historisch bemerken. [124]

Eine völlige Gleichstellung mit dem spanischen Theater kann ich nirgends billigen. Der herrliche Calderon hat so viel Konventionelles, daß einem redlichen Beobachter schwer wird, das große Talent des Dichters durch die Theateretikette durchzuerkennen. Und bringt man so etwas irgendeinem Publikum, so setzt man bei demselben immer guten Willen voraus, daß es geneigt sei, auch das Weltfremde zuzugeben, sich an ausländischem Sinn, Ton und Rhythmus zu ergötzen und aus dem, was ihm eigentlich gemäß ist, eine Zeitlang herauszugehen. [125]

Yorick-Sterne war der schönste Geist, der je gewirkt hat; wer ihn liest, fühlt sich sogleich frei und schön; sein Humor ist unnachahmlich, und nicht jeder Humor befreit die Seele. [126]

»Mäßigkeit und klarer Himmel sind Apollo und die Musen.« [127]

Das Gesicht ist der edelste Sinn, die andern vier belehren uns nur durch die Organe des Takts, wir hören, wir fühlen, riechen und betasten alles durch Berührung; das Gesicht aber steht unendlich höher, verfeint sich über die Materie und nähert sich den Fähigkeiten des Geistes. [128]

Setzen wir uns an die Stelle anderer Personen, so würden Eifersucht und Haß wegfallen, die wir so oft gegen sie empfinden; und setzten wir andere an unsere Stelle, so würde Stolz und Einbildung gar sehr abnehmen. [129]

Nachdenken und Handeln verglich einer mit Rahel und Lea; die eine war anmutiger, die andere fruchtbarer. [130]

Nichts im Leben, außer Gesundheit und Tugend, ist schätzenswerter als Kenntnis und Wissen; auch ist nichts so leicht zu erreichen und so wohlfeil zu erhandeln: die ganze Arbeit ist ruhig sein, und die Ausgabe Zeit, die wir nicht retten, ohne sie auszugeben. [131]

Könnte man Zeit wie bares Geld beiseitelegen, ohne sie zu benutzen, so wäre dies eine Art von Entschuldigung für den Müßiggang der halben Welt; aber keine völlige, denn es wäre ein Haushalt, wo man von dem Hauptstamm lebte, ohne sich um die Interessen zu bemühen. [132]

Neuere Poeten tun viel Wasser in die Tinte. [133]

Unter mancherlei wunderlichen Albernheiten der Schulen kommt mir keine so vollkommen lächerlich vor, als der Streit über die Echtheit alter Schriften, alter Werke. Ist es denn der Autor oder die Schrift, die wir bewundern oder tadeln? Es ist immer nur der Autor, den wir vor uns haben; was kümmern uns die Namen, wenn wir ein Geisteswerk auslegen. [134]

Wer will behaupten, daß wir Virgil oder Homer vor uns

haben, indem wir die Worte lesen, die ihm zugeschrieben werden? Aber die Schreiber haben wir vor uns, und was haben wir weiter nötig? Und ich denke fürwahr, die Gelehrten, die in dieser unwesentlichen Sache so genau zu Werke gehen, scheinen mir nicht weiser als ein sehr schönes Frauenzimmer, das mich einmal mit möglichst süßem Lächeln befragte: wer denn der Autor von Shakespeares Schauspielen gewesen sei? [135]

Es ist besser, das geringste Ding von der Welt zu tun, als eine halbe Stunde für gering halten. [136]

Mut und Bescheidenheit sind die unzweideutigsten Tugenden; denn sie sind von der Art, daß Heuchelei sie nicht nachahmen kann; auch haben sie die Eigenschaft gemein, sich beide durch dieselbe Farbe auszudrücken. [137]

Unter allem Diebsgesindel sind die Narren die schlimmsten: Sie rauben euch beides, Zeit und Stimmung. [138]

Uns selbst zu achten leitet unsre Sittlichkeit; andere zu schätzen regiert unser Betragen. [139]

Kunst und Wissenschaft sind Worte, die man so oft braucht und deren genauer Unterschied selten verstanden wird; man gebraucht oft eins für das andere. [140]

Auch gefallen mir die Definitionen nicht, die man davon gibt. Verglichen fand ich irgendwo Wissenschaft mit Witz, Kunst mit Humor. Hierin find ich mehr Einbildungskraft als Philosophie: Es gibt uns wohl einen Begriff von dem Unterschied beider, aber keinen von dem Eigentümlichen einer jeden. [141]

Ich denke, Wissenschaft könnte man die Kenntnis des Allgemeinen nennen, das abgezogene Wissen; Kunst dagegen wäre Wissenschaft zur Tat verwendet; Wissenschaft wäre

Vernunft, und Kunst ihr Mechanismus, deshalb man sie auch praktische Wissenschaft nennen könnte. Und so wäre denn endlich Wissenschaft das Theorem, Kunst das Problem. [142]

Vielleicht wird man mir einwenden: »Man hält die Poesie für Kunst, und doch ist sie nicht mechanisch; aber ich leugne, daß sie eine Kunst sei; auch ist sie keine Wissenschaft. Künste und Wissenschaften erreicht man durch Denken, Poesie nicht, denn diese ist Eingebung; sie war in der Seele empfangen, als sie sich zuerst regte. Man sollte sie weder Kunst noch Wissenschaft nennen, sondern Genius.« [143]

Auch jetzt im Augenblick sollte jeder Gebildete Sternes Werke wieder zur Hand nehmen, damit auch das neunzehnte Jahrhundert erführe, was wir ihm schuldig sind, und einsähe, was wir ihm schuldig werden können. [144]

In dem Erfolg der Literaturen wird das frühere Wirksame verdunkelt und das daraus entsprungene Gewirkte nimmt überhand, deswegen man wohltut, von Zeit zu Zeit wieder zurückzublicken. Was an uns Original ist, wird am besten erhalten und belobt, wenn wir unsre Altvordern nicht aus den Augen verlieren. [145]

Möge das Studium der griechischen und römischen Literatur immerfort die Basis der höhern Bildung bleiben. [146]

Chinesische, indische, ägyptische Altertümer sind immer nur Kuriositäten; es ist sehr wohlgetan, sich und die Welt damit bekannt zu machen; zu sittlicher und ästhetischer Bildung aber werden sie uns wenig fruchten. [147]

Der Deutsche läuft keine größere Gefahr, als sich mit und an seinen Nachbarn zu steigern; es ist vielleicht keine Nation geeigneter, sich aus sich selbst zu entwickeln, deswegen es ihr zum größten Vorteil gereichte, daß die Außenwelt von ihr so spät Notiz nahm. [148]

Sehen wir unsre Literatur über ein halbes Jahrhundert zurück, so finden wir, daß nichts um der Fremden willen geschehen ist. [149]

Daß Friedrich der Große aber gar nichts von ihnen wissen wollte, das verdroß die Deutschen doch, und sie taten das möglichste, als Etwas vor ihm zu erscheinen. [150]

Jetzt, da sich eine Weltliteratur einleitet, hat, genaubesehen, der Deutsche am meisten zu verlieren; er wird wohl tun, dieser Warnung nachzudenken. [151]

Auch einsichtige Menschen bemerken nicht, daß sie dasjenige erklären wollen, was Grunderfahrungen sind, bei denen man sich beruhigen müßte. [152]

Doch mag dies auch vorteilhaft sein, sonst unterließe man das Forschen allzu früh. [153]

Wer sich von nun an nicht auf eine Kunst oder Handwerk legt, der wird übel dran sein. Das Wissen fördert nicht mehr bei dem schnellen Umtriebe der Welt; bis man von allem Notiz genommen hat, verliert man sich selbst. [154]

Eine allgemeine Ausbildung dringt uns jetzt die Welt ohnehin auf; wir brauchen uns deshalb darum nicht weiter zu bemühen, das Besondere müssen wir uns zueignen. [155]

Die größten Schwierigkeiten liegen da, wo wir sie nicht suchen. [156]

Lorenz Sterne war geboren 1713, starb 1768. Um ihn zu begreifen, darf man die sittliche und kirchliche Bildung seiner Zeit nicht unbeachtet lassen; dabei hat man wohl zu bedenken, daß er Lebensgenosse Warburtons gewesen. [157]

Eine freie Seele wie die seine kommt in Gefahr, frech zu

werden, wenn nicht ein edles Wohlwollen das sittliche Gleichgewicht herstellt. [158]

Bei leichter Berührbarkeit entwickelte sich alles von innen bei ihm heraus; durch beständigen Konflikt unterschied er das Wahre vom Falschen, hielt am ersten fest und verhielt sich gegen das andere rücksichtlos. [159]

Er fühlte einen entschiedenen Haß gegen Ernst, weil er didaktisch und dogmatisch ist und gar leicht pedantisch wird, wogegen er den entschiedensten Abscheu hegte. Daher seine Abneigung gegen Terminologie. [160]

Bei den vielfachsten Studien und Lektüre entdeckte er überall das Unzulängliche und Lächerliche. [161]

Shandeism nennt er die Unmöglichkeit, über einen ernsten Gegenstand zwei Minuten zu denken. [162]

Dieser schnelle Wechsel von Ernst und Scherz, von Anteil und Gleichgültigkeit, von Leid und Freude soll in dem irländischen Charakter liegen. [163]

Sagazität und Penetration sind bei ihm grenzenlos. [164]

Seine Heiterkeit, Genügsamkeit, Duldsamkeit auf der Reise, wo diese Eigenschaften am meisten geprüft werden, finden nicht leicht ihresgleichen. [165]

Sosehr uns der Anblick einer freien Seele dieser Art ergötzt, ebensosehr werden wir gerade in diesem Fall erinnert, daß wir von allem dem, wenigstens von dem meisten, was uns entzückt, nichts in uns aufnehmen dürfen. [166]

Das Element der Lüsternheit, in dem er sich so zierlich und sinnig benimmt, würde vielen andern zum Verderben gereichen. [167]

Das Verhältnis zu seiner Frau wie zur Welt ist betrachtenswert. »Ich habe mein Elend nicht wie ein weiser Mann benutzt«, sagt er irgendwo. [168]

Er scherzt gar anmutig über die Widersprüche, die seinen Zustand zweideutig machen. [169]

»Ich kann das Predigen nicht vertragen, ich glaube, ich habe in meiner Jugend mich daran übergessen.« [170]

Er ist in nichts ein Muster und in allem ein Andeuter und Erwecker. [171]

»Unser Anteil an öffentlichen Angelegenheiten ist meist nur Philisterei.« [172]

»Nichts ist höher zu schätzen als der Wert des Tages.« [173]

Pereant, qui, ante nos, nostra dixerunt!
So wunderlich könnte nur derjenige sprechen, der sich einbildete ein Autochthon zu sein. Wer sich's zur Ehre hält, von vernünftigen Vorfahren abzustammen, wird ihnen doch wenigstens ebensoviel Menschensinn zugestehn als sich selbst. [174]

Die originalsten Autoren der neusten Zeit sind es nicht deswegen, weil sie etwas Neues hervorbringen, sondern allein, weil sie fähig sind, dergleichen Dinge zu sagen, als wenn sie vorher niemals wären gesagt gewesen. [175]

Daher ist das schönste Zeichen der Originalität, wenn man einen empfangenen Gedanken dergestalt fruchtbar zu entwickeln weiß, daß niemand leicht, wieviel in ihm verborgen liege, gefunden hätte. [176]

Viele Gedanken heben sich erst aus der allgemeinen Kultur hervor wie die Blüten aus den grünen Zweigen. Zur Rosenzeit sieht man Rosen überall blühen. [177]

Eigentlich kommt alles auf die Gesinnungen an; wo diese sind, treten auch die Gedanken hervor, und nachdem sie sind, sind auch die Gedanken. [178]

»Nichts wird ganz leicht unparteiisch wieder dargestellt. Man könnte sagen: hievon mache der Spiegel eine Ausnahme, und doch sehen wir unser Angesicht niemals ganz richtig darin; ja der Spiegel kehrt unsre Gestalt um und macht unsre linke Hand zur rechten. Dies mag ein Bild sein für alle Betrachtungen über uns selbst.« [179]

Im Frühling und Herbst denkt man nicht leicht ans Kaminfeuer, und doch geschieht es, daß, wenn wir zufällig an einem vorbeigehen, wir das Gefühl, das es mitteilt, so angenehm finden, daß wir ihm wohl nachhängen mögen. Dies möchte mit jeder Versuchung analog sein. [180]

»Sei nicht ungeduldig, wenn man deine Argumente nicht gelten läßt.« [181]

Wer lange in bedeutenden Verhältnissen lebt, dem begegnet freilich nicht alles, was dem Menschen begegnen kann; aber doch das Analoge und vielleicht einiges, was ohne Beispiel war. [182]

Im ernsten Beinhaus war's, wo ich beschaute,
Wie Schädel Schädeln angeordnet paßten;
Die alte Zeit gedacht' ich, die ergraute.
Sie stehn in Reih' geklemmt, die sonst sich haßten,
Und derbe Knochen, die sich tödlich schlugen,
Sie liegen kreuzweis, zahm allhier zu rasten.
Entrenkte Schulterblätter! was sie trugen,
Fragt niemand mehr, und zierlich tät'ge Glieder,
Die Hand, der Fuß zerstreut aus Lebensfugen.
Ihr Müden also lagt vergebens nieder,
Nicht Ruh im Grabe ließ man euch, vertrieben
Seid ihr herauf zum lichten Tage wieder,
Und niemand kann die dürre Schale lieben,
Welch herrlich edlen Kern sie auch bewahrte.
Doch mir Adepten war die Schrift geschrieben,
Die heil'gen Sinn nicht jedem offenbarte,
Als ich in Mitten solcher starren Menge
Unschätzbar herrlich ein Gebild gewahrte,
Daß in des Raumes Moderkält' und Enge
Ich frei und wärmefühlend mich erquickte,
Als ob ein Lebensquell dem Tod entspränge.
Wie mich geheimnisvoll die Form entzückte!
Die gottgedachte Spur, die sich erhalten!
Ein Blick, der mich an jenes Meer entrückte,
Das flutend strömt gesteigerte Gestalten.
Geheim Gefäß! Orakelsprüche spendend,
Wie bin ich wert, dich in der Hand zu halten?
Dich höchsten Schatz aus Moder fromm entwendend
Und in die freie Luft, zu freiem Sinnen,
Zum Sonnenlicht andächtig hin mich wendend.
Was kann der Mensch im Leben mehr gewinnen,
Als daß sich Gott-Natur ihm offenbare?
Wie sie das Feste läßt zu Geist verrinnen,
Wie sie das Geisterzeugte fest bewahre.

(Ist fortzusetzen.)

Zur Textgestalt

Der vorliegenden Ausgabe ist hauptsächlich die sogenannte Festausgabe zum hundertjährigen Bestehen des Bibliographischen Instituts, Leipzig 1926, herausgegeben von Robert Petsch, zugrunde gelegt. Der Text der *Wanderjahre* wurde in der Festausgabe von Julius Wahle kritisch durchgesehen und von Oskar Walzel eingeleitet und erläutert. Die Festausgabe ist zuverlässiger als die Weimarer Ausgabe (vgl. Literaturhinweise), da Julius Wahle eine Reihe von Fehlern der Weimarer Ausgabe berichtigen konnte. Im Vergleich zur Hamburger Ausgabe (vgl. Literaturhinweise) bietet die Festausgabe einen ausführlicheren Kommentar zur Gestaltung des Textes, insofern sämtliche Abweichungen von der ersten Fassung der *Wanderjahre* von 1821 sowie sämtliche Berichtigungen der Lesarten der Weimarer Ausgabe verzeichnet werden. Die Hamburger Ausgabe verweist zu genaueren Angaben über Drucke, Handschriften und Textgestalt auf die Weimarer Ausgabe und auf die Festausgabe, die eine zentrale Stellung innerhalb der Editionsgeschichte der *Wanderjahre* einnimmt.

Abgesehen von den Schwierigkeiten der handschriftlichen Überlieferung ist die Textgestaltung der *Wanderjahre* durch folgende Umstände der Druck- und Editionsgeschichte des Romans kompliziert:

1. einige der eingeschalteten Novellen (*Die pilgernde Törin*, *Sankt Joseph der Zweite*, *Das nußbraune Mädchen*, *Die neue Melusine* und *Der Mann von funfzig Jahren*) lagen bereits als Erstdrucke im *Taschenbuch für Damen* (Tübingen: Cotta) für die Jahrgänge 1809, 1810, 1816, 1817, 1818 und 1819 vor;
2. die erste, kürzere Fassung der *Wanderjahre* von 1821 stellt nicht lediglich eine Vorstufe, sondern ein verhältnismäßig selbständiges Werk dar, dessen Eigengesetzlichkeit nicht zu übersehen ist;
3. die Redaktion der Schlußfassung von 1829 (Ausg. letzter Hand) wurde verhältnismäßig nachlässig durchgeführt und das Korrekturlesen weitgehend dem Cotta-Verlag überlassen;
4. bei Neuauflagen der *Wanderjahre* nach Goethes Tod bildete sich die Editionspraxis heraus, die beiden Spruchsammlungen am Ende des zweiten und dritten Buches (*Betrachtungen im Sinne der Wanderer* und *Aus Makariens Archiv*) sowie die Gedichte *Vermächtnis* und *Im ernsten Beinhaus war's*, die sich jeweils am Ende der beiden Spruchsammlungen befinden, auszulassen.

Der Grund für die Einschaltung der beiden Spruchsammlungen nebst den Gedichten war zunächst ein rein äußerlicher gewesen. Bei der Neubearbeitung der *Wanderjahre* für die Ausgabe letzter Hand ergab sich, daß der Roman auf die Bände 21 bis 23 verteilt werden mußte. Dabei stellte sich heraus, daß die drei Bände nicht den vorgesehenen Seitenumfang aufwiesen. Deshalb entschloß sich Goethe zur Zusammenstellung und Einschaltung der Spruchsammlungen, wobei er Johann Peter Eckermann zur Mitarbeit heranzog. Im Gespräch mit Eckermann erklärte Goethe, daß die Spruchsammlungen genaugenommen nicht dahingehörten, aber man dadurch für den Augenblick über eine große Verlegenheit hinauskomme und zugleich den Vorteil habe, »durch dieses Vehikel eine Masse sehr bedeutender Dinge schicklich in die Welt zu bringen« (Gespräch vom 15. Mai 1831). Später aber sprach Goethe von einem inneren Zusammenhang der Spruchsammlungen mit dem Roman. In einem Brief vom 2. Mai 1829 an Wilhelm Reichel, den Geschäftsführer des Cotta-Verlags, verteidigte Goethe die Einschaltung der Spruchsammlungen mit dem Hinweis, daß sie »am Schluß [...] und im Zusammenhang des Ganzen [...] ihre Deutung« fänden.
Es gilt heute als erwiesen, daß Eckermanns Datierung des Gespräches falsch ist und daß vor allem seine Behauptung, daß die Spruchsammlungen lediglich aus Mangel an Seitenumfang entstanden seien, hinfällig ist. Zumindest eine der beiden Spruchsammlungen war bereits in Goethes Plänen von 1828 ausdrücklich vorgesehen. Dort heißt es zu dem Kapitel nach Wilhelms Einführung bei Makarie: »Auszug aus den Collectaneen (NB. Hieraus ein besonderes Heft zu bilden wie solches eingetragen werden kann.)« (siehe dazu Festausgabe XII,483).
In der Quartausgabe von Goethes Werken von 1837 löste Eckermann unter Berufung auf das Gespräch mit Goethe jedoch die Spruchsammlungen nebst Gedichten aus dem Zusammenhang des Romans heraus. In sämtlichen weiteren Ausgaben der *Wanderjahre* – so auch in der Weimarer Ausgabe und in der Festausgabe – folgte man Eckermanns Autorität. Mit dieser Tradition wurde erst 1949 in der Artemis-Ausgabe (vgl. Literaturhinweise) und 1950 in der Hamburger Ausgabe gebrochen, in denen die *Wanderjahre* wieder in der Textgestalt von 1829 abgedruckt wurden. Die Hamburger Ausgabe brachte allerdings nicht die Schlußgedichte der Spruchsammlungen.
Die vorliegende Ausgabe folgt der Textgestaltung der Festausgabe, Bd. 12, S. 39–205,21; 205,22–245,7; 245,7–252,15; 252,16–292,34; 293–298,4; 298,4–406,16; 406,17–430,13. Der Text der Festausgabe

wird ergänzt durch Textabschnitte aus der ersten Fassung der *Wanderjahre* von 1821 sowie durch die Spruchsammlungen und die Schlußgedichte auf der Textgrundlage der Ausgabe letzter Hand, Bd. 22, S. 213–262; Bd. 23, S. 239–286.

In der vorliegenden Ausgabe werden die einleitenden Gedichte und Sprüche der ersten Fassung von 1821 vollständig und in der ursprünglichen Reihenfolge abgedruckt. Die Hamburger Ausgabe bringt die Gedichte nicht. Diese Gedichte und Sprüche befinden sich in der ersten Fassung nebst dem Titel auf den ersten acht unpaginierten Seiten, sie wurden dort erstmalig 1821 veröffentlicht. Die Reclam-Ausgabe gibt die in der wissenschaftlichen Literatur festgelegte Reihenfolge wieder (s. Weimarer Ausgabe, Abt. 1, Bd. 25,2, S. 1; Karl Goedeke, *Grundriß zur Geschichte der deutschen Literatur aus den Quellen*, Bd. 4,3, S. 434; Festausgabe, Bd. 12, S. 431; Waltraud Hagen, *Die Drucke von Goethes Werken*, Nr. 425). Die Artemis-Ausgabe folgt der Anordnung eines möglicherweise verhefteten Teils der Erstausgabe, bei dem die Titelseite an erster Stelle steht. In der zweiten Fassung von 1829 wurden die Gedichte und Sprüche ausgelassen und später in den *West-östlichen Divan* sowie die Gesammelten Gedichte übernommen. Bei der verhältnismäßig nachlässigen Redaktion der zweiten Ausgabe der *Wanderjahre* waren außerdem einige Stellen durch Weglassung von Abschnitten der ersten Fassung unverständlich geworden. In der vorliegenden Ausgabe werden diese Abschnitte der ersten Fassung in Form von Fußnoten abgedruckt, um Informationen nachzuliefern, die zum besseren Verständnis der zweiten Fassung erforderlich sind (vgl. S. 205 ff. und S. 343).

Für die Spruchsammlungen und die Schlußgedichte dient als Textgrundlage die Ausgabe letzter Hand, Bd. 22, S. 213–262, und Bd. 23, S. 239–286. Außerdem werden aus der Ausgabe letzter Hand (XXII,142 f.) die beiden Absätze »Die schöne Witwe ... mitzuteilen.« (vgl. S. 261,29–262,3) wieder eingefügt. Seit der Weimarer Ausgabe wurden diese Absätze meist ausgelassen oder nur unvollständig wiedergegeben, da sie ein blindes Motiv enthalten und wohl aus Vergeßlichkeit nicht getilgt wurden. Sie werden hier wieder eingeführt, da sie für Goethes Arbeitsweise bei der Neubearbeitung der *Wanderjahre* aufschlußreich sind. Vgl. dazu auch Volker Neuhaus, *Die Archivfiktion in ›Wilhelm Meisters Wanderjahren‹*, in: *Euphorion* 62 (1968) S. 22 f.

Die Festausgabe weist eine Tendenz zur Normalisierung auf, der in der vorliegenden Ausgabe entgegenzuwirken gesucht wird. Sämtliche Abweichungen vom Text der Festausgabe sind im folgenden verzeichnet:

24,22 (*ebenso* 25,16; 60,13; 61,13; 77,25 f.; 130,19; 251,18) Wilhelm] Wilhelmen *Festausgabe normalisiert entsprechend der Mehrzahl der Fälle in den »Wanderjahren«.*
74,31 Leidenschaft] Leidenschaften *Festausgabe normalisiert nach* 74,30 *und nach dem französischen Original »Folle en pélérinage«, das der Novelle zugrunde liegt und von Goethe für die »Wanderjahre« übersetzt wurde.*
98,21 und dich flehentlich bitte] und dann dich flehentlich bitten *Festausgabe folgt einer Lesart der Weimarer Ausgabe, die sich im Gegensatz zu den Ausgaben von 1821 und 1829/30 befindet.*
128,13 f. Ich wollte *Sie* nicht, [...] aber daß *Sie mich*] Ich wollte *Sie* nicht, [...] aber daß Sie *mich* *Festausgabe geht hier im Gegensatz zur Ausgabe letzter Hand auf die erste Fassung von 1821 zurück.*
232,31 f. (*ebenso* 395,1) Jahreszeit] Jahrszeit *Festausgabe normalisiert im Anschluß an* 251,5; 267,11; 298,10.
241,21 verspräche] verspreche *Festausgabe normalisiert in Übereinstimmung mit »gebe« in Zeile* 19.
245,10 aller] mit allen *Reclam-Ausgabe folgt Ausgabe letzter Hand.*
278,13 doch allen] es doch allen *Reclam-Ausgabe folgt Ausgabe letzter Hand.*
369,25 welcher *Garnträger* genannt] welcher der *Garnträger* genannt *Reclam-Ausgabe folgt Ausgabe letzter Hand. Die Festausgabe geht auf Goethes Quelle, einen Aufsatz von Heinrich Meyer, zurück (s. Weimarer Ausgabe, Abt. 1, Bd. 25,2, S. 265).*
399,12 die Ritter] Ritter *Festausgabe normalisiert nach* Riesen und Drachen. *Reclam-Ausgabe folgt Ausgabe letzter Hand.*
437,6 Menschen] die Menschen *Reclam-Ausgabe folgt der Ausgabe letzter Hand.*
452,10 Gute-Schöne] Schöne-Gute *Festausgabe normalisiert in Übereinstimmung mit der sonst üblichen Bezeichnung* Schöne-Gute *für Nachodine-Susanne. Doch Goethe scheint hier mit Absicht im Ausdruck zu wechseln. Deshalb folgt die Reclam-Ausgabe der Ausgabe letzter Hand.*
486,24 wunderte sich [...] über] hielt sich [...] an *Reclam-Ausgabe folgt hier einer Lesart der Weimarer Ausgabe.*
Orthographie und Interpunktion sind unter Wahrung des Lautstandes und der Eigenheiten des Goetheschen Stils modernisiert. Ebenso wurden die Anführungszeichen nach heutigem Gebrauch eingesetzt.

Literaturhinweise

Abkürzungen

Archiv	Archiv für das Studium der neueren Sprachen und Literaturen
BllfdPh.	Blätter für deutsche Philosophie
ChrWGV	Chronik des Wiener Goethe-Vereins
Comp.Lit.	Comparative Literature
DVjs.	Deutsche Vierteljahrsschrift für Literaturwissenschaft und Geistesgeschichte
Et.Germ.	Etudes Germaniques
FDH	Jahrbuch des Freien Deutschen Hochstifts
FuF	Forschungen und Fortschritte
GJb.	Goethe-Jahrbuch
GLL	German Life and Letters
Goethe	Goethe. N. F. des Jahrbuchs der Goethe-Gesellschaft
GRM	Germanisch-Romanische Monatsschrift
JbDSG	Jahrbuch der Deutschen Schillergesellschaft
JbGG	Jahrbuch der Goethe-Gesellschaft
MLQ	Modern Language Quarterly
MLR	The Modern Language Review
Monatshefte	Monatshefte für deutschen Unterricht, deutsche Sprache und Literatur
NJbb.	Neue Jahrbücher für das klassische Altertum, Geschichte und deutsche Literatur
PEGS	Publications of the English Goethe Society
PMLA	Publications of the Modern Language Association of America
WB	Weimarer Beiträge
WMh.	Westermanns Monatshefte
ZfdA	Zeitschrift für deutsches Altertum
ZfdB	Zeitschrift für deutsche Bildung
ZfdPh.	Zeitschrift für deutsche Philologie

Wilhelm Meisters Wanderjahre oder Die Entsagenden. Ein Roman von Goethe. Erster Theil. Stuttgard und Tübingen, in der Cotta'schen Buchhandlung. 1821. 8 unpaginierte und 550 S. 8°.

Goethe's Werke. Vollständige Ausgabe letzter Hand. Einundzwanzigster [bis] Dreiundzwanzigster Band. Unter des durchlauchtigsten deutschen Bundes schützenden Privilegien. Stuttgart und Tübingen, in der J. G. Cotta'schen Buchhandlung. 1829. 1 Bl., 228 S.; 1 Bl., 262 S.; 1 Bl., 286 S. Kl. 8°. [Taschenausg.; Ausg. C^1.]

Goethe's Werke. Vollständige Ausgabe letzter Hand. Einundzwanzigster [bis] Dreiundzwanzigster Band. Unter des durchlauchtigsten deutschen Bundes schützenden Privilegien. Stuttgart und Tübingen, in der J. G. Cotta'schen Buchhandlung. 1830. 1 Bl., 228 S.; 1 Bl., 262 S.; 1 Bl., 286 S. Gr. 8°. [Ausg. C.]

Goethe's poetische und prosaische Werke in Zwei Bänden. Bd. 2,1: [Romane und Erzählungen]. Stuttgart/Tübingen: Cotta, 1837. 4°. [Quartausg.]

Goethe's Werke. Nach den vorzüglichsten Quellen revidirte Ausgabe. Hrsg. und mit Anm. vers. von W. Frh. v. Biedermann [u. a.]. T. 18: Wilhelm Meister's Wanderjahre. Hrsg. und mit Anm. begleitet von Heinrich Düntzer. Berlin: Hempel, [1868–79]. [Hempelsche Ausg.]

Goethes Werke. T. 16: Wilhelm Meisters Wanderjahre. Hrsg. von Heinrich Düntzer. Stuttgart: Union Deutsche Verlagsanstalt, [1882–97]. (Deutsche National-Litteratur. Hist.-krit. Ausg. Bd. 97. Hrsg. von Joseph Kürschner. Bd. 97.)

Goethes Werke. Hrsg. im Auftr. der Großherzogin Sophie von Sachsen. Abth. 1. Bd. 24. 25,1.2. Hrsg. von Eugen Joseph (Bd. 24/25,1) und Julius Wahle (Bd. 25,2). Weimar: Böhlau, 1894/95, 1905. [Weimarer oder Sophien-Ausg.]

Goethes Sämtliche Werke. Jubiläums-Ausg. in 40 Bdn. In Verb. mit Konrad Burdach [u. a.] hrsg. von Eduard von der Hellen. Bd. 19/20: Wilhelm Meisters Wanderjahre. Einl. und Anm. von Wilhelm Creizenach. Stuttgart/Berlin: Cotta, 1904.

Goethes Werke. Vollst. Ausg. in 40 Tn. Auf Grund der Hempelschen Ausg. neu hrsg. mit Einl. und Anm. sowie einem Gesamtreg. von Karl Alt in Verb. mit Emil Ermatinger [u. a.]. Bd. 20: Wilhelm Meisters Wanderjahre. Berlin: Bong, 1912.

Goethe: Wilhelm Meisters Wanderjahre. Ein Novellenkranz. Nach

dem urspr. Plan hrsg. von Eugen Wolff. Frankfurt a. M.: Rütten & Loening, 1916.
Goethe: Wilhelm Meisters Wanderjahre oder Die Entsagenden. Ein Roman. Nach der ersten Fassung des Jahres 1821 hrsg. von Max Hecker. Mit einer Nachbildung der ersten vier Seiten der Original-Ausgabe. Berlin: Dom-Verlag, 1921. (Der Domschatz. 4.)
Goethes Sämtliche Werke. Propyläen-Ausg. Bd. 41: Wilhelm Meisters Wanderjahre. Berlin: Propyläen-Verlag, o. J.
Goethes Werke. Festausg. Im Verein mit F. Bergemann [u. a.] hrsg. von Robert Petsch. Bd. 12: Wilhelm Meisters Wanderjahre. Krit. durchges. von Julius Wahle, eingel. und erl. von Oskar Walzel. Leipzig: Bibliographisches Institut, 1926.
Johann Wolfgang Goethe: Gedenkausgabe der Werke, Briefe und Gespräche. Hrsg. von Ernst Beutler. Bd. 8: Wilhelm Meisters Wanderjahre – Wilhelm Meisters Theatralische Sendung. Einf. und Textüberw. von Gerhard Küntzel. Zürich: Artemis Verlag, 1949. [Gedenk- oder Artemis-Ausg.]
Goethes Werke. Hamburger Ausg. in 14 Bdn. Bd. 8: Wilhelm Meisters Wanderjahre. Textkrit. durchges. und mit Anm. von Erich Trunz. Hamburg: Wegner, 1950. 10., neubearb. Aufl. München: Beck, 1981.
Goethes Poetische Werke. Vollst. Ausg. Bd. 7: Erzählende Dichtungen II. Stuttgart: Cotta, 1958. [Wilhelm Meisters Wanderjahre: S. 709–1266.]
Goethe: Berliner Ausgabe. Poetische Werke. Romane und Erzählungen III. Bd. 11: Wilhelm Meisters Wanderjahre. Berlin: Aufbau-Verlag, 1962. ^{3}1963.

Goethe und der Roman

Riemann, Robert: Goethes Romantechnik. Leipzig: Seemann, 1902.
Spranger, Eduard: Der psychologische Perspektivismus im Roman. Eine Skizze zur Theorie des Romans erläutert an Goethes Hauptwerken. In: FDH 1930, S. 70–90. – Wiederabdr. in: E. Sp.: Goethe. Seine geistige Welt. Tübingen: Wunderlich, 1967. S. 207–232.
Stahl, Ernst Leopold: Goethe as a Novelist. In: Essays on Goethe. Hrsg. von William Rose. London: Cassell, 1949. S. 45–73.
Lange, Victor: Goethe's Craft of Fiction. In: PEGS 22 (1952/53) S. 31–63. – Wiederabdr. in: Goethe: A Collection of Critical

Essays. Hrsg. von Victor Lange. Englewood Cliffs (N. J.): Prentice Hall, 1968. S. 68–85.
Reiss, Hans: Goethes Romane. Bern/München: Francke, 1963.
Böckmann, Paul: Formensprache und Formenwandel in Goethes Romanen. In: Literary History and Literary Criticism. Hrsg. von Leon Edel. New York: New York University Press, 1964. S. 111–123.
Müller, Joachim: Goethes Romantheorie. In: Deutsche Romantheorien. Hrsg. von Reinhold Grimm. Bd. 1: Frankfurt a. M.: Athenäum-Fischer, ^{2}1974. S. 61–104.
Blackall, Eric A.: Goethe and the Novel. Ithaca/London: Cornell University Press, 1976.
Schlaffer, Heinz: Exoterik und Esoterik in Goethes Romanen. In: GJb. 95 (1978) S. 212–226.
Blessin, Stefan: Die Romane Goethes. Königstein i. Ts.: Athenäum Verlag, 1979.

Wilhelm-Meister-Monographien (Lehr- und Wanderjahre)

Gregorovius, Ferdinand: Göthe's Wilhelm Meister in seinen socialistischen Elementen entwickelt. Schwäbisch Hall: Fischhaber, ^{2}1855.
Wundt, Max: Goethes Wilhelm Meister und die Entwicklung des modernen Lebensideals. Berlin/Leipzig: Göschen, 1913.
Meyer, Eva A.: Goethes Wilhelm Meister. München: Filser, 1947.
Schlechta, Karl: Goethes Wilhelm Meister. Frankfurt a. M.: Klostermann, 1953.
Schlaffer, Hannelore: Wilhelm Meister. Das Ende der Kunst und die Wiederkehr des Mythos. Stuttgart: Metzler, 1980.

Gesamtdeutung

Jung, Alexander: Göthes Wanderjahre und die wichtigsten Fragen des 19. Jahrhunderts. Mainz: Kunze, 1854.
Düntzer, Heinrich: Wilhelm Meisters Wanderjahre von Goethe. 2., neu durchges. Aufl. Leipzig: Wartig, 1876. (Erläuterungen zu den deutschen Klassikern.)
Stein, K. Heinrich von: Über Goethes Wanderjahre. In: Bayreuther Blätter 4 (1881) S. 217–233. – Wiederabdr. in: K. H. v. St.: Zur Kultur der Seele. Gesammelte Aufsätze. Hrsg. von Friedrich Poske. Stuttgart: Cotta, 1906. S. 20–40.

Flitner, Wilhelm: Sinn und Tat in Wilhelm Meisters Wanderjahren. In: Erziehung 13 (1938) S. 244–266. – Erw. Wiederabdr. u. d. T. »Wilhelm Meisters Wanderjahre« in: W. F.: Goethe im Spätwerk. Glaube, Weltsicht, Ethos. Hamburg: Claassen & Goverts, 1947. S. 191–239.

Fischer-Hartmann, Deli: Goethes Altersroman. Studien über die innere Einheit von Wilhelm Meisters Wanderjahren. Halle a. d. S.: Niemeyer, 1941.

Gilg, André: Wilhelm Meisters Wanderjahre und ihre Symbole. Zürich: Atlantis Verlag, 1954. (Zürcher Beiträge zur deutschen Literatur- und Geistesgeschichte. 9.)

Henkel, Arthur: Entsagung. Eine Studie zu Goethes Altersroman. Tübingen: Niemeyer, 1954. [2]1964. (Hermaea. 3.)

David, Claude: Goethes Wanderjahre als symbolische Dichtung. In: Sinn und Form 8 (1956) S. 113–128.

Karnick, Manfred: Wilhelm Meisters Wanderjahre oder die Kunst des Mittelbaren. Studien zum Problem der Verständigung in Goethes Altersepoche. München: Fink, 1968. (Zur Erkenntnis der Dichtung. 6.)

Peschken, Bernd: Entsagung in Wilhelm Meisters Wanderjahren. Bonn: Bouvier, 1968.

Röder, Gerda: Glück und glückliches Ende im deutschen Bildungsroman. Eine Studie zu Goethes Wilhelm Meister. München: Hueber, 1968. (Münchener germanistische Beiträge. 2.)

Gidion, Heidi: Zur Darstellungsweise von Goethes Wilhelm Meisters Wanderjahre. Göttingen: Vandenhoeck & Ruprecht, 1969. (Palaestra. 256.)

Schädel, Christian Hartmut: Metamorphose und Erscheinungsformen des Menschseins in Wilhelm Meisters Wanderjahren. Zur geistigen und künstlerischen Einheit des Goetheschen Romans. Marburg: Elwert, 1969. (Marburger Beiträge zur Germanistik. 25.)

Bahr, Ehrhard: Die Ironie im Spätwerk Goethes: ›... diese sehr ernsten Scherze ...‹ Studien zum West-östlichen Divan, zu den Wanderjahren und zu Faust II. Berlin: Schmidt, 1972. [S. 88–130.]

Klingenberg, Anneliese: Goethes Roman Wilhelm Meisters Wanderjahre oder die Entsagenden: Quellen und Komposition. Berlin: Aufbau-Verlag, 1972. (Beiträge zur deutschen Klassik. 21.)

Brown, Jane K.: Goethe's Cyclical Narratives: Die Unterhaltungen deutscher Ausgewanderten and Wilhelm Meisters Wanderjahre. Chapel Hill: University of North Carolina Press, 1975. (Univer-

sity of North Carolina Studies in Germanic Languages and Literatures. 82.)
Steer, A. G.: Goethe's Science in the Structure of the Wanderjahre. Athens (Georgia): University of Georgia Press, 1979.

Einzelfragen

Foerster, Wilhelm: Zur Geschichte einer astronomischen Episode in Wilhelm Meisters Wanderjahren. In: WMh. 46 (1879) S. 330–336. – Wiederabdr. in: W. F.: Sammlung von Vorträgen und Abhandlungen. Zweite Folge. Berlin: Reimer, 1887. S. 156–168.
Garnett, Richard: Die Neue Melusine. In: PEGS 2 (1887) S. 32–56.
Gerlach, Otto: Goethe als Sozialpolitiker. Ein Beitrag zur Beurteilung der sozialen Frage. Dessau: Kahle, 1892.
Schubert, J.: Die philosophischen Grundgedanken in Goethes Wilhelm Meister. Leipzig: Naumann, 1896.
Ilwof, Franz: Goethe und die industrielle Revolution am Ende des 18. Jahrhunderts. In: ChrWGV 11 (1897) S. 43 f.
Burkhardt, Wilhelm Georg: Darstellung und Besprechung der Pädagogischen Provinz in Goethes Wilhelm Meisters Wanderjahren. Diss. Jena 1903.
Jahn, Kurt: Zu den Wanderjahren. In: GJb. 26 (1905) S. 275–278.
Bimler, Kurt: Die erste und die zweite Fassung von Wilhelm Meisters Wanderjahren. Diss. Breslau 1907.
Jungmann, Karl: Die Pädagogische Provinz in ›Wilhelm Meisters Wanderjahren‹. Eine Quellenstudie. In: Euphorion 14 (1907) S. 274–287; 517–533.
Cohn, Jonas: Wilhelm Meisters Wanderjahre, ihr Sinn und ihre Bedeutung für die Gegenwart. In: Logos 1 (1910/11) S. 228 bis 260.
Cohn, Jonas: Datierung eines Paralipomenon zum Wilhelm Meister. In: GJb. 32 (1911) S. 195 f.
Haupt, Gertrud: Goethes Novellen ›Sankt Joseph der Zweite‹. ›Die pilgernde Törin‹, ›Wer ist der Verräther‹. Diss. Greifswald 1913.
Wolff, Eugen: Die ursprüngliche Gestalt von Wilhelm Meisters Wanderjahren. In: GJb. 34 (1913) S. 162–192.
Kettner, Gustav: Goethes Novelle ›Der Mann von funfzig Jahren‹. NJbb. 33 (1914) S. 66–78.
Ludwig, Albert: Das Motiv vom kritischen Alter. Eine Studie zum ›Mann von fünfzig [sic] Jahren‹ und ähnlichen Stoffen. In: Euphorion 21 (1914) S. 63–72.

Sarter, Eberhard: Zur Technik von Wilhelm Meisters Wanderjahren. Berlin: Grote, 1914. (Bonner Forschungen. N.F. 7.)
Günther, Guido W.: Goethes sozialpädagogische Ansichten in Wilhelm Meisters Wanderjahren im Lichte der Gegenwart. Leipzig: Xenien Verlag, 1915.
Wundt, Max: Aus Makariens Archiv. Zur Entstehung der Aphorismensammlung. In: GRM 7 (1915) S. 177–184.
Maass, Ernst: Der Mann von funfzig Jahren. In: NJbb. 37 (1916) S. 122–138.
Thieme, Karl: Goethes Ehrfurchten. In: Theologische Studien und Kritiken 90 (1917) S. 88–96.
Lienhard, Friedrich: Makarie und die Seherin von Prevorst. In: F. L.: Meister der Menschheit. Bd. 1. Stuttgart: Greiner & Pfeiffer, 1919. S. 193–216.
Radbruch, Gustav: Wilhelm Meisters sozialpolitische Sendung. In: Logos 8 (1919/20) S. 152–162. – Wiederabdr. u. d. T. »Wilhelm Meisters sozialistische Sendung« in: G. R.: Gestalten und Gedanken. Leipzig: Koehler & Amelang, 1944. S. 93–127. Neue, erw. Aufl. Stuttgart: Koehler, 1954. S. 84–111.
Schiff, Julius: Mignon, Ottilie, Makarie im Lichte der Goetheschen Naturphilosophie. In: JbGG 9 (1922) S. 132 ff.
Jungmann, Karl: Eine neue schweizerische Quelle der ›Pädagogischen Provinz‹ von Goethe. In: Schweizerische Pädagogische Zeitschrift 33 (1923) S. 102–112.
Kohlmeyer, Otto: Die pädagogische Provinz in Wilhelm Meisters Wanderjahren. Langensalza: Beltz, 1923. [2]1932.
Muthesius, Karl: Neue Quelle zu Goethes Pädagogischer Provinz. In: Deutsche Schule 27 (1923) S. 448–454.
Krüger, Emil: Die Novellen in Wilhelm Meisters Wanderjahren. Rügenwalde: Mewes, 1926. [Diss. Kiel 1927.]
Becker, Henrik: Eine Quelle zu Goethes ›Neuer Melusine‹. In: ZfdPh. 52 (1927) S. 150 f.
Franz, Erich: Goethes Lehre von den drei Formen der Religion und der Ehrfurcht. In: Christliche Welt 41 (1927) Sp. 807–814; 883–887.
Ermatinger, Emil: Zwei Dichterworte. In: E. E.: Krisen und Probleme der neueren deutschen Dichtung. Aufsätze und Reden. Wien: Amalthea Verlag 1928. S. 193–203. [Darin: Zu Wilhelm Meisters Wanderjahren (die drei Ehrfurchten). S. 193 bis 198.
Krause, Johanna: Goethes Lehre von den drei Ehrfurchten. Borna b. Leipzig: Noske, 1928. [Diss. Kiel 1928.]

Scholz, Heinrich: Goethes pädagogische Provinz. In: Vierteljahrsschrift für wissenschaftliche Pädagogik 5 (1929) S. 321–346.
Haas, Albert: Wilhelm Meisters Wanderjahre (Goethes Theorie vom Standorte der Industrie und den menschlichen Wanderungen als Grundlage der gesellschaftlichen Entwicklung). In: Phoenix (Buenos Aires) 15 (1929) S. 199–211; 16 (1930) S. 3–22.
Cohn, Jonas: Der Erziehungsplan in Goethes Wanderjahren. In: Pädagogische Hochschule 4 (1932) S. 1–23.
Meyenburg, Erwin: ›Der Mann von funfzig Jahren.‹ In: GJb., Die Goethe-Gesellschaft in Japan 1 (1932) S. 17–34.
Sticker, Georg: ›Der Mann von funfzig Jahren.‹ In: FuF 8 (1932) S. 78 f.
Croce, Benedetto: Una novella del Goethe. Il secondo San Giuseppe. In: Critica 31 (1933) S. 307–312. – Wiederabdr. in: B. C.: Nuovi Saggi sul Goethe. Bari 1934. (Biblioteca di cultura moderna. 244.) S. 19–33.
Spranger, Eduard: Die Geheimnisse der pädagogischen Provinz. In: Das deutsche Wort 11 (1935) S. 6–8.
Raabe, August: Das Dämonische in den Wanderjahren. In: Goethe 1 (1936) S. 119–127.
Weydt, Günther: Zur Deutung der Pädagogischen Provinz. In: ZfdB 12 (1936) S. 354–362.
Bauer, Georg-Karl: Makarie. In: GRM 25 (1937) S. 178–197.
Nitschke, Otfried: Goethes Pädagogische Provinz. Würzburg: Triltsch, 1937. [Diss. Heidelberg 1937.]
Flitner, Wilhelm: Reine Tätigkeit. Zur Interpretation eines Grundbegriffes Goethescher Sittenbetrachtung. In: Goethe 3 (1938) S. 144–157.
Küntzel, Gerhard: Wilhelm Meisters Wanderjahre in der ersten Fassung 1821. In: Goethe 3 (1938) S. 3–39.
Spranger, Eduard: Die sittliche Astrologie der Makarie in ›Wilhelm Meisters Wanderjahren‹. In: Erziehung 14 (1939) S. 409–417. – Wiederabdr. in: E. Sp.: Goethes Weltanschauung. Reden und Aufsätze. Leipzig: Insel Verlag 1943. Neuausg. Wiesbaden 1946. S. 192–206.
Jessen, Myra R.: Spannungsgefüge und Stilisierung in den Goetheschen Novellen. In: PMLA 55 (1940) S. 445–471.
Krogmann, Willy: Goethes dramatischer Entwurf ›Der Mann von funfzig Jahren‹. In: Archiv 177 (1940) S. 73–85.
Flitner, Wilhelm: Die Pädagogische Provinz und die Pädagogik Goethes in den Wanderjahren. In: Erziehung 16 (1941) S. 185–193; 206–223.

Aesch, Alexander Gode von: Makarie. In: Monatshefte 34 (1942) S. 31–33.
Bollnow, Otto Friedrich: Über die Ehrfurcht. In: BllfdPh. 16 (1942/43) S. 345–369.
Flitner, Wilhelm: Aus Makariens Archiv. In: Goethe-Kalender 36 (1943) S. 116–174.
Monroy, Ernst Friedrich von: Die Form der Novelle in ›Wilhelm Meisters Wanderjahre‹. In: GRM 31 (1943) S. 1–19.
Mautner, Franz H. [u. a.]: Ist fortzusetzen: Zu Goethes Gedicht auf Schillers Schädel. In: PMLA 59 (1944) S. 1156–72.
Viëtor, Karl: Goethes Gedicht auf Schillers Schädel. In: PMLA 59 (1944) S. 142–183.
Hohlfeld, Alexander R.: Zur Frage einer Fortsetzung von Goethes ›Wilhelm Meisters Wanderjahren‹. In: PMLA 60 (1945) S. 399–420. – Wiederabdr. in: A. R. H.: Fifty Years with Goethe. Wisconsin: University of Wisconsin, 1953. S. 261–291.
Viëtor, Karl: Zur Frage einer Fortsetzung ... (Antwort). In: PMLA 60 (1945) S. 421–426.
Thalmann, Marianne: J. W. Goethes ›Der Mann von fünfzig [sic] Jahren‹. Wien: Amandus Verlag, 1948. [2]1950.
Beutler, Ernst: Die vierfache Ehrfurcht. In: MLQ 10 (1949) S. 259–263.
Hammer, Carl: Wilhelm Meisters Wanderjahre and Rousseau. In: Southwest Goethe Festival. Hrsg. von Gilbert J. Jordan. Dallas (Texas): Southern Methodist University, 1949. (Southern Methodist University Studies. 5.) S. 34–50.
Meidinger-Geise, Inge: Zum Wortschatz Utopiens. Zur sprachlichen Anschaulichkeit des Erziehungsstaates in Goethes ›Wilhelm Meister‹ (Pädagogische Provinz) und Hermann Hesses ›Glasperlenspiel‹ (Kastalien). In: Muttersprache 1949. S. 245 bis 252.
Stolte, Heinz: Utopia. Gedanken über eine romantisch-klassische Antithese bei Gelegenheit von Goethes Roman ›Wilhelm Meisters Wanderjahre‹. In: H. St.: Dem Tüchtigen ist diese Welt nicht stumm. Beiträge zum Goethe-Bild. Jena 1949. S. 64–82.
Emrich, Wilhelm: Das Problem der Symbolinterpretation im Hinblick auf Goethes ›Wanderjahre‹. In: DVjs. 26 (1952) S. 331–352. – Wiederabdr. in: W. E.: Protest und Verheißung. Frankfurt a. M. / Bonn: Athenäum Verlag, 1960. [2]1963. S. 48–66.
Sagave, Pierre-Paul: L'économie et l'homme dans ›Les années de voyage de Wilhelm Meister‹. In: Et. Germ. 7 (1952) S. 88–104. – Wiederabdr. in: P.-P. S.: Recherches sur le roman social en

Allemagne. Aix-en-Provence 1960. (Publications des Annales de la faculté des lettres Aix-en-Provence. N.S. 28.) S. 11–28.
Emrich, Wilhelm: Symbolinterpretation und Mythenforschung. Möglichkeiten und Grenzen eines neuen Goetheverständnisses. In: Euphorion 47 (1953) S. 38–67. – Wiederabdr. in: W. E.: Protest und Verheißung. Frankfurt a. M. / Bonn: Athenäum Verlag, 1960. [2]1963. S. 67–94.
Reiss, Hans: Zum Bild und Symbol in ›Wilhelm Meisters Wanderjahren‹. In: Studium Generale 6 (1953) S. 340–348.
Sagave, Pierre-Paul: ›Les années de voyage de Wilhelm Meister‹ et la critique socialiste 1830–1848. In: Et. Germ. 8 (1953) S. 241–251. – Wiederabdr. in: P.-P. S.: Recherches sur le roman social en Allemagne. Aix-en-Provence 1960. (Publications des Annales de la faculté des lettres Aix-en-Provence. N.S. 28.) S. 29 bis 39.
Henkel, Arthur: Die Quelle eines Goetheschen Spruchs. In: GRM 35 (N.F. 4.) (1954) S. 68 f.
Jantz, Harold: Die Ehrfurchten in Goethes ›Wilhelm Meister‹. Ursprung und Bedeutung. In: Euphorion 48 (1954) S. 1–18.
Buck, George Crawford: The Pattern of the Stowaway in Goethe's Works. In: PMLA 71 (1956) S. 451–464.
David, Claude: Goethes ›Wanderjahre‹ als symbolische Dichtung. In: Sinn und Form 8 (1956) S. 113–128.
Arndt, Karl J. R.: The Harmony Society and ›Wilhelm Meisters Wanderjahre‹. In: Comp. Lit. 10 (1958) S. 193–202.
Fink, Gonthier-Louis: Goethes ›Neue Melusine‹ und die Elementargeister. Entstehungs- und Quellengeschichte. In: Goethe 21 (1959) S. 140–151.
Deiters, Heinrich: Goethes Gedanken über Jugenderziehung in ›Wilhelm Meisters Wanderjahren.‹ [Diskussionsvortrag.] In: Goethe 22 (1960) S. 21–38.
Flitner, Wilhelm: Goethes Erziehungsgedanken in ›Wilhelm Meisters Wanderjahren‹. [Diskussionsvortrag.] In: Goethe 22 (1960) S. 39–53.
Mommsen, Katharina: Goethe und 1001 Nacht. Berlin: Akademie-Verlag 1960. (Veröffentlichungen des Instituts für deutsche Sprache und Literatur. 21.) S. 57–68; 118–152.
Wachsmuth, Andreas B.: Goethes naturwissenschaftliche Erfahrungen und Überzeugungen in dem Roman ›Wilhelm Meisters Wanderjahre‹. In: WB 6 (1960) S. 1091–1107.
Ohly, Friedrich: Goethes Ehrfurchten – ein ordo caritatis. In: Euphorion 55 (1961) S. 113–145; 405–448.

Ruhtenberg, Grete: Der Schlüssel in ›Wilhelm Meisters Wanderjahre‹. In: Erziehungskunst 25 (1961) S. 370–373.
Waidson, H. M.: Death by Water: or, the Childhood of Wilhelm Meister. In: MLR 56 (1961) S. 44–53.
Ohly, Friedrich: Zum Kästchen in Goethes ›Wanderjahren‹. In: ZfdA 91 (1961/62) S. 255–262.
Müller, Joachim: Phasen der Bildungsidee in ›Wilhelm Meister‹. In: Goethe 24 (1962) S. 58–80.
Wiese, Benno von: ›Der Mann von funfzig Jahren‹. In: B. v. W.: Die deutsche Novelle von Goethe bis Kafka. Bd. 2. Düsseldorf: Bagel, 1962. S. 26–52.
Eissler, Kurt Robert: The ›Wanderjahre‹. In: K. R. E.: Goethe. A Psychoanalytic Study (1775–1786). Bd. 2. App. 5. Detroit: Wayne State University, 1963. S. 1447–57.
Reiss, Hans: Wilhelm Meisters Wanderjahre. In: H. R.: Goethes Romane. Bern/München: Francke, 1963. S. 206–275. – Engl. Ausg.: Goethe's Novels. London: Macmillan, 1969. S. 222–268.
Tecchi, Bonaventura: Due fiabe di Goethe. In: Studi germanici. N. S. 1 (1963) S. 101–130.
Hohmann, Manfred: Die Pädagogische Insel. Untersuchungen zur Idee einer Eigenwelt der Erziehung bei Fichte und Goethe, Wyneken und Geheeb. Diss. Münster 1964. [S. 34–60.]
Zimmer, Rolf Chr.: Franz von Baader und Goethes vier Ehrfurchten. In: GRM 45 (1964) S. 267–279.
Blackall, Eric A.: Wilhelm Meister's Pious Pilgrimage. In: GLL 18 (1964/65) S. 246–251.
Peschken, Bernd: Das ›Blatt‹ in den ›Wanderjahren‹. In: Goethe 27 (1965) S. 205–230.
Reiss, Hans: ›Wilhelm Meisters Wanderjahre‹. Der Weg von der ersten zur zweiten Fassung. In: DVjs. 39 (1965) S. 34–57.
Bastian, Hans-Jürgen: Zum Menschenbild des späten Goethe. Eine Interpretation seiner Erzählung ›Sankt Joseph der Zweite‹ in ›Wilhelm Meisters Wanderjahre‹. In: WB 12 (1966) S. 471–488.
Böckmann, Paul: Literarische Renaissancen. In: P. B.: Formensprache. Hamburg: Hoffmann und Campe, 1966. S. 453–460.
Kunz, Joseph: Die Novellen der ›Wanderjahre‹. In: J. K.: Die deutsche Novelle zwischen Klassik und Romantik. Berlin: Schmidt, 1966. (Grundlagen der Germanistik. 2.) S. 24–40.
Trunz, Erich: Die ›Wanderjahre‹ als ›Hauptgeschäft‹ im Winterhalbjahr 1828/29. In: Natur und Idee. Festschrift Andreas B. Wachsmuth. Hrsg. von Helmut Holtzhauer. Weimar: Böhlau, 1966. S. 242–262. – Leicht überarb. Wiederabdr. in: Studien zu Goethes

Alterswerken. Hrsg. von E. T. Frankfurt a. M.: Athenäum Verlag, 1971. S. 99–121.
Remak, Henry H.: Amerikanischer Geist in Goethes ›Wilhelm Meisters Wanderjahren‹. In: Festschrift für Werner Neuse, anläßlich des vierzigjährigen Bestehens der Deutschen Sommerschule am Middlebury College und der Emeritierung ihres Leiters. Hrsg. von Herbert Lederer und Joachim Seyppel. Berlin: Die Diagonale, 1967. S. 34–43.
Bastian, Hans-Jürgen: Makrostruktur von ›Wilhelm Meisters Wanderjahren‹. In: WB 14 (1968) S. 626–639.
Fuchs, Albert: Markarie [sic]. In: A. F.: Goethe-Studien. Berlin: de Gruyter, 1968. S. 97–117.
Martens, Wolfgang: Goethes Gedicht ›Bei Betrachtung von Schillers Schädel‹ motivgeschichtlich gesehen. In: JbDSG 12 (1968) S. 275–295.
Neuhaus, Volker: Die Archivfiktion in ›Wilhelm Meisters Wanderjahren‹. In: Euphorion 62 (1968) S. 13–27.
Tecchi, Bonaventura: L'uomo di cinquant' anni. In: Studi germanici. N.S. 6 (1968) S. 5–19.
Loeb, Ernst: Makarie und Faust. Eine Betrachtung zu Goethes Altersdenken. In: ZfdPh. 88 (1969) S. 583–597.
Lange, Victor: Zur Entstehungsgeschichte von Goethes ›Wanderjahren‹. In: GLL 23 (1969/70) S. 47–54.
Böckmann, Paul: Voraussetzungen der zyklischen Erzählform in ›Wilhelm Meisters Wanderjahren‹. In: Festschrift für Detlev W. Schumann zum 70. Geburtstag. München: Delp, 1970. S. 133–144.
Klingenberg, Anneliese: Zur ökonomischen Theorie Goethes in den ›Wanderjahren‹. In: Goethe 32 (1970) S. 207–220.
Jabs-Kriegsmann, Marianne: Felix und Hersilie. Eine Studie zu ›Wilhelm Meisters Wanderjahren‹. In: Studien zu Goethes Alterswerken. Hrsg. von Erich Trunz. Frankfurt a. M.: Athenäum Verlag, 1971. S. 75–98.
Bahr, Ehrhard: Goethe's Wanderjahre as an Experimental Novel. In: Mosaic 5 (1972) Nr. 3. S. 61–71.
Horwarth, Peter: Zur Namengebung des nußbraunen Mädchens in ›Wilhelm Meisters Wanderjahren‹. In: GJb. 89 (1972) S. 297–304.
Oberdieck, Wilhelm: Vom Glück der Entsagenden. Goethes ›Wilhelm Meister‹ und Raabes ›Horn von Wanza‹. In: Jahrbuch der Raabe-Gesellschaft 14 (1973) S. 117–134.
Esau, Helmut: Die Landschaft in Goethes ›Wilhelm Meisters Wanderjahren‹. Zur Bedeutung eines Strukturprinzips in der

Landschaftsgestaltung. In: Colloquia Germanica 7 (1973) S. 234 bis 251.
Ruyer, Raymond: Die Utopien in der ersten Hälfte des 19. Jahrhunderts. In: Der utopische Roman. Hrsg. von Rudolf Villgradter und Friedrich Krey. Darmstadt: Wissenschaftliche Buchgesellschaft, 1973. S. 231–240.
Bartels, Klaus: Arbeit, Technik, Kunst. Untersuchungen über die Wundarztthematik in Goethes Wilhelm Meister. Diss. Hamburg 1974. [Masch.]
Bruford, W. H.: Goethe: Wilhelm Meisters Wanderjahre (1829). In: W. H. B.: The German Tradition of Self-Cultivation. Cambridge / London / New York: Cambridge University Press, 1975. S. 88–112.
Fink, Gonthier-Louis: Die Auseinandersetzungen mit der Tradition in ›Wilhelm Meisters Wanderjahren‹. In: Recherches germaniques 5 (1975) S. 89–142.
Weitz, Hans-J.: Mikrologisches zu Goethe. [T.] 2: Ein Motiv in den Wanderjahren. In: Teilnahme und Spiegelung: Festschrift für Horst Rüdiger. Hrsg. von Beda Allemann und Erwin Koppen. Berlin / New York: de Gruyter, 1975. S. 286–294.
Schillemeit, Jost: ›Historisches Menschengefühl‹. Über einige Aphorismen in Goethes ›Wanderjahren‹. In: Wissen aus Erfahrungen: Werkbegriff und Interpretation heute. Festschrift für Herman Meyer zum 65. Geburtstag. Tübingen: Niemeyer, 1976. S. 282–299.
Derré, Françoise: Die Beziehungen zwischen Felix, Hersilie und Wilhelm in ›Wilhelm Meisters Wanderjahren‹: Eine Textinterpretation. Übers. von Fritz Mende. In: GJb. 94 (1977) S. 38 bis 48.
Seidlin, Oskar: Melusine in der Spiegelung der ›Wanderjahre‹. In: Aspekte der Goethezeit. Hrsg. von Stanley Corngold [u. a.]. Göttingen: Vandenhoeck & Ruprecht, 1977. S. 146–162. – Wiederabdr. u.d.T.: Coda. Ironische Kontrafaktur: Goethes Neue Melusine. In: O.S.: Von erwachendem Bewußtsein und vom Sündenfall. Brentano, Schiller, Kleist, Goethe. Stuttgart: Klett-Cotta, 1979. S. 155–170.
Müller-Seidel, Walter: Auswanderungen in Goethes dichterischer Welt: Zur Geschichte einer sozialen Frage. In: ChrWGV 81–83 (1977–79) S. 159–183.
Bahr, Ehrhard: Realismus und Totalität: ›Wilhelm Meisters Wanderjahre‹ als Roman des 19. Jahrhunderts. In: Formen realistischer Erzählkunst: Festschrift for Charlotte Jolles in Honour of

her 70th Birthday. Hrsg. von Jörg Thunecke. Nottingham: Sherwood Press Agencies, 1979. S. 88–92.
Müller, Klaus-Detlef: Lenardos Tagebuch. Zum Romanbegriff in Goethes ›Wilhelm Meisters Wanderjahre‹. In: DVjs. 53 (1979) S. 275–299.
Fink, Gonthier-Louis: La nouvelle Mélusine. Goethe à la recherche d'un nouveau langage ésotérique. In: G.-L. F. [u. a.]: Goethe. Paris: Michel, 1980. S. 145–177.
Godard, Roger: Macarie ou l'Anti-Grand Cophte. Ebda. S. 241 bis 263.
Henkel, Arthur: ›Wilhelm Meisters Wanderjahre‹ – Kritik und Prognose der modernen Gesellschaft. In: GJb. 97 (1980) S. 82 bis 89.
Wergin, Ulrich: Einzelnes und Allgemeines. Die ästhetische Virulenz eines geschichtsphilosophischen Problems. Untersucht am Sprachstil von Goethes Roman Wilhelm Meisters Wanderjahre oder die Entsagenden. Heidelberg: Winter, 1980.
Schulz, Gerhard: Gesellschaftsbild und Romanform. Zum Deutschen in Goethes Wanderjahren. In: Literaturwissenschaft und Geistesgeschichte. Festschrift für Richard Brinkmann. Hrsg. von Jürgen Brummack [u. a.]. Tübingen: Niemeyer, 1981. S. 258–282.
Strauss, D. Pieter: Why did Goethe hate glasses? Two puzzling passages in the Wahlverwandtschaften and the Wanderjahre. In: Journal of English and Germanic Philology 80 (1981) S. 176–187.
Amrine, Frederick: Romance Narration in Wilhelm Meisters Wanderjahre. In: German Quarterly 55 (1982) S. 29–38.

Wirkungsgeschichte

Arnold, Robert Franz: Wilhelm Meisters Meisterjahre. In: ChrWGV 16 (1902) S. 43–45.
Dichler, Gustav: Wilhelm Meisters Wanderjahre im Urteil deutscher Zeitgenossen. In: Archiv 162 (1932) S. 23–29.
Halpert, Inge D.: Hermann Hesse and Goethe with particular reference to the relationship of ›Wilhelm Meister‹ and ›Das Glasperlenspiel‹. Diss. New York 1957.
Halpert, Inge D.: Vita activa and vita contemplativa. In: Monatshefte 53 (1961) S. 159–166.
Gille, Klaus F.: Wilhelm Meister im Urteil der Zeitgenossen. Ein Beitrag zur Wirkungsgeschichte Goethes. Assen (Holland): Van Gorcum, 1971. (Van Gorcum's litteraire bibliotheek. 19.)

Gille, Klaus F. (Hrsg.): Goethes Wilhelm Meister: Zur Rezeptionsgeschichte der Lehr- und Wanderjahre. Königstein i. Ts.: Athenäum Verlag, 1979.
Berghahn, Klaus, L. und Beate Pinkerneil: Am Beispiel Wilhelm Meister. Einführung in die Wissenschaftsgeschichte der Germanistik. 2 Bde. Königstein i. Ts.: Athenäum Verlag, 1980.

Nachwort

Beim Abschluß von *Wilhelm Meisters Lehrjahren* hatte Goethe bereits 1796 in einem Brief an Schiller die Frage nach einer Fortsetzung des Romans gestellt. Im Jahre 1798 kündigte er dann auch seinem Verleger Cotta einen Plan an, aber erst neun Jahre später begann er, das erste Kapitel der *Wanderjahre* zu diktieren. Zwischen 1809 und 1819 erschienen dann einige der eingeschalteten Novellen als Einzelveröffentlichungen in Cottas *Taschenbuch für Damen.* Im Jahre 1821 kam die erste Fassung, 1829 die zweite und endgültige Fassung von *Wilhelm Meisters Wanderjahren oder die Entsagenden* als Teil der Ausgabe letzter Hand heraus.

Daß Goethe an einer Fortsetzung der *Lehrjahre* arbeitete, war seit 1810 bekannt, als er die Novelle *Sankt Joseph der Zweite* unter dem Titel *Wilhelm Meisters Wanderjahre. Erstes Buch* mit vier Kapiteln im *Taschenbuch für Damen* veröffentlicht hatte. So konnte es geschehen, daß 1821, kurz vor Veröffentlichung der ersten Fassung, ein anonymer Roman unter dem Titel *Wilhelm Meisters Wanderjahre* in Quedlinburg und Leipzig erschien. Als Verfasser stellte sich später der Pfarrer Friedrich Wilhelm Pustkuchen (1793–1834) aus Lemgo heraus, der seine Fortsetzung der Goetheschen *Lehrjahre* als eine Kritik an Goethes Auffassungen von Bildung, Kunst, Moral und Religion angelegt hatte. Pustkuchens Roman, der in fünf Teilen und zwei Beilagen zwischen 1821 und 1828 erschien, enthielt sämtliche Elemente der negativen Goethe-Kritik um 1800 und war in den gesellschaftlichen und politischen Ansichten vom Denken der Restaurationszeit bestimmt. Als »Sammelbekken der Goethekritik« bildeten die sogenannten falschen *Wanderjahre* dann auch das Verbindungsglied zur Goethe-Kritik des Jungen Deutschland (Klaus F. Gille, *Wilhelm Meister im Urteil der Zeitgenossen*, S. 221 f.). Wie Heinrich Heine bereits 1833 erkannte, löste Pustkuchens Roman die Opposition gegen Goethe aus.

Für Goethe selbst erwiesen sich die falschen *Wanderjahre* sozusagen als »Schrittmacher« (Klaus F. Gille) zu seinem eigenen Roman, den er seit 1821 in ständiger Konkurrenz zu Pustkuchens Machwerk zu erweitern und umzuarbeiten suchte. Die wichtigste Arbeitsperiode der zweiten Fassung fällt in die Jahre 1825–28, in denen Goethe außerdem durch das »Hauptgeschäft« des *Faust* II in Anspruch genommen war. In der zweiten Fassung von 1829 erfolgte die Fortsetzung der Romanhandlung, neue Übergänge und Verbindungen wurden hergestellt, und das ursprüngliche Werk wurde um die Kapitel über die Heimarbeit und die Industrialisierung des Hausgewerbes *(Lenardos Tagebuch)*, über die amerikanische und europäische Utopie und den Makarien-Mythos sowie um zwei weitere Novellen *(Die gefährliche Wette, Nicht zu weit)* und die beiden Spruchsammlungen (*Betrachtungen im Sinne der Wanderer* und *Aus Makariens Archiv)* erweitert.
Es ist immer wieder darauf hingewiesen worden, wie sehr sich Goethe der Eigenart dieses Werkes bewußt gewesen ist. Er hat es »ein bedenkliches Unternehmen«, »ein wunderlich anziehendes Ganzes« und »ein wunderliches Opus« genannt – wie denn überhaupt »wunderlich« und damit verbunden »merkwürdig«, »sonderbar« und »geheimnisvoll« Schlüsselwörter der *Wanderjahre* darstellen.
Zu Eckermann sagte Goethe am 18. Januar 1825: »Es gehört dieses Werk übrigens zu den incalculabelsten Produktionen, wozu mir fast selbst der Schlüssel fehlt.« Am 25. Januar desselben Jahres erklärte er: »Den anscheinenden Geringfügigkeiten des ›Wilhelm Meister‹ liegt immer etwas Höheres zum Grunde, und es kommt bloß darauf an, daß man Augen, Weltkenntnis und Übersicht genug besitzt, um im Kleinen das Größere wahrzunehmen.« An Johann Friedrich Rochlitz schrieb Goethe am 28. Juli 1829: »Eine Arbeit wie diese, die sich selbst als kollektiv ankündigt, indem sie gewissermaßen nur zum Verband der disparatesten Einzelheiten unternommen zu sein scheint, erlaubt, ja fordert mehr als eine andere, daß jeder sich zueigne, was ihm gemäß

ist.« Und am 23. November schrieb er an dieselbe Adresse: »Mit solchem Büchlein aber ist es wie mit dem Leben selbst: es findet sich in dem Komplex des Ganzen Notwendiges und Zufälliges, Vorgesetztes und Angeschlossenes, bald gelungen, bald vereitelt, wodurch es eine Art von Unendlichkeit erhält, die sich in verständige und vernünftige Worte nicht durchaus fassen noch einschließen läßt.« Es wird also auf die offene Form und Aussage verwiesen und zu individueller Deutung durch den Leser aufgefordert.

Diese Hinweise stellen den Roman in den Bereich des Goetheschen Spätwerkes, wohin er nicht nur aufgrund seiner Entstehungs- und Publikationsdaten gehört, sondern vor allem aufgrund seiner Form und Aussage. ›Wilhelm Meisters Wanderjahre oder Die Entsagenden‹ ist Goethes Altersroman, so wie ›Faust‹ II sein Altersdrama ist und der ›West-östliche Divan‹ samt den danach entstandenen Gedichten seine Alterslyrik«, wie Erich Trunz in seinem Kommentar gesagt hat (Hamburger Ausgabe VIII,579).

Als Altersroman erlebten die *Wanderjahre* die gleiche negative Kritik, der das gesamte Goethesche Spätwerk während des 19. und frühen 20. Jahrhunderts ausgesetzt war. »Altersschwäche der Phantasie«, »Geschmacknachlaß« und »Naturlosigkeit«, so hieß es 1876 bei Friedrich Theodor Vischer, der sich bereits seit 1839 negativ über Goethes Alterswerk geäußert hatte. Die vielzitierten Stichwörter aus dem Sachregister seines Buches über Goethes *Faust* (^{3}1921) beherrschten lange Zeit die Diskussion und wurden als gültige Kritik des Spätwerkes betrachtet. Eine Ausnahme bildete die »sozialistische« Interpretation der *Wanderjahre* während der dreißiger und vierziger Jahre des 19. Jahrhunderts. Gustav H. Hotho, Karl August Varnhagen von Ense, Karl Rosenkranz, Karl Grün, Ferdinand Gregorovius, Hermann Hettner und Alexander Jung setzten sich für den Roman ein. Sie interpretierten die *Wanderjahre* als Sozialroman und prophetische Vorwegnahme des utopischen Sozialismus im Zeichen des Saint-Simonismus.

In seinem Wilhelm-Meister-Buch von 1849 meinte Ferdi-

nand Gregorovius, daß die deutsche Wissenschaft im Angesicht des französischen Sozialismus die Entdeckung gemacht habe, daß der Roman »seiner innersten Natur nach eine soziale Dichtung sei« (*Göthe's Wilhelm Meister in seinen socialistischen Elementen*, Königsberg 1849, S. III). Diese These wurde 1852 von Hermann Hettner in seiner Rezension des Buches bestätigt, indem er die Übereinstimmung des Romans mit den »Idealen des modernen Sozialismus« konstatierte. Die Frage, wie Saulus unter die Propheten, bzw. Goethe unter die Revolutionäre gekommen sei, beantwortete Hettner mit dem Hinweis auf Goethes Entwicklung, die mit dem Altersroman ihren naturgemäßen Abschluß gefunden habe: »Die ›Wanderjahre‹ sind der Kern der gesamten Goetheschen Lebensweisheit.« Karl Grün wollte in seinem Buch über *Göthe vom menschlichen Standpunkt* (1846) Wilhelm Meister sogar als Kommunisten gelten lassen. Davon ließ sich jedoch Friedrich Engels in seiner Grün-Rezension von 1847, die ein Muster marxistisch dialektischer Literaturkritik darstellt, nicht überzeugen, ohne aber Goethe diesen Mangel an realem Sozialismus anzulasten.
Sonst herrschte die negative Kritik vor. Georg Gottfried Gervinus erklärte in seiner *Geschichte der poetischen National-Literatur der Deutschen* von 1842, daß Goethe in den *Wanderjahren* nicht mehr gewagt habe, zu schildern, was die Sache verlangte: »Weder die Novellen an sich haben irgendeinen bedeutenden Wert, noch auch der Faden, der um sie geschlungen ist.« Hermann Hettner änderte seine Meinung von 1852 und sprach in seiner *Literaturgeschichte des 18. Jahrhunderts* (^{3}1876) von »Spuren der Altersschwäche«, während Wilhelm Scherer in seiner Literaturgeschichte von 1886 das Urteil abgab: »Das Ganze aber ist kein Buch, sondern bietet nur Materialien zu einem Buch.« In seiner Goethe-Biographie von 1903 beklagte Albert Bielschowsky, daß Goethe darauf verzichtet habe, »den Roman als Kunstwerk zu geben«. Friedrich Gundolf ließ die *Wanderjahre* nur als »Weisheitsbuch« gelten und bezeichnete sie in seiner monumentalischen Goethe-Monographie von 1916

als Roman verfehlt, da sie »nicht nur stofflich, sondern auch technisch langweilig« seien, d. h. der für den Roman unerläßlichen Spannung entbehrten. In einem einflußreichen Aufsatz über den psychologischen Perspektivismus im Roman, einer Skizze zur Romantheorie, erläutert an Goethes Hauptwerken, sprach Eduard Spranger 1930 davon, daß Goethes Unternehmen in den *Wanderjahren* gescheitert sei und man schon bei der äußeren Komposition von Versagen sprechen müsse. Noch 1953 bedeuteten für Hermann August Korff die *Wanderjahre* im Vergleich zu den *Lehrjahren* keinen prinzipiellen Fortschritt. Im Gegenteil: »Diese scheinbare Anknüpfung an den großen Roman seiner klassischen Zeit führt nicht nur irre, sondern erweckt auch falsche Erwartungen, in denen sich der Leser bei der Lektüre alsdann notwendig getäuscht sehen muß« (*Geist der Goethezeit*, Bd. 4). Sämtliche negativen Elemente der Rezeptionsgeschichte der *Wanderjahre* finden in Emil Staigers Goethe-Monographie noch einmal ihre Bestätigung. Da heißt es im Band 3 von 1959: »An ein organisches Gebilde, klassische Mannigfaltigkeit und Einheit ist da nicht zu denken.« Als ein »Kunstwerk als solches« seien die *Wanderjahre* nicht zu retten. Wie bereits im 19. Jahrhundert ist die Rede vom »Sammelbecken« oder »Gefäß«, in dem Goethe alles mögliche unterzubringen gedachte. Die Rezeption der *Wanderjahre* kann bis ins 20. Jahrhundert, mit Hans Mayer zu sprechen, »mit einer kompakten Kontinuität des Mißverstehens aufwarten« (*Goethe. Ein Versuch über den Erfolg*, Frankfurt a. M.: Suhrkamp, 1973).

Die Entwicklung zu einem angemessenen Verständnis des Romans – wenn man einmal von der »sozialistischen« Rezeption des 19. Jahrhunderts absieht – setzte mit Max Wundts Buch über *Goethes Wilhelm Meister und die Entwicklung des modernen Lebensideals* von 1913 ein. Indem die *Wanderjahre* hier als »Kulturroman«, bzw. als didaktischer Roman, und Alterswerk charakterisiert wurden, ergab sich ein Zugang zu Form und Gehalt, der es dem Leser ermöglichte, sich mit Goethes Intentionen auseinanderzusetzen. Durch den Hinweis auf die innere Verwandtschaft des Romans mit Platons Alterswerk und auf die besondere Form, in der sich Altersweisheit auszudrücken pflegt, wurden zum ersten Male Kriterien geliefert, die dem Altersroman gerecht wurden. Der endgültige Durchbruch in der positiven Beurteilung des Romans erfolgte aber erst um 1950 mit dem wiederhergestellten Text der *Wanderjahre* von 1829 in der Artemis-Ausgabe von Gerhard Küntzel und in der Hamburger Ausgabe von Erich Trunz. Seit 1837 hatte man unter Berufung auf ein Eckermann-Gespräch mit Goethe die Spruchsammlungen nebst den Gedichten aus dem Zusammenhang des Romans herausgelöst und getrennt veröffentlicht. Dieser Editionspraxis wurde erst mit den modernen Ausgaben von 1950 ein Ende gesetzt. Auf diesen Editionen basieren die Arbeiten von Stefan Blessin, Paul Böckmann, Jane K. Brown, Claude David, Wilhelm Emrich, Heidi Gidion, André Gilg, Arthur Henkel, Manfred Karnick, Anneliese Klingenberg, Bernd Peschken, Hans Reiss, Hannelore Schlaffer u. a. m. Mit diesen Namen ist die Rehabilitierung der *Wanderjahre* in der modernen Goethe-Forschung verbunden.

Zu einem angemessenen Verständnis des Romans hat aber vor allem die Entwicklung des modernen Romans beigetragen. Die *Wanderjahre* haben eine spezifische Darstellungsform anzubieten, die im Zeitalter der Romane eines Hermann Broch, Alfred Döblin und Robert Musil (wenn nicht sogar eines James Joyce, Samuel Beckett und Michel Butor) nicht mehr befremdlich erscheint. In seinem Aufsatz über *James Joyce und die Gegenwart* hat Hermann Broch erklärt, daß in den *Wanderjahren* der Grundstein des modernen Romans gelegt wurde. Ähnlich haben sich Wilhelm Emrich und Hans Mayer geäußert, daß sich sämtliche Abwendungen vom konventionellen Roman bei Goethe vorgebildet finden.

Von zentraler Bedeutung für das moderne Verständnis der *Wanderjahre* erweist sich dabei Hermann Brochs Hinweis auf die Darstellung der Totalität im Roman: »Und es ist jene

Totalität des Daseins, die ihn [Goethe] zu ganz neuen Ausdrucksformen drängte, und die in den ›Wanderjahren‹ den Grundstein der neuen Dichtung, des neuen Romans, legte, aber es ist auch die ihr adäquate Totalität der Form, d. h. die völlige Beherrschung sämtlicher ästhetischer Ausdrucksmittel, untergeordnet der Universalität des Inhalts, wie sie im ›Faust‹ alle Formen des Theatralischen sprengte« (*James Joyce und die Gegenwart* [1936]. In: Hermann Broch: Kommentierte Werkausgabe. Frankfurt a. M.: Suhrkamp, 1975. Bd. 9,1: Schriften zur Literatur 1. S. 87).
Historisch läßt sich Goethes Auffassung der Totalität mit den entsprechenden Vorstellungen der Hegelschen Philosophie in Verbindung bringen. Goethes Altersdenken weist eine Affinität zu Hegels Denkweise auf, die sich aufgrund des gemeinsamen Briefwechsels und mehrfacher Begegnungen in Weimar auch biographisch belegen läßt. Nach Goethes Tod fand man in seiner Bibliothek ein Exemplar der *Phänomenologie des Geistes* von 1807 mit einer persönlichen Widmung des Philosophen an Goethe. Allerdings war das Buch unaufgeschnitten geblieben. Im Jahre 1821 sandte Goethe an Hegel einen Widmungsgruß mit den Worten: »Dem Absoluten empfiehlt sich schönstens zu freundlicher Aufnahme das Urphänomen.« Später erklärte Goethe, daß er in den Grundgedanken und Gesinnungen mit Hegel übereinstimme, »man also in beiderseitigem Entwickeln und Aufschließen sich gar wohl annähern und vereinigen könne« (14. November 1827 an Carl Ludwig von Knebel).
Die Parallelität zwischen Goethes *Faust* und Hegels System ist überzeugend von Ernst Bloch im *Prinzip Hoffnung* unter dem Titel *Faust, Hegels Phänomenologie und das Ereignis* herausgearbeitet worden. Für die *Wanderjahre* gibt es Ansätze zu einer solchen Deutung bei Hans Mayer, aber keine durchgehende Interpretation. Es verdient festgehalten zu werden, daß drei der wichtigsten Begegnungen zwischen Goethe und Hegel in den Jahren 1821, 1827 und 1829 in die beiden Arbeitsperioden der *Wanderjahre* fallen. Goethes Altersroman läßt sich als bewußte Verbindung von Persön-

lichkeits- und Weltgeschichte interpretieren. Die betonte »Individualität« des Wilhelm Meister aus den *Lehrjahren* wird jetzt in einem progressiv verstandenen »Weltgeist« aufgehoben. Wie es keinen repräsentativen Helden mehr gibt, so waltet auch kein allwissender Erzähler mehr über dem Geschehen, sondern ein Redakteur versucht, mit Hilfe von verschiedenen schriftlichen Zeugnissen, die ihm vorliegen, ein fortschreitendes Weltverständnis als Ausdruck der historischen Veränderungen des 19. Jahrhunderts zu dokumentieren. Wilhelm Meister wird auf seiner Wanderschaft in die verschiedensten Gesellschaftskreise eingeführt, die von den aktuellen Problemen seiner Zeit beherrscht sind. Damit wird das Reisemotiv in einem Hegelschen Sinne gestaltet. »Der Geist begibt sich auf Wanderschaft«, wie Hans Mayer die *Phänomenologie des Geistes* kommentiert hat, »durchzieht Etappen, die sich als Stationen auf seinem Wege zum Selbstbewußtsein darstellen.« Es ist Wilhelm Meisters Weg in den *Wanderjahren*, wie nicht zu verkennen ist. Allerdings mit dem Unterschied, daß bei Hegel kein Einzelner diesen Weg zurücklegt, sondern der Geist oder die Vernunft. Außerdem hat Hans Mayer darauf verwiesen, »daß für Hegel das Ergebnis von vornherein feststeht. Die Ratio auf Reisen wird schließlich [...] zum reinen Wissen oder zum absoluten Geist« (*Goethe. Ein Versuch über den Erfolg*, S. 146). Bei Goethe ist dies keineswegs der Fall: für ihn ist der Weg wichtiger als das Ziel. Wilhelm Meisters Ziel steht selbst am Ende des Romans nicht fest, sondern wird sowohl chronologisch als auch geographisch in weite Ferne gerückt. Die Position des absoluten Geistes bleibt – wenn es sie überhaupt gibt – einer anderen Person vorbehalten, nämlich der Makarie, die sich in einem Zustand zwischen irdischer und siderischer Existenz befindet. Ansonsten ist Goethe der größere Realist. Lediglich die Bestätigung des Wanderweges durch die geschichtliche Erfahrung besteht bei ihm ähnlich wie bei Hegel. Das reine Wissen bleibt dagegen dem Leser als Aufgabe überlassen.

Die spezifische Totalität der *Wanderjahre* resultiert aus dem

Gesamteindruck und -überblick der verschiedenen Dokumente, die die einzelnen Etappen des Wanderweges belegen. Es wird also keine organische Ganzheit vorgetäuscht, sondern der Leser wird dazu aufgefordert, aus den disparaten Elementen, die ihm vom Redakteur vorgelegt werden, die Totalität des Romans herzustellen. Damit werden besondere Anforderungen an den Leser gestellt, vergleichbar mit den Ansprüchen des ›nouveau roman‹ (Michel Butor, Alain Robbe-Grillet, Nathalie Sarraute) an den modernen Leser. Daß Goethe sich dieses Anspruches vollkommen bewußt war, zeigt der folgende Brief über die *Wanderjahre*, in dem es heißt: »Zusammenhang, Ziel und Zweck liegt innerhalb des Büchleins selbst; ist es nicht aus Einem Stück, so ist es doch aus Einem Sinn; und dies war eben die Aufgabe, mehrere fremdartige, äußere Ereignisse dem Gefühle als übereinstimmend entgegenzubringen« (an Josef Stanislaus Zauper, 7. September 1821). Zur zweiten Fassung des Romans schrieb Goethe an Sulpiz Boisserée am 2. September 1829: »Dem einsichtigen Leser bleibt Ernst und Sorgfalt nicht verborgen, womit ich diesen zweiten Versuch, so disparate Elemente zu vereinigen, angefaßt und durchgeführt.«

Dieser Hinweis auf den »einsichtigen Leser«, der eine spezifische Poetik des Lesers enthält, erschließt einen weiteren Zugang zur Totalität der *Wanderjahre*. Der Leser wird von Goethe zur aktiven Teilnahme an der Herstellung der Fiktion des Romans angehalten. Er soll den Intentionen des Autors nachgehen, um die fehlenden Übergänge und Beziehungen zwischen den »disparaten Elementen« zu »supplieren«, wie Goethe zu sagen pflegte. Der Romantext bedarf sozusagen der Reaktivierung durch den Leser. Ohne seine aktive Mitarbeit wirkt der Roman zusammenhanglos und unabgeschlossen, und die Kritik an dem Alterswerk ist nicht völlig von der Hand zu weisen. Der Prozeß der Lektüre ist als »Synthese von Wahrnehmung und Schaffen« im Sinne der Definition von Jean-Paul Sartre zu verstehen. Der Text besitzt die Funktion einer Partitur; der Lesevorgang wird zur Aufführung eines sprachlichen Kunstwerks, das nicht

als vollendet abgeschlossene Kommunikation präsentiert wird, sondern als offene Vorlage zur schöpferischen Rekonstruktion durch den Leser. Der Protagonist gibt in einer seiner Erzählungen, die er brieflich vermittelt (es handelt sich um Wilhelm Meisters Erzählung vom Fischerknaben II,11), eine Anweisung zu ihrer Rezeption. Wilhelm empfiehlt der fiktiven Leserin Natalie: »Du mußt Dich eben in Geduld fassen, lesen und weiter lesen, zuletzt wird denn doch auf einmal hervorspringen und Dir ganz natürlich scheinen, was mit *einem* Worte ausgesprochen Dir höchst seltsam vorgekommen wäre.« Auf den realen Leser der *Wanderjahre* angewendet, bedeutet die Goethesche Rezeptionsästhetik, daß der Roman nicht die Fiktion einer organischen Ganzheit zu vermitteln sucht, sondern dem Leser die Aufgabe übertragen ist, die im Romantext angelegte Totalität herzustellen.
Zunächst scheint Goethe für die *Wanderjahre* von 1821 noch das Formprinzip der Ganzheit im Sinn gehabt zu haben. Jedoch bei Abschluß der ersten Fassung hat sich bereits die neue Ansicht durchgesetzt, wie der Brief an Josef Stanislaus Zauper vom 7. September 1821 zeigt. In der zweiten Fassung von 1829 ist die Ganzheit dann endgültig aufgegeben zugunsten einer Form, die Goethe selbst als »Aggregat« bezeichnete. Damals schrieb er, wie schon zitiert, an Johann Friedrich Rochlitz, er suche in den *Wanderjahren* die »disparatesten Einzelheiten« zu verbinden und so »eine Art von Unendlichkeit« herzustellen, »die sich in verständige und vernünftige Worte nicht durchaus fassen noch einschließen läßt«. Das Wort »Unendlichkeit« läßt sich hier durch den Begriff der Totalität ersetzen. Es ging Goethe dabei offensichtlich um den Realismus, denn wie es in dem Brief zuvor heißt: »Mit solchem Büchlein aber ist es wie mit dem Leben selbst: es findet sich in dem Komplex des Ganzen Notwendiges und Zufälliges, Vorgesetztes und Angeschlossenes.« Beide Aussagen weisen darauf hin, daß Goethe bestrebt war, mit der Totalität der Form die stoffliche Universalität und die Dynamik der Wirklichkeit seines Zeitalters zu erfassen. Er befindet sich da in dichterischer

Nachbarschaft zum Realismus bei Georg Büchner und Heinrich Heine.
Im Hinblick auf die Form bedeutet Totalität, daß Goethe in den *Wanderjahren* alle nur erdenklichen Formen der literarischen Darstellung verwendete, wie z. B. Novelle, Märchen, Schwank, Tagebuch, Essay, Industrie-Reportage, Brief, Urkunde, Lied, Aphorismus, Maxime und philosophisches Gedicht. Für die Gespräche mit Makarie war sogar die Wiedergabe eines Aufsatzes über Mathematik vorgesehen, der aber schließlich fortgelassen wurde. Dazu kommen die Multiperspektivität der Erzählhaltungen, das bruchstückhafte Erzählen, das sich in mehreren Etappen vollzieht; das unvermittelte Einschalten von Erzähleinheiten, die Ankündigung und spätere Unterdrückung von Handlungsinformationen sowie die Aufhebung der Rahmenfiktion. Ferner: die Fusion von Erzählerreflexionen und Handlungsvorgängen. Schließlich: die Aphorismen der beiden großen Spruchsammlungen, die in ihrer Anwendbarkeit nicht auf die Romanhandlung beschränkt und doch gerade in ihrer Zusammenhanglosigkeit mit ihr in Verbindung zu setzen sind. Endlich: der Mangel einer zielgerichteten Geschehensführung. Anstelle des Nacheinander des konventionellen Erzählens findet man das Nebeneinander der modernen Simultantechnik, die auf die Totalität des Menschen und seiner Welt verweist. In den *Wanderjahren* begnügt sich Goethe nicht mehr mit der Darstellung von realen und psychischen Lebensvorgängen mit den Mitteln der traditionellen Erzählkunst wie in den *Lehrjahren*, sondern es geht ihm um die Herstellung einer Einheit von Darstellungsgegenstand und Darstellungsmittel im weitesten Sinne.
Zu diesen Darstellungsgegenständen gehören die Entsagung, das Verhältnis von Individuum und Gesellschaft, das Problem von Arbeit und Bildung, die Industrialisierung und die sich entwickelnde moderne Technologie, Verelendung der Arbeiter und Auswanderung nach Amerika sowie Religionskritik. Es wird offensichtlich, daß Wilhelm Meister nicht mehr die Zentralfigur der Handlung darstellt wie in den

Lehrjahren, sondern ein durchschnittliches Einzelschicksal, dessen Geschichte erst in dialektischer Verbindung mit der Gesellschaft und den aktuellen Problemen seiner Zeit bedeutsam wird. Die Figur des Helden wird zum Darstellungsmittel, um die verschiedensten Gesellschafts- und Problemkreise miteinander zu verbinden. Im Verlauf der Darbietung dieser Verbindung von Individual- und Weltgeschichte soll sich, vergleichbar mit dem Fortschritt der Wanderschaft Wilhelm Meisters in dem Raum und der Zeit des Romans, ein Fortschritt im Weltbewußtsein und Weltverständnis des modernen Lesers einstellen, der den Übergang und Umbruch vom 18. zum 19. Jahrhundert reflektiert.
Die große Bedeutung der Entsagung wird bereits durch den Untertitel des Romans angedeutet. Goethe steht mit diesem Thema nicht allein in der Literatur des 19. Jahrhunderts. Hier ergibt sich die Verbindungslinie zu Honoré de Balzac und zu den kritischen Realisten des späten 19. Jahrhunderts: Gottfried Keller, Wilhelm Raabe und Theodor Fontane, bei denen die Resignation zu einem beherrschenden Thema wurde. Diese Resignation ist keine private, wie Georg Lukács herausgestellt hat, sondern eine dichterisch-welthistorische, die die Problematik der bürgerlichen Literatur des 19. Jahrhunderts widerspiegelt. Nur derjenige, der auf privates Glück verzichtet, kann soziale Ziele verfolgen. Bei Goethe ist die Entsagung weder Stoizismus noch Askese. Sie ist auch nicht Kapitulation oder Aufgabe, sondern Fortsetzung und »Steigerung« im Goetheschen Sinne. In den *Wanderjahren* wird die Entsagung besonders eindrucksvoll und ausführlich an den einzelnen Liebesverhältnissen des Romans dargestellt. Die Entsagung beginnt zunächst immer als Schmerz, aber führt schließlich zu Ausgeglichenheit und Serenität. Freilich gelingt nicht allen Personen des Romans dieser Weg vom Ernst zur Heiterkeit: die pilgernde Törin in der gleichnamigen Novelle, der Barbier als Erzähler des Märchens von der neuen Melusine und Odoard als Held der Novelle *Nicht zu weit* bleiben an den Bereich des Ernstes gebunden. Dagegen scheinen Felix und Hersilie als junge

Menschen außerhalb des Bannkreises der Entsagung zu stehen, auch wenn sie nicht von Schmerz und Verzweiflung verschont bleiben. Bei den Paaren der Novelle *Der Mann von funfzig Jahren* führt die Entsagung schließlich zu konkretem Besitz. Das Liebe-über-Kreuz-Verhältnis der Paare zweier Generationen löst sich in gegenseitigem Wohlgefallen auf. Lenardo, der Erzähler der Geschichte vom nußbraunen Mädchen, findet die verlorengeglaubte Geliebte wieder und scheint nicht für immer auf sie verzichten zu müssen. Am Ende des Romans wird schließlich auch die Vereinigung Wilhelm Meisters mit Natalie in Aussicht gestellt.
Die Entsagung ist zunächst immer rein physisch bedingt: es wird Verzicht geleistet auf den Besitz der geliebten Person. Der Major in der Novelle *Der Mann von funfzig Jahren* verwandelt sich vom »ersten Liebhaber« zum »zärtlichen Vater«. Diese entsagungsvolle Verwandlung wird in der Fachsprache des Theaters ironisch als Rollenwechsel ausgedrückt. Das Verhältnis von Lenardo zu Nachodine-Susanne wird in ein brüderlich-schwesterliches verwandelt, und Wilhelm Meister wird die Pflicht der Wanderschaft auferlegt, die ihn von Natalie trennt. Arthur Henkel hat die Entsagung in den *Wanderjahren* auf die Formel »Liebe ohne Besitz« gebracht und damit die richtungweisende und wegbereitende positive Kraft der Entsagung auf ein höheres Ziel hin erfaßt (*Entsagung. Eine Studie zu Goethes Altersroman*, ²1964, S. 156–160, 165–168). Doch trotz der Entsagung wird in dem Roman am Ende oft erotischer Besitz in Aussicht gestellt. Bei den Paaren der Novelle *Der Mann von funfzig Jahren* kommt es zu Besitz, bei Felix und Hersilie ist aufgrund der Kästchensymbolik[1] eine zukünftige Verbin-

1 Das Kästchen und der dazugehörige Schlüssel, der auch im Roman abgebildet wird (III,2), stehen im Zusammenhang mit dem Formprinzip des Romans. Sie deuten an, wie Wilhelm Emrich erklärt hat, »*wie* man den Roman aufschließen soll, wie man im Offenbaren immer das Geheimnis, im Geheimnis das Offenbare zu suchen und zu finden vermag« (*Das Problem der Symbolinterpretation im Hinblick auf Goethes ›Wanderjahre‹*, in: W. E.: *Protest und Verheißung*, Frankfurt a. M. ²1963, S. 64). Im Hinblick auf Felix und Hersilie handelt es sich bei dem Kästchen um das Geheimnis ihrer Liebe selbst (ebda., S. 61).

dung nicht ausgeschlossen, bei Wilhelm Meister wird die Vereinigung mit Natalie in Amerika angekündigt und auch Lenardo scheint nicht für immer auf seine Schöne-Gute verzichten zu müssen. So wird die Entsagung in Goethes Altersroman ironisch aufgehoben und bestätigt: sie ist zugleich, auf einer zukünftigen und höheren Ebene, auch »Liebe *mit* Besitz«.

Die Gesellschaftsthematik der *Wanderjahre*, die das Verhältnis von Privatmenschen und Gattungswesen betrifft, spiegelt die Grundproblematik der Gesellschafts- und Staatslehre seit Rousseau wider. Die *Wanderjahre* sind, wie Erich Trunz gesagt hat, »das Buch der großen Gemeinschaften« (Hamburger Ausgabe VIII,592). Alle gesellschaftlichen Formen von Freundschaft, Liebe, Familie, Erziehungsgemeinschaft, Männerbund, Arbeitsgemeinschaft bis zur Auswanderer-Utopie kommen in dem Roman zur Darstellung. Der Entwurf der amerikanischen Utopie weist eindeutig negative Züge in Form des Polizeistaates auf.

Innerhalb dieser Gesellschaftsformen verwirklichen sich die Individualitäten der Hauptfiguren des Romans: Montan, Lenardo, Odoard und Wilhelm Meister. Das Erlebnis der Bedingtheit gehört zu ihren Grunderfahrungen: »Jeder Mensch findet sich von den frühsten Momenten seines Lebens an, erst unbewußt, dann halb, endlich ganz bewußt, immerfort bedingt, begrenzt in seiner Stellung« (III,13). Die Freiheit des Einzelmenschen beweist sich darin, daß er bereit ist, sich einzuordnen, zum »Glied« der »Kette« zu werden, wie es in der Symbolsprache des Romans heißt (II,7).

Goethes Gesellschaftstheorie beruht auf dem Begriff des bürgerlichen Besitzes. Wie Lenardo in seiner Rede an die Wanderer ausführt, ist der Grundbesitz »als das Erste, das Beste anzusehen, was dem Menschen werden könne«. Eltern- und Kinderliebe, Dorf- und Stadtgemeinschaft sowie der Staat seien auf Besitz gegründet. Aber diese Gesellschaftstheorie wird alsbald von Lenardo in Frage gestellt durch die modernen Begriffe von Arbeit und Leistung: »Wenn das, was der Mensch besitzt, von großem Wert ist, so muß man demjenigen, was er tut und leistet, noch einen größern zuschreiben. Wir mögen daher bei völligem Überschauen den Grundbesitz als einen kleineren Teil der uns verliehenen Güter betrachten.« Lenardo entwickelt daraufhin seine Wandererphilosophie, die dem Menschen die ganze Welt erschließt, aber nicht als Grundbesitz, sondern als Arbeits- und Betätigungsgebiet (III,9). Diese Ausführungen entsprechen dem Stand der wissenschaftlichen Diskussion in der Volkswirtschaft des 18. und 19. Jahrhunderts und zeigen, daß Goethe mit den Gedankengängen von Adam Smith vertraut war, dessen *Inquiry into the Nature and Causes of the Wealth of Nations* (1776) bereits zwischen 1776 und 1778 ins Deutsche übersetzt worden war.

Arbeit und Bildung wurden im 19. Jahrhundert zu den wichtigsten Faktoren des bürgerlichen Lebens. So spielt auch in den *Wanderjahren* neben dem Problem der Arbeit die Frage der Erziehung und Ausbildung eine große Rolle. Die Bedeutung der Pädagogischen Provinz ist dabei vielleicht etwas überschätzt worden. Allgemein gilt das Erziehungsinstitut von Philipp Emanuel von Fellenberg in Hofwil bei Bern als Vorbild. Goethe hatte sich mit den pädagogischen Erfolgen des Fellenbergschen Instituts in den Jahren 1816 bis 1821 beschäftigt und Herzog Carl August von Sachsen-Weimar empfohlen, zwei seiner Söhne dort erziehen zu lassen. Jedoch hat man bis vor kurzem wohl ein gut Teil der Ironie übersehen, mit der der Bereich der Pädagogischen Provinz behandelt wird. Das sorgfältig entwickelte Erziehungssystem, das nicht frei von Pedanterie und unfreiwilliger Komik ist, aber von Pädagogen stets sehr ernst genommen wird, erscheint durch Wilhelm Meisters Sohn Felix ironisch in Frage gestellt, insofern er weitgehend unbeeindruckt und unberührt aus diesem Institut hervorgeht. Ihm bleiben auch der Irrtum und das Leid nicht erspart, vor denen die Pädagogische Provinz ihre Zöglinge zu bewahren sucht. Die Institution wird weiterhin dadurch ironisiert, daß Felix die Kenntnisse des Schreibens und Reitens, in denen er sich in der Pädagogischen Provinz vervollkommnet hat, zur erotischen Eroberung von Hersilie anwendet. Die gelehrten Künste des Schreibens und Reitens werden sozusagen in den Dienst der Liebeskunst gestellt.

Dagegen ist die Bedeutung von Wilhelm Meisters Ausbildung als Wundarzt von jeher erkannt worden. Dabei ist zu bedenken, daß der Wundarzt oder Chirurgus im 18. und frühen 19. Jahrhundert meistens nicht mehr als ein besserer Feldscher oder Barbier war und sich nicht mit den akademisch ausgebildeten Ärzten vergleichen konnte. Die Ausbildung als Wundarzt bedurfte keines Vollstudiums, sondern nur eines Operationskursus in Anatomie. So ist Wilhelms Berufswahl als pragmatische Spezialisierung und Beschränkung auf das Nützliche und Notwendige im Dienst der Gesellschaft zu verstehen. Doch gleichzeitig wird sein gewählter Beruf als das »göttlichste aller Geschäfte« gerühmt: »ohne Wunder zu heilen und ohne Worte Wunder zu tun« (II,11). Ferdinand Gregorovius, ein früher Interpret der *Wanderjahre*, hat von der »göttlichen Chirurgie« gesprochen, »der *schicksalabwendenden*, welche Wilhelm Meister sich als das kunstreiche und klassische Handwerk erwählt hat, der menschlichen Gesellschaft im weitesten Umfange dienstbar zu werden« (*Göthe's Wilhelm Meister in seinen socialistischen Elementen entwickelt*, ^{2}1855, S. 186). Am Ende des Romans wird Wilhelm Meister Gelegenheit gegeben, seinen »göttlichen Beruf«, dessen Wahl auf eine traumatische Kindheitserinnerung zurückgeht, zur Lebensrettung seines eigenen Sohns anzuwenden.

In der Erkenntnis des »überhandnehmenden Maschinenwesens« werden in den *Wanderjahren* die drohenden Gefahren der Industrialisierung und der Technologie im Dienste der Produktionssteigerung erfaßt, wie sie das 19. Jahrhundert bestimmen sollten. Durch die Erfindung der Spinnmaschine und des maschinellen Webstuhls wird die gesamte handwerkliche Heimindustrie, wie sie in Lenardos Tagebuch liebevoll geschildert wird, in ihrer Existenz bedroht. Die Arbeitslosigkeit droht zur Verelendung der Gebirgsbevölkerung zu führen. Bereits im 18. Jahrhundert war es in Schlesien zu Weberaufständen gekommen. Seit 1807 und besonders von 1816 bis 1819 waren die Notstände in der schlesischen Leinenweberei in besonders hohem Grade gestiegen, und beträchtliche Mittel waren zur Linderung der Not bereitgestellt worden. Dieser unausweichlichen Entwicklung sucht man in den *Wanderjahren* durch Umsiedlung und Auswanderung zu begegnen.

In der »Weltfrömmigkeit« der Pädagogischen Provinz findet sich schließlich die philosophische Religionskritik reflektiert, die im 19. Jahrhundert ihren Höhepunkt erreichen sollte. Verschiedene Formen des Glaubens werden in den *Wanderjahren* vorgeführt. Wie Erich Trunz sagt: »Es ist etwas, was kein anderer Schriftsteller jener Zeit gewagt und geleistet hat, die Frömmigkeit einer katholischen Familie, pietistischer Gemeinden, eines Aufklärers, eines neuen religiösen Naturforschers, eines modernen sozialen Menschentyps, eines Künstlers usw. nebeneinanderzustellen und das Verbindende symbolisch deutlich zu machen« (Hamburger Ausgabe VIII,596). Allerdings fehlt in dieser Aufzählung die Tatsache, daß die jüdische Religion aus der amerikanischen Utopie nicht nur ausgeschlossen, sondern den Vorurteilen des 19. Jahrhunderts gemäß ausdrücklich abgelehnt wird. Aus dem Auswandererbund sprechen die zeitgenössischen Tendenzen des Antisemitismus mit den konventionellen theologischen und ökonomischen Argumenten (siehe Heidi Gidion, *Zur Darstellungsweise von Goethes Wilhelm Meisters Wanderjahre*, 1969, S. 114 f.).

So gelingt es Goethe in seinem letzten Roman, die Gesellschaft seiner Zeit in ihrer Totalität zu schildern. Die vielzitierte Äußerung des Dichters, der Roman sei zwar »nicht aus Einem Stück«, aber »doch aus Einem Sinn«, wird jetzt klar. Der »Sinn« kann als die totale Erfassung der Welt des 19. Jahrhunderts in ihren Entwicklungstendenzen verstanden werden. Auch Thomas Mann erkannte, daß Goethe als Sohn des 18. Jahrhunderts weit in das 19. Jahrhundert, »das Jahrhundert der Ökonomie und Technik«, hineinlebte. In

seiner *Phantasie über Goethe* schrieb er: »Es ist merkwürdig und sogar rührend, wie gerade die letzten Jahre seines Lebens erfüllt waren von diesem [...] Erspüren dessen, was ›an der Zeit‹ war, was, im Moralischen und im Äußerlich-Lebenstechnischen, kommen wollte und was zu beschleunigen also jeder sich angelegen sein zu lassen hatte.«
Mit den restaurativen Tendenzen gegen die Industrialisierung, Entwicklung des Kapitalismus und Liberalisierung der bürgerlichen Gesellschaft in Deutschland scheint der Ansatz zur Realitäts- und Totalitätserfassung in der Prosa, wie er sich bei Goethe und auch bei Heine und Büchner finden läßt, im Verlauf des 19. Jahrhunderts wieder aufgegeben zu werden zugunsten einer restaurierten Ganzheit. Nach der gescheiterten Revolution von 1848 erfolgte in der Realismus-Diskussion eine Neuorientierung an der klassisch-klassizistischen Tradition. Dabei spielte der Begriff der »Ganzheit« (im Gegensatz zur Totalität) eine entscheidende Rolle. Die »kompositorische Ganzheit« wurde als ein »spezifisch ›realistisches‹ Element« herausgestellt. Wie Helmuth Widhammer in seinem Buch über *Realismus und klassizistische Tradition* (1972) gezeigt hat, sah die Literaturtheorie in Deutschland zwischen 1848 und 1860 »in der Forderung des durchkomponierten, in sich integrierten Kunstwerks [...] eine Bedingung für den neuen Realismus« (S. 144). Mit Clemens Heselhaus ließe sich sagen, daß der revolutionäre Realismus der zwanziger und dreißiger Jahre des 19. Jahrhunderts durch die Amalgamierung mit der klassizistischen Tradition umgewandelt und verwandelt wurde: »Auch das sei eine vertane Revolution in Deutschland gewesen – wie die Revolution von 1848« (*Das Realismusproblem*, in: *Begriffsbestimmung des literarischen Realismus*, hrsg. von Richard Brinkmann, 1969, S. 362). Erst im modernen Roman, bei Broch, Döblin und Musil, wird der revolutionäre Ansatz zur Realitätserfassung durch das Formprinzip der Totalität, wie er in der ersten Hälfte des 19. Jahrhunderts in Goethes *Wanderjahren* ausgebildet wurde, wieder aufgegriffen.

Inhalt

Johann Wolfgang Goethe

IN RECLAMS UNIVERSAL-BIBLIOTHEK

Texte

Campagne in Frankreich. Belagerung von Mainz. Mit Anmerkungen von Ilse-Marie Barth. 5808 [3]
Clavigo. Trauerspiel. Mit einem Nachwort. 96
Egmont. Trauerspiel. Mit einem Nachwort. 75
Faust. Der Tragödie erster Teil. Hrsg. von Lothar J. Scheithauer. 1
Faust. Der Tragödie zweiter Teil. Hrsg. von Lothar J. Scheithauer. 2 [2]
Gedichte. Mit einer Einl. hrsg. von Stefan Zweig. 6782 [3]
Die Geschwister. Schauspiel. **Die Laune des Verliebten.** Schäferspiel. Mit einem Nachwort. 108
Götz von Berlichingen. Schauspiel. 71
Hermann und Dorothea. Epos. 55
Iphigenie auf Tauris. Schauspiel. 83
Die Leiden des jungen Werthers. Nachwort von Ernst Beutler. 67 [2]
Die Mitschuldigen. Lustspiel. 100
Die natürliche Tochter. Trauerspiel. Nachwort von Theo Stammen. 114
Novelle. Das Märchen. Nachwort von Ernst von Reusner. 7621
Reinecke Fuchs. Epos. 61 [2]
Satiren, Farcen und Hanswurstiaden. Hrsg. von Martin Stern. 8565 [3]
Schriften zur Naturwissenschaft. Auswahl. Hrsg. von Michael Böhler. 9866 [4]
Singspiele. Hrsg. von Hans-Albrecht Koch. 9725 [4]
Stella. Trauerspiel. Im Anhang: Schluß der ersten Fassung. 104
Torquato Tasso. Schauspiel. 88
Urfaust. Hrsg. und eingel. von Robert Petsch. 5273

Von deutscher Art und Kunst. Einige fliegende Blätter. Von J. G. Herder, J. W. Goethe und J. Möser. Hrsg. von Hans Dietrich Irmscher. 7497 [2]
Die Wahlverwandtschaften. Roman. Nachwort von Ernst Beutler. 7835 [3]
Wilhelm Meisters Lehrjahre. Roman. Hrsg. von Erhard Bahr. 7826 [6]
Wilhelm Meisters Wanderjahre. Roman. Hrsg. von Erhard Bahr. 7827 [6]

Kommentare, Erläuterungen und Dokumente, Biographie

Goethes Dramen. Neue Interpretationen. 16 Beiträge. Hrsg. von Walther Hinderer. 367 Seiten. Pbck.
Kommentar zu Goethes Faust. Mit einem Faust-Wörterbuch und einer Faust-Bibliographie, von Theodor Friedrich und Lothar J. Scheithauer. 7177 [5]
Erläuterungen und Dokumente zu **Egmont**. Hrsg. von Hans Wagener. 8126 [2]
Erläuterungen und Dokumente zu **Götz von Berlichingen**. Hrsg. von Volker Neuhaus. 8122 [2]
Erläuterungen und Dokumente zu **Hermann und Dorothea**. Hrsg. von Josef Schmidt. 8107 [2]
Erläuterungen und Dokumente zu **Iphigenie auf Tauris.** Hrsg. von Joachim Angst und Fritz Hackert. 8101
Erläuterungen und Dokumente zu **Die Leiden des jungen Werthers**. Hrsg. von Kurt Rothmann. 8113 [2]
Erläuterungen und Dokumente zu **Torquato Tasso**. Hrsg. von Christian Grawe. 8154 [2]
Erläuterungen und Dokumente zu **Die Wahlverwandtschaften**. Hrsg. von Ursula Ritzenhoff. 8156 [3]
Edwin Redslob: **Goethes Leben**. 7855

Philipp Reclam jun. Stuttgart